满江红

楸立 著

Manjiang Hong

江西高校出版社
JIANGXI UNIVERSITIES AND COLLEGES PRESS

图书在版编目(CIP)数据

满江红/楸立著. --南昌:江西高校出版社,2018.10
(2022.2 重印)
ISBN 978-7-5493-7881-4

Ⅰ. ①满… Ⅱ. ①楸… Ⅲ. ①长篇小说—中国—当代 Ⅳ. ①I247.5

中国版本图书馆 CIP 数据核字(2018)第 237027 号

出版发行	江西高校出版社
社　　址	江西省南昌市洪都北大道 96 号
总编室电话	(0791)88504319
销售电话	(0791)88592590
网　　址	www.juacp.com
印　　刷	天津画中画印刷有限公司
经　　销	全国新华书店
开　　本	700mm×1000mm　1/16
印　　张	25.5
字　　数	382 千字
版　　次	2018 年 10 月第 1 版 2022 年 2 月第 2 次印刷
书　　号	ISBN 978-7-5493-7881-4
定　　价	68.00 元

赣版权登字-07-2018-1254

前　言

我的曾祖母是大城县大尚屯镇后张村人，姓李，名字无可考，腿有些跛，娘家家境殷实。民国时期，后张村属于河间县。为了写这部小说，我找到了太舅爷的曾孙——表兄李彦坡，期望能够得到曾祖母的名讳。彦坡查询家谱，遗憾的是，后张村李姓家谱未能记载本族门女性，曾祖母的名字从久远的岁月中便遗落了。在这部小说中，我只能用“崔李氏”来表述。

从曾祖母为我父亲姐弟四人起的名字来看，她对文字颇有研究：大姑崔占英，小名富荣；父亲崔占山，小名百树（山上有树）；二姑崔占琴，小名金淑；叔叔崔占岭，小名万洞（岭中有洞）。

2016 年 11 月 21 日的下午，我与七十五岁的父亲促膝长谈，其时《满江红》这部小说已经写到了结尾部分。当时，父亲的脑子已不甚清晰，但还能记起少年时候家里一贫如洗。他一讲到他九岁时我大姑给人打短工、挨村要饭的日子，仍唏嘘不已。

我们老崔家在民国年间确是大户人家，到我祖父这代则阴盛阳衰。我父亲讲，他小时候我爷爷常带他去邻村李王只堡、刘演马、窦庄、西桑生探望那些姑奶奶、姑太太。不难想象，当时祖父的身上承载着女人们多少对娘家的寄托。

民国军阀混战时期，曾祖父的堂弟到南方当兵打仗，暴尸异乡。家里的兄弟去收尸，却不知为什么也一并死在那儿了。两个兄弟都没有留下子嗣，待尸体运回家后，是祖父为两位长辈扛的幡，从这里可以看出祖父颇有担当。在当时，祖父在村里说话也有分量，论及原因，这些性情的养成，有家风的传承，也有其曾在旧军队中谋生而形成的仗义习气，同时也注定了祖父能守家却不能守财。年轻时的得意与后来家境没落产生的落差，致使他晚年一蹶不振，乃至淤疾而终。

东桑生村有那么多在旧军队当兵的人的原因，应该首先归结为一个“穷”字，当兵既能吃饱饭，还能为家庭减轻负担，因而也就成了乱世中穷人谋生的唯一出路。家族人当兵的多了，人带人，人托人，便都入了行伍。

我唯一的亲姑奶奶崔秀珍嫁给了湖南籍（或者是湖北籍）的旧军官。我想这个婚姻应该与祖父、曾祖父在直系军队里当过兵有莫大的关联。姑爷名叫宋铁臣，和姑奶奶生有一个儿子宋北生。姑奶奶在河北生了儿子后，跟着姑爷去了南方，中华人民共和国成立前还经常来信。每来一次信，曾祖母就哭一次。新中国成立后，我们就失去了姑奶奶的音信，不知她是随国民党军队去了台湾，还是流落于湖南。我的大姑对我讲，曾祖母临闭眼还念叨姑奶奶的名字，后悔把闺女嫁给了外省人，后辈人听了无不伤感。

东桑生村于唐朝由爨姓建村，因植桑树闻名，故得村名“桑桑”。明永乐二年，崔姓从山西洪洞县迁此居住，更村名“桑生”。后村庄一分为二，居东者名“东桑生”。

在东桑生村这个不到600人的偏僻小村庄了，崔、李姓氏居多，也可谓人才辈出，譬如我小说中的人物崔姓五叔，历史上确有其人。此外，解放军原总参谋部机要局办公室主任崔增贤、原南京军区某干休所享受正军级待遇的离休干部罗林(化名)、国家对外贸易局主任崔增兴、在解放战争中牺牲的华北第三纵队八旅二十三团副排长崔炳亮、现公安部边防局少将吴建森、原南京军区空军少将李克文等都是东桑生村人。

他们或者他们的父辈从这块贫瘠的土地上走出来,在国内革命战争、抗日战争、解放战争、抗美援朝战争中,为了争取民族的自由和独立解放,在建立新中国、建设社会主义事业的道路上历经艰苦,青史彪炳。因为他们,这个偏于一隅的乡村才有了历史底蕴,才让桑梓父老备感荣耀。

我澎湃的生命愈发向上生长,我便愈发对这片黄天乡土含有无比亲近与眷恋之情,而用朴素的文字来歌颂、传扬她,恰是我心中对她最真诚的致敬方式。在此书中以崔姓、李姓、司姓、刘姓人为原型所表现出的人物,不论他们以怎样的方式在小说中出现,代表的都是我对故土的亲近之情。

一个姓氏,一个家族,一个村庄,再到一个国家,人与人之间有相同的血脉和根,有共同的敌人和仇恨。祖辈曾经那么携手抱团、生死与共,他们用热血和生命造就了我们美好的今天。作为后辈子孙,我们应该继承他们的高尚美德和宽厚胸怀,抛开家族之间的芥蒂、隔阂,泯恩仇,树新风,亲密团结,为家族的兴盛延续、村庄的和谐发展、国家的繁荣富强尽一份应尽之责。

对于祖辈们在不悔之年见证的历史,我没有得到任何文本资料。于是我天马行空地展开想象,穿越回100年前那个动荡时代,凭借父老乡亲口口相传而来的记忆片段,用我对祖辈的凝望和想象,来刻画那波澜壮阔的不朽篇章,给后辈以激励和感动、温暖与纪念。小说是可以我随意杜撰的,可又谁能说这些文字是虚假的呢?祖辈经历过的年代，他们亲历的那些战争情节和事件，或许比我抒写的更加传奇，更加精彩。

在此，我要特别感谢霸州市策城二村的崔及赏先生提供霸州崔姓族谱，以及历史学者杨馨远先生提供翔实有据的当地人文资料。有了这些材料，我的小说才得以显出历史真实全貌。小说或许还有许多偏颇、粗糙的地方，如与史料不甚相符，还望读者海涵。在文学创作的路上，总有一些亲朋师友陪伴我、鼓励我、支持我，让我感动难忘。我敬着他们，并铭记心中。我深爱着文学，更深爱着你们，即使我不写出你们的名字，你们也一定会懂。（双掌合十）

楸　立

二〇一七年二月一日于东桑生

目　录

一

离家投军

1922年(民国十一年)初春的某日大早,直隶省津海道大城县东桑生村的我爷爷崔义安,大号崔广义,这个不羁的农村娃子,直巴巴地躺在自家的土坯炕上,一宿无眠。他骨碌起身子,趿拉上大脚趾都露出窟窿的布鞋,在当院里毫无顾忌地撒了泡尿,然后敞开大门迈步走出家去。

前几天嫁到豆庄村的叔伯五姑为他保了个媒,说了县城南豆庄村一位姓张的姑娘。平常挺能扯臊,关键时候却磕巴磕巴说不出一字来的五姑说,张家那丫头,好,真好呢。至于怎么个好法她就说不清楚了。

太爷晓得儿子最近心里浮腾得很,就想抓紧给广义成个家,像圈住家里那头叫驴牲口似的快点给他圈住,圈住了就松心了。这年头儿,外面兵荒马乱,家里清苦不堪,再不好好混日子,就得在村里丢人现眼。我太爷是个厚道要面子的人,我爷爷也是,我父亲和我这辈还是。但脸面和生活是息息相关的,日子不行,穷得透顶,就什么脸面也要不了了。

我爷爷让太爷万分失望,他不仅仅在种地上一塌糊涂,而且还不让大人省心。太爷爷早晨起来满处踅摸不着他这个儿子的时候,十九岁的崔广义在村西烟墩地里。他坐在泛青的麦子地垄上又胡思乱想了好久。他的肚子已经好几天没有吃饱了,他觉得这样生活一点儿况味都没有。崔广义私塾上不起,力气活儿爹妈舍不得让干,他又不甘于在这个土疙瘩地里浑浑噩噩一辈子。他想到了保定府的五叔。那个堂五叔，是崔家族门的骄傲，跨着洋刀，骑着匹伊犁汗血宝马。我爷爷认定那是匹宝马良驹，因为那是匹周身枣红色的伊犁马，扬蹄咆哮起来，稀溜溜震耳。村里李姓庄稼把式匠说，五叔骑的那是虎嘞豹，就是《隋唐传》上隋朝猛将新文礼骑的那种马，两军对垒时，只要一拍马的耳根台子，此马即一嘶虎鸣，敌方战马当即屎尿奔流，卧地不起。我爷爷认为姓李的人说得极其有道理，但为了让自己的认知更具有专业性，便仍旧说五叔的那匹马绝对是汗血宝马。李姓那家伙带着一脸的坏笑，说汗血宝马流出的汗是血色的。他凑到马的跟前，去摸那匹身上汗气蒸蒸的红马。这个动作让我爷爷非常担心，但他又渴望出现奇迹。不过，那匹战马果然是宝马良驹，当那小子快要接近那匹马的时候，那匹马咴咴嘶鸣几声，四个粗碗大的蹄子开始乱刨，把那李姓小子吓得够呛。我爷爷则兴奋不已，乐得直拍巴掌。

坐在地里的爷爷思忖许久。他一丁点儿对家人的责任感都没有，打定了主意，起身紧了紧布腰带，便朝着西方走去。最可气的是，我爷爷不光是自己走的。他过了西洼烟墩地，再往前走就是李王只堡村大坑子地时，看到十五岁的普伯正蹲着身子给猪打野菜。我爷爷上去就是一脚，把普伯的筐头子给踢飞了。他说，小普，别干了，走，跟我去保定府投军。

普伯大号叫崔凤祥，身架子还没长开。他瞅着被踢飞的筐头和散了一长溜的荠菜马齿菜，有些莫名其妙。他抬眼瞅了瞅他的堂叔，说，四叔，你干吗？

小普，走，去找你五爷，大官五叔，咱也吃官饭拿饷钱。我爷爷一句话就给人无比的遐想和诱惑。

普伯看到过五爷回家时的排场。他站起来，眺望东南方向老崔家的那一大片老坟，以及坟南侧那高大巍峨的青石牌坊，青石牌坊上面还有龙飞凤舞的古字。操，都是老崔家的五爷花钱给立的！

在这七里八乡，东桑生老崔家，直隶第二十三师第十七混成旅旅长崔相应大大有名，手下千数人都由老崔家人说了算，可劲地让东桑生村崔姓人引以为傲。普伯这个傻小子拿着打菜的刀子，迷迷瞪瞪地就跟我爷爷走了。他们没有去过保定府，我爷爷说顺着官道向西走准到，普伯就和爷爷瞄着方向向西走。他们两个各自盘算着自己美好的未来，所以走的时候都没有回头。恰好，我叔伯六爷崔广庆同样拿着打菜刀子来找普伯。他看到我爷爷和普伯向西面走的背影，不说一句话。六爷崔广庆将普伯打的菜先装在自己的筐子里，暗自窃喜，扭头看到那两个人走了很远，就问了声：四哥，四哥，你和小普去哪里？

我爷爷扭头骂了他一句：别瞎叫唤，我们去保定府了，不带你去，你好好打你的菜。

六爷有些莫名其妙：扯吗蛋呢……

普伯得了金元宝似的，也跟着喊了声：广庆叔，等我当官回来，记得给我牵马坠镫。

广庆有种没有凑上热闹的失落，小眼睛眨了眨，嘴里嘟囔着：给你牵个狗蛋！

我爷爷就这样脑子一热从家里跑出来，顺带拐了他的小侄儿，义无反顾地去保定府投军。在他心中，保定府的五叔一定会像两个月前衣锦还乡时那样，喜笑颜开地欢迎他这个小侄儿来到军营，然后给他弄身行头，斜背盒子炮，身边弄俩护兵。他可以牛逼闪闪地指指点点，吆五喝六，人前显贵，再也不用打着赤脚在地里“吁——喔——”地轰赶牲口，再也不用去道班里学工尺谱、海笛、长笙了。他斜瞅了一下在旁边甩着双手没心没肺的小普——这个和他一样什么世面都没见过的小侄儿，冲他美滋滋地笑了笑。两个人心存对美好明天的向往，向着前方走去。

庞口，高阳县东部最大的一个集镇。

我爷爷和普伯走到庞口的时候，日头快要落到地平面下去了，天色开始变得乌涂朦胧，远处的榆树上有几只老鸹不合时宜地叫唤着。我爷爷听到自己肚子咕噜咕噜地叫了起来。晌午的时候，他和普伯在长丰一家敞口的菜窖里偷了四五块山芋，两个人吃完又在村里要了口水喝，一直走到现在。

普伯说，四叔，要不咱吃点儿？

爷爷说，吃，就知道吃。爷爷也希望能吃点儿吗。他口袋里是有几张联合票,但不到万不得已,他是不肯拿出来的。到保定不知道还有多远,他想先忍忍,然后找地方睡觉。

普伯的眼睛向两边踅摸着有什么卖吃的地方,哪怕四叔给他买块麸子饼。

我爷爷带着小普在镇上打了两个来回,也没有舍得花钱。他总算在一家大家主门口门洞那里找了个栖身的地方。他原本想找个破庙的,但在村周围找了半天也没找到,就准备在人家这家大门口摸一晚,第二天就走。可能是一路上累的原因,他们蜷缩着身子,不大会儿就睡着了。

我爷爷晚上又重复了一场从军梦。梦里,他挎着枪,穿着灰军装,戴着大檐帽,在村里大街小巷扭着屁股闹得臭精神。可刚神气不大会儿,他就被人咣咣地踢醒了。这几脚下来,他的幸福劲儿才止住。他醒来一睁眼,面前站着个三十岁左右的汉子。那汉子揣着手。我爷爷左右看了看,侄子小普显然也被人家弄醒了,后肩膀上有几块土脚印。

崔广义站起来,对那个人说,干吗踹人?

踹人,你哪里的?在这里想睡就睡,没看这是人家。汉子挺崴。

我爷爷脾气倔,在村里叔伯兄弟里不吃亏,但此时出门在外,在人家屋檐下不得不低头。我爷爷缩了下脖子,对汉子说,大哥,我们是外地的,去保定府,这不,在门洞下借宿一宿,谢谢呀!谢谢呀!

那汉子一瞅我爷爷和普伯这俩乳臭未干的半大小子,依仗着是在自己家门口,就有点儿耍横:镇上有的是店房,该住店住店,该打尖儿打尖儿,你占这个门口也得给主家说一声,看你俩小子也是人事不懂的,爹妈没教你出门多张嘴呀?

小普年纪小,挨了几脚踹心里早就窝了火,又看这个人还这么横,便气不打一处来。他擦了下眼屎,对汉子说,不就是在你这门口睡了一觉吗,又没祸害你家什么,干吗这么欺负人?

我操咪,小鸡巴孩子还挺闹得。汉子挽起袖子,扬手想抽小普。

崔广义本就忍着一肚子气。他用手一扒拉对方的胳膊:你干吗?

我揍你们。汉子歪着嘴。

你揍个试试?崔广义也清楚今天这场架是躲不过去了。他在家里也没受过气，村里一群岁数相仿的经常和外村的摔跤打架，也没受人这般欺负。

汉子冲屋里喊：出来人，揍这俩鸡巴小子。话一停，就听院里传来人的答应声和脚步声。按说我爷爷和小普现在应该撒丫子走人，可是我爷爷没有。老崔家人吃软不吃硬，崔广义脾气上来，死都不怕，只是小普脸上已经失了些颜色。

不大会儿，院里跑出来几个年轻小伙，个个膀大腰圆，呼啦一下就将两个人围在了中间。镇上的人一看有热闹瞧，自然是同乡帮同乡，围拢过来七嘴八舌，跟着起哄架秧子。

我的普伯吓得脸都白了，知道今天这场揍是避免不了了。后来普伯和我爷爷嘟念过这事儿，说那时候他应该可以冲出人群，跑他个娘的，就因为担心我爷爷的腿不行，他才没撒丫子。我爷爷给了他一个脖掴，说我跑得了吗，你个小屁孩儿跑得了吗？

小普胸脯一拨：我飞毛腿，没问题。我爷爷当时对普伯的话嗤之以鼻，可往后在战场上，他终于领教了普伯所言不虚。

那个汉子先是推搡了崔广义前胸一把，广义也还手推了他的肩膀一下。周围有人跟着起哄：打他个鸡巴黄毛小子，揍，揍他。对方汉子一撇嘴，一拳头打了过来，我爷爷左手一挡，右拳一个黑虎掏心，打在了对方的肚子上。汉子一疼，气急败坏，喊了声老少爷们儿一起揍，我爷爷就感觉四周左右的拳头大脚疾风骤雨般全往自己身上招呼。我爷爷被打得鼻血奔流，抱着头倒在地上，几个伙计又踹了几脚。那个汉子想抄地上的板砖，普伯哇哇哭着过去，一把抱住对方的大腿：大叔，大叔，你别打了，你别打了，你饶命，饶命。

我爷爷倒在地上，脑子却特清楚，想挣扎着爬起来，可是腿上疼得厉害。他挺直身子，看着自己的小侄儿给对方磕头求饶，心里火头在身体里四处乱攻，加上肚子里没有什么吃食，眼前一黑就昏了过去。

旁边有人喊了句：坏了，人死过去了，快散。四下里的人听闻，便作鸟兽散了，只剩下大门口这汉子和那几个助阵的伙计。小普哭着喊着，爬到我爷爷身边，推着他的身子：四叔，四叔，你醒醒。

汉子和伙计几个人准备开溜，小普噌的一声站起身子：你们甭走，把人打了，谁都甭走！

汉子挠了挠脑袋瓜，骂了句：去你妈的。然后，他进了门，让伙计把大门插削一关，合了个严实。

小普豁出去了，在门口跳着脚骂：你们都出来，关门也不行。然后，他哭了一会儿，嚷了一会儿。门关得死死的，没有动静。小普用脚踹门，才踹了一脚，大门就突然咣当一下打开了。门里出来了一位清瘦、面善的长者，长者身后跟着一位穿着兰花格布的姑娘。

长者背着手一步跨出大门，阴沉着脸。普伯仰头看了看，止住了哭声，不清楚这出来的人是谁。

长者对女孩说，家莲，去看看人伤得怎么样。

姑娘清脆地答应了声，走过去，俯下身子用手指探了探广义的鼻孔：爹，有气儿。

普伯愣愣地瞅着父女俩，大眼珠子眨了又眨。

有人端来一瓷碗温水，对姑娘说，快给他洇洇。

这个叫莲子的姑娘将温水送到广义的嘴边，普伯蹲下身子双手扶直我爷爷的后背。崔广义模模糊糊觉得前面有个人影，鼻息里闻到了淡淡的清香。他恍惚觉得前面的是他的妹妹秀珍，又觉得不像。当视线越来越清晰的时候，一张白皙又透着粉红的脸庞映在了他的眼前。他嘴里喊了声秀珍，两眼流出委屈的泪水，脑浆里又一阵翻转，再次昏厥了过去。

此时此刻，我唯一的亲姑奶奶崔秀珍，小名七丫，站在村西街口向西叉腰张望。她平时没法儿亲近的哥哥，现在在何方？妈偎在炕头汤米不进，她和爹劝解也不管什么用。七丫性子干脆，在我们家族他们那一辈十六个姑奶奶里排行老七，也是上下姐妹谁都说得来、合得来的人。我曾祖父那一辈叔伯哥们儿十二个，祖父这辈起突然间男丁不旺，姑奶奶倒是一大群，到我们这代就更加寥落不堪了。我哥哥曾让高人指点过。高人道行高深，耳语我哥：逢年三十、清明节、七月十五烧纸的时候，一定要多烧金元宝，你家冤头债主太多，烧少了你们老崔的先人不够开销。

七丫挽着袖口，插着杨柳腰。她从元宝坑上挑水回来，烧开水熬上碴子粥，出门走到庄土坡上向西眺望。她腻歪极了，心里骂这没准脾气的哥哥，连话都不说就投了军，人家豆庄村的张姓姑娘还等着哥相见呢，真驴性！七丫暗咒了哥哥几句，右眉毛莫名其妙地跳了几下。左眼跳灾右眼跳财，穷庄户人有什么财？别是哥有什么事儿？七丫是见过五叔的。五叔和蔼，从村东到村西，小孩儿大人都打招呼，前年还乡，还拉着七丫的小手这个院那个院地转。五叔这么拿她当回事，七丫在众姐妹面前才底气十足。七丫有时候也想不透哥哥为什么去保定参军。干吗不去南皮找三姑？三姑夫在部队上也是个官，而且三姑也在部队上跟着姑夫过。三姑夫曾当着七丫爹妈的面放话：老崔家门上到他这里当兵吃不了亏。当然，姑姑不愿意侄子们去当兵。这什么年头儿？年年打仗，这个省的督军和那个省的督军打，今天还是拜把子弟兄，明儿就战场上拼个你死我活。姑姑对自己的哥说，哥，别让广义当兵啊，死活不去，我可在部队上看够了死人，都是半大小子，怎么都能混口饭吃，就是不能去混没脑袋的日子。可姑姑说归说，后来她自己的两个儿子大印、二印都是刚进十八就入了西北军。

你要当兵就去找咱三姑，秀珍和哥哥这么说，咱姑是咱自家人。

不去，我爷爷咬了口高粱饼子说，你甭听三姑夫吹牛，西北军不行，成不了气候，破衣烂裳，咱五叔那是禁卫军，早晚成大事，现在曹大帅说了算，过几年登了金銮殿，五叔就是兵部尚书级别的。我爷爷说完仰着头，满脑未来功成名就的美事。

咱姑说了，好歹不当兵，有今天没明天的，没准儿当不了兵部尚书再……秀珍想说"再死在战场上"，怕哥腻歪，就说，再出个什么事儿……

我爷爷把最后一口高粱饼子大口填进嘴里，说，你哥我吉人天相。

屁，七丫说，你可别偷着去呀！

不去，不去。崔广义信誓旦旦地和他妹子保证完，第三天就撒腿走人了。

我爷爷再苏醒过来的时候已经躺在炕上，外边的衣服已经被脱掉，身上盖着红绒花棉被。他歪脸一瞧，侄子小普在下面长条凳上晃荡着小腿，没精打采地坐着，身上的衣服相当干净。我爷爷身子一动弹，普伯眼尖，见四叔醒了，从条凳上下来，来到炕头：四叔，你可醒了。

嗯，小普，这是？

这就是打咱们的那家。

喔？我爷爷挺疑惑。

四叔，这家的大小子叫人把咱打了，后来他爹出来把你弄屋里来了，还给我换了衣服，让我吃了豆腐脑儿、油条。你吃不？吃饭没事吧你？

我爷爷果然闻到了普伯嘴里炸果子的味道，随即条件反射，肚子里叽里咕噜响起来。这时，一个人端着个笸子进了屋。

小普让了一下。来人正是刚才喂我爷爷水的那个家莲姑娘。家莲把东西放在下边的方桌上，对广义说，你醒了？还觉得哪里不好受？

我爷爷脸上一红，第一次和陌生女人说话，有点儿不好意思。他掩了一下被角，说没事了。

那你能下炕吃饭吧？

崔广义掀开被子，慢慢下了炕。双脚一沾地，小腿就一阵酸痛。他哎哟一声，又坐在炕上。

那个叫莲子的姑娘急忙过去，蹲下去摸他的腿：怎么？腿还疼？

我爷爷咬着牙，嗯了一声，低头去看自己的左腿。可他一看，正和莲子四目相对，他的脸上像火烧云一样着起来——原来自己下身只是穿着一条短裤头儿。莲子也是抬起头才发现这一状况，粉红的脸羞成了鲜艳的花。

我爷爷和普伯在庞口镇住了十天。这十天内，两个人受到了特殊优待，一日三餐，顿顿有腥有菜，吃完就歇着。第五天头上，我爷爷整个身子骨就完全恢复了，准备离开莲子家。可是莲子的父亲不让，说，多养两天，无妨。

莲子姓苏。苏家人在庞口是大家主，主人就是那位长者，姓苏名成郡，打人的那个汉子是苏家老大，叫苏家仓，下边有个弟弟苏家余。苏家唯一的宝贝千金女儿就是莲子姑娘，大号苏家莲。

苏成郡在庞口有人缘也会做买卖，闺女苏家莲在庞口镇也是出了名的好丫头。家中就是老大苏家仓混账些，仗着有点儿钱，张狂得不得了，经常惹是生非。

苏成郡脑子活，做生意活泛，不摊事不惹事。这混乱的年头儿，谁晓得你会遇到什么事儿,出个事就是大娄子。当听说自己大儿子把俩外地人打了,苏成郡唯恐惹出祸端来——让官面上或是镇上和苏家有过节的人抓住把柄,那可不得了。所以他花钱保平安,将我爷爷和普伯两个人照顾得非常周到。

苏家仓对我爷爷一百个忿不上,也非常不满意爹的这种做法:两个臭外地人,有什么呀,揍了就揍了,思前顾后胆小谨慎,让庞口人怎么看咱?

苏成郡和他理论不出个所以然来,索性对苏家仓置之不理。

苏家仓在后院吃完饭,到广义住的侧院外咳嗽了几声,故意引那两个人注意,然后摇晃着到了院井中,打了一套通臂拳。

普伯在炕上和我爷爷正海阔天空地说着,听到外面有动静,看到苏老大正在嘿嘿地发力。广义直起身子瞅了会儿:不就是套花架子吗?小普你出去给他翻几个筋斗。

普伯知道自己已经不再是那天的街头小卒了,现在我是苏老爷子的座上客,你能拿我怎么样?小普推开门,溜达到院子里。等对方打完拳,小普在手掌了呸呸啐了两口唾沫,胸口一提气,脚下助跑,嗖嗖嗖翻了十几个空翻,落地无声,动作相当利落。苏家人见了,不住地叫好。

广义觉得小普挺给自己长脸的。他不经意侧脸一瞅,斜对面的莲子姑娘也正好瞅过来,俩人对视了一眼,互相有些不好意思地笑了。

我爷爷和苏老爷子辞行之际,想好了许多感激之词,可到嘴头上说不出什么来,脑子里在想家莲姑娘在哪里呢。

苏成郡给了两个人两块“袁大头”,说,孩子,以后路过这里,或者回家,到苏大伯这里来坐坐,当兵可不是闹着玩儿的,也希望你们自己多个心。

崔广义和小普给老人家鞠了个躬。广义说,老爷子,我崔义安是个有良心的人,真有一天我在战场没有死,活着过庞口,我给您老拜年来。

好,好孩子,这话听着让人舒服。苏成郡挺欣赏这个说话有情义的小伙子,真想把俩人留下在家里当个短工,可惜他俩是外乡人,根底实在不知,少给自己添事吧!他目送广义和小普俩人向西而去。

我爷爷其实是把话说给苏老爷子背后的苏家莲姑娘的。真的,我爷爷心里想,真有天混出人样了,一定回来,一定回来。

他转身的时候,没有注意到苏家莲上了自己家的大房,站在房上望着两个人的背影,直到他们的背影消失在远方。

普伯走得蔫头耷拉脑,被广义落下了十几米。我爷爷猜出了这小子的心思——恋家了,就和小普东拉西扯,扯得乌七八糟:小普,你说如果将来咱像苏家这么有钱了,这日子该怎么过?

普伯哼着嗨着,没回答上个溜来,嘴里突然冒出一句:四叔,你说那个莲子姐好不好?

广义愣了一下,说,好。然后,他赶紧将话题扯到了军营:你说你五爷给咱什么官干呢……

他看小普不言语,回头一瞅,发现小普在他背后吐舌头做鬼脸。见广义发现了他,小普先是嘿嘿嘿地假笑,后来哈哈地大笑不停。

广义过去用脚假踢了他一下:你笑什么笑?

普伯更是咯咯咯地笑个不停,笑得广义都不好意思了。广义捡起地上一块小土坷垃就追普伯,俩人一前一后追着跑着,笑声连成了一串。

保定西,校军场。

陆军第二十三师第十七混成旅旅长崔相应正在视察士兵们的步枪对刺术。直系步兵素质极高,带兵的尉校级军官几乎都是保定陆军军官学校以及各地方讲武堂、武备学校的科班生,这些年又经历了护法、讨逆等国内战事,意志相当顽强。皖系、粤系、桂系以及关外奉系虽说兵强马壮,但要和直系对垒,都有所忌惮。

崔相应骑在马上在校军场转了几圈,看到士兵们一丝不苟地训练,颇为满意。没有这些战场上敢于陷阵的士卒,没有这些血肉之躯,旅长、师长、大帅,指挥才能再高也只是纸上谈兵。

所以崔旅长从不亏待下属。他出了家门就去兵营,即便是离他司令部很远的保定城南城犄角旮旯的被服厂,崔相应也时不时过去巡查一下,和那里的老兵油子唠唠嗑,扯回闲淡。崔旅座亲兵、护兵、爱兵,把这十七旅当成他自己的家,不管家里的哪个人有了困难、麻烦,都是他旅座的事情,所以全旅上下,从官佐到炊事兵,从列兵到上士,都唯旅座崔相应马首是瞻。崔旅座一声令下，指哪打哪，军令如山，从未有谁打过半点儿折扣。

三营营长穿着便装，脚下穿着缝着白布的布鞋，从校场外跑过来，给崔相应敬了个礼：报告旅座，三营营长耿大阔归队。

崔相应让护兵扶着下了马，抬手说，大阔，没穿军装，别敬了，老娘的事儿全办妥当了？

旅座，全妥了，感谢旅座的挂念，大阔，给您谢孝。说罢，耿大阔身子一屈，给崔相应磕头。

耿大阔，沧州献县耿官屯人，老娘七十三岁这个坎没过去，前不久病死在献县。耿大阔回家料理后事，崔相应本想亲自过去悼念。耿大阔是自己一步步提起来的，人如其名，对崔相应忠心耿耿。因师部临时有个紧急会议，崔相应没有去成，让二姨太代表自己到灵前悼念。崔相应把耿大阔一把拉起来：大阔，自己弟兄哪有这么些老礼，家眷都安置好了吗？

好了。

那就好，先休息几天再去营里。

旅座……耿营长欲言又止。

嗯，有什么事儿你直接说。崔相应说。

我有个叔伯兄弟，耿大江。我叔婶上了岁数，动不了了，就剩下这么个老送子，这不，这次非得让我带队伍上来。旅座，您看……

噢，人在哪儿？在这儿吗？

没有，旅座没有批准，我不能……

行了，崔相应打断了耿营长的话，你的兄弟就是我的兄弟，你带兵我放心，就放到你的新兵营，改天你带着到我那里，让二姨太给做点儿好吃的。崔相应明白，别说是耿营长的兄弟，就是耿营长的街坊他也不能说个不。虽说现在上边军饷总是不按时发放，整个十七旅按花名册饷银都发不到全额，但不管怎么样，来这里投奔他的，就是他的一分子。

谢谢旅座。耿营长退了一步，敬了个礼。

崔相应打马出了校场。

崔相应准备再到辎重营那边转转。这时，前面一匹战马跑过来，到了近前，原来是警卫营的通信兵。崔相应旅长估摸着是不是家里有什么事情。通信兵在马上敬礼:报告旅座,夫人让你回去一趟,说是老家来人了。

崔相应一听“老家”俩字,心就乱了。这些年老家不是要这个那个,就是打官司告状,要么就是婚丧嫁娶的过来借钱。可烦归烦,老家终究是自己老家,兄弟侄子大爷一箩筐,哪个都拿自己当圣人。崔相应想,这才俩仨月没回,又是老家的哪个呀?又有什么事儿?

他让刘参谋代表自己去辎重营视察一下,现在直系和奉系两边顶着牛,不定哪天就开了火,哪个地方都不能忽视。刘参谋心细如发,办事稳妥,他过去自己也放心。

崔相应调转马头,带着几个护兵回旅部。

崔相应的宅子坐落在离师部北侧几十米的东关老街,原先是晚清布政使衙门,院落不大,翻新一遍还算精致。崔相应边进屋边把身上的腰刀和军帽递给随从。跨过二道院后,崔相应进了内堂,见三个年轻人正在屋里站着,还东张西望的。

老家谁来了?旅长问。

丫鬟拿过来一条湿毛巾,崔相应边擦脸边问二姨太,眼睛瞅着对面那几个人。

对面三个人脸上有些惶恐不安,其中两个瞅了瞅中间那个眼珠稍鼓的。

中间那个人直起身子说,是五哥吧?我是咱桑桑村的万龙。

我们村叫东桑生,可人们说话时都称作东桑桑或者西桑桑,而不是东桑生、西桑生,现在说成白话亦是如此。

旁边的二姨太和丫鬟一听,差点儿笑出声来,把嘴用手绢捂住——这个老家人显然是按照乡亲辈分或者家族辈的称呼来称呼崔相应的。

崔相应不仅没有生气,反而心里挺痛快,大步走过去,问,万龙,你爸叫什么名字?

李一正。

哦。崔相应脑子寻思着。

那个叫万龙的小伙子又赶忙说,小名李淘气。

这下崔相应记起来了:好家伙,淘气叔家的。

嗯呢，嗯呢。李万龙龇着牙摸摸后脑勺儿。

丫鬟在旁边冲着二姨太学了句“嗯呢，嗯呢”。二姨太白了她一眼，丫鬟吐了一下舌头。

这俩人是？崔相应又问那个万龙另外两个人的名字。

五哥，这个是崔寿岐，小名乱，那个是崔汝戌，外号大刀螂。

你还耳朵聋呢。那个叫崔汝戌的反驳了一句。满屋人更是笑得前仰后合。

崔乱向崔相应鞠了一躬：老五爷，我爸崔兆同，你记得吧？

记得，记得，打小在一块打菜放羊的。怎么样？你爸身子骨怎么样？

他前年死了。崔乱低声说。

死了？唉。崔相应叹了口气。现在这穷乱的年头儿，人命真贱。你呢，你爸是谁？崔相应问崔汝戌。

那个崔汝戌哈了下腰：五叔，咱是远当家子，我爸崔大磕巴。

崔相应挨个儿问明白后，让二姨太给几个人安排吃食。这几年，老家的人来了，不管什么姓，别说是东桑生村的，就是只提个大城县，他崔相应也得好吃好喝地招待。

二姨太在这个家对这些事情习以为常了，也清楚丈夫的用心，打心眼儿里也从不歧视老家来的人。二姨太说，这三个人才从厨房那边回来。

李万龙从口袋里掏出一张纸来：五哥，这是相亭哥给您的信。

李万龙说的相亭哥就是我的太爷。我的太爷在我爷爷离家后的第三天头上，给他堂弟崔相应写了一封信，信是这样写的：

五弟，近来可好？侄子崔义安现已十九成人，不听我的训教，于前日离家去投奔你处，二哥只好委托五弟好生严管，如若拼死沙场，那便是他自生之命，与你我无关。有万龙、寿岐、汝戌同村子侄一同投军，望你照顾。

二哥　崔相亭

民国十一年二月五日

崔相应读完信抬头问前面三个人:你们三个也想当兵?

五哥,是。

老五爷,嗯呢。

五叔,当兵有饭吃,有衣裳穿。

可当兵不是闹着玩儿的,会掉脑袋。崔相应脸色一正,注视前面三个人。

李万龙三人互相对视。

掉脑袋也比受穷强。

老五爷,我们不怕死,老崔家人没一个怕死的。崔乱挺了下胸脯,冒出一句。

这句话让崔相应听着振奋。他从椅子上站起来:好,说得好,老崔家人不怕死,怕死不当兵。

李万龙是外姓,听旁边俩姓崔的这么一说,唯恐落后,也迈出一小步:咱东桑桑村的都不是孬种。一句话惹得一屋子人哄堂大笑。

崔相应想起什么:信上说义安比你们早几天来,我这里没有见到呀!

李万龙说,哎呀,他应该早到了!

崔相应心里一急:孩子要是在半路上出点儿什么差池,可就太对不住二哥了!

你们在路上没有看到?

没有。那三个人说。

这是怎么回事呢?崔相应心里长了草。

别是走错路了,是不是又返回去了呢?

扯淡,李万龙反驳了崔汝戌一句,偷着跑出来又跑回去,神经呀?

是不是被劫道的劫了?李万龙说了一句。

屋里静了一会儿,崔相应喊,传令兵,把警卫营杨连长喊进来。

不一会儿,一个孔武有力的军官从外面大步进了屋,立正站好。

崔相应说,杨子,你带着两个排去高阳县,高阳县那边乱民闹得厉害,前天王县长来人让过去维持一下。

是。

还有，你去的时候，带着这三个人。我老家人个个都是不怕死的，来投军，安排到你连。我一个侄子从老家出来几天，到现在也不见人，你正好沿途找一下。

是，旅座。杨连长侧转身对李万龙三人说，你们三个人跟我走。

好，好，老五爷我们走了。

五叔，走了。

到了院子里，李万龙还转身喊，五哥，回见。

刚出门，杨连长就对准李万龙踢了一脚：喊什么喊，以后不许喊五哥。

万龙摸着屁股龇牙咧嘴地问，那喊吗？

旅座，懂不懂？杨连长厉声说，这是在军队，不是在你们村里。

我们不是还没当兵吗？李万龙摸着屁股还了一句。

你们现在开始就是了。

汝戌一缩脖：操他哥，真厉害。

不许说脏话，凡是回答，只说是或到。杨连长说。

是。汝戌说。

走。杨连长跨上军马，向东关连部方向前进，三个人背着被褥卷后面紧跟。

操他哥唻。汝戌又白了一句。

二

接受任务

我爷爷和普伯由庞口向西又走了二三十里，见到一些村庄的墙上用白浆水写着高阳县什么村公所的字样，心里估摸着到了高阳县地界了。向西的官道上鲜见人影，气温倒也适宜。柳树的叶子开始拔出了嫩芽，绿得让人眼睛湿润。

两个人又紧几步越过几个村庄。广义望见前面有一道土坡，对小普说，小普，咱们脚步快点，到那个坡上太阳爷爷底下晒会儿再走。

普伯摸了摸膝盖，点了点头。二人一前一后上了坡后，广义拿出一张发面饼，掰了一块给小普。两个人吃饱了喝足了，躺在沟坡上想趁着阳光暖和眯会儿觉。突然，头顶上砰的一声响，吓得两个人都打了个激灵。他俩翻起身子向响声传来的方向望去，只见离两个人两百米外的地方，七八个人向这边跑过来，后面还有不少人吵吵嚷嚷地追赶的声音。这前面七八人都是庄户人的装扮，其中有两个拿着长长的鸟铳，其他有拿大刀片的，有拿扎枪的，拿鸟铳的边跑边往枪膛里填火药。

小普问，四叔，咱跑吧？

广义也有些慌神，弄不清是怎么个路数，壮着胆子扒在坡头又瞧了瞧。只见后面追赶的人全部穿着灰色军服，戴着大盖帽，应该是官面上的人。看来前面这伙被追的不是什么好人了。

广义就和小普向沟坡下慢慢出溜。半空中有子弹嗞嗞地乱飞，树枝丫杈被打得七零八落。我爷爷和普伯虽有一腔从军热忱，但第一次见到枪弹横飞的场面，心里却害怕得要死。他们缩着脖子，将身子滑到坡下，窝缩在一块沙坑里不敢抬头。那伙被追赶的人也跑到了坡上，其中一个一脚踩空，从坡上滚了下来，正滚到广义的身上。

广义和那个人都惊叫起来。广义本能地将对方的双手摁住，一翻身将对方骑到了身下。那个人双手在空中胡乱抓着，双腿乱刨。小普见状，身子跨上去压住了对方的双腿。广义抡起拳头就想砸对方，头上有人喊了句：别动。

我爷爷一抬头，一个戴着瓜皮帽的男人端着一杆火枪，枪口对准了他的脑袋。广义举着拳头呆在那里。他清楚，只要对方手指一动，他的命就没了。我爷爷心跳加剧，脸上的汗淌了下来。坡上的这个人的眼睛眨了眨，想说什么。忽然，砰的一声枪响，对方的脑袋瞬间炸开了花，尸体如同一根粗木桩似的，从坡上直直地栽倒下来，扑通一声，连弹动都没弹动一下。

广义和小普吓呆了。刚才那个眨着三角眼的男人就这么死翘翘了，脑浆红白相间地流出来，摊在沟坡那儿，看着让人反胃。

身下的那个人坐起身子，喘着粗气，脸色蜡黄，嘴里兀自叨叨着：我不是乱党，我不是马匪，我不是马匪。

广义才看清这个人——二十六七岁的样子，嘴角留着八字小黑胡，干瘦干瘦的，头上绾着发髻，身上穿着一身深色道服，不像个庄户人，倒像个出家人。

枪声停止了。被追赶的那几个，除了这个出家人，有的被枪打倒在地上，有的被生擒活捉，有两个没死，在地上翻滚，痛苦地叫嚷着，后面几十名士兵追了上来又补了几枪。他们发现了沟底下的三个人后，便喊，这边还有几个没跑了的。

当兵的跳下来将广义他们团团包围住。其中有个老兵，端着步枪对三人喊，举起手来，快点，双手举起来。

三个人慢慢地举起手。那个刚骨碌起来的道士说，我不是马匪，我是出家之人，全真……

全你妈个……话还没说完，一个当兵的抢过来，冲着道士的脑袋给了一枪托。

崔广义就这么稀里糊涂成了马匪。当这些当兵的将我爷爷五花大绑捆起来时，广义嘴里还不停地解释：我们是过道的，过道的。

扯淡，过道的，和马匪过到一块儿了？当兵的说。

崔广义还想争辩，那个当兵的就扬起了手里的步枪。好汉不吃眼前亏，广义不敢吱声了。小普被刚才那个被打死的马匪的惨状吓得一句话也不敢说。当兵的本来也想捆上他，可麻绳不够用了，而且看他是个小孩子，也就没怎么下手。那老兵喊，你小子敢跑也一样枪凿了你，跟着走。

小普就一声不吭地跟在人群后面，进了高阳县城。士兵将他们三个还有其他的马匪，直接送进了高阳县警署的大牢。

当夕阳微弱的光线从号房的窗户里透过来时，广义心情沮丧到了极点。他低头瞧了一眼正用衣角擦着额头肿伤的牛鼻子老道，真想过去踢他几脚。

小普说，四叔，咱怎么这么不顺，倒霉事都让咱碰上了。

广义说，是呢，出门那天没有看时辰，这一码接一码的，都让自己遇见了。他咬了咬嘴唇，活动了一下肩膀。

小普又说，他们会不会砍了咱的头呢？

广义一晃脑袋说，不会，咱又不是真正的马匪，他才是。

我不是，那个老道放下胳膊说，我也是过路的，昨儿个才到这儿的一个村。我正给一家调理阴宅，没想到刚从主家拿过钱，出村就被这伙土匪给抢了。抢了我钱不说，其中一个小头头儿非得让我给他家也看看风水去，这不，活儿还没干，就被当兵的给围了，我一跑就撞见你们了。

广义和小普将信将疑。小普说，你会看这个那个的，你没给自己看看呀？你怎么说也说不清，反正我们没事。

老道翻翻眼皮：你俩能给我打证不？

打什么证？广义问。

告诉当兵的我不是土匪。老道说。

我们不认识你,你刚才说的是真的还是假的我们都不知道,怎么打证?广义很固执。

老道扑拉一下屁股,从地上坐起来:我真是好人,出家人,全真派,我是在北京白云观挂贴的。白云观知道吗?

广义和小普头摇得拨浪鼓似的。

老道懊恼得没法儿,明白面前这俩庄稼人什么都不懂,现在自己的性命危在旦夕。这世道,官府给你安上个罪名,明天就能拉出去开刀问斩,由不得你理论。

你俩不给我打证,我临死也拉上你俩。老道急得冒出一句。

广义急了:你说吗?

反正也没人给你俩打证,你要不给我打证,我就说你俩也是土匪。

嗬,你这个牛鼻子老道,小普,揍他。

小普早就看这牛鼻子老道不顺眼了,蹿上去对准老道开打。

李万龙和崔汝戌、崔乱三个人穿着新发的灰色军装在高阳县警署后厨房帮厨。因为三个人没有一点儿实战经验,所以杨连长没有让他们三个去围剿土匪,而让伙头带着他们三个在警署里帮着做饭。

三个人挺积极,这几天也可算吃得实在,再不用像在村里那样饱一顿饥一顿的。成天穿着土布军服,扎着皮带,吃喝不愁,也不用打仗,到时还有饷钱发,不赖。

真不赖,三人想,这要是回村里,在正街上来回走两趟,让村里老少爷们儿一瞅,多露脸呀!

汝戌从茅房回来,告诉万龙和崔乱,瘪脑瓜子——班里给老班长起的外号,这三个人也入乡随俗,都这么称呼老班长——他们回来了,听说土匪打死了三四十,抓回来几个没跑了的,还有几个伤的,刚才杨连长带人去南城门刚给接回来了。

万龙和崔乱俩人听得入迷:要不咱也过去瞧瞧热闹。

别去,别去,这是部队,让咱干吗就干吗,别找骂,听说关进了高阳班房呢。我问了衙门里那个站岗的,站岗的说明天就是高阳大集,这几个人午时三刻就要被正法的。说罢，汝戌做了个砍的动作，吓了那俩人一跳，嘴张得老大。

晚上，高阳县县长在当地最有名的八仙聚饭馆宴请杨连长和两个排长，自然好酒好菜。县长挺高兴，也嘱咐警署长把下面当兵的也伺候好。仅三天时间就把乱匪平息了，县长当然高兴，县里太平自己的乌纱帽才会安稳。吃饭的时候，汝戌给老班长又是端菜又是打饭，当然，嘴里也不耽误，吃得肚子发胀，一个劲儿地去茅房。

从茅房出来，看到刚才吃饭的警察去号房换岗，汝戌搭讪道：兄弟，吃好了不？

吃好了，那个警察说。

我能和你去看看乱匪不？

警察看四下无人：行，跟着来吧，让你看两眼。

广义和小普把那个道士一步步逼到墙角。老道边退边喊，救命，救命，打死人啦。两三个警察进来，隔着铁栏杆骂，都老实点儿，老实点儿。

小普喊，我们冤枉，我们冤枉，我们不是土匪，我们是投军的，保定崔相应是我五爷。

我还是你八爷呢。一个警察损着小普。

在门外站着没进来的汝戌听里面的人说话是大城口音，而且听声音挺熟悉，溜进去隔着号里煤油灯近前一看，里面人也看不太清。崔汝戌就问，你谁呀？哪里的？

广义和小普向前凑了凑，睁大眼一看，前面有个当兵的，还挺面熟，再仔细一瞧，哟，汝戌，汝戌，我是你广义哥。

广义哥，哎哟，可找到你了。

我爷爷和普伯两个人在这个节骨眼上见到同乡伙伴，如同黑夜迎来了一缕灿烂的曙光。

杨连长听说旅座的侄子竟然被当作乱匪给抓进了大牢，大为光火，一回到警署衙门就把班长老卞叫了过来：你这个瘪脑瓜子，俩眼长屁股上去了。

老卞争辩道，我哪里知道那是旅座的侄子呀，追他们他们就跑，妈的，幸亏没让枪子儿打死，打死这事儿还不好交代了。

行了，行了，赶紧请过来。

老卞出了屋，让人将广义两个人带过来。不对，是请过来。

广义和普伯两个人从大牢里被放了出来，可算是有惊无险。李万龙和崔乱听说找到广义了，都跑过来见面。士兵们听说旅座的侄子竟然被抓进了大牢，全都惊动了，都怕惹上头生气，这个搀着那个扶着。出了号房几步，广义又想起了什么。

汝戌，屋里那个老道能放不？他也不是乱匪。

我爷爷和普伯因祸得福，那天晚上由杨连长陪着在酒楼里吃饭。那一顿饭两个人吃得天昏地暗。吃完，崔广义和他侄子直打嗝儿、放屁，又捂着肚子去茅房拉。这后来成了三营士兵的笑柄。杨连长又让瘪脑瓜班长在警署找了个单屋大炕。晚上，我爷爷看着普伯仰面朝天呼呼傻睡的样子想笑，可怎么也笑不出声。过了片刻，他一把又一把抹起了眼泪。

1920年（民国九年）7月，直皖战争仅仅开打五天时间就以皖系军队的失败告终。7月19日，皖系军阀总统段祺瑞通电全国，“引咎辞职”；同日，直系军大帅曹锟入主北京；7月23日直奉大军分头进入北京南苑、北苑驻扎。时任总统徐世昌满以为赶走了段祺瑞这个太上皇，可以安安稳稳、堂而皇之地做几年大总统，可没想到曹锟、张作霖这两个人比段祺瑞还要霸道，一切中央政务都要干涉，否则政府一切问题都无法解决。

曹锟和张作霖虽说是儿女亲家，但在原则问题上互不相让。双方都在紧锣密鼓地扩充军力，建立兵工厂，并且从国外大量购置军火装备。

12月14日，亲日派人物梁士诒当选民国总理。此前梁士诒多次哄瞒曹锟，空口承诺若当选总理定能满足直系500万的军饷。可上任总理后，梁士诒却对奉系言听计从，对直系搪塞推诿，让直系曹锟、吴佩孚大为不满。

1922年（民国十一年）1月，曹锟授意吴佩孚联络各省督军，联名总统徐世昌请求罢免梁士诒的总理职务。总统徐世昌无奈，又恐生事端，只得暗示梁士诒自动辞职，梁士诒被迫出走天津。这使得奉系张作霖十分恼怒。张作霖认为直系在削弱奉系和中央的联系，因为梁士诒是奉系一手扶持的，曹锟、吴佩孚此举欺人太甚，是可忍孰不可忍？

从 1922 年 4 月 10 日起，奉军就不断地进入关内，兵分为西、东两路军。西路军以张景惠为总司令，司令部设在长辛店（今属北京），分为三个梯队：第一梯队司令由张景惠兼，第二梯队司令邹芬，第三梯队司令郑殿升。东路军以张作相为总司令，司令部设在落垡（今属天津武清），也分为三个梯队，另外配属骑兵集团：第一梯队司令张作相兼，第二梯队司令张学良，第三梯队司令李景林；骑兵集团司令许兰洲，参谋长常荫槐。第二梯队所辖部队有张学良的暂编奉军第三混成旅、郭松龄的暂编奉军第八混成旅、蔡平本的暂编奉军第四混成旅。奉军全部兵力约 12 万人。西线一路进至京汉铁路长辛店一线。东线一路进至军粮城（今属天津）、马厂（今属河北沧州）、静海（今属天津），一直开到德州（今属山东）附近。奉军也改名为“镇威军”。

此时我的爷爷已经是第二十三师第十七混成旅五十七团三营二连上士；崔凤祥因为年龄原因，在新兵队稍加训练后就被旅长崔相应安排到警卫营做传令兵；李万龙、崔汝戌都在二连担任中士士兵；崔寿岐因为有文化基础，被选入保定陆军初级学堂学习了一个月，回来后担任十七混成旅三营上士司务长。牛鼻子老道叫朱各亮，山东德州人，自称七岁就在终南山出家。至于他七岁时是怎么去的终南山，人们也没有问明白，他也懒得和大家解释。他从高阳班房被我爷爷救出来后，就跟着从了军。脱下道服后，他还是改不了自己神神道道的毛病，时不时地给人卜上一挂。

东桑生五个人一起进了直系军队，正式开启了军队生涯。刚开始的一段日子，五个人精神得找不到北，打着崔相应同乡子侄的名号，惹出了不少乱子。最荒唐的一次就是大刀螂汝戌、我爷爷、小普三个人跑到保定府的烟花巷里闲逛，穿着军装，人五人六地耀武扬威。汝戌非得看看窑姐都是什么长相，跑到一家妓院门口巴头探脑儿，被一大茶壶给训斥了几句。汝戌就喊来我爷爷和小普，准备揍这个大茶壶，结果被这家妓院的老鸨揪着耳朵给扔了出来。汝戌歪着嘴说，十七混成旅旅座崔相应是我们五叔，我叫他把你们窑子砸了。三人都认为这下能震这个婊子头儿一下了，结果，老鸨叼着烟卷拍了两下巴掌，从楼上出来个光着膀子的男人。三个人一看，是瘪脑瓜子卞正目(班长)，顿时瞠目结舌。老卞班长也不客气，过来给每个人抽了一顿大嘴巴，说，我代替旅座教训教训他这几个不知好歹的侄儿少，让你们学个军歌都他妈的学不好，逛窑子倒无师自通了。

小普摸着被抽红的脸蛋，小声顶撞了卞正目一句：我早会了，是大耿不会，他一唱跟我六叔家的叫驴似的。

小普一句话把老卞给逗乐了：好，好，小子你们几个都给我站好了，现在就唱给老子听听。

我爷爷、汝戌、小普三个人排成一行，战战兢兢地戳在妓院门口。老卞拿了把椅子坐在前面，就跟耍猴卖狗皮膏药跑江湖的术士一样，指挥着三个直系新兵。

于是，他们开始唱：

> 北望满洲，渤海中，风浪大作。
> 想当年，吉江辽沈，人民安乐。
> 长白山前设藩篱，黑龙江畔列城郭。
> 到如今，倭寇任纵横，风云恶！
> …………

三个人嚎嗓着唱完了。老卞说，还行，还行……大刀螂你能不能不哆嗦呀？没演过戏呀？这么老多人瞅你仨多露脸呀！崔汝戌本来就臊得够呛，又瞅着周围有这么多看热闹的老百姓，真想找地窨子钻进去。

哎，侄儿少，老卞又对我爷爷说，知道吴大帅为什么写这个《满江红》当咱们直系的军歌吗？

不知道。

我告诉你们仨，吴大帅就是要仿效岳武穆，收复失地，壮我中华。老卞说完了，周围有秀才模样的知道这个词牌的出处，鼓掌叫好。这下老卞坐在那里更来劲了，身子板一挺。

你们仨回去好好待着，把科目操典背通、练熟。刚进来就想当兵油子，你们长毛了吗？

没长毛，小普小声说。这话把看热闹的惹得哄笑一片。

老卞旁边的老鸨挺着个大胸脯笑得浑身发颤，老卞也严肃不起来了：没长毛，到这里吃包来了？都给我滚蛋。

这事儿以后，“侄儿少”这个称谓就成了我爷爷崔广义的绰号。

吴佩孚手下有四员大将，分别是第十三混成旅旅长董政国、第十四混成旅旅长彭寿莘、第十六混成旅旅长孙传芳、第二十六师师长张国溶。崔相应资历不低，属于曹锟第三镇老人。吴佩孚还是曹锟第三镇曹锟部炮兵第三标第一营管带时，崔相应就是第三标一营棚长，并屡立军功，曹锟对其青睐有加。崔相应所部后又随吴佩孚南下参加湘鄂战争，攻无不克，战无不胜。崔相应不管跟着哪位大帅，都忠心尽职，绝无二心，这也是吴大帅看中的地方。有的将佐脚踩两只船，阳奉阴违，曹大帅风头好时就捧曹锟，吴佩孚势头足了又来附和吴大帅，崔相应就不会这样。

传令兵崔凤祥挎着德国匣子枪去班里通知我爷爷晚上去旅座那里吃顿家宴。当时崔广义正和耿大江在校场上比试摺跤，结果比试了三局，广义被膀大腰圆的耿大江摔地上三回，摔得他脸上有点儿挂不住。旁边的李万龙和崔汝戌想过去齐伙揍耿大江。广义从地上起来说，大江，行，过一段再说。耿大江心眼儿实，没什么脑子，以为对手真服他呢，抱了抱拳，告诉侄儿少，我能摔倒两头牛，你这个不算什么，你还能比牛壮么。

崔汝戌一个劲儿地给广义使眼色、努嘴，那意思就是一块儿上，揍这傻大个。广义正犹豫着，普伯一溜小跑就过来了。他分开看热闹的士兵，跑到我爷爷跟前，说，四叔，老五爷叫你晚上过去吃饭，老五奶奶让后厨炖了一只山羊，老五奶奶对咱真好，说你们最近训练辛苦，给你补补身子。

汝戌凑过来：有我呗？

传令兵正了正军装，手一背：你姓崔吗？

我，我是呗。

你是就有你。普伯拔着脖子说。

李万龙一听这个，脸上悻悻的，转身想走。崔凤祥喊着了他：万龙爷，有你。

李万龙一听，马上笑了起来：是吗？五哥，不，咱们旅长真是宰相肚子，宰相肚子。

朱各亮在一旁插了一句：一群土包子。看到几个人齐刷刷地瞪着他，他就撒丫子跑掉了。

崔广义和李万龙几个人回到宿舍后，换了一身新军服。崔汝戌也不知从哪里弄了块胰子，又是洗头又是洗身上，生怕给旅座带去臭虫。李万龙边整理衣裳边问广义，寿岐是不是也会去呢？想想自己外姓都能去，估计东桑生村的一个都不会少。

几个人穿着整齐，太阳刚刚有些西落，就到了旅长府门口。穿过头一排房子，二道院为旅座内宅。三人进了客厅后，客厅里没人。这时小普从后门进来，喊，四叔，走，去餐厅。

三个人被小普带到了餐厅，看到二姨太正指挥人们上菜。八仙桌上摆满各种菜肴，最中间是一盆白花花的炖羊汤。几个人哪里见过这么好的吃喝，肚子顿时咕咕地起了反应。

二姨太一看几个人，便打起招呼：广义，汝戌，快点，坐下，坐下。

五奶奶，五婶子……几个人规规矩矩地喊了一阵，才凑到桌子跟前。

二姨太稀罕老家的人。这些孩子虽然土气，但厚道朴素，是从心里敬着她的。直系军里那些有头有脸的人，谁不知道她是舞女出身，有几个在内心真的高看她的？还好崔相应拿她当回事，非常疼爱她，才让她有了主心骨，让她过得有乐趣。这些年她始终不开怀，没给老崔家添个后，这便成了件令她发愁的事情。

广义，你们先吃。最近训练吃累吧？

五婶，不累，当兵训练累，但有奔头儿。再累也比上咱们老家拔麦子、拓坯强呀！崔广义说。

崔汝戌已经用手撕了个鸡腿，不顾崔凤祥用眼冽冽他，嘴里说：嗯呢，五婶，老家四大累——拓坯、打坯、拔麦子、豁地。

崔凤祥终于看不下去了，用脚踢了他一下：扯呢，糊弄五奶奶，豁地是你豁还是牲口豁？

牲口豁呗。

牲口豁，你累？

在后面扶着犁杖不累呀？俩人斗着嘴，把二姨太和丫鬟笑得捂不住嘴。

李万龙这时喊了句：旅座到。

几个人赶忙放下筷子，起立立正。

旅长崔相应一身戎装大步从外面走进来，后面的人让屋里几个人颇感惊诧——只见崔寿岐穿着笔挺的准尉军装，紧随在旅长身后。

崔相应挥手让大家都坐下。二姨太把军服拿到一旁，给他拿出对襟便服穿好。

崔相应漱了一下口，挨着崔广义坐了下来，问，老四，你们几个在这儿还适应吗？

我爷爷正寻思着崔寿岐这身军装是怎么回事，听到旅座问自己，马上起立：报告旅座，还好。

二姨太在一旁插言：义安，现在在咱家，不是在你们队伍上，什么旅座师座的，这里没有。

其实，我爷爷这么做也是给自己的五叔看看，让别人瞧瞧，自己没有仰仗着和五叔的关系怎么着。

崔相应示意我爷爷坐好。他环顾了桌上的一圈人，问，到了这里就得多吃苦，不怕吃苦，只有多流汗，多练习操典，多动头脑，才能在战场上多杀敌人，保护好自己。

几个人嗯嗯地点着头。

二姨太给旅长盛了一碗羊汤，说，行了，孩子们都饿了，等了你老半天，你来了又打打杀杀的，赶紧吃。

崔相应点了点头：好，听你的，吃，吃饭就是战斗。几个人听到吃饭的命令，先是有点儿拘束，后来大嘴张开，狼吞虎咽地吃上了。

崔相应边瞅着这几个小子胡吃海塞，边说笑话，说看到你们，咱老崔家就后继有人了。他一说完，二姨太的脸唰的一下红了，起身去坐远处的椅子。

崔相应没有发觉，接着说，四年前和吴大帅打长沙，我带一个标（团）的人攻上城头，把守城的司令拉过来就想毙了，你们猜那家伙说了一句什么话？

广义他们问，他说什么了？

这家伙说，崔相景五十年后又是条好汉。敢情是咱老崔家人，和我还一个字上的。我一想，得，老崔家人不能杀老崔家人，就把他放了。结果哥儿俩敞开心窝子一唠，还真论上来了。他老家也是山西洪洞的。你说这不是一家人不认一家人了吗？哈哈！

后来怎么样了？汝戌嘴里嚼着羊肉，鼓着腮帮子问。

后来，这个人就成了咱们十七旅的人了。去年他告老还乡，说回湖南老家后要拿着家谱去东桑桑续家谱。

啧，真是。汝戌终于将羊肉咽进了肚子。

崔家人遍天下。崔寿岐擦了擦嘴。

遍天下，遍天下，李万龙接了话茬儿，咱们村都是从山西洪洞县搬来的，小脚趾都分瓣呢。

是，桌上的七嘴八舌，嗯呢，你说怎么遗传下来的，真玄妙。

不是说，当初从山西往直隶迁的时候，为了好辨认，村里人就把迁移的老百姓的小脚趾都用斧子剁了。还有就是，迁移的人都栓成一长溜，有人要去茅房，就说解手。“解手、解手”就是这么来的。

广义踢了一脚汝戌：恶心人不，吃饭说这个。

崔相应听了仰头哈哈大笑，笑过之后，嘴里哼哼起一个曲子。屋中几个人则静静地聆听。

子牙公分封在南阳
嫡传季子食在崔邑乡
清河博陵多房地
人才辈出自汉唐
山西洪洞大槐树

百家姓氏有庙堂

…………

崔相应唱完后,广义带头鼓起了掌:五叔这个歌子我听二爷唱过。崔汝戌说,我也听过,好像说的是咱崔家人是怎么来的。

对,对,不知道是崔家哪个先人写的,崔家人一代代口口相传。这时,二姨太给崔相应挑了一下眼。崔相应说,你们赶紧吃,吃,别光说。

享用完丰盛的晚餐后,崔相应又让丫鬟给大家泡了甜茶。小普教大家怎么喝茶,怎么端杯,怎么敬酒,这几个人便又好奇又开心地“张牙舞爪”起来。

过了一会儿,参谋走进来和崔相应耳语了几句,广义侧耳听着。又过了一会儿,二姨太让丫鬟从内屋里取出一个纸盒,打开后,里面满是新发行的民国银票,都是崭新的,有几打。

崔旅长把银票拿出来放到几个人的面前,广义、李万龙、崔汝戌,小普几个人丈二和尚摸不着头脑,只有崔寿岐低头喝着茶水不动声色。

崔相应说,可能最近你们也听到传闻,我们将要和东北张作霖开战了。所谓刀枪无眼,生死有命,每次胜仗都是用人命换来的。你们几个人和我关系都不远,来投奔我就是跟着你五叔、五爷我享福的,到了真正要拼命的时候,我不能让你们去送命。这些钱,够你们过一年的好日子,你们拿着钱明天就回去找女人、盖房子吧,不够再来五叔、五爷这里要。说罢,崔相应直勾勾地看着眼前的这几个人。

李万龙和崔汝戌、小普几个人面面相觑——长这么大哪里见过这么多钱呀?这崔旅长拿钱出来是吗意思?

崔汝戌左右看了看,胳膊动了动,想抬起手,但看旁边几个人没反应,手便又垂了下去。

广义脑子转了几转,心想,五叔这是什么意思?是真担心我们打仗死了还是别的什么意思?

崔旅长又把钱向前推了推,推到了离广义也就是一巴掌大小的距离:

老四，回家吧，看好咱的坟头，等你五叔老了，我和你五婶还指望你们抬棺呢。

崔旅长一说这个，把身旁的二姨太感动坏了。二姨太的眼泪唰的一下就流了下来：自己不是崔旅长明媒正娶的，唯一的念想不就是死后入崔家的坟吗？崔相应的爹妈死得早，发妻分娩时难产而死。崔相应苦苦追了她两年，后来她不经三媒六证，说嫁就嫁了。崔家族门都没有认可她。当然，族门再有什么规矩，以崔相应现在这个身份，谁都不会说什么。可她自己还是过不去这个坎儿，一直想着自己要是有了身子该有多好。这直奉开战在即，崔相应如此一说，二姨太颇受感动又万分难过，担心旅长有什么闪失，自己少了依靠。想到这儿，她走过来，用手臂紧紧挽住崔相应的臂膀。

广义心里七上八下，眼前这花花绿绿的钞票弄得自己心乱如麻。拿钱回家确实不错，当兵不也就是为了给家里拿点儿饷钱吗，谁家里不缺这个？正思忖着，看到眼前五婶那种楚楚可怜的模样，崔广义顿时气血翻涌。他咬了咬嘴唇，噌地站了起来。

五叔，你侄子是投军来了，不过不是为了升官发财。咱老崔家缺钱，但不缺豪气，你不怕死，我们也不怕。我们要在你身边保护你和五婶，有我们在，就有你们在。

我爷爷说完，李万龙也跟着站了起来。要不怎么说年轻人就是有血性呢，只见李万龙把袖口一挽，说，旅座，不，老五哥，我们爷们儿几个数我辈大，我说句话。那回进你门口的时候，我们就说了，咱东桑生人不怕死，脑袋掉了怕什么，二十多年后又他娘的是条好汉。我们不走，和东北军干。

崔汝戌也放下茶杯：五叔，五婶，我们不怕死。五婶子，有我们几条枪杆子，谁也甭想近五叔十步之内。

几个人七嘴八舌，劲头十足。崔相应听在耳里，看在眼里，最后不由得哈哈大笑。

好，都说得好，我就原意看到你们这样。打仗咱不当孬种，孬种不是咱老崔家人。

说完，崔相应用手碰了碰二姨太的肩膀：你把钱收回去，听见广义他们说的了吗？有他们就有咱俩。这次打完仗，我带你回村里多待几天。你放心吧，回去歇着。

丫鬟便扶二姨太转回内室。

崔相应又挨个儿打量了一下面前的几个人：你们都不怕死，都想和东北军干，那好，五叔交给你们个任务，你们能完成吗？

崔寿岐向前跨了一步，立正站好：旅座，保证完成任务。

广义和李万龙几个人迟疑了一下——旅座交代任务，寿岐的反应怎么这么快？

崔相应说，好，你们都跟我来。

崔相应走在前面，作战参谋在后，崔寿岐、广义、汝戌他们几个人也跟着出了屋。一行人直奔前院旅部作战室。

旅部作战室长椅子上已经坐好了几个人，我爷爷看到了杨连长、瘪脑瓜子班长老卞、耿大江和朱老道等。

作战参谋拉开前面的作战指挥图。刘参谋走过去，对大家说，3 月 12 日，东北军张景林一部已经抵达天津静海，其中有两列军列到达了南皮泊镇附近。根据总指挥的指示，我旅三排负责对敌部署进行前期侦察，并于五日内将敌部署情况汇报给二十四师前敌司令部。现在我宣布侦察小组组成名单：

侦察：崔广义，朱各亮，崔凤祥，崔寿岐。

支援：崔汝戌，李万龙，耿大江。携带枪支、地雷为侦察行动提供火力支援和后勤保障。

流动联络：卞海生、杨三集、马良与旅部作战参谋五人携带电台，随时将所获得的情报信息反馈给旅指挥部。

…………

我爷爷听到命令，刚才澎湃的心潮逐渐冷却了。他搞不懂，这么重要的侦察行动怎么会交给他们几个狗屁不懂的人。是因为他们是崔旅长的一家人，所以大家对他们如此信任，还是他们刚才的豪言壮语让崔旅长备感放心？他真是有些糊涂。

他们几个人直挺挺杵在那里，都没有听清后来刘参谋说了些什么，崔寿岐又讲了些什么。

其实，他们到第一次直奉大战结束后才明白——他们都想多了。他们之所以受到如此重用，其实就是因为他们是狗屁不懂的新兵蛋子。在外人眼里，他们根本不像兵，因此，东北军才看不出究竟来，他们也才能顺利地完成这项任务。

任务传达完毕后，崔相应说，现在你们开始换军装，外面都给你们准备好了。

几个人出了作战室的门，就看到一字排开的几个士兵分别抱着一摞粗布衣裳。院里还有几辆马车，车上拉着一些物资。我爷爷他们再想找崔旅长说点儿什么，却早就不见崔旅长的人影了。十几个人把衣服都换好了，互相瞅了瞅，心里又忐忑又觉得滑稽。我爷爷问瘪脑瓜子：老班长，怎么不带家伙什儿？

带什么带，带着更容易露馅。老班长显然有经验。

支援组会在离我们三四公里的地方待命，有什么特殊情况就放蓝焰。崔寿岐从马车上往褡裢里塞着信号弹。

我爷爷不吭声了。朱老道一副无所谓的样子，拍了拍普伯的肩膀：小子，你瞧早别去了，小鸡都没长毛，别让东北胡子给阉了。

操，牛鼻子你又闹。崔凤祥弯腰解着绑腿对朱各亮说。

由四个人组成的侦察组先行出发，我爷爷和朱老道分别背了两个包袱，里面放着马缰、麻绳等物品，装成卖牲口缰绳、马车大绳的。夜色正浓，星星正密，四个人匆匆走出了保定城，直奔东南方向行去，目的地是沧州南皮、德州北一带，任务是对东北军军力部署进行初期侦察，及时掌握敌方兵力配备以及作战意图。

三

再回庞口

再次走到高阳到保定府的大路的时候,我爷爷不禁想起两个月前和普伯投军的情形。现在自己成了一名北洋士兵,再也不会遭人欺辱了。旅里把这么重要的事情交给我们几个人,可以看出五叔是多么期望家里人给他长脸争气呀!广义越想越激动,脚下步子走得无不带劲。他看了看前面的小乱,心里不免生出些许酸酸的感觉:一起来投军,小乱就因为上过两年私塾,背过《三字经》《百家姓》,会点儿洋算术,在部队就成了金疙瘩,就被五叔推荐去了陆军学堂学习,之后仅仅过了一个多月的时间,又成了小司务长;自己有五叔这棵大树靠着,才得了个上士军衔,也就比李万龙他们高一个格,多拿几文饷钱。我爷爷有点儿眼热,后来一想又为崔寿岐高兴。来投军的几个人就他是成了家的。他父亲新亡,守寡的老娘东借西凑,求本族的人为他张罗了个媳妇。他和媳妇成家一年多,后来生了个儿子。儿子三个月大时,他那故事篓子大伯就想方设法地挤兑寿岐娘儿俩。寿岐为人厚道,忍着性子,晚上才和媳妇商量:走吧,投军,没准儿还有个出路,现在兵荒马乱的,在部队上也许能谋个出息。媳妇在男人怀里掉了一宿眼泪。没办法,总在村里干熬着,吃穿怎么来?孩子怎么养活?走吧!小两口儿第二天洒泪而别。

这次小组侦察,旅参谋部指派崔寿岐负责绘图,其他人都要全力配合他。想想小乱的不易，我爷爷的情绪也就稍微平复了一些。

几个人都正在年富力强的好时候，腿脚攥劲，不到两个时辰就到了高阳县境。寿岐停下脚步，回头和几个人说，广义叔，小普，找地方大家歇歇脚，眯一小觉。

几个人在离大道十几米的地垄柳条墩后躺了下来。我爷爷和普伯、朱老道四下看了看，周围静悄悄的，只有远处的村落里不时传来几声狗叫。朱老道说，往前就是庞口，北面是北家务，南边七八里地是南家务。

你来过？小普总爱和朱老道抬杠，看不上朱老道神神道道的样子。朱老道对这个小生瓜蛋子特别不待见，但也没辙。

嗯，我没少在这片看宅子，北家务牛财主家的穴地是我给调理的，离得不远，过了沟就是……

我爷爷拿出水袋喝了口水，稍微喘了口气，一听朱老道嘴里说出"庞口"两个字，脑子里一下就想到了庞口的苏家莲。想起当初挨打住在苏家一个礼拜、苏家莲细心照顾自己的情形，他脸上有点儿发烧，幸亏在这漆黑的夜里谁都瞧不出来。

广义有意无意地说，小普，庞口没多远了吧？

也就四五里地，普伯向东望了望说，这个地方咱们来过，五叔，是不是想苏老爷子了？

嗯，那时候我还对苏老爷说，等哪天回去探望他老呢。

是呢，得见见苏老爷和打你的苏大少爷，还有……普伯欲言又止，黑夜中做了个鬼脸。

广义干咳了几下，示意普伯别说下去。当时崔广义心里是多想天一亮自己就出现在苏家的门前啊，可惜这次任务艰巨，而且穿着便衣，改日得穿上上士军服，跨个洋刀，弄个伊犁军马到庞口走一遭，对，就那样走一遭。

广义正天马行空地乱想着，就听寿岐把身子往下一伏，压低声音说，别说话，大路上有人。

几个人伏在柳条墩后面向大道上张望，只见五六个人影急慌慌地由西向东走过来。

苏家莲年方二十，母亲托了当地两个伶牙俐齿的媒婆为其介绍个婆家。媒婆自然不能怠慢，这家那家地连续说了两三个。可是，两位老人中意，苏家莲却说什么也不中意，苏老太太也只能干着急。

没人的时候，苏老太太就对闺女说，都老大不小了，同镇的姑娘不到十八就都成了婚，你这都二十了，也该思想思想了。

可苏老太太一说这个，苏家莲就把话头引到别处。

只有当哥的清楚妹子心里是怎么个想法。苏家仓看不上自己这个不学过日子做活儿、天天不是念书就是念教堂神父发的课本的妹子，俩人一见面就得争吵几句。

苏家仓平时在家里吃喝不愁，不愿动脑子做生意，耍钱倒是有一套。庞口镇东南街有个小酒馆，名义上是酒馆，其实是赌场，有钱没钱的人都到那里掷骰子、顶牛、推牌九。苏家在庞口是数一数二的大家主，可多大的家主，也经不起苏家大少没日没夜地输。他输完了苏老爷交给他的买卖，又输掉了镇上的两家商铺。债主找到苏家后，苏老爷一听说气得吐了口血，把一家老小吓坏了。苏家仓也害怕得要命，心想，老头儿可别有个三长两短的，真出事，这个家交给我我也经营不起来。苏家仓脖子一缩，跪地发誓打死也不去赌了。

过了十天半月，这边老爷身子才恢复好，那边苏家仓就脚上抹油又去赌了。这次，他没在家门口赌，跑保定府赌去了。苏家仓本来是去保定联系皮货生意的，到了保定真还忙了几天买卖上的事儿，可闲了两天，就直接奔赌场了。苏家仓钻进赌场十天没有出来，不光身上的钱都输得精光，还欠了一大笔赌债。这赌场的东家姓宫，也是保定府的一霸，因为脑袋长疥疮，没头发，所以得了个诨号——宫和尚。宫和尚说，苏大少爷是打个欠条呀，还是我们派兄弟到庞口去取呀？

苏家仓输干净后回过味来——是让庄家给“做”了，可他抓不住人家的把柄。赖账看来是来不了了，但也不能让他们去庞口取呀，苏家仓就说，宫爷，你容我几日，我回家后给您送过来。

宫和尚狞笑了一下：没问题。

苏家仓这一走就没敢回家，对跟着他的伙计说，你告诉我爹妈一声，说我是回不去家了，等姓宫的去要账，让我爹跟他交涉吧，妈的，老子以后非得把姓宫的给毙了。说完，苏家仓就走人了。

伙计返回庞口一说，苏老爷气得将桌子、椅子全掀翻了。苏老夫人又气又惦记自己的大儿——这跑哪里去也不给个信儿，死活不明，这个家怎么办呢？

让人愁的不光是生意丢了、人跑了。没过几天，苏家门前就来了七八个打赤膊、文身的人——宫和尚带人收账来了。

要么给钱要么给人。

苏老爷也豁出去了，横眉立目毫无惧色。宫和尚也晓得明着要肯定没门儿，就说：不给钱，好，以后见。

下午宫和尚带着人走了，晚上苏家的货仓就被人给点了。没过几天，苏家二少爷在去高阳县报官的路上，自己连同伙计被几个人敲了闷棍，伙计两腿被棍子打折了，二少爷左手筋被人用刀子挑了。这些显然都是姓宫的派人干的。

苏成郡几天来惆怅不堪，没办法，只好破财免灾，就托了保定府生意上的朋友找赌场宫老板斡旋这事儿，最后将儿子苏家仓的赌债全部还清，又给了姓宫的五十大洋辛苦费。事情处理完，苏老爷就一病不起。顶梁柱一倒，大势将去，伙计们走的走散的散，以前和苏家来往密切的也不和他家来往了，生怕沾上倒霉气。

正所谓"福无双至，祸不单行"，保定府宫和尚自从得了苏家的钱后，更加得意，心想，这老苏家家底真不少呀，上面还没有多硬的靠山，怎么敲都能敲出钱来。于是。这姓宫的小子就又动起了歪心——听说苏家还有个大姑娘没出阁呢，能弄到手多合适。

这姓宫的说干就干，又找来了当初当调解人的保定府几个老板，把赌账退回去了一部分，说了好多虚头巴脑的话，最后才和中间人明说，说看上苏家姑娘了，想做个亲。

中间人才不傻，都不去保这种伤天害理的媒，宫和尚就自己打发了个能说会道的小子去了庞口。当然，那小子让苏老太太给骂了出来。

那小子灰头土脸地跑回保定和宫老板一说，宫老板急了：奶奶的，晚上绑了苏家的票。

宫和尚明着是开赌场的,其实暗地里和狼牙山上的土匪勾结。附近的什么土财地主、赖账大户,宫和尚打探好了底细,晚上就带人翻墙绑票打闷棍。

这次他瞧准了苏成郡是个财大气不粗的软柿子,一捏一个准,绑他出不了什么事,就算出事,别说高阳警署了,保定府警署他宫和尚也能趟进路子就把事儿摆平。

宫和尚带着手下七八人在这官道上大摇大摆地向庞口走,出了保定府就开始想美事。他和狼牙山大当家郭大瘤子约好,夜间子时在庞口西街口会合,这次非得给苏家清清家底,奶奶的,敬酒不吃吃罚酒。

宫和尚压根儿没有想到在这漆黑的夜晚会有几个人在后面悄悄地跟上了他们。他本来可以不让这几个人注意的,但他对着星星说了一句话:奶奶的,你宫爷明儿个白天就要操上苏家那个嫩妮儿了。

他这一句脏话,惊动了夜空里的一颗流星。流星划出一道炽烈的光焰,照除了宫和尚得意、狰狞的老脸。他左侧十几米外地垄上的崔广义听了个真切。崔广义脑子着实转了几个大圈——苏家?

庞口苏老爷家?苏家莲?

这伙人会不会对苏家有什么不利呢?

崔广义的手向后摸了摸,可摸了个空——他那支毛瑟手枪在后面瘪脑瓜子的马车上。他瞅了瞅身旁的几个人。小普自然也听到了对方的那句话。他正一动不动地瞅着崔广义,像是在问,四叔,咋办?

而此时瘪脑瓜子、李万龙,崔汝戌几个人才赶着马车出了保定府的东门。站岗的士兵打了个哈欠,想过去问问那几个人干什么去。他刚张了张嘴就瞅见了瘪脑瓜子,转念一想,觉得有点儿面熟,便回到城墙边,身子一贴,又睡过去了。

宫和尚摘下头上的黑绒礼帽,用手擦了下脑瓜皮上冒出来的汗珠,抬头瞧了瞧前面黑黝黝矗立的教堂,问手下的人,郭大当家的应该快到了?

手下回道,估计快了,约定好了子时在教堂这儿碰头,差不多了。

正说着,有人用手一指,说来了来了。只听从教堂北街传来一阵马挂銮铃的声音,庞口镇的寂静顿时被马蹄踩得凌乱不堪。

狼牙山郭大当家和宫和尚是肩并肩走进苏家大门的。苏家宅子里的所有人早就被土匪从屋里轰了出来。苏成郡在二儿子的搀扶下颤抖着身子站在屋檐下,强作镇静地注视着对面的土匪。

宫和尚给苏成郡作了个揖,说,苏老爷,又见面了。

苏成郡忍着怒气。不忍能怎么办?和对方拼命,这一家老小怎么办?忍!

宫掌柜,你这是何意?大晚上的,不是来做买卖的吧?

哈哈,还是苏老爷深沉。对了,郭大当家的,给您引荐引荐,这位就是我常和您提的庞口苏大老爷,苏大老爷在高阳一带哪个不知哪个不晓呀!哈哈!宫和尚嚣张得很。

哦,苏老爷,我,狼牙山草民,烂名烂命,不值得您记着。看到我嘴角这个大瘤子不?狼牙山郭大瘤子。土匪头子假意客气了一下,双手抱了抱拳。

苏成郡的二儿子想从台阶上冲下去,被姐姐家莲死死拽住了。

宫和尚瞅在眼里,迈步过去,色眯眯地说,这是苏小姐吧,闻名不如一见呀,嘿嘿。

苏家莲气得浑身发抖,对宫和尚说,你们勾结土匪,夜闯民宅,难道就不怕王法吗?

王法?老子就是王法!土匪郭大瘤子一拍大腿,说,什么时候轮到你这个黄毛丫头说话了?宫老弟,这就是你看中的那个小妞吧,够倔呀,你驯服得了吗?

土匪头子一说完,周围的土匪都哈哈大笑起来。

苏成郡忍无可忍,向前迈了一步:你们休想在苏家为非作歹,我看你们哪个敢放肆!说完,苏老爷突然从袖口里拔出一把火药枪,用火药枪对准了宫和尚的太阳穴。

当时宫和尚吓了一跳。旁边的几个土匪想冲过来,苏老爷喊了一嗓子:你们谁敢过来我就打死这小子。土匪就端着枪站在那里。

宫和尚眨了眨眼，向郭大瘤子身边凑。郭大瘤子牙根一咬：操，还会来这个。把苏家人都给我绑了，老小子你给我开枪试试。

土匪们一拥而上，把苏家人全给绑了起来。苏成郡端着枪的手不停地发抖，最后，火药枪啪嗒一声掉在了地上。宫和尚把枪捡了起来：快，快，把老头子给我捆起来。

大当家的，现在？

姓苏的，你是现在就拿钱换人，还是等我们把人弄到山里去，你再赎票？

要杀要剐随你的便，苏家人不在乎。苏成郡说。

好，好，把苏老头儿给我甩下，剩下人都给我带走。郭大瘤子的脸在火把的照耀下发着紫青色的光。

土匪们七手八脚地准备把众人从院子里向外带。

都别动，你们都被十七旅手枪营包围啦！正在这时，有人喊了一声，如同打了个霹雷，一嗓子把所有人都给镇住了。郭大瘤子撤了一步，想瞅瞅是谁有这么大的嗓门。他往喊声传来的地方一看，只见苏家大门洞内大步走进来两个人。

广义和朱老道肩并肩走进大院。到了院子里，朱老道闪在一旁，广义双手叉腰，直对着前面的土匪。

你们哪个敢动一动，小心你们的脑袋。崔广义一字字从嘴里说出来，劲道十足。他紧紧地盯着郭大瘤子的眼睛，郭大瘤子感觉到一股刀锋之气。

一排崔排长占领西胡同，二排普排长带人封锁街道。机关枪给我架好了，没我的话，谁都不许出这个门，不然统统扫射。朱老道嘴里噼里啪啦说出一段话。

就听墙外面有人回应：一排收到，二排收到，机关枪准备完毕。

院子里的土匪顿时乱作一团，纷纷放下手里的人质，凑到宫和尚和郭大瘤子身前。宫和尚脸都变形了，直往肚子里咽唾沫：大当家，手枪营，他们？

还是土匪头子见过的事儿多。郭大瘤子先是心里一慌，又马上冷静下来。什么十七旅？什么手枪营？看进来这俩人土眉土眼的，不怎么像当兵的。不过，那个尖嘴猴腮的家伙，说话声倒是够大的，外面看来也真有人。郭大瘤子和二当家的对了一下眼色，二当家的就明白了，悄悄地往后溜。

你们是哪里的？

十七旅手枪营。

十七旅卫队我都见过，怎么没见过你俩？宫和尚插了一句。

混账，你以为你谁呀，都认识？牛鼻子朱老道脑瓜反应得快。

把人解开。我爷爷对宫和尚说。

宫和尚见对方两个人不穿军服也不带家伙什儿，便走下了台阶：操，你们到这儿演戏来了。

他话刚说完，朱老道就过去给了宫和尚一脚：你他妈的敢和我们长官这么说话？让你干什么就干什么！

这一脚真起了作用。宫和尚不敢吱声了，抹了把脸上的汗，过去把苏老爷的绳子解了。

郭大瘤子在一旁也犯嘀咕：这是从哪儿冒出来几个臭小子？看身板绷得挺直，像是吃过军粮的人，可又不像，因为穿着庄稼人的衣服。奶奶的，老百姓有几个这么胆子大的？

你们是哪部分的？

再告诉你一遍，十七旅手枪营。朱老道眼珠瞪得溜圆。我爷爷心里开始还有点儿没底，但看到朱老道刚才这几手，心里的胆气也嗖嗖往骨头上冒。

你问我们是哪部分的，我还想问问你是哪部分的！我爷爷叉着腰对郭大瘤子说。

鄙人姓郭，郭全喜，外号郭大瘤子。土匪头子在没有摸清路数之前，还是先客气几句蹚蹚道。

姓郭的，我不管你是哪里的，你三更半夜擅闯民宅，随便绑人抓人，谁给你的胆子？我爷爷问。

苏老爷解开了绳索，看来的人面熟，再仔细瞅瞅，看出来了：这不是数月前那个在家里养病的小伙子吗？苏老爷心中大喜，对崔广义说，大侄子，他们是土匪,到我家绑票来了。

在一旁的苏家莲也认出了崔广义,高兴得哭出了声来。广义早就气得肝火顶脑门儿了,恨不得立马把眼前这伙土匪全崩了,可他知道,现在不行,现在还不是时候。

广义过去给苏家莲解绳子,朱老道一个劲儿地给我爷爷使眼色,可我爷爷一时没有反应过来。郭大瘤子瞧出点儿门道,盯着广义和朱老道,转了转身子,看到墙头上二当家的向自己打了个手势,心里就明白了。

哎,哎,我说长官,你怎么称呼?

朱老道凑过去:你是不是也找踹呀?

找踹?你闪一边去。郭大瘤子用手推开了朱各亮。

他走到崔广义的眼前,冷笑了一下:呵呵,你小子吃了豹子胆,敢和你爷爷我唱河北梆子。就你们俩人,哦,外面还有一个,就你们仨人还真敢挡横车。

我爷爷清楚底细被对方拆穿了,双手攥紧拳头,双眼直视着对方。

信不信我扒了你俩的皮?郭大瘤子噌地从小腿皮靴上拔出一把尺把长的刀子,刀锋直抵崔广义的嗓子眼儿。

苏成郡在一旁干着急,想凑过来却被两个土匪给死死控制住了。苏家莲吓得大叫起来。广义喉咙上下滑动了一下,热血上涌,嘴唇一抿,对郭大瘤子说,我说你不敢,我们仨敢来,就收拾得了你们,你别拿这个吓唬我。你动下我试试?

郭大瘤子没想到眼前这后生胆子还真大,退了半步:好,小子,我今天就给你放放血。

你放谁的血?朱老道在一旁说。周围有几个土匪拿大砍刀过来撕扯老朱,朱老道喊,手枪营开始射击……

宫和尚刚才被朱老道踹了一脚,在众多土匪和伙计面前弄得挺没面子,一听郭大瘤子说对方就三个人,劲头儿就上来了,过去就想抽朱老道。他刚抡起巴掌,就听到砰的一声枪响。宫和尚哎哟一声,抖着手蹦起老高。紧接着又是一声枪响,在房檐上的二当家叽里咕噜地栽了下来。南墙上跳进来几个人,个个手里端着大镜面匣子枪。土匪们这下可炸了窝,纷纷夺路而逃，全拥向大门口，但刚到门口就被几个人用汉阳造顶了回来。郭大瘤子身子还挺利索，想从西墙头翻过去，被崔广义一把给揪了下来，苏家二少爷也追了上来，俩人对着这土匪头子一顿拳打脚踢。

土匪们全部被捆到了院子中央。崔凤祥头发上沾着汗珠，拎来两把匣子枪，递给我爷爷一把，说，四叔，没耽搁吧？

没有。我爷爷拍了拍他的肩膀。

瘪脑瓜子老班长让李万龙几个人清理土匪们的枪械，又让苏家派人去高阳县城通知警署过来押人。

这时已接近拂晓，庞口镇的人听说来了队伍，队伍把土匪给镇压了。有官面上的撑腰，人们的胆子就壮了，以前不敢露面的人都出来了，拿着菜刀、木棍、铁锨、钢叉过来帮忙。

苏老爷拉着广义的手说，贤侄，真是救命之恩呀，没有你们，今天我们老苏家不定要出多大的事儿呢。

苏家莲来到镇上的果子铺，把铺子里的果子饼和豆腐脑儿给包圆儿了，用来犒劳广义和朱各亮他们，还有前来帮忙的其他百姓。

那一刻，我爷爷、普伯、崔汝戌、李万龙、崔寿岐几个人第一次感受到了救人后的自豪感和受人尊敬的感觉。他们被庞口镇的老百姓簇拥着，感觉自己就像评书里的梁山好汉，喜悦而满足。老卞班长和那几个直系军队的老兵则嘴里吃着油条，波澜不惊地瞧着东桑生那几个人，觉得好笑。

崔寿岐开始不赞成拐道庞口，但广义怎么都不同意，说吃了官饭怎么能见危不救。虽然这个侦察组里崔寿岐是组长，但我爷爷毕竟和旅座关系特殊，寿岐也就只好顺从我爷爷的意志。小普放开双腿去叫后面的老卞他们几个，崔寿岐、朱各亮、崔广义三个人则尾随土匪到了庞口。如广义所预料的那样，他们的目标果然是苏家。

高阳警署的人将土匪全部押走后，广义他们几个就急忙离开了庞口，顺着京畿古道南下，直奔献县方向。

苏家莲往普伯的包袱里塞了好多鸡蛋，一个劲儿地说，你和你四叔吃啊。

普伯眨眨眼：家莲姐，四叔人可好了，在部队里还老念叨你。

苏家莲一听,脸红了。

广义在旁边打转转,想和家莲说上几句话。班长老卞说,侄儿少,别磨叽了,快点。

广义深深地望了苏小姐一下,张了张嘴说:家莲,我们走了啊。

走了啊!后来,我爷爷特别后悔没有再多说点儿什么,比如“保重身体”“别害怕,有我呢,有我崔广义呢”……

朱老道走到哪里都要宣传自己的本事。他板着个尖长脸,摆摆手把苏成郡叫到一旁,说,苏老爷您过来一下。

苏老爷以为这个鬼精的大兵想要点儿大洋钱花花,就让二小子拿出了一布兜大洋,非得塞给朱老道。朱老道瞅着李万龙、崔汝戌在远处嘬牙花,怕他们误会,就说,苏老爷,我不是要这个。我朱各亮七岁入全真门,颇通阴阳宅风水命理。我刚才围着你家宅子转了转,你这院子曲高和寡呀!你这个大门楼山檐过长,怕是要破财伤子。

苏老爷一听,忙问,朱先生,您具体讲讲?

你这宅院四周皆为低矮房舍,唯你一幢庭院突兀其中,是谓孤高屋。俗话说高处不胜寒,居住于此阳宅之主人,易招四方袭扰,晚年恐疾病缠身……

四

自甘堕落

苏家仓出了保定,在城墙根儿下转了几个磨磨遭,一筹莫展。现在他有家不能回,更不能投奔亲戚朋友,只能寻思往何处去栖身落脚。正踌躇着,北城门口出来了几辆大车,大车上装满了芦苇席子。车老板把马鞭掖好,停车领几个伙计再紧固紧固大绳。苏家仓缩了下脖子,装作一副苦相,喊,车老板,哪里去呢?

大清河余家码头。车老板说。

能搭个车不?

车老板沉眼看了一下苏家仓落魄不堪的样子,估摸着他是遇到难处了,就应了声:上来吧。苏家仓蹁腿上了马车。车老板,买卖人,是个见面熟,说,老弟,你这是哪里去呀?

找个事儿干,买卖干赔了。苏家仓编了个瞎话。其实也不算是瞎话,可不赔了吗?他干的事儿把家都赔出去了。

哦,现在兵荒马乱的不好干生意。车老板说。

大叔,能给找个活儿干吗?管吃管喝就行。苏家仓说。

能,不能光管吃喝,得给个钱儿。你跟我干吧,我这几车芦苇席子到了码头要装船运到乐亭,你要不怵辛苦,就给我搬搬弄弄,行吗?车老板问苏家仓。

行。苏家仓一口就答应了。

几辆大车到了余家码头，苏家仓和车老板手下的人忙活了大半天。天擦黑儿，货全装上了船。他们在船上吃完饭后，货轮发动开机器，突突突地响着，地动山摇般顺着大清河向东驶去。

苏家仓好长时间没出力气了，浑身发疼，屁股一坐就在舱底下睡着了。他做梦梦到爹正气得摔东西，妻子和孩子搂在一起哭喊，家里的房子燃起熊熊大火，妹子和兄弟惊恐万分，嘴里喊着什么……苏家仓猛地惊醒过来，惊出了一身冷汗。他不清楚现在是什么时辰了，周围横倒竖卧的全是船夫和伙计，污浊的气息在舱室里鼓荡着。

苏家仓心想，老子何曾受过这个呀！他正胡思乱想，就听舱门那里有人下来，一看，是车老板。他想起来和车老板说句话，毕竟人家给了他一口饭。可是，他觉得车老板的眼神不对。只见车老板后面又跟进两个人来，穿着黄不拉儿的军服，手里端着大枪。苏家仓还在纳闷，就听其中一个把枪一横，嘴里嗷的一嗓子：妈了个巴子的，都给我醒醒。

这一嗓子把所有人都给喊起来了。伙计们一个个睡得正酣，睡眼惺忪，闹不清是怎么个情况，都瞅着车老板和这两个人发愣。

车老板低头、屈膝、作揖，三个小动作表现得相当到位。他说，长官老爷，我们都是庄稼人，不是在地里刨食儿的，就是在船上混日子的。您有什么吩咐跟我说，我来告诉他们。您这一喊，大家都闹不清是咋回事呢。

别鸡巴整事儿。老子是东北张大帅那边的，现在根据奉天镇威军孙副司令指示，对你这几艘货船，以及船上一干人等全部无偿征用。多会儿我们不需要了，自然归还船只以及你们的个人自由。

车老板听完，脸都绿了，说，长官，我们这船上还有好多货呢，这，这……

这什么，战争期间，所有物资都充公，军队想征就征，想拿就拿。那当兵的说。

伙计们一听就乱了，嚷嚷起来。当兵的一脸横肉，嘴一歪歪：都别吵了，给我上船，哪个不听，直接军法从事，枪毙。

大伙儿能让他唬住吗？好多伙计和船上的人都血气方刚。一个小伙子挺着胸脯问，你们想怎么样就怎么样，这哪里是军队？这不是土匪吗？

操！当兵撇撇嘴，抬手一枪。啪的一声，这个小伙子就脑袋开瓢倒在了地上，血糊糊脑浆涂了船底一摊。这一枪把大家都吓坏了，谁都不敢再言语。

妈了个巴子的，我们就是土匪，都给我上船。东北兵说。

小伙子的脑浆溅了船舱一片，别人看了都胆战心惊，苏家仓却没有一丝恐惧，只感觉肾上腺一阵痉挛。这种抽搐不是害怕造成的，而是一种与生俱来的亢奋。苏家仓眼睛睁得老大，身体骚动异常。这当兵的手把子可真够黑，简直无法无天，一言不合就把人给干了。这年头儿看来都是他娘的枪杆子主事，有了枪就可以打天下，有了枪才可以和人论长短。我要是有帮子队伍，手里都有家伙什儿，那个姓宫的家伙敢耍我，我翻脸就能要了他的命。苏家仓当初对大城那两个在他家吃了一个礼拜闲饭的人嗤之以鼻，觉得只有脑子简单、穷得吃不上饭的人才走投军这条路，现在他自然不这么看了。现在，苏家仓心底涌动出莫名的期望来：老子的倒霉看来到头儿了，好事要来了。

苏家仓和船上的二十多人全部被奉军暂编第三混成旅工兵团抓了民夫，船和上边的货同样被强行征用。车老板和船老大只能望天长叹，没有一点儿办法。破财事小，万一再把性命交待了，那就什么都没有了。

白天，车老板让几个伙计在河堤找了个干净地方，把死的那个掩埋了，然后眼巴巴地瞅着自己的货物被抢了个一干二净。那奉军士兵又过来喊：走，都给我抬东西去。大家怕吃枪子儿，都规规矩矩地排成一溜，不敢言语，任凭奉军士兵摆布，让干什么就干什么。

晚上，苏家仓等人随着工兵团来到滦州南部的一个地方。工兵团的帐篷全部搭好后，民夫们就四下找地方铺席子。这里四周都有放哨的士兵，警戒森严。

过了半夜，车老板把大家挨个儿捅醒，说，伙计们，大家能跑就跑吧。你们发现没有，咱们白天往车上装的都是炮弹地雷。听那些当兵的说，他们要和曹大帅那边打仗呢。

车老板说完，几个年纪轻的、没见过多少世面的便吓得直哆嗦，问，咋办呢？

苏家仓干了一天的活儿，累得很，刚睡了一小会儿，就被吵醒了。他听那些人低声议论，脑子飞快地转着。

车老板抬头瞅了瞅远处正在打盹的两个哨兵，说，咱们偷偷地溜，到了远处后分散着跑，能跑几个跑几个，跑回保定府到北门那儿碰面。见不着的，大伙儿帮着给家里捎个信儿，清明十一给烧个纸；见着的，我把家当给大家分分，别苦了大家跟我这一遭。

行，行，有人答应着。有两个小伙子血气方刚，攥着拳头说，不能就这么走了，那边放哨的就是在船上打死表弟的那个小子，怎么也得让他给表弟偿命。

车老板摆了摆手，脸上一皱眉：老大，老二，我看咱就算了……

这哥儿仨，半道上让当兵的打死一个。现在仇人在眼前，谁咽得下这口气呀！

不行，我们哥儿俩非得给表弟报仇不可。

车老板不再说话。大概又过了一个时辰，夜晚寂静无比，远处的村落里传来几声零星的狗叫，苏家仓看到车老板猫着腰，二十几个人随着他伏在土岗下，一个接一个蹑手蹑脚地向远处溜。到了最外面的那个哨位时，车老板慢慢地爬了过去，然后哧溜一下滑下沟坡，后面的人也一个个跟着翻下了沟。到了沟底，车老板撒开步子就蹽。

走在最后的是那兄弟俩。他们一人握着一根手臂粗的木棒来到哨兵身后。那个当兵的正抱着枪依偎着一棵老榆树打盹，根本没有意识到危险的临近。

苏家仓看着这一幕，心提到了嗓子眼儿。

那兄弟俩到了哨兵近前，猛然起身，向哨兵扑了过去。就在此刻，突然有人喊，杀人啦！

这一嗓子，在空旷的树林里显得格外响亮，树上的几只老鸹都被惊得扑棱棱飞了起来。哨兵打了个激灵，刚睁开眼，后面的木棍就打在了他的肩膀上。哨兵嗷地叫了一声，随即在地上一滚，滚出老远。另一侧的哨兵见有人袭击，端枪就往这边跑。帐篷里的士兵也边向这边赶吹起口哨。

兄弟俩报仇未果反受其累，被几个当兵的捉住，打了个头破血流，鼻青脸肿，最后像拖死狗似的被拖到长官面前。

工兵团一个长官模样的问哨兵，妈了个巴子的，怎么看的人，这要是直军你他娘的嗓子早就被刺断了。

哨兵额头上被磕出了个紫青包，现在又被长官这么一骂，在弟兄们面前更是难堪，便上去踹了地上的两个人一人一脚，拿刺刀就想向下攮。

那长官一声将他喝住：苟排长，以后别动不动就他娘的弄死人，要是传到少帅那里去，我都给你受烧。来人，我看这哥儿俩也残了，扔沟里任死任活吧。

几个当兵的拉起那兄弟俩，拖到远处去了。

去看看那些民夫！

有个哨兵回来报告，报告团座，都跑了，还剩一个。

还剩一个？

是，还剩一个。这小子一直在睡觉那地方躺着，看来就没有想跑的意思。

把他带过来。团长喊。

苏家仓被带到众人面前，揣着手。他瞅了瞅前面的这个长官模样的人，点了下头。

你小子哪里的？

顺天府高阳的。

去你娘的，还顺天府，什么年头儿了，不就是直隶吗？

对，直隶。

你怎么不跑？

嗯，没跑。

苟排长捂着伤口说，刚才是你他娘的喊的呀？

嗯。

是你喊的？有意思。团长眼珠转了转，干笑了几下，说，明天给这小子发身军装，算咱们营的人了。狗子六，你这个救命恩人就安排到你排里吧！

是，苟排长打了个立正。

苏家仓吃完早饭，狗子六给他领了套军服，让他试试。他穿在身上有些小，狗子六说，凑合着点儿吧！然后苏家仓就瞅了眼狗子六手里的三八大枪。

苟排长明白了，嘴一歪：没你的，你想吗了你。

工兵团开始向南挺进。苏家仓才走了几步，想起什么，对苟排长说，长官。

别他娘的长官，你喊排座。苟排长是前哨排排长，狗性，认钱不认人，底下的人都叫他狗子六。当时军队都流行喊师长师座，喊团长团座，喊营长营座，就连排长都乐意喊排座，真是滑稽。

苏家仓哪里明白部队上的称谓，狗子六这个前哨排排长让他喊排座，那他就乖乖地喊吧！

排座，苏家仓贴到狗子六身前说，那哥儿俩我觉得是个事儿呢！

什么事儿，打那样儿了，还能找咱俩来？

排座，后患无穷呀。苏家仓说。

狗子六眼歪了歪，摸了摸头上的肿包，点了点头。俩人见没人注意，便反身向沟底走，到那儿一看，那哥儿俩已经爬出几十米了。

苏家仓有点儿慌：排座，看看，不出我所料。

狗子六拔出刺刀给苏家仓，他自己端着大枪。他认为苏家仓会胆怯，向前走出几步后又回头看了看。只见苏家仓面目扭曲，已经成了一头凶残的野兽，直奔都只剩下半口气的兄弟俩。

苏家仓没用几天就和前哨排的人混熟了，狗子六成天把苏家仓带在身边。以前在庞口镇，苏家仓是使唤伙计的，现在变成让人使唤的，却没有一点儿不适应。相反，他还想方设法讨狗子六的欢喜，不是捣鼓卤肉回来，就是弄个活鸡，这前哨排的伙食让苏家仓这一折腾还真改善了不少。

狗子六挺纳闷，新来的姓苏的这小子怎么得来的这么些东西？偷的？抢的？不像。他一问苏家仓，才知道苏家仓每到一处就找当地的烟馆或者牌局，几个时辰就能赢回几个大子儿来。狗子六觉得新鲜，让苏家仓带着去了两趟。苏家仓牌桌上的手艺果然不简单，牌九骰子全活儿，上座就拿钱，狗子六跟着提了几回喜儿，过瘾。苏家仓用赢的钱给排里弟兄们买吃买喝，剩下的就自己装进腰包。

这天恰逢工兵团团长薛连芳到下面来检查。他来到前哨排，见火头军正在炖土鸡肉，心想，自己团部都没这伙食，这前哨排反了天！传令兵把狗子六喊过来，薛连芳一通训斥。狗子六被训斥得低着个头，等薛团长脾气发完，就上前一步解释，说，我们这小灶，不是搜刮当地百姓来的，也不是从小兵们的血汗钱里挤出来的。薛连芳眼眉一横：你扯淡，你拉屎拉出来的？

狗子六说，团座你有所不知，我们这里新来个直隶的小子，姓苏，手气好，我们驻地周边赌局随意进出，每赌必赢。这小子也不小气，钱到手就给弟兄改善伙食。

哟。薛连芳估计狗子六不敢欺瞒他，从副官拿来连部的账目看，前哨排确实没有任何别的支出。薛连芳就张嘴胡骂乱叫了一通，军纪条令说了一大堆。苟排长上眼一斜，老兵心领神会，从后面抓了两只褪好的生鸡放到团部车上。

队伍行进到运河边的时候，工兵团随大部队安营扎寨，在运河东岸搭建浮桥。原先在此驻防的直系部队早就撤到运河西岸马厂方向的地区去了，奉系全面接管了直系原来的军事防区。奉系先头部队和直系小股部队已经有了零星摩擦，虽然没有接到开仗命令，但双方早已经剑拔弩张了。

工兵团薛连芳，字伯君，河南安阳人，参加过护法战争，早期在军中非常活跃，后来得罪了上峰，郁郁不得志，算是个落魄的人物。仕途上不得意，他就全往钱眼里看了，日常军事工作安排完毕，就攒几个人打牌消磨时光。最近他手气不好，想起前哨排狗子六说的事儿来，就让传令兵传苏家仓到团部来，说是审查一下这小子的来历，其实是想让苏家仓过来试试手。

苏家仓接到命令，放屁的工夫都没敢耽误，连颠带跑到了营部。薛团长大马金刀地坐在行军床上，屋子中间摆着个四方桌，两个营长、一个连长在桌子两旁站着，桌上放着一副硬枣木牛子牌。

薛连芳对苟排长说，六子，你最近没少进外财呀？

苟排长赔着笑脸：团座，看您说的，我也就是傍着苏老弟弄个小乐呵。

薛连芳下了床，在牛子牌旁坐好。那仨营长、连长也分别坐好。薛连芳稀里哗啦地码牌架锅，嘴里对其他人喊，不限注……

那几个人笑了笑，开始掷骰子。

苏家仓不错眼珠地站在团座后面。牌桌上一来二去，各有胜负，越往后薛连芳的手气越不行，赢小头输大头，后来嘴里一个劲儿地说妈了个巴子妈了个巴子。那几个人也习惯了，耳朵听着手里忙着。又几把下来，薛连芳输了个脸红脖子粗。

苏家仓给狗子六使了个眼色。狗子六说，团座，您先去活动活动胳膊腿，让苏老弟给你架两锅。

那几个人嚷着说，不行不行，得挪庄，我们还架呢。这是故意逗薛连芳。薛连芳嘴上不干净，脾气还算不错，都是老部下了，张嘴就骂，兔崽子们，想榨干老子呀？我去接旅座的电话，妈了个巴子的，给我架两锅，完了再是你们的。

苏家仓就赶紧顺着话头坐了下来，把牌码好，手里骰子在桌子上一抖，瞧好吧你，七点，天门……

苏家仓牌桌上的手艺在宫秃子那种局家子那里是外行，在这些头脑简单只会拿刀动枪的东北士兵那儿就是师父。五六天下来，工兵团营佐以下的这些长官都让苏家仓赢得两袋空空，把薛连芳美得，大嘴都咧到后脑勺儿上了。薛连芳把苏家仓当贵宾招待，让他吃住在团部；后来索性和副官一说，在花名册上给苏家仓添上个名字，让他做工兵团协理官。如此，苏家仓真可算是平步青云了。狗子六和其他军官艳羡苏家仓，也暗中诅咒这个薛连芳——有这么提拔人的吗？

苏家仓心里高兴，脸上却不表现出来。他清楚，不能在薛连芳这一根麻绳子上吊死，别人也得哄着点儿。所以，他和团里其他人也称兄道弟，有时故意在牌桌上露点儿破绽，把钱输给别人。别人心知肚明，见了回头钱，面子上也舒服些。

进入四月，工兵团气氛就不同往日了，薛团长连夜召开全营官佐大会，传达上峰的作战命令。工兵团所有装备要调集到位，配合主力攻击部队架设浮桥，军事以外的一切行动全部取消，全员进入战备状态。军事以外的一切行动，自然包括牌局上的行动。薛团长也是奉军老资格了，清楚战时军中无小事,凡事不能掉以轻心,稀里糊涂搞不好会掉脑袋。

苏家仓没事的时候,就主动跑到狗子六的前哨排那里和当兵的打成一片。他并非乐意和那些臭士兵混在一块儿,只是这些士兵的嘴,尤其是狗子六那张大苤蓝嘴,能把奉军从上到下怎么个来路噼里啪啦地倒出个十之七八来。什么郭松龄外号郭鬼子,杨宇霆最看不起张学良,薛连芳怎么从少将旅长一下出溜为团座,等等,这一切,一心想在奉军混出个名堂的苏家仓都暗自记在心里。

这天,苏家仓拎着两只烧鸡在运河东岸找到狗子六。当时这小子正在指挥几十个民夫往堤岸上运搭浮桥的木板。苏家仓一看,这哪是木头呀,都是周围村子里的大门门板和寿木板。狗子六说,苏老弟,别满脸不舒坦。咋啦,这一开战,老百姓东西都要奉献出来,这是咱们奉军一贯的作风。咱们张大帅从当保险队长开始就打家劫舍,后来才受了招安,全东北都由他说了算。咱们奉军弄得这么强大,大帅就是我们的样板,大帅让咱们怎么干,咱们就他妈怎么干!

苏家仓忙点头说是,顺手递给狗子六一根卷烟。

过来,过来,弟兄们,苏协理给大伙儿带冒烟的来了。

前哨排士兵们正想找借口歇会儿呢,一听排长喊叫,纷纷跑过来蹭烟抽。

一盒烟三十只,不大会儿就都散光了。苏家仓再看满堤的民夫,想着自己曾经也被这样驱赶受罪,心里有点儿感慨。他暗地里说,老子一定要在这里干出个名堂来。

他漫无目的地看着,忽然发现了点儿什么。他感觉几十米外堤岸上干活儿的民夫里,有几个正围拢在一块儿说着什么,其中一个还往这边看……

苏家仓想,那个人是谁呀,怎么看着这么面熟?但他也没多想。狗子六抽完一根烟,对苏家仓说,苏老弟,晚上我让伙头弄俩菜,前面西双塘那家卤肉做得挺不错,我带你尝尝。苏家仓以为狗子六又想找地方押宝推牌九去,说,排座,这马上开仗了,行吗?

狗子六一拍屁股上的土:就是去吃,哪能总是耍钱。

回到团部的时候，已经是夜间九点多了，苏家仓看到薛连芳的屋里还亮着灯光，就直接进了屋。看到没人在，他就想可能是薛连芳下连没回或者是到什么地方寻欢作乐去了。苏家仓就想勤谨勤谨，收拾一下房间，再回自己屋里睡觉。本来这个事情是由通信兵来做的，但苏家仓不是有想法吗？在家没做的活儿，他现在都开始习惯做了。

收拾得差不多了，他把油灯调到最小，转身出了屋。刚出门就感觉从走廊西边过来个人，他还以为是通信兵呢，就随口问了句，白班长呀？对方下意识地嗯了一声，扭身拐到门外去了。苏家仓挺纳闷，就问，谁呀？

对方没有说话，倒是走得更快了。

贼？苏家仓脑子一闪，就向前追，等追出院子，却连个人影都没看见。苏家仓好奇怪。这时，旁边屋里几个卫兵听到苏家仓的声音，出了屋，问，协理，怎么回事？

刚有个人从院子跑出去了。

是吗？这下大家都警惕起来了，开始四处搜查。

正搜查着，工兵团薛连芳带着几个人从旅部赶回来，看到院子里乱哄哄的，就问是怎么回事。

苏家仓说，刚才好像看到有个贼从这里出去。

贼？薛连芳梗着脖子问，妈了个巴子的，整个村子彻底搜查，八成是进探子了吧？

苏家仓听到“探子”这两个字，唰啦一下就想通了——探子，前哨排，运河边的，崔广义……好家伙，原来你们是干这个来的呀！

苏家仓在运河边看到的那个眼熟的民夫不是别人，正是崔广义。崔广义也没有想到会在奉军里面碰到他，苏家仓到堤上和士兵们抽烟聊天的时候，崔寿岐装作撒尿，将运河渡口的地形用笔在纸上记了下来。

广义几个人从南皮开始一路昼伏夜出，细心侦察，将运河两岸的地形地貌、渡河地点以及奉军的兵力部署、火力配置全都摸透了。

四个人由南向北到达静海地区后，在陈官屯南家场和瘪脑瓜子班长会合，原计划将图纸安排人带回保定行辕后，再返回大城县城。

一提到大城，我爷爷和寿岐、小普几个人就非常高兴，恨不得快点回家看看。汝戌还管老卞班长要军服，说怎么也得在村里挎着匣子枪走两遭，显摆一下。

广义也想在静海这边买点儿什么东西回家带给爹妈，再给妹子捎点儿香胰子。几个人正在屋里想美事，突然听到咣当咣当的砸门声。大车店老板跑出去把门开开，一看都是穿着奉军军服的人。他们正在各家拆门板、搜壮丁呢。

老板说，我这里没壮丁，就是有几个做买卖住店的。

住店的呀，就是几天的活儿，住店的也去。几个当兵的进屋就把屋里几个人给轰了出来，全部弄到堤上去了。

干了一天活儿，寿岐和广义一合计，这个工兵团松松垮垮的，警卫不严，团部就在乡公署大院，干活儿的进进出出也没人防备，正好趁此机会把工兵团的文件拿到手，也是大功一件。

到了晚上，崔寿岐、瘪脑瓜子老卞、广义三个人就偷偷地溜进了村子。

老卞了解这几个新兵蛋子，知道他们有热情，但没什么实战经验。今晚这可是掉脑袋的活儿，可能会影响整个战局，光有热情是远远不够的。他也纳闷，旅座放着这几个大爷、侄儿少在家养着就行了，干吗真往炮口这儿送？老卞只希望这几个傻小子别坏了事，自己能上的事儿就自己亲自上。

果然，这小矮个老卞班长用匕首割掉哨兵喉咙的时候，广义他们几人心里直打战：好端端的一个大活人，让老卞上来咔嚓一下就给弄死了。

班长在鞋底上蹭了蹭刀子上的血，小声对他们说，得手后，在村东大树那集合，哨兵口令是“长白”。

崔寿岐穿着哨兵的军服，先是在茅房里装作拉屎忍了好半天，见院子里没有人走动了，才溜出来进了团部。他看到侧柜里放着几沓图纸和文件，也来不及看是什么内容，慌忙卷起来就塞进了怀里。正准备出屋，听到外面有脚步声，他便急忙躲在了门后。苏家仓收拾东西时，他抬脚从窗户跳了出去，可没想到还是在走廊那里撞到了苏家仓。

崔寿岐向村口跑的时候，前面暗影里有人开始喊话：口令？

他愣了一下。

口令？再不回答我就开枪啦！

长白。崔寿岐终于反应过来。

跑到士兵跟前，寿岐擦了一把汗，然后对哨兵说，里面打起来了，快过去。

哦。两个哨兵就向村里跑。其中一个还不算蠢，炮了几步又回过头来：哎，你他娘的这是干吗去？

寿岐转身说，我去街口看看。他的军服胸口敞开着，露出了偷来的文件。士兵喊，你是谁？

士兵刚喊完，就被背后蹿上来的人一刀捅进了后心。瘪脑瓜子身手真不含糊。随后，瘪脑瓜子捡起三八步枪，拉着寿岐就往村外跑。后面枪声大作。

子弹拖曳着光线在广义他们三个人头顶和身边擦过去，嗞嗞地乱响，而且越来越密。瘪脑瓜子往旁边一拐，对另外两个人说，大车店会合。

我爷爷好多年再回想起那一晚，只记得一直在跑，跌倒又爬起来继续跑，往西跑就对，管他现在到哪里了。他跑了一夜，后来被人拽住了。当时我爷爷还想跑，那个拽住他的人死活不放手。我爷爷就趴在地上喘，好像要把心脏喘出来。

他扭头看到小乱也和自己一样，嘴里开始向外干哕。后面的枪声稀拉零星，大部分火力应该都让老卞吸引过去了。他俩又仰面朝天躺了会儿。即使追兵追上来，他俩也不想跑了，累死了。

他俩摸回到大车店的时候，天色刚发亮，所有人都急坏了。枪声响了一夜，李万龙、大个子汝戌、普伯等人都支棱着耳朵听了一宿。本来定好的是，天亮之前三个人赶不回来，剩下的人就马上撤离。

又过了一个时辰，老卞还没有回来。在东村口放哨的朱老道匆匆跑回来，说，远处大路上有尘土和马队的声音，估计是奉军的骑兵。几个人也管不了那么多了，把马车套上就走。

这边刚走，苏家仓与一队骑兵就赶到了。大车店老板战战兢兢地迎上去，说，长官，您这是找谁？

那几个民夫在没在？苏家仓劈头就问。

刚走，刚走。

妈的，去哪个方向了？

奔西边去了。

苏家仓喊道，追，他们跑不了多远。

骑兵卷起一路烟尘，追出二里地就见前面一辆带棉篷的马车跑得正欢，于是开了火。车篷被打得飞了花，几个骑兵追过去，把马车兜住。这时，只听车篷里呲呲地响，一个奉军士兵拿枪挑开一看，里面有个药捻子正着火。他还没回过味来，一车黑火药就炸开了。轰隆一声巨响，几个骑兵被炸开老远。

大车店的夹避墙里，牛鼻子朱各亮不无得意：无量天尊，这叫兵不厌诈，回头多给大车店掌柜的两大洋，他这车大雷子炮仗擀得还不赖。

五

初战姚马渡

世上什么东西都不如大洋钱管用。朱各亮给了大车店掌柜的几块银圆后，大车店掌柜的麻利地把钱揣怀里，刚才被凶神恶煞的奉军吓得心肝儿难受的劲儿瞬间就全没了。掌柜的也明白，现在自己死活是脱不了干系了，这几个人肯定是曹大帅这边的。怎么说自己也是直系这地盘的人，你东北张作霖再猖狂也是关外的，没有钱你算老几呀！

掌柜的一个劲儿地出谋划策，说你们现在出村肯定是不行了，还得等一晚上，那个脑瓜子瘪瘪的长官不是还没回来吗？我去给你们在村外察看察看，你们就在里面躲着，天黑再想办法。

几个人又挨到了天黑，但也没见瘪脑瓜子班长回来。大家往坏里一想，觉得瘪脑瓜子班长肯定是让人家奉军抓了或者被打死了。那样的话，这里更不能久留。天一黑，几个人就辞别掌柜的，悄悄地出了村，钻进漆黑的夜色。

广义他们于三更时分从杨家口村泅渡子牙河。正在子牙河西岸布防的是直军第二十六师一〇二团。几个人找到警戒部队，打听团部的去处，刚由士兵引进团部，就看到瘪脑瓜子班长正和一〇二团团长啃着鸡大腿呢。

一〇二团团长马望援，曾经也在十七旅当过营长，两年前调到第二十六师，和瘪脑瓜子班长都是老三镇的人。他听说情报小队里有崔旅长的侄子，不敢怠慢，让伙头多弄了几个菜，要慰劳广义几个。闻到饭菜香，朱老道、崔汝戌、广义几个人也就不管其他了，张开腮帮子就是一通风卷残云。

崔寿岐将从奉军工兵团得来的文件交给了马团长。马望援拿过来仔细瞅了会儿，大喜过望，立刻让通信营连夜转达给师长张国溶。文件里非常详细地记录了奉军部队从沧州到唐官屯的军用后勤储备地点，奉军部队计划的行军路线，以及他们计划在哪些地段渡河、搭建浮桥。

这些人在团部里吃的吃，喝的喝，庆贺的庆贺，而运河东岸的奉军在得知工兵团发生直军探子袭扰事件后，不得不临时改变作战部署，将进攻时间提前。

1922年(民国十一年)4月21日，我查询了一下万年历，是农历三月廿五，星期五，谷雨，宜祭祀、会亲友、动土、祈福、斋醮、结婚、安葬、破土、安门、嫁娶、纳采、修造，忌盖屋、开工、作灶、入宅、开张、开业、开市。如果能掐会算的朱各亮当时占卜出奉军选择了这天开战，会发出什么样的感慨呢？

雾气氤氲朦胧的清晨，子牙河岸边的姚马渡村刚出现一声鸡鸣，所有梦中的人就听到了天空撕裂的声音，紧接着，大地颤抖，房屋和老树都左右摇摆起来——大口径炮弹裹着凄厉的呼啸声向直军姚马渡堤防阵地冰雹般砸了下来。第一颗炮弹爆炸引起的剧烈震动，把年仅十六岁的崔凤祥从炕头颠了下来。第一次直奉大战就此拉开了序幕。

《大城地名志》这样写道：姚马渡，位于子牙河西侧，明成化年间此地为子牙河渡口，姚姓夫妇经营摆渡，故名姚家渡。后因设立码头亦曰姚码头，民国年间因马姓人户大人多，遂改为姚马渡，该村民国年间为子牙河著名码头。

奉军第一混成旅在旅长阚朝玺的指挥下，分多路向直军的子牙河堤防阵地发起进攻。直军张国溶第二十六师全部、第十七混成旅崔相应一部固守子牙河东西两岸，防线由姚马渡渡口木桥至白洋桥大桥，约十五公里。

战斗打响后，第十七混成旅五十七团三营作为预备队在二线阵地待命。三营全体士兵在子牙河西岸集结完毕后，耿大阔背着大刀，腰上挎着两把匣子枪,站在队伍前面给士兵们打气:弟兄们,养兵千日用兵一时,今天又到了咱三营扬眉吐气的日子。平时咱们训练吃的苦流的汗,在这时候就用上了。都说东北军个个都带着匪性,我看都是吹,今儿让他们也尝尝咱们直隶大刀的厉害。我大老耿还是那句话,退后者,大刀无情。

耿大阔瞅了瞅站在前面的兄弟耿大江和广义他们几个。耿大江以为哥哥担心他临阵脱逃,把胸脯一挺;广义耳朵被炮弹震得嗡嗡响,还没缓过来,看到营长瞅自己,也直了直身子。

耿营长把视线收回来,大手一挥:全部进入工事,等待出击命令。

奉军的炮火准备持续了半个时辰,然后戛然而止。接下来的镜头是这样的:硝烟在空气中凝成固状,所有流动的东西仿佛都停滞了。蹲在堑壕里的士兵们将身子贴在阵地上,从怀里送出步枪,将准星对准前方;军官们把帽檐歪到头的侧面,显得不伦不类,而手里的匣子枪咔嗒一声缓缓地将子弹推上了膛。马克沁机枪手拉动了一下大栓,一颗土黄色的子弹就被顶了上去。烟雾开始由团状向四处弥漫、散开,视线再次向前徐徐延伸。猛然间传来一声马的嘶鸣,紧接着,一匹,两匹,五匹,十匹……百十匹战马突然冲进直军士兵的视线,马蹄声振聋发聩,大地如同一面被敲乱的牛皮大鼓。趁着直军还在错愕之际,奉军骑兵马快刀快刹那间就到了近前。只见奉军骑兵马刀一闪,直军士兵顿时身首异处,血肉模糊。

阵地上的马克沁机枪咆哮了起来,子弹毫不留情地被泼进了前方。战马翻倒,马上的士兵被甩出很远,有的脖子直直地碰到地上。那颈椎扭曲发出的如枯枝干折断的折音,死者是听不到了。

在二线阵地上的广义被眼前的这一幕惊呆了。二线阵地倚靠子牙河西岸,士兵隐蔽在渡桥两侧堤坡、村里民房房顶和河堤土岗上。广义那支刚发的汉阳造被手心的汗渍弄得非常黏滑。他侧脸看到班长瘪脑瓜子正往步枪上缠布条,搞不清是什么意思。瘪脑瓜子瞅了他一眼:握枪的地方缠上布,握着才更稳。这个枪就是咱们的命,你得拿它当回事,不当回事你就会毁在枪上面。

小普抱着枪趴在老班长的脚下,吓得浑身发抖。耿大江用脚踢了他一下:小孩子,害怕了吧,非得跟你四叔投军,这次脑袋保不住了。

普伯真害怕了，他想哭，但又不敢。刚才营长说了，谁逃跑就是死路一条，所以他不敢跑，只好瞅着四叔广义，心里打着扑通。

广义在军服上蹭了蹭手，看到李万龙到堤防边的大柳树上去了。广义喊李万龙下来，问他到那树上去干吗。

李万龙听到了，在树杈上对我爷爷说，在上面看得清楚。看到李万龙一点儿惧色也没有，广义咽了口唾沫。身子刚才因为紧张拿劲拿得有些发僵，他稍微活动了一下腰身。

奉军第一波冲锋显然是试探性的，一触即退。奉军撤退后，第二十六师开始加固工事，往下抬伤亡的士兵。耿营长拿着望远镜在阵地上就发牢骚，第二十六师还是老样子，打阵地战太死，那个鸡巴重机枪放的位置也不对呀，是谁在前面指挥？

通信兵说，我看着像马团长。

老马呀，这个马瘸子，陆军学堂白上了。这次死不了，我得给他讲讲课。耿营长扭头又对通信兵说，你去把侄儿少和我兄弟叫过来。

广义和耿大江到了营长这边还闹不清是怎么回事，以为营长要分配什么任务。耿营长眼睛不瞅他俩，在旁边的水缸里舀了碗水，一口气咕咚咚喝完才对俩人说，我现在命令你俩带几个人到对岸第二十六师阵地去。

广义和耿大江不是去一线阵地上和第二十六师的人并肩作战的，而是去要东西的。说来这个耿营长挺有意思，他叫他们去向马瘸子要两匹马，改善伙食。

等到了对岸马团长的指挥所，崔广义和耿大江才知道，不仅这马肉吃不上，而且俩人还不能走了。马团长说，他大脖子耿是来笑话我的，想吃我的肉、喝我的血，门儿都没有，老子在这里拼光了也不让他得逞。你俩一个是崔旅长的侄子，一个是大脖子耿的兄弟，好，那块土岗子看了没？刚才我们一个排全报销在那里了，你们给我顶上，想吃马肉自己弄去。

马团长刚说完，电话就响了，正是耿营长打来的。耿营长说，马瘸子，你把人给扣下了是吧？正好呀，让你看看我们十七旅的新兵是怎么比过你们一〇二团的老兵的。我就要你左边那个高坡阵地，看我一个排给你打个样儿。

我爷爷和耿大江几个新兵弄不清营长怎么个意思，这打仗还带闹着玩儿的？再转念一想，士兵以服从为本，上阵是早晚的事儿，死哪算哪。我爷爷心一横。

瘪脑瓜子班长将三十二个新兵分配好，对李万龙说，万龙，你和我回去一趟，去别的班弄架轻机枪去。俩人不大会儿从西岸搬来两挺捷克轻机枪。老卞卷了卷袖子：大江，侄儿少，大刀螂，万龙，上树，把机枪弄树上去。

朱各亮扬了扬脖子说，无量天尊，卞头战术高。

等一切安排妥当，时间刚刚好。对方一阵急促的冲锋号后，士兵的喊杀声又潮水般压了上来。

其他阵地都响起了枪声，高岗上却没有发出任何声响。马团长在指挥所用望远镜观察着，有些起急；而另一只望远镜那儿，耿大阔则嘿嘿地发出诡异的笑声。

果然，他笑声还没有停止，高坡上就响起了枪声。只听两架轻机枪黑老鸹似的叫了起来，树叶树枝散花似的掉落。居高临下的轻机枪保证了射手视线不会受到什么阻碍，敌军十几匹战马有的倒地，有的拖拉着骑手东奔西窜。

广义已经数不清打了几个弹夹，对准前面的马匹就搂火拉栓。砰砰，阵地上尘土被震得眯人眼，广义也看不清打死没打死敌人。

小普脸色依旧煞白。他趴在阵地上，喘不上气来，枪口斜向上方，搂了一枪就再也抠不动扳机了。比他更丢人的是崔汝戌。崔汝戌张着大嘴，双眼空洞着望着前方。他看到奉军士兵的脑袋和胸口被机枪打成肉窟窿，脑浆迸出来，看到马蹄子下那些人被踩得骨断筋折，痛苦翻滚，听到士兵的惨叫声。他被这一幕幕唬得够呛，感觉小腹发酸肛门失控，屎尿哗啦下涌了一裤兜子。

广义打光了身上的子弹。趁去后面弹药箱里取子弹的工夫，他扭身回到阵地上。他发现不知寿岐已经从阵地上冲了出来，以单膝跪地的姿势，端着步枪一下又一下点射。子弹嗞嗞地在他前后左右乱飞，他脸上却没有一丝惧色。

广义惭愧不已，也终于发现了自己和人家的区别。为什么崔乱能够被送到陆军学堂上课，自己和其他人却轮不上，差距就在这里。

想罢，他一咬牙，抓了几梭子弹，翻身回到自己的位置。一梭子子弹狠狠地压满了弹仓。砰，一声枪响，对面七十米外的一个骑兵从马上侧身摔了下去。

奉军的第二波冲锋被击退后，第二十六师一〇一团接手马团长一〇二团的阵地。马团长看到瘪脑瓜子正带着十几个人用大车拉三匹死马往西岸运，骂道，大脖子耿，老子又给你培训了一回新兵，奶奶的。

瘪脑瓜子班长呲着大门牙，向马团长笑了笑。

三营三十二名新兵仅有两名负伤，耿营长高兴。他也不是一次两次让别的队伍帮他磨炼新兵了。晚上，火头军抓紧炖肉，这肉吃得真香。小普是由广义搀扶着下的阵地，被吓得不轻，看到马肉就吐，脸成了白蜡色，很难看。瘪脑瓜子说，再来一仗，就没事了，第一回没有不尿的。说完，他一捂鼻子：齐班副，看谁拉裤子了，赶紧拖到后边换裤子去。崔汝戌臊得够呛，躲人后去了。老兵们笑成一团。

晚上，朱各亮嚼着马肉说，我以为营长是让我们新兵先走一步呢，结果我们新兵真不孬，立了个首功。

广义端着碗，朝大城县西南方向望。他想，家里人是不是听说这里打仗了？他们在干什么呢？

他不知道，那一晚上，他的父亲母亲，他的妹子崔秀珍，都守在漆黑的夜里，听着隆隆的枪炮声，眺望着姚马渡的方向。不仅他们，李万龙、崔汝戌、崔凤祥、崔寿岐的家人同样如此。直奉战争中的每一天，他们都是在祷告中度过的，心神不定，寝食难安。

直奉大战开始的第二天，天刚蒙蒙亮，偎在妈身旁的七丫从梦中醒来了。她揉揉眼皮，咂摸着刚才梦里糊里糊涂的事儿。她瞅了妈一眼，想和她叨叨下梦里的事儿，一看妈满脸倦容，就把话咽回肚子去了。她下炕向外走，出门看到爹正从元宝坑里挑水回来。她没说话，扭头向东迈碎步就走。爹看到了，问，秀珍，你干吗去？

我去别的家转转。七丫头也不回地说。

七丫先到了崔寿岐家门口，看到榆木大门还关着，就用手拍打门上的铁门吊。门啪啪连续响了几声后,屋里有人问,谁呀?

我,乱嫂,七丫。

里面门销被抽走,门打开了,寿岐的媳妇抱着孩子出来了:是秀珍姑呀?

七丫嗯了一声,迈步就进了院,还伸手在孩子脸上逗了一下:还挺胖乎。

寿岐媳妇勉强笑了笑,说,小子太不听话了,这不,饭都做不了呢。

七丫清楚她这个媳妇过得不安心,自己要照看孩子,家里、地里的活儿也都得自己做,真够不容易,就说:来,我给你抱孩子,你赶紧做饭。说罢,秀珍就把孩子抱了过来。

寿岐媳妇也没有太虚套,赶紧从院子里抱来滑秸烧水熬粥。七丫在一旁边抱孩子边和寿岐媳妇说话。

乱嫂,你昨天听到东边打炮的声音不?

听到了,还不知道是怎么回事呢。寿岐媳妇说话时被灶膛火呛了一下,咳嗽了几声。

你呀,真行。七丫虽然年纪小,但辈分大,说话不管不顾的。是东北军和咱们这边的打起来了,我哥和你男人都在那边呢。

真的?寿岐媳妇歪着头看着七丫。

可不是真的,打了一天一夜呢,我过来问问你知道别的消息不。七丫说。

我哪里知道呢,带着个孩子也出不去门呀!寿岐媳妇脸上露出着急的神色。

七丫有些失望,又和她唠了几句。等锅里粥熟了,七丫把孩子往女人手里一塞,就风风火火地跑出去了。

就听后面寿岐媳妇在喊,秀珍姑,秀珍姑,有什么音信过来告诉我一声。

七丫心里闷着一股气,真想找个伙伴,一说就能说到一块儿去。她想去找崔汝戌的妹子崔杏花,走了几步,又觉得那个丫头呆头呆脑的干不了什么大事,便止住了脚步。

这时她想，要不去找万龙的小姑，他小姑还行。

真是想谁来谁，这念头刚从七丫脑子里闪过，李万龙的小姑就拿着铁锹过来了。七丫喊，小姑奶，什么时候了你还下地？

李万龙的小姑问，秀珍，你干吗呀？我掘地去。

你掘什么呀，你没听说东边打起来了呀？七丫眼瞪着对方。

嗯，知道，打呗。

啧，打呗，你说得真轻巧，你侄子万龙和我哥都在那儿呢。七丫说。

噢，万龙命大，没事……我说错了，你哥、万龙，咱村的人都命大，你看好多打过仗的都没事，都回来了。万龙小姑说完就想走。

七丫说，你这个人真没心没肺呀，你不担心，你哥你嫂不担心呀？

他俩肯定担心啦。万龙小姑有种事不关己的态度。

七丫进了一步说，小姑奶奶，咱俩到东边去一趟，去看看我哥和万龙叔他们有没有事儿，行不？

万龙小姑一听，立马把铁锹放下来，杵在地上：那可不行，东边老槐嫂给我介绍了个对象，我后半晌还得去见见呢。

七丫一跺脚：什么时候了，还见对象呀。

小姑奶奶瞅了一下周围：七丫，你傻不？现在兵荒马乱的，嫁了人就安全了。听说去年湖北人来打仗，撤兵的时候，在臧屯那边没少祸害大闺女。

七丫一撇嘴，扭头就走了，走时嘴里还嘟囔了一句，怎么没祸害你呢？

小姑奶奶在后面问，小七丫你说吗呢？

我没说吗，我说你快点和男人睡觉就美了。七丫说完就拐进了小胡同，然后直接向北走，上了大路，走了一会儿，才想起来自己还没有吃饭。她看路旁有谁种的大葱，进去拔了几根就嚼了起来。

七丫不知道走了多长时间，只是远远地看到东西向的大路上，有许多逃荒的老百姓。他们夹着包袱被褥，推着独轮车，赶着牲口，小孩子哭大人闹，年轻的搀扶着老人，熙熙攘攘，混乱不堪。她快走几步上了大路，问几个夹着包袱的老太太，大娘，大娘，你们哪儿的？是姚马渡那边的吗？

是城东的，爱农村的。一个五十多岁的大娘被她闺女搀着对七丫说。

大娘，你们这是往哪儿去呀？

阜草，去她大舅家，现在只能投奔亲戚去呗，东边打得乱套了，死人死大发了。大娘说完就想走。

七丫一听是姚马渡那片的，心里就更迫切了些，挡在前面：大娘，咱们这边当兵的都还在打吗？

打，打了一天一宿了，死不少人呢！这边杀过来那边撵过去的。大娘愁着脸说。

哦。七丫心提到嗓子眼儿，想再多问几句，但看这大娘也说不出什么来了。然后，她脑子一闪：阜草到爱农可老远呢，怎么嫁这么远？我嫁人就在区里几个村，离着多近，想娘了就回来看看。七丫嘴里道了谢，心里想着别的，继续向县城方向走。

到了县城西关，只见城门洞那里有七八个当兵的正在排查进城的老百姓。城楼子上架着机关枪，好多穿军衣的眼睛都瞪得和牛眼珠子似的，一脸凶巴巴的样子。

两个穿长衫的人进城门时就被两个当兵的拽到一旁，全身上下被搜了个遍。当兵的从他们身上翻出了好多民国新票，随手就给了在旁边吸烟的兵头儿。一个穿长衫的说，长官，那是我刚才要回来的账，你这拿走了，我跟掌柜的没法儿交代。

交代个屁，现在是战争时期，全部充公，就当给军队捐助物资装备了。当兵的歪着脑袋说。

七丫看了个满眼，心想，这当兵的真不是好人，跟土匪没什么两样，我哥肯定和他们不一样。想着，七丫就走到了城门口。

那俩当兵的才把那俩穿长衫的人骂走，见前面来了梳大辫子的姑娘，一对眼，就动了损心眼儿。他们迎到七丫面前：小闺女，你这是到哪里去？

七丫低头想躲，但知道肯定是躲不开了，就抬起头：我去城东找我哥。

怎么找你哥呀，兵荒马乱的，你一个人找你哥不孤单呀？当兵的觍着脸说。

我哥在姚马渡打仗呢，和你们一样都是咱们这边队伍的。七丫不去瞅那当兵的无赖样儿。

哟，都是一家人呀，你哥也是当兵的，那就和我们是兄弟呀，这一来，你就是我们的妹子呀。妹子呀，你多大了？说着话，这个当兵的伸手就往七丫的肩上摸了一下。七丫一抬手扒拉开，然后又往后撤了一步。

哎，躲什么呀？另一个当兵的凑过来，说，来，让哥稀罕稀罕。这个当兵的说完，城楼上和周围的当兵的都哈哈地笑出了声。

这下他们把七丫给惹急了：你们干吗？欺负我是女的是吗？

欺负你干吗？我们这是奉张国溶师长的命令，对所有可疑人员进行搜查。我看你这个小姑娘不像是找哥哥的，八成是给东北军打探消息的。来，我们搜搜你身上藏着手榴弹不！说着，这小子就过来要对七丫动手动脚。

七丫急了，侧身一瞅，见脚边几米的地方有两块青砖。她跨出几步，俯身抄起一块青砖，对准面前那俩当兵的说，你们两个混账羔子，再碰我试试？

对面俩当兵的都愣了一下，其中一个把枪一端：还他妈的挺拧，我毙了你！

七丫一听对方骂街，手里砖头就砸了过去：砸死你们这些私孩子。砖头嗖的一下飞过去，砸在当兵的脚底下，吓得那俩当兵的跳得老高。

砖头没了，七丫还想往地上踅摸砖头，就被一个当兵的一脚给踹在了地上。另一个当兵的趁机举起枪托想砸七丫的脑袋。就在这时，就听城楼上一人喊：停下，敢再动手？

那两个当兵的住了手。城楼上一个军官模样的探头往下瞅了一眼，转身从城墙上下来，来到了西门口。他过来就给了那俩当兵的一人一个耳光。

谁让你们这么干的？我要上报军法处，让军法处立即枪毙你们！

挨打的那两个当兵的弓着腰，大气都不敢出一口。其他当兵的见状都立正站好，谁也不敢再说什么话。

七丫拍拍身上的土，看了那个军官一眼，点了点头：你得管管这些人，他们和土匪畜类有什么区别？我哥要是这样，我说什么也不让他干了。不光我，我爹妈也不会让他这样。

那个军官转身对七丫说，妹子，妹子你消消气，身上没事吧？

没事，冲着我哥、我五叔都和你们一样穿这身衣裳，我就不计较了。等我找到我哥，你就放心，我们老崔家和俩王八蛋没完。

那个年轻军官赶紧赔不是：妹子对不起，对不起，我一定按照军纪处理这俩人。然后他对着面前那俩当兵的喊，现在立马滚出我的视线。

那俩士兵颠颠地跑走了。

七丫扭身就往城里走。

军官在后面赶了几步：妹子，你哥是哪个部队的？

我不清楚，反正就是在打仗呢。我昨天做梦梦到我哥在打仗呢。

军官一听，扑哧一声笑了：你哥叫什么名字？我给你问一下，比你这么找方便。

七丫一听，觉得是这么回事：我哥叫崔义安，大号叫广义。

崔义安，广义……这个军官想了想，摇了摇头。

你不知道我哥？七丫一看这个军官不认识哥哥，有些沮丧。

有些耳熟，就是想不起来了。哎，这个军官和七丫并排走了会儿又问，你五叔又叫什么名字？

崔相应。

崔旅座呀？

什么，崔旅座？七丫不明白旅座是什么意思，瞪大眼睛注视着那个年轻军官。

噢，是崔相应旅长。

崔相应，我五叔呀，他是旅座呀？七丫高兴中带着懊恼，心想，刚才要是提五叔的名字或许就不会被那些当兵的欺负了。

军官一听是崔旅长的家人，就更热心了：妹子，我以前在十七旅做过见习，在崔旅长身旁待过半年。都知道崔旅长是大城人，可我哪里知道今天会碰到他侄女呀！

七丫说，你跟过五叔，那你赶紧带我去找五叔好不？

军官有些不好意思：妹子，崔旅长没在大城，而且十七旅只有一个营在前线上，谁知道你哥哥在没在那个营呢。

七丫说，肯定在呢，我做梦可有准啦，我哥，还有崔乱、汝戌、我叔伯侄子小普肯定都在那儿。

前面打仗,不准老百姓通行的,你还是甭去了。

不行,我爸妈都急死了,一晚一晚地睡不着觉,我说吗也得见到我哥他们,给他们捎回个平安信儿去。

军官一看这妹子挺不听劝,估计是拦不住了,就说,我想想。正在这时,前面跑过来一匹战马,马上是师部的通信兵。

到了七丫和这个军官面前,通信兵敬了个礼:报告宋副官,师长让你马上到城小校场医护连去,那里有不少伤员需要安置,您暂时负责那里的一切事宜。

通信兵走后,宋副官对七丫说,这样,你和我去医护连那边吧,看看有没有和你哥哥在一起的伤兵。

七丫想了想说,行,又在心里祷告菩萨保佑:我哥哥可别有个好歹呀!

六

破袭负伤

我爷爷和崔寿岐他们压根儿没有想到从工兵团薛连芳指挥部里弄回来的那些文件有多重要。这些文件被送到了东路军联合作战驻大城县指挥所(东路军指挥所)。作战人员经过梳理,发现一条重要线索:在东北镇威军东路军的作战计划中,最关键的一条就是以部分兵力攻击大城正东,大部主力通过津浦铁路向南快速占领德州地区,再从德州直取大名、枣强、正定以南的直军防区,然后转向北侧攻击保定以南地区,完成对直军的大包围。

情报被快速上报至直军总部。吴佩孚坐镇保定大本营,发布作战命令,以孙岳旅全部、曹瑛第四师又两个团,在德州、南皮构筑防线,第二十六师张国溶部固守大城县城,并对津浦铁路沧州至唐官屯全线进行破袭,切断天津与德州奉军之间的联系,使奉军南北不能相顾,伺机歼灭沧州以南的奉军,同时向信安方向展开攻击,给奉军造成直军将以台头、独流为主攻方向的错觉。

4 月 23 日晚饭过后。

混编十七旅三营一百名敢死队员在营长耿大阔的率领下,全部换上奉军军服,携带短枪炸药,由南赵扶村南偷偷地渡过子牙河,到达东岸后向青县东南方向一路急行军。晚上天公作美,黑夜中下起了绵绵细雨,为行动提供了有利条件。

留在后方的小普和汝戌看着队伍消失在夜色中，脸上不禁发烫。小普担心四叔的安危，又为自己的胆小怯弱而羞臊。广义已经向耿营长做了请示，请求让小普和崔汝戌两个人留下，原因是两个人受了轻伤，不方便跟随队伍行动。耿营长早就清楚是怎么回事，也不好意思点破，就点头同意让他俩护送伤兵回大城县城。

我爷爷再三叮嘱他俩千万别当逃兵，说咱们在五叔那里夸了海口，这仗才打了一天，咱要是做了对不起五叔的事儿，就别怪耿营长军法从事了。广义说着，做了砍的手势。小普老老实实地听着，崔汝戌则左顾右盼，假装没看见。

小普说，四叔，放心，开始我害怕，现在我好多了，不行我就跟着你们去。

你小孩子家家的，跟什么跟？这次去是去拼命，弄不好就回不来了，不像咱们前几天搞侦察。汝戌紧拽小普的衣裳，他到现在腿还抽着筋呢！这些当兵的，一个个白天都还活蹦乱跳的，一场仗下来，胳膊腿没了倒还罢了，有的连命都没了，太吓人了。命没了，就太不值了。他自己盘算着，但也不敢跑回家。第二十六师十几个新兵临阵脱逃，被督战队拉到河边咔嚓咔嚓就把脑袋砍了。横竖都是死，能忍一天是一天吧！

大城县城城南学堂校场。

七丫跟着宋副官到了校场后，看到到处都是横躺竖卧的伤兵，听到呻吟声、号叫声此起彼伏，被吓住了。她有些害怕，咽了口唾沫，仗着胆子小心翼翼地跟在宋副官身后，这边看看那边瞧瞧：都是像哥哥这么大年龄的小伙子，有断胳膊断腿的，有肠子露外边的，有胸口一个血窟窿汩汩冒着血的，还有脑袋被绷带缠成棉花球，血迹从伤口洇出来像敷着块红膏药。

宋副官对七丫说，妹子，你自己先找找看有没有你哥他们队伍的。你哥是十七旅三营的，你问三营的就行。我到那边安排重伤号去。

嗯，嗯。七丫边答应着，边四处瞅伤兵。

喂，你是三营的吗？

不是。

你是三营的吗？

不是。

认识崔广义不？

不认识。快到旁边去，老子疼死了，哎哟哎哟！

谁认识三营的崔广义，义安，谁认识？七丫后来大喊起来。

所有的伤兵都弄不清是怎么回事，都瞅过来。有个医护兵过来，喊，你干什么的？别大喊大叫。

我找我哥，崔广义。崔秀珍越喊越委屈，后来还哭出声来了。

没这个人，瞎号丧什么？

真是的，哪里来的小丫头，闹死人，还他妈让人活不？

就在这时，七丫听到远处有人喊，七姑，七姑……

崔秀珍止住了哭声，四下一看，就见后面跑过来一个小个子士兵。那士兵背着杆比他个子不差的步枪。她仔细一看，是崔凤祥。

小普。

七姑，是我。

小普，你，你，你受伤啦？

七姑，我没有。

说，你四叔呢？

我四叔没事，没事，在前线呢。

真的没事？

没事，七姑，我糊弄你干吗？我和汝戌叔护送伤员回来，四叔和乱哥、万龙爷他们都在前线好好的呢。小普拉着七丫的手说。

啪！七丫沉了会儿，扇了小普脑袋一下：你个兔崽子，说跑就跑了，你们知道家里人都急死了不？

七丫一个巴掌，把周围当兵的打出乐子来了，有的喊好，有的起哄：再扇一个！

七丫斜眼一瞪：都掺和什么？我扇我侄子你们起什么哄？

小普摸着脖子解释：这是我七姑。

就在这时，宋副官大步走了过来，看到这情况，就叫大家散开，然后把七丫和小普带到了器械室。

小普就和七姑叨叨了好多事儿，崔汝戌也赶过来了。这俩人看到七丫，思乡之情又涌了上来，但又不敢离开队伍，怕挨大刀片。到了晌午，宋副官叫秀珍和小普、汝戌到食堂吃大锅饭。

七丫边吃边说，小普，汝戌哥，你们看来暂时回不了家。我吃完了就赶紧回村，告诉家里人你们几个都挺好。

汝戌趁宋副官去拿窝头的工夫，偷着塞给七丫一卷子民国票：秀珍，回去后给我家里人，别让他们担心。

七丫点了点头，塞进怀里。

崔汝戌又说，刚才听宋副官说没？我们这次打仗立大功了，你哥和小乱是头功，我们也肯定跟着升官。

小普点着头：嗯，嗯，七姑，我还给老五爷垮了俩月盒子呢。以后升了不拿这个长的（步枪）了，我们都会像宋副官那样挎盒子炮。

真的？七丫有点儿怀疑。

崔汝戌眼珠转了转，搞得挺神秘的样子：真的，你问小普，我们在东北军那边干了件大事，曹大帅指名要拿我们当样板呢。

夜间十点整，直军分多路向奉军阵地发起反冲锋，目的是吸引奉军主力，配合破路部队完成破袭任务。

一百人的突袭队分成三个组：第一组从马厂南侧去往津浦铁路，第二组在青县北侧，第三组在陈官屯和唐官屯之间。

广义和老卞他们几个人被分在第三组，指挥官为瘪脑瓜子老卞。

老卞是直隶饶阳人，因为脑瓜瘪了吧唧长得不太周正，从上到下都喊他瘪脑瓜子，是个典型的老兵油子。

老卞这个人身上有许多长处，只是爱财不惜命。他因为把钱看得太紧，总是犯错，所以混了十多年还是个大头兵。但老卞不在乎，觉得当大头兵才能随心所欲，觉得在战场上他才得心应手，无所顾虑。这些，十七旅的老兵们都是知道的。

炮弹出膛的呼啸声、远处机关枪突突的射击声不断传来，炮弹爆炸时发出的光亮映在每个人肃穆的脸上。新兵们已经没有先前的那种恐惧感了，老兵们则闭着眼睛不出声。李万龙、崔寿岐、朱各亮伏在水沟内，心里忐忑，等待着出击命令。

唐官屯方向的枪声响得正急，瘪脑瓜子闭着眼睛数对方的子弹数：19，20……该换弹匣了。操，又一挺接上了！

朱各亮左瞅一眼右瞅一眼，抬抬袖子——渡河时衣服全湿了，现在在沟里一趴，身上沾的都是泥土了。他伸出两只手，掐着几个手指，嘴里小声叨念着什么。

李万龙小声问，你干吗呢？

朱各亮没搭理他，手指捏了又捏，算了又算，过了会儿，说，咱渡河的时辰不太吉利。

瘪脑瓜子班长瞅了他一眼：瞎扯淡。

卞正目，我全真出身，排经布卦……朱老道分辩着。

那都是哄弄穷人的，再扰乱军心我就崩了你。瘪脑瓜子说了一句，就不理他了。

李万龙心里乱七八糟的，用腿碰了碰朱老道：牛鼻子，怎么个不吉利法？

朱各亮咽了口唾沫，侧过身去，显然不想和李万龙交流。

就在这时，唐官屯方向，枪声突然猛烈地响了起来，喊杀声响彻天外。

老卞喊了一声：冲！

三十多人从壕沟里跃起来，飞快地向津浦铁路冲去。

远远望过去，前面几百米的地方出现了一条贯穿南北的高岗，那自然就是津浦铁路。广义几个人在前段时间已经来过这里。暂时没有发现护路巡逻兵，大家迅速用铁铲将炸药包安放在铁轨和枕木下面。老卞紧张地看了看怀表：夜间11时整。见炸药包已全部安放好，他对士兵们挥了下手。十几个士兵将炸药包导火索点着，扭曲的火药捻子像一条条毒蛇般扭着身子嗞嗞地燃烧。

就在这当口儿，负责警戒的士兵喊了声：北面有情况！众人抬头，只听铁路线上传来哐哐的跑步声——顺着远处炮火的光亮，一大队奉军士兵正在一辆装甲车的掩护下冲过来。

哨兵话刚喊完，对方的子弹就打过来了。哨兵啊了一声，从铁路上翻了下来。

老卞喊，广义，给我顶上去。

广义抽出匣子枪，麻利地拨开保险，将枪匣子顶头部位咔嗒一声安装到手枪把上。这种德国进口的驳壳枪，也叫自来得，或是快慢机，因为枪套是木质的，所以叫匣子枪，有人也称之为盒子炮。这种枪的有趣之处就是它的木质枪套——将枪套倒装在握柄上，驳壳枪立即转变为一支连发步枪，成为肩射武器。

广义水平持枪，瞄准前面黑乎乎的人影开了火，有几个人倒了下去。李万龙大胳膊一抡，一口气向前面甩出了好几颗手榴弹。对方倒下一片后，开始散开成包抄队形还击。双方子弹来往密集，响作一团。

三营的士兵接连倒下去了好几个，那边，炸药包导火索还在继续向上嗞嗞地烧着。对方显然也注意到了直军的意图，发了疯似的喊叫着向前冲，装甲车上的机枪火力更猛了。因为没有重火力掩护，直军士兵被打得抬不起头来，老卞急得直叫。奉军借助火力优势，开始缩小包围圈。

老卞喊，守住阵地，给我狠狠地打。

大家都明白，只要炸药炸了，就能抵挡住对方的攻势，任务才算完成，他们也就可以突围了。

李万龙胸口吊着十几颗手榴弹，哪里人多往哪里投。

双方都拼了命，老卞跳着双枪齐发，对方勉强向前移动了十多米。只听轰隆一声巨响，炸药爆炸声连成一片，七八百米的铁轨都被掀上了天。远处十几里地外，爆炸火光也冲天而起。显然，其他破袭小组也爆破成功了。

强大的冲击波将对方的士兵炸得哭爹喊娘。广义鼻子、耳朵也被震出了血。他耳朵嗡嗡作响，大脑有些不受支配。他看到老卞端着两把驳壳枪从掩体下跳出来，嘴里喊着什么，应该是冲锋或者是跑呀之类的。士兵们随即分头撤退。

广义晃荡了两下身子，跟着前面的老卞跑。他不知道跑了多远，跌倒了好几次，又都被人给拽了起来。后面来的子弹从头两侧飞过去，他的双脚开始打绊。晕头转向地向前踉跄了几步后，他脚下一个趔趄，从高土坡上滚了下去，随即眼前一黑，昏过去了。

不知道过了多长时间，广义微微睁开了眼睛，觉得嗓子干得要命。他想翻身起来，可是脑袋发沉，四肢无力。他用双臂撑起身子，四下看了看，看到周围杂草丛生。他望见不远处有条小水沟，里面缓缓地淌着清亮亮的水。他分开杂草，用力爬过去，用手往嘴里舀水喝。喉咙里有了水的滋润，胸膛里也舒服了些。他用一只手舀水洗了把脸，感觉头发被血痂黏住了。他试探着摸了摸，感觉头皮破了个口子，应该是被弹片或者是被爆炸炸起的石头块崩破了，不过还好，只是擦了道小口子。

广义仰头瞧了下天空，看了看太阳的方向，估摸着是上午十点左右。他想，老卞他们呢？昨天撤退时打散了，他们安全返回了没有？

广义动弹了一下，感觉大腿根那里疼得很，低头一看，左腿裤子破了个窟窿，腿根外侧有道半寸长的血口子，肉片向外翻着。伤口有灼伤的痕迹，是被机枪子弹射穿的。我爷爷解开绑腿，把伤口缠了几道，裹好，然后向四下张望了一下，分清了东西南北，便寻思怎么返回大城。

忽然，河西面的树林里有个人影晃动了一下。广义赶紧蹲下身子，扒开草丛仔细观察，看到一个人从树丛里钻出来，手里端着匣子枪。广义再一细瞅，是朱老道。

他不敢高声喊，怕被敌人听到。等朱各亮又向前走了几十米，我爷爷便学了几声鸟叫。朱老道听到了，也啾啾地回了几声。

朱老道猫着腰到了广义跟前。广义刚想说话，他就伸出手指在嘴边嘘了一下，然后向上一指，打了下手势，意思是堤上有敌人。

果然，从两个人背后的堤上走下来一队奉军，大概有七八十人，匆匆地向西行进。

等他们全部进了树林，朱老道说，无量天尊，差一点儿老子就撞到了。

广义问，朱各亮，你怎么回来了？广义想喊他牛鼻子的，但一想，这个时候这么喊不太妥当。

朱老道小声音说，我们到了流河，发现你没跟上来。李万龙说上大堤时候你还在，过这里的时候就没注意到你了，我就返回来找你。

广义一听，觉得老朱这人实在仗义，眼里就发潮。刚才自己还在想，自己如果不能回到大城，一个人孤零零地在这里被人打死，恐怕连个报信的都没有，最后成了孤魂野鬼，多凄惨。

朱老道问广义，挂彩啦？

腿上弄了个口子，血止住了。

走得了吗？

我试试。广义起来，只向前迈出几步，伤口就疼得厉害，身上的汗唰地就淌了下来。

朱老道一看，不行，不行，你这样咱走不了。我看看，我看看啊。朱老道跑上堤，踮着脚尖四下踅摸，然后下来扶着广义到了一个杂草丛生的旧坟坑子，让广义躲进去。人藏在下面，不仔细瞅真还看不到。朱各亮说，我找帮手去，你在这里多等会儿。不等广义说什么，朱老道就夹着匣子枪顺堤跑了下去。

广义心想，这小子往哪里找帮手去呢？

大概过了半个时辰，约莫才到晌午，广义就听有人说话的声音：就在这边，就在这边，快点快点。

广义心提到了嗓子眼儿，把毛瑟手枪的机头打开，心想，奶奶的，老子死也得多拉几个垫背的。

等朱老道的雷公脸出现在头顶上，广义绷紧的神经才算松开。

朱老道带来两个年轻的小道士。那俩道士抬着块门板，门板上铺着个灰棉褥子。朱老道把广义从坟坑里拽上来，对他说，上担架，上担架。

那俩道士抬着我爷爷，朱各亮在前面带着路，几个人就奔西北方向扎下去。

广义在担架上被颠来颠去，不久便迷迷糊糊睡了过去。再醒来的时候，他已经躺在龙王庙的禅房里了。

龙王庙坐北向南，为两进院落，中轴线上有山门、戏楼、正殿，两侧有耳殿、厢房等。近两年静海县内运河时常发水，区里、县里的乡绅地主都到龙王庙烧香拜佛,所以这龙王庙香火还算旺盛。

朱老道说,广义,来,换上。说着,他把我爷爷身上的军服扒了下来,给我爷爷换上了老百姓的衣服,他自己也换了身道服。还甭说,朱老道就是朱老道,头戴个紫金冠,身上穿件绛黑道服,还真像那么回事。

我爷爷心里好奇,问,你这牛鼻子,从哪儿弄来的?

这庙里应有尽有,你想要宣统帝的龙袍,给我钱我也能给你倒腾来。

俩人把手枪和子弹全部藏在龙王爷塑像的底座下。年轻道士打来了两碗粥,对朱老道称“师叔”。

朱老道在小道士面前一脸庄重,言语和动作有节有度,要是再拿个拂尘就更像那么回事了。广义又想笑又不好意思笑。

广义喝完粥就有精神头了。他问朱各亮,这次咱们营损失了几个?

倒下了九个,大门牙肠子被打出来了,死在铁路边了;小连肩膀穿了一枪,怕被俘虏,自己送自己上路了;还有四五个受了点儿伤,不碍事。朱老道轻描淡写地告诉广义。

七丫在县城吃完晌午饭,将崔汝戌给她的钱掖好时,小普和汝戌也该返回前哨阵地了。当崔秀珍大大咧咧地和俩人告别的时候,小普想哭。他真的想家了,正想抹眼泪,就被崔汝戌拉着就走了。

宋副官还挺细心,让七丫跟着拉装备的汽车走。

七丫高兴得要死,坐在大汽车前面的驾驶室里摸摸这儿摸摸那儿,把开车的老兵笑得露出了大黑门牙。

七丫在牛村道口下了车,一溜小跑就到了村,进了村东口就喊,我回来了,我回来了。

她不清楚爹妈找她找得多着急。爹妈大上午找不到七丫,到处找也找不到,就清楚这丫头不知生什么事儿了。后来万龙小姑过来说,见七丫奔东北牛村那边去了,八成是去子牙河那边找她哥了。

崔相亭一听,气得直剁脚骂街:这俩孩子,儿子儿子不听话,说当兵扭头就走;就一个姑娘也不好管,都学会脚底下抹油了。

崔相亭就去找侄子广和,也就是小普的爹。他想和广和商量商量,不行的话就到城里走一趟，一是把七丫找回来，二是打听打听前面的消息，看前面到底打成什么样儿了。

这一村人都让崔秀珍豁腾出来了，全站在道上乱吵吵。下午，七丫回来了，村里男男女女把七丫围在了中间，这个一句那个一句的。

七丫从没有让这么些人关注过，心里非常得意。她对爹妈和广和说，广和哥，我看到小普了，也看到汝戌哥了。

这两家人一听，脸上顿时笑成了麻花：小普胖了瘦了？汝戌有事儿呗？

小姑奶奶插了一句，看见万龙了呗？

七丫白了小姑奶奶一眼，没搭理她。小姑奶奶脸一红，不敢吱声了。

小普胖了，汝戌哥也胖了，都穿着官服呢。

那是军装。他爹给了她一句。

军装，都背着大枪了，可混出息了。

广和家里人一听，高兴得咧嘴就笑。

这时，寿岐的媳妇抱着孩子过来了：秀珍姑，看到俺那口子了不？

七丫被人们围得通身是汗，说，乱嫂，没看到我哥他们几个，不过小普说都挺好的，好像我哥和乱哥都是什么小官了。

是吗？

村里人一听，都啧啧地发出羡慕声。

对了，七丫好像记起了什么，从口袋里掏出一叠花花票来，说，这钱是汝戌哥给我的，我没数有多少，爸，你数数？

崔相亭瞅了七丫一眼，心想，这臭丫头，在这里胡乱显摆钱。他把钱接过去，问，这都是你汝戌哥的？

七丫嗯了一声，然后打了个沉儿：他们四个攒的，汝戌哥让我给四家分分。

到了家里，秀珍的兴奋劲儿还没过去：妈，是一个当官的让大汽车送我回来的！

妈一听，好奇地问，怎么，你坐大汽车啦？

可不。七丫撇着嘴说，然后又说，我明天还去城里。

七丫果真在第二天又去了大城县县城，这次不光是她一个人去，她还带上了她的两个堂姑。这两姑姑，一个是十七旅崔相应的亲妹妹九姑，一个就是给广义保媒的五姑。

我这个崔秀珍亲姑奶奶的能量绝对了不得。她回家那天晚上，坐着蒲团，面对院子里坐板凳马扎的当家族门邻里乡亲几十口子人，小嘴巴巴巴地讲了三个关键性问题，就把这些人给说服了。

第一，这次直奉战争不是直隶军队的战争，是全体直隶人民的战争。直隶人民要守土抗敌，和关外土匪军打到底。

第二，这次战争不是别人的战争，是老崔家人的战争。现在崔广义他们在前方作战，老崔家人怎能坐享太平？再说，都知道十七旅旅座崔相应是大城县人，是东桑桑村的人，现在十七旅的弟兄们在前方杀敌，老家人也要出人出力。

说完两点，崔秀珍姑奶奶双手叉腰，对着几十口子老少爷们儿、姑奶奶姐妹们，一脸大义凛然，右手一指，指向九姑站着的方向：第三，九姑，就拿你们这辈人来说，男人不就是我爹和五叔几个了？到子侄辈，就剩下我哥他们几个人了。你们想想，你们想想，你们出了门子，在婆家受了委屈，垒个房子，垫处庄基，和姑夫姑爷们吵架拌嘴，让婆家撵出来，上哪儿去？谁送你们出门子、压包袱？咽气那天娘家谁给你们悼亡去？可都指望着我哥了。

说这话的时候，广庆直了直身子，说，七妹，还有我呢。

崔秀珍手一扇：六哥，你那本事上不了大席。广庆缩了下脖子，老老实实地坐了下去。

崔秀珍又说，你们现在没人当回事，到老了，别说你们今天做得没个姑奶奶样儿。老崔家的香火还得靠我哥他咪。有心的明天去县城，能为队伍干点儿吗就干点儿吗。

七丫说的第一点应该是那个宋副官说过的话，她搬到这里来用，非常有效果，她的形象立马高大起来，毕竟东桑生村里坐过汽车的就她一个。崔相亭想训七丫两句，正想张嘴，院里的人却都纷纷给七丫叫起好来：七丫说得对……秀珍行，这趟去县城见世面了……

姑太太们一听这话说得在理，觉得真是这么回事。老崔家人最近阴盛阳衰,男丁香火不济,倒是姑奶奶姑太太一箩筐。崔相亭的四伯——他是老哥五个国字辈中唯一一个健在的了,从马扎上直起身子。他咳嗽了一声,以示在这家门里的地位。

秀珍说得有些理呢。相亭,你去和区保长讲一下,就说村里怎么的也得也支持个米面肉菜的。闹义和团的时候,咱们村里不也贡献了两头猪吗?把我家的那猪宰了,明天你们几个安排人送到队伍上去,别让他们小瞧了相应老家的人。

崔相亭欠了欠身子,应了一声,说,那猪咱们每户都摊个份子,四伯你别一家拿了。

四伯也不客气:我就是这个意思。

七丫瞥了四伯一眼,说,明天谁和我去?

九姑欠了欠身子:秀珍,我跟你去。四伯瞪了闺女一眼,九姑吓得一吐舌头。

宋副官见七丫带了帮手回来,高兴得不得了,给她又是递毛巾又是端凉水的。九姑、五姑见这个年轻人对秀珍这么好,在一旁瞅着又好奇又纳闷。

七丫感觉姑们瞅她的眼光不对付,就一个劲儿地躲宋副官。七丫说,宋长官,我爸和四爷他们在村里杀猪呢,我们村明后天还要给你们劳军呢!

劳军?宋副官没听明白。

就是犒劳你们。七丫心想,这傻小子脑子真他妈笨。

好呀,好呀,谢谢,谢谢老乡。我们好长时间都没开荤了呢!

别说别的了,你快点给我和我这俩姑安排活儿。七丫不想再和他磨叽。

你们去卫生房那里洗绷带和药布,好不好?

好。七丫和俩姑被两个卫生兵带进了卫生房。

宋副官看着崔秀珍小巧的背影,也不知怎么的就嘿嘿地笑了起来。

七

勇救少帅

东流河西岸,工兵团指挥所。

奉军全部渡过运河,对子牙河渡口展开多路攻击后,工兵团作为保障部队在后方待命。根据战役要求,工兵团一要加固运河渡口设施,二要在一线部队占领子牙河西岸后迅速开辟登岸点,搭建浮桥,保障攻击部队及时渡河。

薛连芳一脸愁容。他嘱咐手下人对丢失文件的事情守口如瓶,谁要走漏文件丢失的消息,脑袋就得搬家。他心里纳闷:怎么直系的便衣队偏偏就盯上自己了呢?文件丢失的那晚,他和保定军校同学、日本顾问川木有末大佐喝了个不亦乐乎。川木大佐是东北行营参谋本部派到镇威军东路军负责联络的军官,曾经在保定军官学校作为日本军方互访学员与薛连芳多有交集。真没想到和川木吃饭的工夫,团部就出了这么大的事,薛连芳非常懊恼。

他当时问护兵丢失了什么东西没有,护兵当着其他军官的面支支吾吾。一旁的苏家仓眼珠一转:报告团座,我和那个人撞了个正着,应该是他还没有来得及做什么就被我们发现了。

那就好,那就好。

薛连芳听了苏家仓的汇报后,总觉得这里面不这么简单。为什么偏偏在川木来的这晚出事呢？

通信兵。他喊了一句。

外面的通信兵应声跑了进来：团座？

晚上告诉警卫排，多加两道岗。

是。

把苏家仓叫进来。薛连芳说完，伸出的手在空中停顿了一下：算了，让苏家仓回前哨排，有事儿我再喊他。

苏家仓回到前哨排，便又和狗子六搭上了伙，俩人一个狼一个狈，真是臭味相投。狗子六叉着腰站在渡口浮桥上用手一指上面车来人往的队伍，说，家仓，看到没，妈了个巴子的，马上就打到保定府，到时候直隶就是咱的天下。

苏家仓皱着眉头。他递给苟排长一根烟，自己也吸了一大口：排长，听说曹大帅和张大帅还是儿女亲家？

嗯呢，是亲家。苟排长喷了一口浓烟说。

亲家也揍仗呀？

都是政治婚姻，当亲家能比当国家总统好？互相利用呗。狗子六说。

苏家仓想起点儿什么，问，排座，船老大和那个赶大车的那些大洋你放好了不？

放好了，你放心吧。你还不清楚排长为人？打到保定后，该是你的就是你的。狗子六说。

不是，排座，我想这钱放着也是放着，还是花了好。苏家仓打算把这笔钱孝敬给薛连芳。可狗子六才不那么想。

怎么花？这地方前没有赌局，后没有窑子铺，往哪里花去？狗子六对苏家仓说。

苏家仓没有再说话。他皱了皱眉头，但又怕狗子六多疑，就故意扯远了话题。

排长，当这个工兵不是架桥就是埋雷，有什么意思？我看骑兵旅那边可以混，马刀一闪，多带劲呀。苏家仓故意逗狗子六。

你是嫌命长，要想死我给你说说，让你过去，几天就成了活靶子。狗子六接着又说，加仓，我明白你心里在想着什么，我门儿清。我和薛团座早说了，有吃香的事儿想着你，你放心吧！看，那边有个龙王庙，过去看看新鲜，万一碰到几个烧香磕头的俊娘儿们，咱也养养眼。

苏家仓和苟排长上了堤坡，树林掩映中，龙王庙的红墙蓝色瓦依稀可见。俩人一前一后走了进去，只见几个小道士在打扫院子，还有几个当地老百姓在给龙王爷上香。

俩人转了一圈，没见着什么新鲜景。苟排长很扫兴，说，妈了个巴子的。然后，他又摸着龙王庙的一扇朱漆大门说，这块木料好，回去叫人给拆了铺浮桥。

俩人正扯着闲淡，从外面直直走进来一个低着头的老道。老道进院一抬头，看到俩穿奉军军服的，先是怔了一下，然后马上身子一扭向侧院走。苟排长没当回事，就是觉得这个老道穿的衣服怎么这么不顺眼。

可苏家仓瞅着这个老道的后影，动起了脑子。他喊来正在一旁打扫的小道士：哎，刚进来的老道是你们这里的吗？

小道士瞅了瞅：哦，那是朱师叔。

朱师叔？

你们这里他是头儿？

不是，他是临时来这里住几天的。

临时？苏家仓更起了疑心，说，去，你把你朱师叔喊过来，我问点儿事儿。

小道士跑到侧院，喊，朱师叔，有人找你。

好，来了，来了。

朱各亮拿着毛巾擦着脸就过来了。他来到俩人面前，将毛巾递给小道士，双手打了给稽首。

是二位施主找我？

苏家仓背着手拧着眉头，围着朱老道转了两圈，然后眼睛直视着对方，一字一顿地说，我怎么觉得在哪儿看到过你？

无量天尊，老朱我游千山走万水，施主看我眼熟，说明我们有缘呀。

苟排长在一旁不耐烦：少扯淡，妈了个巴子的，你这个老道我看着装得不怎么像呀！

长官，道可道，非常道；名可名，非常名。身在玄门，怎舍万世，人在万世，亦可脱俗，我不浮沉，谁若浮沉……朱老道噼里啪啦吐出一大堆乌七八糟、模棱两可的话来。

苏家仓从背后掏出匣子枪，用枪顶着朱老道的耳根：再扯鸡巴淡，老子送你上西天！我看你是直军的探子！

朱老道用手轻轻一拨苏家仓的枪口：长官，小心走火。若觉得我是暗探，直接下手，何必恐吓。

苟排长嘴一歪歪：龙王庙不住和尚却住了老道，操你妈！他说完，伸手就想抽朱老道的脸。

朱老道抽身躲了过去。这院子里一吵吵，老百姓和庙里的道士就都围了上来。

有个上了岁数的老百姓实在看不过去了，挺身挡在中间：两位长官，你们先别打人。我是大城冯庄村的，到这里请道爷们出差来了。我们村有俩张姓人，前天在给你们出夫的时候让炸弹炸死了，后天出殡。你们真要在这里打死一个，或者带走了，这个道班就请不成了。听说你们东北军张大帅来我们村认祖归宗，说要亲自过来悼念炸死的人。你们要觉得能给我这糟老头儿面子呢，就放过这师父一马；要觉得不行呢，就把这里所有的人都毙了算了。

苟排长也不想惹事，就埋怨苏家仓怎么变得疑神疑鬼的。他对苏家仓摆了摆手，说，你这是干吗呀？走，走。

苏家仓瞪了朱老道一眼，把手枪收了起来，俩人出了龙王庙。朱老道用袖子擦了擦脸上的汗，向那个冯庄村的老头儿拱了拱手。

他来到跨院，看到崔广义靠在门后边，手里的匣子枪机头张开着。等朱老道进来，俩人赶紧把门带上。

我的无量天尊，朱老道喘了喘，说，那个就是你说的苏家仓？

对，就是他。崔广义说。

幸亏没有搜，否则你大舅哥就要亲自崩了你这个妹夫了。朱老道这个时候还不忘打趣一番。

满嘴胡说八道。广义有些难为情,脸色一红。

我刚才转了一圈,到处是奉军的队伍。子牙河东岸现在至少集结了两个混成旅,看来大仗在后头呢,咱俩渡河这个方法是行不通了。朱老道说。

那怎么办?我爷爷很焦急。

朱老道寻思了会儿,突然一拍大腿:有了!

镇威军东路军第二梯队张司令是在接到第一梯队开战不敌的消息后风风火火地赶到前线的。第二梯队所辖部队有暂编奉军第三混成旅、郭松龄的暂编奉军第八混成旅、蔡平本的暂编奉军第四混成旅,全部兵力约12万人,全是奉系的精锐部队。这张司令听说第一梯队接连攻击不力,而且被直军破坏了津浦铁路,形势刻不容缓,便命令南线部队退守沧州木门店一线,阻击直军冯玉祥的第十一师和孙岳的第十五混成旅,然后亲临大城子牙河东岸指挥,与直军一决胜败。

当然,他还有件重要的私事要做——代表父亲,到原籍认祖。

一代枭雄、东北王张作霖,在中国旧军阀中是一个传奇式的人物。他由一个落草"绿林"的胡匪头目,受抚为清廷马队管带,几经钻营,扶摇直上,一跃而为民国师长、奉天督军、东三省巡阅使。发迹之后,张作霖没有忘记认祖归宗。此次直奉交战正发于大城,所以东北王嘱咐儿子要在战时空隙认祖归宗。

大城县冯庄村东临黑龙港河,西临子牙河,有四百余户,一千七百多人,有冯姓、张姓、秦姓、郑姓、宋姓等汉民杂居。清道光年间,"御河、子牙河、黑龙港河,皆溢悉无岸"。遭遇这样大的洪水,人民外出逃荒不可避免,张作霖的曾祖张永贵"因家无恒产,衣食维艰,遂出关谋生"。大城县冯庄《张氏家谱》十三世是"忠、琴"字,十四世是"顺、学"字。十四世即与这少帅张司令同辈。由此而推,张作霖应是十三世,他的父亲张有财应是十二世,他的曾祖张永贵应是十世。十世是"允"字,"允""永"音似,很有可能是后来弄混了。

到达大城县境内后,张少帅先是请副官到冯庄村找当地的乡绅联络认祖事宜。他满以为会皆大欢喜,结果副官回来说,找了当村的乡绅,结果冯庄张姓人家不大愿意，而且对奉军的所作所为非常厌恶仇视。

少帅再细追问，原来，奉军在强渡子牙河时候，在冯庄强抓了不少壮劳力。两边军队一交火，冯庄村的老百姓死在战场上的好几个。这下大城人对奉军更加深恶痛绝了。少帅去冯庄村，别说认祖归宗，就是直接让老张家人给撵出来都有可能。

东北王之子听副官这么一说，气得直拍桌子，把旅长阚朝玺骂了个没头没脸，并宣布军令：对于强抓民夫的连长、排长，在冯庄村当着老百姓的面就地处决。此外，他还要自己掏钱给几个死去的民夫出殡，并表示出殡当天要亲去悼念。

副官马上就去冯庄村联络。冯庄村张姓户族听到后非常满意，并表示，少帅来参加追悼会，张家人绝对不会做出越礼的事情来。

冯庄村死的这两个张姓人，一个叫张忠柏，一个叫张忠迁，按照家谱排都比张学良大一辈。直隶这边的风俗是人死后三天出殡发丧，因此出殡日期被定在 4 月 26 日。

临来之前，少帅副手、与少帅亦师亦友的郭松龄亲自打来电话，说在西线三家店、永清等地都发现若干直隶军队派出的游击小组和便衣队，劝司令谨慎行事。这少帅心地淳厚，在心里盘算了一下：带大队人马进村，冯庄村人肯定会怪罪；现在奉军已经对大城县城形成合围之势，直军不可能组织大规模的反击，料想也不会出什么问题。所以，他只带了十几名贴身卫兵。

汽车在距离冯庄村一里的地方就停下了，少帅徒步进村，感觉这样会诚恳些。冯庄村的村民都出来看热闹。临近的南赵扶、小店子、堤北村的老百姓，听说奉军副司令要吊孝认祖，都跑来看热闹。

村口有几个穿着孝服的小伙子拿着孝服孝帽在街口候着，看到前面张学良等人过来，就用揶揄的口吻问：哪位是张大少帅？

少帅跨步上前：我就是。

这是你的孝服孝帽，你换上吧。有个小伙子说话带着丧腔。

要是平时，卫队长早过去抽对方一顿耳光了，可现在不能。少帅示意两边要客气些，对村里人点了点头，把军服和帽子摘掉，换上了孝服孝帽。

那小伙子又说，你和我是同辈，给叔伯们哭灵，先是跪下哭丧，等执事的喊“起来行礼呀”，就起来照着死者磕四个头，再向左右两侧趴灵的长辈磕头。

是每个长辈都磕，还是就笼统地磕一个（头）？少帅对直隶这边的风俗不太懂，就问对方。

这小伙子打了个沉儿：你是“学”字，辈分低，见到长辈都得磕（头）。其实灵棚两侧各磕一个足矣，这个小子也纯粹是捉弄下不懂风俗的大人物。

好。

正说着，从胡同里出来一拉溜道士，前面由两个穿着孝服的小孩儿引路。十几个道士都穿着大红八卦道服，头顶混元巾，各执乐器，有海笛、大管、芦笙、手鼓、铙钹。中间一个道士与其他道士不同。他头戴七宝法冠，手持木鱼，双眼微闭，步子迈得不疾不徐。到了灵前居中一站，那法师嘴里念念有词，左右道士随时呼应。这朱老道煞有介事，对这一套轻车熟路；崔广义和村里的老人也学过两年工尺谱，滥竽充数没问题。奉军少帅就在十米之外，广义观其相貌，果然气度非凡，与众不同。他右手紧紧攥着道袍里的盒子炮，心想，实在脱不了身就来个擒贼先擒王，把人拿了。

朱老道用嘴撇他，示意他不要贸然行事，要按照计划，逮个空子溜之大吉。

超度仪式结束后，道士们又响着器乐去死者家里做“取水”仪式。老百姓在两旁簇拥着，好不热闹，而混在看热闹的老百姓中的苏家仓，贼眼始终没有离开朱老道。

苏家仓突然看到崔广义竟然隐藏在道士中间，惊得差点儿喊出来。他担心扰了少帅的大事，于是想着，等死人发送完了再动手也不迟。在他看来，直军的这两个便衣现在如同案板上的咸肉，早晚都是要被他切开做成酒菜的。

少帅抬头望了眼灵棚，见那灵棚由芦席搭建，前面搭正八字形，前宽约24尺，后宽约8尺。山门两侧画着秦叔宝、尉迟恭两个门神，顶棚一律高12尺，开天窗，两边摆屏风，上面画“游龙戏凤”“八仙过海”等彩画。此外，灵棚四周用由黑、白布做的球花装饰，两侧挂着挽联。挽联写的是“悲声难挽流云住，哭音相随野鹤飞”，书法苍劲，笔力了得，是冯庄村前清老秀才写的。少帅观其笔法遒劲，暗自佩服：冯庄村里果然有高人。

执事高喊，来戚啦。两旁陪吊的孝子们头伏地，双手抱头，嘴里发出“呜呜”的哭声，有真哭的，有光出声的，更多的人则在看那个大官怎么吊孝。

张少帅正想迈步到前面铺好的毡子上跪地行礼，就听后面人群里有人喊，打倒东北土匪，打倒张作霖，打倒张氏父子。这一嗓子如同个定时炸弹，在人群里响开了。本来灵棚里死者的几个孝子就一腔怒火，只是被老辈人摁着不好发作，听到有人这么一喊，便从两侧跳起来，蹿到少帅面前就骂，你一个土匪崽子，占直隶的地盘，杀直隶老百姓，还跑这里认当家。这没你当家，少猫哭耗子。打他个狗娘养的！骂完，有人就抡起拳头要“招呼”张司令。

人群里也有人喊，打他，奉军滚回东北，打王八操的。四下里沸腾起来，人们都向前拥。卫队长一看形势不好，和卫兵把少帅架起来围在核心。卫队长掏出手枪，对手下喊，弟兄们，护送司令出村。

人群里有人开始扔砖头，卫队长护着司令，但有几个砖头还是砸在了司令肩膀上。即使这样，少帅嘴里仍高喊，谁也不许向老百姓开枪。可话还没说完，枪声就响起来了，两个穿孝服的胸口挨了两枪。司令对卫队长怒喝，谁让你开枪的？

卫队长非常惊讶：司令，没有，不是咱们。

老百姓这下不干了，有的开始抄棍子，有的开始拿铁锹的，还有的抡起菜刀就冲上来了，看热闹的叫唤着四处乱跑，现场顿时混乱无比。卫兵已经被老百姓打伤了好几个，再不动手，估计这张司令也不能安全出村，卫队长只好下令开枪。前面的几个老百姓倒下了，剩下的人就不敢追了，在远处扔砖头、石块，还有放鸟铳的。

卫队护着张少帅上了村口的汽车，汽车一路向北面飞驰，十几名卫队士兵紧随其后。跑出几里后，看到老百姓被远远抛在了身后，卫队长长出了一口气。就在这时，负责驾驶的士兵说，前面有人放了路障。话才说完，枪声四起，一颗子弹从车前玻璃穿过来，正击中司机的脑壳，血溅出一片。卫队长打开车门，一个侧滚翻出去，对准前面就射击，刚打了两颗子弹，就被对方的火力压制住了。少帅则被困在车里出不来。

卫队长大喊,利用地形,掩护少帅。

刚喊完,他就被从身后射来的子弹击中了。四面火力密集,而且枪法极准,弹无虚发,十几名卫兵没几分钟就全部被打在地上不能动弹了。

张少帅清楚这是中了敌人的埋伏,掏出手枪,在车里还击。他观察了一下地形,发现汽车左侧二十米外有条排水沟。他对着前面连开了几枪,然后踹开车门跳下了汽车。紧接着,他就地连续十八滚,翻进了排水沟。几秒钟后,汽车在密集的射击中轰隆一声炸了,着起了大火。

张少帅想俯身顺着排水沟跑,刚起身就觉得小腿很别扭,抬不起来。他一看,皮靴有两个洞,左腿一定受伤了。少帅想,只能一边在这里和对方打消耗战一边等待救兵了,能坚持几分钟就坚持几分钟。想到这里,他便贴着沟坡向远处观察。前方左侧右侧都有子弹射过来,将他的帽子打掉了。他只能胡乱地还两枪,尽量不让自己的身体暴露在沟外。这时,左侧两个敌人边开枪边冲过来,少帅扣动手枪扳机,对方应声倒了一个。另一个根本不在乎自己人的死活,动作迅速,跳着冲了过来。张少帅侧身瞄准对方,咔嗒,手枪里的子弹打光了。他赶紧退出梭子换弹夹。也就是这几秒的时间,那人已经到了少帅近前。那人用手枪对准了少帅的眉心,少帅心中一凛,眼睛一闭。

头顶传来啪啪几声枪响,前面的敌人哼了一声便滚到了沟底。少帅一回头,就见两个穿道袍的人平端着两只匣子枪出现在自己身后。

朱各亮和我爷爷崔广义从出殡灵前超度回来,趁人不注意,扭身出了屋,在房后茅厕里碰了一下头,紧接着就下了村庄北坡,往北小道上走。朱各亮早就观察好了,顺着小道往北然后再折向西就是郭胶河村,那里是奉军两支攻击部队的结合部;从那儿,俩人再找条小船渡子牙河,进入北赵扶村直军防区。

俩人才走了一会儿,就听见后面村里传来枪声和人的喧嚣声,回头一看,心提到了嗓子眼儿:村口出来一辆黑色轿车,后面跟着十几名小跑着的卫兵。

崔广义说，朱老道，坏了，追来了。

追过来就和他们拼了。说着，朱各亮打开了匣子枪的保险。俩人跳进树坑，准备与对方拼个鱼死网破，没想到那辆轿车直接从眼前的土路上开过去了，压根儿没注意到他们。就见那紧跟在汽车后面的卫队胡乱向后方开了几枪，冯庄村村口则追出来好多老百姓。老百姓见前面的车和人走远了，蹦起来骂了几句街，又陆续返回村里。

我爷爷和朱老道长出了一口气，拍拍胸口。然而，俩人刚想从坑里跳出来，前面就开了火。

怎么办？朱各亮问崔广义。

打。我爷爷咬紧牙关说。

打哪边？

不打那个张少帅，能给老百姓戴孝的大官，是好人。我爷爷刚才在灵前看到少帅那身打扮的时候就有些感触，觉得这个大官挺讲究的，和五叔一样，面相带着厚道。

对方要是咱们的人呢？朱各亮说。

肯定不是，准是劫道的土匪，打他们。

朱老道吃过土匪的亏，一听“土匪”俩字就来气。他啐了口唾沫：打！

趁少帅迟疑的工夫，这俩“道士”来到了他身边，崔广义护着他的前方，朱各亮在少帅身后。两支匣子枪冒着蓝焰，片刻就将两侧敌人的火力压制住了。

少帅清楚现在不是说话的时候，快速给小手枪压上子弹，有了帮手心里也稳定些了。三个人暂时将三面敌人的火力压制住了。

广义，你那边几个？

三个。老朱，你那边几个？

一样。

我这边两个。少帅说。

对方不像土匪，也不是曹大帅的队伍，枪头子够准，用的不是驳壳枪。朱各亮藏下身子，往匣子枪里压了一桥夹子弹。

不是。我爷爷也从对方的躲避动作、枪发出的声音和子弹的速度等方面看出了个大概来。

张少帅脑子很乱，听旁边俩人说话，再看这单兵素质，觉得他们应该是直隶方面的人。直军和奉军的主要区别就是，奉军的军事装备优于直军，直军士兵的素质要好过奉军士兵。

对方没有想到会遇到这种情况，枪声稀疏了些，还喊了几句什么。朱各亮隔着少帅问崔广义，广义，对方喊的什么？

听不出来。

少帅脑子转了转，猛然大喊，不好，手雷！

刚说完，对方从三个方向投来七八颗手雷。手雷在离排水沟几米远的地方接连爆炸，震得三人耳朵嗡嗡乱响。爆炸过后，三人浑身是土。我爷爷抹了把眼睛，透过尘烟就见小树林里冲出了七八个敌人。

他们过来了，打！我爷爷喊着告诉旁边的两个人，然后手枪平射，打倒了右侧最前面的一个敌人。

少帅的子弹已经打光了，朱老道塞给他一把手枪：你顺着沟跑。

什么？少帅以为听错了。

你跑，别他妈的全死这里。朱老道边还击边对少帅说。

张少帅想不到这两个年轻的直军士兵会这么对自己：那你们呢？

我们草民，死哪儿不是死呀。朱各亮一梭子子弹又撂倒一个。一串子弹打过来，沟坡上溅起一片尘烟，他连忙低下头。

少帅把枪一拎，身子压低，对准前面的人影又开了几枪。

能和张司令血染沙场，死也无憾，对吗，广义？

我爷爷没有说话，现在他手里两把匣子枪枪管都打红了。他想了许多：爸妈，七丫，苏家莲，五叔……但他就是没有想到"死"这个字。敌人的子弹嗞嗞地从两侧飞过来，他也忘记了生死与恐惧。如同那次夜袭破路，他想的只是射击、射击再射击。

八嘎，八嘎。

一个敌人不知嘴里喊着什么，指挥其他人再次冲锋。前面几个人收到命令后，从掩体中跳出来，开始交替攻击。自动武器的子弹横飞，将广义他们三个人压得完全抬不起头。广义的手枪一露出地面就被对方的子弹打飞了,三人只好埋着头等待机会。

就在这关键的时刻,身后突然枪声大作,对面那两个端着花机关枪的敌人瞬间就倒在地上了。随后,轻机枪、步枪、手枪的火力疾风骤雨般覆盖过来,其他几个敌人连还击的机会都没有,就被密集的子弹撕烂了。那指挥官一看不好,打了几枪扭身就跑。大批奉军士兵冲过来,撵了上去。那小子慌不择路,一下子跳进了子牙河。

奉军救兵终于赶来了。

距离此地最近的奉军部队是薛连芳的工兵团,薛连芳亲自领兵前来解救少帅。苏家仓端着步枪冲在最前面,看到有些还没死的在地上挣扎就又补了几枪。少帅示意留个活口,可还是晚了一步。

士兵们向河里打了一阵乱枪。薛连芳回想刚才那个人的背影,觉得有些眼熟。他命一队士兵沿河继续搜索,命其他人保护好司令,然后折身跑到少帅近前,将手枪掖好,立正站好:报告张司令,工兵团薛连芳救驾来迟,请您赎罪。

张少帅摆了摆手,想从排水沟里上来,但小腿一阵钻心疼。眼看少帅要倒,朱各亮一把搀拄了他。

苏家仓抬眼就看到了崔广义。仇人见面分外眼红,他端起步枪对准崔广义,喊:他们是直隶军的便衣。崔广义,今天你跑不掉了。

工兵团其他的人一听,把枪口齐刷刷都对准广义他们二人。朱各亮还算反应快,立马用手枪顶住了张学良的后腰,高声大喝,哪个敢动一动,我先毙了你们司令。

都把枪放下,少帅对苏家仓大吼一声,放他俩走。

奉军士兵只好乖乖地放下枪支。我爷爷和朱各亮诧异地看着少帅。

少帅晚起他们的手,把手枪递给朱各亮,对他们说,你们能不能告诉我你们的名字?我不需要你们的部队番号。

我叫朱各亮,不是那个诸葛亮,也能懂点儿阴阳五行。他叫崔广义,老家就在大城县。

好,你们两个人的名字我记下了。如果将来在战场上遇到,你们只要提自己的名字,需要我做什么,我都会答应。

两年后,直奉二次开战,奉军大胜,张作霖入主天津。冯庄张氏族有人前去认当家,张作霖将其拒之门外。

后来我爷爷问朱各亮为什么少帅不当时扣留他们,朱各亮说,那个少帅挺有种,认为我们是英雄,因为他自己也是英雄。

我爷爷和朱各亮还曾设想:如果当时他俩把那个少帅打死,直奉大战直军会不会提前获胜?

俩人后来都认为,这种假设根本不可能发生。

几十年后,我哥哥听普伯说,姓张的少帅分别给我爷爷和朱各亮一把小手枪。朱各亮那把,他出家时带走了;我爷爷那把,普伯说看到过,说我爷爷当着好多士兵的面显摆过一次。有懂行的老兵说,那是支德国造勃朗宁,俗名"马牌撸子"。那手枪就露过那一次面,之后就再也没人看到过了。普伯说,那把枪你爷爷不会给别人,他拿着当宝。那把手枪后来被我爷爷放在了什么地方,我家的人都不得而知。翻盖老房时,十岁的哥哥一直盯着,眼珠也转一下。但直到老房的最后一捧土渣被取走,我哥哥也没看到那支勃朗宁。面对三间房的平地,我哥哥万分沮丧。

1922 年 4 月 26 日,镇威军东路军第二梯队张司令下达对姚马渡、南赵扶、白洋桥渡口发动总攻的命令,子牙河两岸喊杀声震天,炮声隆隆。奉军郭松龄部骑兵部队当日中午突破静海子牙村直军阵地,随即由西北方向包抄姚马渡直军。直军第二十六师一〇二团在十七旅三营的配合下,与奉军展开拉锯战,达到战略目的后撤退,直军姚马渡渡口遂告失守。此后,奉军大部队渡过黑龙港河、子牙河。

八

血战郝儿庄

普伯和崔汝戌两个人从县城返回姚马渡前线阵地，看到破袭返回的耿大阔在清点人员。不一会儿，他们看到崔寿岐和万龙两个人互相搀扶着进了营房。小普过去问，受伤了没？

李万龙摇摇头，坐在地上依靠着南墙，大眼对着天干瞪着。寿岐的袄袖刮了一个大口子，胳膊上显出一道红色的伤痕，还不错，没有出血。老卞班长拎着两双布鞋，喘着粗气，喊，小普，给我舀点儿水来，干死我了。普伯答应了一声，赶紧跑到屋里给他舀水。

瘪脑瓜子班长又喊，大刀螂，赶紧点咱们排的人数，操他哥，命又捡回来了。

崔汝戌赶紧查对人数，三十二个人，差十个，没看到朱各亮和崔广义。

广义、老牛鼻子，还有大门牙、蔫皮、小连他们呢？他们呢？崔汝戌问旁边的李万龙。

寿岐眨了眨眼睛，把头甩到了一旁，李万龙也把头往地上一低默不出声。小普端水正出来，一听就清楚是怎么回事了，瓢舀子啪啦掉在地上，嘴里哇地哭出声来。

卞班长光着膀子，露出嶙峋的排骨胸，骂道，哭，哭，哭什么哭，打仗不死人算怎么着？早死早托生，一会儿去营部王举人那里把阵亡名单都写上，上边得给抚恤金。

普伯蹲在地上抹了好长时间泪，汝戌用胳膊肘碰碰他：别号丧了，抓紧通知家里人吧！

怎么通知？七姑知道了还不把我的嘴揪豁了呀？刚才还和她说好好的呢，现在人没了，连个尸首都没有，怎么交代呀！普伯抽抽搭搭地说。

汝戌也没辙，蹲下身子不说话。

李万龙说，牛鼻子看到广义掉队了，就回去找他去了，没准儿他们都没事呢，现在先别说丧气话。

瘪脑瓜子班长说，对，把其他几个名字先报上去，再等等广义他俩的消息。

普伯猛地一起身：我得找四叔去，就算他死了我也得把尸首给弄回来，我得给二爷个交代。

说罢，普伯拎枪就走。

瘪脑瓜子在后面：哎，哎，这他妈一个个的没管教了？万龙把他拉回来。

普伯被几个士兵强拉硬拽了回来，但嘴里还一个劲儿地数落寿岐和李万龙：你们几个还是一个村的，都不互相照应着点儿，没有四叔你们能当上兵？没有四叔你们向谁拿饷银去？

那俩人让这小孩子说得脸上发烧。汝戌在一旁训斥道，瞎说什么，没大没小的。

还有你，崔汝戌，我最看不起你，胆小怕死，白长这么大个子，有种和我去河东边，打王八操的东北军去。

瘪脑瓜子班长实在听不下去了，过来踢了小普一脚：还他妈的叫唤，没纪律了是不？

三营对津浦路二十公里路段破袭成功的消息传到了东路军司令部，第二十六师师长兼东路军司令张国溶颁布嘉奖令，对十七旅三营全体官兵奖励大洋三百，对作战有功人员进行重用提拔，崔寿岐、李万龙、耿大阔、卞班长都在提拔奖赏名单上。

4 月 23 日夜，崔寿岐、普伯等人藏在子牙河北赵扶西岸，等候朱各亮出现，但直到天光放亮也没见河对面有人的影子。大家都保持沉默，可心里都清楚，那两个人凶多吉少。

回到驻地刚吃过早饭，就听天空中传来类似野兽嘶鸣声的怪声，瘆人感官。瘪脑瓜子老兵油子有经验，大喊一声：全体隐蔽，是大口径重炮。他刚说完，炮弹就炸开了。三营是预备队，离一线河堤阵地还有些距离，但是大口径炮弹落下那一刻，他们还是感受到了地动山摇的感觉。村里胆子大没有逃难的老百姓都被炮弹震得逃出屋来，有几家的土坯房都被炮弹轰塌了。

耿营长命令号兵吹起集合号，全体人员全部进入二线防御阵地。

通过望远镜望去，一线直军境况更是惨不忍睹，一个个工事被炸得四分五裂，暗堡被端上了十几米的天空，士兵的钢盔、枪支、残肢都被轰出很远。一发炮弹下来，炮弹周围十几米的人，身上的衣服被冲击波剥得只剩下裤头儿，身体表面没有出现一丝伤口，可内脏都被震得稀碎。

徐进弹幕射击持续了二十分钟后，奉军骑兵持着马刀冲上河堤阵地。这次，一线阵地不到十分钟便彻底失守。奉军骑兵冲过姚马渡木桥，才从桥上踏上西河岸堤防，就进入了直军第二道阻击阵地的机关枪火力射程。奉军步兵冲上来，工兵部队在东岸驾船铺设浮桥渡河。

耿大阔在阵地上跑了好几个来回，彻底检查了二线阵地，对连长、排长进行了叮嘱、动员。他清楚，奉军今天的攻势不同以往，子牙河防线这次看着要坏。

正在这时，无线电兵跑过来递来一份电报。耿营长打开一看，上面写着：现命令你部退出二线阵地，据守西面郝儿庄三防阻击阵地，并及时加固防御工事，削弱北面和东面来犯之敌，务必坚守阵地两日。东路军司令部，张国溶。

耿大阔看到"削弱北面和冬面来犯之敌"，心中一凛：难道北面已经被奉军突破了？坚守两日，一个营的兵力对付东面、北面两个方向的奉军，奶奶的，张老头儿这是拿着三营当后娘养的了。

他把电报掖好，一字一顿地对传令兵说，命令全营撤出二线阵地，退守三线防御工事，加固工事，准备补充给养、弹药。

他看了看，阵地上的士兵连日作战，已经显出疲惫之态了。但他也知道，自己心疼也没有办法，只有和对方血战到底，胜了就能活着，败了只有死，两军交战强者必胜。

三营二百多人后撤到郝儿庄防御工事，抓紧抢修工事，并全部进行扩宽深挖。耿营长命令在阵地八十米之外布好地雷，加固重机枪阵地，在各连、排挑选狙击手，狙击手全部隐蔽在茂密大树和高房之上；同时，将郝儿庄的老百姓全部转移到县城，做好巷战准备。耿营长对手下弟兄们所做的战前动员，总结起来就是四个字：死守死战。他说，哪个要是后退半步，督战军官直接将其枪毙，不用再做报告。

弟兄们，耿营长站在队伍前面，对面前的士兵说，姚马渡阵地坚持不了多久了，我们十七旅三营来这里不是看兄弟部队的笑话的。这里往西就是大城县城，现在老百姓都在城里，我们后退一步，大城的老少爷们儿就离危险更近一步。我们三营是崔旅长的嫡系，崔旅长的家人都在县城里面，他侄子崔广义在破路行动中血染沙场，这个三营仍旧有姓崔的人在坚持战斗，我们的任务是坚守阵地两天，两天，就是最后只剩下一个兄弟，也不能后撤。为了崔旅长，为了给崔广义和其他牺牲的弟兄们报仇，今天我们要和东北匪军决一生死，让第二十六师看看，十七旅个个都他娘的不是孬种，让崔旅长在曹大帅那里给咱们坟上多讨点儿烧纸钱，值了。哪个贪生怕死，就别怪我耿大阔不讲情面。现在我命令机枪手耿大江、一连吴连长坚守第一道防守阵地，要是当天敌人突破你们的前沿，你俩也就别活着回来见我了。

耿大江也不含糊，清楚哥哥是让自己拿命给弟兄们做标杆，胸脯一挺：报告营长，人在阵地在。

小普早就热血沸腾了，听耿营长这么一说，更加气血翻涌。他站在第一排，高举步枪高喊，人在阵地在，为崔广义报仇。

全营官兵紧跟着大喊，为死去的弟兄们报仇，人在阵地在，与阵地共存亡。

李万龙找了个清静地方将手里水连珠的刺刀摘下来，然后拉开枪栓，扣住扳机，轻轻取出枪机……不大会儿，一支 M1891 莫辛纳甘步枪就被完全分解了。莫辛纳甘步枪产于俄国，由俄国陆军上校莫辛和比利时枪械师纳甘共同研发制造。因枪声清脆，如水珠溅落，中国引进后称之为“水连珠”。

李万龙在一户人家里找出了一块干净的棉布，用棉布仔细地擦拭着每件步枪构件。他动作轻柔，像是在摩挲自己家中那支两米长的老猎筒。十九岁的李万龙在前年冬季初雪那天打了七只野兔、两只野鸡。那年晚上，李万龙被村里人另眼相看，尤其晚上吃到兔子肉的老少爷们儿。当初投军的时候，他本想带着那支老猎筒。离家的那一天，他对猎枪恋恋不舍，担心他的猎枪被什么人偷走或者被父亲送给别人。本村的快手老骆对他的猎枪垂涎已久了，曾想用两张羊皮子换，但他没有动心。他对枪太迷恋了，无论是水连珠、汉阳造还是三八枪，他只要一看，再用手摸一下，就能清楚地知道这个枪的特性。他知道怎么让手里的枪和自己结合在一起：枪离不开射手的呵护，好射手又需要枪的慰藉，这才是最完美的人枪结合。

瘪脑瓜子见李万龙熟练地将枪装齐整了，摸摸后脑勺儿：乖乖，万龙，有你的。这老毛子枪老兵都不乐意使唤，你要稀罕就归你了，我给你多弄点儿子弹。

李万龙嘿嘿一声，有些难为情似的用手擦了擦鼻子头，脸上顿时出现了几道黑油渍。

给我二百发。

好，没问题。

耿营长把营指挥所设在郝儿庄马家祠堂，一会儿命令传令兵做这个，一会儿又通过无线电请示上边那个。

师座，我请求一〇二团后撤时在我东面建立防御阵地，我一个营防守两个方向，兵力明显不足。好，谢谢师座，是，多布地雷，炸他个狗娘养的……

奉军骑兵部队从台头、子牙两处成功突破直军阵地，稍加休整后分成两路对姚马渡直军部队形成迂回包抄的态势。

同时，步兵一个团分为东西两路由西向东开始对姚马渡进行合围，另一部向大城县城方向进行火力袭扰。

耿大阔在马家祠堂的房顶搭了个简易瞭望台，用望远镜观察着蝗虫一样乌泱泱的奉军部队，随后冷静地对传令兵说，命令步兵炮对进攻姚马渡方向奉军部队的后背开炮……

三营仅有的两门山炮装弹发射。奉军步兵哪想到会背后受敌，毫无防备地被炸了个鬼哭狼嚎，顿时乱成一团，有的士兵趴在地上装死，还有的缩着脖子扭头回跑。督战官拔枪想阻拦后撤的士兵，一发炮弹过来，轰隆一声，身子骨连个布头儿都没有剩。

小普趴在阵地上看得过瘾。瞅着缓缓向前的奉军步兵，他整了整头上的德式钢盔，把子弹推上膛，心想，四叔，我一定让兔崽子们给你偿命。

奉军骑兵长官坐在军马上用望远镜观察着，冷笑了一声：张少帅就是个孩子，下面的部队就这么个德行，关键时候还得靠骑兵。王团长，对前面村庄阵地进行冲锋，姚马渡方向不予理会。

可张司令指示要拿下姚马渡，与东面部队会合后再西进。骑兵队长面露难色。

总指挥四方脸肥肉一横，怒问，你是谁的队长？

是，总指挥。骑兵队长清楚这个长官翻脸便无情，马上改口。

奉军吹响军号，步兵后撤，骑兵团开始整队列阵。此时阳光正足，一排排闪亮的马刀发出刺眼的寒光。

三营阵地，有个胆小的新兵在堑壕里被吓得呼吸局促，后来竟然休克过去。瘪脑瓜子气得用脚踢了他好几脚，好歹没踢死他。后来寿岐实在看不下去了，就让民夫把这个新兵抬到村里去了。

瘪脑瓜子说，手里的家伙不是当拐棍的，瞄准了，一枪撂倒一个，那马还得给他们炖了。

寿岐心里盘算：第一仗时，敌方只是小股骑兵，打了他们个出其不意；这次可不同，对方在兵员数量和武器装备上明显占据优势。

嘀嘀嘀嗒，奉军骑兵部队的冲锋号吹响了，随即，战马奔腾而出，马上骑兵的喊杀声响彻云霄，骑兵们像潮水一样向直军阵地拥卷而来。

耿营长面如止水，从传令兵手里将信号枪拿过来，高举枪与地面呈70

度角，扣动扳机，三颗红色信号弹便升上了天空。

一连吴连长和耿大江一左一右两挺马克沁重机枪同时喷出火焰，子弹壳倒豆子似的哗哗地往地上掉。

狙击手依托高房大树，对马上的骑兵进行点射。

最前面的骑兵首当其冲，顿时被打得人仰马翻，战马扑通栽倒，四蹄乱蹬，骑兵从马上摔下来，脸摔在地上，痛得叫声连天。有的骑兵从地上爬起来，立刻被前面的机枪子弹打成了蜂窝；侥幸躲过子弹的士兵却又被后来的战马冲倒，生生被马乱蹄踩死。战场上一片哭爹喊娘，惨叫声不绝于耳。王团长高举驳壳枪一边催马一边射击，率领大队骑兵向前冲击过来：继续冲，都他妈冲！

李万龙趴在高房顶上把枪担在房东山墙头上，嘴里轻轻吸了一口气，准星前面的目标由模糊变得清晰。他屏住一口气，前面的目标就像草稞中的脱兔一样，被他的枪口准星牢牢套住。他稳稳地扣动扳机，砰！在耿营长的望远镜里，奉军骑兵队长的脖颈上，一股黑血喷了出来。他张着大嘴直瞪着大牛眼珠子，在马上晃荡了几下，最后扑通一声跌了下来，腿还在马镫上套挂着。那匹枣红马还是有灵性的，没有落荒而逃，而是在原地转了两遭，直到主人的那只脚脱蹬。

好，耿大阔通过望远镜正看到了这一幕，兴奋地一拍大腿，说，哪个小子？肯定是老兵，忒准。

直军稳扎稳守，借助重机枪强大的火力网，一时打乱了奉军骑兵的节奏。可骑兵毕竟不同于步兵，行进更加迅速，冲击力更猛，虽然三营火力部署精密，但仍有不少战马冲过了第一道防守阵地。一匹骑兵战马从直军战壕上急速越过，马上的骑兵对准正在射击的吴连长一个下劈，吴连长的脑袋顿时就被削掉了大半个，鲜血溅了耿大江一脸。耿大江放下机枪，从怀里拔出手枪，对准骑兵的后背连开了几枪。后面又有个骑兵冲上来，高举马刀直奔耿大江。耿大江再想转身已经来不及了。马头眼看就要撞到胸前，一个直军士兵端着刺刀从斜刺里冲过来，一下就把马上的骑兵刺了下来。耿大江仔细一看，是崔汝戌。汝戌咬着牙，又上去给骑兵补了一枪，嘴里不解气地骂道，妈的！

耿大江嘿嘿笑了一下：大刀螂，谢了。说罢，他又扑倒在机枪阵地上，双手握住马克沁机关枪狠狠地向敌人扫射，前面又有几匹战马被打得横倒竖卧。

在后方指挥的奉军骑兵司令在战马上怒不可遏，气得把望远镜摔到地上：我就不信连个小小的郝儿庄都拿不下来，冲，继续冲！

正在这时，通信兵跑过来：报告参谋长，张学良张司令电话。

骑兵常司令心想，这个花花公子又想干什么？

到了临时指挥所，他拿起电话：张司令。

常司令，你这样的填海战法作用不大，对面是直军十七混成旅的，十七旅崔相应的部队，擅于防守。建议发挥我们的优势，采用炮兵先行攻击、步兵正面强攻、骑兵两侧迂回的战术。电话那头，张学良用恳切的语气对他说。

张司令，刚才你的步兵不是没有进攻过，几炮就让直军给敲了下来。你说的都对，可这是战场，不是军校的演武场。

张作霖的奉军军官分为"士官"派和"陆大"派，都是军校出身的人。"士官"派大多是从日本士官学校毕业的，以杨宇霆、姜登选、常阴槐等人为首。"陆大"派大多毕业于中国陆军大学和保定军官学校，以郭松龄为首。"士官"派因为受张作霖器重，非常藐视"陆大"派。"陆大"派则受少帅张学良的赏识。

常司令一百个看不起张学良，认为他不过就是个纨绔子弟，一个成天和女人在舞池里跳舞的少爷羔子：真以为自己多大本事了，指挥开我了，真不知天高地厚。

张学良在电话里听出了骑兵司令的态度，还想说些什么，就听那边说，司令，司令，怎么听不到了？然后是电话挂断的声音。

骑兵仍旧没有突破对方一线阵地，骑兵部队非常不甘，可是指挥官非常清楚，敌军的防守能力确实很强，一味强攻只能损兵折将，刚才张学良的建议还真是有些道理的。想到这里，他命令，号兵吹号，第一次攻击暂时停止。

瘪脑瓜子清点阵地上的伤亡人数，指挥士兵把受伤的、阵亡的士兵转移到村里。他仰头看了看房上的李万龙，喊了一声：万龙，枪头子越来越准了，刚才耿大官说了，给你记功。

李万龙腼腆地笑了笑，露出一串洁白的牙齿，咔嗒一声，又将一颗子弹顶上了膛。

小普在阵地上摆放手榴弹，把保险盖一一拧开，放到崔寿岐的眼前。

二十多颗了，行了不？

不行，起码要五十颗。崔寿岐活动了一下肩膀。他也不清楚刚才自己甩出了多少手榴弹，反正肩膀都甩麻了。

耿大阔喊，老卞，找老乡给老吴弄个上好的棺材，别怕花钱，一连你暂时指挥。耿营长说到老吴死的这事儿时，什么表情都没有，仿佛就是说要给老吴安排套房子买双鞋，晚上叫老吴喝上几盅这么简单。

棺材我弄，我不指挥。老卞班长就怵头指挥人，心累。

你不指挥谁来？别给我废话。耿营长说。

崔汝戌嗓子干得快着火了，擦了下脸上的汗。这硝烟呛鼻子，天气温度还挺高。他把胸前的扣子解开一个，向旁边的耿大江要水喝：大江，来点儿水。

嗯。耿大江殷勤地给他递过来一瓷瓶凉水。

崔汝戌喝了一口，心想，杀个人就跟闹着玩儿似的，回村里我老叔再欺负我，我非攮他几下子不可，省得别人总以为大婆家的孩子没能耐。汝戌之前就是因为受家族老叔的欺负才跑到保定去的，他咬着牙想，等混出息了一定要和老叔较个长短。汝戌的爹和老叔不是一个娘的，奶奶病死后，爷爷又续了弦，后来又添了个老三，老叔就看不上大娘的孩子，时不时给汝戌爹和大伯气受。汝戌喝完水发现手里这个青花瓷瓶平常没见过，就问，大江，你这青花瓶哪里踅摸来的？

马家祠堂的供桌上。耿大江抄起脚下的铁锹，正埋头加固机枪阵地。

汝戌又喝了一口水，见耿大江也不理他，见四下没人注意，便偷偷地把青花宝月瓶塞进了怀里。

晌午饭刚刚咀嚼完，浑身乏力的寿岐闭上眼睛想眯瞪一会儿。他不想睡，可身体这么一放松顿时就进入睡眠状态了。恍恍惚惚他做了个梦，梦到自己的媳妇背着孩子锄地，背着孩子挑水，孩子在母亲怀里扯着嗓子哭号着。他想过去抱一抱，但总是够不着。他说，孩子他妈，孩子他妈，我回来了，就在城边上呢，我回来了，我回来了……可是媳妇仿佛自己没有在面前。她将孩子背在背上，回到家里，掀开锅盖，锅里的水已经烧开，一股蒸汽遮住了他的视线。他喊，孩子他妈，孩子他妈……他手里一阵乱抓，但在那白茫茫的世界里什么都没有抓到。

他懵然从睡眠中醒来。看到小普枕着他的大腿睡得正酣，他慢慢地把腿抽出来，不想打扰他的好梦。他看到阵地上的人都迷迷糊糊的，有的打着哈欠，有的抱着枪，有的趴在阵地上。机枪手耿大江抱着机枪打着呼噜。寿岐站起来，想去旁边撒泡尿。他走了几步，颇觉怪异：太安静了，静得连风的轻微流动都能感觉得到。他不经意间往左前方一瞅，只见硝烟弥漫的阵地前面三四十米远的地方，一队奉军正悄无声息地朝这边摸过来。他脑皮一炸，脑子立马清醒了，两手一抓，枪没在手上。他推了一下耿大江笨重的身子，大喊一声，奉军上来了！耿大江手里的机关枪马上就叫了起来，突突突，奉军一下子就被打倒了几个。后面的一看对方已经发觉，挺起身子，嘴里喊着“冲啊”，就向直军一线阵地扑上来。

阵地上的士兵都醒了，有的抬起头来时敌人已经到了近前，来不及开枪，便直接用刺刀刺。有几个反应慢的，被奉军用刺刀捅死了。

小普年纪小，小觉睡得香甜，听见枪声，一睁眼看到两个奉军士兵从身子上方跳了过去，吓得不敢动地方。周围拼起了刺刀，他扭动着身子，从阵地上摸起一把驳壳枪，躺在地上对上来的敌人开火。正在和对方拼刺刀的几个奉军士兵就这样稀里糊涂地被打死了。一个士兵把瘪脑瓜子压在了底下，被小普一枪打碎了脑壳，脑浆白的红的溅了班长一脸。班长起来啐了半天：小普，你他娘的也不怕打死我。

说罢，他端起一挺轻机枪站在阵地上向敌人扫射，嘴里高喊，投弹，炸下他们去。

手榴弹投了下去，效果不大，敌人一拨接一拨，后面的踩着前面的尸体往上涌。两个奉军士兵端着步枪跃上战壕，大江端起刺刀一刺刺进了一个士兵的胸口，再拔时刀卡在骨头里拔不出来，另一个敌人趁机将刺刀刺进了耿大江的左肋。大江疼得啊了一声，双手使劲拔出刺刀，大叫一声“杀!”又刺进了这个敌人的小腹。大江用手一摸，自己肋下都是血。他晃动了一下身子：操他奶，反正活不了了！他一咬牙，抄起阵地上的两捆炸药包，一拉导火索，然后抱着炸药包直接冲出了阵地，直奔对面的奉军士兵。

汝戌喊，大江，别……

大江。瘪脑瓜子卞班长被这一幕惊呆了。

敌人两颗子弹打在耿大江的胸口上，大江的胸口如同开了两朵大红花。耿大江怒吼着，嘴里喷出了好多血，身子向奉军士兵人堆里一扑，接着是两声震耳欲聋的巨响，然后一切都静止了。

硝烟散去，阵地前方一片狼藉。人的残肢，地上黏稠的、污秽的人体脏腑，零散的大腿和手臂，掀开半边头皮的头颅……眼前的景象茫然、空旷、寂寥，悲壮而震撼。

画面下的瘪脑瓜子老卞抽出胸前的驳壳枪，跃上战壕，向身后的士兵喊，给我冲呀!

大刀螂、崔凤祥、崔寿岐义愤填膺。他们抛却了生死的概念，脑海中都是耿大江那悲壮的一幕，任由子弹在他们的耳旁、身边嗞嗞飞过：为大江报仇啊!

直军士兵纷纷跃出阵地，气势如虹，勇猛无比，手里的轻重武器喷出复仇的焰火，步枪上那蓝汪汪、锋利的刺刀蛇信一样刺入奉军士兵的胸膛。

耿营长泪流满面。他端着一挺轻机枪冲在前面，眼前的奉军士兵像棒子杆似的栽倒，后面的士兵一看前面士兵溃败下来，也无心抵抗，丢枪抱头，四散奔逃。

骑兵司令在指挥所命令督战军官：后退者杀无赦。几名督战官上去给了跑在最前面的几个逃兵几枪，才毙了俩。后面一大群士兵拥上来把督战军官撞倒在地，从军官身上踩过去。骑兵司令破口大骂，掏枪过去，还没怎样，就被几名副官给架上马了。再不跑来不及了，三营士兵已经冲到了离指挥所只有五十米处，包括姚马渡阵地上的士兵，直军趁此时机在马团长的率领下对奉军阵地展开反冲锋，一下就把奉军打退了四公里之远。

夜幕降临,马家祠堂院内。

直军所有阵亡官兵的遗体都被停放在院中央,耿大江的位子上放着他的步枪和烧掉了一半的军帽。

耿大阔站在祠堂门口中央,摘下军帽用手掸了掸,随后把帽子放到了自己兄弟的位子上,把耿大江的帽子拿起来,戴在自己头上。他不去理会兄弟们诧异的眼光。

他心里难受得厉害,可他现在不能表露得太多。他走到小普前面,把小普擦眼泪的手从脸上拿掉。他心里挺稀罕这个有情有义的孩子的。整个三营,唯有小普和大江有共同语言,说得上来。大江大小普许多,但待见小普,因为和小普交流不费脑子,和别人说话总是担心被别人戏弄或者想和别人说话自己又不知道说什么好。大江和小普在一起时,俩人可以不说话,瞅着对方就可乐。俩人的智商差不多少,都好吃,都不好动脑子。

哭什么哭？二十年后,大江仍旧是一条好汉;保不准,我们马上也和他在一起了。耿大阔不去看小普的悲相。

他扭过头来,看眼前列队的直军士兵,正了正军服,扯了扯衣服下摆。

弟兄们,耿营长说,十七旅、第二十六师的弟兄们,今天和奉军的一仗,我们失去了自己的弟兄,大江——我亲兄弟、吴连长、王排长和我们眼前的这些士兵,都是我的兄弟。在这里躺着的,无论是十七旅的还有第二十六师的,都是我的、你们的亲人。他们为了曹大帅,为了直隶省几百万父老战死了,他们死得值。

这个村子叫郝儿庄。我刚才听祠堂马老爷子说,这个郝儿庄的来历是有讲究的。在明朝,马家有个叫马怀德的人,随父从原籍山东迁居于此村。这里有条巨蟒经常出没伤人,数百人为它所伤害。大城县知县张贴布告,重金悬赏令捕杀巨蟒。巨蟒凶猛,终不为当地猎户所获。为此,受害人家哭声不绝,官府对此无能为力。马怀德决心杀掉这条巨蟒,为民除害。于是,他昼夜操练武艺,演练骑射。后又有一仙人传他一柄古钺斧。马怀德置生死于度外,与巨蟒大战三天三夜。最后,巨蟒身首异处,污血四溅,马怀德也受重伤被村民们抬回家中。第二天,马怀德与世长辞,大城县知县便把马怀德居住的村庄定名为“好儿庄”。今天,我们直军三面受敌,背后就是大城县城，古人好儿男斩蟒为民，今天我们当兵的壮士殉国何惜贱命？

张国溶师长命令咱们坚守郝儿庄两天，现在一天还未过，就折了这么多弟兄，我们不能在这里死防死守。现在，我命令组成敢死队，对姚马渡方向的奉军进行夜袭，把他们打到子牙河东岸去，为我们争取更多的时间。

不怕死的、想给弟兄们报仇的，上前一步。

瘪脑瓜子第一个站出来，崔寿岐紧随其后走出，崔汝戌挽着袖子从队伍里抻着个长脖子挤了出来，小普右手抹了把鼻涕刚迈了一步，就被一个人给推了回去——是第二十六师一〇二团团长马望援。

小孩子还没开苞就他娘的想当死士？留着命，给叔叔大爷们坟上多烧点儿纸钱。这个地方是马家祠堂，就是我老马家祠堂，天下一个老马家，我死在这里正好进这个祠堂。第二十六师的，都他娘的给我站出来，没有三营大江这样的兄弟，咱他娘的早被人包圆儿了。姚马渡是咱弄丢的，今天黑些咱就给他夺回来，别让三营的兄弟寒心。

马团长才说完，一〇二团队伍里就哗啦蹿出来一大帮人，个个都是不怕死的汉子。

当夜子时，直军一百多名敢死队员，口衔枚，刀出鞘，左臂系白色孝布（利于夜间区分），胸前挂满手榴弹，轻装奇袭，占领了姚马渡渡口奉军暂编第一旅一部，给奉军以沉重的打击。奉军猝不及防，被迫退回子牙河东岸。直军士兵将渡口船只以及连通两岸的木桥全部烧毁后，迅速撤回郝儿庄阻击阵地。

一〇二团马团长在撤退时候双腿被敌机枪打断。为防止拖累士兵，马团长拔枪饮弹自杀。

翌日清晨，奉军骑兵旅以及卫队旅认为有机可乘，遂对郝儿庄直军进行大规模攻击。骑兵部队在进行两侧迂回进攻时，被直军引入预设的地雷阵，再次受到重创。下午四时，在大城县城守军炮兵火力的掩护下，十七旅三营圆满完成作战任务后，成功撤进大城县城，在凤凰庄进行休整。

（注：第一次直奉大战中，姚马渡木桥被直军烧毁后，当地老百姓颇为不满。1923 年春，经乡绅马子良等人筹措资金，姚马渡再次建桥。当时捐

资的有大城人、时任国务总理的张绍曾，有军阀曹锟、吴佩孚、张作霖及一些社会名流，但更多的还是普普通通的民众，不仅有子牙河两岸的大城、文安、青县、静海的民众，也有距离较远的献县、任丘、霸县、雄县等地的民众。建桥款共计大洋4万有余。天津桥梁工程队使用了最先进的技术进行建造。1924第2月，一架长50米、宽8米的钢骨大桥建成了。桥被命名为“公溥铁桥”，意为取之于民、造福于民。不必说精美的护栏、人行道和高高的牌坊，仅从那八盏灯就可看出它的雍容和华丽。落成典礼那天，桥边人山人海，一位有着四代子孙的百岁老人率先通过。人们企盼公溥铁桥“万年长寿”。1924年9月，直奉再次大战，双方都未烧毁它……1937年9月27日，中国军队第六十七军中将军长吴克仁及所部将士在姚马渡阻击日军，浴血作战三天，公溥铁桥在日军飞机大炮的进攻中被损毁）

九

坚 守 县 城

当十七旅三营官兵在郝儿庄与奉军激战的时候，崔秀珍在大城县城里也在帮着烧水洗绷带，给伤兵喂饭换药，忙得不亦乐乎。在七丫心里，这就是在给队伍做事，就是在给五叔做事，就是在给哥哥做事，显得老崔家有抗敌的决心，当然也是为了早日见到哥哥。

城外打得不可开交、枪炮声传到她耳朵里时，七丫就会把目光投向城外的东方，心里忐忑不安，嘴里默默念叨，希望哥哥平安无事。

小校场伤兵救护所又来了一大批伤兵，秀珍问了好几个士兵都不是十七旅的。七丫的心悬在胸口堵得慌，两个姑姑正在给伤兵简单包扎伤口。这俩姑姑开始时有点儿不适应，后来愈发感觉不适应。这哪里是女人们干的事情呀，天天看到的都是少胳膊缺腿的，或者开膛破肚的，说话又都不管不顾的男人，既揪心又恶心。她们又听伤兵们说，城东打得那么惨烈，不定哪天就打进县城，便提心吊胆地又凑合了半天，然后就和侄女七丫商量着走人得了。

秀珍头摇了又摇：我不走，你俩愿意回去就回去，我得等我哥回来。听士兵们叨唠，没准儿过两天五叔会带更多的人马过来呢。

俩堂姑明白这侄女性子上来顶十头倔驴，就找了个理由，在伙房里又海吃了一顿，走的时候又偷着将几个高粱饼子掖进了包袱里，气得七丫够呛。七丫对自己的姑说，你俩给你五哥丢人呢！

丢什么人？饿肚子才丢人。说罢，老崔家俩姑奶奶风风火火尥蹶子走人了。

秀珍一个人发了好久的呆。宋副官不知道什么时候过来了，也不知道从哪里弄来两听罐头。

秀珍，这是罐头，特别好吃呢，你肯定没吃过。宋铁臣献着殷勤说。

七丫瞥了一眼，说，有什么了不起的，能比我妈做得肉蒸笼好吃？

好吃，宋铁臣四下看了看，拉着七丫的手说，走。

七丫不情愿地跟着他走到房子的拐角处。宋铁臣用刀子撬开罐头盒，上面汪着一层蛋黄浮油，看着非常诱人。七丫想用手指去抠，被宋铁臣拦住了：不卫生。说完，他从口袋里变戏法似的拿出两根筷子来：给，你尝尝。

七丫小心地用筷子剜出一块，放到嘴里：真香啊！长这么大没尝过这么好的东西。好吃，真好吃！说完，崔秀珍三下五除二就吃完了一听。

那吃相把宋铁臣逗乐了。

七丫边吃边想，我那俩姑真没口福，要不走说吗也得让她俩尝尝。

其实她不清楚，宋铁臣这两听罐头放在身边好久了，就是等着没人的时候才给她的。七丫像馋死鬼似的一通猛吃，那壮丽的吃相让宋铁臣忍俊不禁。七丫擦了下嘴角，狠狠地问宋副官，你笑什么笑？

宋铁臣扭过头去：我没笑什么。但他说完还是笑出了声来。

七丫脸上一红，拿起筷子就敲宋铁臣的头。宋铁臣笑着往后躲，七丫顽皮劲儿上来了，紧撵几步过来举着空铁罐子就追他。宋铁臣抱着头边笑边跑：秀珍，秀珍妹子，我没笑什么，没笑什么！

这个画面格外诙谐温馨——小校场大院里，一身戎装的宋铁臣被梳着小辫子的小姑娘崔秀珍追得到处乱跑，四周是白色的纱布、简易的帐篷。在用门板和苇席搭建的病床上，那些躺着、坐着、倚靠着的缠着绷带的伤兵，还有那些蹲在墙角拄拐的士兵，在下午四点钟的光芒里显得有些萎靡、低暗，而两个人欢快的嬉闹恰恰给这个晦涩的格调带来了戏剧般的效果。一时间，两个人成了整个空间的流动场景。两年后，我姑奶奶崔秀珍被宋少校的花轿抬走时，村里那些无事可做的老娘儿们和小媳妇，嘴里互相传递的都是老崔家的这个小疯丫头与那个南蛮子当年在小校场如何乱七八糟地瞎搞云云。

在小校场的东南角上，疯劲儿上来的七丫迎头正撞见崔寿岐他们——三营的伤兵正一个个蔫头耷脑地走进小校场。

汝戌、寿岐、小普他们像看西洋镜似的瞅着一前一后跑得欢实的男女。七丫脸上一红，忙说，汝戌哥，你们回来了呀？

汝戌用枪做拐，没有说什么，只是嗯嗯了两声。

小普揉揉红肿的眼泡，叫了声“七姑”，然后也不吱声了。

七丫用手推了小普肩膀一下：说话呀，你四叔呢？

小普咧咧嘴，七丫又推了他胸口一下：你说话，你四叔呢？

小普嘴咧得更为夸张，五官难看得让人不忍心：我四叔，死了，死在唐官屯那儿了。

七丫一听，眼前一黑，身体晃了晃，被崔汝戌给架住了。

你四叔死了？

嗯呢，四天前和寿岐他们去破铁路就没回来。

七丫哇地哭了出来。顿时，嘈杂的天空被她的一声哭号彻底打开了。太阳吐了几口浊气，从云缝里挤了出来，露出了混沌沌的脸，望着普天之下的芸芸众生，有些难过，又无可奈何。

而这时，我爷爷与牛鼻子朱各亮在工兵团薛连芳和苏家仓的护送下走过子牙河上奉军搭的浮桥。他们看到北侧姚马渡的木桥已经满目疮痍，柏木护栏上还散发着浅浅的灰烟，西岸上的直军士兵尸体已经被抬走，阵地上到处都是破烂的枪支、被丢弃的子弹和人身体上的碎肉块儿，黏土上到处都是血渍。两个人擦了擦脸上的汗渍，心情万分沮丧。

苏家仓在俩人后面紧紧攥着匣子枪，恨得咬碎钢牙，真想掏出枪崩了这俩人。

朱各亮知道他不敢。现在俩人是张司令的救命恩人，谁敢违抗张司令的指示，那就是找不自在，所以，朱各亮很神气，不在乎，走着走着就把上衣脱了：广义，脱了，脱了，这道袍以前怎么穿怎么舒坦，现在怎么穿怎么别扭，还是这样凉快。哎，苏老弟，你那枪别走火呀，走火了我俩倒一个你回去都交不了差。

苏家仓说,牛鼻子,甭牛逼。说着,他就向前蹿。

随即,他就被薛连芳和苟班长给拽住了:你干什么?放肆!

朱各亮双手在胸前一抱:别,别,你们别拦他,别拦他。苏家仓,我们不牛逼,你牛逼,你过来弄死我。

苏家仓恨得咬牙切齿:你甭闹,过了今天你再看。

看吗看?你家我都看了。你一个赌棍,输得倾家荡产,你开溜了,你老爷子、你妹子、你兄弟让土匪给绑了,要不是我们,他们现在还在土匪窝当肉票呢。你他娘的在奉军这里到牛逼开了。

苏家仓一听,底细人家都清楚,脸上就更挂不住了,用手一指崔广义:姓崔的,你听着,咱战场上见,到时候一样揍趴你。

崔广义一听,火气也上来了:操,你也甭歪脖子当横狼,咱战场上见。

薛连芳怎么也是个军官,城府较深,面上绝不带出声色来。眼前这两个人就是前几天夜闯营部的直军探子,自己恨不得抓对方过来就是一顿大刑,但现在受张学良命令护送俩人过河,出现差池张司令那里名誉受损,自己也交不了差,搞不好花花公子上火自己脑袋就搬了家。他想罢,脸上一沉:苏家仓,这两位是张司令的恩人,理当敬重。两位兄弟,再往前走就是你们直军防区了,到此为止,来日方长,多多保重,代我问候我的军校同学相应兄。说完,他一抱拳。

崔广义感觉这个薛连芳看着不怎么样,说话倒是蛮痛快的,也学着回抱了下拳,然后瞅了苏家仓一眼,顺着姚马渡西边的小路向西而去。

广义和朱老道走在姚马渡渡口朝西方向的县城的小路上,看到两边的村庄满目疮痍,残垣断壁,不时传来人的哭声,麦地上到处被炮弹炸得坑坑洼洼。本来前一段时间子牙河开口子,庄稼遭水淹收成不好,再遇上打仗,今年肯定是颗粒不收了。俩人再往前走,看到远处有一名妇女。妇女背上背着个一周左右的孩子,用铁锨在地上撅着坑,身旁还有个十几岁的闺女。她们旁边半拉开花的苇席上躺着个尸首,是个三十岁左右的男人,死了两三天的样子。

广义停住了脚步,朱老道推了他一下,说,快走快走。那个妇女擦了下脸上的汗，瞅了瞅这两个陌生的男人，然后又低下头，用力挖着土坑。那个十几岁的闺女从旁边揪了几株马齿菜，放到嘴里就嚼，看样子已经好久没进食了。广义心里挺难受，往裤袋里掏了又掏，但口袋里只有两夹子弹。在那个女孩儿的注视下，他默默地走出好远。

朱老道就像没事人一样，仰着脖子说，广义，打仗就是这样的，倒霉、受罪的就是老百姓，你可怜不过来的。

崔广义嗯呢一声，然后说，看着受不了，比我妹妹小不了几岁，孤儿寡母的。真想快点把东北军打回东北去，省得他们在咱这里祸害老百姓。

可不，刚才我们俩就应该毙了张学良，或者绑了他的票，让他退兵。不退兵，就崩了他。

你刚才还救了张学良一命呢，现在又说这个。广义埋汰朱老道。

朱老道干笑了几下：嗨，打仗，也难说谁好谁坏，你能说曹大帅把张家给灭了咱老百姓就能过上好日子了？没准儿张学良胜了咱日子更好过呢！

这话要是让督战官听见了，他非把你脑袋砍了不可。

嘿嘿，督战队要是知道咱俩救了这个姓张的司令，现在就得砍了咱的脑壳。朱老道摸摸后脑勺儿又干笑了几声。

朱老道又和广义东拉西扯，譬如刚才道班念的往生咒，自己对工尺谱有多高深的研究造诣，又譬如当初自己曾发誓只扫地不伤蝼蚁之命，现如今却提上屠刀送人早登极乐。

广义心不在焉地和他东扯一句西扯一句，心却仍停留在刚才的话题上——曹家打张家，段家打冯家，南方北方这个督军打那个督军，可到底有谁是为了穷人在打呢？打了这些年，大官们都富得流油了，包括五叔，又是娶二姨太又是置办洋房洋楼的，可臭当兵的到头来不就是个死吗？不死的也只是跟瘪脑瓜子似的，还是娶不上媳妇，天天把脑袋拴在腰带上，不定哪天就丢了。

他想了好多，回头再一看时，已经看不到那一家人的影子了，天地只剩冥冥昏黄。

我爷爷死在青县地盘的消息，以牲口尥蹶子的速度传回了村子。那时，崔秀珍的两个姑姑腆着吃饱的肚子踩着碎步，还没到村里。她们脚刚迈进村东口，就被村里一群老少娘儿们给拦住了。老少娘儿们七嘴八舌地问她俩，刚才听李王只堡村里当兵的说，你们侄子广义出事了？

这时候说出事，自然是大凶之事。

我那俩姑奶奶自然也不是省油灯，话吐出来都夹枪带棒的：哪个死孩子胡说八道？我们刚从城里出来，广义在前面打仗吗事儿没有，我们在城里营房里还吃了好东西呢，广义还立了大功。谁这么缺德给我们家瞎传讹呢？

村里老少娘儿们本来想听点儿新鲜事，一看这俩姑奶奶不好惹，还闹个烧鸡大窝脖，脸上一红，就讪讪地都回屋了。

崔相亭听到的儿子死的消息也是从李王只堡村来的，是自己的当家妹妹亲自过来告诉他的。崔家姑奶奶多，分散嫁到周边邻村，星罗棋布。这个叔伯堂妹亲自跑来，没敢惊动二嫂，而是偷偷把二哥拽出来，说自己的小叔子在直军那边，右腿被炮弹给炸没了，剩下半条命给拉回村了，亲口说东桑桑村的崔广义去青县炸路没回来，死那边了。

崔相亭的心怦怦跳，说，秀珍在县里老五队伍上呢，没传来别的话呀！你俩妹子也去了，说都是伤兵，给帮着做做饭烧个水什么的，没听说广义出事呀！崔相亭急得在街口抓耳挠腮。

老崔家的人听说广义出事了，一一从家里出来，不大会儿就在崔相亭家门口聚拢了。这个说，赶紧派个脚快的去城里问问，那个说，真要出事了得把尸首弄回来呀，好入坟呀，总之越说越恐怖。广义的妈本来就为儿子操心，天天到村西娘娘庙去磕头烧香，现在一听说儿子出事了，当时就背过气去了。

这下更乱套了，小姑子、侄女们这个掐那个揉，还有几个大娘、婶子、奶奶们号丧开来，真的就跟在办丧事没两样了。

刚和村里人闹了两句的姑奶奶回来一听，知道这是个真事了。想想自己这两天吃得也有精神头，也算是沾了小侄儿的光，我这两个姑奶奶也就都掉了泪。族里的四爷拄着个拐杖，不住地愤懑：咱老崔家，真是精忠报国，当年老岳家、老杨家也超不过咱多少。八国联军那时候，咱崔家就出了不少人物。广义就是可惜没留下后，操，我操！猪不杀了，人都搭进去了，杀什么杀呀，找老五多要人头票去。

村里所有姓崔的人，即使是出了五服的，也都过来了，一是打听是怎么回事，二是都是一个族里的，看当家管事的怎么安排。

这事儿还得四爷说了算。他说，安排十几个人，套两辆马车，看是不是从军队那边把尸首给运回来，哪怕人身上的零碎也行；见不到尸首，把崔广义活着时用的什么东西给弄回来，立个衣冠冢也行；再请个道班，把魂儿叫叫，别让广义在外面做个孤魂野鬼无家可归。就这样，东桑生村崔家风风火火，两辆马车当天就安排好了，准备连夜进城。四爷对襟小褂穿得利索，带着崔相亭夫妻，还有两个侄女、三个年轻棒小伙，就出发了。出了村口，四爷想露一鼻子，长长的马鞭抖了个鞭花，才准备发力，就听远处轰隆一声巨响，两匹牲口咴儿咴儿嘶叫，显然是受到了惊吓，四只蹄子抬得老高。四爷跳下马车紧紧勒住牲口的嚼子，高喊了几声“吁”才算稳住马车。大家看到，通往牛村的大道上，好多老百姓成群结队地向西边跑，不大会儿就到了他们跟前。

崔相亭问，你们是哪个村的？

城东贾庄的，快走吧，东北胡子打过来了，把县城都给围了，八方村被胡子兵弄死不少呢。

大家一听，脸色都变了，都把目光投向了四爷。

崔广义和朱各亮是随着难民的滚滚人流走进大城县北城门的，打老远就看到门口的几个守卫对着老百姓推搡骂街。崔广义说，这第二十六师打仗草包，在老百姓面前倒是挺张狂。这时，一个拿枪的守卫看出点儿什么来，端着枪就朝俩人走过来了：你俩妈的是哪里的？

朱各亮忙举起手说，老弟，我们是十七旅三营的。

三营的？三营早就进城了，把家伙拿出来。卫兵挺谨慎。

城墙上有几个兵一看下面有状况，也把枪口对准了俩人。

朱各亮和崔广义都高举双手：我们确实是三营的，才从河东边过来。

河东边，牛哇！你们是探子呀，还是胡子兵呀？

我们真是三营的，我叫崔广义，他叫朱老……朱各亮。崔广义趁着对方摘他的枪时说。

操,你崔广义呀?

广义愣了一下,看来自己名字还挺招风的,就嗯了一声,点了下头,说,我崔广义。

朱各亮在一旁插嘴说,我们旅座的侄子,崔广义,我们营长耿大阔。

真是?守卫把枪收起来,朝城里边喊,去个人,到三营找俩人过来,看是不是崔广义。

哎!有人答应着。

这期间,朱各亮就问那个当兵的,兄弟,怎么这护城河外也没弄阵地呀?

士兵虽然没有落实俩人的身份,但估摸这俩人说的也是真实的,把枪一拄:弄个蛋呀!胡子兵大炮、骑兵太厉害,白洋桥那边阵地都失守了。昨天你们三营挺解气的,揍了胡子兵个寒碜。

是吗?

是,你们三营牛,炸铁路、守阵地都是好样的,崔哥们儿的事儿我们都传着呢,以为你们回不来了呢。真行,你俩回来了。

朱老道一听,得意地瞅了一眼崔广义,把胸脯一挺,在那第二十六师的当兵的面前也神气了起来。

正这时,城洞里跑出一人,动作够麻利,小矮个喘着粗气。四叔,四叔!正是小普,后面是瘪脑瓜子卞班长。

小普过来就把四叔抱住了:四叔,你没死呀?

没死,我福大命大,有朱神仙跟着我,我死不了。广义看到小普也平安无事,强控制自己,怕被周围那些兵笑话。

哥!城门口传来个清脆的声音。他抬头一看,妹子秀珍扎着手站在那里。义茹(秀珍的小名)!他喊了一嗓子。秀珍一下扑到哥哥怀中,呜呜地哭了起来。崔广义一看到亲人,眼泪再也控制不住,吧嗒吧嗒地掉,别人看到也都跟着唏嘘不已。真是九死一生亲人终得相见。

与此同时,西线战场长辛店比东线打得更加残酷。4 月 28 日,直军第二十四师张福来部与第十三混成旅董政国部向长辛店奉军发起进攻,遭到奉军的炮火攻击。炮弹如雨般倾泻而来，而且奉军阵地周围还埋置了大量地雷，一时间直军损失惨重。傍晚时分，直军派兵从侧翼奇袭，突破奉军阵地，歼灭千余人。奉军汲金纯率第二十八师及时赶到增援，收复阵地，并将直军击退六十里。29 日晨，奉军追击直军到琉璃河一线，两军再次交锋。吴佩孚急调河南第三旅马灿林部和直隶补充团时全胜部前往增援，直军军势复振，将奉军击退，并于晚十时经由南岗洼进逼长辛店。长辛店的奉军一面以强大炮火阻击直军，一面调集第二十八师、第九旅、第二旅及察哈尔骑兵旅的优势兵力向直军反攻。直军主帅吴佩孚亲自督战，坚持了一天一夜。但 30 日，直军终因奉军炮火猛烈、兵力强大，退至良乡以南。奉军进至房山。

三营全体官兵列队迎候崔广义、朱各亮。耿大阔见两个人平安回来，挨个儿拥抱了一下。他搂着崔广义说，你可回来了，否则我怎么向旅座交代？火头军，给俩人做好吃的，去哑巴驴肉店切点儿驴肉回来。

崔广义吃完饭，换上军装。秀珍打来水给他擦身子，看到腿上的伤口，又吧嗒吧嗒地掉泪了。广义说，哭什么呀，哥不是好好地回来了吗？对了，你怎么跑到这里来了？咱爸妈好呗？

都好，还说过两天过来看看你和五叔呢！上午听小普这兔羔子说你……秀珍不愿意说那个不吉利的字，我这不是为了给五叔担点儿事吗？这里的伤兵也需要人照看呢。

崔广义深知这些当兵的里什么人都有，妹子一个女人家家在这里最不方便，心里就不痛快：你快点回去，我也回来了，你回家好好守着咱妈去。你说你一个小闺女，干吗在男人堆里待着？会让人说闲话的。

说去呗，我不在乎，早看到你就行，咱九姑和六姑早晨才走的。家里地里活儿这阵也没有，麦子还得过一段才熟呢。

正在这时，屋里进来个人，穿着笔挺的军服。那人先是和崔广义点了下头，然后问七丫，这是广义吧？

崔广义也挺纳闷，那人看样子和妹子很熟。他点了下头，嗯了一声，然后扭头盯着妹子的脸：这是？

我姓宋，宋铁臣，第二十六师中尉参谋。师部都知道你的大名，说崔旅长的侄子深入奉军内部，得来相当重要的情报，已经给你记上功劳簿了。宋铁臣讨好地说。

噢，噢，宋长官你坐！崔广义抬起屁股来，让宋铁臣坐下，心想，这小子，一点儿也不懂人事呀，我这和妹妹说点儿家里话都说不了了。

宋铁臣一屁股歪到椅子上，憨憨地瞅着兄妹二人。七丫担心哥哥看出什么名堂，用眼使劲撇宋铁臣，意思是让他走开。宋铁臣还想多套点儿近乎，对七丫的表情一点儿没往深处想。后来七丫用脚踢了他一后脚跟，宋铁臣哎哟一声，说，秀珍，你踢我干什么？

崔广义本来就不得劲，让他这一叫，差点儿笑出来：宋长官，你不是我们直隶人吧？

湖南，湖南人。

三个人在屋里，场面有些尴尬。正在这时，空中传来刺耳的呼啸声。崔广义脸上一变：秀珍，快点躲，是炮弹。话音未落，一发炮弹就落在外面院子的中央。一声巨响，院子颤了三颤，房梁上呼啦啦地掉了许多灰土。宋铁臣架着七丫的胳膊就往外跑。崔广义起身披上衣服，才到院子里，就看到了瘪脑瓜子老卞。老卞拎着匣子枪，扯开喉咙喊，都别窝在屋里，南门集合，胡子兵打过来了！

七丫看到哥哥拿枪跑出去，本能地也跟在后面，被崔广义呵斥了回来，你快点回家，别瞎跑瞎颠的！

七丫点了点头。又一发炮弹打过来，落在南墙根上。墙体坍塌下来，砖头瓦砾差点儿将七丫埋住了。崔秀珍正想往前跑，一个人影将她从地上拉了起来——是宋铁臣。

崔广义着急去集合，对宋副官喊了一声：把我妹子看好，送她回家。

宋铁臣扬了扬手，意思是听明白了。

崔广义背着枪，跟着队伍跑远了。

七丫心里慌慌的。她和哥哥才碰上面，这一眨眼哥哥又去战场了。但她也知道，着急也没什么用，现在县城乱成这样，先回村再说吧。

1922年4月29日，奉军东路军总司令张作相统帅卫队旅四营及第四混成旅一团，进攻直军二十六师侧翼郭底、祖寺村阵地。同时，奉军最精锐部队，隶属于张学良的奉军第三混成旅强渡子牙河白洋桥渡口，占领了直军第二十六师五十一旅的防守阵地，在王裴庄建立炮兵阵地，对大城县城形成合围的态势。

下午五时许，奉军炮兵开始对大城县城实施炮火打击。在奉军一个小时强大炮火的打击下，大城县城直军的所有外围阵地便被全部摧毁。直军第二十六师的主要阵地被打得七零八落，已经不能组织起有效的反击了。第二十六师师长张国溶通过电台请示增援未果后，只好命令部队放弃大城县城，向保定方向进行战略撤退。4月29日，直军的堂二里、德归、大城、关家务一线全线失守。

耿大阔根据师部指示将部队拉到县城南门小王庄阵地，以充实五十一旅一营的阵地。一营营长的耳朵让炮弹给震聋了，耿大阔和他连喊叫带比画：老弟，你们还有多少人？一营营长瞪着大眼睛猜他在说什么。

猜出来后，一营营长伸出俩手指头：二百，奉军的大炮太厉害。才说完，又有几发炮弹飞了过来，在两个人不远的地方炸开了。耿营长从土堆里出来，拨浪拨浪脑袋，再一看，一营营长脑袋掉了半拉。

他啐了几口嘴里的沙子：瘪脑瓜子，让弟兄们哪里缺人哪里填上。

是！老卞班长得了命令，挨个儿给士兵传令。

宋铁臣拉着七丫来到救护所里，看到几辆卡车正在装伤兵。他拉着七丫上了汽车楼子，对司机说，赶紧开！司机早就想逃命了，一听当官的发令了，脚下加油，夺路而走。后面有几个伤兵没爬上车，被甩到了地上，追了几步没有追不上，骂了几句街就作鸟兽散了。

汽车一路颠簸，开向县城西的方向。炮声愈来愈远，宋铁臣擦了擦脸上的汗，听见后面车厢的伤兵有的哎哟呻吟，有的在叫喊"这往妈的哪里开呀？我回家得了，我泊镇的，放下我，我可不打仗了"，还有的直接就往车下边跳。宋铁臣让司机停车，想让伤兵们消停消停。看到几个伤兵从车上跳下来往四处跑，他拔枪就往天上放了一枪：你们这等于临阵脱逃，我看哪个敢当逃兵！

宋铁臣这一枪把正扒着车帮准备跳车的几个士兵给吓愣了。抬头见面前这个当官的小脸白净，军装比较干净，这些兵油子就放心了。俩粗犷的士兵把宋铁臣的枪给夺了过来，其中一个还一拳把宋铁臣打倒在了地上。剩下的人一看长官被降服了，都从车里下来，混在逃难的老百姓中跑了。

那司机慌手慌脚地把宋铁臣从地上架起来。宋铁臣擦了擦嘴角的血，把手枪从地上捡起来，看到七丫正从驾驶室里走下车来。俩人一对眼，宋铁臣羞臊得无地自容——自己竟然让当兵的给揍了，这在姑娘面前是多丢人的事儿！

七丫掏出手绢在路边水洼里洇湿了，过来给宋铁臣轻轻拭去嘴上的血：疼不？

宋铁臣摇摇脑袋：不疼。说完，他勉强地笑了笑。

司机重新发动车子，汽车载着宋铁臣和七丫晃悠着向西边驶去。七丫脑子里回家的念头被眼前的这个年轻军官给挤走了，她忽然觉得这样跌宕的日子倒让自己非常充实。她说不出来这是一种什么感觉，总之，自己怎么那么愿意和这个南方人在一起呢？

小王庄一线阵地上，直军和奉军短兵相接。奉军士兵一度冲进直军第一道工事，被直军大刀队生生砍了回去，紧接着又是一波敢死队队员冲过来。老卞带着五十一旅大刀队百十号人，迎着敌人的刺刀就冲过去，把汝戊这些新兵看得瞠目结舌。别看老卞长得瘦骨嶙峋，但他爱扒死人口袋里的财物，打起仗来真不怕死；还有五十一旅里的一个副营长，大刀抡圆了煞是好看，一看就是练家子，一刀就是一条奉军士兵的性命。李万龙找了个高地给老卞打掩护，那边一刀一个，这边一枪也不落空。三营的兄弟们后来杀红了眼，寿岐步枪子弹打光了，爬出阵地，从大刀队阵亡的士兵手便捡起大刀，吼叫着冲进敌群。

直军连排军官基本都受过系统训练，旅团一级则全部是军官学校的毕业生，士兵都是按照初级军校操典训练的，就连机枪火力配属、班排士兵合成都有一套科学有效的规范，整体素养超过奉军，肉搏战更是以一当十。奉军士兵被直军士气吓破了胆。

奉军的连续几次攻击都被击溃，阵地上布满了奉军士兵的尸体。瘪脑瓜子擦了下脸上的汗，李万龙拿过水壶递给老卞。老卞说，万龙，回到驻地，我就申请给你配把好的狙击枪。

什么枪？

狙击枪，老卞清楚这乡下棒槌不懂什么是狙击抢，就是给你换把新式水连珠。

哦，哦。李万龙用手擦鼻涕，鼻头顿时成了黑鼻头。

别呆着了，我怎么教你的？捡洋落去。老卞鼓励万龙。李万龙和班长混成了铁子，有什么好处自然也捞点儿。

一些直军士兵就跑下阵地去搜奉军死亡士兵的衣服。小普猫腰起来，也想从阵地出去拣点儿便宜，被崔广义一把给拽住了：咱不缺那钱。他狠狠地瞪了小普一眼。

朱各亮斜靠着阵地上，手往头上一抱，仰面一趟：死了死了一死百了，罪过罪过。也不知道他说的是别人还是他自己。广义瞅了他一眼，脑子里想了点儿什么，又觉得累。才一闭眼，他就听到噶勾一声脆脆的枪响，一名正在弯腰翻衣服的直军士兵脑袋顿时开了花，脑浆子溅出一片。

老卞顺势一滚就翻进了工事。阵地前面，几个直军士兵拔腿就往阵地上跑。紧接着又是一声枪响，又一个直军士兵被打倒了。李万龙当时正从一个军官的口袋里翻出香烟和打火机，看着这些小玩意儿觉得好奇，突然听到枪声，见旁边的士兵被打倒在地，便就势趴在地上，身子和奉军士兵的尸体夹杂在一块儿，心怦怦地跳。

又是一声枪响，一个刚跑到工事上的士兵被打穿了胸，滚进了壕沟。老卞大喊，都俯下身子，狙击手，三八步枪！

李万龙，你活着不？

活着！李万龙贴着地喊。

弟兄们，给我向左边三十米地方投手榴弹，让万龙他们就空跑回来！

十几颗手榴弹被投了过去，轰轰轰……爆炸造成了一大片尘幕。李万龙和几个士兵跳起来俯身就跑。枪声又响起来了，又有两个士兵被打中了。李万龙跨进阵地时，一颗子弹擦着他的肩膀飞了过去，他的肩膀顿时火燎般疼了一下。

没事吧，万龙？老卞匍匐着身子过来问。李万龙明白，奉军那边有个厉害的狙击手，三营被这小子的枪口给罩住了。妈的！他摸了下肩膀被子弹灼破的部位，喘着粗气，庆幸自己命大。

老卞问，觉出对方在哪个方向不？

没有。李万龙摸不准。他觉得来自正前方，可是前方也没看到有什么隐蔽物。这时，小普蹲着身子过来：班座，我看到了，就在咱们前方几百米的地方，我看到子弹出膛的光了，没有看到人，对方藏得真严实。

严实？老卞没明白小普这小孩子说的"严实"是什么意思。

开枪的在地里呢！小普认真地说。

老卞这下明白了：我操，还他娘的会奇门遁甲！大刀螂，叫俩人用马克沁往前方二百米那块三分地上给我打。他娘的，你藏得住，老子给你犁一遍！

崔汝戌带着两个士兵，南北夹角对准前方二百米的开阔地进行覆盖射击。这时天色正暗下来，重机枪的子弹从两侧两三米高的水泥碉堡中曳出长蛇般的光焰，喷洒在地面上，像是在给大地浇种庄稼，又像是给土壤撒下光肥。总之，不管是癞蛤蟆还是长虫，任何生命被这光焰撞上，都会被撕裂绞碎。小普伯十年后成为新郎的那晚，他撇开炕头上的新媳妇，披红挂彩站在门口看小孩子们放烟火。烟火是大会罗村二姨夫花炮刘赶制的。花跑刘的烟花在大城响当当地有一号，可是，崔凤祥怎么看都觉得那烟火不如当年大城县城失守那晚三营的马克沁水冷机关枪喷洒的子弹花好看。那两个椭圆的碉堡多么像两只粗悍的大花炮，从那大花炮里喷射出的是多绚丽、多动人心魄的花束呀！

十

退守，退守

暂编奉军第一混成旅工兵团薛连芳做梦也没想到自己因为救驾有功会被擢升一级，从一个工兵团长直接被张司令任命为混成旅第七战斗团团长。薛团长兴奋得小山羊胡子都翘了起来。他带着他的心腹人马进了七团后，首先做的，是任命苏家仓为卫兵队连长。若不是苏家仓盯住了那两个直军的假老道，他薛连芳也不会遇见少帅遭遇埋伏的事情。

刚把交接事宜安排停当，外面传令兵报告，说有个混成七旅的军官要求见他。薛连芳不假思索地说，让他进来。

不大会儿，从门外走进来一名校级军官，低着头，也不主动向长官敬礼。薛连芳心里有气。待来人一抬头，他仔细一看，脸色顿时一变，对屋里的传令兵和副官说，你们先下去，没有我的命令不许进来。

周围的人出去后，那名军官把军帽一摘，脸上露出一副傲慢的神情，揶揄了一句：恭喜薛团座荣升哟。

川木，怎么是你？薛连芳脸上煞白，一下就把门关上了。

怎么不是我？才和老同学别过，我又回来到您这里再论论茶道。

薛连芳知道川木有末阴险毒辣。有传闻说，这小子离开保定学校后进了日本军部特务机关，后来又被调到了旅顺口关东军司令部，具体负责什么不清楚。但此时正值直奉大战期间，他绝不会无故纠缠其中，不可等闲视之。前几天，川木说本着同学之谊，借做军事观察员的机会来会会老同学。薛连芳热情款待了川木。可是就在那晚，团部作战文件全部丢失。他怀疑此事与川木有关，可是没有证据。薛连芳犯起了嘀咕：这次，他又乔装打扮到我这里来干什么呢？

薛连芳眉毛一挑，眼珠一转：老同学，你论茶论酒都可以。直奉现在正打得火热，还得贵国在策略上多多支持奉军。

川木大摇大摆地走过去，坐到圈椅上，自己为自己倒了一杯茶，说，薛兄果然是在其位谋其政。不过，你这个战斗团团长的位子，与其说是张司令给的，不如说是我川木成就的。

薛连芳装作迷惑不解：川木兄，此话怎讲？

川木拇指和食指轻扣茶盅，抿了口茶水：刚才老同学的手枪还在我身后作响，今天换了军阶就忘得一干二净了。

薛连芳一听已经挑明了，手就向腰间伸。川木脸色一沉，面带杀气：薛团长，你敢动一下，你就会后悔。说罢，川木从上衣口袋里掏出一张照片，照片中的人物是薛连芳和他的家人。

你！薛连芳一看，紧张得很：你怎么会有这张照片？

哈哈！川木站起身来，背着手，一副志得意满的样子：我能到团长这里喝口茶，难道就不能去嫂夫人那里探望探望？

薛连芳明白日本特务机关的卑鄙伎俩，忍着气说，你想怎样？

我想怎样？那得看老同学的表现了。如果薛兄可以把奉军的电台密码给我……

不能。薛连芳脑子一片空白，下意识地说。

不能的话，后果你自己承担；提供出来，自有大礼奉上。川木翻了一下白眼。

薛连芳脸上冷汗淋漓，说，川木兄作为观察团代表，这些东西还用私下索取？应该不是关东军司令部那里需要吧？

川木听完呵呵一笑：这些军事机密类的东西，我还是喜欢友情支持，不做军部交流。

薛连芳正不知道说什么好。这时，外面传令兵喊，报告团座，司令部急电。

薛连芳瞅了川木一眼。川木示意他去开门。门打开,传令兵递给薛连芳一个加急电报。

这是第三梯队司令长官李景林下达的作战命令,大意是所有作战部队下午四时发起总攻,你部应立即从南赵扶渡口过河,肃清大城县城南直军,务必今晚十时占领大城县城城南小王庄,并截断直军西逃退路。

薛连芳看完后,递给旁边的川木。川木接过来瞅了一眼,又送回薛连芳手上:老同学,立功的机会又到了。正好,我有几个参谋人员就在门外,让他们也领教领教薛兄陆大优等生的指挥能力。

薛连芳心想,妈了个巴子的,狗皮膏药沾上了,小日本,我逮住机会非弄死你不可。

奉军完全没有料到,大城东面、北面两个方向的直系军队防守不堪一击,而城南直军阵地却如此坚不可摧。他们抓了个直军舌头,一拷问,了解到原来是十七旅预备队补充上来了。薛连芳命令一个营加两个排迂回到直军阵地西侧进行攻击,另两个连迂回到东侧进行包抄,主力一营则正面冲锋,吸引直军的火力。

连续两拨进攻再次被直军击退后,川木接过望远镜仔细观察了一下。天色将晚,两军夜战是最大的忌讳,尤其奉军最担心与对方发生夜战。川木对薛连芳说,老同学,作为观察团的观察员,我是有建议权的,这么强攻只会让你的士兵送命,我来祝君一臂之力。接着,他对他带来的两个士兵小声耳语了几声,不清楚说的是什么。那两个士兵点头下去了。苏家仓注意到其中一个士兵的背影有些异样,但一时又搞不清楚是哪里有异样。

十几分钟后,枪声传来,望远镜里,一个直军士兵倒了下去。又一声枪响,正在打扫战场的直军士兵又倒了一个。薛连芳后心直犯凉意:日本兵枪法好厉害!

川木相当满意,说,这比你两个连的冲锋更加有效。

直军的重机枪扫射掉了一整个弹夹。这时候,川木安排下去的两名狙击手已经平安返回后方指挥所。

薛连芳想过去握手,以表达一下谢意,可是一下又止住了。他对苏家仓说，苏连长，给两位兄弟拿点儿大洋，奖励奖励。

川木伸出手指头摇了摇，说，不必客气，只是让薛兄见识下关东军勇士们的枪法。张大帅手下的士兵素养急需提高。前面的守军也就是两个营，竟然将你一个团的人挡住了两个小时，可见直军的战斗力强于你方。这次大战，鹿死谁手还真说不清楚。

川木的话说得有些放肆但不无道理。薛连芳清楚，现在的奉军军纪涣散，士兵抽大烟，得花柳病，胆小畏战，打个土匪还凑合，和战斗意志强的直军相比则明显差了许多。

正在这时，传令兵跑步赶到：报告团座，直军出现动摇，我俩侧夹击取得效果。旅座命令我团对当面之敌发起强攻，十时整完成战役计划。

薛连芳身边有这几个日本人，心里这个硌硬：这攻击时间要是走漏了一丝消息，张学良第一个就会按通敌之罪直接把我薛连芳给枪毙了。妈了个巴子的，老子也不是好惹的。

薛连芳正了正衣领说：我命令，山炮部队向前推进五百米，对小王庄阵地进行抵近射击，打通前进道路；两侧攻击部队不必理会小王庄阵地之敌，到达指定位置后，就地构筑工事，对县城直军进行监视。十时整，全团所有战斗人员根据战役要求对大城县城发起总攻。

薛连芳一口气布置完，用眼角的余光扫了下川木。他猛然发现，那两名刚从前沿返回的狙击手中，站立在最外侧的士兵军服胸部竟然出现了曲线。

川木有末毕业于陆军士官学校九期，现任关东军参谋部第二课主任。关东军参谋部俗称“研究部”，也就是后来的特种情报部队。川木根据关东军司令长官河合操中将的指派，明着是以加强与东北军业务交流学习为目的，以参谋人员的身份到前线与奉军进行战术交流指导，其实就是来窃取奉军的作战意图以及电台密码的。张作霖对关东军的这种主张非常反感，在正式场合上表示对关东军的感谢，暗地吩咐各级指挥官，对日军参谋人员要加强防范监视，有干扰我军战役者，可以采取非正常手段，被日军人员收买者就地处理。

所以，有川木在身旁，薛连芳如螟蛉在侧，真是岂敢安榻。他又与川木寒暄了几句，让参谋安排川木找地方休息，自己则把苏家仓和几个得力人员留了下来。

论资排辈，保定陆军军官学校八期肄业的薛连芳应该属于老资历。两年前担任旅长期间，他因为某件事情得罪了奉军红人杨宇霆，被杨宇霆找了个纵容下属军官骚扰百姓的理由贬为了工兵团团长。当时薛连芳觉得自己难有出头之日了，索性破罐破摔，对上峰的命令糊弄应付，天天打牌喝酒，让干就干，指东奔西，万万没想到这次机缘巧合救了张学良一命。他忽然感到自己的运气从天上掉下来了。张学良经过了解，发现这个前来救驾的团长竟然受过高等军事教育，却窝在个工兵团里，简直是大材小用，就给东路军总司令张作相打了个电话，让薛连芳到七团任职。薛连芳大喜过望，在电话里发誓，称决不辜负张司令的栽培，必当以死效命。

完成战略部署后，薛连芳把苏家仓和狗子六一班人留下，暗中吩咐副官监视川木等人的一举一动。薛连芳没有挑明川木等人就是那天袭击少帅的那伙人。

苏家仓小声说，团座，刚才川木先生带着的狙击手里有个是女的。

薛连芳点了点头，说，我看出来了，这伙人来者不善。加仓你安排几个得力人手，查清这伙人的电台在什么地方。他们不可能就这三四个人，周围一定还有他们的人。打探清楚后，我们再研究下一步怎么办。

是！苏家仓回答。

直军小王庄阵地暂时安静下来。耿大阔从干粮袋里抓了两把炒面放在嘴里嚼，还不停地喊，都给我抓紧吃点儿，把死了的给我拖后边去。你，你俩，机枪工事再用锹弄弄。

刚说完，他就听对面敌人阵地上传来咚咚咚的炮声。他把手里的炒面一甩：都注意喽，迫击炮，全部隐蔽！

奉军迫击炮的炮弹密集如雨，一股脑儿都倾泻在了直军的阵地上。一时间，工事泥土飞溅，肢体横飞，惨叫声不绝于耳。广义他们躲在盖沟下面，双手紧紧抱着头，把命都交给了老天爷。一轮迫击炮轰炸过后，大家的头脑都被震得晕晕荡荡的，想站起来双腿却发软。

耿大阔没有想到奉军竟然夜间发动进攻。他正想组织部队做好战斗准备，一名传令兵跳进了工事：耿营长，师部命令全营撤退，我们两侧都被胡子兵占领了，再不走就要被包饺子啦！

好嘞！耿大阔本来还想和敌人血拼到底，听到这个消息不免吃惊：部队是要撤进城里吗？

不是，营长，县城北门失守了，第二十六师大部早在傍黑儿就撤啦！

妈的，真拿咱们十七旅当后娘养的了！吹号，全营撤退，瘪脑瓜子过来！

老卞班长听到喊声，弓着身子跑了过来。

你带着两个排给我在阵地上布上地雷，半小时后撤出阵地，在路上再埋点儿(雷)。把鸡巴给他们炸没了！

4月29日晚8时，奉军肃清了大城县东北、正东、东南方向的阵地，卫队旅在炮火支援下趁势攻占了县城北门，开始与守军展开巷战。

炮火准备的半个时辰后，薛连芳命令全团发起总攻。奉军士兵喊着口号发起冲锋，前方轻、重机枪开路，后面迫击炮继续延伸轰炸，没有多大伤亡就冲上了直军外围阵地。狗子六第一个冲上直军工事，神气得很。在夜色里，他冲着后面的苏家仓笑了笑，弟兄们，谁先进大城县城，谁就升官发财压裂子(玩女人)呀！但话音未落，他就感觉脚下不对劲。他一低头，轰隆一声，地雷就响了。

苏家仓吓得爬在了地上。直军阵地上爆炸连片，奉军士兵被炸得人仰马翻，惨叫连连。爆炸声停了后，苏家仓听到有人喊他。他匍匐过去，借着照明弹的光亮看到狗子六双腿都被炸没了，只剩个身腔子，嘴里喷着鲜血。

他过去用手将起狗子六的头：排座，排座。

妈了个……巴子，家仓，我活不了了，咱那些大洋，你给我家里人，地址你知道，我告诉过你。狗子六说完，嘴里又喷出几口血。

苏家仓瞅着这个食财手黑的家伙，用硬邦邦的枪口抵住了他的耳根：我知道，那些钱压根儿也不是你家的，你快死心吧！

你……你……我操你……妈！狗子六骂了张加仓一句，还想张嘴，苏家仓手里的枪就响了。迸出的黑血溅了苏家仓一脸。火光中,苏家仓的面目愈发狰狞。

宋铁臣和七丫坐在汽车上,被裹挟在熙熙攘攘逃难的人群中。司机边摁喇叭边骂街,但到处都是人,老百姓就是想让路也让不开。宋铁臣急得被汗水湿透了衣服。还没出大城地界,后面传来几声爆炸声,路上的老百姓呼啦一下就向四处散开了,慌慌张张地从路上窜到田地里、沟里,漫天遍野都是人。这时,后面又响起了机关枪急促的声音。宋铁臣从车里探出头来,回头一看,后面二三里外尘土飞扬,有枪口发出闪光。宋铁臣明白是奉军追上来了,扭头催司机加把劲。司机心里更慌了。偏偏在这个时候,汽车得了伤寒似的打起了摆子,嘟噜嘟噜喘了几声,就熄火了。司机手脚哆哆嗦嗦地不听使唤,宋铁臣把司机推开,自己拧钥匙打了几下火,但发动机就是抖不起来。宋铁臣一拳砸在方向盘上,想指挥司机,却不知司机什么时候跳下车溜了。这一下宋铁臣更来气了,擦了把汗。看到七丫正不眨眼地盯着他,宋铁臣也没有什么好办法,只好拉着七丫跳下车,随着老百姓的人流往西走。走了没有多远,奉军的追兵就过来了。先是一大队骑兵,马上的士兵都擎着锃亮的马刀,对准那些落单或者小股撤退的直军士兵就是一通砍杀;后面跟着的是横着排开的运兵汽车,车顶上架着轻、重机关枪,机关枪对着直军士兵和许多老百姓胡乱扫射,直军士兵不是被打死就是高举双手投降。

宋铁臣穿着军装,在人群里甚是扎眼,被三个奉军骑兵发现了。三匹马向着两个人的方向追过来。宋铁臣身旁有两三个直军士兵,应该是第二十六师的。其中一个把枪一扔,光着脚丫子就跑,被骑兵追上来一刀把脑袋削掉了半拉;另外两个跑不动,跪在地上抱着头准备投降,被骑兵追上来一人一刀就给砍地上了。在不远处的秀珍被那惨叫声吓得直捂嘴,感觉心都要跳出来了。

骑兵将战马兜了一圈,看到一名直军军官带着个女的。三人对视了一下,催马扬刀就冲了过来。宋铁臣捡起地上一名死了的直军士兵的步枪,对准前面一个就开火,正打中那人的胸口。那人从马上滚了下来。宋铁臣枪栓一拉动，又一颗子弹顶了上去。他扣动扳机，只听一声枪响，子弹正打中第二个骑兵的肚子，血从骑兵的肚子里滋了出来。第三个骑兵手里带着马缰从宋铁臣身边冲过去，宋铁臣再想打第三枪已经来不及了。他是半蹲身子射击的，对方刀急马快。宋铁臣一咬牙，用步枪一拨对方的马刀，人就被对方的冲力给冲倒了。马刀下劈的力道十足，步枪格挡虽然减缓了马刀的速度，但马刀刀尖还是划到了宋铁臣的左肩。宋铁臣忍住疼痛，右手迅速从腰间掏出驳壳枪对准骑兵的背影开了几枪。奉军骑兵摇晃了一下就趴在了马背上。战马嘶鸣了一声，跑远了。

宋铁臣感觉血流了不少，忍着剧痛把军装脱了：秀珍，看看是多大的口子？给我用布捂上。

七丫慌手慌脚地把宋铁臣的衣服脱了下来，看到宋铁臣左肩上有个半手掌长的口子，肉向外翻着。七丫在救护所待了几天，见过缺胳膊断腿甚至伤势更严重的伤员，胆子大了许多。她用牙齿咬住宋铁臣军服口袋的内兜，用力咬下了两个，摁在伤口上，然后把军装上衣扯成了长条，给他斜肩带背地一系，止住了血。宋铁臣咬着嘴唇，忍着疼痛，看没有奉军士兵追来，望见西面是条小河沟，河沟前面是个小村庄。他对七丫说，走，去村里找个人家藏起来。

俩人走进村庄，瞧见街道两边的人家大门都上着穿钉锁。各家各户几乎都关门逃了，七丫连拍了几户的门都没有人应声，急得没有办法。后面又传来凌乱的枪响，宋铁臣带着七丫拐进了一条长胡同，又挨家挨户地敲门，仍旧没有人应声。正在这时，前面一户的木门吱哼一声开了，一位中年男人从门里探出头来，一看就是典型的庄稼老农。这个男人看到前面一个半光着膀子的男人，手里拎着个家伙，身边还陪着个神色慌张的女人，就想退回身去把门关上。七丫一步抢在宋铁臣前面——她清楚，宋铁臣的外地口音容易让老百姓误会。

七丫说，大伯，别关门，让我们进去躲躲，我是大城的，躲东北兵跑你村来的，你让我们俩避避。

那人挺紧张，双手紧撑着门板，在门缝儿里说，闺女，不管你哪地儿的，你往村里面走走。我这家没地方让你待着，有个吗事儿，我顶不起。

外面的枪声和人喊马叫的声音更近了,七丫心里也更焦急了:大伯,我们真是好人,那个当兵的是我表哥,我们都是好人,你真忍心我们被东北兵给抓了呀?

男人说,闺女,你快点走吧,我们家都是胆子小的人,别给我们带灾来。

宋铁臣在后面直生气,觉得这个人也太不爷们儿了,就想拿枪吓唬下这男的。他对七丫说,秀珍,走,咱们走。

喊了大伯这个男人还不给开门,换平常,七丫早就骂人了。可现在宋铁臣身上有伤,天色将晚,俩人要真走了,东北兵过来,这家人给东北兵告密了咋办?她打定主意,死活不走了。

大伯,我们给你钱行不?我真是大城东桑桑的,你让我们在你这里待一宿,你也算行善积德了。

那个男人在门缝儿里皱着眉,还想说什么,后面却传来一个女人说话的声音:你们是哪儿的?

在门外的七丫一听,也没多想什么:我们是大城东桑桑的!

姨夫,就让他们进来吧!

那个男人听家里人也这么说,只好把门打开了。七丫和宋铁臣快步迈了进来,男人赶紧把门插上,把俩人向屋里让。

七丫仔细瞅了一下这家的院子——不大也不小,丝瓜夹,菜畦,鸡窝,茅房,西厢房干净错落有致。刚才问他们话的是一个姑娘,二十岁左右,皮肤白净,穿着又素。那个男人给他们掀开竹帘子,俩人进了屋。

屋里还有个上了年纪的女人,在灶膛屋里站着,因为天黑,也看不清长什么模样。姑娘对七丫说,妹子,这是我三姨。

七丫嘴甜:大娘好,给你家添麻烦了。

女主人紧张得有些结巴:没……没事……没事。

宋铁臣怕这家人会更害怕,便用半件军服把手枪包裹了起来。男人说,你俩过来。说完,他把俩人引到了最西头的套里间。这间小屋很杂乱,放的东西什么都有,空气潮湿,嗅着稍有些呛鼻子。

七丫说,大伯,你烧点儿热水行吗?我这个哥身上被刀碰了一下,得洗洗。

男人心里腻歪,可人已经进家来了,也不能再往外撵了。

那个姑娘说,我去抱花秸烧点儿水。说罢,她就想出屋取柴火。

正在这时,外面传来人乱跑的声音,有人喊,大家快点关门躲起来呀!胡子兵进村啦!

然后外面枪声乱响了一通,村里大大小小的狗都狂叫了起来,鸭鹅也不停地叫唤,屋里几个人心怦怦怦跳成了一个点。

男人蹲在当屋,一个劲儿地叨唠,这咋办呢,咋办呢?他一边嘴里叨咕着,一边翻着眼皮瞅了几眼七丫和宋铁臣。

宋铁臣脸上全是汗,伤口灼烧似的疼。他对这家人说,大伯,没关系,胡子兵来了没你们什么事。

那个姑娘没说什么,只是一个劲儿地瞅七丫。七丫心里寻思:难道自己哪里有什么不妥?脸上,身上,还是头发?七丫动了动身子,用手捋了捋头发,也没觉得自己哪里有什么不对。她冲着那女的点了点头,想表现得自然些。

这姑娘也觉得自己有些过火,忙把头扭过去,大眼睛忽闪忽闪地望着窗外。

外面乱了一阵,七丫听到有砸门、罐子碎裂的声音,夹带着骂街声、猪叫、狗呜呜的哀鸣声、人的哭喊声和叫嚷声。没多久,这些声音都停住了,然后就是车辆轰隆轰隆开过的声音。

宋铁臣闭着眼猜路上过了什么——山炮、骑兵、步兵都有。他有些沮丧,觉得直系军队也太差了,没几天就让东北兵给打败了,真不清楚直军那些将佐们是怎么指挥的。

一个时辰后,村里村外都趋于平静,只有远处还时不时传来枪声、炮声,村里还有女人哭的声音。

那个大娘说,是他贵子娘的哭声吧?

男人嗯了声,说,是,不知出啥事了,要不我出去看看?

再等会儿,再等会儿。大娘的语气里带着无奈与对男人的关切。

又过了会儿,外面有人轻轻叩门的声音,五个人顿时紧张了起来。有人在门口喊,老蔫叔,老蔫叔,我,牛。

哦。屋里男人答应了一声，就出去开门。那个叫牛的站在大门外说，老蔫叔，赶紧去贵子伯家，五女被东北兵给糟蹋跳井了，过去忙活忙活去。

是吗？老蔫叔脸上一惊：你先走，我马上过去。

屋里人都听了个清楚。老蔫叔进了屋，对老伴和宋铁臣几个人说，我得去贵子嫂那里，那些王八操的胡子兵把五闺女给祸祸了。

老蔫叔非常气愤，从炕上拿起件薄坎肩披了起来，对老伴说，你和莲子给他俩做点儿饭，烧点儿水，我去瞅瞅，把门关紧了，王八操的胡子兵……他嘴里骂着街就出了门。

那个叫莲的姑娘赶紧把门插好，又搬了个木头顶上，从西厢房抱出花秸开始烧水。老蔫婶点上了麻油灯，屋里有了亮光。在晕黄的灯光下，每个人的脸上都显露出难以名状的神情。

七丫帮莲姑娘烧水。水烧开后，老蔫婶端出个木盆，又拿出了几块软布。七丫在水里将软布洇透，拧干，轻轻地给宋铁臣擦着伤口。

老蔫婶在旁边瞅着，告诉七丫要这样要那样，就像母亲叮嘱女儿做活计一样，七丫嘴里嗯嗯着。宋铁臣的心让三个女人的目光揉摸得暖暖的，老蔫婶慈祥的目光让他想到了远方母亲那和蔼的面容。宋铁臣擦了下眼角，秀珍问，怎么了你？

他摇了摇头：没事，有些眯眼。

旁边的那个叫莲的姑娘注视着两个人，心里也美滋滋的。她问，妹子，你俩是兄妹？问完，她脸上露出慧黠的笑。

七丫脸上发烫，清楚被人家看出端倪了，幸亏灯光暗。她低下头又攥了把湿布，说，他是我表哥。

我看不像。莲姑娘快笑出声了。

七丫和宋铁臣都很难为情，不再说一句话了。

这一切，老蔫婶子都看在眼里：哎，害羞什么呀？年轻的在一块儿很平常。我们这岁数的只要看到你们年轻人和和美美地在一块儿，心里就舒坦。说完，她也笑了笑。

大娘，你是好人。七丫实在没话可说，只好讨好似的对老蔫婶说了一句卖乖话。

你是大城东桑桑的？莲姑娘问了一句。

嗯呢。

你姓啥呀？

姓崔。

叫啥名字？

崔秀珍。莲姐，你这是保长登记人口呀？七丫想笑。

老蔫婶笑了：你幸亏是东桑桑的，要是别的村的，我们还真不让你们进来呢。

怎么，在我们村有亲戚？七丫接过老蔫婶手里的大块白棉花，将白棉花敷在宋铁臣的伤口上，说话的时候又用废布条勒住了棉花。

莲姑娘端起木盆去院子外面倒。

算不得什么亲戚，你这个莲姐，有个熟人是你们村的。

熟人？七丫闹不懂熟人和莲姐是什么关系，挺好奇，就问，谁呀？

姓崔，叫什么来着？老蔫婶问正进门的外甥女。

那个莲姑娘脸红了，低头去收拾灶台：三姨，别乱说，就是认识。

七丫看出这里面有故事，兴致上来了，再一瞅老蔫婶的那表情，就猜出个八九不离十。她走过去，握住莲姑娘的手，问，莲姐姐，说吧，我们村的人我都熟，谁呀？

莲姑娘愈发羞涩，挣脱了七丫的手，说，没有的事儿，没有的事儿。

老蔫婶在里屋炕头上又说了，你这有什么不好意思的？今天多巧个事儿，你想东桑桑人，东桑桑的人就进咱家了。这丫头一看也是爽快性子，正好咱扫听扫听。

果然和自己猜的一样，七丫心里乐开了花。她点了下头，又到了老蔫婶身前：大娘，你可说对了，我这个人没心没肺的。你扫听谁，我都吐露给你们，省得莲姐嫁过去后悔。

莲那里也扑哧一下笑了：妹子，你真是能说，什么嫁不嫁的，说得太远了。

七丫见莲姑娘还是绷着，就把脸对准了老蔫婶：大娘，你说你说。

老蔫婶说，闺女，我跟你说，你知道啥就告诉我，你们村姓崔的人多不？

多,大半村都是一家子,都是从山西洪洞县搬过来的。

宋铁臣在旁边一听,心想,这七丫,真是能扯,洪洞县都搬出来了。

你莲姐中意的这个……说“中意”俩字的时候,老蔫婶故意瞅了眼那边的外甥女,然后说,你莲姐中意的这个人叫什么全名我不记得了,我就知道现在是个小军官……老蔫婶又撇了下宋铁臣,接着说,也是你们当兵的,带着一百多号人呢。

七丫耳朵听着,脑子转得飞快,珠算算数似的盘算着村里的人:是吗?大娘,这个人名字带什么字的?

带什么字?你告诉这丫头。老蔫婶对外甥女说。对了,他叔是大官呢,是旅长?老蔫婶又说。

七丫这下更好奇了:旅长?这说的是谁呀?

他叫崔广义。莲姑娘实在闷不住了,侧身柔柔地说。

我哥呀!七丫跳了起来。

此时的第十七混成旅补充团三营四连上士崔广义在瘪脑瓜子老卞的带领下,先是从大城县城西的东王祥村撤退,然后奔大里北村,在夜色的掩护下摆脱了两股奉军的追击。几十号人在阜尹村南侧两条丁字河岸边短暂停歇。

老卞查对了一下战斗人员,撤退途中失散5人,在小王庄阵地阵亡7人,两个排现有人员52人,没有重伤员,轻伤员十名,都不妨碍行军和战斗。

老卞压低声音:弟兄们,枪支给我弄好保险,也别吸烟点火,放屁都给我小点儿声。现在我们前后左右都是东北兵,稍微动静大喽,哥哥我就带你们回不到保定府。哪个他娘的不想再看春红院的老鸨大包包,就他娘现在喊。

下边有人说了一句,我们想看老鸨的鸡窝!队伍发出一阵嘿嘿的浪笑声。

好,那就听我的命令,沿着河沟坡,慢慢向西运动。小乱,万龙,大蒲扇,刚才谁说的鸡窝?妈的你们仨给我到前边警戒。天亮之前务必到达任丘!

苏家莲来到前李各庄三姨家五天了。崔广义把宫和尚他们一网拿下后，苏家莲的父亲按照朱各亮的指点，休整了门楼，重新整理了地基，又整理了两条大街的街道。他也想开了，在这个兵荒马乱的年头儿，太有钱了招风，不如散尽家财，有吃有喝、平平顺顺地过上一辈子。他想得非常周到，拿了不少大洋给高阳县的县长和警察局长，又把买卖托付给了好朋友和管家，自己只留了一摊小买卖让小儿子经营。

忙完这些后，苏老爷子和老伴就要考虑自己闺女的未来了。老伴说，我看大城那个小伙子对咱家莲有心思，咱姑娘也对人家有意。崔广义这人也正派，还救了咱们一家，人家叔叔在曹大帅队伍上又是个旅长师长的。他俩要真成了亲，咱也算有个依靠。

苏老爷子也早就想过了，只是担心崔广义在部队上命运无常，把丫头交给他还是要担心。另外就是，高阳和大城离得远点儿，不清楚他家爹妈人品怎么样。

老伴说，那咱再让丫头寻思寻思。我让她去她三姨家里，有些话她不和咱俩说，让她三姨、姨夫给探探口风。咱这里门口什么人都挂眼，让丫头出去待一段也好。

就这样，苏家莲来到了任丘前李各庄村三姨家。

七丫揪着心听苏家莲说自己的哥哥被苏家仓殴打然后被苏家收留，后来听到自己的哥哥带队收服土匪和宫和尚这段，才总算是长出了口气。原来哥哥遇到个这么惦记他的姑娘呀，我爹妈如果知道了，再看到苏家姑娘这么俊又这么稳重，不定多高兴呢！七丫又一想，妈早就给哥哥定了城南豆庄姓张的姑娘了，这怎么办？嗨，定了又能怎么样，这个苏家莲挺好，和我哥多有缘分呀！就是今天，你说巧得多邪乎，怎么我俩就遇到了呢？这难道不是一家人不进一家门吗？

七丫听完，坐到炕头向家莲身边凑了凑，说，莲姐，我哥可好呢，我爸妈对人也特别好，我家就我兄妹俩，你看我……七丫站起来摆了摆身子，接着说，你看吧，以后咱俩肯定能说得上来。

七丫一句话把屋里几个人都逗乐了。家莲扭过身去，笑得有些不好意思。宋铁臣一笑扯得肩膀伤口疼，哎哟了一声。七丫一紧赶，忙从炕上站起来，过去就摸他的肩膀：怎么了？怎么了？

见此情景，苏家莲和三姨对视了一眼，好像又看出了点儿什么。七丫也觉得自己的举动让别人看破了，有些难为情，嘴里赶紧转移话题：大娘，大伯怎么还不回来呢？

说曹操曹操就到。这时，有人在外面轻轻拍了几下大门，然后又轻微咳嗽了几声。宋铁臣瞅了一下老蔫婶，老蔫婶说，是他爹的声音。

七丫和苏家莲把顶门柱挪开，慢慢打开门。老蔫叔一步迈了进来，把门又插严实，进了屋，见屋里几个人的精神头还挺足。老蔫婶问，怎么样了？

老蔫瞅了下七丫和家莲：五女跳井了，刚穿完入殓衣服；西北角几家被东北兵抢了几头猪，屋里被翻了点儿钱去，人挨了几下打，倒没出人命；村东顾小三的房子被点了，闺女给掠走了，刚听说跑回来了，家里人正开导着，怕也走了五女的道。

宋铁臣听完咬牙切齿：这是什么军队？都是土匪强盗！

天快亮了。老蔫说着就去安排铺盖，嘱咐大家都去睡会儿。他让家莲和七丫睡在东屋，让宋铁臣睡在套里间，他和老伴睡在西屋。

安排停当后，他又从立柜里找了半天，找出了点儿什么，然后倒了碗凉水，对宋铁臣说，这是村里郎中王瘸子开的治破伤风的中药丸，你就着水吃了，管用。

宋铁臣一躺上炕就睡过去了。不知睡了多久，他被一阵铜锣声给吵醒了，起身就摸家伙。他定了定神，让脑子清醒了一下，听清有人在外面边敲铜锣边喊，乡亲父老都听真了，镇威军有令，家家户户出丁出劳力，去村西头集合，哪家不去军法从事。父老乡亲听着，镇威军有令，家家户户……

老蔫叔早就起来了，在院外面拿了把铁锨，把老伴叫过来交代了一下，说让屋里的三个人藏好了，别出动静。

然后，他打开门，看到打更的村民敲着个铜锣从胡同那头走过来，后面跟着俩穿着焦黄色军服、端着长枪的东北兵。

老蔫说,哪里集合?我去我去。

后面的东北兵问,怎么就你一个?你家没年轻的吗?

我儿子去天津卫当泥瓦匠了,家里还有我老娘儿们。老蔫和东北军打着马虎眼。

打更的人忙说,他家就一个劳力,他说的是真话。

东北兵说,你快点去。

老蔫故意在大门口对屋里喊了句,孩子他妈,我给你把门在外面锁上啊,你在家待着呗!

十一

反败为胜

夜空被枪炮的光束画得乱七八糟，东西南北四个方向都有不同程度的交火的声音。两个排的士兵顺着无名河的河沟向西方向急促行军，人们耳边只有呼吸声和匆匆的脚步声。不知走了多久，天上出现了启明星。老卞班长走在队伍前面，见前面出现了两个人影，便俯下身子扬手。后面的士兵都刹住脚步，警惕前方。

口令？

大城。

老卞听出是崔寿岐的声音，把手里的枪垂下来。寿岐和万龙走过来后靠在土坡上，小声说，报告卞头，前面发现奉军的骑兵，有二百多人，在前面河滩宿营呢！

老卞低头想了想，对身边的弟兄们说，传令下去，就地隐蔽。

万龙说，卞头，直接打过去得了，杀他们个措手不及！

你懂屁，敌情不明，闹不清前面还有多少敌人就打过去，让人包了饺子就完蛋了。你们俩回去继续监视敌人，剩下的人在沟坡挖藏身洞，把自己捂巴好。

河沟里都是松软的泥土，适合掏洞。几十号人齐动手，不一会儿就各自挖好了藏身的地方。老卞又让哨兵在四周下好了走线雷。现在，几十个人的命都在他手里攥着，如何把这些人平安带回大本营，就看他的本事了。

崔广义和小普窝在一个洞里，崔广义在外，小普靠里面，两个人缩着身子睡了会儿。小普被饿醒了，肚子咕咕乱叫。他捂着肚子忍了会儿，但肚子还是咕咕地叫个不停：四叔，四叔……崔广义的伤还没有好利索，加上连续作战浑身乏力，睡得恨死。他被小普捅醒后以为有敌情，赶忙抬枪：怎么回事？敌人上来了？

四叔，我饿死了。小普咽了口唾沫。

让你一说，我也饿了。崔广义用手一摁肚子，肚子瘪得很，手都快捅到后背了。他说，再忍忍吧。

太阳渐渐从东边升起来，在硝烟和潮湿的雾气的遮盖下发出微黄的光，显得也那么无精打采。空气充满了呛鼻的硫黄味道，河道里有马匹喝水打着响鼻的声音。奉军骑兵一个个撩水洗练，伸懒腰，打着长长的哈欠。

苏家仓站在沟坡上向沟底撒了一泡长长的尿，撒完后打了个寒噤，提上裤子。他瞅了瞅四周的景象——村庄，河岸，树林，旧烟墩，说不出这是任丘什么地方，但他知道离家不远了。想起家，苏家仓有种说不出的感觉，或许是羞愧，或许是落寞，反正已没有一丝的亲近和喜悦感。爹娘、发妻对于他来说已经没有什么好留恋的了，他觉得自己对家已经失去了归属感和依赖感。他心里有种不愿意，就是不愿意再看到他过去认识的人，包括亲人。

离家两个月还不到，苏家仓就完成了从赌钱输了个屌蛋精光的商人到一名奉军准尉的华丽转变，让他觉得军队适合自己。这里是他施展拳脚的天地，他的凶狠、他的欲望都能够在这里充分地施展、体现，而且是那么无所顾忌。

他回到自己的帐篷，有通信兵给自己打来米粥。他喝了一口，觉得清汤寡味。他放下饭盆，对传令兵说，走，去村里打个牙祭去。两个士兵一听也开心，背上枪就跟他朝不远处的村庄走去。

两个士兵接连踹了两家的门，都没看到人，也没翻出什么吃喝，最后闯进一户人家，进屋只见炕头上偎着个年迈的老妪，老妪身边有个十来岁的小丫头。他们进屋后，翻箱倒柜，翻了半天却什么也没翻出来。老婆婆吓得浑身哆嗦，小女孩围着被子呜呜直哭。两个士兵冲着苏家仓挤眉弄眼。一开始苏家仓不知道他们是什么意思，再一看俩兵那淫荡劲儿才明白过来，嘴里骂道，你俩畜类呀？

老太太你家里养鸡，给我们炒点儿鸡蛋，我们好多天没见油腥了。

老太太一听这个当官的口音，觉得他像本地人，就放心了。听说是来要吃的，她赶忙从西屋瓦罐里掏出几个鸡蛋，给他们仨炒鸡蛋吃，又打了半锅鸡蛋汤。

苏家仓边吃鸡蛋边问老太太，这离着任丘还有多远？

没多远了，走路大半天就到了。

吃饱了喝足了，苏家仓打着饱嗝儿出了点儿汗，挺舒畅。他转了一圈，突然有点儿什么东西刺了他眼睛一下。

炕上的衣柜上放着一张照片，照片里有两个人，一看就是双胞胎亲兄弟。

苏家仓拿起照片，端详又端详，扭头对老太太说，这是你儿子？

嗯呢，儿子，在船上给人扛活，好久没回家来了。老太太紧紧搂着炕上的丫头回答苏家仓。

苏家仓脑袋一阵阵发晕。他忽然胸口异常憋闷，太阳穴青筋直跳，呼吸变得急促起来，后来大口大口地喘了起来。他蹲下身子抱着脑袋，想忘掉好多事情，忘掉那艘船，忘掉船老大，忘掉那兄弟的模样，忘掉树林里的惨叫……

最后，苏家仓大叫一声，拔出手枪对准炕上的人就开火。一梭子子弹全部打光了，炕上的人和被褥被打开了花，血汩汩地流了出来。外面两个还在喝鸡蛋汤的士兵吓呆了，直愣愣地望着他。苏家仓喘息了好久，踉踉跄跄地走到院外，哇地一口，将刚才吃的东西全吐了出来。

两个士兵过去捶打他的后背，搀着他出了这家的门。

他们三个走出村几百米后，从套间的躺柜里钻出两个人来——是崔广义和他的侄子崔凤祥。小普的嘴里还嚼着老太太给的高粱饼子。

两个人带着满腔仇恨，望着炕上的老太太和孩子的尸体，几乎将牙咬碎。

根据撒出去的两拨侦察哨得到的可靠消息，在前面西侧二里远的地方驻扎的是奉军的一个骑兵连，北侧是北曹村，村北大概有一个营的奉军，南面二里开外是前李各庄。奉军辎重营与炮兵部队全部驻扎在村西，并在那里建立了炮兵阵地。

老卞想，任丘城不可能这么一晚就让奉军占领下来，因为十七旅五十七团的兵力早已建立好防线。既然炮兵在这里建立工事，看样子是要对任丘发动进攻了。

现在和主力会合，不如伺机打一仗，配合任丘守军两头敲他一笔。老卞把两个排长叫过来，合计了一下。两个排长职务虽然比老卞高，但都是老卞在枪林弹雨的战场上带出来的，老卞说什么就是什么。老卞把自己的意思和俩人沟通了一下。

正在这时，负责东边的隐蔽哨兵跑过来报告，说东面有情况。老卞爬上河岸用望远镜观察，果然发现从东南方向过来一大队人马。人马稍微走近些后，老卞看清楚了，原来是奉军大约一个排的人押解着一百多直军俘虏向前李各庄方向集结。

老卞嘴里说，我这里正缺人手，你他娘的就给我送来，真不赖。

滚下河坡后，老卞把李万龙喊过来：万龙，你选个好地儿，我这里一开枪，你那里就把当官给我干掉。

李万龙点了下头。

广义你和朱老道、小普、汝戌、小乱，你们爷五个，带上轻机枪，占领南侧河岸，不要让骑兵连过河。

小普听完一龇牙：我们五个？

对，就你们五个。你们坚持半个钟头，老子就把敌人辎重营给炸了。

崔广义一句话不吭，强忍着胸中的怒火。他把轻机枪提在手里，往弹夹里塞着子弹。几个人也明白，一场敌我实力悬殊的战斗马上就要开始了，只有手里的家伙才能帮助自己打死敌人。

老卞开始顺着南北走向的河道向前李各庄方向前进。崔广义五个人蹚过河到达南岸,各自找好位置建立隐蔽阵地。万龙则在他们南侧找了一棵两个人都抱不过来的柳树,背着步枪上了树,在树上隐藏好。

太阳终于从迷雾中跳了出来,阳光有些肆无忌惮。西方几公里远的地方突然升起来两颗粉红色的信号弹——奉军的进攻时间到了。顿时,炮声、枪声、喊杀声响成一片。

老卞暗道天助我也。就当前面俘虏快接近村庄时,他们几十个人也在敌人炮声的掩护下冲到了敌人的一百米距离之内。押解俘虏的奉军士兵一回头,发现后背猛然出现了直军士兵,大惊失色,还没来得及开枪,就被迎面飞来的子弹打倒了。俘虏一看友军出现,全部挣脱出来,对奉军士兵拳打脚踢,抢夺枪支。负责警戒的奉军机枪开始向俘虏射击。李万龙在树上瞄准,一枪一个,几枪过后敌人的重机枪就打哑巴了。

老卞对俘虏喊,都抄家伙,建立防线。

一哨(旧称,意为排长),你攻击炮兵阵地;二哨,跟我炸了敌人的弹药库。

奉军炮兵阵地齐排着十几门重炮,压根儿没有想到大后方竟然会出现直军部队。直军士兵置之死地而后生,战有可能活,不战即死,顽强冲杀,对准重炮后面摆放的炮弹扔了一通手榴弹。爆炸产生连锁反应,整个炮兵阵地弹片横飞,被炸飞的炮弹掉到哪里哪里爆炸,奉军炮兵不是被炸成肉泥就是被震飞。直军士兵愈战愈勇,有人带头唱起来岳飞的《满江红》:怒发冲冠,凭栏处、潇潇雨歇。抬望眼,仰天长啸,壮怀激烈。三十功名尘与土,八千里路云和月。……

奉军大炮失去意义,残余士兵急忙组织抵抗,和直军士兵在前李各庄村展开了争夺战。

卞正目,一排排长边开枪边对瘪脑瓜子说,我们弹药不多了,这么纠缠下去不行,全都会被包圆儿。

你看村西南角那几辆辎重车,估计上面有弹药。你带着空手的弟兄们从这胡同绕过去,夺不过来就炸了。万龙,万龙,你在前面给他们开路。

李万龙已经从树上出溜下来了,答应一声,就顺着胡同向南跑。前面胡同里闪出一名奉军士兵,李万龙手里步枪一抬,把对方的天灵盖给掀了。

当奉军炮兵阵地的爆炸声响起的时候，苏家仓正率领骑兵连和北面的步兵营准备集合向西开拔。他清楚今天将有更血腥的战斗。突然，左边轰隆一声巨响，地动山摇，战马受到惊吓，发出阵阵嘶鸣。

苏家仓下意识地猫了下身子。他顺着爆炸声观望，就见南面四五里外的村庄西头，爆炸产生的浓烟升起了半天高，150毫米榴弹炮炮管就像木棒一样被抛到了半空，然后肢解飞散。

苏家仓意识到炮兵被敌军突袭了。他喊，全部上马，冲过河去。直军在我们当中，两边夹击，他们跑不掉了。

说罢，苏家仓就蹿上了身边的战马。他用马鞭对准马的屁股狠狠抽了一鞭，战马受疼向前飞奔。

崔广义眼圈都红了。他用手来回摩挲着轻机枪，嘴唇抿得死死的。他永远忘不了刚才的场景，回想老婆婆、小姑娘的惨状，如同刀在自己的身体上割，针在自己的身上刺。他想，这个杀人不眨眼的畜生，我不为老百姓报仇雪恨，誓不为人。

老卞那边战斗打响后，大炮被炸哑了。小普几个人抑制不住兴奋之情，都摩拳擦掌，因为他们清楚，对面的奉军马上就要攻过来了。

崔广义喊，大家散开，别一颗炮弹全一勺烩了，六个人建立好散兵线，手榴弹放在可手的地方。

马蹄咚咚咚敲击着河床，使整条河像才烧热的水，滋起片片波纹。当第一匹战马的马头出现在崔广义机枪准星里的时候，马上的奉军准尉也由模糊逐渐变得清晰。崔广义拽动枪栓，肩膀顶住枪托，脚下蹬住地上的一块青砖砬子，嘴里大喊一声，打！嗒嗒嗒，子弹瞬间就飞出了枪膛。

对面的那匹战马扑通一声向前栽倒，马上的人也随着跌下马来。受伤的战马从河里挣扎起来，不去理会主人的死活，落荒而去。

苏家仓的脸被撞破了块皮，手枪不知被甩落到了什么地方。他才站起身子，对面几颗子弹就打在了他的脚下。他仰头发现直军的一挺轻机枪在对准他的这个方向猛烈射击，便弯腰跳着躲到一棵枯树后面。机枪子弹把树干打落了一大块，吓得他蜷着身子缩在地上。

奉军骑兵部队被对方打乱了阵脚，随后开始组织步兵实施反击。奉军根据对方火力，判断出对方没有太多的火力支撑。步兵的迫击炮开始向南岸投弹后，南岸的火器一时停了。

李万龙几个人在接近卡车的时候，被敌方的十几个人压制在了一户院子里。排长刚露头，就被对方的子弹打成了筛子。李万龙拿起这家的洋镐在南墙上掏了两个射击孔，利用射击孔将对方几个射手击毙。

有个老兵油子对大伙说，还有手榴弹吗？都他娘的给我，万龙你们都给我打掩护。

这个老兵连续投出两颗手榴弹，冲出院子，腿脚飞快，蹿到了汽车附近的排水沟。几个奉军士兵向他投了几颗手榴弹，但手榴弹都被老兵甩了回来。

李万龙几个人豁出命去地冲出来，把对方干掉了。到了车跟前，李万龙往车厢里扔了颗手榴弹。老兵噌地一下跳上车，把手榴弹捡起来扔向远处。

别乱炸，你先看看是什么东西！

李万龙和几个士兵挑开几个弹药箱，发现里面全是崭新的枪支。老兵捡起一支：操，看有梭子没？

李万龙等又撬开几个弹药箱，里面是压满子弹的弹夹。

这些像机关枪的枪支，半米多长，枪管还带窟窿眼。万龙没见过这种枪：这是什么枪？

这种枪全名为德式 MP18 冲锋枪，因为枪筒打也有多孔散热孔，俗称“花机关枪”。MP18I 式冲锋枪是世界上第一支采用自由枪机式自动原理、开膛待击的冲锋枪，其设计简化了生产工艺，也是世界上第一支使用前冲击发方式的冲锋枪。直奉战争时期，奉军从德国进口了大约五百支这种冲锋枪，装备给高级军官卫队。

万龙压上弹夹，对准远处的奉军就搂了一梭子。子弹哗哗地射了出去，趴在猪圈后面的四五个士兵全给压得抬不起头来。

过瘾，打！几个人扔了步枪，换了新家伙，都是老兵了，摆楞枪支是个简单活儿。老卞带着十几号人冲过来，招呼弟兄们：抄家伙！一些直军俘虏跳上车，几辆车的军火全被这些人装备上了。老卞看到远处前后左右都是奉军士兵,知道现在只有殊死一战了。

万龙,你带领人掩护广义他们撤进村里,大家利用村落建立防线。

直军占领了村西部,隔着条大胡同和奉军交火。西面、南面、北侧的奉军开始一步步向前进攻。

崔广义打光了所有的机枪子弹,拔出驳壳枪还击。朱老道把手榴弹可劲地往河里扔。小普打两枪就滚动身子换个位置。河道内倒下了无数奉军士兵的尸体和战马,奉军一时被封锁在了河北岸。奉军骑兵开始绕过正面,从两侧夹击他们,步兵也在对岸组成火力网。李万龙带着几个士兵冲过来,喊着,广义,走,撤进村子!几个人交替掩护后撤到村庄内,各自占据有利地势。老卞也缴获了两挺重机枪,让人弄上了房顶。一百多俘虏都装备上了步枪和冲锋枪,没有枪的,手里也拎着几颗手榴弹或砖头木棍。

老卞打定主意,趁士兵士气正旺,坚持到晚上,再找机会突围。直军作战确实灵活,他们把相邻的房子用手榴弹炸通,连成通道。村里老百姓早恨透了胡子兵,一听说自己的队伍打过来了,有的帮着扛弹药,有的帮着抬伤兵,家家都慷慨解囊,端吃的、送水。

直军士兵备受鼓舞,个个英勇杀敌,受了轻伤也坚持战斗,一百多号人,把四周的敌人牢牢地吸引了过来。

咱们旅座要在任丘就好了,奶奶的,趁着现在热闹反击。一个老兵满身是土,到汽车这里扛手榴弹时对老卞说。

老卞嗓子都喊哑了:谁他娘的清楚是哪个二百五,这打得这么火爆,还觉不出来。万龙,把村东那个教堂给我拿下来。

奉军士兵在教堂上架设上机关枪,对眼皮下面的直军士兵进行扫射,成了直军的最大威胁。

老蔫叔是在直军发起攻击时跑回家来的,吓得心怦怦跳。老伴看他被吓成那样,就问,怎么啦?

老蔫抹了把汗,对七丫和宋铁臣说,不知道从哪里突然冲出来好多咱们这边的兵,恁个厉害,一下把胡子兵给干倒了不少,向村西胡子兵的大炮那里打过去了。子弹到处飞,村西老嘎头被飞子给穿了腮帮子,我就赶紧跑家来了。

宋铁臣一听，心里乐开了花，把手枪一拔就想冲出去，被七丫拦住了。七丫说，你先别这么冒失。话刚说完，他们就听到一声巨响，然后又一声。土坯房晃了三晃，房顶上哗啦啦掉下许多榻灰。几个人就听村西、村北如同开了锅，心都提到了嗓子眼儿。

宋铁臣说，大伯，你们几个在屋里猫好了，我不能当缩头乌龟，得给咱们的人添把手。

嗯呢，嗯呢，老蔫嘴里打着结巴说，大侄子，我刚才看到胡子兵都上了咱后边这个教堂，那个地方能站高望远，对胡子兵有利。

我明白，大伯你给我身衣服。

老蔫给了宋铁臣一件灰布衫套上，宋铁臣又拿了条毛巾罩在头上，乍一瞅，真是平原老百姓的打扮。

宋铁臣把枪插在腰间，用衣服挡好，贴着墙根向北走。没走多远，就见两个奉军士兵端着步枪从前面跑过来。滚远点儿！奉军士兵喊了声。

宋铁臣装作害怕的样子蹲在墙根：长官，前面就是我家。那两个奉军士兵没有理会他，从他身边越过去，然后奔西边跑过去。

距离教堂还有十几米远了，宋铁臣看到教堂二楼上两挺机关枪正对准村西疯狂扫射。教堂下，十几名奉军士兵在用沙袋搭的掩体后面开着枪。

宋铁臣跳上一家的墙头，从这家院子穿过去，又连续翻过两家的院墙，就进了教堂的后院，然后溜着墙根从奉军背后闪身进了教堂。才进门，他就迎面碰到个奉军士兵。对方张嘴想说什么，宋铁臣匣子枪一抬就把对方打倒了。他从这个士兵腰里拔出两颗手榴弹，顺着楼梯放慢脚步。向上走快到二楼的时候，他将两颗手榴弹甩了上去，然后一掩身，手榴弹就爆炸了。他一步冲上去，见几个奉军士兵被炸得东倒西歪的，有的被炸死了，没死的也被炸晕了。他手枪啪啪啪一通点射，将二楼上的射手全部消灭，随后用刺刀将白毛巾穿好，挑到窗外左右摇晃，向友军示意。

老卞在远处看了个清楚，给机枪手打手势，要求停止射击。他寻思：估计是咱们的人上去了，咱们要死守教堂，那里是咱们的防守中心。

虽然直军的射手停止了对教堂的攻击，但宋铁臣知道，自己还处于危险之中，因为楼下都是奉军士兵。他从奉军士兵的尸体上找到了手榴弹，往下投了两颗,爆炸过后跳了下去,然后在教堂里从街上奉军士兵的背后对其进行射击。李万龙带着冲锋枪队,和宋铁臣两头一夹,教堂就被直军完全占领了。

教堂上又抬上了两挺马克沁水冷机关枪,只不过这次机关枪是对着村庄四周的奉军扫射的。老卞长出了一口气。教堂院子了有一口辘轳井,士兵们打上一桶水来,老卞咕咚咕咚地喝了三大舀子,顿觉痛快。后来,他还舀了一舀子凉水,全泼在了胸口上。

在任丘城守城的军官是直系虎将、陆军第十四混成旅旅长彭寿莘。在直奉大战之初,十四旅一部坚守大城县城,后随第二十六师撤至任丘。彭寿莘何曾吃过如此败仗?他当着全旅官兵的面,誓阻敌于任丘城外,不退半步。

4月30日上午,奉军轮番向任丘城外的直军阵地发起强攻,重炮接连轰炸,机枪队为先导,骑兵部队次之,然后是步兵部队,直军战线一度告急。为鼓舞直军士气,彭寿莘亲临阵地前沿,可怎奈奉军兵力数倍于己。就在此时,奉军后方炮兵阵地方向爆炸连连,枪声大作,奉军的攻势随即停止,士兵纷纷折回阵地。彭寿莘从望远镜中发现了奉军的这一动向,虽然不知具体情况,但清楚战机来到,命令全旅官兵发起反冲锋。同时,吴大帅从西线传来捷报,说在长辛店歼灭了奉军张作相大部,并电告彭寿莘、张国溶和总预备队第十七混成旅崔相应,要求中午时分对奉军发起全面反攻。

这则消息迅速传达到了直军每一名官兵的耳朵里,直军士气大振,开始进行战略反包围。

但崔广义他们当时还不知道这些,他们正和奉军部队一户户一院院地进行着争夺拉锯。战斗打得非常残酷。奉军的人海战术相当奏效,有的直军士兵被困在院落里,子弹打光了,就抱起一束手榴弹往奉军人群里一扑,誓死不做俘虏。后来,一百人打得剩下八十多号,全困在教堂院子了,老卞说,今天弟兄们死一块儿,黄泉路上还是好兄弟,杀一个够本,多杀一个赚一个。

就在这危急时刻,四周响起了嘹亮的滴滴滴的冲锋号声,十四旅、十七旅直军援兵赶到,在外围将整个奉军反包围。顿时,四周喊杀声震,军号嘹亮。奉军此时本就是强弩之末，在直军的攻击下更是首尾不能相顾，士兵能逃命的逃命，逃不脱的举手投降。直军将奉军分割成几大快，刀切豆腐一样，一块块围歼。

崔汝戍后来给自己的孙子们讲古的时候说到了这场战斗。他说他实在是想不出来那天上午是怎么挺过来的，反正就是开枪、投弹、拼刺刀。他也不觉得饿，就是喝水。幸亏那教堂有口井，等援军到来的时候，井里的水都干了，人喝，重机枪也喝。他那天也不害怕自己被打死，也记不得打死了多少奉军士兵，反正就是打呀打呀！

他有个孙子是个杠头，说，爷爷你吹吧？你们啥也没吃就喝点儿水，早就瘫了，还能和对方拼刺刀？

汝戍笑了。他本想骂这个孙子太混账，可他没有。他的思绪又飘回到1922年春夏之交前李各庄的那场战斗。那场战斗中，他的子弹打光了，手榴弹甩干净了，他倒提步枪，抡起来用枪托砸，用刺刀刺，刺刀直搠进对方的小腹。噗的一声，对方没有什么痛苦的表情，只是软绵绵地倒下去，倒下去。他用脚踩着对方的大胯，拔出刺刀，又冲向下一个，然后又是一下。军刺刺进对方的身体，奉军士兵双眼绝望地直视着被烟火熏黄的天空——他的灵魂已经离开了身体。但那不是汝戍考虑的事情。他抽了几次枪，发现刺刀已经卡在了对方的肋骨里。从门外冲进几名奉军士兵，他们扑过来把他摁在了地上。他仰着头，看不到对方的脸，只是看到对方的刺刀和他的刺刀一样泛着蓝光，对准他的胸口从上而下。他一闭眼，嘴角露出一丝浅笑——他该回家了，没有休止的战争让他活得太累，快些死去也许是最好的解脱。可他没有等到刺刀刺进身体的寒意，那名士兵摇晃了下身子就摔倒在了地上——一位老乡用一根枣木扁担狠狠地砸了对方的脑壳，一下，两下。三个月前，他的三叔就是这样毫不留情地对他进行殴打的，打得他鼻血直流。他领到步枪的那天在黑夜中发誓，总有一天要用这杆枪对准崔老三，让他给自己的老娘磕上一百个响头，然后用皮靴踢傻三叔的脑袋。那个老乡伸手拉起崔汝戍的时候，这个大个子男人竟然脆弱无比，抱住如三叔年龄的老乡，像小孩子受了欺负那样，流着眼泪，一个劲儿地喊三叔。

崔汝戍无数次想过，东北军、西北军、直军的那些士兵如果像他这样多活上几十年，和他一样，坐在南墙根，晒着太阳，回想回想以前，又有儿孙膝下，共享天伦，该是多美的事情。可是他们死了，被自己杀死了，被李万龙的步枪打死了，被老卞的大刀砍死了。他们姓什么？都是哪省哪村的呀？和自己有多大的仇恨？可他们死了，我还活着。

战斗停止后，我爷爷他们欢喜异常，都流出了眼泪。他们本以为这次非得和奉军同归于尽不可了，没想到打成了个中间开花，里应外合把奉军挫败了。

看着一队队的奉军俘虏从眼前走过去，广义眼珠血红。他挨个儿瞅着奉军俘虏，终于从人群里发现了苏家仓。广义一把就将他拽了出来，普伯则一脚将他踹跪在了地上。苏家仓还想挣扎，被万龙一枪托砸在了后背上。

广义从怀里拿出那位老婆婆家里的照片，对苏家仓厉声说道，苏家仓，你给我看看，这两个人你认识不认识？

苏家仓不服气，头扭过一边，不理崔广义。

小普早就气不打一处来了，又照着苏家仓的后背踹了一脚：苏家仓，你就是畜类，你还大娘全家的命！连小孩子都不放过，你还有人性不？

老卞问，这小子咋回事？

这就是庞口苏家那个败家大少爷，在陈官屯追击咱们的是他，带奉军打咱们的也是他。今天早晨，他还不分青红皂白，把北边村里的一位老太太和一个孩子给打死了！

拉旁边毙了。老卞说了一句。

苏家仓清楚自己今天是在劫难逃了，擦了下嘴角淌着的血，一副肉烂嘴不烂的样子，说，死就死，活着早他妈的没劲了。

崔广义知道，和这种人说得再多也都是废话。他拿起驳壳枪对准苏家仓的脑壳，眼里无不是那两条性命的惨状。

哥，别开枪！广义，别开！远处传来两声女子的呼喊声。崔广义听着耳熟，回头一看，其中一个正是自己的妹妹崔秀珍；另外那个女的开始没看出来，走近了一看，看出是苏家莲。他顿时愣住了。

哥，秀珍到了哥哥身前，瞅了眼脚下的奉军俘虏，说，哥，你别开枪，这个可是莲姐的哥哥。

苏家莲一看看哥哥跪在那里本来就难受，跑过来看到哥哥嘴角流血，脸上青一块紫一块，身体有被人踢打的痕迹，同胞之情就更加显露出来了。再怎么恨，苏家仓也是自己的亲哥哥，苏家莲蹲下身子，抱着哥哥就哭起来。

苏家仓想不到这时候能看到妹妹，看到妹妹哭，自己眼圈也红了一下，转念又咬紧牙关，对妹子说，家莲，别哭，哥大不了一死，别让他们看咱的笑话。

苏家莲哭了会儿，站起来对崔广义说，广义，你放过我哥吧，他就是一时犯浑，你们放过他。

在众目睽睽之下，崔广义进退两难，嘴里说不出什么来。

小普在一旁说，家莲姐，你哥平白无故把人家村里的老大娘和小姑娘给打死了，杀人偿命，人家碍着他哪里了？

苏家莲明白，哥哥是奉军的敌人，手上绝对有人命，但即使如此，她也得护着自己的哥哥。不过，她也没什么辙，只是呜呜地哭。

朱老道杵在一旁，看这两家人僵上了，脑子一转，把手里的枪颠了颠，过来打圆场。

这样吧，广义，苏家仓现在是俘虏，咱们按照军法处置，把他押到俘虏营，让长官定夺。

这一句话就解了围，苏家仓被两名直军士兵押走了。

七丫拉着哭哭啼啼的苏家莲悄声说，家莲姐，别哭了，我回头找我五叔去，求他把你哥放了不就是了？

崔广义瞪了她一眼，吓得她一吐舌头。宋铁臣从头上摘下条毛巾冲她笑了笑，七丫又跳过去，拉着宋铁臣的手，上下左右地检查，一见宋铁臣皮毛未伤，才放下心来。哥哥和好多直军士兵都瞅着她，她发现后，羞得脸红成了唱梆子的戏子。

老卞正在清点人数，就听有人喊，崔旅座到。

大家急忙立正站好。崔相应穿着笔挺的军装，佩戴少将军衔来到了众人面前。老卞跑步上前一个立正：报告老棚长，混编第十七旅五十七团三营一排、二排全体人员集合到位，请你讲话。

只有老卞敢喊旅座“老棚长”。老卞有这个资格，也有这个能耐。崔广义这些新兵第一次参战时，都对老卞的指挥才能佩服得五体投地。

崔相应看看这个，用手捶捶摸摸那个，尤其是看到崔广义他们几个都在队伍里，心里非常激动。十七旅作为总预备队，一直在后方摩拳擦掌。看到自己的队伍不仅没有被打垮，而且打得非常勇猛果敢，给直军做了个好的榜样，他抑制不住内心的喜悦之情。

崔相应说，弟兄们，孩子们，你们是好样的，打出了咱们十七旅的声威，打出了咱们直军的气势。尤其是在卞正目的率领下，你们深入敌后，破袭铁路，打阻击战，中间开花，连在北京的曹大帅、在西线亲自指挥作战的吴大帅都听到了你们的好消息。我作为旅长为你们感到骄傲。今天在前李各庄，你们几十人牵制住了奉军两千多人，更是首功一件。现在还不是论功行赏的时候，我们要一鼓作气，收复大城县城，把奉军赶回运河东岸。现在我命令，全旅官兵全力追击奉军，不投降者就地歼灭！

直军士兵斗志昂扬，按照编制序列，开始战略反攻。

七丫拉着宋铁臣的手跑到崔相应面前：五叔，五叔。

崔相应一看，心想，这是谁呀，喊自己五叔？广义过来说，五叔，我妹子，秀珍。

哦，秀珍呀，长这么高了！你排行老几？崔相应想不起来这侄女的排行了。

老七！七丫见大官五叔对自己还有印象，心里挺臭美，把一旁的宋铁臣生生拉过来，对他说，这是我五叔。

宋铁臣敬了个礼：报告旅座，第二十六师参谋宋铁臣敬礼。

崔相应又糊涂了：这个第二十六师参谋怎么和七丫搅和在一起了？他瞅了一眼七丫，又瞅了一眼侄子崔广义。

广义忙说，秀珍到大城找我，多亏有宋副官照顾。这不，在这里我们正好碰上面。

崔相应脑子里全是作战的事情，就装作明白了，应了两声：好，好。

随后，崔相应就想带随从上车。七丫一看旁边正六神无主的苏家莲，拽住崔相应的衣角:五叔,五叔,这才刚看到你,你别急着走呀!

崔相应让这个愣头愣脑的侄女搞得晕头转向:秀珍,怎么了?要不你和五叔坐车?

五叔,我不坐你车。看到那边的家莲姐姐不?她在庞口服侍过我哥,现在到这里找我哥来啦!

找你哥?崔相应一开始脑子反应不过来。

你这么大个官还不明白呀?七丫一句话把周围几个参谋和副官都逗坏了。

崔相应这下算是明白了:好,好,来人!周围的参谋忙答应:旅座。

安排一辆卡车,把宋参谋和这两个侄女都拉上。老卞,你们两个排先就地休息,明天白天务必到达大城县城西赵家务。

是!老卞立正答应一声,随后说,我操,旅座真是开恩,咱们可以躺上一下午了。

七丫心里美滋滋的,挽住苏家莲的胳膊:家莲姐,别发愁了,你哥的事情包在我身上。哥,哥,你去三姨家坐坐呗?

三姨?崔广义心想,我这妹子到哪儿哪儿熟络呀,怎么这村里又多出个三姨?

十二

收复大城

大城县历史悠久,早在战国时期就建有城邑,初名徐州,属齐国。战国燕昭王二十八年(前 284 年),徐州归燕,改名平舒。赵孝成王十九年(前 247 年),燕赵两国互换边城,平舒属赵。西汉高祖五年(前 202 年)设东平舒县,北魏时去"东"字为平舒,至五代后周时改称大城。据考,大城地名取威烈之义,以彰武功,显示城防坚固。

北宋时期,大城属河北东路霸州;金天会五年(1127 年)属河北东路益津郡;元朝时,属中书省霸州;明洪武二年(1369 年),属北平府(今北京)霸州;明永乐元年(1403 年),北平府改为顺天府,清雍正六年(1728 年),直属顺天府;民国三年(1914 年),改属直隶省津海道。

直奉战争开始,负责大城县城防的是直军第二十六师一部、第十七混成旅一部。开战前,直军在城墙和护城河外围构建了碉堡工事。1922 年 4 月 29 日夜,奉军攻占碉堡工事后,奉军第三梯队总指挥李景林令自己属下的第七混成旅一个团与阙朝玺第一混成旅两个团进驻大城县城,在城墙上建立火力点,堵住城墙缺口,加固城外的碉堡阵地,守城司令为阙朝玺,决心固守大城县城。

当奉军在任丘东遭遇失败时,在霸州信安指挥作战的张学良心急如焚。他清楚守住大城县城至关重要,电话命令李景林不惜一切代价消灭直军于大城城下。一场攻守大战一触即发。

4月30日下午4时，直军第十四混成旅先锋部队在大城县城西北与奉军展开激烈交火。直军士兵志在必得，开战不到一小时，就歼灭了奉军的两个连，夺取了城西外围阵地。奉军退守大城县城，利用城墙垛口、碉堡向进攻的直军士兵射击。直军连续冲锋，企图一鼓作气夺下县城，怎奈奉军的机枪、迫击炮组成了强大的交叉火力网，直军士兵伤亡惨重，护城河里堆满了直军士兵的尸体。攻城司令彭寿莘在后方暴跳如雷，随即命令部队停止进攻，在敌人射击距离外构筑工事。直军的第一次攻城遂告失败。

当十四旅和奉军打得难解难分的时候，第十七混成旅三营二连在下上士的带领下，坐在七八辆卡车上浩浩荡荡地开进了我们村——东桑生。

村里老百姓在老远就看到了，有人已经赶出牲口、收拾好铺盖和金银细软准备溜之乎也。一时间，村子里鸡鸭狗跳的。小普从卡车上跳下来，生怕乡亲们认不出他来，把德国钢盔摘下来，扑打干净了军服，双手当成喇叭，就喊，老少乡亲们，谁也别跑，我是崔凤祥，咱们自个儿的部队来咱村啦！

老百姓见这些当兵的都在车上坐得稳稳当当的，真没拿枪动刀，有的就停住了脚步。有人听出来了小普的声音，胆子大的则在院子里蹬着木头梯子望，看到崔凤祥、汝戌、万龙几个人在车前面，头摇尾巴晃的。车上又下来个女的，嗓子更脆生，也喊叫着。人们一听一瞧，这不是崔相亭家那闺女秀珍吗？不是胡子兵呀？

大家都闻风而动，把门全打开了，尤其是老崔家的人，早就走出大门迎出来了。村里一传十，十传百，家家户户兴高采烈。崔寿岐家里的听说男人回来了，喜极而泣，抱着孩子就往村口颠。乡亲们哪见过这么大的场面？小小的东桑生村沸腾了。好家伙，这直军士兵都拿着家伙，斜背着手榴弹，个个都是俊小伙儿，挺着胸脯，倍儿精神。

崔广义一眼就看到了爸妈，眼泪唰地就下来了。他在街口就给爸妈跪下了，喊了声：爸，妈！崔相亭答应了一声，拥着儿子就哭，娘也哭。老两口儿终于看到儿子、姑娘了，都挺好，身体部件哪里都没事，那个舒坦劲儿就甭提了。

寿岐抱着儿子稀罕个不够呀,看到家里头的有些清瘦了,摸了摸媳妇的肩膀:孩儿他妈,苦了你了。一家人终于不只是梦中相见,今朝终于团圆。

汝戌的娘罗圈着小脚,歪着身子过来了。汝戌抱着娘就哭,然后拉着娘到了一旁,从口袋里掏出民国新票:妈,给您,给您,现在咱有钱了,有钱了,想吃什么都不愁了。

娘也欢喜坏了:我儿,你哪里来的这些钱呢?不过她问了一句也就不问了,哆嗦着点着纸票。老百姓哪见过这么些钱?妈,一打仗钱有的是,我还有个宝贝呢,现在不能给您,打完仗再说。汝戌卖了个关子。

最有意思的是普伯。他掐着小瘦腰,拉着爹娘到了老卞面前:瘪脑瓜子,这是我爹和我妈。老卞也会演戏,啪的一下给小普爹妈敬了个礼:您二位就是我们普大爷的老人呀,老卞给您二老请安。其实小普的爸妈比老卞大不了几岁。

小普的爸妈被唬得一愣一愣的,心想,我儿咋这么大本事呢?这么大的长官都听我儿的?

直军士兵们看着这一幕幕,心里跟着暖和,内心对家都充满了思念和期待。谁都有家,有亲人,仗打完了,都要回家呀!不论走到哪里,家才是你的归宿。

老卞命令汽车停在村西的空地上,士兵们下车就地休息,不得骚扰百姓。崔家族长四爷出来了,让孙子崔广义搀扶着到了老卞面前,咳嗽了一声。广义介绍说,这是我四爷。老卞又敬了个礼:四爷好。

这是我们三营的卞长官。

四爷能装也能说,背过手:为国为民的将士们,你们辛苦了!我是你们十七旅崔旅长的亲四叔。你们今天到的这个东桑桑,是你们崔旅长的家,也自然是你们十七旅将士的家。你们在战场上"壮志饥餐胡虏肉,笑谈渴饮匈奴血",今天我们老崔家代表你们崔旅长犒赏三军。

底下士兵一看这老爷子的气派,呱呱地鼓掌叫好。老卞过去,满脸无奈:老爷子,老爷子,咱们旅座有纪律,不得骚扰百姓。

你们旅座是我亲侄儿,也得听我的,我说吗就是吗。广义,带人到我家猪圈里把那口老母猪宰了。四爷就这脾气，搪不住别人几句好话。

老卞扭头冲弟兄们龇牙咧嘴做鬼脸。几个膀大腰圆的火头军从队伍里出来，就跟着广义去抓猪。

宋铁臣找了个树荫坐下来，无所事事。他寻思着自己什么时候要去找找师司令部，在十七旅晃荡也不是个事儿。

他正叼着草根胡思乱想，有人踢了他一脚：哎，哎。他扭头一看，是七丫。

有事儿吗？宋铁臣问。

去我家呀！七丫扭捏着小身子说。

去你家？宋铁臣有点儿不好意思，晃了晃头，说，在这歇会儿算了，挺累。

让你去我家你就去呗，还闹什么？七丫有些生气。

宋铁臣说，我闹什么了？我太累了，肩膀上还疼着呢，不想动弹。

肩膀还疼呀？

是。

活该！七丫生着气躲开了。

朱老道在一旁看新鲜景似的看了个满眼。待七丫走远后，他凑了过来。

宋参谋，你这个人怎么这么不看事儿呢？

老朱哥，我有些累。刚刚卞正目不是说了吗？不让去老百姓家里。

你真不开窍，去秀珍家就是去广义家。广义是咱们的兄弟，一个战壕的生死弟兄。到了人家家门了，咱们不主动探望下，失礼。再说了，这秀珍姑娘对你那可老铁了。

宋铁臣让朱老道说得脸有些发烧：老朱哥，我是想去，但我一个人跟着一个女的，多难为情。

朱老道脖子一挺：什么难为情，我陪你。老朱哥吗事儿看不出来呀，对吧，铁臣？老朱眼睛冲着宋铁臣眨了眨。宋铁臣的心思让人看穿了，不好意思地用手挠了挠后脑勺儿。

朱老道领着宋铁臣，跟在七丫身后向崔广义家走去。

那天最忙的就属朱各亮了。他在广义爹妈面前才白话了不大工夫,李万龙就跟个猴子一样蹦着追上门来,拉着朱老道就去他家,说是看看宅子去。朱老道还摆谱,说,万龙呀,你怎么这么不看事儿呢?我这不跟崔大叔聊得正欢吗?你说人家广义和秀珍这俩孩子,真给家里争气,要模样有模样要仁义有仁义。我说万龙,别天天摆楞家伙什儿,得考虑考虑终身大事。你看人家广义,你再看看人家宋参谋,讲武堂毕业,那将来肯定飞黄腾达。哎,哎……他话还没说完,就让万龙给拽出去了。

崔相亭老夫妻笑得合不拢嘴。七丫在屋里又是端水又是在灶膛那里烧火炒花生。宋铁臣面对着崔家人有些腼腆,崔相亭看出点儿门道来,就和这年轻人多闲扯了几句,问他是哪里人,家里都有谁、多大了,等等。

广义进了家门,妈稀罕得没个够,用手摸摸这儿摸摸那儿,听说腿那里受过伤,让儿子坐在炕上用手摩挲着,疼得不撒手。看着那屋的宋铁臣,当妈的就问,广义,这小伙子是谁?

广义坐在炕上,皱了眉头:还不是你家秀珍。

妈明白是怎么回事了,可不让七丫跟着了:这哪行?姑娘家家的,让村里人指指点点多不好。听你爹刚才问,他说他是湖南人。这大老远,甭想了。

广义也不愿意自己的妹子在队伍上疯癫疯跑。一个女人手无寸铁,出事就不是小事。自己要是有个三长两短,家里怎么也得有个照料爹娘的。

嗯,这次来主要就是把秀珍送回来,不让她去了。是谁出的主意,让她去县城找我的呀?

谁的主意都不是,她跟你一样,抬屁股就走人。母亲佯恼,手从广义身上挪开,直起身子。广义一看母亲的头发白了许多,眼圈湿润了,坐直身子将母亲的肩膀轻轻揽住。

1922 年 4 月 30 日下午,是东桑生村有史以来最热闹的下午,整个村子都是沸腾、喜庆的。村里皮袄库、六和号两家李姓富农地主捐出二十大洋招待士兵。村里人家只要有人在队伍里,都让部队白吃白喝。崔广义的四爷脖子仰得朝了天,平常不拿老崔家当回事的人,这下再也不敢小瞧他们了。

老卞一开始还有些过意不去，怕给崔广义几家添事，现在一看有乡绅拿钱，心里安逸了，那就实实在在地接着吧。弟兄们好久没见油腥了，吃吧，猪肉炖粉条，里面放上“司家豆腐坊”做的嫩豆腐，高粱饼子大口一嚼，好吃。百十号人吃了个壮观。

这边才放下碗，县城方向枪炮声就隐约传过来了。老卞拿出怀表一看，六点十分，让号兵吹号集合。崔寿岐抱着孩子舍不得放下，一滴眼泪掉了下来。老卞不忍看这一幕，扭头讽刺小普：普爷，你找你妈再吃口呗。

去你姑娘的。小普骂了一句，擦了一下嘴角的油渍，然后爬上车，站在车里向在过道口站着的爹妈告别。李万龙嘴里咬着高粱饼子、怀里抱着几双鞋上了车。他小姑在车下喊，万龙，小心点儿，小姑回头再给你多做几双。

万龙答应了一声，问旁边的老卞，你穿多大号的鞋？

老卞没听清：什么？

你穿多大的鞋？

我也不知道，和你差不多吧。老卞挺纳闷的。

让我小姑给你做双。

嗯？老卞愣了一下，马上又喜笑颜开：行，行。

广义上了车，看到宋铁臣还在爹妈那里客气着，就喊，宋参谋，抓紧上车。宋铁臣听到了，转身就向车的方向跑，崔广义一把把他拉上了车。才坐好，他们就看到秀珍拿着个小布袋兜着什么追了过来。广义这个来气，心想，这个臭丫头又要干吗？

秀珍喊，铁臣，铁臣，给你花生。她将花生递到车上，看到哥哥在旁边，有些不好意思，又加了一句：你和我哥吃。

朱老道在一旁敲铲子：秀珍呀，我也是哥，我能吃吗？

怎不能？秀珍的脸愈发红了。

车子发动起来，向着县城的方向出发。秀珍站在村头恋恋不舍。老朱向崔广义瞥了瞥眼，广义明白他的意思，扭过头去不做理会。

汽车渐渐地没了影子，她还站在原地，好像在想些什么。娘不知道什么时候来到了她身后：走吧，回家拾掇拾掇去。秀珍蔫蔫地跟着妈往回走，想说什么,又张不出口。走到半截,娘冷然冒出一句:死了你那心,南蛮子,甭想。

秀珍内心充满叠状的压抑与纠结。她感觉她的弱小以及无奈,可舍弃那份沉甸甸的东西,她又那么不忍心。她又无比落寞地回了一下头,望了望黑云压低的县城方向。那枪炮发射发出的火光忽闪忽闪的,将她的心打开又闭合。

而在村东一片茂密的小树林里,一个人望着车队,同样惆怅无比。当车队从他眼前驶过去的时候,他满脸愧疚。他太怕死了,他不能死在战场上,不能像耿大江那样,让腔子被子弹打得血肉模糊,没了脑袋,没了胳膊大腿。他想活着,活着过穷日子都行,起码能睡好觉,能吃饱饭,不做噩梦。家里的老娘也不让他走,他三叔也不欺负他了,他们再怎么也不是你死我活的仇敌,不是直奉交战、争夺势力的军阀。够了,真够了。崔汝戌承认自己懦弱。隔着开满花蕾的一棵棵丰茂的枣树,他抬起了右臂,向老卞、朱各亮,向着比他勇敢豪气的直军兄弟们,敬了最后的军礼。

同样是回家,可这边却是完全不同的场景。苏家莲陪着哥哥苏家仓向庞口方向走。苏家仓是七丫求耿营长从俘虏营里放出来的。七丫敢说话,而且会说。她对耿大阔悄悄地说,耿营长,你可得把家莲姐的哥给放了,再怎么着,他将来也是我哥的大舅子。

耿大阔顺水推舟。一个俘虏而已,又不是什么重要长官,何乐而不为呢?他立马叫来传令兵,说传我的命令,把苏家仓带到营部,我有重要的事情要审问他。随即他又小声对传令兵说,你把人提出来,半道上放了他。传令兵会意,转身去了俘虏营。

苏家莲随传令兵到了俘虏营,把苏家仓从俘虏堆里找了出来。令兵说,你跟着我去营部。苏家仓看妹子在一旁,就猜出大概了。

三个人走了一段。到了四下无人的地方,传令兵说,家莲妹子,你们走吧,耿营长交代好了半路让你们回家。苏家仓你别再跟着胡子兵了,没好下场。

嗯,嗯。苏家仓假装听话的样子,点了点头。

苏家莲给传令兵鞠了个躬:麻烦您,回去告诉耿营长,我家感谢他的大恩,谢谢。兵大哥,也谢谢你,再见。传令兵转身回头就走。

苏家仓突然喊了句:兄弟,有烟没?

传令兵就去摸衣服口袋里的香烟。苏家仓凑到传令兵跟前,趁传令兵放松防备,猛地将传令兵扑倒在地上。传令兵使劲挣扎,去掏腰里的匣子枪。才掏出来,他就被苏家仓攥住手腕子在地上狠狠地磕了一下,手枪被甩出老远。苏家仓双手狠狠地掐住传令兵的脖子,传令兵拳头左右打在他的太阳穴上,但苏家仓掐得死死的,就是不松手。苏家莲被吓得直喊,哥,哥,你干什么,干什么?

传令兵把目光投到张家莲脸上:快,快,把……把枪给我。

家莲吓得瘫坐在地上,蜷缩着身子。她哪里见过这种场面,不知如何是好。传令兵的声音越来越弱。最后,他的双腿慢慢地蹬了几下,双手从苏家仓的肩膀上垂了下来。

苏家仓又掐了会儿,确认对方没了气息后,翻身从尸体上下来,喘了口气,看了看满脸眼泪的妹妹,不去理会,从地上把手枪捡起来,又在传令兵身上找出两个弹匣。他把枪和弹夹别在身后,对苏家莲说,你回家照顾好爹妈,我没事。等在那边混好了,我就来接你们。说完,他四下瞅了瞅,撒腿奔东北方向而去。

苏家莲呆呆地瞅着传令兵的尸体,又望了望哥哥苏家仓跳动的身影,呜呜地哭了起来。

也就是一个小时的时间,汽车就到了县城外四公里处。天色渐渐变暗,老卞让弟兄们下车检查枪支弹药,自己去耿大阔那里领任务。耿大阔候他们好久了,见到老卞劈头盖脸就骂,你这瘪脑瓜子又到哪里扯淡去啦?说好五点半集结,你他娘的晚了一个小时。

老卞可不在乎大老耿说这个,嘴一咧:嘿嘿,拐了个弯儿,到侄儿少家里吃了顿饭。

都这个节骨眼了还去慰问?耿大阔拿出作战图,说,你看,大城县城南,不有个大土疙瘩吗?李景林在那安排了一个加强连。刚才王大杆子带他们连冲了两次,没弄下来;你带你这帮人,两个小时给我把它端喽。

我操,王大杆子那瘟神都弄不下来,我这帮人也他娘的够呛。三小时行不?老卞想和大老耿讨讨价。

别扯淡,两个半小时。占了后,在那里架两门迫击炮,往城里给我使劲打。耿大阔麻利地把作战图给卷了起来。

老卞还想瞅瞅,但地图瞅多了也没有用,到时候打起来还得凭感觉。他又一咂滋味:我说,你怎么知道我有两门迫击炮?

耿大阔给他个后脑勺儿:我他娘还知道你缴获了五十多支花机关枪,也没上缴。

老卞摸了摸自己的后脖子,嘿嘿地干笑了几声,生怕耿大阔再问自己别的,就说,保证完成任务。说完,他就转身出去了。

回到弟兄们面前,老卞脖子一仰,把两个排长喊了过来。老卞说,我说俩弟弟,我一个上士总管着你俩准尉也不是回事呀。老耿非得把我往死人坑里踹,我也没辙。

俩排长清楚,老卞嘴上一套,心里还有一套。二排排长说,瘪脑瓜子,你这资历都应该去领导大老耿,可你非要给我们哥儿俩添堵。你也别口是心非了,我们也不叫个官。打仗你是大爷,你说了算,你就快说怎么打吧!

老卞又嘿嘿嘿地笑了:两位贤弟这么开明,我也就不绷着了。随即老卞脸色一正:耿营长命令我们一个时辰拿下县城南的土丘子,现在大家步行进入攻击阵地。

一百多人向东走了二里地后,县城方向飞来的流弹时不时从头上飞过。他们进入攻击阵地的时候,五营营长王大杆子正在战壕里骂娘。见到援兵到来,他嘴里的话更是脏得听不得。

我操他瞎二姥姥,再来一次冲锋!机枪手你们再向前推进一百米,我就不信了!

老卞没理他,让弟兄们迅速进入阵地,自己则摘下王大杆子的望远镜往远处观察。对面大土丘上两挺重机枪冒着火焰,步枪、机枪火力密集如网。从弹道密集程度可以看出,直军冲锋的火力明显压制不住对方的火力。

老卞不打糊涂仗，把头藏在工事下问王大杆子，大杆子，冲了几次？

算这次三次。奶奶的，敌人火力奇怪了，一点儿不减弱，而且怎么打人都不见少。县城墙上的机枪碉堡和山炮也能打到这边来，侧射火力也凶狠，我这个营损失大半了，好多老人——大肚子强、胡二狗他们，都翘辫子了。全是咱三镇的老弟兄，我他娘的真对不住他们。王大杆子说话带着哭腔。

老卞又爬到阵地上瞅了会儿：真他娘的是，得把南城墙的山炮给端喽。

老卞对王大杆子说，你先让你的人撤下去休整吧。

王营长清楚，再打自己就成光杆营长了，便传令自己的队伍撤出阵地。

老卞又观察了许久，看到前面不远处朱老道正躺着睡觉，拿起个土坷垃给了他一下。朱各亮一激灵，炮光中看到老卞向他招手，便蹲着身子走过去：干吗，卞正目？

把准姑爷叫过来。老卞说。

准姑爷？朱老道纳闷了一下，随即醒过味来，嘴角一笑，不大会儿，就带着宋铁臣走过来了。

老卞说，宋参谋，你在讲武堂学过打炮吗？

学过山炮和火炮，就是没亲自操作过。宋铁臣说。

咱那两门迫击炮摆弄得了吗？老卞问。

课堂上讲过，我试试。

好的，你带几个人从这个小水沟里蹚水过去，看在什么位置把炮架上，把西南角城墙上的机枪碉堡还有那座山炮给毁了。我这边吸引住大疙瘩上面的火力。

宋铁臣答应了一声，跳出工事，指挥几名士兵扛着迫击炮、几箱炮弹顺着水渠隐蔽向前移动。

老卞命令：一排几十号人，从南侧发起冲锋，咱现在弹药富裕不怕糟践，人命值钱，光喊号子不冲，子弹可劲造；二排全体花机关，从西侧伪装匍匐前进，能前进多少就前进多少，等那边迫击炮响了，就起来猛冲猛打，重机枪准备火力掩护。

几乎各地都会发掘一些本地域的特色景点，称为什么“八景”“十六景”“二十四景”“三十六景”之类。这些地方风景秀丽，且蕴含人文典故，故成为一个地域的代表景观。大城自明朝起就有“八景”之说，载志入画，代代相传。这个大土疙瘩，即是大城古八景之一，曰“凤台晴树”。相传元末明初，朱元璋带领人马打天下，将南京立为国都后，又一心想把国都立在他老家凤阳。大臣们有不同的意见，原因是凤阳位于丘陵地带，土地贫瘠，刁民好闹事。诸位大臣请刘伯温帮朱元璋选一个可以立百年基业的地方定都。大将徐达离开南京时，刘伯温交给他一支金色的箭，对他说：“你要是见到凤凰落，就到凤凰所落之地用这支箭向北射一箭。箭落之地，就是咱大明国定都之地。”徐达牢记于心。一日，他来到大城县城南，看到有凤凰在凤凰台上高卧，兴奋不已，还未走上凤凰台就张弓放了一箭。那只凤凰见有金箭射来，一惊，以为徐达要它性命，急忙用嘴叼住那支箭，奋力向北飞了三百里，见徐达追不上了，才松口。这支箭便掉在了原元大都东门外的一块平地上，也就是今天北京明清故宫太和殿的地方。旧时凤凰台上建有庙宇，是当地文人墨客春季踏青的好去处，明朝晚期的县吏陶圻、邵祥就分别在此台上吟有诗句“谁筑城南百尺台，晴光萦树翠雀巍”和“凤去于今几百年，空台犹存路人传”。

此时，凤凰台仅存残亭一座，已经成为奉军重机枪阵地。四挺重机枪虎视眈眈扼守着城南要冲，就算是大罗神仙也不能逾越半步。

宋铁臣凭着在讲武堂学习时学到的知识，用最快的时间将两门 80 迫击炮组装了起来。他清楚，第一发炮弹发出去就会被奉军发觉，不免有些紧张。两发炮弹被填入炮孔，瞬间，咚咚两声，两枚炮弹旋转着飞出炮膛，随即咣咣两声爆炸，落在了城墙下边。这两发炮弹让城墙上、东边土疙瘩上的奉军士兵立刻警惕起来，机枪子弹嗞嗞地飞过来。

老卞一听到炮响，用手枪对天连发几下，命令进攻。直军轻、重火力开始向土疙瘩开火，冲锋号吹得欢腾。奉军南北不能兼顾，马上调转枪口对着南侧的直军拼命扫射。

宋铁臣迅速调整炮筒角度，冒着侧面来的子弹，又发了两炮。咚，咚，其中一发正中城墙上的机枪碉堡，碉堡顿时被炸开了花；另一发炮弹虽然没有解决掉山炮,但也把几名炮兵震到城下去了。

老卞跳出战壕:弟兄们冲啊!

已经隐蔽前进的直军跳出工事,手里的花机关枪喷出道道光束。几十人的冲锋枪同时开火,瞬间就将土疙瘩上的奉军士兵打散了。

士兵们边开枪边冲锋,自动火力得到充分发挥。可没过多久,敌人的重机枪又喷出了火舌,前面的十几个士兵顿时被打倒了。下一拨士兵一站起来,马上又被打躺下了。

老卞心里那个着急。他背着两袋子手榴弹,带头往上冲。这土疙瘩不高,但是难下脚,一层薄土下边都是腐烂的树叶淤泥,脚下蹬不住,一踩一出溜。几个士兵才上去,就哧溜滑下来。上面拼命往下投手榴弹,直军士兵到了跟前就全炸那儿了,没被炸死也被炸伤,骨碌旁边哎哟叫唤。

老卞手榴弹扔光了,抄起脚下士兵的冲锋枪就向上开火,嘴里喊,一排给我压,给我压!

广义和普伯在南侧先是佯攻,发起冲锋时端枪就冲,冲了半截就冲不上去了,对方火力太密集了。广义不知道是被尸体还是被树根绊倒了。他想抬起头,但子弹打在了眼前的土垄上,飞起的尘土迷住了他的眼。他只好躺下揉眼睛。

宋铁臣炮击成功后,命令士兵调转炮口,调整好角度,对准土台子开始轰击。几发炮弹长了眼睛一般,全部落在土亭子上。顿时,奉军重机枪在火光中飞上了天。

老卞一听重机枪断了,大喊,弟兄们,占领土台子,为死了的兄弟报仇!然后,他第一个冲上了高台。

广义直起身子,就着照明弹的光焰,见土疙瘩下边有几个奉军士兵还在还击抵抗,一梭子子弹打过去,就把对方全打死了。他登上土台后,发现老卞和几个士兵正在向城里出来的奉军援兵射击。原来,城南奉军挖了一条连接土台的坑道,怪不得土疙瘩这么难打呢。

老卞一边阻击援兵一边喊,建立防御阵地,守住高地。

宋铁臣见自己人占领高地后高台后面还有大批奉军援军正向土疙瘩发起冲锋,便对一个士兵说,你赶紧到后边通知耿营长支援咱们。

随后，他将迫击炮延伸射击，打击增援部队的纵深。

奉军守城司令阙朝玺一听南土台子丢了，大发雷霆，把负责南城守卫的营长就地枪决，命令该团团长亲自带队，务必夺下南台子。

城南所有火力距离能够打到南土台的奉军武器装备全都发疯似的对直军进行进攻，南土台子一时间成为火药桶。

双方互相拉锯，冲上来打下去，打下去攻上来。天一发亮，战斗结束，硝烟渐渐散去，广义不忍瞅眼前的一幕——坡下堆满了双方士兵的尸体，坡上、树枝上挂着死人的内脏，到处都是胳膊、大腿、耳朵，脚下都是人肉块子、骨头渣子，活着的人浑身都是血污。他们那一百来号人，清点人数后仅剩下二十来个。那八十来人，有的被炮弹炸飞了，连尸体都找不到；有的身子失去了半拉；有的脑袋被重机枪打成了烂西瓜。他们在东桑生吃的那顿猪肉炖粉条就像是断头饭，就好像清楚不久就要升天似的。他们吃饱了喝足了就死了，起码没有当饿死鬼。

李万龙被炮弹炸飞了，醒过来后竟然发现自己哪里都没有受伤。朱老道不信，但又觉得李万龙这样的人当缩头乌龟又不是他的本色。朱老道的大腿被步枪子弹穿了个洞，还好没有伤着骨头。

最幸运的是崔凤祥，老卞让他当副射手。平常这个机枪手没人愿意干，因为谁都清楚，只要有重机枪，对方先要干掉的就是机枪手。但那天，机枪手是最幸福的差事，因为奉军顾不过来远处的机枪了，冲过来的人就够他们忙活的了。

双方拉锯了五次，奉军最后已经组织不起来有效的进攻了，直军则士气高涨，一鼓作气攻下南城门。

阙朝玺硬着头皮向张学良发报。其时，西路战场上，直军也由先前的失利转为反攻。直军主帅吴佩孚亲自率兵从涿州直取固安，一路攻克了固安、永清、窦店。在西路战场上，奉军亦是全线告急。

现在，直军势不可挡，而奉军已成疲惫之师。张学良无计可施，遂命令阙朝玺尽可能坚守大城县城一日，并命令郭松龄部队在子牙河及运河东岸建立防御阵地，掩护李景林部队撤退。

直军将领彭寿莘得知十七旅已经攻入南门，火冒三丈，亲临一线组织冲锋，把全旅重机枪全都摆放到阵地前沿，命令校尉军官组成五十多人的敢死队，对大城县城西门发起强攻。

西门奉军得知南门失守后，担心被抄了后路，无心抵抗。见直军攻势如此凶悍，部分守军遂放弃抵抗，举手投降。十四旅一部攻入县城，在文昌阁与十七旅会师，两股部队向东与奉军展开巷战。阙朝玺见大势已去，半天都没有坚守，即命令所部撤出大城县城。在撤退途中，奉军又遭到直军中路军援军第二十三师一部的追击掩杀，被毙伤俘虏者千人，被迫撤过子牙河。郭松龄部固守子牙河东岸，在姚马渡、南赵扶、白洋桥三个渡口和直军发生激烈交战，拼死不退一步，终将直军阻击在子牙河对岸。由于奉军在大城县城关键性战斗中一败涂地，奉军东部战线发生动摇。

川木有末跟着奉军薛连芳的部队进城后，让自己的人换上老百姓的服装，然后分头派了出去。他自己则来到县城东关村下坡一家绸缎庄，见四下没人监视，便敲了几下门。门开了一道缝隙，一名伙计露出了半张脸。川木说，扶桑来的，找邢老板。伙计把门打开一道缝，川木闪身进了屋。

远处，薛连芳的两名穿着便衣的卫兵互相使了个眼色。随后，其中一个回团里向薛连芳报告，另一个继续在旁监视。

进了大厅，伙计问，先生，扶桑的樱花是白色的还是红色的？

川木翻了翻眼睛，右手一展，手心现出一朵用白金打造的樱花。他说，你看这朵是什么颜色的。

小伙计这才放了心，把川木引到了后面。

老板和川木握了握手。川木从怀里掏出一本密码本：这是奉军的电台译电码，交给你们崔旅长。

老板点了点头，非常感谢川木先生的支持。

川木从店铺里出来后，就发现自己被人跟上了。他在城里东转西转，拐进一个胡同后，站着不走了。待那个便衣卫兵过来后，他头一转，瞅着那个卫兵冷笑了几声。

士兵发现情况不妙，就想从怀里掏家伙出来。他才一伸手，一柄锋利的匕首就不知从什么地方飞了过来，噗的一声直接插进了他的脖子。他眼一翻白,斜倒在地上。从一旁闪出一名学生装扮的女人。她将匕首拔出来,在尸体身上擦了擦,插入自己的腰带。

川木微微笑了笑:谢谢千代君。

那个叫千代的女杀手冷冷地对川木说,你的刺张行动差点儿误了内阁大事,从今不得再擅自行事。说完,她抽身而走。川木有末掏出手帕,擦了擦头上的冷汗。

十三

火烧白洋桥

薛连芳是不会让川木活着离开直隶的。他打定主意，一定要找机会杀了川木以及川木身边的人。大城县城被攻破后，薛连芳一边组织防御，一边安排人员对川木进行反侦察，希望将这些人一网打击，不留后患。

薛连芳带队赶到绸缎庄，把门踹开冲进去后，没有发现一个人影，甚至没有发现一件有价值的东西。显然，对方已有所察觉。副官告诉薛连芳，先前跟踪川木的卫兵死在了不远处。

薛连芳气急败坏，命令进行全城搜索，不信找不到川木的影子，除非他像土行孙一样会土遁之术。

川木有末还真是从地道里偷偷溜出大城县城的，这个地方他不宜久留。刺杀张学良没有成功，极有可能造成大的政治事件，这对日本极其不利。本来关东军司令部内部对刺杀张氏父子就有不同的意见，这次棋败一招，他更加难以回去复命了。

他以为第三梯队司令官李景林会亲临大城指挥，他可以凭借军事顾问的身份得到李景林的庇护。可结果事与愿违，奉军先胜后败，李景林到达马厂后就不再向前。李景林可能也觉察出大城县城并非固若金汤，所以将守城的责任推给了阚朝玺。川木现在只能先撤离交战区，顺运河到达天津卫后，再做打算。

川木一套方案两手准备。他折身返回绸缎庄后，通知绸缎庄老板这个联络点已经暴露，要马上安排转移。绸缎庄老板邢先生销毁了一切有价值的东西，带着川木钻进了地道。此时，直军开始攻城。

川木和邢清远趁着夜色从地道里出来，零星的枪声仍在不远处响起。俩人在城外分辨清了方向，邢清远从怀里掏出个东西说，川木先生，咱们就此告别。这是崔旅长给您的银票，在关外随便一个银行都可以兑付。

川木有末接过来，将银票塞到怀里：代我向相应兄表示敬意，希望继续合作。

俩人正想分头离开，就听到前面有队伍开进的脚步声，便急忙躲进旁边的一人多深的沟渠内。等大部队过去，川木压低声音：邢先生，前面就是二姑院村，我们可以去那里避一避，现在到处是直军和奉军军队，分不清敌我。

邢清远点了点头：只能如此。

俩人进了县城东的二姑院村。邢清远见川木在街两旁寻找着什么，应该是某些人留下的标记。在村里左转右转，川木带他来到了离正街很远的胡同里最深的一户人家。川木捡起砖头，在墙上当当敲了两下，就听见漆黑的院落里传来窸窸窣窣的脚步声。不大会儿，门打开了，川木示意邢清远进去。邢清远捏了一把汗，心里有些忐忑：这小日本在这里有据点呀！

果然，进屋后邢清远看到这三间土坯房里竟然藏着十几个人，其中几个和川木小声打了一下招呼。邢清远听出来他们说的是日语，看来这屋里的全是日本人。

那几个人给川木和邢清远让出了东边屋子。川木说，清远兄，不要担心，在这里安全得很。

邢清远点了点头，脑子里却乱七八糟的。

天一发亮，门外又进了一个人。川木穿衣起身，听来人用日语向他汇报。邢清远懂几句日本话，听出来人说的大概是大城被直军攻占，奉军开始回撤。

川木沉思了许久，转回身：清远兄，我们现在开始分头出村，然后你回保定复命。

邢清远随着这伙人从村里出来时，天色还有些发暗。到了村北后，四周静悄悄的，川木凭直觉，感觉这里太安静了，便手一挥让大家散开。

一伙人还没有全部就位，四面的枪声就响了起来。几个日本便衣让子弹给打在了地上，其他人各自找隐蔽位置还击。

对方人数占上风，火力凶猛，川木用中国话喊，不要射击，我们是自己人，李景林旅长的军事顾问。对方明明听到了，仍旧不罢手，反而火力更凶猛了些。

川木想，一定是薛连芳的人马。他说了几句日本话，意思是各自突围。

这时，邢清远看到一个身手矫健的日本便衣端着花机关枪向东北方向奉军射击，枪法特准。川木紧随其后，边打边向前面冲。但对方人数几倍于他们，且火力迅猛，他们刚冲了几步就被对方的火力压制得不能动弹。

眼看这边的还击越来越弱，又接连被打死了好几个人，有个负伤的日本便衣嘴里喊了句什么，然后就用枪对准自己的下颌开枪自杀了。

川木有些绝望，喊，千代，千代。

千代跳跃着到了川木身边，抬手就将对面的一个正在射击的奉军士兵的脑袋打开了花，然后又是一枪，将一个人击毙。邢清远还没有看到过这么厉害的神枪手，心中不无惊诧。

川木示意邢清远快点向前跑。跑了几十米，邢清远的腿脚就不听使唤了，川木兀自狂奔。后面有人喊，奉军追过来了！

那个叫千代的人和那个提花机关的便衣特务边打边撤，两把枪不断射击，枪枪毙命。一时间，对方也不敢追上来。可马上，俩人手中的子弹都打光了。便衣特务掏出王八盒子，对千代说，你走，快走。

千代摇了摇头，说什么都不退。不一会儿，俩人就被追兵困住了。

投降吧，投降吧，小日本！奉军那边开始喊话。

千代两个人闪进个树坑，掏出手枪还击。奉军士兵一时不敢硬冲。便衣特务对千代喊，你快走，不走就全死在这里了！

哥哥……千代不忍独自逃走。她哥哥又打了几枪。奉军士兵慢慢从四面围拢过来。千代甩出飞刀，一名奉军士兵惨叫一声，顿时丧命。其他人吓得趴在地上不敢向前，只是开枪乱射。几名奉军士兵在二十米开外的地方向他们投过来几颗手榴弹，两颗落在坑里，哥哥捡起来又扔过去，对方又甩了回来，哥哥一下扑在千代身上。轰轰轰几声，手榴弹在两个人身旁爆炸。

奉军士兵小心翼翼地围拢过来，看到两个人重叠在一起，上面那个人的后背和脑袋都被炸烂了。一名士兵用步枪扒拉了一下，正想对着下面的人扣动扳机，就听啪啪啪几声，一梭子子弹就飞射了过来。几个奉军士兵应声倒地。从远处跑过来七八名直军士兵，身上满是血迹和尘土，脸上脏兮兮的，显然才经历了一场大战。这几名直军训练有素，手里端着的是一水儿的花机关枪，对准剩下的奉军士兵一通猛打。这个原本几十人的奉军小队本来就被日本人干掉了十几个人，现在又突然出现了几个直军士兵，奉军士兵心惊胆寒，瞬间四散奔逃。

邢掌柜看到直军士兵，从草丛里爬出来。这几个直军士兵发现这里还藏着个穿长衫的，端枪就问，你是干什么的？怎么在这里？

邢掌柜举起手：自己人，自己人。

自己人？我们是十七旅的，你是哪里的？一个小个子的直军士兵问。

旁边一个尖嘴模样的人踢了这个士兵一脚：你傻呀？有这么问人的吗？他用冲锋枪对准邢掌柜的肚子：你他娘的看着不像个庄稼人呀？

邢掌柜一听是十七旅的，非常高兴：十七旅的呀，一家人！我叫邢清远，是你们崔旅长的……邢清远说到一半，打了个沉儿：你们崔旅长的表弟。

操！朱老道啐了口唾沫，说，到了大城地儿，到处是崔旅长的亲戚。侄儿少，你过来。你认识你这表叔不？

崔广义从远处走过来，看了看邢清远，把冲锋枪往背后一挎：不认识，你是哪个村的？

我城南邢庄子的。

我们家那村没亲戚。崔广义说。

邢清远见就要露底了，说，我和崔旅长有渊源。崔旅长家客厅里“世家承德”那几个字是我找状元刘春霖写的。

他一说这个，崔广义和小普就信了。确实，崔府客厅挂着一幅字，落款是清朝最后一个状元——刘春霖。

那你怎么在这儿？崔广义疑惑地问。

回头再说，回头再说。邢清远说。

这时小普喊，哎，哎，下边有个还没死呢！

邢清远想起刚才那一幕：是吗？自己人，赶紧救！

收复大城县城后，三营因为损失较大，减员严重，接到上边命令就地休整，同时负责大城县城的治安以及防范敌特人员搞爆炸。瘪脑瓜子带着几个人在东城墙上巡逻，听二姑院方向有人打枪，噼噼啪啪还挺激烈，所以就带崔广义几个人过来一探究竟。

寿岐从二姑院村里找了两个老乡，弄了辆牛车，几个人把上面的死人抬了出来。下面那个人的小腿被手榴弹炸得血肉模糊。瘪脑瓜子试探了一下，那人还有微弱的气息。大家七手八脚把人抬上牛车，往城里拉。

邢掌柜拿出点儿钱给那几个老乡，让他们再叫来人，把死人都给埋掉。

朱老道眼尖，觉得这些穿着便服的手里的枪支都挺有特点，心里就犯了嘀咕。他和老卞耳语了几下，老卞也看出个门道，但一时又不好下结论。看样子，这个邢掌柜还真和旅座挺熟络。

回到县城后，崔广义把受伤的千代送到了旅诊治所。旅诊治所医务官和广义也认识：侄儿少，这从哪里拉来的？

城东。广义漫不经心。

你们营的？咋还便装了？医务官问。

啊，我们营的，有特殊的事儿。广义胡诌了一句。

医务官开始给伤者检查。广义坐在旁边，脱鞋想活动活动脚。

啊！咋是女的？医务官叫了起来。

他这一嚷，把广义吓了一跳：什么？女的？

医务官说，你看。

广义下意识地看了一下，我相信那是我爷爷第一次看女人的身体。他心里和大脑里都没有准备，当时就愣住了。我不能描述千代惠美身体的皎洁和曼妙，我觉得那是对伤者的亵渎和不敬。我爷爷当时应该也是颇觉尴尬的。

医务官看到我爷爷傻在那里，突然觉得非常不妥，马上用衣服将千代的身体遮掩住：广义，你这是，这是？

广义有些晕：这是怎么回事？怎么是个女的呀？他马上回过味来：小普，小普，你把邢掌柜带过来。

邢掌柜一到营部就和崔旅长通了电话。崔相应没有多说，只是叮嘱耿大阔，说这个邢掌柜是我的亲戚，表弟，你们一定要保证他的安全，我下午就到；还有刚才邢掌柜提到的那个伤员，请医务官一定全力治疗，而且不得让更多人知道这件事。

耿大阔就命令老卞照顾好邢掌柜。这时小普气喘吁吁地跑进来，对邢掌柜说，你说，受伤的那个怎么是个女的？

邢掌柜啊了一声，然后说，女的？他脑子又一闪：是呀，本来就是女的，我侄女。

你怎么不提前说一下？普伯埋怨了邢掌柜一句。

医务所收留了受伤的女兵，这个消息一时间在三营传开了。崔广义吃饭的时候，有士兵过来挤眉弄眼：广义，受伤的那个女的是你表妹呀？

广义问，谁说是我表妹？

医务官说的。你表叔的侄女不是你表妹咋地？听说身子挺正的，给兄弟介绍介绍。士兵嬉皮笑脸。

崔广义没有心情搭理他，说，快滚快滚，人还不清楚死活呢，你倒先想上了，滚蛋。

士兵打着哈哈躲开了。

崔广义心里盘算，那个邢掌柜和五叔真是亲戚关系？那个女的是邢掌柜的侄女？他心里充满了大大的问号。

昏迷了一整天后，千代醒了过来，看到自己躺在一个简陋的病房里，身边站着川木的那个中国朋友。她刚想张嘴，邢掌柜就打了个不让她说话的手势。他对千代说，现在你在直军的医务所，你要是不会中国话就不要开口，如果会你就说是我的侄女。

千代受过特别训练。她点了点头，用生硬的中国话问，我的哥哥，怎么样？

邢掌柜明白她说的就是救她的那个人，摇了摇头。

千代心里一阵绞痛，闭上眼睛，一行清泪流了下来。

邢掌柜说，你的腿受伤了，不能动。这里非常安全，你放心。

千代闭着眼睛点了点头，脑子里满是哥哥生前的模样。

邢掌柜你也在这里？崔广义端着一碗米粥和煮鸡蛋推门进来，看到邢掌柜在里面，打了个招呼。

邢掌柜说，饭送来了，孩子你吃点儿？

千代闭着眼睛摇了摇头。她心里难受，没有胃口吃饭。

邢掌柜说，广义，你别喊我邢掌柜，论亲戚你该管我叫表叔。这个是你表妹，你就多操心照料。

广义点了点头，把饭放在了千代的身旁。

这时医务官在外面喊他：侄儿少？

广义答应了一声。医务官招手说，过来，过来。

广义过去：干吗，又有什么事儿？

侄儿少，我和你说呀，你这个表妹在这里不是长法。咱这儿都是老爷们儿，都是什么人你也清楚，而你表妹现在解小手都要人服侍。她腿上的伤口我都缝合好了，以后就是慢慢康复了，得两三个月才能好利索。你赶紧想法子，不行让那邢掌柜送别处去得了。

俩人的对话，邢掌柜听了个全。邢清远也发愁：这个日本女人肯定有来历，性命是保住了，但不能走漏了消息；现在川木生死不明，能把人托付给谁？

崔广义说，那没办法，送哪里去？到处都在打仗。

医务官叹了口气：我明天就得跟着主力去东边，你自己想法呗。他转身走了几步，仿佛想起什么：哎呀，你表妹送你家去。秀珍在这里待过两天，简单的换药也没问题，女人照顾女人也方便。

崔广义觉得这样也行，可又一想，这不是给自己家添事吗？家里、地里的活计也不少。

邢掌柜在后面一听，也觉得这个主意不错，凑过来对广义说，按说我侄女应该我去安排，可我老家没什么当家子了，家人都在保定府，侄女放到你家我也放心。你放心,花销的事儿你甭有顾虑,表叔拿,表叔拿。

崔广义正拿不定主意,医务官说,邢掌柜也说得实在,多口人多张嘴,谁家都难。广义,你表叔腰里有的是干货,实实在在。邢掌柜,你拿钱,拿钱。

邢掌柜怀里的银票真是取之不尽用之不竭。他变戏法似的从怀里掏出张银票,说,广义,我现在去找耿营长给你兑出来,多的就等于捐助咱三营了。

医务官瞅着崔广义,得了便宜似的龇牙笑了笑。

广义也没有办法。五叔都交代了,一定要保护好这个女的,那她肯定是自己家族的亲属了,自己还真有责任。

汽车拉着千代到了东桑生村,广义让士兵们把千代抬进了家。娘吓了一跳,问广义,这是谁呀?

广义说,这个是五叔的表侄女,说是邢庄子的。

娘说,咱这大家子没有邢庄子亲戚呀!她扭头问崔相亭,崔相亭摇了摇头说,富在深山有远亲,老五现在当大官了,谁清楚这亲戚是哪里论来的。既然他五叔都交代了,那肯定差不了。

正说着,邢掌柜从车上跳了下来,握起崔相亭的手:表哥,表嫂,给你们添麻烦了,侄女就委托给你们了。说完,他往崔相亭口袋里塞了一沓钞票,然后又说,过一段时间我再过来。

崔相亭推辞了一下。他是真不想留这钱——老五的亲戚,收钱不合适。他一扭头,看到孩子他妈在向他眨眼睛,又见邢掌柜确实是真心实意,就不再拒绝了。

七丫兴奋得很,昨天晚上支棱着耳朵听了一宿县城方向的枪炮声,现在看到哥哥回来,心里又很开心。她偷偷问小普,小普,那个姓宋的干吗呢?

小普说,那小南蛮子回第二十六师师部了。昨天端那个大疙瘩,多亏他会摆弄日本小钢炮。

是吗?秀珍挺来劲,问,他这么有能耐?

嗯,挺有能耐,就是说话舌头捋不直。小普张嘴就说。

去你老姨的，你说话直。秀珍骂了小普一句，就去屋里收拾炕去了。

小普摸了摸后脑勺儿，莫名其妙：七姑咋好生生地骂我呢？

邢掌柜又偷偷嘱咐了千代几句，说会尽快和川木先生联系，你就放心养伤，这里的老百姓都非常好。千代现在只能任由别人摆布，点了点头。

邢掌柜又和崔相亭一家人说，表哥，丫头让炸弹崩得脑袋可能有点儿问题，说话不利索，你们多担待，多担待。冲着咱实在亲戚，添麻烦，添麻烦。

邢掌柜上车后，广义又小声和爹妈说，别和村里人多说什么，就说是咱家的亲戚，有什么事儿，抓紧通知我。

爹妈看到儿子脸上挺严肃，知道这个人有来头，也不方便问，点了点头，让孩子放心。

苏家仓是追在奉军部队的屁股后面才找到薛连芳的。薛连芳正对着几个受伤跑回来的士兵开骂，就看到苏家仓落魄的样子。有人向他透漏，说苏家仓在阵地上把苟排长给打死了，他有点儿将信将疑，现在一看到苏家仓，心里更不顺了，气不打一处来，撇了撇嘴，没有理会苏家仓。

苏家仓家不能回，到了这里还受人白眼，心里挺不是滋味，可没办法，只能装窝囊忍着。他见薛连芳不说一句话，就退步出来，看到有个连长在旁边，过去打了个招呼，说，牛哥，我能去你那儿找个睡觉的地儿吗？

牛连长也看不上苏家仓，嫌他得势时目中无人，才来几天就在营里、团里装大鼻子象。现在薛大混蛋臭着你了，你又到我这里装孙子？

牛连长装模作样地打着官腔：苏老弟，你是薛团长的红人。你到我这里是你管着我呀还是我管着你呀？你这本事当营长都绰绰有余，还是别和我开玩笑了。

苏家仓一时闹了烧鸡大窝脖，用手把牛连长拽到旁边，说，牛哥，兄弟来能白来吗？我和苟排长私下摁了那个船老大不少大洋，就在静海南边埋着呢。你说，狗子六死了，我也不能独吞是不？只要大哥收留我，那罐银子就是咱哥儿俩的。

牛连长一听这个，心里美得开了花，脸上笑纹都挤到一块儿去了，说，老弟,钱是次要的,还得说咱们的感情。我那个二排排长昨天被炸残了,你就屈就下,我和薛团座打个招呼。

苏家仓心想,就是让我当个班长,我他娘的也得忍下去。他给牛连长作了个揖:放心,兄弟言出必行,有个地方睡觉就行,什么长不长的。

奉军七团退守白洋桥北岸,与追击来的直军第十七旅仓促接火。短暂战斗后,奉军无心应战,随即退到白洋桥南岸,固守白洋桥大桥。两军隔河对射,直军几次夺桥强攻以及涉水泅渡都被对面的炮火打退。

在大城县城的东城楼上,腿上缠着绷带的朱老道仰面朝天地躺在一张躺椅上,旁边的竹椅上是瘪脑瓜子老卞,两个人中间的脚底下放了个大瓷茶壶,两个大青花瓷茶碗。听着六七公里外的枪炮声,俩人惬意得很。

朱老道眯着眼问,班座,你说奉军的超大口径重炮一下能砸到咱这里吗?

哪有射程这么远的炮?咱哥们儿也该清闲清闲,现在给我块黄金我也不起来了。瘪脑瓜子老卞一副享受的表情。

可不是呢,这几天太辛苦了,我得小腿多会儿好喽?哎,班座,你座子底下有两大洋耶。

什么?老卞激灵起身就往下看,一俯身就见朱老道在椅子上笑得前仰后合。他缓缓地抬起头:你这臭牛鼻子发损吧,下回再交火,头一个让你堵枪子儿。

哈哈,朱老道笑得愈发无耻,我说班座,你能不能改了你钱串子的毛病?活着多累。

你个杂毛老道,上没有老下没有小,大爷我家里还有一堆孩儿呢。老卞喝了口大叶子茶,眯着眼说,姚马渡那边枪声小了,白洋桥这边响得还挺欢,这个打仗缺了咱们三营,缺了老卞我,还真不行。

得,得,别装大尾巴狼了,咱们这个三营都快被打成三班了,还想着上去?赶紧多躺会儿。朱老道扭过头去。

俩人正闲扯着,崔寿岐从城下跑上来:老道,卞头,旅座上城来了。

一听旅座来了,老卞和朱老道慌忙跳下来,整理军服。俩人正手忙脚乱的时候,崔相应带着随从登上了城墙。

立正。老卞喊了一声。

全体守城的士兵起立,保持立正军姿。

崔相应见老卞和朱老道军服乱七八糟的,也没有说什么,拿起望远镜向姚马渡和白洋桥方向望了望,问身旁的副官,姚马渡十四旅拿下了?

是,旅座,刚接到师部电报,彭旅长已经占领姚马渡渡口,正准备渡过子牙河。

崔相应皱了皱眉,喊了一声:老卞。

有! 老卞立马应答。

这精气神歇过来了没有?

报告旅座,没有。老卞这么一回答,把周围的人都给逗乐了。

崔相应知道这个老卞又在和自己犯贫:你要没歇过来,让广义带人去白洋桥,你自己留在这里继续喝你的茶。

报告旅座,广义年轻呀,我再累也不放心! 让广义喝茶,我去白洋桥前沿阵地。

好,现在我命令你连立即归建。我给你从手枪营拨五十名士兵,晚上泅渡白洋桥,占领白洋桥桥头堡,配合大部队过桥。

是! 老卞一挺胸脯。

朱老道龇了下牙,等崔相应下了城,对老卞说,班座,你就装回废物不行呀? 非得把咱们这些人都交代给子牙河里去喂王八呀?

李万龙一听说要打仗,兴奋得很,搂着那个水连珠步枪嘿嘿直笑。

朱老道其实想和老卞聊聊二姑院那伙人的事儿,但崔相应的到来让他只好把话先窝在肚子里。朱老道从那些人所用的枪支上可以看出,那伙人和在冯庄村刺杀张学良的那些人应该是一伙的,但这个邢掌柜和那伙人又是什么关系? 崔旅长和邢掌柜又是怎样的亲戚? 这些在他心里都还是谜团。

后来朱老道和我爷爷崔广义私下揣摩这个事情时,也分析不出个所以然。崔广义每每想到在自家养伤的女人时,就会想起在医务所看到的那一幕。他有时候想,自己真是不要脸,怎么总想那个呢? 但他又偷着想,女人的身子真那么好看?

耿大阔在阵地上等来老卞他们。老卞无奈地对耿大阔说,耿大官,我现在直属旅座了。还是你小子不要我了。我的弟兄都打光了,你也不给我们补充,旅座还一个劲儿往死里下任务。你们是觉得我们命长还是嫌我们太能打了,想让我们消失呀?

耿大阔锤了老卞一拳头:别扯淡了,旅座什么心思还看不出来吗?他就是要告诉张国溶的第二十六师,别不把十七旅放在眼里。那五十二团、五十三团在咱这里身在曹营心在汉,一打仗就向旅座找借口叫苦,旅座索性让他们当跑龙套的。这次大战过后,估计旅座会和曹大帅叫板,把咱们原来的两个老团从"玉帅"(吴佩孚)那边给要回来。

老卞说,上头瞎鸡巴弄,现在怎么个情况?我们怎么干?

你过来看看这个。耿大阔把老卞带到了军事地图前。

5月1日夜间8时整,直军对白洋桥发起第五次冲锋。炮火准备后,岸上的机枪向对岸疯狂扫射,火力密集如雨,奉军的碉堡、暗堡、堤防阵地中的轻重火力、迫击炮、山炮则猛烈还击。

直军十七旅三营一连并旅手枪营七十余人在当村艄公的帮助下,趁奉军火力被全部吸引,从子牙河叶楼村段偷偷泅渡子牙河,到达南岸后,随即和奉军警戒部队交火。十几分钟后,他们将该小股奉军消灭,随后沿南岸河堤向东展开攻击。

同时,直军第十四混成旅强渡子牙河东岸成功,占领了东岸河堤阵地,与奉军展开阵地争夺战。姚马渡渡口失守的消息传来,防守在白洋桥的奉军更加担心南北直军左右夹击,失去了作战的信心。

薛连芳亲自上阵地督战也难以挽回败局。正在这时,阵地西侧又传来急促的枪炮声,传令兵报告说,直军已从西侧渡过子牙河,开始向奉军的后方迂回。

薛连芳只好硬着头皮向李景林报告。李景林在电话里跺脚骂娘,一边命令马厂部队抓紧加固阵地,一边严令薛连芳坚持到最后一刻,不到万不得已,不要炸毁白洋桥。

薛连芳出了指挥所,对传令兵说,告诉牛连长,立刻炸毁白洋桥。薛连芳心想，将在外，君命有所不受。照现在这样打下去，我这个团的人全得去填子牙河里的王八窝。

此时的白洋桥桥头，直军一拨拨发起冲锋，尸体塞满了桥中央。耿大阔担心奉军炸桥。现在，白洋桥是唯一通往天津的主要交通枢纽，一旦被摧毁，直军主力部队向东的攻势就会受到阻碍。

他在机枪阵地上，指挥三挺机关枪泼水般向桥头奉军阵地扫射。

老卞带着人已经冲到离大桥二百米远的地方，打倒了一批奉军。奉军倒了一批又涌上来一批。枪支打红了，人们就捡奉军士兵尸体旁的枪支；手榴弹抡光了，人们又去拿从奉军士兵尸体上滚落下来的手榴弹。

崔寿岐冲在前面，对方的子弹从他的脚下、身旁嗞嗞地飞过去。他跳起来将对方的机枪手打倒，扔下枪，调转机枪口，对准奉军狠狠地扫射。前面的奉军士兵被子弹割倒了一茬又一茬，没死的就抱头鼠窜。

牛连长端着匣子枪在士兵屁股后面喊，弟兄们顶住，团座说了，上前个个有赏，谁把大桥炸了谁连升三级！

他才喊了两声，手腕就被步枪子弹穿了个眼。他哎哟一声，疼得缩到了掩体下。

眼见直军士兵从桥上冲过了桥南岸，西面也有几个直军士兵不要命地向这边边打边冲，牛连长说，去他奶的吧，再不走，连命都没有了。

他想溜，就看到苏家仓不知从哪里到了他眼前。苏家仓说，牛连长，咱们得炸了这桥呀！

怎么炸？牛连长躲着从脑袋上飞过的子弹对苏家仓说，你去，你去把桥下的导火索点着？

苏家仓没有再理他。他从阵地上跳出来，一翻身就从河岸上滚了下去。他刚站稳，子弹就打了过来，将他脚底下的泥土掀开了一层。苏家仓翻滚身子就往桥下跑。

对岸的耿大阔看了个满眼，心想又是一个送死的，高喊，都给我对准这个小子。苏家仓在枪林弹雨中奔跑跳跃，终于滚到了桥墩下面。

这时，在西侧的李万龙把步枪的准星缺口稳稳地对准了桥底下的这个奉军士兵，嘴里说，见鬼去吧！

这时，旁边的小普说了声，万龙爷，是大舅哥。

啊！李万龙应了声，枪响了，位置低了，子弹正打在苏家仓的大腿根上。苏家仓忍着疼痛将导火索一拉，紧接着跳入河中。

轰隆一声巨响，白洋桥顷刻被炸成了两段，飞上半空。

子牙河上的白洋桥是天津通往保定的一条重要通道。昔日，白洋桥码头是人流、物流的集散地，车水马龙，过往行人众多，桥头两边商铺林立，繁华热闹。白洋桥被奉军毁掉后，交通断绝，影响了两岸百姓的生计，大城县乡亲父老无不对奉军的卑劣行径仇恨责骂。因为奉军炸毁了白洋桥，张作霖的族人更认为张作霖是“胡子”，连自己的家乡都不放过。因此，在第二次直奉大战中取得胜利后，张作霖又一次提出要认祖归宗，但再次被大城张姓族人拒绝。

广义拎着冲锋枪恨恨地望着湍急的河水，想寻找苏家仓的尸体。李万龙过来用手擦了下鼻子：打不死也淹死了。

俩人上岸。瘪脑瓜子喊，万龙，你他娘的干吗呢？快点。

广义明白老卞叫万龙干什么，就转身去追前面的寿岐。万龙颠颠地跑到老卞那里，翻阵地上死尸衣服的口袋、包袱。

寿岐把手里的枪扔到一边，从奉军士兵死尸上捡起三八枪，咔嚓，把子弹推上膛，觉得还是日本人造的枪是那么回事。

广义和寿岐坐在堤坡树桩上，注视着子牙河里漂浮着的死鱼和奉军士兵的尸体。寿岐掏出颗烟卷递给广义：给你，来颗尝尝。

广义接过去，用中指和食指夹着烟卷端详了一下：乱，这个吸多了上瘾吗？

这不是大烟。寿岐说着，在旁边找了个树枝，在一旁阵地烧着的木头上引燃后点着了烟卷，然后又给广义点着。广义嘬了两口，呛得直咳嗽，眼里冒泪，赶紧将烟扔到地上：可呛死我了，受不了。

糟践。寿岐笑着说。

俩人说话的时候，不远处有几个老百姓正拿着铁锨、水桶围着货仓救火，嘴里骂着闲街：王八操的胡子兵，我这些货全他妈烧没了。打仗，打仗，有几个是为老百姓打仗的？倒霉的还是咱们。我操他奶的。

广义和寿岐瞅了会儿，又扭过头去。寿岐叹了口气，广义问，怎么啦，长吁短叹的？

广义，咱们当兵就是为了当炮灰来了吗？

我爷爷一时不能回答他，用脚将脚下的烟卷踩到泥里去了。

直军十七旅开始搭建浮桥，并从四周村庄老乡家里找来船只，分批渡河。崔相应到了南岸就训斥耿大阔指挥不力，连个桥都没有保护住，又见周围店铺、货栈都遭到了破坏，马上命令耿大阔带队就地帮助老百姓救火、维持秩序。

老卞和李万龙将负责守桥的一名奉军营长带到了崔相应面前：旅座，就是这小子让人烧的店铺，炸桥也是他下的命令。

崔相应背着手，面无表情：拉到堤坡上，当着老百姓的面毙了。

那个营长吓得屁滚尿流，跪在地上就给崔相应磕头：崔旅长，我久闻您的大名。我上有七十高堂老母下有未成人的孩子，您高抬贵手……

崔相应不耐烦：拉出去。老卞过去，拖死狗似的将那个营长拖到不远处的堤坡上。崔相应看到侄子广义在一旁站着。

崔相应阴着脸说，广义，你去。

我？广义一愣，心里没有准备。

耿大阔从腰间掏出匣子枪递给广义。广义有些迟疑，他觉得那个奉军营长也是奉命行事，杀了他于事无补。远处的老百姓一看有枪毙的场面，在远处踮着脚瞪大眼睛看热闹，还有的人喊，杀了他杀了他，砍了胡子兵的脑袋！

那个奉军营长已经被吓得面无人色了，趴在地上直磕头：大爷们，求你们饶了我呀，都是张家父子的事儿，我们都是给他们打仗给他们卖命的。救救我，饶我一命。

老卞踢了他几脚，说，看你这个尿样儿。

大哥，大哥，别杀我，别杀我，老娘等我回去呢，等着我呢。那个奉军营长声泪俱下。

老卞嘬了几下牙花，瞅了瞅广义。

广义拿着手枪，脚下却挪不动窝。他满以为自己现在已经过了这个关了,可怎么今天就下不了手呢?

老百姓的情绪愈发高涨。崔相应见自己的侄子还戳在那里,背着手大喊,广义,立马执行!

广义捏着手枪,还在犹豫。

寿岐,你上!崔相应火气上来了。

崔寿岐先是一愣,接着马上应了声是。他向前跨出一步,从广义手里抢过驳壳枪,没去瞅广义脸上的表情,然后几步走过去,对准脚下的奉军营长,抬起了枪口。

营长的鼻涕泪水涂了一脸,跪在寿岐面前直冲他磕头:兄弟,兄弟,你别,别呀!

老卞一脚把他蹬倒在地,崔寿岐对着他的后脑开了一枪。啪!

远处老百姓叫好声四起:好,杀得好!胡子兵罪有应得,直军必胜!人们陆续散去,老卞用手拍了拍寿岐的肩膀,把枪拿过来关上保险。寿岐瞅了眼十几米外的广义,见他满脸通红地站在那里。寿岐摘下军帽,头发上结满了豆粒大的汗珠。

十四

马 厂 决 战

1922年5月2日，直军收复大城县城、姚马渡，并经白洋桥一战俘虏奉军五百人，毙伤三百人，士气高涨，一鼓作气，乘胜追击奉军于马厂。奉军总司令部急调张学良部第三混成旅主力增援马厂奉军。双方激战终夜，相互冲锋，拉锯多次，未决胜负。5月3日黎明，直军第三师第六旅增援马厂直军战线。奉军战线发生动摇，急调静海、杨柳青生力军全力支援马厂防线。直奉两军东路战线马厂之战遂全部展开。

广义晚上失眠了，翻来覆去就想白天的事儿。瘪脑瓜子老卞查夜岗回来，见他睁着个大眼没有困意，心中猜出个八九，过来摇了摇广义的肩膀：侄儿少，出来扯会儿。

广义翻身起来，同老卞找了块草垫子坐下来。

心里别扭是不？

是，白天不知怎么就下不了手。

你小子也是真够呛，也算是老兵了，杀人没八百也有百八，这领子上的衔和我不差。你五叔本来想在众人面前抬你一下，你可真完蛋。

广义盘腿坐着听完老卞的话，真觉得自己够窝囊的，可是一想到白天那奉军营长连连磕头的情景，还是过不了自己心里这一关。

老卞数落完崔广义，又换了个语气劝他，说这场仗不是一天两天的事情，以后有的是机会表现，打仗就得死人，不是咱死就是他死，他死了咱们才能活，不打仗怎么升官？不打仗哪有机会发财？老卞最后说完“发财”这俩字儿后，广义侧眼望去，发现老卞双眼在夜色里烁烁发光。

广义点着头，心里咂摸着老卞的话。

十七旅五十七团三营渡过子牙河后，作为预备队就地休整。耿大阔找到崔相应，请求全营修整，说哪怕休整半天都行，给弟兄们点儿喘息的空儿，弟兄们太累了。崔相应不同意，只允许一个连休整，作为团预备队，一个连边休整边做好战斗准备，再抽出一个连随主力进攻马厂。

耿大阔带着满脸的情绪回到营指挥所，把老卞和几个连长、排长喊了过来。等人到齐了，他又撒摸了一眼：瘪脑瓜子，你把小乱喊来。

老卞多了一嘴：喊寿岐干什么？

旅座一句话，升了。

好！老卞乐呵呵地就往驻地跑，不大会儿就到了士兵们睡觉的地方，看到士兵们三三两两的，这一堆，那一块，做什么的都有。老卞见一个新兵依靠在二门那儿，过去问，二流子，小乱呢？

二流子抬眼见是老卞，用手往屋里一指：在屋里看书。

小乱！老卞喊了一句。寿岐正拿着《孙子兵法》在地铺上躺着，见老卞闯进来就明白是来找他的，略欠了下身子。老卞把他手里的书抢过来，瞅了一眼：孙子？孙子写的鸡巴玩意儿有什么看头儿？麻利点儿，跟我走。

屋子里二十几个人见老卞这个样子，闹不清是怎么回事。老卞瞅了一下周围，冲崔广义说，小乱升了，大老耿那里要宣委任状呢。

大家哄的一声炸开了，鼓起掌来。有人喊，高兴；有的说，寿岐要请客，下馆子。广义听完，脸上表情有些僵硬，但是手上还是拍着巴掌。

崔寿岐正了正军装，转身向大家抱了抱拳：谢了，谢了。然后，他就跟着老卞出了营房。他出屋的时候，崔广义呆呆地坐在地铺上，一副失魂落魄的样子。

代理连长崔寿岐从营部回来后，立马走马上任。他回到营房后，第一件事就是找负责军需的排长，对下边所有的人员画钩打叉，画钩的留下，打叉的不要，然后抄录了下名单，交给了耿大阔。耿大阔问，寿岐，你留的都是新兵呀？

是，新兵。崔寿岐早就料到耿大阔会这么问。

行，郭协理长，你去把亏的编制数给寿岐补充上。

寿岐这一整编让老兵们很意外，凡是老兵，他都打了叉，一律不用。李万龙和小普见名单里没有崔广义的名字，就嘀咕开了。小普问，怎么没有我四叔呀？乱这是吗意思？

你怎么不懂事呀？本来这个代理连长是你四叔的，可你四叔昨天太让旅长生气了，寿岐就走了狗屎运。你说让广义进寿岐的连，怎么管呀？

小普似懂非懂。

被排除出去的三四十个老兵在营房里骂街。老卞这个劝那个压，但他自己也非常不满崔寿岐的做法。有个老兵跳着脚骂街：才来几天？闹他鸡巴的！

崔寿岐明白老兵们对他的这一做法有些不服气，但不去理会。他知道，这些老兵油子欺压新兵，任意取笑，不服从军纪，多占饷钱，新兵们敢怒不敢言，自己要干就要建立个全新的连队。

他让小普整队，带领大家向东南方向行进。走了没多远，后面有人追上来，是崔广义。广义到了崔寿岐跟前，大口喘了几口气，说，寿岐，我跟你们去。

你？寿岐有些意外。

是，怎么，你这个连长还不要我呀？崔广义诚恳地说。

耿营长说你另有任用。

什么呀，当兵就是打仗，在哪打都一样，我跟你去。广义说。

寿岐原本是有顾虑的，怕广义跟着自己面子上过不去，现在听广义这么说，心里也少了顾虑，就说，好。

寿岐带着他的百十号人走了七八里后，前面枪炮声传了过来，大家的话就少了，脚步加快了。这时，前面来了一名骑马的直军士兵，是团部的传令兵。到了队伍前面，传令兵问，哪个是崔连长？寿岐马上走过去，敬了个礼：我就是。

崔连长，团长命令你连夺取马厂东南烽火台重机枪阵地，消除侧射火力对正面我军的袭扰。两个小时后团部将发起总攻。

是。

传令兵骑马奔驰而去。崔寿岐站在队伍前面:大家列队站好！弟兄们,你们都是我亲自挑选出来的,组成了新的连队。咱们大多是新兵,最长的也不过是在这里待了半年多,有的是第一次参加战斗。咱们年轻,咱们有勇气,以后咱们不用再受别人的欺侮,不用再看老兵们的脸色,不用再给他们提尿壶洗衣服,咱们要平等、团结。我说得对不对?

对！士兵们振臂欢呼。

寿岐从怀里掏出块怀表来核对时间。这让新兵们羡慕不已:看,寿岐都配上怀表了,罗马的,洋货,牛逼,真牛逼。

崔寿岐听在耳朵里,也得意:离总攻时间还有两小时二十分,现在我命令,跑步前进,到达伏击区后,全部匍匐前进。

队伍越过一条十几米宽的宽沟后,整个战场就全部呈现在眼前了。西北方向,枪炮声一阵紧似一阵,炮打得震天响,崔寿岐隐约可以看到直军士兵一拨拨地向马厂奉军阵地冲锋。在冲锋士兵的正前方,两个破败的烽火台上,两挺重机枪嗒嗒地叫个不停,给直军造成了重大伤亡。

崔寿岐下令,将连队两挺轻机枪架在制高点,士兵分散包抄进攻。为了不惊动奉军,崔寿岐命令士兵全部用植被进行伪装,匍匐移动,意图出其不意、攻其不备地将奉军歼灭。

但计划往往赶不上变化。士兵们也就向前移动了几十米,在前面的二流子就哎呀一声跳了起来。这下,整支队伍就全部暴露了。

崔寿岐对二流子压低声喊,你叫什么?

长虫,长虫跑我裤子里去了,快点快点,帮我,帮我！二流子根本不想这是什么地方,站起来让隐蔽的士兵帮他脱裤子捉蛇。

烽火台上的一个机枪副射手发现了异常,拍拍机枪手,将机枪调转过来,对准二流子射击。二流子的后背顿时被打成了筛子,血喷出了一片。几个起身射击的士兵还没扣动扳机,也被打倒了,在地上疼得翻滚。

崔寿岐见此情景,知道没有必要埋伏了,起来喊,弟兄们冲啊！后面两挺轻机枪嗒嗒嗒地开始进行压制射击。

奉军非常惊讶于眼皮下出现了直军，两挺重机枪全部对准冲锋的士兵扫射。前面的十几个士兵全部被扫倒了，后面的一看又趴了下来，把枪举过头顶胡乱射击。崔寿岐又喊了几次“冲”，但那些人哪个都不动地方，还是窝在那里胡乱还击。

崔寿岐想起身，被李万龙给拽住了：别动，火力太猛，起来就得死。

崔寿岐只能干着急。新兵们吓得体若筛糠，三五个一堆，有的抱着脑袋，有的吓得哇哇大哭，还有几个扔下枪就往回跑，但没跑几步就被奉军的机枪打死了。

小普趴在个小沟里对崔广义说，四叔，怎么办？这样一会儿都得死。

崔广义想，得冲，现在就得冲了。看形势这样窝在这里也不是办法，这些新兵一会儿都得被吓尿，别说冲了，端枪都端不起来。

他对小普说，小普，让万龙找个隐蔽地方给我打掩护，我带几个人冲过去。

小普身子小，像个泥鳅一样，身子唰唰扭动了几下。子弹擦着他后背穿过去了。

崔广义给手里的花机关换了个梭子，叫道，王大头，乔胖子，朱老道，跟着我。随后，他又高喊，活着的，不想死的，都给我们四个人打掩护，别在那装窝囊废。

朱老道把枪扔到一旁，背上两兜子手榴弹，拉着了一个手榴弹的引线。

好了，广义，走。

手榴弹被扔了出去，腾起一片烟雾。四个人像四根弹簧似的弹了出去。朱老道边跑边投手榴弹，弹片在四个人前面嗞嗞横飞。

崔寿岐喊，弟兄们，都给我打，所有人手里的家伙都发挥作用！李万龙观察到前方有个孤坟头，正是射击的好地方。他跳起来，全力冲刺，一个跳跃就扑倒在坟头后面，十几颗子弹全部打在坟头上。他把水连珠架在坟头上，校正标尺，瞄准对方的机枪手。砰！一声枪响，奉军机枪手的脸就被掀开了。

广义几个人冲到了烽火台下面。烽火台上，枪炮失去了效力，对方就开始向下投弹。轰轰轰！乔胖子当场给炸成了两截。王大头一拽广义的胳膊，俩人滚到了一个水坑里。一个奉军士兵发现了他俩，抬起手正想投手榴弹，却被朱老道抢了先。朱老道一个手榴弹甩上去，轰的一下就把几个奉军士兵从烽火台上掀了下来。

朱老道又往豁口处扔了几颗手榴弹，广义端起冲锋枪对准豁口就泼出去了一整梭子子弹。后面的直军新兵备受鼓舞，跳起来喊"冲啊，杀呀"，向前冲锋。

最南侧的烟墩被直军士兵攻占。

两个烽火台相距不到六十米，最南侧的被占领后，奉军不惜一切代价想夺回去。战斗一时打得非常胶着。

崔寿岐命令士兵守住烽火台下的阵地，但派谁去谁都往回退，都缩在烽火台上不挪窝，气得他骂街。他转身看到小普正在给广义的胳膊包扎，就说，广义你带几个人守着阵地。

小普没抬头就说，四叔胳膊穿了个洞，让别人去吧。

崔寿岐嘬着牙花，满处找合适的人，但就是看不到一个。广义等小普给他包扎完后，对崔寿岐说，没事，我去，你用那两挺轻机枪给我打掩护。

好，我让万龙给你打狙击。

不用，你还是让他在烽火台打领兵的，谁领兵就点谁的卯。

寿岐一听，想了想，擦了擦脸上的汗。

在远处做预备队的两个连的老兵们都在笑，都远远地瞅着热闹。一个老兵四仰八叉地躺在草棵子上说，崔寿岐带着那些新兵蛋子，准被揍得落花流水，裤兜子都提不上。其他人哈哈大笑，幸灾乐祸：那些傻逼，没咱们就是拿柴火棍的庄稼老坦，还他妈不要老兵，打仗凭的不是力气，是他妈的学问！

那老兵扔给老卞一颗烟卷：瘪脑瓜子，你说咱们这些人哪个不是枪林弹雨里过来的？他奶奶的，小乱给他个羽毛他插上膀子就想高飞，也不想想自己多少两多少斤。哎，这些新兵的小命，全让他给糟践了。

老卞没吱声，使劲嘬了一口烟。崔寿岐和那些新兵会被打得多惨，他用屁股都能想得出来。

马厂镇东南街口杀出一队奉军骑兵，转眼间就将烽火台上崔寿岐这一连人围住。眼见自己的队伍被打得抬不起头来，崔寿岐蹲在垛口下嗓子都喊哑了。朱老道的手榴弹扔光了，子弹打光了，满世界翻子弹。有的新兵们被吓得尿了裤子，连拿枪的力气都没有了，趴在垛口下流着鼻涕哭爹喊娘。

豁口处，崔广义带着几个稍有经验的士兵死死坚守。前面的奉军越来越多，崔广义喊，弟兄们，奉军上来了，和他们拼刺刀！说罢，他捡起小普递给他的步枪，安上刺刀。李万龙用手枪撂倒了几个人，子弹打光后，扔了手枪，又抄起一把大刀。豁口上蹿上几个奉军士兵，广义直起身子，迎着对方就冲了过去。他明白，自己就算刺掉了对方一个，也会被其他的捅死，没办法，去他娘的，二十年后又是一条好汉。最前面的那个士兵歪着嘴，广义一下就将刺刀捅进了对方的胸口，正想拔枪，后面的几个奉军士兵挺着刺刀就冲过来了。广义松开双手，掏怀里的匣子枪。在这千钧一发之际，只听后面传来一阵枪响，那几个奉军士兵就都中了弹。嘀嘀嘀，嗒嗒嗒，冲锋号声四起，直军援兵从四面掩杀过来。奉军腹背受敌，两头挨打，匆忙撤退。直军乘势夺取了另一座烽火台。

看，是瘪脑瓜子他们！小普喊。

西面，老卞带着另外两个连向烽火台冲过来，支援他们来了。

崔连长，崔连长，你的连队呢？老兵们开始这一句那一句地取笑崔寿岐。崔寿岐站在那里一句话不说。他还能说什么了？九十多号人，让他带了一个来小时，只剩下五十多个了。那是几十条人命，刚才还对自己那么看好和信任，现在就从世界上消失了。他问自己，怎么和人家的老婆、爹娘交代？怎么对得起旅座、营长对自己的器重和信赖？

老卞拍了拍他的肩膀：寿岐，没关系，胜败乃兵家常事。他看到崔广义胳膊挂了彩，又关切地问，侄儿少，没事吧？

没事，卞头，赶紧在北侧坟地那里建立阻击阵地，不能在这烟墩上等着让敌人圈住。烽火台南侧十米处有个壕沟，现在看不到，在那布雷。

行，打仗就得多动脑子，不能硬拼，光靠勇气不够。老卞像是在夸崔广义，又像是故意说给一旁的崔寿岐听的。

因为三营夺取了烽火台两个制高点，为西面负责主攻的主力部队解决了大困扰，半个小时后，直军夺取了敌人最后的一防阵地。

广义全身好像打了鸡血，劲头十足，把花机关枪枪管都打红了，小普拽了好几次都拽不动。老卞只好命令他撤下来：广义，你他娘的给我下去，把胳膊上的伤口包扎好再来。

崔广义扔掉冲锋枪，又换了杆套筒枪，站在垛口上兀自射击，边射击边回答，别管我，我没事。

操！老卞也没了办法。

过了半个小时，朱老道喊，都别打了，奉军在后撤。

老卞向远处张望，果然，奉军开始有序地向后方撤退：想溜？弟兄们，冲啊！

直军士气大振，吹起冲锋号，从四面八方冲向马厂镇。

广义跑在最前面，不要命了一般。别人还利用树木、坟茔、草坑隐蔽下，他不，送死似的一条直线向前面冲，子弹就在他上下左右横飞。

老卞都看傻了，自言自语道，这纯粹是奔死去的。

广义第一个冲上了对方二防阵地。阵地上还有几个正在负隅顽抗的奉军士兵。他一下就跳到了对方几个人的身上，先用枪托砸倒了一个。另一个刚想射击，他的刺刀就刺到了对方心窝里。然后，他迅速拔出刺刀，一侧身躲开前面奉军士兵寒光凛凛的刺刀，又一刺刀将对方刺倒。剩下的一个奉军士兵吓得跳上战壕抱头就跑，广义端起步枪，一枪就把他撂倒了。

耿大阔在后面用望远镜瞅了个清清楚楚，嘴里叨咕着，侄儿少可以啊，他五叔要看到不定心里多高兴呢。旅座也是，放着自己亲侄子不提拔，看把孩子逼成……

大老耿，你叨咕什么呢？旁边有人猛然问了一句。

耿大阔扭身一看，一个激灵：旅座，您什么时候到的？

朱老道滚下战壕对广义喊，广义，你不想活了也得为弟兄们着想，你这样死不值！

朱老道，你他娘的才想死呢！广义压着子弹对朱老道说，不能让十四旅夺了头功，咱要活捉李景林，端了他们的司令部。

行,你敢干！朱老道蹲在工事下投出两颗手榴弹。

大家把衣服脱了。老卞抡着驳壳枪说。

脱了？广义有些纳闷。

脱了,换上奉军的,进司令部,活捉张学良去。小普,万龙,都换上！

十几个人从奉军士兵尸体上扒下衣服,套在自己身上,又在脸上弄了点儿血渍和污泥,抹得看不清谁是谁。老卞把一个通信兵喊过来:你跟着我们走,把弹药补齐喽,这次玩得有点儿大。他说完想逗大伙儿笑笑,可看到面前那些年轻士兵的目光,又把那表情生生给憋回去了。

十几个人突进村子,穿街越巷直往里。有一小队奉军喊,你们哪部分的？怎么往回跑？

老卞喊,卫队旅三十二团的,有重要的命令向张司令传达。

在娘娘庙呢！一个当官的说。

娘娘庙在哪边？

顺着街往里面走,就看到了。你卫队旅认识葛大结巴吗？对方转身问了一句。

咋不认识？老卞说完,手里的枪就响了。啪啪啪,那名军官就被打倒后,其他人也迅速开火,奉军十几个人还没醒过味来就全被打倒了。

老卞撒开腿就往前面跑:快点,快点！

马上,他们就看到娘娘庙的石牌坊了。守在沙包阵地上奉军警卫部队问,你们跑什么？哪部分的？

老卞脚下没停,抬手甩了两枪。朱老道两颗手榴弹也甩了过去,轰,门口的几个奉军士兵全报销了。

十几个人冲进院子就是一通扫射,院子里的奉军稀里糊涂就挨了枪子儿。没死的奉军士兵急忙找隐蔽场所抵抗。老卞喊,都冲,别耽搁。

寿岐和广义两个人像两只小老虎似的,都不甘落后,几步就跳到了庙口月台上,冲锋枪一上一下封锁住前面的火力;李万龙和朱老道那边,手榴弹也甩个不停。两进院子里的奉军士兵,几分钟就被全部打扫干净了。奉军司令部设在大雄宝殿内,几名奉军军官被困在里面,胡乱地往外面打枪。老卞贴身到了墙根,往窗户里塞了颗手榴弹,爆炸声刚过就冲了进去。作战室里的几个奉军军官被炸得直叫唤,老卞给其中几个补了几枪。他在院子里搜索了会儿,没发现李景林的影子,便抓住个脑袋流血的军官来问。那军官指着后窗说,副司令早走了。小普挑开窗帘探头看了看,后面一个人影都没有。

通信兵！老卞喊通信兵过来,拿出个小本本递给他,说,按照上面的电码给丰台奉军暂编第一师发报,电文如下:第十六师邹芬部有反水迹象,令你部对其所属两个旅就地缴械,有反抗者消灭之。

奉军第十六师邹芬部此时正在房山地区和直军对峙。第十六师本来是直系冯国璋旧部,奉系将原师长王廷祯赶走,改派邹芬继任。奉系把该师摆在前线攻打直军,但第十六师上下岂甘为奉系做炮灰?所以两军还未开战时,第十六师就已人人无心战事。师长邹芬因原系直系,始终未得张作霖封圻,但又心高气傲,不甘居张学良、李景林之下。此次直奉交战,奉军指派西路张景惠作为二线部队。开战前,吴佩孚曾派密使和邹芬联系,许诺给他高官爵禄。邹芬不愿背负投敌之名,将说客撵出行辕。而此时,直奉大战难分胜负,邹芬开始举棋不定。副官又忽然来报,说暂编第一师对所部有包围迹象。邹芬大惊:难道张作霖有所察觉,要赶尽杀绝?他正思量时,又有参谋来报,说第十六师三十一旅已经接受直军整编。邹芬大骂,谁他娘的敢倒戈投降,老子就毙了谁！话音未落,满屋人的枪口就都对准了他。

邹芬无奈,被迫命令所部停止对直军的对抗,让开阵地请直军主力越过防线和暂编第一师接火。第十六师战场倒戈,使得奉系张景惠腹背受敌,所部西路军暂编第一师及第二、第九混成旅皆陷入重围,只得边苦战边向卢沟桥一带撤退,直军遂占领长辛店。之后,奉军西路军全线溃退至丰台,又从丰台直接撤退到天津。至此,奉军西路军彻底失败。

一份电报将奉军西线战事瓦解,直军东路军乘势夺取了马厂。此时,败退于静海的奉军尚有四个旅的兵力,曾打算组织反攻,正巧奉军西路军大败的消息传来,顿时弃城溃退。直军浩浩荡荡进占静海,不及撤退的奉军七千余人缴械投降。直军马不停蹄乘胜追击,奉军残部且战且走,经杨柳青退至北仓,再退军粮城,终于5月7日全部缴械。于是,奉军东路战线亦宣告失败。

十七旅随即在崔相应的率领下,攻克杨柳青,占北仓,后在军粮城与奉军激烈战斗。奉军败局已定,最后在直军强大的攻势下被迫退往滦州以及山海关。直军在山海关地区与张学良部三万余人展开决战,双方互有伤亡。战至6月19日,直奉双方经英国领事出面调停,以山海关为两军分界线,奉军退回关外,直军除留一部分驻防山海关,大部撤回原防地。至此,第一次直奉战争结束。

十五

乡土情深

千代惠美醒过来的时候，恰好一缕温煦的阳光透过窗棂投射到屋内，屋内逐渐明亮起来。她望望下面的榆木衣柜，上面摆放着零散的物品，有铁剪子、针线簸箩、两个梳妆匣，炕下面两个绛红色的半米高的方凳——这是个平常农村人家。

她用手撑直身子，靠在南窗台上。她身边叠好了两薄层浅色被褥，闻着有浅浅的女人独有的香味。千代活动了下双腿，一股干裂的疼痛感从脚底传到胸口，使她不禁哼了一声。外屋正在做饭的人听到屋里千代的动静，掀开用草珠串的门帘，露出整张笑脸。草珠互相撞击，发出清脆明朗的响声。

呀，表姐，醒啦？

表姐？千代有些糊涂，脑子一时反应不过来。这是哪里？这个女的是谁？

那个姑娘露出两个酒窝：表姐，你可醒了，你都昏昏沉沉地睡了七八天了吧？

七八天？千代操着带有东北口音的中国话问。

秀珍被千代这句生硬的中国话弄得一愣，不过还是听明白了，心里以为这个女的脑子出了问题，说话也变得迟钝了。

是，你叔叔，哦，对，就是我表叔，把你送到我们家来七八天了。七丫大眼睛忽闪忽闪，耐着心对千代说。

我……叔叔？

嗯呢，你叔叔，就是邢庄子的表叔，就是在县城开买卖的邢掌柜。

哦。千代逐渐反应过来了。她想起是邢掌柜把她送到大城下面这个村子的，自己还没有死。

就我一个，在这里？

就你一个。七丫说着，从外面端来一木盆清水，来表姐，你洗洗手，洗把脸，一会儿我该给你换药了。

千代一听七丫说就自己一个，才知道哥哥已经在县城东那里阵亡了。她发着呆，仔细回想那天的经过，就记得对方投来手榴弹，哥哥把自己压在了身下，手榴弹爆炸将自己震昏。想到这里，千代的眼泪不由自主地滑下了脸颊。秀珍看到她如此难过，用毛巾将她脸上的眼泪擦干净，也不好再说什么。千代想起关外的家人，又想起现在哥哥死在异乡，心里不禁悲恸不已。她抿住嘴，吸了口气，克制自己的情绪。七丫则像个丫鬟似的，左腿跪在炕上为千代擦手、擦脸，擦脖子、胸口。

从 1913 年开始，有着“劝业都督”之称的日本“关东州”都督福岛安正从日本山口县、新潟县移民几十户迁入金县新平，在满铁附属地内拨出 4400 公顷土地租给自由移民耕种，又从满铁的守备退役兵中择人试验。这种移民当时被称作“拓务省集团移民”，又称“试验移民”“国防移民”。由于这种移民招收对象均为在乡军人，按军队形式编组，并配发武器，因此他们更多地被称为“武装移民”。千代惠美十岁时和哥哥千代秀忠随父母从日本本土来到依兰县，两年后又被关东军军部作为特别人员招募。这些移民士兵熟悉中国的民情和语言，经过特殊训练后，被投放到中国各处收集情报。千代惠美受内阁大臣特别指派，监督川木有末的工作。千代秀忠则与妹妹分属不同的阵营。他和四十几名行动队队员在川木的率领下，分批入关，为军部刺探情报，并寻找机会接近张氏父子，伺机暗杀。

秀珍给千代擦洗完后，院子里崔相亭两口子正好干完农活儿回家吃早饭。秀珍说，爸，妈，表姐清醒了。

是吗？崔李氏在木盆里简单地哗啦了几把手就走进了里屋，看到千代已经能够坐起来，心里也高兴：闺女，你可醒了。

大娘，谢谢，谢谢。千代在炕上围着被欠了欠身子。

闺女，你在咱家待了这些天了，我们还不知道你叫吗名儿呢。

大娘，我叫千代。

千代？这名字有意思。邢千代……秀珍嘴里重复了几句。

崔相亭在外屋不方便进来，就说，秀珍，你中午把那个芦花鸡收拾了，炖了，给丫头补补身子，别总是小米粥、咸菜条了。

小米饭更能养人，你懂吗呀？崔李氏说。

清汤寡水的养什么呀？秀珍，就这么着！

好嘞！秀珍爽快地答应了声。

千代在里屋听着，暗中说，这家中国人看着还挺好的。

晚上，七丫在屋里点了一小把干艾草。千代很好奇：你这是做什么？

秀珍说，熏蚊子，对你伤口也有好处呢！这个是艾草，五月端午用它洗澡，身上特别滑溜，蚊蝇不叮。

果然，艾草点着后，满屋子都是浓郁的香草气。七丫把窗户打开道缝，外面传来乐器嘀嘀嗒嗒的声音。

千代问，外面在干什么？

这是我们村的老道班子练曲呢，我爸也在。

老道班子？道士？

秀珍扑哧一声笑了：不是，都是庄稼人，在丧事上打扮成老道的样子，出殡时念念经超度死人。

哦。千代点了点头，但还是不太明白。

以前到处打仗，老百姓穷得饭都吃不饱，老道们更可怜，哪里找老道去？只能装老道呢。表姐，你伤好了，我带你去广安赶集、上庙会，可热闹呢！

好的，好的。

千代似懂非懂地点着头。

崔秀珍，你，也叫七丫？

嗯呢，我们家族我大排行老七，一家子就管我喊七丫。

大排行？那有多少人？千代的表情像个小孩子似的。

秀珍觉得真有意思。她眨眨眼又想了想，说，十九个，对，就是十九个，八叔家前天又生了闺女，四个闺女了，八婶那块盐碱地就是不长带把的。

带把的？千代开始没反应过来，等秀珍一笑，脸唰的一下就红了。

又过了五六天，千代可以慢慢地下地了。崔相亭在村外小树林里找了个榆树杈，为她做了两根拐杖。千代下地拄着拐，时不时到院子里面活动活动。她白天和七丫在家里打麻绳、缉盖垫板、缝布鞋，晚上在院子里听崔相亭夫妻讲村里的旧事趣闻。

千代问秀珍，你的鞋子，怎么，不去卖？

秀珍摇摇头说，不卖，给我哥哥做的。

千代说，给你哥哥，这个给你哥哥，可是那两双好像不是你哥哥的大小？

秀珍扑哧一下笑了，说，表姐，你的眼真好使。

崔李氏从旁边端来炒好的葵花子，又狠狠剜了七丫一眼：闲得你。

秀珍就把头一低，埋头不去搭理母亲的话茬儿。

千代看着这一家人，心里真是又羡慕又熨帖。

马厂战斗后，小普利用个间隙回到村里，挨家挨户地转了转，把各人开的饷钱都给几家放下，又问有什么需要传话的。

千代正想了解一下直奉交战的情况，可见小普看自己的目光始终保持着一种敌意和谨慎，生怕被他察觉出什么，便只是坐在院子听小普和七丫家人的对话。

秀珍说，你四叔没事呗？

没事，四叔这次能耐了，占马厂多亏他呢。

又瞎逞能，回去看到你四叔别让他冒傻气。崔李氏在一旁严厉地说。

小普点着头，说，二奶奶，我没少劝呢，可我当侄子的哪能管得了他呀。

不行，我说吗也得给老五写个信，让他把广义给弄到后边来。自己的侄子，这点儿光都沾不了呀？

我老五爷恨不得咱老崔家人给他带头长脸呢，我这么小都让上了前边，沾不上老五爷的光。

崔相亭之前半天不吭声，听到这吭了几声，说，怎么总打个没完没了咪？胡子兵跑了就得了呗，不就跟两家过日子不一样，你不犯我我不犯你吗？打仗就没心过日子，也过不好日子。

千代问，奉军现在撤到什么地方去了？她好不容易找到个空当儿，想问问现在张作霖的队伍回到哪里了。

说是到了滦州那里，我们马上就要开拔了，撵着他们屁股追，直接端了他们的老窝才好。小普眼珠子来回逛了逛，盯着千代说。

千代恨不得腿脚的伤立马痊愈，插上翅膀快点回到关外，回东京复命。她也不清楚川木现在生死如何。行动队就剩下自己一个了，回到日本本土后，等待自己的会是什么？军部那些人总是一意孤行，违背天皇陛下的旨意擅自行事。自己回到本土后，一定要将关东军激进军官的所作所为如实报告给内阁。

小普还要赶回队伍，他娘往他挎包里塞了几个鸡蛋，边塞边抹眼泪。万龙的父亲、寿岐的媳妇、崔相亭几个人送他到村口，千叮咛万嘱咐。七丫用粗麻绳绑好了几双鞋，往小普包里使劲填。小普心疼新发的挎包：七姑，我们现在发的军鞋比你这个好。

去你的，发的能比我做的好？这个是给你四叔的，这两双你知道给谁不？

小普噘着嘴：知道，给那个宋长官。也不给我做双！

去，你穿发的更好。

小普冲七姑做了个鬼脸，转身大步流星赶往县城集合地。

站在庄基上的千代扶着拐杖，看着东北方向层层的薄云，望眼欲穿。

进了六月初小麦就熟了。今年的老天爷还真眷顾庄稼人，风调雨顺。庄户人家就是靠天吃饭的，这天就着天气好，早晨给千代做好饭，崔相亭一家三口人就捎着干粮收麦子去了。

千代见三各人每天都非常辛苦，心里非常过意不去，也学着做了些简单的饭菜。她拍了两根黄瓜，又弄来点儿茄子切成条，用碗装着放在锅里蒸熟，再放些葱花、腥油、细盐。等干活儿的三个人回来，饭菜也做好了。

崔相亭想不到千代还能做这么可口的饭菜，边吃边夸赞。

秀珍说，爸，等千代姐伤好了，也别让她走了，给你做儿媳妇吧。

崔相亭和崔李氏笑得合不拢嘴。崔李氏说，那敢情好呢，千代要是答应，我就辞了豆庄张家那门亲事去。

千代正在屋里往箅子里拾玉米饼子，没听清三个人在说什么。秀珍凑过去对千代说，千代姐，你给我做嫂子吧？

千代没听清她说的是什么，嗯嗯应了两声，点了点头，说，做嫂子。

七丫笑得弯下了腰，说，就是给我哥当媳妇，生孩子。

千代这才清楚是怎么回事，一脸紧张，摆着手说，不，不可以的，不可以的。

一家人看到千代一副很认真的样子，都开心无比。

这天中午，千代在院子里又走了好几圈。然后，她把拐杖扔掉了，慢慢地一步一步地挪，走了一小会儿就觉得累了。她拄着拐，出了院子，关上门。村里人也认识千代，就和她打招呼。千代学着七丫的样子给人们回着话。

她来到村西的打谷场上，看到有人在扬麦子，有人在轧场，有人在起麦秸垛，听到了干活儿的号子声和呵斥牲口声——这里一派热火朝天的劳动景象，好不热闹。秀珍看到千代，喊，千代姐，来，这里，树荫凉里来。

千代拄着拐杖轻轻走过去。七丫递给她一个圆菜瓜，说，给，吃，刚从园子里摘来的。麦子马上轧好了，起完这场，把麦子收家里，麦收就完了。今年收成还行。

崔相亭在麦场中心正赶着匹骡子轧麦子，见到千代过来心里也高兴。这时，侄子广庆过来，说，二伯，你歇会儿，我来会儿。

行吗，广庆？牲口你摆弄得了吗？

二伯，有吗呀！没看我家那几亩麦子我才轧完吗？广庆一副觉得自己了不起的样子。

崔相亭松开长长的缰绳，递给侄子广庆，自己到阴凉处水筲里舀了口凉水。

广庆是个愣头青，看到七丫和千代过来，想显摆一下自己，用手里的鞭子甩了个鞭花。啪！鞭子响了个脆生。骡子一惊，尥开蹄子，精神抖擞起来，石头碌碡也骨碌碌地滚得欢实。广庆满脸生花，嘴里嘚驾嘚驾地吆喝个不停。

千代瞅了会儿后就把目光投向了别处。从这里看去。整座村子尽收眼底，无论是民居的分布还是地形，她全都记在了脑子里。

她把眼光收回来，对崔相亭说，叔，叔，天气要变呢，明天有雨。

崔相亭瞅了瞅西北方向，没有看出什么。他也是老庄稼人了，对节气变化也有个了解。他瞧了瞧，说，西边火烧云，赶明热死人。明天下不了，又是个暴热天。

叔，不是。千代摇摇头。

崔相亭没当回事，扭身和村里人说话。

就在这时，秀珍啊地惊叫了一声。周围人把头扭过来，看到场内的大骡子似乎是受了惊吓，猛然从场中带着碌碡向外就蹿。广庆双手攥住缰绳，被骡子带倒后松了手。骡子径直朝着崔相亭这个方向冲过来，等崔相亭扭过头来，那牲口已经快到眼前了。崔李氏在远处吓得狂喊，快点躲开，躲开！

就在这千钧一发之际，千代的动作快得无法形容。她纵身一跃，将崔相亭推出去四五米去。那骡子兀自向前面的人群里狂奔。千代又顺势抄起一把木杈在地上一点，身子贴着碌碡边擦过去，用木杈挽住地上的缰绳，绕到一棵老枣树后面，将缰绳嗖嗖嗖地缠了几圈。骡子冲出几米后，立马被缰绳给死死勒住，碌碡则咣当一声滚进了麦场外边的排水渠内。麦场里的大人孩子都被吓得闪在一旁。崔相亭起身跑过去，把大牲口死死勒住。广庆被吓得全身都被大汗浸透了，过来把牲口上的碌碡套子解开。

崔相亭看了看不远处拄着木杈的千代，擦了把汗，向着她点了点头，然后对四周的人喊，大家赶紧收拾场，明天有大雨。

第二天，大雨果然如期而至。秀珍趴在窗台上盯着屋檐上落下的如帘雨线好半天，说，千代姐，你真能耐，活神仙。

千代正用手指按摩自己的小腿，淡淡地说，我稍微懂些，只是稍微懂些。

你推我爸那一下,用的是把式吧?真麻利,东桑桑就是南头李大肚子会把式。他一拳头能够把石头砸碎,现在在村里横着走,村里几家地主都不敢惹他,过年过节的还请他到家里喝酒。你准打得过李大肚子。

千代摇摇头,说,我离叔近,我这手砸不碎石头。说完,千代将白嫩小手伸过去给秀珍瞧。

秀珍说,千代姐,你越来越让我们家稀罕了呢。我哥一年前就订了城南豆庄村的张家闺女了,俩人还没有相见呢,我觉得她当不成我嫂子。任丘西那个家莲姐姐人也挺好,对我哥还有意思,可就是我哥和家莲姐的哥哥水火不容。我现在倒想让你当我嫂子。等你腿好了,我跟你回关外,和你家里人说说,让你当我嫂子,好不?

千代脸上一红,把秀珍推开。秀珍顺势搂住千代的肩膀,俩人在炕上滚作一团。秀珍嘴里喊,嫂子小姑子打起来了!嫂子欺负小姑子了!东屋里的崔相亭老两口儿听到这俩人胡闹,笑得抿不上嘴。

崔相亭先前对这个来历不明的丫头还有些防备,但这一段过来,心里也欢喜上这个又俊又懂事的千代了。

种玉米棒子的时节,邢掌柜来到东桑生村探望千代,放下了些钱给崔相亭。千代送邢掌柜走的时候,问邢掌柜是否和川木接上了头。邢掌柜摇了摇头,说,现在直奉还在山海关拉锯,出关入关盘查严格。你好好养伤,过一段时间身体确实痊愈了,我再过来接你。这家人没有发现什么吧?

没有。

那你再等几天吧。说完,邢掌柜就走了。此时的邢清远,已经是十七旅通信团上校副官了。

川木有末在荒洼野地里躲藏了三四天后,晚上悄悄地返回到大城县城东的二姑院村。他翻身进了院子后,就听到屋里有男女嬉笑的声音。他在窗户根底下听了会儿,发现原来是二姑院村一个地主少爷和村里一小媳妇在瞎搞。这家房子没人住,地主少爷就简单修缮了下,将这房子占为己有,当个幽会的场所。不过今天,他这好事要到头儿了。

川木用匕首剜开二道门,闪身进了屋。里面俩人光顾兴风作浪,才一抬头就看到炕头出现了一张阴森的面孔。那少爷一声都还没喊出来，匕首就刺进了他的脖颈。女的见了，头一歪就晕了过去。川木看着眼前白花花的一堆烂肉，脸上露出一丝狞笑。

川木从地道里找出备用电台，调试了一下，随即利用特别电码向关东军军部发报。一个小时后，他接到了本部回发的电报，电文大意是，奉系败局已定，张氏已有亲近我部意图，千代擅自刺杀张学良，致使外交非常被动，千代即杀身谢罪，川木君速回旅顺复命。

看完电文，川木脸上渗出一头黄豆大小的汗珠。他把刺杀张学良未遂一事推到已死的千代惠美的身上，死人是不能分辩的。川木长出了一口气。既然张氏还有些利用价值，那么直奉早晚还得有一场恶战。回军部？这样回去只有死路一条。如果能弄到直系将领的一封信，然后送到尾野实信中将手里，那么自己不就是将功补过了吗？

邢清远穿着上校军装无所事事。他这个通信团副官其实什么都不管，通信团的实际领导权在崔相应手里。邢清远没有随主力部队开拔山海关地区，他在县城还要处理许多善后事宜。川木出现在他面前的时候，他着实吓了一大跳。

邢掌柜以为川木早就回到关外了，没想到他竟还没离开直隶。他将川木引进内室，俩人密谈了许久。这次会谈的主题是日本方面期望能和直系曹、吴二人有更深入的接触，期望在直系中得到更多的利益。川木其实打错了如意算盘。崔相应确实是利用了自己和川木在保定军校同床共榻的关系，借关东军之手暗中助直系一臂之力，但是如果让北京的曹锟把国家利益出卖给日本，亲英美的曹、吴二人是绝对不干的。所以邢清远假装答应，积极联络，其实也就是敷衍一下川木。邢掌柜告诉了川木有末千代在大城养伤且已无大碍的消息，这让川木颇感意外。

川木从邢清远处出来后，暗自揣摩：绝对不能让千代活着回到日本，只要没有千代，他在关东军那里怎么胡说都可以。他清楚千代有更深的身世背景，千代如果回国，势必将关东军主战派的所作所为报告给防卫大臣，那么，伟大的大东亚圣战计划可能就会流产甚至出现变故；只有让千代惠美像她哥哥一样从这个世界消失，他才能高枕无忧，关东军的战略计划才能够实现。

直奉战争结束的消息传到东桑生的时候,整个村庄充满了欢喜的气息。寿岐的媳妇抱着孩子大早晨就跑来和广义的妈拉呱。秀珍被她们喳喳说话的声音给吵醒了,捅了下旁边的千代:千代姐,寿岐嫂说咱们打胜了呢,打胜了我哥哥他们就该回来了,嘿嘿!秀珍兴奋地跳出被窝,胡乱扯件衣服披上。看着她欢喜的、毛毛躁躁的样子,千代也笑了,但随即脸色又暗了下来。

这时,崔老四爷也扶着水蛇腰走进来:老二家,听说没,咱们直系打胜了?

听说了。这不,乱家里头的也在这里。

可算完了,你们女人这段估计也心神不宁。大早上,王只堡村的蔡家头一家接到区公所的信儿,说打山海关的时候给死那地方了,让去区公所领人头费。人死了,领了还有什么用!

这一说人头费,院子里的三个女人表情都变了。寿岐的女人说,四老爷,这区公所咱有人不?要不去问问?

甭问,我一大早打发广庆去了,应该没咱们村的事。要是有什么消息,咱们也早该接到了。

秀珍插话说,放心吧,乱嫂,咱们老崔家人福大命大造化大,我哥他们几个都跑到胡子兵的老窝了,还能皮毛未伤地回来。

几个人你一言我一语正说得热闹,门外广庆脸淌着汗一步跨进来:都在这儿?可累死我了。七丫,赶紧给我端碗水。

乱嫂赶忙给广庆腾板凳。广庆说,你坐你坐,我站着说。

快说!四爷不耐烦了。

我到了区里,那个戴眼镜的牛皮匠开始还不搭理我。我说我东桑桑,问问我们村有没有领人头费的,这个王八蛋还不理我,我说我姓崔……

你别扯别的,到底有没有事儿?崔相亭也着急了。

二伯,没事没事;乱侄儿媳妇,也没事。

大家一听没事,心就放下了,对广庆接下来说的事儿就不关注了。

广庆说,二娘,你还不给我炒个鸡子儿吗?我这么辛苦,这几里地都快跑吐血了。

六哥,你个大馋猫。七丫向广庆吐了下舌头,进屋给广庆炒鸡蛋。

都没事,咱就都放心了,过不了几天孩子们就都回来了。可别打仗了,你说打来打去,有什么劲?庄稼人吃个饭都难。

广庆喝了碗粥,几口塞完炒鸡蛋,咂摸咂摸有些意犹未尽,就和秀珍东拉西扯。秀珍说,六哥,五叔不是让你耪赵家坟的那地去吗?

不去,天天耪地耪出什么来了呀?你五叔想叫我到县城打火烧肉去,我觉得行。到时候,你和千代去县城里找我,六哥请你们吃火烧肉,行不行,千代?

千代明白广庆是在吹牛,心里只是觉得有趣,嘴里答道,行,行,一定打扰。

打扰?广庆没听说过这个词,问秀珍,打扰是什么?

打扰就是,到时节,吃你火烧肉多吃点儿,你别小气。

哎哟,你六哥是那人吗?今天正好是广安大集,我带你和千代去赶集。

行。妈,我和六哥去广安赶集啦!

千代好奇得很:赶集?

嗯,赶集。

广安在我们东桑生村西南五公里初,是东桑生村附近最大的村庄,当时是大城县区公所所在地,从东桑生村徒步过去要走一个多小时的时间。

广安集日是三、六、十,也就是每月农历初三、初六、初十、十三、十六……集上根据货物的分类各有自己的营业区域,如粮食市、柴草市、棉花布匹衣服市、牲口市。每到集日,四邻八乡的人都聚集一处,非常热闹。

千代的腿也恢复得差不多了。她跟着广庆、秀珍不到一个时辰就到了集市上。集市上,赶集的人摩肩接踵,大姑娘小媳妇都穿得光鲜漂亮的;商品琳琅满目,还有打把式卖艺的,吹糖人炸果子的。千代东瞅瞅西望望,眼睛都不够使唤的了。

广庆为了讨千代的欢喜,买了十几个炸糕给她俩吃,还问千代和秀珍好吃不。

秀珍和千代吃得满嘴都是油,边吃边点头说好吃。广庆说,我再给你们买俩姚一刀的驴肉火烧去，你俩在这儿等着啊。

秀珍和千代就在街边小摊儿那儿边看小东西边等广庆买火烧肉回来。俩人这注意力全集中到看新鲜景上，就忘了广庆买火烧肉的事儿。秀珍正摆弄着货架上的梳子，就听西面传来人们叫嚷的声音，好像前面有人动手打架了。赶集的老百姓就全挤过去看热闹，秀珍和千代被人流推着向前。等两个人挤到跟前，她们就看到有三四个人正围着一个人拳打脚踢。秀珍透过人群一瞅，那在地上捂着脑袋被打得发出呜呜的哭声的正是六哥广庆。广庆嘴里喊着，你们打，别打死我就行！就这样，打人的那几个人一点儿都没有停手的意思。

秀珍推开前面的人就喊，干吗呀？打死人啦！

打人的那几个人一听有人喊，就停了手，扭头瞧是什么人这么多管闲事。

秀珍挤出人群，蹲下身子就拉广庆的胳膊：六哥，六哥，怎么了？怎么了？

广庆鼻口蹿血。他抹了一把血呼呼的嘴说，秀珍，他们欺负人，说我买火烧肉把油蹭到他们身上了。这火烧肉我用荷叶包得好好的，油哪蹭得到他们身上呢？这就是地头蛇欺负咱外村人。

秀珍噌地站起来，对前面一个露着护胸毛的壮汉说，你们是广安的吧？在家门口欺负人算什么本事？

壮汉晃荡了一下身板，打量了一下面前的这个小姑娘：嗬，这哪村的黄毛丫头，够狂的！不错，我们就是这广安西街的。你们外村的到这里赶大集就得睁大眼瞅清楚点儿，别看不出个眉眼高低。

几个大男人欺负一个人，算什么能耐？有本事你们出村试试！

另一个穿着灰布坎肩的人凑过来，往秀珍身上凑：哎哟，这个小妮子够水灵。来，哥闻闻，身上好香，洗澡打香胰子了吧？哈哈哈！说完，那人不怀好意地笑了。七丫赶紧退了退步。

卖火烧肉的老姚头从旁边过来，对刚才那个壮汉说，大奎侄子，大奎侄子，算了，算了。在这一闹都过不去人了，都散吧，都散吧。

那个大奎伸手在肚皮上搓了搓：老姚，以后摆摊别瞎鸡巴乱摆。你今天在这里出摊,份子钱还没拿吧?

大奎,爷们儿,爷们儿,散集后,你们哥儿几个,叔能忘了吗?忘不了,忘不了,那驴大宝贝给你们留着呢。老姚头一个劲儿地说好话,赔笑脸,恨不得立马把这几个人敷衍走。

周围的老百姓也纷纷说,算了,算了,打得够狠的了。

大奎几个人晃着身子转身就想走。秀珍气不打一处来,攥着拳头在后面喊,打了人就想走?不行!

老姚头就给秀珍使眼色,意思是别惹他们,吃个亏算了。

大奎几个人一听这秀珍还挺倔,就又腆着肚皮晃荡着凑过来:怎么?这个地方老子说了算,想走就走,乐意干吗就干吗。你是想陪哥哥说话,还是陪着……哈哈!

臭二流子,臭狗食!七丫狠狠骂道。

操,抽她!穿灰布坎肩那小子说完就凑过来,伸手就想扇七丫。可是,他手伸出半截就被千代扣住了,千代稍微一用力,那小子就疼得哎哟哎哟直叫。千代的右手钢钩一样扣住对方的四个手指,往后一掰,就把那小子摔倒在地;接着,手掌嘎巴一响,把那小子痛得嗷地惨叫了一声,抱着手掌在地上不住地叫唤。

大奎没看清面前这个女的是怎么出来的,又是怎么把人打倒的,愣了一下。但马上,他如头犀牛一般,张大嘴就用身子直撞过去,以为这下可以把对方撞到南墙上了。结果他错了。他感觉这个女人的身子转了转,双手在他腰上一推,他那半截缸的身子就直直地飞出去了六七米,撞到了布匹摊上,大圆脸在地上摔了个满脸花。他懵懵地站起来,脸上的状况把赶集的老百姓逗坏了。大奎恼羞成怒,喊旁边两个伙伴:打,打!那两个人撸胳膊卷袖子,直奔千代而去。千代没等他们过来,脚下生风,转眼就到了对方眼前,然后手脚并用,把两个人打倒在地。千代踩着一个人的后背,眼睛一动不动地瞅着前面的大奎。大奎伸手从地上捡起个青砖,喊着口号,抡圆了就砸千代的脑袋。千代身子略微一闪就躲了过去,双手就到了大奎的腋下。她腰身一拧,大奎就像个大布口袋一样被揉了过去,这就是日本的柔道。啪!大奎被摔得内脏都破了。他嗷地叫了一声,疼得直蹬腿。

千代抄起地上的青砖，对准大奎的脸就是一砖，把大奎满嘴的牙砸掉了六七颗。然后千代又给那伙人每人脸上来了一砖，打得那四个小子满地找牙。

赶集的老百姓中，有人喝彩、鼓掌、叫好，说这闺女身手真绝，真厉害，打得好，打死这几个小子得了。千代和秀珍扶起广庆。广庆瞅了一下正在地上哭爹喊娘的四个流氓，呸了一口，说，千代，揍得好。

姚一刀赶忙夹来两大荷叶火烧肉塞给广庆：爷们儿，赶紧走，一会儿这几家的人来了也是麻烦。

千代扔掉了手中的砖，冷冷地瞅了一眼，拍了拍手上的尘土。

千代在广安大集上把广安地痞揍了的消息不胫而走，秀珍他们回到村里时，家里人早就听说了这事儿。崔四爷想组织家族的男人们带着家伙什去迎七丫他们。在街口看到三个人回来了，崔四爷就在街口安排自家人放哨，以防广安那边的人找过来械斗。那时候，村与村之间时不时因为地界、婚姻、纠纷出现集体械斗事件，村里一家有事儿，同一家族的都一起出来助威相帮。东桑生村里，老崔家是大户，村里人一听崔家有人在广安集上被打了，纷纷出来支援。

崔四爷问广庆，有事儿呗？广庆说，没事，就是鼻子破了，嘴角破了个口子。

广庆的爹妈请来村里的刘郎中给瞧了瞧。刘郎中说，没事，都是皮外伤，愿意吃服中药休息两天就好，不吃中药吃点儿人丹消炎止痛也行。

秀珍对家族人说，千代姐真厉害，四个臭畜类，被千代姐划拉几下就都趴下了。那个叫大奎的在广安跺脚乱颤，这下子跟头栽大了。千代姐会法术，眼也硬，手也狠。

秀珍一回想千代拿青砖敲那几个小子门牙的情形，不免心生异样：真没有看到过手这么狠的女人，下手特黑，都不带眨眼的。

老崔家族的人警惕了一个礼拜，也没有见广安那边有什么动静，崔四爷就派人找从东桑生村嫁到广安村的一个姑太太打探究竟。这个姑太太不负众望，打听出来，大奎那几个后生被家里人送往河间府找牙医镶牙后，当时确实有人想组织人马去讨伐东桑生，但后来一打听是崔旅长的一家子，就没敢动作。这老姑太太也因为娘家人这么霸气的表现而在广安集上挣得了发言权。再逢广安大集，这姑太太就会在集市上人多的地方摆一红木圈椅，在椅上盘腿打坐，指点江山：瞧，那个就是我们村的老崔家增字辈的；看，那个是老崔家炳字辈的。东桑桑出武官，个个都三头六臂。大奎他们遇到的是老崔家年轻的，要是碰上行伍的，当时就得被洋枪搂死，算他们几个小子万幸。别惹东桑桑人，尤其是姓崔的，真的，不是瞎的，别惹东桑桑人。

十六

千代惠美

崔家提防了几天，也没见广安那边来人报复。第五天天傍黑的时候，一辆扎着席棚的马车进了村。一进村，赶车的人就打听崔广义家在哪里，说是来串亲戚的。村里好事的人就领着到了崔相亭家。一听说老崔家来了洋气的亲戚，村西头正吃着晚饭的人都端着大碗出来问。车上下来个穿长衫的，四下作揖。广庆腿快，跑进崔相亭家喊人。当时崔相亭不在家，广庆就喊，二娘，来戚了，出来迎迎！怎么这个时候来戚呢？崔李氏弄不清是怎么回事，擦干净手先出来了，七丫跟在后面。

崔李氏一看不认识，忙问，这是哪儿的戚呀？说罢，她看了看刚出门的崔四爷：四叔，你看这是咱哪儿的亲戚呀？这是从哪村来的？

穿长衫的长者欠了欠身子，说，老嫂子，嗨，真不好意思，我是从高阳府过来的。

高阳府？崔李氏更纳闷了：我们再高阳没亲戚呀！你们……她正想说"你们是怎么个亲戚"，那个赶车的就迈了一步，对后面的七丫喊，你是秀珍姑娘吧？

七丫也正好奇这是打哪儿来的有钱亲戚，听到有人叫，这才把眼光放到车夫身上。她啊了一声，认出来了：这不是老蔫叔吗？

对，对。老蔫叔攥着马鞭说。

崔李氏一听闺女认识，忙说，快点，快点，她爹没在家，都进院，进院。

这时，车上又下来两个人——老蔫婶和苏家莲。七丫这下欢喜坏了：家莲姐，老蔫婶，是你们呀？

崔四爷在一旁更糊涂了，对七丫说，这是哪儿的亲戚？

七丫对四爷说，四爷，亲戚，可亲的亲戚呢！

是吗？四爷更糊涂了。

几个人进了院子。千代惠美刚把桌子收拾完，撒着围裙走了出来。老蔫婶捅了下崔李氏：老嫂子，这是？

哦，哦……崔李氏脸上一红，不知道怎么介绍千代惠美，沉了一下，说，这是表侄女。

表侄女……老蔫婶就走了思。

千代忙鞠一躬，说，你们好。

千代这一鞠躬弄得老蔫叔挺局促：好，好。

苏家莲和千代四目相对。苏家莲心想，这个人别是和广义有什么关系吧？

七丫对广庆说，六哥，你看会儿大车。然后，她又对还在发闷的四爷说，四爷，咱家热闹啦，过不了半年你就得在家谱上添人名了。

哦，哦……崔四爷似明白非明白，捋了捋山羊胡子，回家了。

苏家莲随三姨和姨夫回到庞口后，三姨添枝加叶地和姐姐、姐夫说了怎么偶然崔广义的妹子，崔广义怎么懂事、人样子多么精神，劝苏成郡说，不行咱就来个低头亲家，主动去大城东桑桑村瞧瞧；现在兵荒马乱的，崔家看来族门不小，在兵营里有后台，得快点把亲事定下来。

苏成郡一开始不同意，后来架不住连襟和老伴的劝说，再一分析，这年头儿还有什么面子不面子的？把姑娘嫁给个正道人家，管他低头抬头呢，去大城看看，先当亲戚走动走动，看看人家是什么意思。他便留下夫人、儿子在家，自己领着家莲和连襟两口子赶着车来到了东桑生。

那天晚上，苏成郡和老蔫叔宿在了崔四爷家里，老蔫婶和崔李氏两个女人住一屋。老蔫婶这一晚问这问那，把我们崔家祖宗八代、亲戚、邻居都问了个透彻。苏家莲和崔秀珍、千代挤在西屋里。开始时苏家莲对千代还有些抵触情绪，后来七丫在枕头边告诉她千代是日本人，她先是吓了一跳，等七丫将来龙去脉全盘说给她听后，她的戒心才完全消除。千代懒得掺和七丫和苏家莲没完没了的闲扯。她才不管这个苏家莲和谁谁是什么关系，不大会儿就在七丫和苏家莲你一句我一句的对话中兀自睡去。

因为崔相亭没在家，苏家没有如原先计划的那样得到个具体结果，只是老蔫婶利用晚上的时间单刀直入和崔李氏摊了牌。苏家这个送女上门的大胆举措，让老太太犯了猜疑。她真搞不懂，像苏家这么个有钱的地主家，怎么会看中自家那个倔愣小子。当然，苏家莲给她的印象非常不错，可越是这样，老太太越是将这个事情拿捏得小心。

第二天下午苏家人返程的时候，七丫本想留下苏家莲，可是家里住着个漂亮寡言的千代，等千代走了再说吧。现在她也非常纠结，千代和苏家莲都让她稀罕得要命。苏家莲懂事，好多思想都和自己的一致；千代则是自己的聆听者——这让她这个将来的小姑子非常难以选择。

千代起码是不会嫁给崔家的。大城有哪个人娶了外国女人？没有。七丫见千代没在跟前，就跟妈说。

崔李氏眼瞅着苏家的马车消失在村口，对自己闺女说，我也没见过还没怎么样就把闺女给人家送过来的，这是哪家的风气？

万龙小姑凑过来，追在崔李氏屁股后面喊，我的老嫂，你要不乐意，给我侄儿万龙说说行呗？

七丫腻歪她，眼瞪了她一下，说，都给我哥交了定钱了，说吗说呀？

万龙小姑一听，人家都交了定亲钱了，一脸沮丧：唉，现在都兴倒贴了呀？你家广义真能耐呀。

从那以后，我姑奶奶崔秀珍就总期望苏家人再次出现。没过几天，一辆黑屁股的洋汽车从东街口拐进村子后嘎吱一声停在崔相亭家门前。村里人见老崔家又来高戚了,都出来看新鲜景。这铁家伙神奇洋气,小孩子们围着它藏猫猫。崔四爷用长满老茧的手在车上摸了又摸:这家伙,这黑油漆真瓷实!

邢清远穿着西装下了车,摘下黑礼帽冲着四爷和周围乡亲欠了欠身子,进了崔相亭的家。崔相亭听到外面熙熙攘攘的,想出来看个究竟,出院正迎上邢掌柜。

这不是表弟吗?

嗯,是。二表哥您好!

崔相亭把邢掌柜引到里屋。邢清远先寒暄了几句庄稼上的事儿,然后道出主题:表哥,我那侄女呢?

哦,和秀珍到北洼枣树地摘枣去了呢,马上就回来。孩子他妈,赶紧喊俩丫头去,他表叔来了。

崔相亭又问了问直奉战场上的事儿。邢清远简单地告诉他,直奉战争结束了,张作霖被撵出关外,十七旅战功显赫,现在崔旅座正在滦州整编队伍,曹、吴两位大帅估计要论功行赏,旅座肯定要被提升一级。

崔相亭说,再提就是师长了。

何止师长,估计要加封镇守使。

那真不赖,老五不赖,这真是光宗耀祖了。

俩人正说着,秀珍和千代?着篮子就进了院子。秀珍爱叫人,喊道,表叔来啦?

来啦,来啦,这丫头真招人喜欢,有婆家了没?二表哥,丫头找婆家的事儿,我包了。

崔李氏听人夸自己的闺女,脸上乐开了花:她表叔说的差不了,行,你包了。

秀珍脸一红:我给表叔洗点儿小枣去。

千代向邢掌柜点了点头。邢清远掩饰着脸上的尴尬,说,千代,这么长时间,给你表大伯添麻烦了,我这次就是来接你回去的。

崔相亭老两口儿也觉得千代不冷不热的,显得场面有点儿僵。崔相亭说,添什么麻烦,千代这丫头除了不爱说话,啥都好。

崔李氏用胳膊肘捅了一下崔相亭：人家该说的就说，不该说的不说。谁跟你闺女似的到处惹事呀！

千代只好勉强挤出点儿笑容，说，我去收拾下。邢清远说，表哥，我和千代说点儿事儿。

崔相亭一家也猜出邢清远和千代的关系绝非叔侄关系，因为他俩每次见面总是神秘兮兮的。千代在家时的种种表现也让老崔家一家人满腹疑猜。但老崔家人也不清楚他们搞的到底是什么名堂。甭管怎样，千代还是给东桑生老崔家门上留下了好口碑的。东桑生人都清楚，千代这姑娘不是寻常人，但绝对是好姑娘。

千代是七八天前给邢清远写的信。她让广庆交给县城绸缎庄那脸上有青记的伙计，再让那伙计将信转交给邢掌柜。邢清远接到信后，当天就将信给了川木有末。川木若有所思般点了点头。

川木离开后，邢清远就用电台给正在天津咸水沽整训的崔相应发了份电报。崔相应收到译电后，思忖了许久，然后电报指示邢掌柜到津面谈。

邢清远风尘仆仆地赶到十七旅临时指挥部的时候，看到老卞和耿营长正嬉皮笑脸地和崔相应说着什么。崔相应坐在紫檀圈椅上不动声色，只听俩人白话。

老卞脸上表情跟演皮影似的：老棚长，咱们这次拿下马厂可多亏广义了，你想不提你侄儿下边人都不服。

谁不服？崔相应故意把脸色压了压。

老卞满脸坏笑：大老耿不服。

耿营长在一旁抬腿想踹老卞：我操！你个瘪脑瓜子，不是你拉我来找旅座，说非得给广义说说，不来不行。你他娘的把我当猴子耍了？

这不，邢先生也来了，一块儿讨论讨论。让邢掌柜说，旅座不提拔亲侄儿，提拔外人，没道理呀！再说广义在战场出生入死，有战功。老卞瞎热情。

邢掌柜正坐着没底的轿，见崔相应今天心情蛮好，也赶紧锦上添花：我可不敢参与军务，不过广义是旅座的侄子，这是家务。我是广义的表叔呀，我也有建议权呀。卞正目说得真对，不提拔有功的提拔谁？不提拔广义，别人真要说这五叔太大义灭亲了。

崔相应越听心里越舒坦。其实他早有提拔广义之意,但就是怕下边的人不服。他站起来,背着手笑道,邢先生,你这是和他们商量好了。好吧!大老耿,在你们营抽调老兵组个手枪营,让广义负责,军衔少校连长,那几个东桑桑村的都调到手枪营来。那个寿岐虽说在马厂没有打好,但人还是比较有思想的。我们马上要和西北国民军下级军官互派交流,让他去胡景翼那边历练历练。

老卞和耿大阔听了,心里高兴。

崔相应说完,想起什么:老卞,你这个上士也不能干一辈子呀!

老棚长,我就是打仗的命,让我指挥人我浑身刺痒。老卞扭了扭身子。

大阔,老卞的饷钱和你一样,你的花名单多安排个中校的职务。

是!

旅座知遇之恩卞海生没齿难忘,老卞打了个立正。

行了,你俩任务完成了,回去吧!

俩人各自龇牙咧嘴地敬了个礼,然后迈步出屋。崔相应又想起什么似的,招手说,大阔,你等等。广义的事儿办完了,我还有个事儿得办。你去师部取个调令,把那个宋参谋调到驻马厂七营任上尉参谋。你亲自陪同送去。

耿大阔一时没想起来:宋参谋?哪个?

宋铁臣。旁边的副官说。

他呀!师部参谋到咱十七旅这儿不是大材小用吗?

你不懂,这个事儿办不了我回不了老家。崔相应半开玩笑半无奈地说。

耿大阔还是一头雾水:回不了老家?

我那七侄女交代的事儿,我必须办了呀。

耿大阔茅塞顿开:秀珍呀,明白了!

其他人离开后,邢清远满以为崔相应会和他多说几句话。可是,他跟着崔相应到了后面的密室后,崔相应让他关上门,劈脸就问,千代惠美知道我们多少?

邢掌柜沉了一下：川木和千代的应该是平级。千代晓得咱们和川木有交易，但具体情况不太掌握。川木现在期望能够和咱们继续接触，也是希望能够从您这里联系上曹、吴两位大帅。

玉帅（吴佩孚）对日本人是弃而远之的，如果他知道曹大帅背着他和日本有这样的联系，他会把事情想得复杂。现在我们必须关闭和日本方面所有的联系通道。川木这个人，据我了解比较阴险。对付日本人不要讲仁慈，中国和东洋是世仇，迟早还要打起来。一个不留，让他们从我们视线里消失。

邢清远听完崔相应冷如风霜的话，忙问，那怎么做？

你返程路过静海时，去找警察署长杨三集。我现在给你写个手令，让他做这个活儿。你听他安排就是。

邢清远抬眼瞅了一眼崔相应，觉得崔相应与刚才真是判若两人。

千代收拾完行李，秀珍哭得跟个泪人似的抱着她不撒手，舍不得她离开。千代也想，这一走不知何日才能再相见。她也非常感激这一家人对自己的细心照料，没有这家人，就没有自己的第二次生命。

崔李氏也抹了几把眼泪，说，闺女，以后能到直隶这边，就过来看看咱这家，到多会儿这里都有惦记你的人。千代惠美无比感动。她走到院子里，深深地为这一家人鞠了一躬。

撒有纳啦！

这一句把崔相亭一家人给镇住了。

我是日本人，我来自关东，我的名字叫千代惠美，我的家在日本九州。我的哥哥死在了大城县城，我要带他回家，回家看爸爸妈妈。我爱这个东桑桑，爱叔，爱婶，爱秀珍。谢谢你们，谢谢！

邢清远一脸尴尬地带着千代惠美上了车，千代频频挥手向崔相亭一家告别。广庆也听到了千代要离开的消息，从地里赶回来，老远就喊，千代，千代，别忘了我们，勤回来！千代眼圈更红了。她明白广庆对她有那种意思，可是她没有。尽管没有那种感情，广庆的好依然让千代难忘。

车子快开出东街口的时候，斜刺里突然蹿出一个人。司机被吓了一跳，嘎吱一声紧急踩了下刹车。邢掌柜一看，秀珍拎着一个包袱站在前面。邢清远说，丫头，你这？

秀珍上来把车门一拽就钻进了车厢：千代姐，这个是我妈给你的小枣，你在火车上吃，我送到你大城县城。

千代说，不用，不用。但秀珍抱着千代的胳膊就不撒手。

邢清远皱着眉说，秀珍，你快回去吧，大人也不放心呢！

我已经是大人了，我爸妈让我来的，没事。

你这不是给我添事吗？邢掌柜心里这个着急。

我给你添什么事了？坐你的车这么不情愿，以后想让我坐我都不坐，我五叔的车比你的好！

邢清远没法子，总不能硬拽这个犟丫头出去呀！秀珍这一来，打乱了邢清远和杨三集的刺杀计划。

邢清远先是开车进县城找了几个干苦力扛脚的，然后又雇了辆马车。秀珍领着千代在县城买了烧纸还有纸人纸马。千代不懂买这些东西做什么，秀珍就一件件地告诉她：这两个童男女是送到阴间去伺候亡人的，在阳间这都是纸糊的，到了阴间就都变成真的了。那些轿子、马车、房子都是。千代一听就郑重起来，买了好大一堆纸活儿。

一切准备齐全后，邢清远带着千代惠美来到了距县城北三四里的洼地，找了老半天，才找到埋葬千代哥哥的坟。坟头杂草丛生，等把坟刨开，千代秀忠的尸体就露了出来。当时老卞他们给找了个席子卷上，快半年了，席子还没有糟透，尸体散发出怪味。千代一看到尸体，眼泪止不住地流，七丫又是劝又是给擦眼泪、拍打身子。还多亏有她这么个人跟着，别人还不好伸手。

邢清远让人把尸体装好袋，拉到县城西面的土地庙里，然后架上木柴，将尸体放了上去。千代用日语轻声祈祷着，哥哥，我们回家，我们回日本九州，爸爸妈妈等着我们，我们回家了。

柴火燃起来。在火光中，千代秀忠的身躯散作一团青烟，随风向东北方向飘去。

秀珍依依不舍地和千代挥手作别。千代抱着哥哥的骨灰坛，含着眼泪向秀珍道别。这次她因为特殊任务而遭遇特殊意外，通过在东桑生村养伤这一段经历，对中国有了新的认识，许多思想也发生了不少改变。她现在还有好多事情要做，真希望有天能重新踏上直隶这片土地。

邢清远等秀珍走远后，示意千代惠美上车。千代一钻进邢清远的汽车就愣住了。

车里多了一个人——刚刚剃掉人丹胡子的川木有末。

川木有末表示关切地说，辛苦了，千代君。

千代和川木对直奉的意见是相左的。这次受东京方面委派，千代惠美以日军顾问团团员的身份来到直奉前线，主要任务是掌握奉军基层军官对日本的思想动态；川木和千代秀忠这些日本少壮派主战军官则期望日本军部能够在直奉大战之际"螳螂捕蝉黄雀在后"，发动侵华战争，而这种观点是违背日本内阁的政治主张的。川木和千代秀忠刺杀张学良未果后，千代惠美和哥哥发生过争吵，因为她认为张氏父子对日本政府来说还是有利用价值的，日本理应全面配合奉军打压直系，而不是现在就将张氏父子干掉。千代秀忠不同意妹妹的意见，包括他在内的很多关东军军官认为关外奉系张氏军队无能透顶，奉军官兵不堪一击，关东军一声号令足能占领整个东北，再以东北为基地，辐射中国华北、蒙古国，占领整个大东亚就指日可待了。

千代坐在车上，脑子缓缓地思索着。川木斜瞅了一眼千代怀里的骨灰罐，假意用手帕擦拭了一下眼角，故作神伤。千代清楚川木有末是在假慈悲，双眼一直瞅着前面的路。

车子向前行驶了七八里路后，两侧出现了一片荒洼野地，道沟两边是茂密的榆树林。川木悄悄把手帕放到大衣左边口袋中，把已经打开保险的手枪握在手里——他想先打死身旁的千代，再干掉前面的邢清远。他的手一点点地从口袋里向外抽。就在这个节骨眼上，只听嘎吱一声，邢清远突然把车子停住了。川木赶紧把枪放下。邢清远扭头对两个人说，川木先生，不好意思，内急，早晨喝老豆腐喝凉了。说完他就熄了火，打开车门颠颠地往树林里钻。

川木长出了一口气：好。

两个人坐在车里等邢清远回来，但等了好久也不见邢清远回来。就在此时，突然从道路两侧过来几个背着筐子的老百姓，也不像是要去捡粪干活儿的样子。千代觉得有什么地方不对。她脑子才一转，两侧沟底就嗖嗖又跳上来两个人。那两个人端着冲锋枪，对着车子就是一通扫射。嗒嗒嗒，车子的挡风玻璃被打了个稀烂。千代抱着骨灰坛，一脚蹬开车门就翻进了沟。川木也从另一侧蹿出车子，对准前面的人开枪还击。

这几个袭击的人显然有备而来，交替掩护射击。川木边还击边喊，千代君，我们被邢掌柜出卖了。千代手无寸铁，撕下衣服的袖子将骨灰盒裹紧，系在腰上。子弹嗞嗞地在她头上横飞。她看到一旁有两块青砖，便抄在手上，伏在沟里等着对方冲过来。一个人端着冲锋枪冲到沟坡上，千代一跃而起，右手拧住枪管一带就将对方拉下了沟坡。旁边的人端枪向她扫射，她拽住摔下沟坡的那个持枪人的后背，子弹全打在那人的后身上。她夺过冲锋枪，嗒嗒嗒，把对方打到了。川木那边手枪子弹打光了，千代用冲锋枪压制住对方，川木乘机跃过来。两个人边打边顺着沟跑，没跑多远，前方又出现五六个人，手枪、步枪同时向他俩射击。两个人越上沟坡，俯身又向南面跑。那伙人呈扇形包抄追击，作战经验显然相当丰富，不大会儿就将两个人逼迫到了一个水塘边。这时，两个人的子弹全打光了。

川木喘着气说，千代君，我们不要被对方俘虏了，要以死效忠天皇。千代没有说什么。她有些绝望：自己难道真的要和哥哥一起葬身在中国了吗？

正在这时，一阵嘀嘀嗒的冲锋号声响了起来，远处也传来了马的嘶叫声。俩人向远处张望，只见三匹快马从南边疾驰而来，马蹄扬起片片尘土，马上的三个人平端马枪，穿着直军部队的军服。马还没到，枪声先响了，有两个人被射倒了。有人打了个呼哨，剩下的十几个人就拖着死伤的人向北迅速逃跑。

马上三个人到了川木和千代跟前。有两个人跳下马来，另外一个端花机关枪在马上警戒。川木不认识他们。千代瞅其中一个，觉得有些面熟，但一时想不起来在哪儿见过。

这三个人都是直军军官装束，其中一个大个子喊，你们是哪里的人？

手里的家伙哪里来的？

我们是正经商人，遇到土匪了。川木站起来回答。

土匪？他们不是土匪。在马上警戒的人瞭望着四周，说，他们的撤退很有纪律性，应该是经过训练的，真是奇怪了。

另外一个穿少校军服的直直地瞅着千代，千代让他瞅得不好意思了，扭了下头。少校也意识到自己有些失态，回过头去问川木，商人也会打枪？你这手枪可不是一般商人能玩的。

川木无言以对。马上那个年轻人喊那个职务高的人：团长，都带到马厂去吧，好好查查。

正在这时，远处有人喊，千代姐，千代姐。大家顺着声音望过去，就见西面有两个小小的人影跑过来。

千代一听声音就知道是秀珍，眼里扑簌簌掉下一行泪水。她挥动手臂高喊，秀珍，秀珍！

秀珍？那三个直系军官都好惊讶。

哪个秀珍？我妹妹呀？已经是少校军官的崔广义问了千代一句。他这下也想起来了，身旁这个女人就是在自己家里养伤的那个。

你是……千代使劲回想，说，广，广义？

对，我是崔广义。你就是在我家养伤的那个邢千代？

嗯，嗯。千代好高兴。她刚才还在想如何应对这三个直系军官的盘查，现在知道遇到的是崔家人，觉得肯定万事大吉了。

川木暗自窃喜。他虽然不清楚千代这段时间都遇到了什么事情，但看样子，这三个直系军官不仅来得及时，而且还和千代渊源颇深。

过了不大会儿，秀珍和广庆从远处跑到近前，又看到了广义和宋铁臣，还有耿大阔。这可把秀珍高兴坏了：千代姐，你们没事吧？

千代身上被树枝划了几道血印，但并无大碍。她紧紧地抱着秀珍。

广义问，广庆，你们怎么到这里来了？这到底是怎么回事？

广庆说，千代被邢清远从咱家接走了，秀珍非得跟着送城里来。家里担心她又疯颠疯跑不着家，就让我到城里接她。这不，她听说你被调到马厂来了，非得去马厂找你。我拗不过，就跟她去马厂找你。走到半路听这边打起来了，我们就担心是不是千代他们遇到什么事儿了。这担心吗来吗，还真是千代他们出事了。

广义瞥了妹子一眼：你听谁说我被调到马厂来了？瞎咧咧。

邢掌柜告诉我的。秀珍反驳了哥哥。其实是邢清远偷着告诉秀珍宋铁臣被调到马厂来了，她听后心就野着，想去马厂见宋铁臣。

宋铁臣在一旁脸一红。秀珍向他努努嘴，做了个鬼脸。

耿大阔心里最清楚怎么回事，对大家说，大家都走吧，估计一会儿警察就会赶来。都去马厂营部，宋铁臣全权负责招待。

一伙人有说有笑地向马厂方向而去。

邢清远远远地看着这一切，用力踢了一脚地上的一块土坷垃，骂道，真他妈的！

七八个人边说边在洼地上找平路走。川木给千代使了个眼色，千代顿时明白了川木的用意，心里一凛。紧接着，川木用胳膊从后面一下就把秀珍的脖子狠狠勾住，喊道，都把枪放下，放下枪！

前面的人顿时愣住了。一看这情形，宋铁臣想拔枪。川木用匕首抵住七丫的脖子说，谁动我就弄死她！耿大阔把手一伸，示意宋铁臣不要莽撞。广义气得直喊，你放开我妹妹，放开！

都把枪扔掉，快点扔掉！耿大阔摘下腰里的匣子枪扔到地上。广义攥紧拳头，但现在也只能听川木的。三个人统统把枪扔到地上。川木喊，千代，把枪捡起来，把马身上那些枪的枪栓都拆了。

千代低头把匣子枪都捡了起来，拿在手里，又拆掉了步枪的枪栓，把枪栓扔到了路旁的泥水沟里。她现在也心慌意乱的。

秀珍在川木的臂弯里挣扎，脖子被匕首划破了一层，露出了血痕，眼泪汪汪的，"哥哥，哥哥"这么一声声地喊。广义听着，心里针扎似的疼。宋铁臣急得眼珠都红了：放开她，否则我剥了你的皮。

谁也别动，哪个敢过来，就给她收尸。千代，快去把马带过来。

千代有些手足无措，忙跑过去拉过来两匹马。川木一步步勒着秀珍的脖子后撤。后撤二十多米后，他从千代手里接过缰绳和驳壳枪，对准耿大阔身后的军马开了一枪。军马前蹄一屈，俯卧在地上。川木先把秀珍托上马背，然后自己也跨了上去，手枪一直对准秀珍的后脑。千代瞅了广义和广庆他们一眼，牙一咬，也翻上马背。川木在马背上狞笑了一声，随即枪口对准了千代惠美的心口。千代还没反应过来，枪就响了。子弹正打中千代的胸口，一股鲜血喷了出来。千代惠美从马上仰头翻了下来，秀珍喊了声"千代姐"。川木催马向前，跑不多远，秀珍从马上挣脱，滚了下来。川木向秀珍身上开了几枪，但没打中，随后就往东北方向逃走了。

崔广义怒不可遏，抬腿就在后面撵了会儿。但人的俩腿哪能比马蹄子跑得快？不一会儿，川木就成了一个黑点儿。广义心里惦记妹子的死活，返身回来。秀珍浑身是土，站起来一看，身上不但没有中枪，连一点儿事儿都没有。宋铁臣又摸胳膊又扑拉腿：秀珍，哪里疼，哪里疼？秀珍想着千代的死活，跑到千代身边，用手摇晃千代的身子：千代姐，千代姐！

千代的胸口被打穿了，血流了不少，洇透了胸前的衣裳。疼痛让她蜷缩起身子左右摇晃：秀珍，秀珍，对不起，对不起……

没事，千代姐，千代姐……七丫抱着千代，流着泪说。

耿大阔见人还有活的希望，知道现在也不是讲究的时候，过去就把千代胸前的衣服撕开，然后从背包里掏出两条绷带，给千代前后心贴好，把衣服又裹紧了。他说，广义，你上马驮着人，赶紧送救护所。

广义狠狠地抽了几鞭子军马，一手抱着千代惠美的腰身，纵马向马厂方向飞奔。

广义的马不见了踪影，耿大阔、宋铁臣边走边问秀珍事情的来龙去脉。秀珍就开始说她今天怎么从家里出来，怎么弄得千代哥哥的尸体、骨灰，千代怎么和邢掌柜坐车回关外。正说着，一队骑兵从后面追了过来，耿大阔把没有枪栓的步枪端在手里。等那伙骑兵走到近前，耿大阔一看，都是警察打扮。

有个警长身份的人来到他们跟前，端着步枪问，你们是哪部分的？

宋铁臣说，我们是十七旅五十七团的。你们是哪个县的警察？

喔，十七旅的，我们也是十七旅的老人，杨三集是我们的头儿。

耿大阔一听是杨三集的属下，就把枪放下了：小绵羊的人呀？我是团长耿大阔，让他见我。

一听耿大阔的名字，那个警察头头儿跳下马来，先是敬礼：报告耿团长，小的郭二球子，以前也是十七旅的兵，早就听说过您的大名。这个郭二球子说完，没等耿大阔回话，就对身后的警察说，弟兄们，是咱们十七旅的长官，都下来见见。

耿大阔说，你们这都荷枪实弹的，要干吗？

耿团长，奉杨局长命令，搜捕日本间谍。刚才这里有人开火打伤了我们几个弟兄，这不，我们过来增援一下。

日本间谍？

是，日本间谍，一男一女。郭二球子一副实事求是的样子。

秀珍在旁边说，刚才跑的那个才是间谍，千代姐不是。

郭二球子愣住了：怎么，你们看到日本间谍了？

耿大阔打了个马虎眼：刚才我们和那两个间谍交手了，这不，向东北方向跑了。

是吗？我们没遇到呀！奶奶的，想从我们眼皮底下跑掉，门儿都没有！耿团长，改日去静海找杨头喝酒。郭二球子跨上枣红马，向耿大阔等人抱了抱拳，领着人向东北方向追了过去。

耿大阔心中还有好多疑团，还想问这个郭二球子几句，见这个郭二球子风风火火地骑马走了，想着问他这层级的人也问不出什么内情来。等他们几个人到达马厂直军驻地的时候，比他们早一步到的，还有保定行辕给各作战部队、警察厅（署）下达的通缉川木和千代惠美两个日本间谍的密电。密电的最后一句最让人触目惊心：凡我部官兵与其遭遇者，可先行射杀，无须报告，乃重赏。

耿大阔等人读完，出了一身冷汗。耿大阔和宋铁臣交换了一下眼神，宋铁臣心照不宣地点了点头。

崔广义紧催战马跑了好长一段路，感觉身前的千代越来越往前坠，低头一瞧，千代后心的血洇过来了。广义揽着她的腰身，喊，千代，千代。千代身体在马上晃悠着，脸色蜡黄，抿住双唇。广义心里着急，想，这样即使到了马厂驻地，人也危险了，但也没办法。他看了看周围，远处的运河堤隐约可见。他想起来，这个地方他曾经来过。他左手连续抽了几下马鞭，马打了两个响鼻,奔旁边的村庄跑过去。

到了大路口的大车店,马直接就冲进了院子。大车店掌柜的正在牲口棚指挥伙计铡草料,见外面突然闯进个骑马当兵的,马上还拥着个女的,吓了一跳。他扎着双手走到院子,仰着脖子还没开口,马上的人就喊了,掌柜的,是我,赶快帮我把人弄下来。

店掌柜的一瞅,认识,是曾在自家店里躲过的那几个直军探子中的一个:哎哟,你呀!快点,过来人,帮长官抬人!两个伙计跑过来,帮广义把千代惠美架着下了马。

掌柜的一看这女的伤得不轻,忙把人抬到了店里的大通铺上。广义满头是汗:掌柜的,让大嫂给用热水擦擦身子。然后,他从口袋掏出一把钞票,往掌柜的手里塞:镇里有郎中没?去请来。

掌柜的点着头,嗯了两声,不想接广义的钱,但看广义着急的样儿,明白现在也不是客套的时候,吩咐伙计去请郎中,并让媳妇赶紧烧水。

水烧开了,掌柜的媳妇端水进来,大家都回避出去。掌柜的媳妇才帮千代擦完伤口,郎中背着药匣子就跑过来了。郎中戴个文明镜,四十多岁的样子,从神态上看是老江湖了,先是把脉,再是查看眼底,再仔细观察了伤口,最后对店掌柜的说,我先用银针止住她的血,人得去静海县城洋鬼子们开的医院输血,失血过多。

掌柜的退了一步,把广义让到前面。郎中问,你家里的呀?

广义打了个沉儿,点了下头:嗯呢。

这个是贯通伤,看位置是贴着心脏穿过去的,再偏点儿就没辙了,赶紧送静海吧!郎中说完,掏出银针在千代肩窝、臂膀、胸两侧的穴位扎了进去,稍后,便取出银针,洗净手离开。掌柜的陪着送出去,把钞票塞到郎中手中。郎中作揖说,我直省士兵舍得身家性命拒奉匪于榆关外,我这不过是举手之劳。说罢,他转身而去。

掌柜的捏着钞票,咂摸不出个滋味,心想这个郎中还挺豪气,心里也平生意气,喊道,伙计,套车,静海洋医院。

傍黑时分,广义压着马车到了静海县城。一打听,这医院原来不是什么洋医院,而是教堂的神父开的一家西方诊所,来打针取药的当地人还挺多。广义下马，找到了一名穿护士服的嬷嬷：我这里有病人，挺严重的，哪位先生给看看？

嬷嬷看出了这个军人焦急的样子，领着他到了神父那里。神父出来，到大车上一看千代身上的伤口，又瞧了瞧眼睛、舌苔，马上招呼人往治疗室里抬。嬷嬷给输上液，又测了体温。洋神父说，得输血。店掌柜的和广义几个人又忐忑又好奇。洋神父说，你们几个过来验个血？

广义、掌柜的，两个伙计都不明就里，伸着胳膊让护士采血，然后就站在院子干等着。过了一会儿，神父过来，指着广义：你，你的血合适，过来输血。

广义就跟着护士去抽血，抽完血，看到护士把血又不知道怎么弄了弄又换了个瓶子，输给了千代。忙活完这一整套，天已经黑了，广义就请掌柜的和那两个伙计吃饭。掌柜的说，爷们儿，事儿也完了，我看你家里头的也得暂时在这儿住几天，我们回去吧！就这样，店掌柜的带着伙计连夜返回了镇子。广义摸摸口袋，还有点儿钞票，就给掌柜的。掌柜的说，不用，咱也有颗滚烫的心，随后坐上车消失在夜色中。

崔广义回到病房，看到千代依旧处于昏迷状态。护士说，血压逐渐恢复上来了，命是保住了。崔广义这时感到全身乏得要命，找了外面的椅子，往上斜着一躺，就睡过去了。

第二天，广义被人们说话、走路的声音弄醒了。他从椅子上起来，来到病房，看千代脸色泛着红，也就放心了。他弯腰瞅了会儿，肚子有些饿了，就出病房去外面找吃的。走出院子看到自己的马在树上拴着，他给马饮了点儿水，在外面包子铺里买了三个韭菜包子，边吃边去找神父。

洋神父正喝着山芋粥，吃得津津有味，见广义过来，主动过去问，你的夫人，没事了，但得有十几天的恢复期，枪伤不好康复。

广义对这洋神父挺有好感，也对洋神父的西医治疗比较好奇，听洋神父说没事了，心里踏实了许多，连着给洋神父鞠了好几个躬，一口一个谢谢。末了，他问了一句，神父您是哪国人？

我？英国。

英国是哪国？

广义回到病房，瞅着千代的脸庞就寻思，怎么自己就跟欠这个人似的，救了她两次？这个人和自己有什么关系，怎么自己这么拿着当回事？现在这女人身上还流着自己的血呢。想到这里，崔广义心里忽闪了一下，脸上发烧，赶忙把思想转移到别处。

自己在这里陪着也不是长法呀，要是秀珍在这里陪着就好了。女人方便，解手、喂饭、洗衣裳也得劲，自己部队上还有好多事儿呢！

崔广义分身乏术。正在这时，外面十字街上有马蹄声响，宋铁臣风风火火地带着个卫兵骑马到了教堂门口。崔广义赶紧迎了出去。宋铁臣跳下马，把缰绳给了卫兵，对他说，广义哥，可找到你了，找了你一夜。

广义问，来不及通知你们，人在里面让洋郎中看了看，命保住了。

不是，广义哥，这个女的是日本间谍，上峰有令，让我们押送到咸水沽处理。

间谍？

嗯。

人现在哪能动？广义疑惑得很。

上峰还说，如遇特殊情况，可以就地解决。

这千代看着也不像呀！怎么这么严重？

宋铁臣也颇为难：可现在我们也不能违抗旅座的命令。

广义也发愁，这是怎么回事呀？合着拼了性命救的却是敌人。这日本间谍到底做了什么对不起中国和直系的事情？自己输了几瓶子血，现在又让毙了这个女人，谁下得去手呀？

宋铁臣和崔广义俩人正踌躇之际，就听南街上传来人喊马叫的声音，三四十个警察有骑马的，有徒步的，涌了过来。领头的那个，崔广义认识，正是现任静海警察署长杨三集。

杨三集在马上喊，我当是谁呢，侄儿少！哎哟，少校了？

广义早就清楚，这家伙看不起他，觉得自己是靠崔相应这关系上来的。像杨三集这样的人，十七旅大有人在。崔相应为什么没有将东桑生人留在身边，而是全推到了前线，也有避嫌的意图。

哎哟,杨大哥呀,成了坐地户了,我刚才还想着晌午找你喝两杯去。广义抱了抱拳。

杨三集下了马,瞅了一眼宋铁臣,问,这位兄弟是?

兄弟宋铁臣,原先在第二十六师师部,现在也在十七旅了。

哦,失敬失敬。您二位这是?大早晨跑静海遛马来了?

崔广义瞧不了杨三集阴阳怪气的德行,拦住对方的话头,问,杨大哥,您带着兄弟们大早晨出操,也蛮辛苦。

得了,侄儿少,哥哥我奉保定行辕命令,缉拿日本间谍。刚才有兄弟打听到,昨天晚上洋医院里来了个受枪伤的娘儿们。我过来看看是不是上边让拿的人。要是,咱哥儿仨就一起得了头功。

宋铁臣脑子快,上前一步:哎哟,杨大哥,看这事儿闹的,也怨我和广义,昨天没给您打招呼,这娘儿们还真就是行辕指定的间谍。这不,我们哥儿俩不正在这里寸步不离地守着吗?

敢情我杨三集来晚了呗?

不晚,等人醒了咱们审审,往上面打报告时,坠上您的大名。宋铁臣打着哈哈。

杨三集脸色就不好看了,把马鞭一晃:操,你小子还挺会说。说完,他迈着大步进了教堂。崔广义和宋铁臣赶紧跟过去。

那个日本娘儿们在哪儿呢?杨三集大声嚷嚷着。病人、嬷嬷、老百姓都惊慌地闪在一旁。神父过来:请安静,请安静,这是医院。

安静个蛋,这是老子的地盘,想怎么样就怎么样!杨三集一步跨进病房,看到千代躺在病床上闭着双眼、气息微弱。他对周围的病人还有吃饭的人嚷嚷,都给我滚出去,老子有话问这娘儿们。

屋里的其他人吓得都出去了。杨三集到了病床边,一把揪住千代的衣领子,把她拽了起来,喊,日本娘儿们,别装死,说,你那个同伙跑哪里去了?说,快说!杨三集恶狠狠地问。

千代露出痛苦的表情,嘴里发出几声呻吟。杨三集的动作显然弄得她非常难受。

臭娘儿们,老子过一会儿就在这里干了你!杨三集匪性十足。

广义觉得这杨三集这混账太目中无人了。看着千代在杨三集手里那种让人怜惜的样子,他一步迈过去,对着杨三集吼道,杨三集,你这是干吗?

我操,侄儿少,咋,你看上这个间谍了?杨三集松开手,千代倒在床上。

广义脸一红:别扯淡,把人弄死了不好交代。

上峰有令,死活都是一个价,老子一会儿就玩了她,信不,侄儿少?

杨三集,你这个二流子。这是老子抓住的人,怎么处理得听老子的,你算哪根葱?

侄儿少,操你媳妇的!你还跟我说老子老子的?老子和你五叔扛枪的时候,你还在你娘怀里呢!

杨三集!崔广义一拳头就打在杨三集的脸上,杨三集的鼻子顿时喷出了血。杨三集揪住崔广义也给了两拳,俩人从病房一直厮打到教堂门口。看热闹的围了一街筒子——当兵的和当警察的打起来,难得一见,还有叫好的。宋铁臣和几个警察拦了这边拦那边。

俩人都打得鼻嘴蹿血,浑身是土。后来,俩人打累了,被众人分开,都呼呼地喘着粗气。杨三集摆手让别人给他拿哈德门烟卷,叼上一颗点着,看到对面广义的脸肿得向紫茄子一样,嘿嘿笑了笑,把烟扔了过去。广义擦了擦嘴角的血,拿起地上的烟盒,敲出一支来,搁在嘴里。旁边的一个老警察划着洋火柴给点着了,俩人对着面,边抽烟边喘粗气。

歇了好大工夫,杨三集拍拍屁股,喊道,带马,走人!有人牵过马来,扶杨三集上了战马。杨三集摸摸额头:操,真他娘的疼。然后,他对广义喊,侄儿少,行,是咱十七旅的爷们儿。

广义嘬了几口哈德门,抬头瞅着杨三集:杨三集,我操你媳妇!

杨三集在马上大嘴一咧,哈哈一笑,更显难看,然后扬鞭催马,绝尘而去。

十七

凶险重重

静海县城教堂十字街口出现了一个滑稽不堪、让人啼笑皆非的场面——岔口上，穿着黑制服的警察分散在四周，乔装改扮的便衣探子混杂在行人、摊贩中间，而这些人的目的是相同的，即死死看守住在教堂病房里养伤的千代惠美。

而穿着十七混成旅军装、在教堂里进进出出的那些当兵的，更让人匪夷所思。那些当兵的有时候骂几句闲街，把周围的警察骂得九族到底，尤其是那个脑袋瓜子长得活像葵花子的直系老兵，把杨三集还有警察里面的老兵都给卷了一顿，什么逛窑子不给钱，俩人合伙睡一个寡妇了、你上半夜他后半夜，上战场尿裤子喊亲娘，拉屎不擦腚，等等。有时候杨三集也派出几个嘴皮子利索的到教堂门口，叉着腰，牛气闪闪的，也在十字路口当间唱一段西皮二黄，随后还从百家宴酒楼给教堂当兵的送酒菜。等当兵的吃喝完了，送菜的老警察过来收拾东西，嘴里也不干净：你们现在牛逼，别吃我们的饭呀？然后端着空盘子又来段空城计，也不尿那些大头兵一壶。

崔广义自从和杨三集交了手后，那犟脾气还就下不来了，说什么也不把千代交出去，说任杀任剐，大不了军法从事。耿大阔也没想到崔广义这次还真说服不了了。以前，自己的话有几个人不听呀？这个侄儿少现在真是不好收拾了。

宋铁臣后来把老卞、朱老道都给搬到了医院，可崔广义就是歪着脑袋死活一个价，就那一句话：谁也甭想把这日本女人带走。

就这样僵持了七八天后，崔相应披着军大衣坐着轿车来到了教堂门口。耿大阔和老卞赶紧出来迎接。崔相应脸沉得要下雨，旁边的人大气都不敢出一下。崔相应喊，崔义安，你给我滚出来。

嘴里说着，崔相应就大步进了病房。看到一个穿军装的正趴在病床上假寐，崔相应一脚就踹了过去。睡觉的人从凳子上滚到地上，崔相应还想发作，仔细一看，是宋铁臣。宋铁臣起来，捂着腰龇牙咧嘴：报告旅座！

崔相应气不打一处来，伸手把床上病人的被子掀开。病人一起身坐起来了，喊了一声：五叔！

崔相应愣住了，仔细一看，是侄女七丫。

你……崔相应的脸一阵红一阵白，问，秀珍，你怎么在这儿？你哥和那个女间谍呢？

五叔，我哥……不是回你旅部了吗？这里哪有间谍呀！秀珍吞吞吐吐地边回答，边观察崔相应的脸色。

崔相应气得歪了歪头：好呀，行，你们这是和我唱对台戏了。王副官！

有！后面的副官答应着。

传我命令，将耿大阔、杨三集职务各降一级，撤去崔广义手枪营少校职务；所有直军关卡，见到崔广义者务必将其缉获。

崔广义和千代惠美是两天前乔装改扮离开的静海，时间是卯时。广义本来是想让千代一个人走的，可朱各亮查了皇历，并让千代往地上洒了三次铜钱，给出了建议。老朱嘴里振振有词，掐指算了又算，说，广义，你送千代出关吧，从卦象看，这日本姑娘路上不太平，有奸人挡道，但最终能够化险为夷。

肯定是那个日本鬼子，川木！秀珍插了一句。千代带着感激之情，向身边的几个人点了点头：谢谢，谢谢，不要麻烦你们了，我自己可以。

耿大阔和老卞在教堂外面的长椅上坐着，相互不说话，只是吧嗒吧嗒地抽烟，后来还是老耿先打破了沉静：瘪脑瓜子，咱们这是里通外国呀，汉奸行为吧？

老卞让烟熏了下眼睛,眯着眼嘬着烟:你说让咱哥儿几个把这闺女弄到军法处去,咱心里也不忍呀;可不交,对不住旅座。

真是呢!操,弄了她,少惹麻烦。

弄!老卞嘴上表示支持,但就是坐在那里不动。

耿大阔把烟卷一扔,立起身子,抽出匣子枪,迈步就往里走。老卞头也不扭,坐在原地,嘴上烟卷嘬得吧嗒吧嗒直响。

屋里,朱老道还在大谈易经八卦:广义你是水命,千代姑娘是木命,你俩在一起顺水行船,出门奔西,到运河找个大船,再奔东入海,逆风而北上。

秀珍不干,嚷嚷着要跟着去,说是可以照顾千代姐。

宋铁臣顶了她一句:你去了还得让广义照顾你。

秀珍嘴一噘:要你管!

宋铁臣不吱声了。

朱老道说,此趟凶险,不是闹着玩儿的。

广义望着灯光下的朱老道,见他脸上充满了从未有过的凝重神情。千代这个人的身份如此神秘,逃走的川木还有直系、奉系都不会让她轻易地回到关外,他心里也七上八下的。

朱老道看到窗外有个人影晃了一下,机敏地问,谁?

宋铁臣推门追了出去,迎面正碰到拎着枪过来的耿大阔。耿大阔脸色铁青地迈进屋,望着千代,把枪柄攥得紧紧的。

千代的手握住身下的椅子,屋子里的空气凝滞了。朱老道打破了这个僵局。他起身呵呵一笑:团座,您坐下,我给你也占卜一卦。

耿大阔没说话,眼睛直视着千代惠美,把手里的匣子枪向前一推,送到千代面前:给,路上用。铁臣,你把家伙给广义,让他们现在赶紧走,旅座后天赶到静海。杨三集那边也有情报传过来,说关东军特别行动队好像也出动了。

千代接过枪,开始收拾行李。广义把军装换掉,把钱掖在怀里。秀珍掉着眼泪,舍不得这个也舍不得那个。耿大阔对广义说,侄儿少,这回大家帮不了你了,真要有个好歹都是你自己的事情,和十七旅无关。

广义清楚,自己这次纯粹是和五叔对着干,和直系政府对着干;自己不仅不再是一名直系士兵,即使半路被人杀了也不会弄到人头费。

朱老道给他们设计的路线其实是非常科学的。直奉大战结束后，奉军对从关内来的人员检查得比以前更严格，直隶山东闯关东的老百姓都选择从天津到唐山再到山海关这条陆路线路。但陆路线路是最易发生凶险的，所以朱各亮让我爷爷和千代惠美选择从天津港口乘轮船，先上大连，然后再从大连直达旅顺。虽然浮海北上也不一定多么保险，但相比走陆路还是要稳妥些，千代本人也愿意走海上这条线路。

俩人连夜装扮成嬷嬷的样子，低着头从后门直奔静海大清河渡口。脚下匆匆，到了渡口，宋铁臣联系好的一艘小货轮正在水边等待。有个机长模样的人过来问，是崔大哥吗?

是。

赶紧上船，等得着急呢。

两个人登上船去，小货轮牛犊子般叫了两声，机器就嗒嗒地开动起来了。夜色中，河水里波光粼粼，闪闪地映在崔广义和千代的脸上。千代惠美一言不发，仍旧紧紧抱着哥哥的骨灰罐。

我爷爷的心如同货轮的机器一样不安地跳动着。他一只手插在怀里，摸着匣子枪，心里祷念这路上别有个好歹。他耳侧聆听着外面哗哗的水声，坐在货仓里不知不觉地睡着了，梦见东桑生家里爹和娘似乎在旁边注视着他：广义，一定要把千代安稳地送回家，这个丫头上辈子和咱缘分未结，这辈子了结了。送她回家，回她爹妈那儿，送她回家……他答道，爸，娘，嗯呢，我会的，送她回去。爹娘一闪不见了，从窗外猛地跳进个人来，端着大枪：崔广义，你甭想走！广义定睛一看，是苏家仓。他怎么会在这里呢？广义想直起身子，却怎么也起不来，像是被什么重物压着似的。这时，苏家仓身后又闪出留着人丹胡的川木。川木双手抡着武士刀，嘴里叫着"八嘎，八嘎"，冲着他身上就砍，正砍在他胳膊上。广义一急，醒了，身上冒出一身冷汗。他左右瞅了瞅，看到外面天光方亮，从舷门帘钻进一股股凉气。广义抱了抱肩，发现千代没在身边，那个裹着骨灰的包裹在腿边放着。他正踌躇着，千代从外面挑帘进来了。她打了一大搪瓷缸热开水，右手托着馒头和糖角，递到广义手里：给你，吃。

广义有点儿不好意思，拿过两个糖角。他放在嘴里只咬了一口，那黏糊糊的糖汤汁就顺着包子褶冒出来,流到了他的手背上。他赶忙反手用嘴去舔,结果汤汁又淌到了甲板上。这一幕把千代逗笑了,臊得广义一脸红。千代的脸像百合一样,那么洁白,那么纯净,美得透彻,广义瞅着,不禁发了呆。千代也发现了广义眼中光焰的异样,忙把头甩过去。周围的坐船人也让广义逗得前仰后合。一位四十来岁、长相憨厚的汉子说,老弟这是小两口儿串亲戚呗?一听就是保定府口音。

广义又咬了口糖角,点了点头:嗯呢。

哪里去呢?

去大连串门子。

嗯,一道,我带两侄子去关东,找个活路去。

哦,保定府的?

是,保定徐水的,以前当车老板子,大战前遇到了胡子兵,家当全给抢了,日子过不下去去了,只有闯关东了。

嗯呢,老百姓日子艰难着呢,关外好混日子吗?

哪里都不好混,这直奉一场仗,咱们直隶省家家都揭不开锅,穷得露天了。这回咱直隶人打胜了,坐了天下了,还不松快些吗?得,这税那捐的又上来了。走吧,都说关外撅块地就能长山芋棒子,苦点儿不至于饿死呀!

广义看了看这个人身边的两个年轻人:年轻人当兵不也可以吃口饭呀?

当兵?哼!汉子鼻子里哼了一声,说,当兵的有好人吗?我和你说,老弟,我当年好几车的货,也是在这道河上,被胡子兵给充了军,我还干了十几天苦力,那罪受的。胡子兵个个都得抓起来把皮给剥了。任丘西空城村的那哥儿俩,不,是哥儿仨,都让他们给弄死了,尸首都没埋。

广义听到"西空城",觉得有些耳熟,就是想不起来:西空城?任丘东南?

对,你知道呀?看来你也是咱们这一磨子的。西空城的哥儿仨,跟着我出了趟门,就这一趟,就把命给交待了。汉子心潮起伏,接着说,我算是捡了条命,说什么也不让下辈人当兵。直系、奉系、西北军、鲁军都不是什么好玩意儿,都是欺负老百姓来的。

广义被这汉子说得浑身不得劲，又不好意思反驳。周围有人吵吵：你说现在这个仗，老百姓跟着遭殃，没有谁跟着享福，这个督军那个巡检使都是为那些当官、当皇帝的打仗。国家快点出来个大人物统一得了，像秦始皇统一六国似的，统一了就不打了。

汉子说，你说当兵的操蛋呀，还有比当兵的更不够揍的，就是高阳一个姓苏的王八操的，叫苏家什么的，妈的，我这个脑子没记住。这个王八操的，把我们出卖了，帮着胡子兵把西空城哥儿仨给活活捅死了。有朝一日遇见他，我非用砖头拍死他不可。

苏家？广义狐疑得很，难道是……广义就问：爷们儿，那个叫苏什么的是哪里人？

高阳的，高阳的，在保定时那小子快要饭了，我动了恻隐之心，就让他跟着我跑单帮。结果，我是救了一条毒蛇呀，他把我们全害了。

苏家仓？

嗯，对，对，苏家仓！汉子一听广义说出了对方的名字，眼珠子瞪成了铜铃铛，又说，你认识他？

广义忙说，不认识，不认识，我知道东北兵里面有个叫这个名儿的，不清楚是不是你说的那个。

汉子的侄子插言，大伯，别嚷嚷了，这年头儿活下来就挺好的，叫一样名字的多着呢。快喝点儿粥，别耽误人家小两口儿吃饭。说完，这个人向广义和千代挤了挤眼，表示亲近。旁边的千代听着他们说话，才吃完了一个馒头。

小货轮靠了岸，船上的人陆续上了码头。广义领着千代去港口排队，买去大连的船票。那个汉子恰好在里面，瞧见他们过来，摆了摆手：老弟，这儿！广义排在了他后面，买完下午两点的票，时间尚早，就和千代找了间包子铺，要了两屉素包子。千代坐了会儿，欠了欠身子，广义以为她要去方便，也没好意思问，就瞅着她出了包子铺的门。他咬了一口包子，发现千代用个石头在车站的拴马柱子上画着什么，非常好奇，找了包子铺的一个角落坐下，观察着千代。

正在这时，广义眼前过来个人。那人抬屁股就坐在了对面，从筷笼子里拿了筷子，直接夹广义的包子。广义还纳闷这人怎么这么不懂事，仔细一瞅，那人穿着棉衫，正是杨三集。杨三集露出个大金牙，夹着包子往嘴里一塞，囫囵一口就吞了下去。广义脸色一变。杨三集嚼着包子说，侄儿少，坐下坐下，等我吃完喽。

杨三集，你想干吗?

那个日本娘儿们已经被捆上了。你是跟着我们一道回去，还是自个儿回大城?

广义扭头再瞧拴马桩那里，发现千代已经不见了，暗骂了一句“王八蛋”。现在只能跟着杨三集走了，回大城还有什么意义?

广义才一起身，腰里的匣子枪就被杨三集给抽了去。看着广义眼里的怒火，杨三集龇牙一笑：侄儿少，日本娘儿们我绝对不碰一下。哥哥再上火，也不能刷兄弟的锅。

杨三集，你下辈子得当太监!

崔广义跟着杨三集拐进了一个巷弄，看到远处停着两辆黑色轿车，走过去就看到千代被几个穿着便衣的警察押着坐在一辆车的后排。千代看到广义，扭动了下身子。她嘴里堵着块棉布，说不了话。广义把手里的包袱晃了晃，示意千代骨灰在这儿，让她放心。

侄儿少，来，和哥哥一起坐坐洋汽车，咱也开开洋荤。这车，整个天津卫都没几辆。杨三集志得意满，抬屁股上了副驾驶的座位。广义拉开车门，钻进了车楼子。

车子才发动，就见两边突然跑过来几个拉洋车的，堵在了前面。杨三集探出头张嘴就开骂，你们妈的眼瞎呀? 躲开!

他还没骂完，前面两个拉脚的把车子猛然一掀，从腰里抽出了驳壳枪，抬手就是一枪，开车的司机当时就被打爆了脑袋。一听枪响，身子胖大的杨三集，动作突然变得比猴子的动作还利索，迅速掏枪还击，两枪就将对面的人打死了。这时，两旁又冒出了许多枪手，从各个角落向车内射击。广义横躺下身子，子弹在他头上嗞嗞乱钻。

杨三集喊，侄儿少，你小子有一套。

什么有一套，我他娘的也不知道这些人是哪里来的，给我家伙儿! 旁边的警察还在犹豫,杨三集喊,把枪给他！警察才递枪给广义。与此同时,那警察也被从胡同冲出来的几个枪手开枪打中了后心。

广义用警察的身体做掩护,一梭子子弹打出去,然后推开死尸,想靠近千代坐的那辆车。后边那辆车里的几个警察都被从暗处射来的子弹打得抬不起头。广义发现一幢楼房的三楼上有两个狙击手在交叉射击。千代背着手蹲在地上,广义开了几枪凑到千代身旁,发现手铐铐得很紧。广义喊一个警察,让他把千代的手铐打开。那警察吓得直哆嗦,躲在车尾不敢动。广义移动过去,警察看到广义,想给又不敢给。广义端着枪对准他的脑壳:你他妈的快打开手铐！那家伙嘴里啊啊叫着。千代贴过身来,警察从口袋里掏出钥匙,颤抖着想打开手铐。迎面跑过来一个跨着烟盒的小贩,一枪就打在了那警察的胳膊上。钥匙被甩出去老远,那警察则抱着肩膀直喊娘。广义一枪打在小贩的脑袋上,然后爬过去捡起钥匙,打开了千代的手铐。杨三集那边只剩下一个人,被子弹压制得动不了。他扭头看到千代的手铐被打开了,气急败坏:广义,你敢放那娘而们走,老子就毙了你！然后,他端枪就瞄准了千代。广义从警察尸体上换了把手枪,扬手就给了杨三集一枪。子弹从杨三集头上的礼帽里穿过去,躲在榕树后面的枪手栽倒在路边。杨三集摸了摸脑袋,广义喊,交替掩护！

杨三集一咬牙,对准楼上的枪手进行火力压制,广义和千代趁机跳到了胡同里一个射击死角。随后,广义又开始手枪连发,掩护杨三集。杨三集跳起来,之字形跑出了伏击圈。三个人边打边撤。杨三集气喘吁吁:我操,这是哪里来的?

千代不发一言,她已经猜出这是川木手下的特别行动队。只有日本人才敢这样明目张胆地开枪,而他们的目标是她。

几个人才跑出胡同,两侧又哗啦啦涌出十几个人。那些人手持冲锋枪或手枪,将三个人团团包围住。广义和杨三集的枪被对方迅速地夺了过去。人群里闪出了川木有末。川木有末向着千代惠美,皮笑肉不笑地说,千代君,又见面了。

千代冷冷对用日语对川木等人说,把这两个中国人放了,否则你们只能得到我的尸体。

其他人都面面相觑。川木点了点头：没问题，就按照千代君的意思办。

川木说罢，两个人就过来把千代的眼睛蒙上了。川木和千代上了一辆黄包车。千代上车时回头喊广义：包袱，拜托！广义嘴里应了声，眼巴巴地瞅着这十几个日本人将千代带走。转眼间，这些日本人就散了个干干净净。等人跑得没影儿了，街上才传来警察嘟嘟的哨子声。杨三集骂道，什么鸡巴警察！

千代惠美竟然在天津卫青天白日地被日本特务劫走了，这可气坏了直军滦州总司令部的人。事情到了这个田地，崔相应气得摔了茶杯。邢清远从没看到过崔相应发这么大的脾气。崔相应对传令兵说，让卞海生跑步过来见我。

卞海生果然是跑着来的，脸都颠绿了。他一进门就对邢清远喊，给我倒杯水。咕咚咕咚地喝完后，他擦了一下湿漉漉的嘴角，然后问，旅座，您？

现在你暂时代管手枪营，带手枪营开赴天津卫。我已经和天津警察厅杨以德厅长联系好，他会派出精干力量全力配合你们。打仗靠你们，找日本人靠他们，不能让这些小日本离开天津卫。

十七旅手枪营里的人都是从各作战连队中抽出来的得力人员，李万龙、崔凤祥、卞海生、朱各亮都在其中。千代惠美被劫持的当天晚上，手枪营一百人分批开进天津卫。杨三集和天津警察厅的人员对各车站、码头展开了地毯式搜查，同时，天津卫出城各要道都加了双岗。天津卫顿时呈现出山雨欲来风满楼之势。

天津地方的老警察果然有套路，先是从黄包车入手，没用一天就打听出日本行动队人员的藏身之处。手枪营和大批警察将万亚车行层层包围。杨三集早就按捺不住了，第一个就冲了进去。崔广义、老卞端着冲锋枪紧随其后，李万龙在对面的楼上带着几个狙击手压了顶。大部人马冲入车行，却只看到被堵着嘴捆在木桩上的车行老板和三个伙计。一摸，人已经凉了好几天了。他们在一个地下室发现了烟头和零碎食品，人应该才离开不久。

而这时的川木躲在天津卫另一个方向，正谋划着逃脱方案。

朱各亮坐在通铺上，翻了翻眼皮，瞅着广义。广义凑过来问，老朱哥，怎么了？

朱老道端上了架子：我说此趟有风险吧？还好你没事。日本人抢了日本人，找什么找呀？

广义脸上有些不自然。朱老道话说得凉快，其实心里明白广义挺难受。他掏出三枚老钱：广义，你闭上眼睛，想着那个千代，试一下。

广义接过铜钱，闭上眼睛，脑子里默想千代惠美的样子，心说老天给个明示，让人安全无恙，早有消息。

广义向天一撒，三枚老钱哗啦啦落在铺板上。屋里几个人都围拢过来看热闹。只见朱老道左手捻着下巴上的几根胡须，审视着铺上的老钱，沉思了一小会儿，煞有介事地点了点头：这个人还在天津，也没有遭什么罪，但要找到她还需要费些周折。

有人插言道，朱老道，你这么大能耐，直接算出人在哪地儿藏着，咱们直接过去不就结了？

天机，天机，不可违也。

广义心里空落落的。到了晌午，人们陆续去警察食堂吃饭，广义吃不进去，出了警察厅的后门，想去码头那里提前换老卞和万龙的流动岗。才走出不远，旁边有人蹭了他肩膀一下。他略微向旁侧了侧身子。那个人和他并排走了会儿，忽然凑过来，低声说，你要想见千代，就跟着我走。

广义心里一惊，情不自禁地伸手摸怀里的枪。那人相当警觉，压低声音说，别乱动，你回去取包袱，我在这里等你，就你一个人来。

广义停止脚步，心怦怦乱跳。他转身往回走，进了警察厅后边的营房，到自己屋，从柜子里取出了千代的包袱，夹着往外走。小普打了碗面条儿走进屋来，喊道，四叔，你干吗去呀？吃饭呀？

不吃了。广义匆匆地走了出去。

广义回到刚才那个地方，那个戴鸭舌帽的人从个店铺里走了出来。广义说，包袱拿来了，人呢？

跟我走。

广义跟着戴鸭舌帽的男人拐进一条胡同。那胡同又曲又长，往深里越走越乱。胡同里又伸长出枝丫般的小巷。走了好一会儿，他们到了一户人家的门口。广义发现四处角落里晒太阳的、唠嗑的、下象棋的人都用眼角的余光瞄着他。这些人应该都是站岗放哨的。

鸭舌帽伸手拍了两下门上的吞兽环，门打开了一道缝。鸭舌帽说，人来了。门打开少半扇，鸭舌帽示意广义先进门。广义心中一横，迈步就进了院子——到现在了还有啥怕的？

才进院，广义头上就被猛地击了一下。他眼前一黑，昏了过去。

崔广义醒过来的时候，发现自己双手被反捆着，被绑在一间漆黑的屋子里，手里的包袱显然也没有了。他的头一阵阵地疼痛，额头有些发痒，估计是血痂凝固在那里。

广义舌头发干，想喝点儿水。他渐渐适应了黑暗，看到屋里四个旮旯空空的。他咽了口唾沫，不清楚自己昏迷了多久，也不清楚现在是什么时间。

广义现在一想，自己真愚蠢，怎么不和老卞他们商量商量就冒冒失失地跟着人家来了？本来自己给弟兄们惹的事情就够大的了，现在自己这样，就更让人不省心了。现在怎么办？广义自责得很，又万般无奈。

现实的处境让崔广义心怀恐惧，比在战场时的恐惧感还要彻骨些。他满脑子想象日本人会怎么对待自己。听老兵油子们说，小日本收拾俘虏的手段相当残忍，挖人心，砍头，断四肢，怎么狠毒怎么来，连大鼻子俄罗斯老毛子都忌惮得要命。崔广义不怕死。在战场上让大炮一下炸碎，让重机枪子弹把脑壳打成烂西瓜，这些他都感觉没有什么好怕的。可今天，他想不到会被对方怎么样，心中隐隐有些胆怯。

正在这时，他听到外面有人的脚步声。不大会儿，来人到了门前，哗啦一下把门打开了。门外也是漆黑一片，原来这时已是晚上。进屋的有两个人，其中一个点上了煤油灯，另一个背着手立在广义的身前。广义仰头瞅了瞅身前的这个人，认出就是昨天见到的那个日本人川木。

川木背着手。打心眼儿里看不上中国人的他，现在面对这个从直隶农村出来的不识好歹的小子，心想，还真有胆子！

川木说，你是崔相应的侄子？

广义点了点头。

明天你和我们上车站，听我们的话，不要自作聪明，否则死路一条。说完，川木转身走了。一旁的日本便衣松开广义的绳子，递给他两个馒头。

快吃。

你们把千代怎么样了？

那是我们自己的事情。

广义还想说什么，但把话咽了回去，拿起馒头就啃了起来。

天亮后，崔广义被蒙着双眼，跌跌撞撞地被几个人日本行动队队员五花大绑着塞上了黄包车。前后一共有七八辆黄包车。崔广义不知道日本人要把他弄到哪里去。他想喊叫，但感觉肋下被什么尖锐的物体隔着衣服抵着——明显是一柄锋利的匕首，便只好任由对方摆布了。

黄包车走了半个小时后，崔广义被日本人拽下了车，然后又被推搡着向前走。他听到了人流熙攘的声音。他又跌跌撞撞地走了一段路后，蒙眼布被解开了。广义眨了眨眼睛，看出前面就是天津火车站。川木一伙人推搡着广义从侧面的进站口进入火车站，然后上了一列火车的车厢。进了车厢后，广义看到千代坐在一个座位上，被几个日本便衣看得严严实实。千代见广义也被抓了进来，站起身子对广义喊了几句日本话。广义没听明白，就看千代被那几个人又摁到了座位上。火车呜呜地叫了几声，然后呼哧呼哧地发动起来。广义透过窗口看到从进站口冲来一伙人，领头的正是老卞，后面的是万龙、小普、朱老道几个人。老卞边追边喊，把人放下来，把人放下来！

川木用王八盒子顶着崔广义的太阳穴，对窗外喊，你们哪个敢开枪，他的命就没了。崔广义看到自己人，心里百感交集，喊了一声：老卞，救我。

老卞追了过来，和广义正好脸对脸。他追着火车紧跑，对广义喊，广义，甭怕，别让弟兄们瞧不起你，大不了一死。

老卞的话激起了广义的血气。他想，我这是怎么了，变得还不如个娘儿们，我这是在给中国人丢人啊。不就是个死吗？二十年后老子又托生成一条好汉。

想罢，广义身子一挺，大声说，老卞别追了，我和王八操的们拼了！

火车越来越快，任凭老卞他们几个连喊带骂，人也撵不过火车。不大会儿，老卞、万龙他们就只剩下影影绰绰的人点儿了。

我一直认为川木绑架我爷爷这个事情做得不太明智,没有一点儿实用价值,毕竟崔广义只是混成旅旅长的侄子,不值什么钱,若是曹锟、吴佩孚的家人那就不一样了。如果说川木只是单纯地要对崔相应进行报复,那我觉得川木就有点儿太小家子气了。本来当时直系、奉系、日本、苏联、英、美之间就难分敌友,都只是互相利用,今天你我是朋友,明天就有可能为了利益翻脸成对手。我想,川木的目的是控制千代惠美。他限制不住千代惠美,但他只要攥住崔广义这个牌,就能够左右千代。男女之间的事儿,川木不糊涂。

直奉大战末期的时候,我爷爷和普伯几个就因为其他直军部队坐火车直接上了榆关而他们只能靠两条腿吧嗒到山海关而心里痒痒的,恨不得坐一趟火车过过瘾。没想到这次自己以这种方式坐上了火车,也算是想什么来什么,如愿以偿了。不过在这种状态下,广义一点儿幸福感都没有,只是屈辱、愤怒加绝望。我爷爷突然跳起来,用头直接撞在川木的脸上。川木被撞得眼冒金星。日本特务拥过来将崔广义踢倒后,川木捂着脸又接连踢了十几脚。我爷爷耳中好像听到自己肋条断裂的声音。他的脸被踢破了一道口子,血喷了出来,嘴里的牙齿也断了几颗。我爷爷吐出牙齿的时候,也吐了好多血。他蜷缩在座位下,背着双手,像一条不屈的野狗。他的脖子依旧梗着,一双眼睛红得仿佛要喷出滚热的岩浆。他就那么一动不动地注视着川木有末的双眼。川木有末最终败下阵来,他大喊了两声:八嘎,八嘎!

车上的一个特务从身上抽出一把长长的武士刀,走到广义的脚边。肿着眼睛、浑身是血的崔广义呸了一口,啐了那个日本武士一脸血唾沫。那家伙号叫一声,举刀就往崔广义身上劈。

千代从后面挣脱过来,一把推开了那个日本武士,嘴里叽里咕噜说了几句日语:哪个再放肆,松井石根先生不会放过他。

这一句话,让川木有末终于弄清了千代惠美的真实身份。车上所有日本特务听到“松井石根”四个字,如同闻到了死亡的味道。川木不禁后背发凉。他早闻千代有深厚的背景,可没想到她竟然是哈尔滨特务机关长的外甥女。

二十世纪二十年代的日本,曾掀起过一股“大亚细亚主义”思潮。该思潮主张日本、中国及亚洲团结，共同对抗欧美。松井石根正是这一思潮的积极推进者。他对中国社会、人情、制度、地理、历史等各方面都了解很多，尤其对中国的古诗文、书法很精通。他以征服亚洲之责任自负，倡导大亚细亚主义。其宗旨并非简单地征服中国，而是要在征服中国后，再结合日中两国的力量，实现黄种人的崛起，以对抗西方白种人的侵凌。这可以说是大东亚共荣思想的早期表现。在荒尾精等人的努力下，甲午战争失败后的中国不仅没有掀起什么仇日浪潮，反而将中日亲善关系从官方到民间都推向了空前绝后的高峰。松井石根曾参与日俄战争，并曾响应孙中山在日本提出的"大亚细亚主义"，支持孙中山的革命，后来又大力资助中国工人省港大罢工，亦是后来南京大屠杀的主要元凶之一。当时作为哈尔滨特务机关长的松井石根在日本军方早有声望，他所把持下的特务机关在日本军方具有很重要的地位。松井家祖上世代为将，出身武家门第成为松井石根从军的主要原因。松井不满意姐姐嫁给个流浪武士，在千代惠美和她哥哥还未成年的时候就说服姐姐将两个孩子送到特务机关学习，并通过关系让他们进入关东军特别行动队，并让兄妹俩严守秘密，不让他们说出与自己的关系。

关东军特别行动队里夹杂着各路日本间谍，川木有末不能排除特别行动队里面没有别的松井的人，所以在手下面前不敢对千代造次。他当初抓千代，目的就是不让千代回到关东军司令部告他的密，现在千代说出了松井这条线，川木心里更加恐慌，因为千代回到东北四省，不必去关东军司令部，只要直接向日本特务机关报告，关东军司令部激进派军官对奉系父子的刺杀计划就会全部暴露。这会不会成为引发日本国内两股不同对华势力交恶的政治事件呢？

川木非常懊悔自己的失策，更仇恨脚下遍体鳞伤的崔广义——要不是这个直隶小子，千代早就和她哥哥一样成了一堆骨灰了。

车上所有的日本特务都被千代的一句话给震慑住了。千代用中国话对日本特务们说，为他治疗。她说这句话时，口吻是命令式的，一点儿没有把川木放在眼里。

十八

绝处逢生

崔广义被扔回到座位上后，整个人昏沉沉的。他用舌头舔了下从头上淌到嘴角的血。千代找来了棉布，在温水里洇透，为他擦脸上的血。广义眼睛肿成了蘑菇状。他通过朦胧的视线看到前面白皙的面容，鼻子里嗅到那种熟悉的芳香。广义心中有万般酸楚。他像个孩子一样哭了起来，泪水肆虐，千代见了无不心伤。广义越来越难过，他像拥抱自己的妈妈那样抱住了千代的肩膀，趴在肩膀上放声痛哭。这个年轻人内心的孤独和倔强此时全部得到了释放。千代几次想推开他，都被这个年轻人有力的臂膀牢牢地束缚住。过了一会儿，我爷爷停止了他的悲痛，忽然像个野蛮的原始人那样，用嘴亲吻千代的脸颊，无节奏且那么笨拙。千代被惊吓住了，嘴里喊了几句"嗨，嗨"，并试图用手推开这个男人。但我爷爷仿佛已经陷入了疯癫或者说是梦游状态，无法停止自己。他用自己的双唇去寻找的千代红唇。

八嘎！千代愤怒起来，使劲挣脱我爷爷的纠缠，伸手在他脸上狠狠地抽了一耳光。啪！这一耳光把崔广义从混沌中扇了出来。我爷爷捂着脸颊，怔怔地抬头望着眼前的千代，像敬仰一尊观世音大师神像。

照顾好他。千代脸腮黛红，对周围的日本士兵说。

车厢里火苗突然蹿起来的时候，川木正在闭目休息。听到"着火了，着火了”的喊声后,他泰然自若地睁开眼睛,看到从车门处冒出滚滚浓烟。他感觉时间比自己计划的提前了些。他捂住鼻子,招呼人从另一侧车门跳下火车。

火车停了,人们从车门里跑下来,从车窗里跳出来。商人,闯关东的老百姓,逃难的,拎着、背着大包袱小包裹的男女老少,哭爹喊娘乱作一团,杂乱的鸡、鸭、鹅的叫声也夹杂其中。火迅速点燃了两节车厢,困在车厢里的人无奈地号叫着。车外的亲人哭着喊着想冲过去,被人拉扯了回来,眼巴巴地看着自己的亲人被孽火吞噬。

川木瞅着车外的空旷景象,辨别了一下方向,指挥行动队向东北方向撤离。崔广义被两个日本特务左右架着向前走。其实,说是用手架着,不如说是被人拖拉着。千代跟在后面,帮不上一点儿忙。

众人走进一道山谷后,一辆用帆布罩着后厢的汽车出现在不远处。川木招呼大家赶紧上车。特务们把广义掀进车厢,然后一个个跳上了汽车。川木喊千代,千代君,前面来坐。

千代冷着脸,上了车楼子。司机低头开动了汽车,车便向山谷里行驶了起来。车上一片寂静,川木想着如何处理千代,千代心里则想着车上崔广义的安危。

汽车向前走了几里后,路况越来越不好,车子在高低不平的路面上跳起了舞。川木瞅了瞅两旁的石头,对司机说,你是不是走错了?

他的话才落音,车子就嘎吱一声停住了。那个司机将车钥匙一拔,拉开车门跳下车去,几下就钻进石头窟窿里不见了。川木顿觉不好。他跳下车,拔出手枪,“八嘎八嘎”地喊后面车上的日本特务下车。那些行动队队员也清楚遇到了紧急情况,端枪跳下车来,有的进行警戒,有的向两边搜索。

前面的道路上,一块巨大的花岗石挡住了去路,花岗石两侧的空隙只容一个人侧身通过。

正在这时,右侧山坡上有人喊,是川木先生吧?好久不见了,你还记得我吗?

川木仰头看了看喊话的那个人,似曾相识,又一时想不起来在哪里见过。

那人哈哈大笑:川木,我要是还穿着黄皮,你或许还记得,现在老子成了山大王,你自然不认得了。我是你苏大爷,以前在奉军薛连芳那个王八蛋手底下混,现在找到个好地方,在这牛角山做山大王。

即使苏家仓这么说,川木也没想起来这个山大王和自己的渊源。川木缩在石头下面,向上喊,你想怎么样?

我想怎么样?我就是想让你们留下你们抓的那个直系兵。

崔广义?

对,崔广义,我和他有些事儿得说道说道。

好,我同意。川木本就想找机会放弃这个已经没有价值的人。苏家仓这么一说,他正好顺水推舟。

你们把枪都给我放在地上,然后你们就走你们的。

川木心里非常恼火——堂堂大日本关东军特别行动队,竟然被这几个山贼给缴了械。可看到两侧山上都是苏家仓的人马,他又无可奈何。

川木扭头向行动队的人说,放下武器。

行动队队员把身上的枪支逐一放到地上,举着双手通过了山谷。千代把广义从车上架了下来。广义在车上已经听出是苏家仓的声音,感叹真是冤家路窄。

他在地上挪动了几步,靠在路旁的石头上,不敢注视千代,低头对千代说,你和他们走吧!

千代望着崔广义,心里五味杂陈。她亏欠这个中国人一家的恩情。刚才崔广义过分的举动,她早已不去计较。千代惠美这个冷面无情的双料间谍,现在心中却充满歉疚和难过的情感。

她给崔广义鞠了一躬:对不起,我会回来的。说罢,她转身跟着川木有末离开了。等川木一行人走远了,两边山上一阵呼哨,土匪从山下涌下来,从地上捡枪。苏家仓走路有些发跛。他来到崔广义面前,干笑了一下:姓崔的,找你可真费周折,从天津出来弟兄们就动开脑子了。来吧,跟我上山吧,苏爷爷还得用你做笔买卖。

广义斜眼瞧了苏家仓一眼:苏家仓,你那就算是刀山火海,老子也敢跟你比画比画。

他话一说完，一个土匪就照着广义的肚子来了个黑虎掏心。广义一疼，弯腰倒在地上。另外几个土匪过来就用枪托子砸。苏家仓喊，谁让你动手的？给我弄山上去，好吃好喝伺候着！

崔广义就这样被土匪们压上了牛角山。

苏家仓在白洋桥一战被子弹打穿了大腿后，跳进子牙河里，捡了条性命。他抱着个檩木顺流而下，上岸后扒火车就追奉军部队，到了乐亭正好遇到几十号奉军溃兵正在抢东西。苏家仓瘸着腿什么都抢不着。这时，有个工兵团的奉军士兵认出了他，苏家仓就和那个士兵说，你们谁带我出关外，我就将我存的钱全给他。那个士兵早就听说苏家仓和苟班长私藏了船家的银子，听苏家仓这么一说，就和那几十号人说了。有钱谁不高兴？那几十号奉军士兵也无处可去，就抬着苏家仓，连夜下了天津卫津南罗官屯。苏家仓也是顾命要紧，真就把私藏的银圆给了那些溃兵。那些奉军士兵分完钱就想各奔东西，苏家仓又说了，咱们这些人回去能吃香的喝辣的不？要不能，就跟着我。咱们也不给谁卖命，就自己招兵买马，自己说了算。那些士兵有好几个就是土匪出身，本来就不是什么好人，听苏家仓这么一说，觉得行，就问苏家仓具体怎么办。

苏家仓说，咱一不做二不休，占个山头自立为王。

有人就出主意，说靠近榆关有座牛角山，山上有股绺子，大当家的让手下的人叫他“程医生”，据说原先是个郎中，后来不知怎么就当了土匪。他手底下有八九十号人，但家伙什儿不多，咱们可以到那儿去。

苏家仓就又让人抬着到了牛角山，请程医生下山治病。程医生一看这伙人的来历，心里就明白了个八九，知道和对方拼只会两败俱伤，双手抱拳说，来了就是弟兄。他一看苏家仓的伤，知道再不医治就得截肢。要说这程医生，还真是个好大夫，喝酒吃肉治病都不误，拿把匕首把苏家仓腿上的腐肉剜去，然后敷上自配的中药，用绷带裹了个结实。完事后，他拍拍苏家仓的肩膀说，包你十天就好。

苏家仓说，十天？

程医生说，十天。

苏家仓从身下拽出手枪，一枪就把程医生的脑袋穿了个眼儿。别的土匪还想反抗，但马上就被苏家仓带来的人给控制住了。自此，苏家仓独占了牛角山，做了名副其实的土匪。

可他毕竟操之过急了。十天后，他腿上的伤口确实愈合了，可腿上的某根神经受了损伤，导致一条腿长一条腿短，走路一跛一跛的。程医生如果没有死，兴许还能把这毛病给治好。

崔广义被压上了牛角山，苏家仓命土匪把崔广义关进山洞，吩咐看守的土匪好吃好喝看着。

随后，苏家仓又把山上二当家的——一个狗头军师叫过来耳语了几句。那狗头军师边听苏家仓说话，边拿毛笔在纸上写下些什么。

牛角山苏家仓司令，所需物品如下：

汉阳造步枪五十杆，子弹两千发，毛瑟手枪五十把，子弹两千发。

限五日内送到，否则见到的是崔广义的尸首。

耿大阔看完老卞递过来的纸条，一筹莫展。老卞说，你说句话呀，这已经两天了，咱该准备了。

得报告到旅座那里呀。耿大阔面露难色。

边准备边报告，我去准备了。老卞抬腿就走。

耿大阔说，好吧，我向师部请示，先把人救出来再说。

老卞出了团部，看到朱老道和小普在墙根那儿杵着，对俩人说，大老耿答应了，完了再干苏家仓那个挨操的。

老朱和小普带着一马车武器到了牛角山。朱老道扯了块孝布做了面白旗，做得活像个招魂幡。他在山下摇晃了几下，喊道，山头上的听着，我们是直军十七旅的，东西按照你们的要求给弄来了，你们把崔广义弄下来。

山上放哨的土匪早就注意到了，听到是直军赎人来了，赶紧向山上的苏家仓报告。苏家仓一听，喜出望外，带着手下的人下了山。他先是四处观察了一下，看是不是有伏兵；看清确实只有两个人来，才算放心了。

苏家仓下了山，大马金刀地走到朱各亮面前，抱了抱拳：哟，看着你面熟呀，老朋友了吧！

朱老道也是老江湖了，也拱了拱了手：苏老弟，说老朋友那肯定是不差的。没听说吗？你家的老宅我都是给看的。

哟，这么说，您还精通风水。

谈不上精通，只是熟稔全真之术。

越说越玄了，要是真给我家看过阳宅，我还得感谢你了。今天不谈旧情，东西都弄齐了？

齐了，你让人清点就是。小普，把马车带过来。

小普拽住马的嚼子，把车辆带了过来。几个土匪上来就开始清点武器弹药。

苏老弟，我们东西到了，人呢？

苏家仓一摆手：去几个人，把人弄过来。他说完，两个土匪就回山寨去带崔广义了。

趁着这个工夫，朱老道就和苏家仓扯开了闲淡。

苏老弟，你的本事在奉军那里招不开了，自己想学水泊梁山呀？我刚瞅了瞅你这个地方，不太好。

苏家仓有人在手里攥着，心里有底气，腆着胸脯说，怎么个不好？老子命好，在哪儿哪儿旺！

朱老道拧着眉毛：俗话说，风水有十贵，一贵青龙双拥，二贵龙虎高耸，三贵媳娥清秀，四贵旗鼓圆丰，五贵砚前笔架，六贵官诰复钟，七贵圆生白虎，八贵顿笔青龙，九贵屏风走马，十贵水口重重。你这座牛角山，北依蟒河，南望东陵。牛被蟒蛇缠身，前有阴气屏障，虽有却敌之险，难得长治久安。

苏家仓让朱各亮白话得心里有点儿硌硬，心想，真他娘的是个神经病。他嘴上则打着哈哈：我就凭这个地方，能从日本人手里卡下人来，能让人手枪步枪的给送上来。说完，他又用脚踹了一下马车。

苏家仓再怎么揶揄，朱老道的脸色也没有一点儿变化，倒是小普气得咬碎钢牙。小普冷不丁插了一句：苏家仓，我四叔救了你爹你妈，还有你老婆孩子。你没有良心,把四叔扣这儿,家莲姐知道了肯定跟你没完。

苏家仓早就看到这个曾在自家待了半月的小兵了,只是现在这个情形也没什么话可说的。他扭过脸对小普说,操,真没想到你也跨上盒子了。我要是没良心,早就把你四叔活剥了。

小普咬了咬牙:你快点把人放了!

苏家仓不想和这俩人废话,开始纳闷派回去的小喽啰怎么还不回来。他向二当家的挥了挥手。那个狗头军师点了点头,带上几个人就往山上走。没过多久,半山腰上响起了枪声。苏家仓马上反应过来,知道山上一定出了变故,就去掏盒子枪。朱老道反应迅速,左手一把揽住苏家仓的脖子,右手拿着手枪顶在苏家仓的下颚,厉声喊道,哪个敢动,我就干死他!其他土匪端起枪来不知所措。小普也掏出两把匣子枪:谁动就他娘的一起死!

苏老弟,别动别动。老子手一滑,你脑浆子就得冒出来。朱老道的手抖动着。

都别动,别动!苏家仓示意土匪们,然后对朱各亮说,行呀,你看个风水的工夫就给我来了个釜底抽薪。

朱老道薅住苏家仓的脖领子,对小普喊,上车!小普跳上马车后,朱老道抬屁股上了车尾,同时把苏家仓也拽了上来:苏老弟,听话就好办,否则我死你也死。

苏家仓不敢造次。他清楚这俩人也是豁出命来的,自己现在只是图些小利,还没到拼命的时候。他对土匪们喊,都上山去,我这里没事!

马尥开蹄子,一溜烟跑出好远。马跑出山口后,朱老道一推,苏家仓就滚下车去了。苏家仓翻身起来,掏枪对着几十米外的马车开了几枪,朱老道也还了几枪。一时间,噼噼啪啪的,好像在搞欢送仪式。

马车又跑出三四里后,在一片树林里停住。十七旅手枪营的士兵们纷纷从隐蔽地走出来。老卞披着伪装问,朱老道,广义人呢?

朱老道一听愣住了:刚才不是咱们的人呀?

什么人呀?怎么回事?

我操!小普拍了下大腿,说,我和牛鼻子……我和朱大哥正拿枪换人呢,山上就打起枪来了,我还以为是你安排的,这边接头,那边抢人呢!

没有,敢情人没接回来。老卞眉头又紧了一层。手枪营的人默不作声,都把目光投到老卞那里。老卞摇了摇头,对小普说,你和万龙赶大车回团部直接向团部报告,请求派两个排的兵力支援咱们攻打牛角山。

晚上十点左右,手枪营和两个排在老卞的率领下,利用夜色掩护缓缓向牛角山山头进行收缩包围。手枪营上到半山腰,也没有发现土匪的任何踪影,再向上走,便发现了几具土匪的尸体,有的还穿着奉军的旧军服。硝烟的味道还没有散尽,显然,白天的战斗非常激烈。老卞带领弟兄们进入牛角山大寨,看到山寨里死尸遍地。土匪们横倒竖卧,有的是被刀劈死的,有的是被冲锋枪打烂了脑袋,场面惨烈。手枪营进行搜索,没有发现崔广义的尸体。李万龙发现还有个肠子露在体外的活口,就问,崔广义在哪儿?

土匪咧着嘴:谁?哦,那个肉票,被一伙人给劫走了。

哪一伙人?

不认识,一个小娘儿们带来的,也不说话,下手太阴。

苏家仓呢?

没死就是跑了呗……大哥,救救我,救救我,我辽阳王家铺的,我上有老下有小。

你他妈的上有老下有小还当土匪呀?李万龙瞅着手枪营的医务兵。那个医务兵拿火把照了照那土匪的伤口,摇了摇头。

李万龙在旁边找了件破棉袄丢在那土匪的头上。那土匪在下面哼哼了几声,然后就不动弹了。

老卞自言自语:一共七十多具土匪尸体,没有袭击者的人。操,这大白天的把人就给抢了,活儿干得还这么泼辣干净。这都是什么人呀?奉军没这个本事。

万龙点点头:山腰那几个,都是一枪毙命,还不是从多远的距离,是用手枪直接干的。那几个小子的保险还没打开,五六个人没有开出一枪。来救广义的人,够牛逼!

小普翻着土匪身上的东西,和手枪营其他几个人在一个山洞里发现了好多衣服和现大洋。跑过来向老卞邀功。老卞说,赶紧招呼弟兄们,能拿的都拿,不能拿的烧了。

小普舔舔嘴唇:我知道是谁把四叔弄走的。

谁? 旁边的人异口同声地问。

是那个千代干的。

此时的千代惠美正带着日本最具有特战能力的黑龙会三十名成员,抬着伤痕累累的崔广义行进在去唐山的公路上。千代满脸冰霜。她不能容忍别人再来侵犯她的尊严和权利。她真想用武士刀将川木这个小人劈成两半。狡猾的川木带着行动队的人逃了。川木清楚自己的处境——回到关东军司令部,自己会受到军法的制裁;而即使能活着被贬职回到日本本土,日本特务机关也不会轻易地放过他。

关东军行动队里的三名黑龙会特务护送千代马不停蹄地到了唐山。千代发出指令:集合人马,消灭牛角山土匪,救出中国直军人质。

千代发布完命令后,又补了一句:不留活口,只要活的人质。

所以在苏家仓和朱各亮在山前接头时,黑龙会的特务们从后山悬崖攀登而上,出其不意地出现在土匪身后。战斗进行了不到一个小时,一百多个土匪就被射杀了七八十。剩下的一小股土匪拥着苏家仓从小路滚下山去,逃之夭夭。

特务成功地将崔广义解救了出来。

千代见崔广义奄奄一息,心如油烹刀搅,命人将崔广义直接送往天津基督教会医院,并安排特务将崔广义在医院治疗的消息透漏给十七旅。

耿大阔带着十几名护兵匆匆赶到法租界。看到耿大阔大步跨进崔广义的病房后,在医院角落里注视了好久的千代惠美心中的一块石头终于落了地。她默默地祝福这个直隶汉子能够早日康复,回到大城,回到东桑生那个僻静的小村,陪着家人平安地度过一生。想起那一家人,千代惠美不胜感激。她闭上眼睛,算是了却了人生最大的心愿。

老卞收到广义已经平安回到天津卫的消息后,兴冲冲地带着手枪营折回了天津。为了以防万一,耿大阔隔三岔五地宴请法租界巡捕房的头头儿,还有医院的神父大夫们。老卞安排好警卫轮流值班,在各个进出口加强了警戒。崔广义在医院治疗了二十天后,身体痊愈。

这期间，崔相应正在保定府直军总指挥部接受曹大帅授勋。本来曹锟有意将崔相应提升为第二十六师师长，怎奈其兄弟曹瑛提出，崔相应所部擅自用武器弹药与土匪进行利益交换，若此时提升崔相应，恐有人不服。曹锟只得将崔相应提前叫到密室，好言安慰，并许诺让崔相应总司保定一府五县之卫戍，等曹瑛的天津镇守使一职过渡一年后即任该职，并赏军饷两千银圆。崔相应明白是有小人在背后暗算自己，心里有些怨气，但又一想，提了师长不也是镇守使么，而且曹锟能与自己私下沟通，说明他对自己还是信任的。

这崔相应要做天津镇守使的消息不知怎么就传到了东桑生村。村里姓崔的人一听，彻底沸腾了，好多人都跑到四老太爷那里打探详细消息。四老太爷家一时门庭若市，就连区上的人都过来给四老太爷请安、带果匣子。老崔家的人到哪儿都受人高看。只要一提是东桑生人，即使是骆姓、司姓的人，出门都会让人给戴个高帽。

我姑奶奶崔秀珍更是欢喜得不得了。有人暗中掐算，说这个镇守使就是王爷的级别，这老崔家的二代们个个都是格格、贝子。好多人都过来给崔家姑娘说婆家、攀亲戚。豆庄村老张家亲自过来找到五姑问广义的爹妈，说亲事是不是该操办上了。秀珍见五姑总是没好脸色，背地里和爹妈说，要是千代姐姐不是日本人，我就让我哥娶了千代姐姐；娶不上，娶高阳那个家莲姐姐也好。

爹妈心里其实也是这么想的，可是谁清楚广义心里打的是什么主意呀！

崔家人都盼着崔相应衣锦还乡。四老太爷找来崔家几个族长，商量着给老四操办个万民伞或是劳军宴什么的。有人说，万民伞是给地方县老爷的，不是给咱自个儿家当官的。但除了这些，几个老族长也想不出什么值得折腾的事儿了。

关于东桑生、西桑生崔姓的由来，我查了《大城县地名志》，上面是这么写的：明永乐初年有崔姓人家自山西洪洞县迁到该地。兄因在桑树以东，所以称东桑桑；弟居住桑树以西，故称西桑桑。

相传炎帝神农氏为少典之子，因居于姜水（渭水支流）之滨而得姜姓。

西周初年，其后人有姜姓吕氏名尚者，字子牙，人称姜子牙。姜子牙因辅佐周武王灭商有功，被封于齐（今山东北部）。姜子牙之子在周成王时为齐丁公，丁公卒后应由嫡子季子继君位。但季子仁爱贤良，孝悌有加，举贤让国于庶兄叔乙。季子携家人隐居于景色秀丽之崔邑，后以邑封姓，其子孙遂为崔姓，即为崔氏始祖。

东西桑生两村崔姓本就是一家，门支皆有联系，红白喜事皆有来往，只是家谱保存不当以致遗失，各门户分支又愈来愈多，任意起名儿，使得家族排序相当混乱。

崔广义是腊月初一回的家。那天下着小雪，崔广义推开自家的门，看到七丫正要出屋去抱些柴火点火做晌午饭。抬头看到哥哥回来了，秀珍蹦起老高：我哥回来啦？

听她一声喊叫，崔相亭和崔李氏趿拉着鞋就迎了出来。崔广义喊了声爹妈。崔李氏拉着儿子的胳膊，看到广义脸色苍白，形体消瘦，心里疼得慌，眼泪就在眼眶里打转。

我儿呀，怎么脸色这么不好看呀？不是仗打赢了，营里光吃光喝了吗？

瞧你说的，当兵不打仗也不能天天躺着呀！崔相亭说着自己的老婆子。

广义怕爹妈不放心，没告诉他们自己在外国人办的医院里养伤的事情，只是说，天冷，前一段着了点儿凉，闹肚子拉的。

哦，那也得多注意，穿暖和点儿。

嗯，知道了，妈。

七丫抱来一小捆干树枝，又往粥锅里续了瓢水，然后呱嗒呱嗒地拉起了风箱。广义从怀里掏出一沓钱，递给妈：妈，这是这半年的饷钱，比开始时挣得多了。

你自己留点儿。

不用，我那里也不花钱。

广义这次回来，打算先看看爹妈，然后到保定去见五叔。自己给五叔惹了这么大的麻烦，心里挺愧疚。耿大阔说，因为他在天津被绑和用枪换人这两件事，直系里面和崔相应关系不对付的人就在曹大帅那里打了小报告，说崔相应纵容下属子弟为所欲为，目无军纪。大战后，崔相应本来可以是被提为师长的，就因为这个没有提。

崔广义想去见见五叔，哪怕让五叔用鞭子狠抽一顿，自己也心甘情愿。在家住了一天后，崔广义回到马厂营部，和耿大阔、老卞骑马赶赴保定。

到了崔相应的府上，耿大阔让护兵先去报个信，说耿大阔求见旅座。

崔相应正在屋里试穿新将军服，听说耿大阔求见，先是愣了一下，再一想，就明白是什么事儿了，告诉护兵，我没空见。

护兵出去对耿大阔说，大老耿，旅座说了，没空见你，让你哪儿来哪儿去。

耿大阔瞅了一眼崔广义。广义脸上发烧，低下了头。

老卞说，旅座还真记恨呢，我进去让他吼吼，他就舒坦了。

护兵一拦，说，得了，老卞，你这是让我挨揍呀。我看，你们先去找个地方暖和暖和去。

老卞其实也就是嘴上这么一说。他和耿大阔一样，到了关键的时候，也怵崔相应那张轻易不露真容的老脸。

几个人在门外兜了几圈。老卞脑子转得还是快：走，去找二姨太。广义，这次就看你的了。

广义涨红了脸，点了点头，明白二姨太是最后的王牌了。

耿大阔、老卞从后门进入内宅。见到二姨太，老卞的嘴就嘚啵开了。他也不知道从哪里淘来那么多笑话，荤的素的一锅端，把二姨太和丫鬟笑得前仰后合。耿大阔后来直拿眼瞪老卞，见老卞说得把不住自己的嘴门，就直接说，老卞，你别满嘴跑火车了，没看咱大嫂这段养身子吗？

老卞这才止住了嘴，故作严肃地问，大嫂，你咋的了？

二姨太和这些老兵油子早有接触，也习惯他们胡说八道，现在看到老卞郑重的表情，想笑又只能忍着：老卞，你这些年还真是狗性不改。

嫂夫人，俗话说得好，江山易改本性难移，我到死也就这德行了。你看我，光顾着和你白话了，这是大哥要掀牌子的意思呀？是不，老耿？

耿大阔笑得差点儿喷出来。

老卞又故作惶恐说，嫂，你说我这个大头兵当了这些年，怎么就遇不到嫂夫人这样会疼人的人呢？

贫，二姨太说，我听手枪营的人说你一天也没闲着。

老卞缩了下脖子说，嫂夫人呀，别听别人胡咧咧，你有好女人给我这个老兄弟想着点儿。旅座我是不指望了，那脸一沉，好家伙，得拧出半盆开水来。

丫鬟一绷脸：你们几个差不多得了，没正题，二夫人一会儿该服汤药了。

老卞给丫鬟赔了个笑脸，朝耿大阔挤眉弄眼。耿大阔也不想先张嘴，撇嘴示意老卞先张嘴。俩人你努嘴一下，我努嘴一下，被二姨太看了个满眼。

二姨太说，你们要没事我就回屋休息了。

耿大阔一看二姨太要起身，忙上前一步：嫂，我们无事不登你这三宝殿。我和老卞带着广义找旅座，吃了个闭门羹，实在没办法了，才到您这里给添个乱子。

二姨太说，你们男人当兵打仗，流血掉脑袋，我们女人就只有在家念佛吃斋读点儿书。相应前几天和我说大江的事情，还掉了眼泪。都是他的好兄弟，他哪个都疼着。广义是他的侄子，是崔家的血脉，要真有个三长两短，他怎么向家门交代？

二姨太说话的时候，耿大阔想起了兄弟，眼圈红了。老卞和广义也都低下了头。

可话又说回来，总得有人去当炮灰，总得有人去前线杀敌，这样才能保护家，保护我们女人，保护肚里的孩子，保护兄弟姊妹。

二姨太话语柔中带刚，让人听了可亲，又充满分量。

二姨太一通话说完，屋里静悄悄的。广义胸膛里热浪翻滚，抬起头，对二姨太说，五婶，侄子辜负了你们的期望，给五叔也给全旅的人惹出这么大的乱子。现在我知道错了，五叔怎么处置我都成，侄儿我绝对没有半点儿怨言。

二姨太坐在红木圈椅上瞅着广义，轻啜了口茶：广义，你不是孩子了，以后行事一定要多思想。你五叔有好多苦衷，好多惆怅。全旅都在看着你五叔,曹大帅、吴大帅,直系军队好多眼睛在盯着十七旅。混成旅的哪个小兵伢子他不用心装着呀!

广义听着二姨太不紧不慢的话,内心不禁因愧疚而敏感,后背渗出了冷汗。他以前意识里的二姨太,外表亲近娴良,对他照顾怜爱,可今天他才发现,十七混成旅的二姨太,内心竟然这么深不可测。他忽然觉得自己和五叔的距离如天壤般遥远。他只是渺小而卑微的村里少年,人家十七混成旅旅长崔相应以及面前的二姨太和自己的关系并非那么亲近。广义心中产生了无限的自卑感和内疚感,刚才还不屈的头这会儿又懊丧地垂了下去。

外面传来军靴踏地的声音。崔相应从前厅回到内宅,看到耿大阔、老卞几个人戳在屋里,见二姨太在圈椅上正襟坐着。丫鬟接过崔相应的帽子、大衣,挂好。崔相应边换便服边和耿大阔说,够执着,找到二姨太这里来了?

耿大阔不敢吱声。老卞龇牙一笑:旅座……

行了,打住。二姨太,赶紧张罗饭菜,大家一起吃饭。

耿大阔一看这又像是有门儿,赶紧客气了一下:旅座,就别麻烦嫂夫人了……

别呀!不吃也行,你们现在就滚蛋!

老卞觍着脸说,吃!好久没和旅座一起吃饭了呢!老耿你们不吃,我吃,我吃!嫂夫人,多炒点儿鸡子儿,我最爱吃那个!

十九

风水，风水

崔广义主动要求离开手枪营去连队任职。耿大阔清楚崔广义又犯犟驴脾气了，但也清楚他的思想一时半会儿扭不过来，便安排他到团属保障连。崔广义拒绝了，说想找个吃苦的地方，总是在五叔眼皮下添事不说，干好了别人也不信服。

耿大阔就和九团高团长说了一下，把崔广义安排到九团六连当连副。六连驻扎在正定，崔广义当天单身骑马就去报道了。本来可以借着调动的机会在家过个松心年的，可广义跟自己赌气，一个猛子扎进连里，天天出操练兵，整天不闲着，想着办法折磨自己。这样过了一个礼拜，有几个带兵的班长就跟广义对着干，让上东他们奔西，想方设法地不服广义管理。这天广义又按时出操，到了操场，见士兵们稀稀拉拉的，军服不整，松松垮垮。广义忍了又忍。等人都到齐后，广义喊，今天咱们唱一唱军歌。北望满洲，渤海中，风浪大作。预备，起！那些士兵一唱，有气无力，到处跑调，差点儿把广义气疯。停！你们唱的什么玩意儿？一点儿军人的士气都没有！广义训斥了几句，又扬起双手：重唱，重唱！预备，北望满洲……

底下有个排长歪着嘴说，崔连副，行了，好不容易不打仗了，让弟兄们歇歇。唱歌能唱来军饷还是能唱来娘儿们？

广义说，都少扯淡，曹、吴两位大帅都讲过，好男人当报效家国，光复中华，振兴……

振兴吗呀，谁知道长白山在哪儿呀，和我挨得上吗？我肚子疼，哎哟，哎哟，我得拉稀。歪嘴排长捂着肚子就往厕所跑，士兵笑作一团。广义气得一跺脚：都听我口令，立正！正在这时，孙连长从队部跑了过来。

连长叫孙猴，雷公脸，相貌也酷似《西游记》里的孙悟空。据老兵告诉广义，这孙猴连长出生的时候，他爹大字不识一碗，为了个名字急得转磨磨，抬眼瞅见八仙桌上放着本线装《西游记》，索性给儿子起了"孙猴"这个名儿。论年龄，孙猴比广义大七岁，可不知道怎么就和旅长崔相应攀上了表亲，不管当着谁的面都喊崔相应表爷。广义一到连里，孙猴明里暗里就喊他表叔，喊得广义浑身不自在。

孙猴跑了几步就气喘吁吁了：表叔，表叔，和这帮小子着什么急呀！来，来，二排长，你喊操。广义一看这场面，明白再较真自己就更难堪了。他咽了口唾沫，边和孙猴往队部里走，边说，孙连长，在这里你是我的头儿，我是给你当副手来了，这个关系得弄清楚。孙猴是个典型的笑面虎：表叔，你来这里就是钦差大臣，谁不清楚你只是到这里来待待，过俩月表爷那里就给你安排个营长团长的？别和表侄我闹着玩儿了，有事儿你就指派。到这里，你就想吃就吃，想喝就喝。

广义也懒得和他解释，索性由着他来。本来自己来这里是想受点儿苦，磨炼磨炼，没想到倒成了八贤王了。

这刚到月初，孙猴就来到广义的房间，把门带上，又撒摸了一下墙根外，确定没什么人后，从裤子口袋里掏出一沓子花花绿绿的票子，塞给广义。

表叔，拿着！

广义诧异得很：孙连长，这是？

这是你的饷钱呀！

也没这么多呀！

嗨，表叔，你是信不过我还是跟我见外呀？我不清楚大老耿给你们多少，咱们六连就是这么个规矩。表叔，你这个我还特意加厚，咱爷儿俩一样多。

广义听了更迷糊了，说，孙猴子，你这钱哪里来的？

表叔，你真糊涂还是假糊涂？在北洋军，哪个不明白多报点儿人数就能多拿点儿饷银？要不大家都喝西北风呀？

广义一听就明白了。连队编制一百二十人，这个连其实刚满九十人。这多出来的三十人的饷银，就都让头头儿们私分了。看着孙猴手里攥着厚厚一沓钱，广义的心扑通扑通的：你这要让旅座知道了，够上军法的。

表叔，啥事儿没有，你就往兜里装。你不要我就可给下边几个排长分了。你想想，你能为表爷、为国家省多少呀？这个事儿，旅座也是睁一只眼闭一只眼的。拿着，拿着，团里还有活儿安排呢。孙猴不由分说，将钱票塞进广义的裤袋里，随后又把门打开，扯开嗓子：表叔，咱安排一下铁路工人闹罢工的事儿。上边让咱明儿到石门集合待命，团座让咱俩务必都到位。

1923年2月1日，京汉铁路总工会在郑州成立，遭到军警的残酷镇压。2月4日，总工会决定实行全线总罢工。直隶省境内的保定、邢台等地处于京汉铁路北段，各站工人积极参加了这次罢工运动。2月7日，吴佩孚全面镇压罢工运动。这次斗争被称为“二七”大罢工。

崔广义率领全副武装的直军士兵，于第二天上午九点准时到达石门火车站。火车站里，所有的火车都停运了，数千名铁路工人打着标语，喊着口号，面对荷枪实弹的军警毫不退缩。崔广义没有看到过这样的场面，也惊奇于这些铁路工人怎么能够这么团结齐心。

他问孙猴，这些铁路工人想干什么？

孙猴说，要条件，提高待遇，涨工资，每天上班不要超过八个小时，还要有假期，阴历年还得放一个星期的假。妈的，你说有个这么好的差事，还闹个啥？敢情要是没咱们的枪杆子，让东北土匪杀过来收拾死他们，他们就不折腾了。

广义也说，真是的，农村的要是能找个铁路上的差事，祖宗八代都得烧高香，还要涨工资，过年还要假，真是吃饱撑的。

孙猴说，表叔，你盯着点儿，我去那边报个到去。咱们的人可别和这群浑人犯冲突，告诉弟兄们，都忍着点儿，等候命令。

好。广义指挥士兵保持警戒状态，不要和对方发生摩擦。

接近中午，铁路工人情绪高涨，口号震天。广义看到一名穿着长衫、脖子上绕着条灰围巾的男人站在桌子上，在讲着什么，下面的铁路工人一个劲地鼓掌。那个人喊一声，下面的就跟着呐喊，喊“打倒军阀统治，头可断，工不可开”。

其中一名铁路工人冲到广义跟前喊，你这个军阀的狗腿子，走狗，凭什么阻拦我们游行？滚！

广义双眼盯紧那名工人的双眼，气得双手攥紧了拳头，忍了又忍，心想，好小子，甭闹腾，等上边下了令，我非揍你不可。那名工人又向他挥了挥拳头，嘴里喊了几句，然后就闪开了。广义没有听清他喊的是什么。

孙猴不大会儿就气喘吁吁地跑过来了，大声对广义说，表叔，上边有令，强制驱散他们。

广义一听上面发了令，就抬头找人群里的那名铁路工人，就早就看不到了。孙猴对面前人山人海的工人喊：我命令你们立刻解散，否则我们就要采取强制手段了！

他这一句话使参加罢工工人的情绪更加高涨了。十几个人冲过来围住孙猴，孙猴一时脱身不得。这时，广义带着几个身强体壮的士兵冲过来，拿着枪托就砸工人。工人们奋起抵抗，广义的脸上挨了好几拳。他抡圆了皮带，抽倒了好几个工人。士兵对倒地的工人又是一顿狠踢。许多工人被打倒在地，血流遍地。孙猴的帽子被打飞了。他捂着手枪，担心被铁路工人抢走。他对广义喊，表叔，看到那个围围脖的不？他是共产党，抓住他，别让他跑了！

广义就在人群里找那个演讲的共产党员，终于发现他在几十米外的水塔下，正被几名工人纠察队队员拥着朝胡同里走。广义喊了一个班的士兵跟着自己追赶。工人纠察队队员发现被盯上了，拿着棍子就冲过来迎击广义等人。广义早就怒火中烧了，对着冲上来的两个工人就动了武，将他们打倒在地。那两个人挣扎着想起身，被后面上来的两个直军士兵用枪托杵在了肚子上，疼得捂着肚子在地上打滚。

广义顺着胡同就追了过去，还差十几米就要追上了前面的两个人了。那两个人显然不太熟悉地形，慌不择路，逃进了个死胡同，再想折回身子，已被广义堵住了去路。

广义掏出手枪对着那两个人，喊，都站住，这下你们跑不了了吧！站在那里别动，动一下老子就开枪崩了你们！

说着，广义就把盒子枪的保险打开了。

那两个人背对着他，广义持枪缓缓向前移动。广义快走到两个人身边时，那个围着围巾的共产党员转过了身，面对着广义的手枪，没有一点儿惧怕的样子。

你以为你有枪我们就怕了吗？

你不怕就别跑呀！广义心想。

你的枪口应该对准剥削工人、迫害工人、压榨劳苦大众的军阀、劣绅、亲美亲日派，而你却将枪口对准和你一样的穷苦同胞！

他的这两句话，使广义迟疑了一下。他的手枪轻颤了几下。

来，小兄弟，你过来抓我走，去邀功请赏吧！那人双手一背，胸膛一挺，一副视死如归的神情。

广义正想拽那个人，旁边始终低着头的工人扭过身来，对他喊了一声：大哥。

广义一瞅，不禁喊出声来：铁臣？

宋铁臣穿着铁路工人的衣服，左袖子上戴着印有“纠察”字样的臂章，站在广义面前。广义愣住了，枪口也垂了下来。

铁臣，你这是？

大哥，这是和我们一起的同志傅特委。

同志？广义听到宋铁臣嘴里说出“同志”这两个字来，更是不明就里：铁臣你不在马厂待着，怎么跑到这里来了？而且怎么是这么个打扮？

大哥，我一时和你说不清。你先放我和傅特委离开，并请为我保密。

广义非常矛盾，看来宋铁臣应该是参加了工人的这个组织，难道铁臣是所谓的共产党？

到正定来之前，朱老道找到广义，说有个事儿想和他叨唠叨唠。广义问是什么事儿。朱老道说，就是宋铁臣和秀珍的事儿。广义说，不可能，他俩成不了。朱老道说，怎么成不了？广义说，湖南太远，爹妈也不同意这个事儿。

朱老道说，你们不同意，可秀珍同意，你们也拦不住，铁臣也对秀珍好。我先和你说说，你有个谱。铁臣这个人有才能，湖南人是比咱们这北方人脑子好用，人家还是军官学校出来的，前途无量。你们老崔家在行伍里的人多，多个铁臣这样的姑爷就更好了。

广义想了想，觉得宋铁臣人是不错，可心里还是过不去这个坎儿，就说，秀珍才十八呀，过两年再说吧！

什么过两年？朱老道眼珠一瞪，说，我可跟你说，秀珍犯了相思病了，不定哪天给你家出个悬乎事，你到时候可别后悔呀！

广义说，他宋铁臣敢弄别的，看我砸断他的腿！

得，到时候你大舅都当了，你拍巴掌都来不及。人家宋参谋让我和你说说，可见心多诚。你考虑考虑，出了正月我就去你家。这个大媒人我是当定了。

现在，广义瞅着眼前的宋铁臣，更是看不透了，心里更加犹豫不定。

宋铁臣拉着傅特委的手臂，傅特委你放心，这个是我的朋友，咱们先离开。随后，他俩贴着广义的身子走了过去，随后闪进了一个胡同。他俩才离开，几个士兵就跑过来了：连副，连副，在这里呢？

喊什么喊？怎么来得这么晚？

找了半天没找到你，哥儿几个都很担心你的安危。那共产党哪儿去了？

比你们快多了，没影儿了。说完，广义把手枪插进了枪匣。

宋铁臣带着傅特委又穿过了几个街道，到了一户人家。傅特委观察了一下周围，没有发现可疑人员，便抬手敲了几下吞口兽门环。不大会儿，门开了，俩人闪身进了屋。宋铁臣在里屋换上军服，随后对傅特委说，傅特委，我的任务完成了，现在我还要赶回马厂，您保重。

傅特委握着宋铁臣的手说，非常感谢你一路护送，辛苦你了。党要是再多些像你这样有朝气的年轻同志，党的未来就有希望。

宋铁臣向傅特委敬了个礼，出了屋。他打开大门，四处张望了一下，没有发现可疑情况，便迈步上了大街。

宋铁臣重新回到石家庄火车站南侧广场时，罢工工人已经被驱散，十几名组织罢工运动的代表被军警强行逮捕。现场一片狼藉，有警察正在指挥水车和清洁车打扫地面，地上还可见一片片的血渍。他悲愤无比，想起傅特委一路上对自己的教导，心中又充满了对革命的期望。革命运动不会一帆风顺，革命者随时都可能牺牲流血。没有勇敢者的献身精神，这个泱泱大国何时才能够重新觉醒？

想到这里，宋铁臣振作起了精神。看到远处站着一个直军士兵，他过去问，你哪部分的？

九团的。

六连集合地在哪儿？

那边。士兵用远处一指。

宋铁臣顺着士兵指的方向疾步走过去，看到崔广义正在队伍前面讲着什么。他大步走过去，崔广义斜瞅了他一眼，没说话。广义接着对士兵们说，咱们连，老兵不像老兵，新兵不像个兵。刚才下达封锁命令后，个别人慢慢腾腾像娘儿们一样。老兵也没有带好头，这要是在战场上，你们这缩头缩尾的只会让炮弹炸死，让流弹打死。还有，刚才我命令抓住那几个挑头儿的工人代表，你们就枪托子瞎耍。平常白刃术都不会运用，追个人嘴上喊得挺响，脚下打哧溜，一个添煤球的工人都制伏不了，到了和东北军动刺刀的时候，你们都得死。回驻地后，各排排长要加强练兵，不得偷懒应付，听到了吗？

队伍里的人稀稀拉拉地回答，听到了。

广义看着这群怂蛋兵，实在是没有办法。这些人一时半会儿改不过来。广义又说，重新回答，大声点儿，听到了吗？

听到了！这次的劲头比刚才稍微足些。

怎么刘排长那几个人还没到？广义问排头兵。排头兵做了个鬼脸，说，崔连副，刘排长和孙连长放炮去了！

放炮去了？广义一时没有反应过来。下面的人哗的一下都笑了，广义脸上一热，立刻明白过来：妈的，什么时候都忘不了这个。

才说完，孙猴子带着刘排长还有几个老兵从远处晃荡着走过来，边走还边放肆说笑着。到了近前，孙猴子脸上有些不好意思，说，刚带着弟兄们简单吃了点儿，明天小年了，先过个小年。表叔，不好意思，不好意思，下回一起去。广义还没说什么，队伍里的士兵就哧哧地笑出声来了。孙猴子脸一绷：笑什么笑？说完，他自己也觉得不好意思了。刘排长和几个老兵归了队。广义正想和孙猴子说说刚才行动的情况，孙猴子先张了嘴：表叔，你旁边这位是？

哦，忘了引荐了。宋铁臣，驻马厂的宋参谋，到石门见个老乡，知道我在这里，就和我见个面。

哦，宋参谋。孙猴子嬉皮笑脸地和宋铁臣握手。宋铁臣看到这个孙连长，印象就不怎么样，礼貌性地和他握了握手。孙猴子转身整了整衣服，擦了下脸上的汗：全体注意，上车返回驻地。

宋铁臣和崔广义上了一辆军车，好长时间都没有说话。过了一会儿，宋铁臣问，大哥，我这次要到桑桑去看看，你有什么事儿吗？

我？没有没有。广义一听宋铁臣说要去东桑生村，有些意外。他想，这个宋铁臣不定去了多少回了，看来妹子真是铁了心和他好了。他又寻思，这个宋铁臣要真是共产党，将来秀珍跟了他，怎么过踏实日子呀？

宋铁臣在正定下了车，孙猴子非要拉他到队部里喝酒。宋铁臣婉言谢绝，登上了去保定的火车，在保定下车后，又在师部通信营借了匹军马，赶了一天的路，于第二天中午到了东桑生村。进了东桑生村，在街口遇到广庆正引逗几个小孩子放窜天猴，宋铁臣跳下马喊道，广庆，在这啦？广庆才看出来是他，赶忙撇开小孩子走过来，说，铁臣呀，你来啦，吃了没？还没，那赶紧着。秀珍，秀珍，来戚啦！广庆在街口上嚷嚷开了。秀珍正在刷锅，听到外面广庆的声音，答应了一声，跑出来问，谁来啦？你看谁来了。广庆吐了下舌头。秀珍见宋铁臣牵着匹枣红马站在广庆后面，脸一红，心里美得要命：你怎么来啦？宋铁臣难为情地摸摸后脑勺儿：去正定看到广义了，这不，就到家里来看看。

广庆接过马缰绳，说，铁臣你快进去，我给你拴起来。七丫，赶紧做饭，铁臣还没吃呢。

唉！七丫扭头进了院。铁臣把马缰绳递给广庆，跟在七丫身后，听到外面广庆哄那些小孩子：去，去，别围着马屁股转，当心被踢着，这是军马。

秀珍进了院子，抿着小嘴，迈着碎步，侧头对铁臣说，快过年了，也不回家呀？

不回家，回去一趟太远了。

让你找老朱哥你找了没？

找了，老朱哥好像和大哥谈了。

你见到我哥后看出什么了不？

没有，他那里挺乱的，任务多。

我哥到哪里任务都多。

俩人一人一句就进了屋。

崔相亭没在家，给六和号出夫拉苇子去了。崔李氏刚在炕头坐下想做点儿针线活儿，听到外面有人进来，下炕一看是宋铁臣：这不是铁臣吗？

大娘，是我呢！

你这是打哪儿来呀？

保定，刚才看到广义哥了。他在正定带兵了，挺好，让我告诉您二老一声。

好，好。这广义呀就是不如你随和，和他爹一样是拧种。快，快，秀珍，把帘子撂下，外面冷。咱们擀点儿面，做个片汤给铁臣。

擀吗呀，又不是外人。秀珍对妈说。

什么不是外人。铁臣一个外省人，还是吃官饭的，能来咱家，咱求之不得呢。

喊，我哥、我五叔、我三姑夫的官都比他的官大。秀珍说完，瞥了眼宋铁臣。

铁臣忙说，大娘，别这么麻烦，我不饿，不饿。

你真不饿？秀珍明知故问，发着坏。

嗯。

广庆拴好马匹，一步迈进屋来：铁臣，你不是说你没吃饭吗？

宋铁臣在东桑生村住了一晚。那天晚上，村西头几个小毛孩子围着那匹军马坐了好长时间。有个五岁大的小小子偷偷地凑过去摸了战马的鬃毛，摸了之后满心欢喜。那天，他还发现件非常有趣的事情，就是听到秀珍小姑和那个骑马的军官在西屋里你一句我一句地拉呱儿了半宿。

军官问秀珍，你不后悔吗？

不后悔。

我们当兵的，命不受自己管呢。

我哥也当兵。当兵的也有受老天保佑的，五叔不就是？我三姑夫也是。

我这个兵不像你哥、你五叔他们。

有什么区别吗？

有。宋铁臣换成郑重的语气说。

秀珍沉默了会儿，说，有也不怕。

孩子听着，闹不清他们说的是什么，只是觉得偷听大人说话是一件很好玩儿的事儿。后来七丫被她妈喊过去了，宋铁臣才熄灯睡觉。宋铁臣出屋解手的时候发现窗户下有个孩子。小家伙用黑黑的眼睛瞅着宋铁臣，伸出小手去摸宋铁臣挎的盒子炮。宋铁臣感觉心思被这孩子瞧破了，自我解嘲般地用手拍了拍孩子的肩膀。孩子一扭屁股就跑得没影儿了。

那个孩子第二天早早地就从炕头上起来了，起来后就围着宋铁臣的军马打磨磨。不大会儿，宋铁臣穿着军装从秀珍家里走出来，抬腿上马后，在马上向秀珍一家挥了挥手。那个孩子也像大人似的挥着手。宋铁臣对着孩子笑了笑，策马扬鞭而去。那个孩子叫崔增贤，内心对军人充满了崇敬之情。十五年后，崔增贤离开东桑生村，参加了冀中军区二团，后来参加了保北、青沧、辽沈等战役，中华人民共和国成立后随部队开赴朝鲜参加了抗美援朝战争，后任解放军原总参谋部机要局办公室主任。这自然是我另部小说的射界了。

在驻正定步兵连待了一个多月后，广义终于被这帮乌合之众磨得没了脾气。到点出操的没几个，没出操的不是泡病号就是装肚子疼。军饷也发不足，士兵们懒散懈怠。广义毕竟是个连副，自己的命令刚发出去，那边孙猴子就给否了。广义开始还和他争执几句，但孙猴子总是这个那个的，理由充分。广义后来索性就放任自流了。

参加过直奉战争的排长、老兵也唯恐广义去打小报告,成天拽着广义不是喝酒就是打牌。孙猴子也总是怂恿广义,说就要趁着年轻找找乐子,不抽烟、不喝酒、不要钱、不逛窑子就白活了。广义懒得和他发脾气,索性就在屋里睡觉,或者到正定城里去游览古迹风物。

这天,广义从大佛寺游玩回来,刚进自己的屋,传令兵就过来了:崔连副,团里让您明天回旅部报到。广义问,有什么事儿?传令兵说,没说,就是让您回去。

广义挺纳闷:旅里有什么事情呢?

清明节前,老家东桑生村几乎全村出动,为崔相应迁祖坟做准备。东西桑生村崔家的长辈们凑在一起,研究如何给姑太太们送信,请哪村的吹打班,如何安排村里的红白案、忙活人,好个忙乎。大城县的郭县长坐着二人抬,也放下县太爷的架子,和崔家老少爷们儿坐在土坯炕头上你一言我一语地瞎琢磨。村里的忙活人平时没见过白面,这个郭县长第二天就从县里带过来五头白条猪、四五百斤白面,还有粉条和司记豆腐坊的豆腐,让乡亲们敞开来吃个够。那几天,村里比过年还热闹。乡亲们吃饱了,喝足了,十七旅的两辆军车拉着两块上好的青石碑,同时还有两口十三花的柏木棺材,进了村。

到了清明节那天,崔相应带着二姨太、丫鬟、手枪营的几十号人以及几辆汽车,浩浩荡荡地开进了东桑生村。县长、区长、保长们都出村三四里地迎接。

崔相应这是头一回受到村里这么隆重的接待,心里也喜不自胜。他看到几个叔伯妹子、四叔、叔伯兄弟都在前面,眼眶就湿润了。见到四叔,崔相应当着几百口子人的面就给四叔磕头:四叔,您辛苦了!

崔四爷一看自己侄子穿着上好的绸子衣裳在脏地上给自己下跪,备感惶恐,忙说,老五呀,叔受不起呀。你现在是顾命大臣,哪能给老百姓下跪呢?请起,请起吧!

四叔,什么时候您都是四叔。皇帝也得有亲人呀!

崔四爷听了真舒坦。

崔相亭说，相应呀，赶紧进家吧，赵先生还有事儿要跟你交代呢。广义他妈，赶紧领婶子到暖和屋去。崔李氏正在人群里踅摸广义，听当家的这么一说，赶紧用手拽着二姨太的手，说，弟妹，走，家里暖和，就是不如你们那府上干净呀！二姨太就带着丫鬟进了崔相亭家。

秀珍远远地就看到了朱各亮。她快走了几步，喊，朱哥，朱哥！

朱各亮正想着怎么躲七丫呢，还没做好准备就让人家给盯上了。他知道躲不开了，就硬着头皮问，怎么了，秀珍妹子？

我哥怎么没回来？

你哥在正定带兵呢。

哦，那个宋铁臣也没来呀？

秀珍，谁来谁不来全凭你五叔一句话，明白不？

秀珍脸上一红：知道了，朱大哥。你们几个去我家喝水呗？

不去了，在车里待会儿。

那我给你们打壶茶水去。七丫没有找到自己想找的人，无精打采地走了。

看风水的阴阳师赵先生是崔相应花重金从保定西易县请来的，清末曾在紫禁城中任五品官钦天监右监副。这位赵先生确有神通。直奉开战前一次偶然的机会，崔相应遇到了赵先生，见别人都对这位赵五品尊敬有加，就顺便问了几句阴阳宅的事儿。这一问，赵先生当了真，说什么也要给崔相应占卜一卦。他问了崔相应的生辰八字，然后微闭双眼，手指一掐，稍后说的话便让崔相应心服口服。他说崔家祖坟风水向东南，坟后有三棵榆树，其中两棵已枯；而此地块，又是以绝户人家命名。所谓墓穴有五必迁：一迁墓穴无故自陷，二迁坟上草木枯死，三迁淫乱风声起，四迁男盗女娼、家人疯癫，五迁绝嗣、败家、夭折、灾祸不断。阴宅放在这里不太妥呀，对您崔家的运势不太好。

崔相应清楚崔家祖坟所在的那块地叫赵家地，原为赵姓地主所有。现在姓赵的人家早在东桑生绝了根，这个风水先生所言果然不差。至于三棵榆树，他倒不清楚。他来到前厅，拿起电话让人快马加鞭到祖坟那里去实地查看。半晌过后，对方回了电话，说确如先生所言，坟后有三棵榆树，两棵干死了，只有一棵正发青芽。崔相应深信不疑，立马赏了赵先生二十块现大洋。赵先生得了钱，意气更盛，说，当年端郡王、睿亲王之穴都是鄙人亲自选定的，我只要在大城小住几日，保准为将军您找一块绝佳之地。就这样，赵先生后来赶到东桑生，在村里住了七天，几乎踩遍了村子五里之内的每一块地，终于相中了村西南一棵百年杜梨树下的风水宝地。杜梨树冠茂如伞，王侯将相在此埋。赵先生认为自己找到了一个“代代能文武，世世好为官”的地方。崔家的老人也有懂些阴宅风水的，让赵先生一说，再仔细端详，觉得这还真是块好地。

再说广义这边。本来孙猴子安排广义坐正定首富吴财主家的汽车去保定，路上吃喝都让吴财主管着，可广义不愿意和吴财主、孙猴子这类人混在一块儿，就扯了个谎，说洋汽车坐着头晕，不如火车稳当，自己还是坐火车吧。孙猴连长也没再勉强他。

广义在回保定府的路上出了点儿差池。第二天一大早，崔广义用挎包装上点儿简单的物品就来到了正定火车站。正定站是平汉线上的一个小站，客流量不太大。去保定方向的火车还差十几分钟到站，广义就在车站转了两圈，看到不远处有卖烤红薯的，就想买个热红薯暖暖肚子。他走到离红薯摊还有七八米远的时候，卖烤红薯的眼尖，见又来了生意，远远地就喊，长官，你吃红薯不？又面又甜又当饱。来个。广义边回答边向前走。这时，旁边一个戴棉绒帽子、穿灰布棉衫的人抬了下头，与广义正好四目相对。那人立刻转到一旁。广义一愣：这个人瞅着怎么这么面熟？但他一时又想不起来在哪里见过。边想广义就边走到了那个红薯摊前。那个戴帽子的人见广义过来，就侧过脸去吃红薯。广义脑子飞快地运转着，嘴上对卖红薯的说，给你钱。卖红薯说，好咧，长官，给您，拿油纸包着点儿，找您钱。这时，那个人就又把头扭了过来，瞅了广义一眼，没说什么，眼神飘忽不定。广义用手把红薯外皮撕了去，咬了一口，哟，好热乎，好甜。广义问卖烤红薯的，你这一早晨得卖不少吧？卖红薯的答道，凑合，凑合。然后，广义把头一转，问旁边那个人，爷们儿，看您有点儿面熟呀，想不起来在哪儿见过，您哪里发财？

那人本来正想抽身离开，听到广义开口问，愣了一下，点了点头，说，哦，是吗？我也觉得不知在哪里看到过老弟。虽然那人极力说着直隶话，但崔广义还是听出他是关外人：您是关外的吧？听到这句话，对方脸唰的一下就白了，端着红薯注视着广义的脸。广义一脸凝重，说，我们好像在战场上打过交道。对方一听，一下就将手里的红薯扔了过去。广义一闪，躲了过去。

那人正是薛连芳。薛连芳扭头就向火车站里跑，广义拔腿就追。抓住他，抓住他！广义在后面边追边喊。他往腰里一摸，发现枪没带在身上。人们都搞不清是怎么回事，见有人跑过来，大老远就躲开了。薛连芳身子不如广义年轻灵活，不一会儿就被广义追上了。广义用手扯住了薛连芳的长衫，一下把他扯倒在地，自己也跟着摔倒了。广义一个翻身把薛连芳压在身下，对准薛连芳的脸就打了两拳，但都被薛连芳用手挡住了。广义左手摁住对方的手掌，右拳高举，狠狠地砸了下去。就在这时，他的手腕被人给攥住了。广义扭头一看，身旁多了个膀大腰圆的大汉。还没等广义反应过来，那大汉就一脚将广义给踹了出去。广义从地上猫起腰，想直起身子，身后又过来一个年轻人。那年轻人一拳就打在了广义的下巴上。广义双眼一黑，直直地摔在地上。那两个人迅速搀扶起薛连芳，带着薛连芳跳上了火车。火车呜呜地长鸣了几声，冒着白乎乎的蒸汽向南方驶去。几个围观的老百姓瞅着地上的广义发出讥笑声，还有几个出站的铁路工人啐了几口唾沫，说，活该，当兵的！

过了十几分钟，广义才缓过劲儿来。他直起身子坐在地上，摸了摸下巴，从口袋掏出手绢擦了擦嘴角的血，然后从地上捡起帽子戴在了头上。他站起来，在人们的注视下出了火车站。

回到队部后，他让传令兵给他烧点儿热水。传令兵看他一副狼狈的样子，也没好意思问。水打来，广义把脸洗干净，正准备换身新衣服，孙连长推门进来了：广义，你咋的了？

没事，让马车撞了一下。

哎哟，这是让马车撞脸上了？嘴都破了。

没事，没事。广义不想和孙猴子说在火车站遇到的事儿。

我说让你坐吴少爷的汽车，你这个人就是不听。明天你还是跟着他的车去得了。

不用,火车快。

孙猴子出了屋,嘴角一歪,心中窃喜:让你不入群,活他妈该!

因为薛连芳在直奉大战中执行命令彻底,烧毁了白洋桥,迟滞了直军的进攻,为奉军二线防御阻击争取了时间,张学良对其印象甚好,在直奉大战后就想继续重用薛连芳。杨宇霆从张学良那里探得薛连芳得势的讯息后,自然做个顺水人情,先是给薛连芳打了个祝贺电话,随后又转达了任职命令,任命薛连芳为东三省巡阅使署少将参议,直接对杨宇霆负责。薛连芳自然对杨宇霆感激不尽,一扫以前对杨宇霆的不待见。

薛连芳这次是受张作霖、杨宇霆的委派,装扮成商人的模样,与驻邯郸西北军的胡景翼联络。张作霖深知冯玉祥反复无常的本性,清楚只有得到此人在背后的支持,才能在未来再和直军交战时获得全胜。他早闻直奉战争后,冯玉祥到河南任督军不到半年,就被吴佩孚调到北京南苑坐了冷板凳。冯玉祥的军事盟友胡景翼被任命为京汉铁路线的护路使,驻军顺德(现河北邢台),负责正定到彰德(现河南安阳)一段的护路任务。京汉铁路爆发"二七"大罢工时,吴佩孚下令镇压工人,胡景翼拒绝执行吴佩孚的命令。吴佩孚对胡景翼的做法大为不满,令胡景翼率部南下,攻打南方的北伐军。胡景翼以军备不齐、粮饷不足为借口,又一次拒绝了吴佩孚的命令。

谁去做劝说胡景翼、冯玉祥的说客?杨宇霆马上想到,胡景翼有在日本东京振武预备学堂学习过,而新提拔的薛连芳薛参议当年在东京和胡景翼有过一面之缘。薛连芳为了不负杨宇霆的期望,单枪匹马入关前往邯郸和胡景翼会面。他本想趁着火车在正定停站加水的空当儿,到车站外吃点儿东西,却偏偏被崔广义发现了。幸亏胡景翼派来的卫兵及时赶到,否则就要误大事。

崔相应等了广义一天也没见到他的影子,非常生气,就让副官抓紧安排车辆和随从,说不要耽误了迁坟的时辰。崔相应的车队出保定城时,崔广义才刚从火车站跑出来。等他到了五叔府上,门口的卫兵说,旅长早晨就出发了,你怎么才来?

广义急得抓耳挠腮。就在这个节骨眼儿上，一辆黑色轿车从远处驶过来，到他身旁后嘎吱一声刹住了。广义歪头往车里一瞧，见开车的是吴家阔少，车后面坐着孙猴子。孙猴子放下车窗，对广义喊，还不上来？说话时，他脸上露出得意的深情。

广义问，你们怎么到了？

你看你，旅座迁坟的事儿也不通知我们一下，幸亏我得到了消息。走，一起回你们村。

广义心想，这个孙猴子真会来事！管他呢，现在也只有这样了，我也坐车舒服舒服。

崔李氏给二姨太——也就是金夫人——端来热水，笑盈盈地说，他五婶呀，广义可让你们费心了。你说，这孩子没少让你和他五叔着急吧？这年轻洋气的兄弟媳妇珠光宝气的，说，二嫂，咱都是一家人，哪有这么些事儿？不过，这个义安有时候真是没法儿说。就说迁坟立碑这个事儿。前天旅座——喔，老五——就让参谋给他发了电报，但到今天也没见个影子。这孩子挺拧，上次在天津出了那么大的事儿，换别人都得军法从事，他五叔也因为这个没当上师长。哎，这孩子！金夫人这么一说，崔李氏羞愧得无地自容：俩人是妯娌，这又满屋子的小姑子、大姑子，自己说什么好呢？她拿来块干净布，蹲下身子对金夫人说，他五婶，你这个旗袍下边有点儿土，别动，我给你擦擦。

秀珍看到妈这样，对着二夫人撇了下嘴，挑帘走出去了。

起坟之前，几个请来的道士在香案前吟诵了一段《安土地咒》：

元始安镇，普告万灵。岳渎真官，土地只灵。

左社右稷，不得妄惊。回向正道，内外澄清。

各安方位，备守家庭。太上有命，搜捕邪精。

护法神王，保卫诵经。皈依大道，元亨利贞。

老卞在不远处小声地问朱老道，牛鼻子，这是叨叨的什么？

这是《安土地咒》，破土得先和土地爷打个招呼。

哦。你都会？以前干过？

干过，我比那赵钦天监功力更胜一筹。

吹牛逼，早些旅座请你得了！

看，你还不信！一会儿道士还得念《启土地咒》。

果然，几个道士唱完一段经，又扬起脖子念叨了一遍《启土地咒》：

此间土地，神之最灵。通天彻地，出入幽冥。

为我开召，不得留停。有功之日，奏与上清。

崔相应用铁锨掘开爹娘坟上的第一锨土后，子侄辈的广庆、广和、广府几个人就七手八脚地动起手来。不大会儿，老坟被刨开，两口薄皮棺材露了出来。崔相应想起父母不到四十就全部病死，自己和妹妹孤苦伶仃，没有家族的叔叔大爷们，自己哪能有今天？想起这些，崔相应不禁潸然泪下。他身后的妹子趴在坟头，不停地哭号。

赵先生扬手让手枪营的人将两口十三花棺材抬过来，用红布遮蔽阳光，开始捡旧棺里的尸骨。崔相亭、崔相章和崔相应一起将骸骨分别捡到新棺里。众人捡完尸骨，赵先生往旧坟坑里各扔进一个萝卜——本地风俗是起几个坟扔几个萝卜，应一个萝卜一个坑之意。然后，崔相应把先挖出去的那锹土添回坑，盖在萝卜上，再撒上几把高粱。填完坑后，崔四爷喊了声：起灵了！崔家的远近亲戚壮男丁，以及手枪营的人，个个穿得利利索索。崔四爷接着喊，上腰！一口棺材十六人抬，两口就是三十二人。抬棺也有讲究，半路棺材不能沾地，这就是崔相应让老卞带手枪营的人来的原因。吹打班在前面引路，鞭炮齐鸣，鼓乐喧天，百十号人换肩不撂歇儿，一口气就到了新选墓地。新墓穴提前一天就打好了，老卞从手枪营派了两个班昼夜守卫，唯恐被人下了“镇物”。落棺的时候，广义风风火火地赶到了。崔相亭黑着脸对他说，就缺你了。广义没有解释，抄过旁边的人手中的铁锹，闷着头就往棺材上填土。

中午，村里可着村中街摆了一道流水席，场面壮观得很。老崔家人笑逐颜开。崔四爷兴致最浓，给大伙敬完酒，又唱了一段河北梆子，更添了高潮。崔相亭领着崔相应和金夫人挨个儿给桌上的亲戚、村里老少爷们儿、道家班、吹打班、棚匠敬酒。

耿大阔让几个能写的手枪营的士兵摆好桌子写礼账。孙猴子手拉着吴阔少给崔相亭敬酒，敬完酒后说了广义一箩筐褒扬的话，把广义妈和七丫逗得嘴都合不拢了。然后，孙猴子非得让广义带着敬崔旅长几杯酒。到了崔相应面前，孙猴子先是立正，然后端起一碗酒，说，旅座，让我和广义搭伙，您安排得太对了，我难得遇到这么好的兄弟！我不能叫您表爷。我和广义可是拜了把子的，现在到咱家了，您就是我亲五叔！五叔，我和广义敬你！

崔相应也被村里的氛围感染了。他在车上让金夫人说了一通广义的不是，本来心烦意乱的，现在看到老家的人这么热乎，看到村里的老少爷们儿都那么豁亮、兴奋，二哥二嫂一家人又那么亲热，心里的阴霾一扫而光——怎么也是自己的侄子呀。自己倒头了，指望谁？周年忌日的，不还得靠他们给培个土、烧个纸钱呀！

所以崔相应非常高兴，对身旁的副官说，你把孙连长的名字记上。孙猴子这一听，高兴坏了，又喝了一大碗，搂着广义就亲，弄得周围的老百姓捧腹大笑。

朱老道抽个冷空子凑到赵先生面前，虚了吧唧地客套了几句，随后说，先生，您这是博士的学问呀！我也喜欢风水，可我是二把刀。我敬您，敬您！

您平常也喜欢？难得，难得。年轻人应该多学学。赵先生也端杯。

先生，这新穴的两个墓碑，我觉得不矮呀？

赵先生定了一下神。这碑石确实不宜过高或过矮，一般低不过腹，高不过颈。他说，你的意思我明白，高大的碑立在穴前，对坟形成逼压之势，反而影响后人的前程，子孙不会旺。可崔旅长官至将佐，位极人臣，自当别论了。

赵先生又说,我在东桑生村踏遍沟沟坎坎,发现唯有此处莫名生长了一棵百年杜梨树。此地叫大王地,北高南低,东面和西面的下水全从这块地两肋周遭流过,这叫内夹外拱,后辈应出科甲之人。水汇集在正南方的李家洼。水是财,财不外流后辈才大富大贵。这平原有十不葬:一不葬粗顽怪石,二不葬急水争流,三不葬沟壕绝境,四不葬孤独山头,五不葬神前庙后,六不葬水口不定,七不葬开塘伤龙,八不葬草木不盛,九不葬人居稠密,十不葬龙虎尖头。此处不犯冲突,绝对是一块阴宅福地。

赵先生说的这些朱老道非常明白。他也看出赵先生选的这个阴宅确实是块风水宝地,又和赵先生讨教了其他一些风水上的学问。午后,客人们酒足饭饱,纷纷告辞。西桑生村的族人们也和崔相应告辞。朱老道和赵先生站在土地庙旁的坡上目送离开的人群,忽然发现一个景象,那就是西桑生村的人没有走正西的大路,而是从刚立的新坟北侧的地里斜插过去。有个小伙儿喊,大家都走这里吧,抄近儿。那些向西走的人都斜着走过来,顺着刚才踩出的小道走。人们走过后,地上出现了一条白色的小路。朱老道瞅到这一场景,脑子一闪,再回头瞅赵先生,见赵先生脸色煞白。朱老道问,赵先生,您怎么了?

赵先生晃荡了一下身子,说,喝多了,喝多了。崔相亭过来问赵先生怎么了,朱老道说,应该是喝了点儿酒,又有点儿累。崔相亭就扶赵先生回屋去了。朱老道又选了个位置瞅了瞅新坟,琢磨又琢磨。看到正在收拾碗筷的崔广义,他喊道,广义,广义,你过来,过来。

广义用抹布擦了擦手,上了坡,问,怎么了,老朱哥?

朱老道把广义拉到稍远的地方,说,广义,你五叔家的坟迁了,将来你家的坟也得迁。

广义说,嗯呢,肯定呢,都得迁到这边来。

朱老道表情非常严肃地说,广义,听哥的话,别迁到这里来了,换地方。

换地方?广义不懂老朱的意思。

那个赵先生是有本事的,但再好的风水先生也不能违背老天的旨意。

这个坟以后肯定会被人为地破坏风水的。我给你看了处地方,就在你们村正西,就在那儿,看到没?

广义顺着朱老道的手指望去,问,老朱哥,你当真?

我当真。

你现在和我去新坟。我刚才发现那棵杜梨树下有一棵新发的小树苗,你下午悄悄刨出来,到我看的这块地的北侧,顺着地头向南走九步,然后挖坑把树苗栽上。如果树苗半年内活了,你明年清明就把坟迁到这里。你这样做,我保你后人家业兴旺、代有人才。

广义注视着朱老道,看他没有一点儿打哈哈的意思,点了点头:行,我听你的。朱老道说完就归队了。崔相应下午又在村里转了转,把族里的长辈、发小都探望了一遍,家家都放点儿钱。之后,崔相应又给崔四爷放了几十块现大洋。坟上新栽的柏树还要找人看护浇水,崔相应这样做,也是希望今后的大事小情,族里的人能行个方便。崔四爷颤抖着手把一份抄好的家谱交给崔相应:老五,这个家谱是你的,过两年你有后了,不知道四叔还在不;要是你四叔还在,四叔就亲自给孩子起名儿续谱。

四叔,你必须等到,活到九十九。那时候,您侄子给您出个喜丧。

金夫人推了崔相应一把:你这是恭维四叔还是气四叔?崔四爷捋了一下山羊胡子,笑出了老泪:你小子从小就嘎,气你四叔,到今儿都没变。你这辈有你,下辈就看广义、广庆、广府他们了。崔家人在笑声中送走了崔相应众人。

在车上,崔相应告诉副官,让赵先生先回易县休息几天,不日我专程答谢。

一个月后,崔相应从曹锟的光园回家吃午饭,迟迟不见夫人出来,心里纳闷,就问丫鬟夫人怎么还不来吃饭。丫鬟做了鬼脸,凑到崔相应耳边说,老爷,夫人有喜了!

崔相应一听,高兴得不得了:什么,有喜了?太好了,太好了,我崔相应有后了!来,告诉后厨,夫人喜欢吃什么就做什么,不要怕花钱。

崔相应大喜过望,心想,这个赵先生果然能耐。想起许诺清明后去探望赵先生的事儿,崔相应连忙喊来参谋副官,说要叫车去易县赵家埝。一行人风尘仆仆地来到易县赵家埝赵宅,发现赵家大门紧闭,两扇胡桃楸木门上贴着一对白纸。崔相应让副官叫门,发现大门已经锁上了。有几个村里人过来围观,问崔相应有什么事儿。崔相应说,来探望赵老先生。村民掩嘴笑着回答,你探望不了了,赵老爷子故去十多天了。

崔相应挺纳闷:前一段还和我们去了大城呢,怎么突然就去世了呢?

谁知道呢,从大城回来后,就一病不起了,找了好多郎中也瞧不出是什么毛病,不吃不喝,半个来月就死了。赵家人给老爷子发送完就搬走了,也不清楚搬到哪里去了。

崔相应心中非常不解,只好怅然返回保定。

二十

八方风雨会中州

广义把亲戚都送走后，回到家，看到豆庄村的叔伯五姑在炕上和母亲正聊得欢实。他进屋后，喊了声五姑。五姑劈头就说，广义，我给你说的那个对象你见不见？

这一句话把广义说成了个大红脸。崔李氏说，明天你送你五姑回村，正好去见见。你正好穿这身军装去，显得人精神，省得再找衣服了。

五姑跟了句，张家那姑娘也不差呢。广义脑子里浮现出来的却是苏家莲的模样，不大会儿，又出现了千代的样子。

见什么呀，妈？七丫嘴快，说，人家苏家大老远把姑娘送来，多有诚意。家莲姐人也挺好的，你还嫌人家倒贴。人家是倒贴吗？不是看我哥和家莲姐都有意思吗？都一年了，你和我爹也没给人家一句话，这办的是什么事儿呀？

去你的，少插嘴！高阳多远呀，咱对苏家也不知根不知底的。你说和那个老蔫三姨说好了，过了年就定下来，这都清明了，也没见人来。咱这么穷，人家看得上咱们吗？再说了，你自己的事儿都还弄不清，别瞎插嘴。崔李氏把闺女叨叨了一顿，七丫就不敢吱声了。

广义一声不吭地坐在一旁，末了吐了一句：妈，我听你的。

广义第二天陪着五姑去了豆庄。五姑的嘴一路都没闲着，一直说人家张姓姑娘多好多好,多懂事多会做活儿,唠叨得广义脑瓜儿疼。

到了豆庄村后,五姑直接带广义去了张家。拐过一条街后,五姑对广义说,广义,看到没,前面那炸果子的就是张老头儿,那个旁边打下手的就是他闺女。一会儿你别给我丢人呀!怎么说也在外面闯荡一年多了,得有个眼力见儿。

嗯呢。这种相亲,广义也是大姑娘上花轿——头一回,心里也没底,比打仗还紧张。

两个人走到张老头儿跟前。三姑向张老头儿打了个招呼:孩子他大伯,忙着呢?

张老头儿抬头看到是村里兄弟媳妇,后面跟着穿军装的小伙子,就清楚是怎么回事了。这个亲事提了快两年了,总是说见面见面的。听说男方是当兵的,张老头儿有点儿不乐意,倒是他老伴儿知道东桑生这边人家族大,人也还不错,就是不清楚姑娘是什么意思。

张老头儿应了声:他婶子来啦?屋里去。丫头你先看着摊子。

几个买油条果子的村里妇女一眼就看出是怎么回事了,就在一旁逗那个姑娘:快让来的戚帮帮你呗,别让人家傻站着。呵呵呵!几个女人笑了起来。

那姑娘被说得手忙脚乱的。广义在旁边,站也不是,躲也不是。广义后来一想,大风大浪都过来了,这算什么?他假装干咳了几下,抬脚就到了果子摊里面。姑娘吓了一跳,闹不清他要干吗,拿着果子筷子瞅着他发愣。

广义把筷子一把抢过来:你弄面去,我来炸。

姑娘臊得脸红成了大红纸。村里那些媳妇娘儿们可看到新鲜景了,这个挤眉弄眼,那个用手捅前面的。广义埋头就去翻腾油锅里的油条,往油箅子里夹果子。姑娘有些局促,喘气都喘不匀实,紧抿着小嘴低着头,一下一下擀着果子片。

我爷爷这次另类的相亲经历,后来成了豆庄村的笑谈;也正是我爷爷的冒失大胆,给了我奶奶绝佳的第一印象。他们相亲二十年后,我太爷去世,爷爷成了一家的顶梁柱,但依旧改不了旧军队里吃喝要钱大手大脚的习气,奶奶只好就重操旧业,在村里炸果子卖。然而,别人炸果子多少都能挣点儿钱，我家炸果子不仅没赚一分，还赔了不少，原因是爷爷在村里欠的赌债太多，而且愿赌服输，从不赖账坏了人性，债主买果子自然是拿债来抵，加上爷爷人穷但依然好爽，穷人吃果子不给钱他也不计较，这么一来，赔钱就是肯定的了。

广义从豆庄回到东桑生，妈和妹子一个劲儿地套话，问女的相貌怎么样，说话好不好听，个子是高是矮，身架子大不大。广义只是敷衍地说，行，行，就这么着呗！

成还是不成？我好给你五姑回个话呀。

过段时间再说吧，再回来再说。广义心里其实矛盾得很，嘴上只好搪塞着。

秀珍鼻子尖：妈，怎么咱家里有股子炸果子味？哥你吃果子啦？

广义晚上一会儿梦到苏家莲，一会儿梦到千代惠美。三个人在什么地方说着话，后来千代就跑开了。广义在白茫茫的空间里喊她，千代，千代！这时，苏家莲满脸是血地闪出来：广义，广义，救我，救救我！广义猛然从梦中惊醒，暗自念叨：别是又要出什么事吧！

他早晨从西大坑里挑了几担水，给西边新栽上的杜梨树苗浇水，杜梨树透出勃勃的生机。秀珍在西街口喊他吃饭。吃过饭后，广义心神不宁地收拾了一下就往保定赶。他早盘算好要去苏家看看，所以脚下步子加紧，过了晌午就到了庞口镇。广义找了个店铺，买了匣点心，包好了就直奔苏家，不大会儿就到了苏家门口，但眼前的景象让他呆住了。

苏家的高大房门塌了半边，房子烟熏火燎的，只剩下残垣断墙。广义迈步走进去，房子里空空如野。广义闹不清是什么情况，心里着急。他退身出来，到了对面卖杂货的店里，问，掌柜的，对面苏家怎么回事？

唉！掌柜的叹了口气，说，苏家真是倒霉透了，去年让土匪给祸祸后，不是让保定那几个当兵的给救了吗？这过了半年，被抓的土匪也不知道为啥又被放了出来，出来那天晚上就把苏家给烧了，把东西全给抢了，把人家闺女也给掳走了，你说这是什么世道。

广义一听，急得太阳穴迸出了青筋：没有报官吗？

报官？这年头儿，官府有个屁用！

那苏家人现在都搬到哪里去了？

谁知道呢。都怪苏家老大家仓，他把一家人都连累坑害了。

广义心里起急，把点心匣子一扔就迈开步子向高阳县城方向颠。他要找高阳县警署说道说道，问问那几个土匪是怎么从大牢里出来的。

他到高阳县城后，天已接近傍黑儿。他进了县府衙门就喊，谁在这里主事，都他妈的给我出来！

有个穿警服的跑出来，正想发火，见是个当兵的在大门口大喊大叫，忍了忍，问，你找谁？

找你们头儿。

头儿出去喝酒了。

让他回来。

你谁呀？

甭管我是谁。你们谁把土匪放出来的？庞口苏家的事儿是谁管的？

那个警察脖子一歪：你一个臭当兵的管那么宽干吗，谁放的也用你管？你牛逼吗呀？

广义本来就是带着气来的，这一句更是把他惹火了。广义飞起一脚就把那警察给踹到了地上。那警察起来就喊，出来人，打人了，当兵的打人了！

院里的人一听有人打架，全跑了出来，有几个警察卷袖子就过来帮忙。广义收拾这几个滥竽充数的警察自然不在话下，几下子就把他们全打趴下了。还有个警察爬起来，进屋拿家伙去了。他刚端枪出来，广义就把匣子枪顶在了对方的嗓子眼儿：再动老子就用枪崩了你！

那小子立马被吓得六神无主：大……大哥，您别，别……

我问你们，是谁放了狼牙山的土匪？苏家人现在在哪里？今天不给我个交代，我他娘的烧了你们衙门。看热闹的老百姓早就看不惯那些警察作威作福的德行了，一看有人收拾他们，都给广义拍巴掌。

开始那个和广义对话的警察看来是个头头儿，捂着肚子蹲在地上说，老弟，你别开枪，咱都是一家人，混口饭吃。那些土匪，借给我们十个胆儿我们也不敢放呀，是上面的人拿着条子放走的。

上面的人？上面的什么人？

保定城防崔旅长的人。

什么，崔相应？广义以为听错了。

可不，是他的手下邢团副拿着条子过来说放人的。

邢清远！广义咬牙切齿。他又问，那庞口苏家的火是不是那伙土匪放的？

我们调查了，应该是，可又没有太多的线索。有人看到苏家的闺女被土匪给弄到保定府窑子铺了。苏老头儿一家担心土匪还会来，就变卖了所有家当，连夜走了，到哪去就不清楚了。

广义痛心不已，心想，早知道当初就应该斩草除根，留下这群祸害，真是毁了苏家。

他把那警察推到一旁，对警察们说，你们都听好了，那伙土匪早晚会被我逮住。要是你们说的是假话，我就挨个儿毙了你们。老子和胡子都交过手，你们这几根烂柴火棍子老子根本不放在眼里！

广义拎着枪挤出人群，脚下生风，不到两个时辰就到了保定城。

他披星戴月，直奔旅手枪营驻地。门口站岗的正好是个老兵，老三镇的人，看到广义深更半夜赶来，估计是有情况。

广义问，老卞在哪里睡觉呢？

老卞去找傍家儿睡了，就是那个大包包老鸨。

你把万龙喊出来，让他带我去找老卞。

有急事？

有。

不大会儿，万龙揉着惺忪睡眼出来了，问广义，你干吗来了？

广义说，万龙叔，别睡了，跟我去找老卞。

俩人到保定府亲王胡同砸老卞的门。老卞披着单衣为他俩开门，一看广义的表情就知道有急事。三人进了屋，老卞给广义倒了两杯凉白开。广义咕咚咕咚喝完，擦了擦嘴说，我不找你，我找大包包嫂。

老卞的靠家本来就在屋里光着腚支棱着耳朵正听，一听找她，披着个被褥子就出来了：广义，想嫂这大包包啦？

广义没心思和她贫，把庞口苏家的事情和他们说了一遍，说着最后都掉眼泪了：我这没给苏家报恩，却给人家惹出这么大的事来，家莲姑娘也找不到了，我心里真不是个滋味。

程大鸨见广义这样，也不逗了，说，我们亲王胡同这几家窑子铺这几个月的新人我都见过，没听说有姓苏的或有高阳口音的。那几个暗局就不清楚了。

老卞说，现在这么晚了，豁腾去也不好，只能等明天了。明天哥哥我亲自出马，叫上保定府的王警长，只要人在保定，肯定能找到。几个人又安慰了会儿广义。程大鸨找出被子来，让万龙和广义在西屋扑拉个地方忍一宿。

第二天，老卞带着广义、万龙还有手枪营的几个弟兄找到了保定警署负责亲王胡同的几个警察，对十几家青楼挨个儿检查，查了一个上午也没有查到苏家莲这个人。

老卞问两个包打听，是不是这老鸨给咱藏起来了呢？那俩警察说，老卞哥，虽说老鸨个个都是人精，但咱在这里，谁他娘的敢瞒哄咱？

程大鸨也动了私人关系，找了那几个暗窑，但也没有查出和苏家莲相仿的人。

广义心急如焚，却也束手无策。

吃过午饭，程大鸨那里来了消息——有个暗窑的老鸨说，两个月前有几个男人带着个姑娘，想把人卖给她，她一看情形不对，就没答应，只是和那个女的说了几句话。那个女的一个劲儿地流眼泪，说请她救救她。那个女的和你们要找的人长得差不多。

广义问，后来呢？

后来人就走了呗。那几个男的说，不行就卖到北京八大胡同去。

老卞盘算了一下，说，我们先找宫和尚和郭大瘤子他们去，找到他们就能找到苏家闺女了。

老卞让手枪营的人都回去，又分别给了几个警察十几块现大洋，说，几位兄弟，有劳了，你们找人比我们有路子，我们就听您哥儿几个的信儿了。

钱到手，警察办事就是麻利。

第三天，宫和尚的藏身地就被打听到了。手枪营的弟兄们换上便服，到了地方就给围住了，围得鸟都飞不出去。他们进屋后，见宫和尚搂着个姑娘正吸大烟。广义一把把他薅下炕头，抡圆了就抽了他一个大嘴巴。那个妓女吓得直叫唤。广义踩着宫和尚的脸说，还认识老子不？

宫和尚在地上也瞅不见，喊，我瞅不见，瞅不见，大爷，你轻点儿。

庞口苏家莲被你们弄到哪里去了？

谁，庞口苏家那闺女？哦，哦，您是崔长官呀！我告诉你，告诉你！

万龙扒拉了一下广义，广义把脚抬开，宫和尚爬起来，小普一脚又把他踹得双腿下了跪。宫和尚一看这架势，知道不说实话好受不了，就咣咣地给大伙磕响头，说，崔长官，你别打我。卖苏家那个姑娘是郭大瘤子的主意。他开始想卖到亲王胡同，后来又觉得那里不安全，就卖到八大胡同去了。

老卞问，八大胡同哪家？

朱家胡同临春楼。

我操你妈，操你妈！没等广义动手，小普就用手里的皮鞭狠狠地抽起了宫和尚的后脊梁。

广义眼喷怒火，用手拔出刀子。宫和尚吓得魂飞魄散：崔长官，咱是亲戚，亲戚。

亲戚？

是，亲戚。你三姑夫南皮宫县长是我们当家子大爷，我们出来就是他找邢清远办的。

扯淡，谁和你是亲戚！

我老家南皮的，真的，南皮宫家庙的。

广义一听还真是和三姑夫一个村的，就问，是宫县长找的邢清远？

不是，是郭瘤子安排山上的人去找的邢清远，给了二百大洋。

真有钱！广义把刀子一收。宫和尚以为广义饶了他，哆哆嗦嗦地直起身子，嘴上一咧：谢谢表叔。

这一个"表叔"，把广义的肝火又点着了。他一脚就踢在了宫和尚的裆上。宫和尚嗷地学了声狗叫，昏倒在地上。广义还不解气，抄过小普手里的棍子,对着宫和尚的双腿狠狠地来了两下子。宫和尚腿咔吧响了两声,以后就甭想再走路了。

老卞对那个吓尿了炕的妓女说,你敢传出去,就和他一个样。

老卞叫上程大鸨和广义、小普,连夜坐火车上了北京。他们到八大胡同时已是凌晨两点,但烟花柳巷依旧灯红酒绿。程大鸨在这里有姐们儿,便到姐们儿家说明了来意——找人,人在这里把人赎回去,钱不是问题。那姐们儿去了临春楼,不大会儿就回来了,说,人真在这里,和老鸨说了,三百现大洋。

程大鸨说多了。那姐们儿说这是皇城根,没办法,这个价不高。

老卞说,三百就三百。程大鸨早有准备,掏出三张一百的银票,给了那姐们儿。

那姐们儿就带着几个人去了临春楼。

北京的老鸨一看三百来人都答应了,想反悔。老卞把腰里的手枪露了露。老鸨明白来者不善,忙喊大茶壶把苏家妹子喊上来。

苏家莲一步跨进屋来,瞅到广义和小普、老卞等人,哇的一声哭了出来。广义抱着苏家莲紧紧不松手,嘴里喊,家莲,真对不住,对不住你啊!

一屋子人唏嘘不已。

到了保定,广义拉着苏家莲给老卞和程大鸨跪下了,说,大哥,我怎么报答你呢?那三百块现大洋,我想法给您。

老卞说,广义,你拿什么还?

广义被问住了。是呀,就自己那点儿饷钱,靠什么还老卞钱呢?

程大鸨说,让家莲跟着我干呗,有吃有穿有喝的。

去你娘的,人家是什么人!老卞骂了句。

操你妈,老卞,你拿我当什么人了?程大鸨抽了老卞一个大嘴巴。

老卞被抽得火烧火燎的,但也没敢还手。

苏家莲被暂时安置在程大鸨家里。白天,广义担心她孤独,出个什么事,就过来照顾;晚上,她和程大鸨一起做伴睡。

广义现在铁了心要娶苏家莲,恨不得一步都不离开苏家莲。看着广义因为自己而憔悴了许多,苏家莲心中非常不安,可是现在爹妈不知道在哪里，自己无家可归，程大鸨垫付的钱也还不上。苏家莲又想，现在自己的身子也不清白了，嫁给广义等于误了人家，就算他答应，他父母能答应吗？她心里无限惆怅，还不能让广义看出来。

孙猴子私卖枪支，被广义无意中发现了。

广义抽空回到正定队部转了转，准备之后返回保定。正定队部里有他没他都一样。他看到训练时后排几个新兵空着手，非常纳闷，就问带兵的下士怎么不让新兵带枪出操。

带枪？过两天就只能带裤裆里的老枪了。

广义没听明白：怎么？

你到库里瞅瞅吧！老兵说。

广义跟着到了军械库，等士兵把枪支全部放好，一查点，发现少了十多支汉阳造套筒枪；再查点子弹，也少了几百粒。广义让老兵把负责军械的排长喊过来，等了好半天，也不见排长的人影。广义气冲冲地到了排长睡觉的屋，正看到排长正和几个老兵打麻将。

广义上去把桌子给掀了：你过来，给我说说这枪械是怎么回事。

排长也不示弱：操，你少跟我装能耐大。你找孙猴子去，都是他的事儿。

广义一听这里有茬口，扭身就去了孙猴子的宿舍。孙猴子早听到了消息，把门关了个严实，人躲了起来。

晚上，广义一个人正生着闷气，孙猴子过来了，嬉皮笑脸地说，广义，吃了？

吃了。我问你，那些枪支是怎么回事？枪少了，子弹也少了。李排长说你明白？

孙猴子把门带上，嘿嘿一笑：广义，咱俩是亲哥们儿，一个锅里吃饭的。我知道应该提前告诉你，但你不是今天才回来吗？

怎么回事？广义沉着脸问。

是这么回事。吴大财主家请了十几个护院的，手里缺少家伙，就想让咱们支持下。当然，我也没忘了兄弟你。你的那份我给你放在你床上了，你看看。

广义一掀被子，真还是，被窝里放着一张百元的银票。

孙猴子说，咱哥儿俩你知我知，上面查下来，就说有几个士兵去出勤务了。

广义还想说什么，但他看到银票时，确实动心了——替家莲从程大鸨那里赎身需要一大笔钱呢！看着广义的表情，孙猴子偷着笑了笑，然后溜出门去了。

广义回到保定，把银票交给了老卞。老卞问广义，哪儿来的钱呀？广义说，你甭问，不是抢的偷的。老卞对广义说，你可别干别的事儿呀！

广义说，放心吧。

广义被孙猴子拉下水后，隔三岔五地和孙猴子到吴财主家，和吴财主打打麻将喝个酒，而且每次都不会空手而归。广义每次有了钱，就马上到保定给家莲。后来程大鸨看两个人你情我意，就在隔壁给家莲租了两间房子，广义回来时就让他们两个人住在一起。这样一来，广义更加离不开苏家莲了，又舍不得家莲去外边做事。他既要还老卞的钱，又要负担他和家莲两个人的日常花销，所以手里总是紧紧张张的。

慢慢地，广义就开始向吴财主借点儿。吴财主出手阔绰，广义借多少他就给多少，从来不说什么。孙猴子和崔广义两个带兵的长官成天陪着吴少爷吃喝玩乐。广义从中可以捞点儿油水，也就不再和孙猴子唱反调了。家莲看到广义每次回来都喝得醉醺醺的，满身疲惫不堪，心疼得很，又没有办法。

1923 年(民国十二年)农历三月初七，是吴佩孚五十大寿的日子。保定城防司令、第十七混成旅旅长崔相应本想带着夫人一起去祝寿，但又恐夫人动了胎气，便只带了副官和手枪营的几个人。去后宅向夫人辞行时，崔相应抚摸着金夫人的肚皮，稀罕不得了，说，我不在家，你可别乱动，你就是我们老崔家的苗呀，最好是个胖小子。二夫人说，要是个丫头呢？崔相应说，那也好，要是丫头，让她向她七姐学，二哥家七丫那小性格我挺待见。

可别像秀珍似的，不然就没法儿管了。我听说宋铁臣找你这个未来五叔丈好几趟了，和你张嘴了吗？

没有。铁臣这个孩子腼腆，我就等着他张嘴了。二哥二嫂那里我去说。俩人你情我愿的，为什么不成人之美呢？

这个义安，这段也不登咱家的门了。这孩子真拧。

嗨，还是孩子。再说了，男人没个性格哪行？我上次处置他处置得有些过头了。正定那边挺苦的，等从洛阳回来，我把他调到手枪营来。

你自己家的事儿我不掺和。对了，你去的时候带上凤祥吧。这孩子越来越懂事了，有空就跑到这里来给我问安，也挺爱叫人，奶奶奶奶地喊。你就带着他，让孩子也满处转转，玩会儿。

行，我去告诉老卞。说完，崔相应就让副官去准备车辆和礼品。他虽说是曹锟一手提拔的，但对吴佩孚也不怠慢。同样是大帅，吴佩孚的为人崔相应也是比较敬重的。他带的礼品是邢清远从关外弄来的老山参，市面上难得一见。

一行人上了去洛阳的火车。崔相应难得心情舒畅，在车上和手下的人讲笑话，说老卞偷看女人上茅厕的事儿，把大家逗得开怀大笑。

老卞弄得脸红脖子粗，叉着腰说，旅座说完了，我给大家说说旅座光屁股在河里洗澡，让嫂夫人把衣服给没收了的事儿。车厢里哗啦笑成了一片。

大家笑够了。小普看着窗外说，五爷，快到正定四叔他那儿了。

老卞瞪了小普一眼，又看了下崔相应的表情，对大伙儿说，我现在开说啦。

崔相应招了下手，对副官说，你给九团六连打个电话，让崔广义接站，叫他和我们一起去洛阳。

小普一听：真的呀？老卞哥，五爷让四叔也去洛阳啦。

老卞踢了一下小普的屁股：兔崽子，我和你成孙子辈了。

崔相应被逗得开怀大笑。

老卞心想，广义这下该有好事了。

直奉大战结束后，吴佩孚可谓是春风得意，自接任两湖巡阅使后，仍兼任直鲁豫副巡阅使。吴佩孚向来标榜廉洁文雅，表示过生日时只收书画、花木之类的寿礼，但吴夫人（张氏）则韩信点兵——多多益善，偷偷地什么礼都收。这次,各省军政要员前往贺寿的有700多人。各省督军、师、旅将领及各国驻京使馆武官云集洛阳,清废帝宣统也派摄政王赶来祝贺。酒宴上,两件寿礼最受人注意。一是康有为写的一副寿联:牧野鹰扬,百岁勋名才一半;洛阳虎踞,八方风雨会中州。这副寿联把吴佩孚描绘得相当形象,吴相当中意。另一件礼品是冯玉祥随的寿礼——一坛白水。据说,吴当时也颇加称许,说"君子之交淡如水,知我者其焕章乎"。但吴的内心感想究竟如何,外人就无从得知了。

吴佩孚在酒宴上握着崔相应的手说,相应,直奉一战,十七旅功绩有目共睹,他人都得升迁,只是委屈了你。我已经向老帅建议,所有提拔的巡阅使、督军之兼任师长者皆解除师长一职,战时皆以师旅为单位。你若真想做个督军,我将湖北督军一职给你;你愿意继续做你的混成旅旅长,你就耐心等待,将来我把第三师交给你。崔相应明白吴佩孚有敷衍的意思,但是能和自己谈话谈到这个分儿上,也算有心了。

吴佩孚见崔相应笑而不答,明白他心里不悦,接着又说,奉张虎视眈眈,必卷土重来,现在当以练兵为急务。你部将于下月开始抽调营团级一线作战军官进行轮训,再给你增加一个团的建制,也算是本帅对你的特别褒奖。

崔相应一听要增加一个团的编制,心中甚喜,因为这与师长也就差不多了,忙拱手说,多谢玉帅栽培。

好,好！吴佩孚说完,就又和别人寒暄去了。

吴佩孚生日过后,崔相应需要见几个老三镇的朋友,就留下老卞和两个副官陪自己,对其他人说难得到洛阳古都来,到处转转玩玩去。

广义和小普在坐火车来洛阳时就打好主意去看望在洛阳西工兵营带兵的崔寿岐。寿岐直奉大战后就被指派到西北军胡景翼的部队里锻炼,年前又被西北军安排到西工兵营学兵团教新兵。广义和小普叫了辆洋车到西工后,被西工遍地的牡丹花吸引住了。他们见花开满城,姹紫嫣红,真是羡慕寿岐待的地方。他们好不容易在学兵团找到了崔寿岐。寿岐正带着一群娃娃兵练习组装枪支,见到他俩高兴得很。小普说,你这是带着一群小孩子呀,比我还小呢！寿岐说,嗯,吴大帅未雨绸缪。这些兵别看小,全是从幼兵学堂里挑选出来的，在这里待上几年，就都能带兵上阵了。

寿岐领着两个人在西工转了转，看了看洛河上的“新天津桥”，看了看飞机场、操场、阅兵台（继光台）、广寒宫（即吴佩孚的办公处所及高级会议场所）、学兵营，看了看电厂、商业区、仓储区，等等。广义和小普看得咋舌。寿岐说，广义你也能来的，听说吴大帅已经下令让部队军官全部到这里来受训。广义一听，心潮澎湃，也期望早日来这里锻炼锻炼。

小普不痛快：你俩都是官了呗，我只能看看了。乱哥，你快点给我们安排吃喝吧。

好，我带你们吃河南烩面，正宗的。

寿岐陪着广义和小普吃完午饭，下午又待他们去了洛阳白马寺。快到傍黑，寿岐就和广义、小普告别，回了西工。广义心里挺别扭，因为寿岐听说崔相应来了，没有想去探望长官的意思。广义觉得他就算看不起老部队，也不能看不起五叔吧，但又一想，寿岐这里纪律严，也就谅解了。

寿岐回到学兵团后，又去营房挨个儿点名。点名无误后，他回到宿舍，点上煤油灯，拿出保定军校印刷的《步兵操典》来读。不知不觉，过了深夜零点，寿岐打了个哈欠，准备上床睡觉。忽然，外面有人敲门。寿岐很奇怪：这么晚了，是谁呢？

寿岐推开门，见门外站着一个四十岁左右的男人。那人穿着便装，但寿岐凭经验，一看知道他就是行伍出身。寿岐问，您是？

这人一张嘴就是东北口音：小老弟，能到你的屋里坐会儿吗？

寿岐有些莫名其妙，稍微愣了一下，但晓得这军营里外人不可能进来，就算进来了也不敢造次，就将来人让进了屋。

寿岐用自己的杯子给来人倒了杯水，递到他的手中。对方喝了一口，说，小老弟，我刚才路过你这里，看到别处都熄灯，唯独你这里灯光还亮。那人放下手里的茶杯，拿起桌子上的《步兵操典》翻了翻，然后问，你是直隶哪里人？

大城。

就是津海道的大城？

对，就是津海道，你去过？

我在那里住过一段时间。

您住在哪个村？

住过一些，但记得的不太多，只记得有个小王庄，还有白洋桥。

您是生意人？

也可以这么说，我是个经纪。

崔寿岐一听说对方是经纪，就放松了警惕，以为对方就是个中间商。

老弟，你属于冯将军哪支部队？

不，我不是冯督军的，我是直军十七混成旅五十七团三营的，现在在西北军这里轮训。

是这样？看来你很出色。打过多少仗了？

直皖战争赶上个末尾，和奉军打仗全部参与了，一直到了榆关。

你这么好学这么努力，前途不可限量。

寿岐被夸得不好意思了：前途什么呀，上边没人，家里没钱，只靠打仗，不学点书本上的东西，上了战场就只能吃亏。

我也是，上了军校，出过洋，满以为能够飞黄腾达，哪知道处处受人排挤，屡遭贬压。

您上的是哪个讲武堂？

奉系讲武堂。

崔寿岐一听，下意识地瞅了瞅墙上挂的盒子枪。

薛连芳笑了笑：小伙子，我落魄的时候，打牌、泡舞厅、找女人、马了个巴子的骂街，可这并不代表我没有志向。一旦有了机会，一样会有我们施展拳脚的天地。你想不想换个地方？

换个地方？

对，去别处。

没想过，能去哪里？

去我那里，或者西北军。我观察你两三天了。你带兵、练兵都非常出色，我那里需要你这样的军事人才。

嗯……寿岐犹豫了片刻，说，能问长官你是那支部队的吗？

关外奉系。

你是奉系的人？寿岐跳了起来。

我看你是个仁义之人，实不相瞒，我叫薛连芳，是胡景翼、孙岳两位将军请来的。

薛连芳终于在洛阳与胡景翼等人会面后，本想见冯玉祥。可冯玉祥显然为自己留了后路，找了个借口推辞，让胡景翼和孙岳代表自己与薛连芳商谈。薛连芳递上张作霖的亲笔写给冯玉祥、胡景翼的信函，等胡景翼看完信后，又呈上了两张奉天官银号一百多万的支票。胡景翼、孙岳等人心中暗喜。

薛连芳又小住了几日后，要返回东北。这次，胡景翼唯恐节外生枝，安排得力人员护送。

薛连芳想了一下，说，我推荐个极可靠的人。

胡景翼问，谁？

薛连芳说，就是我军校同学崔相应队伍里的一个小中尉，现在在学兵团练新兵。

胡景翼不禁拍手：薛兄棋高一筹！他对手下说，传我令，二十五旅直军轮训军官分批到长城一带整训，给薛特使找身中校军服，让他夹在其中，到了长城就等于到了热河。

广义回到连队后，孙猴子就把他叫到了自己的屋里。孙猴子说，广义，吴少爷昨天找到我，说让咱们出几个人，给他弄点儿货送到高碑店去。

什么货？广义纳闷。

嗨，这个咱不问，他就是想让咱们出几个人给他送过去，高碑店那里有接站的。把货给完了咱就坐车回来，啥事儿没有。

广义不假思索地说，行，我去吧，我回来后就直接在保定住了。孙猴子知道广义最近恋着保定不愿意回来，也不多打听。

广义第二天就带着十几个弟兄从吴少爷那里取了货物——十几个木箱子，用大锁锁得严严实实的。广义安排几个士兵给箱子贴上连里的封条，外人一看就会认为是军用物资。广义命手下将箱子抬上了火车。火车到定兴后停车加水，广义让手下盯着点儿，自己下车活动活动身子骨。下车后,他跳跳蹦蹦,活动了一下筋骨,正准备回到车上,扭头一看,前方也有十几个直军军官下车抽烟撒尿。他仔细瞅了瞅,一眼就瞅见了崔寿岐。广义心想,嘿,真巧!他喊了声:小乱。

寿岐正提着裤子系腰带,听到有人喊他,回头一看,是崔广义。他说,嘿,广义,你怎么在这儿?

我还想问你呢,你怎么在这儿?

我们去长城拉练,你呢?

哦,我……我……我去高碑店给连里办点儿事儿。

俩人你一言我一语地唠了会儿。火车呜呜地叫了几声,广义就拉着寿岐上了火车。看到车厢一水儿的军官,广义说,哟,都是生力军呀。这次谁带队呀?

我!寿岐带着骄傲的语气。

广义由衷地赞叹道,你前天还带着娃娃兵,今天都率领连、排长了,看来马上就要成营、团长了!寿岐挺爱听,说,还有几个长官呢,在后面车厢里。广义抬屁股瞅了眼后面车厢,看到后面车厢果然坐着两个肩上着校官衔的军官。我还以为你……广义想说我还以为你自己挑大梁呢,但话没从嘴里说出来,因为他忽然觉得其中一个校官看着很眼熟。他下意识地摸了摸脸,脑子嗡地响了一下:真是踏破铁鞋无觅处,姓薛的,我看你这次往哪里走!

二十一

身陷囹圄

广义见薛连芳和崔寿岐他们坐在一趟车上，而且还穿着西北军的衣服，心中非常困惑和不安。他用身子挤了挤寿岐，低着头对寿岐说，乱，后面车厢里的那个军官你认识吗？

寿岐问，哪个？

就是靠里坐的那个。

哦，是师部的参谋吧。

乱，告诉你，我认识他，他不是西北军的，他是张作霖那边的人，姓薛，去年直奉开仗，咱就是弄的他们的文件。

你别逗了，你见过他？寿岐心里直打鼓，生怕被广义看出异样来。

真的，千真万确，错不了，十几天前我在正定差点儿把他抓住。

真的？

没错。

崔寿岐听完广义的话，脸色也凝重起来，但是他脑子里马上闪现出临上火车时，胡景翼拍着他的肩膀对他说的话：你就是薛先生说的那个崔中尉吧？不错，年轻人就得有思想有抱负，眼睛要有方向，不要随波逐流，要有新觉悟。山雨欲来风满楼，直隶不是当初的直隶了。他还看到胡景翼双手握着这个中校军官的双手，好久才松开。双方虽然没有说什么，但双方的那种默契关系一眼就能看出来。

寿岐想到这里，就故意开玩笑地说，广义，你别疑神疑鬼的了，是不是想立功发财想疯了？

广义根本不清楚寿岐现在的想法，以为寿岐不信他的话呢，就有些着急，说，乱，这个人可能是奸细，咱们不能把他放走了。

寿岐有些不以为然：广义你别这样，弄错了会吃不了兜着走的。

错不了！

广义，就算他是间谍，跟咱们又有什么关系？当兵的就是吃饭、领饷、打仗，上面的事情有上面的人管呢。

寿岐，你怎么这么说？好歹你也是个中尉，怎么说得好像直军和你无关似的？亏你还学问多，墨水多，说话道理一套套的，你对咱们部队怎么没有感情？

崔寿岐让广义说得挺不自在。见周围许多士兵在看自己，他不再和广义争论，只是坐在那里一声不吭。

广义一看寿岐不听自己的，气血往头顶百会穴上冲。他猛地起身，掏出匣子枪就奔后车厢而去。寿岐愣了一会儿，暗自思量怎么办。他知道，自己无论如何也不能在这里坐着了，便起身跟了过去。

广义到了后车厢，一个箭步就到了薛连芳的座位旁，左手一把就拧住了薛连芳的脖领子，一下就把薛连芳揪了起来。薛连芳正闭目休息，吃了一惊，嘴上喊，你干什么？他再一瞧，见是崔广义，汗就下来了，心想，真是冤家路窄。

广义用手枪顶住薛连芳的心窝，咬着牙说，我看你今天还往哪里跑。

薛连芳双手攥着崔广义的手，想挣脱开：你想干什么？

干什么？跟我去保定司令部。

薛连芳旁边坐的同样是个穿中校军装的人，是西北军的参谋，见这个直军小军官突然闯进来，而且直接就把薛连芳的身份给识破了，也惊得够呛。那参谋还算镇静，对广义喊，你是哪部分的？

十七旅五十七团三营二连的。广义觉得报老部队的番号或许更管用些。

你一个小军官竟然对薛特派员这么不礼貌，太放肆了。

薛特派员？是张作霖的还是冯玉祥的？

你小小年纪竟然无视长官，把枪放下！

广义现在才不管他长官不长官呢，说，放下？把这个奸细交到保定再说！

那个中校向四周喊，来人，把这小子给我拿下！

广义贴近薛连芳，打开了手枪的保险：谁敢？哪个敢动动，我就打死这个特派员。这一下，那个参谋被震慑住了。

薛连芳急得无可奈何。

正在这时，崔寿岐和许多士兵赶过来了。寿岐喊，广义，放下枪！

广义没有理他，嘴里喊，直军西北军的弟兄们，这个人是东北奉系的人，去年在子牙河没少害我们的弟兄，现在你们说，我能不能放他？

广义的话显然起了作用。那些当兵的一听，都交头接耳，没人上前。参谋对崔寿岐喊，崔中尉，我命令你下了这小子的枪。

广义瞥了寿岐一眼。他现在期望寿岐能够帮他一把，因为这样僵持下去也不是个办法。寿岐看了一眼崔广义，又望了一眼那个中校参谋。

他猛地冲过去，把广义扑倒了。广义措手不及。寿岐一动手，那些学兵就一拥而上把广义给摁在地上了，把枪也给缴了。广义看着寿岐，眼睛睁得大大的。寿岐低着头，不敢用眼睛瞅他。

中校参谋骂道，一个小鸡巴毛的官，还他娘的反了天，把他给我弄道车尾去！广义被押走了。寿岐说，刘参谋，这个人跟我是一个村的，你看……

一个村的又怎么样？一个村的也一样毙了！刘参谋呵斥完崔寿岐，又讨好地扭头问，薛先生，您没事吧？

薛连芳擦了擦身上的汗，说，没事没事。他心想，这个小子不干掉还真是个麻烦。

他凑在刘参谋耳边嘀咕了几句。刘参谋点了点头，对崔寿岐说，你先回去吧，今天的事儿告诉弟兄们不要到处传播，哪个嘴把不住门就小心他的脑袋。

寿岐明白刘参谋的话也是针对自己说的。他点了点头，回到自己的座位上。坐了片刻，他想，广义怎么办呀？

他坐了会儿，总是惦记广义会被如何发落，觉得不妥当，便起身向关押广义的车厢走。到了封闭车厢，他看到两名西北军士兵在门口把守着，就硬着头皮过去，说，两位老兄，我想看看被关起来的那个老乡。

不行，刘参谋有令，谁都不许见。

车厢里，广义听到寿岐在门口，就在里面大声喊，行，小乱，你吃里爬外，你有愧五叔对你的恩情，你怎么当的官，你甭看我，你就跟着有奶就是娘的冯大滑头吧，你就跟着光脊梁、耍大刀、喝西北风吧，你早晚会跟着倒霉的！

寿岐说，广义，你别喊，我再找找刘参谋，你别闹……

寿岐被广义说了个灰头土脸，悻悻地向回走。回到刘参谋那里，他想张嘴又不敢张，心里很纠结。刘参谋问崔寿岐，这个崔广义去干什么？怎么遇到的？

寿岐一五一十地和刘参谋说了一遍。薛连芳心里想的就是把这个姓崔的冤家给勒死扔到车外。刘参谋愁得直嘬牙花。

下一站是高碑店。车一停，刘参谋、薛连芳带着十几个人去了车尾。他们一打开车门，把里面的人吓了一跳，只见里面几个老兵抽着烟，敞着怀，脚下油纸上放着花生米、猪头肉和两瓶白酒，中间放着个白瓷碗，里面放着三只骰子，汉阳造戳在一旁。车厢里酒气熏天，气味难闻。刘参谋捂了捂鼻子，喊道，你们几个干什么了？

几个老兵不知所措，忙直起身子，瞅着这个西北军中校。有个老兵说，长官，玩会儿，玩会儿。

你们谁是头儿？

崔连副。他上别的车厢有点儿事儿。老兵笑笑。

你们押送的是什么货？

我们当兵的哪知道？崔连副清楚。

刘参谋看着那几个贴着封条的箱子，越看越觉得蹊跷，命令手下人打开。

车厢里的老兵向前迈了一步：长官，崔连副没在这儿，打开不好吧？我们几个担不起。

都滚蛋！崔连副在这里也得听老子的！

老兵们眼瞪了瞪，看到对方人数明显超过己方，就没再还嘴。

箱子被打开了，里面都是用小麻包装着的什么东西。刘参谋命人把麻包打开，里面露出一块块薄布裹着的黄褐色东西。刘参谋用手捏出一块，放在鼻子里闻了闻，脸上露出一丝得意的神情。

都给我抓起来！倒卖鸦片，真是吃了熊心豹子胆了！

西北军士兵一听这几名直军士兵倒卖鸦片，蜂拥而上，把这七八个直军士兵五花大绑捆了起来。刘参谋对六神无主的崔寿岐说，崔中尉，告诉车头，在这里停站一个时辰。你再去和你那小老乡谈谈。他要是明白事儿的话，他给我们保密，我们也给他保密。如若不然，我就将他的人和这几箱子福寿膏都送到北京黎大总统那里，看曹锟大帅有什么话说。

火车停在高碑店站，其他车厢的乘客闹不清是怎么回事，一个劲儿地骂，说坐火车还不如坐牲口。此时的崔广义心急如焚，不知道西北军会怎么处置自己，是杀他灭口，还是将他移交直军司令部军法从事？

这时，崔寿岐推门进来了。他说，广义，你没事吧？

广义本不想理他，可自己现在身陷囹圄，也没有别的办法脱身，说，你现在是西北军的人，我还能说什么？

广义，你那几个兵都被刘参谋绑了。你那几个箱子里装的也不是什么军用物资。你怎么贩运鸦片呀？

广义一听鸦片，惊呆了：鸦片？我一点儿都不知道呀！

现在说不知道也不行了。你想想，要不你也别把薛特派的事儿说出去，这边也不给你漏出去，怎么样？

广义急得没法儿。这倒卖鸦片是死罪，五叔要是知道了，还不枪毙了他？唉，又给五叔捅了个大娄子。

广义考虑再三，咽了咽唾沫，说，行，你和那个刘参谋说去，让他放了我的人和我的货，那个关外姓薛的事儿我也不声张。

崔寿岐扭身回去，到了刘参谋那里，贴到刘参谋耳边说了好半天。

刘参谋心里也扑通扑通的。现在好多人在场，保定系和西北军的人都在，真要杀了崔广义，走漏了消息，自己也好受不了。上边政治上的事儿，还是别算在自己和这姓崔的头上好。

寿岐一说，他长出了口气。薛连芳一个劲儿地在他耳边嘱咐，说还是别留活口。刘参谋抹了把汗：薛特派员，这个姓崔的有些来历的，真要杀了，我们这火车估计都到不了丰台。咱有他的把柄攥着，谅他不敢造次。

崔广义和他的士兵被撵下了火车。刘参谋扣压了一箱子鸦片——这点儿小辫子他得留着。

广义带着人又坐上了南下的火车，这一路一声不吭，像落败的土鸡。当兵的没人敢和他说话。回到正定后，广义一头扎进屋里，两天没出来。孙猴子看到这些货被弄了回来，急赤白脸地问当兵的是什么情况，当兵的都不敢说。孙猴子砸了广义两天的门后，广义骂道，别他娘的砸了，老子命差点儿搭上。孙猴子估计广义遇到事儿了，就没敢再叨叨，把鸦片重新弄到了吴家，说了好半天的客气话。吴少爷挺不满意，说，崔连副啥意思？给脸不要脸！这点儿事儿都干不了，真他娘的是废物点心，就指望他五叔鸡巴旅长呀？孙猴子也跟着骂了几句，然后一个劲儿地赔礼道歉。

广义在屋里闷了两天，然后回保定去了。这次他没带钱回来，心情也很糟。苏家莲看出来了，守在他旁边也不说什么。老卞听说广义回来了，就叫手枪营的几个老兵请广义喝酒。广义插上门，谁都不见，把老卞弄得挺尴尬。老卞问苏家莲，广义这是怎么了？家莲摇了摇头。

程大鸨晚上叫苏家莲去她屋里涮羊肉，看到广义回来了，就让家莲喊他一起过去。广义不知怎么就上了火：吃什么吃？当婊子赚的钱，吃得有趣呀？

这下，程大鸨被惹怒了，站在院子里就骂，广义你小子真不是人，没人心，没本事离不开娘儿们，他娘的赶紧滚蛋，家莲用不着你养着！就知道往回跑，搂着娘儿们睡觉放炮，你还能干什么？

广义说出去的话收不回来，让程大鸨一通臭骂，趴在炕上蒙着被子呜呜地哭。家莲也心疼得跟着掉泪。程大鸨还没完了，说，崔义安，你钱多会儿还我？你要还不了，我明天就带着家莲接客去。我那儿师长旅长没有，比你能捞钱的人有的是！

家莲一个劲儿地给程大姐赔不是。程大鸨刀子嘴叨叨完了,气也撒了,把火锅炉子弄到家莲这里,又叫了几个姐妹过来陪家莲。

广义让程大鸨骂了一通,自己哭了会儿,想了想,起来,洗了把脸,没皮没脸地坐在涮锅那里吃喝上了。程大鸨给他夹了块肉,说,一个大老爷们儿,现在也该养着媳妇了,别回来就生气。

家莲说,大姐,你别说广义了,现在钱愈发不好挣了,他们的饷银也时断时续的。我和前面缝衣社的老板说了,让广义去她们那里干点儿零活儿,不能在家闲着。

广义夹了一口羊肉,说,不去。

程大鸨瞄了广义一眼,听广义的下文。广义说,钱好来。广义心里想的是,我不信我还不如一个管妓女的老鸨。

广义回到正定营地后,就直接找孙猴子。孙猴子一看,广义的状态明显和前几天不同了——情绪变了,说话也不像之前那样和自己隔着什么了,心里非常高兴。第二天,广义挑选了几个精明伶俐的老兵,押着吴少爷的货又上了火车。到了涿州后,货物交接的事儿办得非常顺利。广义回到正定后就和孙猴子摊牌,说风险太大,弟兄们都有怨言,嫌钱少了。孙猴子清楚广义已经不是当初的那个谨慎厚重的广义了,也学会敲竹杠了。反正羊毛出在羊身上,自己那份不能少,让吴家多掏点儿大洋就是了。

狼牙山的郭大瘤子没有想到每次为他们送货的是崔广义,广义也压根儿没想到吴家少爷会和土匪勾结,他以为接货的会是当地走旁门左道的商贾。接货的步骤是,广义带着人将货箱放到顺通货栈的仓库,和货栈伙计进行核对,随后返回车站,上车走人。送货和接货的人两头见不到面。

这一次,货箱的数量明显超过前几次,广义就更加小心了。交货给货栈后,广义带着人从货栈出来。走了一段后,几个老兵就挤挤广义:崔连副,带弟兄们吃点儿带油水的呗?这段时间伙房做的饭菜清汤寡淡的,弟兄们都瘦了几圈了。广义知道军饷两三个月都没拨付了,营房里的饭菜越来越将就了。为了跟老兵们搞好关系,他就带着弟兄们拐弯出了车站,到了外面找了一家看上去不大不小的饭馆。菜上了桌,几个当兵的扯开腮帮子就吃上了。广义吃饭快,吃完后伙计又上几杯浓茶。广义喝着茶水,瞅着外面的来来往往的人。

他看到从货栈出来几辆独轮车，车上的货物让几条麻袋片遮盖着。几个壮汉推着车，车子咕噜咕噜走着。广义从麻袋片下露出的地方看出车上装的是自己押送来的那几箱子大烟，再一瞅，几辆车后面摇摇晃晃地跟着两三个人。其中一个人他一眼就认出来了——狼牙山土匪郭大瘤子！

广义噌地站了起来。妈的，真是巧透了，原来这货是给狼牙山土匪的。郭大瘤子，老子到处找你找不到，你他娘的自己往枪口上撞了！

广义扭身对几个老兵说，你们几个吃完饭就去站里等我，我去见一个老朋友。老兵们正喝到兴头上，广义不在他们正好可以多喝点儿，所以就和广义客气了一下，然后又坐下来划拳行酒令。

广义尾随着郭大瘤子等人出了涿州县城，上了往西的大道，西面是一望无际的房山山脉。又走了几里后，眼前出现了一大片开阔地，广义隐蔽在两棵树下，等郭大瘤子他们过了这片开阔地后，再继续跟踪。他注视着郭大瘤子和车辆走到开阔地的中间部分，就在这时，就跟变戏法似的，刚长出苗的庄稼地里冒出十几个庄户人家打扮的人。这些人一出来就砰砰地响家伙，几个推车的土匪当时就被打翻了。其他土匪们赶忙掏出枪来还击，两边霎时间就交了火。

子弹嗞嗞地从广义头上飞过。广义趴在地上观望了会儿，见打埋伏的一方枪打得很稳，郭大瘤子被对方的火力压制得头都抬不起来。广义看出那伙人不是一般人。果然，打埋伏的一方开始交错冲锋了，土匪们被压制在一个小土坑里，露不出头来。过了一会儿，郭大瘤子喊，哪个山头的兄弟？报个号，借个路！

对方有人回答，借个屁，老子就是来要你命的！

郭大瘤子带着人又抵抗了会儿，后来见无力回天，索性把手枪一扔，高举双手，缩着脑袋说，狼牙山郭大瘤子，没有和哪位结过梁子。要钱兄弟奉上，要货我也一个不剩全孝敬给各位。他话才说完，对方的人就冲过来将他们围住了。

郭大瘤子从坑里直起身来，抱着拳说，各位好汉，都是一条路上的，山不转水转，放兄弟一马，来日必有答谢。

那十几个人中的一个两手各端着一支匣子枪，对郭大瘤子说，你就是狼牙山郭大瘤子？

是。老弟，您是哪位？

来，不认识我吧？

郭大瘤子弯着身子说，不认识。

这个人认识不？说着，那个拎着双枪的人一摇头，手下的人从挎着的背包里掏出一颗人头，往郭大瘤子眼前一丢：你看看，这个人你认识不？

郭大瘤子吓了一跳，往地上一瞅，吸了口凉气——宫和尚！那长满疥疮的秃头他一下就认出来了。

郭大瘤子哆哆嗦嗦地说，这是……这是保定的宫掌柜。

你和他都干过吗？

我和他……郭大瘤子想了想，说，没，没干过什么呀。

那个头儿咬紧牙说，妈的，老子让你死前闹个明白。你和宫和尚坑了老子干买卖的钱，没你俩老子到不了今天。你害了老子全家，坑了我妹子！

郭大瘤子一听，问，爷，您是？

老子庞口的！

郭大瘤子一听是庞口的就明白过来了。他推开旁边的一个人，撒丫子就奔。苏家仓一抬手，啪的一枪就把他的左腿打折了，郭大瘤子就来了个狗吃屎。苏家仓跛着腿走过去，对准郭大瘤子的右腿又是一枪，疼得郭大瘤子嗷嗷直叫。苏家仓踮着脚走到郭大瘤子面前，看着脚下郭大瘤子扭动的身躯，头一甩，身边的十几个人就心领神会，将跪在地上的郭大瘤子的手下全部打死了。

郭大瘤子仰着身子，不清楚苏家仓会怎么对自己，但知道这回在劫难逃了。他用哀求的语气对面目狰狞的苏家仓说，苏老弟……他才张嘴，苏家仓手里的家伙就响了。郭大瘤子感觉裤裆先是一热再后一凉，一摸，裤裆里的家伙被打成了鸟窝。郭大瘤子惨叫一声：我操！他这两个字刚冒出来，驳壳枪声又响了。啪啪！又是两枪打在郭大瘤子腹部，郭大瘤子污血带着肠子、肝脏迸到体外。苏家仓用手枪挑起一根大肠给郭大瘤子看。郭大瘤子眼睛冒血，摇晃着脑袋，疼得用手刨地，：再给老子补上几枪，我操你妈！他现在只期望苏家仓能够立马结果掉自己，让自己少受些活罪。可是他面前站着的是比他更恶的苏家仓。苏加仓把枪塞进腰里，蹲下身子像欣赏地上的屎壳郎搬家那样看着郭大瘤子的惨状。郭大瘤子心里骂了很多难听的话，但嘴里也呜呜不出来个字来，像条肉蛆一样在地上来回扭着，眼巴巴瞅着苏家仓将枪支和鸦片都用事先准备好的马车装好，将尸体扔进挖好的坑中，然后泼上煤油点上了一把火。有两个土匪过来想把郭大瘤子抬进火坑里。苏家仓说，不，那太便宜他了。

说罢，苏家仓扭头面对广义藏身的方向，向天开了两枪：崔广义，你听好了，好好待家莲。老苏家欠你的，苏家仓这辈子想法还你。随后，苏家仓跳上了马车。几辆马车装满鸦片，疾驰而去。

等苏加仓一伙人走得没影儿后，崔广义从树后走出来。他走到郭大瘤子旁边时，郭大瘤子正在像个傻小子似的呜咽着，眼泪直流。我爷爷那一刻从这个土匪头子眼中看到了和白洋桥一战后那名奉系军官同样的表情。

郭大瘤子抬了抬脑袋，泪水流了满脸：崔爷们儿，老子受不了了，快点给我一枪。

广义心无比纠结。他说，到现在了，你们弄了这鸦片卖给谁？

邢清远。他在山西大同那里开了个商号，我们接了吴家的货，然后再分头送往绥远、大同。吴家控制着直隶南边，邢清远笼络着京北片。

广义心里想，又是那个老奸巨猾的邢清远。

你还有什么没有交代的？有家里人吗？

郭大瘤子看出了崔广义善良的本心：爷们儿，我对不住你。老子这辈子作孽太多，下地狱也活该。你给我脑袋来一下，受不了了，呜呜。郭大瘤子像个孩子似的哭啼着。崔广义这一年来无时无刻不恨着这个人，但现在却怎么也恨不起来。他觉得人活着太可悲了，不管是矮小卑贱还是粗犷高大，在死亡到来的时候什么都不是。崔广义掏出手绢，擦了一下郭大瘤子的脸。他刚想缩回手去，郭大瘤子就用两只手抓住了他的手臂：爷们儿，快点，掏枪，快点……

崔广义摇了摇头。他实在下不了手。

你怎么干大事？掏枪！

你怎么干大事？我爷爷被郭大瘤子这句话说得愣住了。对广义来说，这句话太熟了。老卞、耿大阔都这么说过他；在白洋桥，五叔也这么狠狠地训斥他。吃行伍饭的怎么能有妇人之仁？我爷爷被郭大瘤子激了一下，火头上蹿，手下意识地放到了匣子枪的枪柄上。

郭大瘤子的手紧紧攥着广义的胸口：快点打死我！

广义摇了摇头。

郭大瘤子大声喊了起来：你他妈的快点！你个怂货，老子做了那么多恶事，你他娘的枪都不敢朝老子开。你稀罕的闺女，让老子给睡啦！睡啦！知道不？郭大瘤子想用羞辱感来逼迫眼前这个年轻毛嫩的直系小军官。

我爷爷气得血往上涌。他握枪的手开始颤抖，几次握住枪柄又放开。最后，崔广义一咬牙，站起身子，扭身往回走。

郭大瘤子拼尽最后的力气说：姓崔的，老子先宰了你！说罢，他的手往怀里一伸。

广义一听对方吐出这话，身子一侧，手枪出匣。啪啪！两颗子弹飞进了郭大瘤子的心口。

郭大瘤子嘴角淌出血来，手缓缓地从一无所有的怀里抽出来。他用最微弱的声音说，爷们儿，谢了。随后，他脖子一歪，咽了气。

崔广义站在尸体前，心中说不出是高兴还是难过。远处传来几声野狗的叫声。我爷爷想起什么似的，将郭大瘤子的尸体拖进了火堆。

广义回到保定后，破天荒地没有和苏家莲亲热。苏家莲见广义拧着眉头，猜出他有心事，给他打来盆凉水，让他洗脸。她拿起毛巾想为他擦擦后背，广义一把拽住毛巾，说不用。

苏家莲搞不清状况，只得坐在炕上看着他。广义洗干净了后倒在炕上就睡。苏家莲凑了过来，想帮他把鞋子脱掉。广义坐起身子：你别烦我，行不？

苏家莲很意外，因为广义以前从没这么对待过她。她脸上一红，赶紧缩回手，问，广义，你今天怎么了？

没事，累，睡觉。广义蒙着被子说。

苏家莲站起身子，把广义的军装架起来，用毛巾轻轻擦去上面的土渍。

第二天，广义睡到了日上三竿，醒来看到桌子上摆好了油条和老豆腐。他起来就呼噜呼噜吃了起来，吃完抹了抹嘴，看到外面院子里苏家莲正端着一碗面糊打袼褙，用竹板一边往面板上抹糨子，一边把废布片一片片铺展，平整地黏好。

家莲看到广义醒了，扭头对他说，过几天给你做双鞋，娘就是这样教我的。

广义觉得昨天那么对家莲有些不妥，但也不知为什么，眼前的家莲让他失去了以前的那种感觉。广义说，也用不了做这么多呀。

多做点儿，多做点儿，省得以后再做。

广义说，过几天就发军靴了，少做点儿吧，布鞋不经穿。我走了，还得赶火车。

啊，你不多住了？

这次事儿多。这帮铁路工人总想闹事，还有什么共产党人在里面瞎掺和，得赶紧回去。

回吧！

广义穿上衣服、背上枪就走了。他快走到大门口的时候，家莲喊，广义！

广义停住脚步，回过头来：怎么？

家莲站起身子，走过来，给广义系上领子上的扣子：以后能不当兵就别当了吧。

不当兵怎么还程大鸨的钱？广义说完也觉得自己刻薄了，换了个语气说，当兵，咱才能过好日子呢。

家莲似笑非笑：嗯，广义，一辈子过好日子。

广义扭身走出门去。他不知道，他转身的那一刹那，苏家莲的泪水夺眶而出。

崔广义返回队部后，前脚进屋，后脚孙猴子连长就推门进来了。孙猴子张口就问，广义，广义，你们这次货送得怎么样？

没问题呀。广义装糊涂。

你把货送到货仓了?

送到了,不信你问问下士大老孟。

我不问,我还不信你吗? 但是出事了。吴少爷说咱们这次的货出了差错,那边的人接货后,货半路上被人给劫了,而且压货的人都被宰了。

真的? 广义假装奇怪。

这事儿真他娘的蹊跷。你没发现什么可疑情况吧?

没有呀! 把货一放,我就带弟兄们去吃饭,然后就回来了,没看到什么事儿。

这次吴家很恼火,估计这个事情得折腾大了。接货那边的势力也不小,说非把事情整清楚不可。没咱们的事就好,现在我就担心咱们里头出坏人。

没事,咱们谁能干这么大的事儿呀? 管他呢,咱收咱的钱,吴家和对方的事儿让他们窝里反去吧。

孙猴子急得满头大汗:可不是那回事,现在吴家怀疑咱们黑吃黑。

去他奶的,咱们吃得了吗?

是呢!

正在这时,外面有人喊,孙连长,团部电报。

哎,好的! 孙猴子应了一声,对广义说,我去接电报,回来再商量。

崔广义在屋子里换好衣服,想躺会儿。他仰面倚在被子上,刚长出了口气,就听到了啪啪怕的敲门声。他问,谁呀?

我。广义,旅部有令,让你马上回保定行辕。孙猴子在外面说。

这刚回来,也不让人歇歇。广义心里想着,问孙猴子,又是什么事儿呀,旅部让我去?

孙猴子把电报给他。广义接过来一瞅,下角写着崔相应三个字。孙猴子说,你五叔是不是要给你军衔长个豆呀?

广义脑子也一闪:难道五叔回过味来,要把我调回去保定府去? 这么一想,广义心里还真有些窃喜。连夜上了火车,第二天一大清早就来到了崔相应的府上。但迎接他的不是大红戳盖着的委任状,而是一顿气急败坏的皮鞭。

崔相应没有发过这么大的火。他轻易不打骂下属,身边的参谋、卫兵也好久没有看到他发这么大的脾气了,而且是跟自己的侄子。崔相应将尺把长的马鞭直接抽在崔广义的身上。夏天的军装薄如绵纸,一鞭子下去衣服上就是一道红杠。广义疼得太阳穴青筋都冒出来了,汗水滴滴答答地掉在青石砖上。

我打死你个小兔崽子,给祖宗丢人现眼的玩意儿!你倒卖鸦片,勾结土匪,包妓女,老崔家的脸都让你丢尽了!我十七旅没有你这么个败类!崔相应气得呼呼直喘。

广义跪在地上,一声不吭。他知道,现在和五叔争辩也没什么用。事已至此,就看五叔会怎么发落吧。

说,你把大烟都藏哪儿去了?崔相应问。

我没藏大烟,我没有。

你没有?人家都看到你和土匪在一起了,你还嘴硬!崔相应又抽了几鞭。广义疼得嘴角发抖:你打死我我也没有勾结土匪!

站在一旁、戴着礼帽的邢清远装好人似的劝崔相应:旅座,你先别这么急,让侄儿少考虑考虑。

还让他考虑?一会儿就毙了他!

邢清远凑到广义面前,表现出为难的样子:侄儿少,你就说了吧。有人看到你联合土匪把郭大瘤子给打死了。你说你这不是糊涂么,以后在这十七旅,你不是要风有风要雨有雨呀,何必和土匪穿一条裤子呢?

广义心想,你这个老奸巨猾的狗贼,要不是你,老子才不会挨皮鞭呢!广义往地上啐了口血唾沫,牙都要咬碎了:邢清远,谁勾结土匪谁自己清楚。我一个小连副,想勾结都没人搭理。但这十七旅,我看有人勾结。

邢清远一看广义用眼睛狠狠瞪着他,脸上一阵红一阵白,吭哧了几声:你看你这话说的。我也是为你好,你自己好自为之吧。

邢清远起身站到一旁,手一背。崔相应听广义嘴还这么硬,更是气不打一处来,一脚就把广义踹倒了。广义爬起来,知道今天五叔是不会放过自己了。他把身子正对着崔相应,把上衣一脱,双膝跪地:崔相应,来,往脸上抽,抽!我在你这里早就受够了,和奉军打仗没死,今儿看来要死在你家里了。来，崔相应，崔旅长，你个大军阀，抽，抽！

广义也豁出去了，他觉得真是受够了。他想，不就是混口饭吃吗，值得吗？他的喊叫使崔相应愣了一下。崔相应没想到这侄子竟然和他较上了劲儿。他的身旁，邢清远、参谋、护兵都错愕地张大嘴看着他。崔相应脸上发烧，心口发热，看着这个不争气的侄子。邢清远将这个侄子的事情全抖落给他的时候，他还有些不信，可当崔广义发出歇斯底里的吼叫后，崔相应忽然感觉戎马一生的自己和家族里的人是那么遥远，侄子竟然这么对他。他崔相应走到天涯海角心里都装着东桑生，走到哪里，看到个陌生人都要联想一下是不是和自己家乡的某个人相貌接近。他本想把自己家门的人都带出来，和自己一样过上吃喝不愁的好日子，包括眼前的这个侄子。崔相应注视着眼前的这个光着膀子和自己指手画脚的不肖之徒。他闭上眼睛。等这个侄子丧驴似的号叫停止后，他没有再用马鞭，而是抡圆了手掌，照着崔广义的脸左右开弓。他不知道自己抽了广义多少个嘴巴，只是看到眼前的崔广义鼻子和嘴都蹿出血来。后来有人抱住了他，是老卞和耿大阔。崔相应说，给我将崔广义革除军职，押进军法处大牢。

广义在保定军法牢房里昏迷了好多天，吃喝拉撒的事儿都不记得了。他觉得他活着和死没什么区别了，真的。他待够了，想回家，不管是和爹妈、妹子一起种地，给地主打短工，还是去唐官屯火车站扛麻包，都行。这个兵他不想不当了，他累了。他昏昏沉沉的，脑海里浮现出千代惠美和苏家莲的样子。她们的样子在黑暗的牢房里来回穿梭。广义像孩子一样哭了起来。他年轻、脆弱的情感曾经被这两个人彻夜缠绕。他曾经在很多个不眠之夜想起她们，尤其是家莲的身子，让他激荡的身躯充满沉醉。广义的脑海里还出现过豆庄村那个张家姑娘——他们俩在一起炸果子，像小两口儿那样欢欢喜喜地过日子。广义在悲痛中昏昏欲睡，又在昏迷中发出咯咯的憨笑声，笑得那么愚蠢而灿烂。

广义在大牢里不知待了多少日子。一天，守卫打开大牢的大锁，喊，崔广义，出来吧，你被释放了。他浑浑噩噩地挪动着步子眯缝着双眼走出牢门时，看到爹妈和妹子站在前面。崔相亭已经认不出面前这蓬头垢面、浑身臭味的人是自己的儿子了，崔李氏则心疼得哭出声来。秀珍过去搀着哥哥,一把把地抹泪。一家四口拥着哭了好半天。崔李氏说,我说什么也得找老五说道说道去。孩子犯了多大的罪呀,他这个五叔就这么狠心?崔相亭也气不打一处来:怎么说广义也是个孩子,没个亲情了?秀珍抹了把泪:爹,妈,咱不找去。他要是真拿咱当一家人,也不会这样。咱穷,但穷得有志气。哥,你忍着点儿,咱回家,不给他们卖命了,在家喝西北风也比这儿强!广义半天吐出个字:走!

四口人找了个浴池给广义洗了洗身子,又找了个药铺,给广义上了红伤药,最后找了个小饭摊吃了点儿饭。广义说,爹妈,我还有点儿事儿,拿点儿东西。

崔相亭哎了声,其实知道儿子要到租房的地方去。

几个人来到亲王胡同。广义到了苏家莲住的地方,看到门上着穿钉锁。他从门槛上摸出钥匙。秀珍打开锁,推开门。广义喊,家莲,家莲!屋里没有人回应。若是以前,苏家莲早就欢欢喜喜地迎出来了。

家莲!广义又喊。房顶上的一群鸽子受了惊,扑棱棱飞上高空。广义看到窗台上摆放着十几双布鞋,干干净净的,像是等候他好久了,心里更加黯然。他抱起鞋子,眼泪四溅。苏家莲走了。

广义!门外有人喊他,是老卞和程大鸨两个人。他俩后面还有李万龙、崔凤祥、朱老道几个人。

广义见到老弟兄们,脸上发烧。他一想,这也没什么。他转身把门锁上,给弟兄们鞠了一躬:谢谢老弟兄们,我走了,你们保重。

程大鸨抱着两床被子,抹了把眼泪:广义,家莲走了,给我留了个纸条,说也甭找她了,她身子不干净,不配你,叫你回家找个好女人。那些鞋子是她给你做的,留个念想。这两床被子你稍家去。

崔李氏看到被子还算新,赶紧接过来,客气道,广义给你们添乱了,谢了。

广义心里无不酸楚,但又不想让弟兄们看到他的眼泪。他扭过身去,视线完全被眼泪打花了。前路迷茫,他艰难地向前挪动着步子,曾经的辉煌与他越来越远。他不用回头也知道,身后那些曾经和自己生死与共的兄弟个个站得笔直,像在直奉战场为阵亡的直军士兵下葬那样,默默地为他送行。

崔相亭一家四口人走出保定城门。广义抹了把泪水，挺了挺身子，身上的疮口依旧火烧火燎地疼。他想和爹妈说句什么，忽听身后砰地响了一声，然后看到一大朵烟花在空中绽放。紧接着，爆竹声声，烟花四射，黑暗的天空被映射得华丽无比。广义心里骂道，真他娘的滑稽，这是对自己的讥讽耻笑吗？他们一家人仰头望着夜空中难得一见的盛景，闹不清是什么情况。就在这时，他们听到有人喊，曹大帅就任大总统啦！——1923 年 10 月 10 日，曹锟通过贿选，就任中华民国大总统。

（1923 年 6 月，直系军阀首领曹锟指使其党羽采用各种手段进行“逼宫”，把时任中华民国总统黎元洪逼出北京，为自己上台当总统扫清了道路。但曹锟还得为当总统披上合法的外衣，于是就以巨款贿赂国会议员，让国会议员选举他为总统。1923 年 9 月，在中华民国总统选举预选会上，曹锟以 5000 元一张选票的金额到处收买议员，又以 40 万元的高价收买了国会议长，共用去贿赂款 1350 余万元。就这样，曹锟靠贿选当上了中华民国总统，被讥为“贿选总统”）

二十二

浑噩世界

崔广义回到家后就卧床不起，高烧不退，噩梦连连。崔相亭请了附近村里的三四个郎中都无济于事，最后多亏宋铁臣从静海将那个洋牧师请到了东桑生。那蓝眼珠、大鼻子的洋大夫医术独特，给崔广义输了几天药水，崔广义才慢慢地有了起色。

广义养了一段时间后就能够活动了，但也做不了什么活儿，天天没有精气神，皱着眉头，见人也不说话。村里渐渐传开了，说广义在保定府仰仗着自己的五叔，吃喝嫖赌抽五毒俱全，还和土匪同流合污倒卖鸦片。村里人远远看到广义都躲着走，还有以前就和崔家关系不睦的在人前人后指指点点到处造谣传讹，弄得崔相亭一家在村里抬不起头来。

有句话说得好：屋漏偏逢连夜雨，船迟又遇打头风。我爷爷身体还没好利索，这恶心事又撞上了门。广安的姑太太让儿子用独轮车载着，急慌慌地赶回了东桑生，说广安那几个二流子听说崔相亭的儿子被队伍上赶了回来，觉得有机可乘，准备明天带着人到村里闹事。崔相亭一听，这个该来的还得来，马上去找四爷商量对策。四爷把家族里的人叫到一块儿，小鸡胸脯一挺：他们广安觉得咱老崔家遇到点儿事儿，他们正好敲一杠子，门儿都没有！广庆，你通知西头的（西桑生），让他们把在家能够拿得动青砖的都集合好了，咱们就和他们干上一干。四爷的话没人敢不听，但有的人家就打了退堂鼓，觉得因为这个再出个人命，吃了官司不值当。崔相亭清楚这个事儿弄大了就会倾家荡产、家破人亡，可现在又没有什么好办法。崔李氏说，不行咱就报官。

第二天，广安镇那个痞子果然纠集了七八十号广安街上的，拿着朴刀、叉、枪出发了。我那个姑太太和她的几个儿子给人家说了五里地拜年话，被他们又是啐唾沫又推搡。姑太太在道边一拍大腿，把几个儿子招呼过来：甭央求他们了，闹鸡巴得，让他们也知道知道崔家人的手段。

那年广安和东、西桑桑的械斗从上午打到了下午。双方由谈判到舌战，又到砖头、石头、弹弓互扔，再到短兵相接，场面实在惨烈，伤了不少。县里警察赶到后，双方人群才被驱散。

这件事使老崔家元气大伤。老崔家的男女伤了二十多人，最严重的是广庆和八叔。广庆胳膊被刀砍断了，八叔肋条折了四根。也因为这场械斗，一些远当家生怕和我们家再沾上什么关系，从此红白事都不再来往了。

崔广义是被秀珍搀扶着来到械斗现场的。那时候械斗已经到了尾声，他看到族里的人一个个血肉模糊地被人抬着、扶着回来。广义干着急，没有办法。他和秀珍看着洼里、地里的人们，又看着趾高气扬的广安大奎一方。他强忍着怒火，让秀珍扶着他向前走，被几个警察拦住了。一个老警察说，得了，得了，小爷们儿，赶紧弄你们村的人，别生事，就你这样，过去也白搭。

我爷爷透过尘土望着广安那边的人喊，谁叫大奎？谁叫大奎？

大奎头上被砖头砸破了，捂着个毛巾就过来，抬头看到一个病歪歪的男的在前面站着。

大奎一龇牙，嘴里的大金牙露了出来：谁喊你奎爷？

我爷爷咽了口唾沫，用手指了指对方，又指了指自己：我叫崔广义。你别觉得你人多势众、今天占了点儿上风就能得意了。你听着，等老子能动了，第一个就掀了你的脑壳。

我操，我说这是谁啊这么牛逼，原来你就是那个在保定府抽鸦片逛窑子的侄儿少呀？就你这揍相，还掀我脑壳？来，来，你过来，给你这把刀，你现在掀。

哥，别理他，咱走。认清这小子模样，君子报仇十年不晚。秀珍对广义说。

我爷爷怒视着大奎：好，你等着，你他娘的等着。我爷爷眼睛红得像喷出了火。

他回转身去，看到八叔在呻吟：八叔，你侄儿对不住你们。八叔这个人性子烈：义安，好了，别和他们玩，弄死他们。

八叔你放心，你侄儿给你们报仇。

八爷身体痊愈时，已经是第二次直奉战争的后期了。他和我爷爷一样，不听家里的劝阻，通过我爷爷的关系投了孙传芳的部队，后来在中原大战的时候战死。八爷没有留下子嗣，我爷爷就主动为八叔打了幡，并且为八奶奶送了终。因此，八爷那门的人和我爷爷走得很近。八爷有个姐姐嫁到了仰止村，他们家至今和我们家在红白事上有着来往。

县里对于解决村与村械斗这种事儿也怵头，到最后就是让双方各自负责自己的人。崔相亭把所有积蓄都掏了出来，给村里人疗伤看病，到哪家都让人明里暗里阴损一通。我爷爷更是足不出户，恨自己的不能杀了大奎那个王八蛋。

没几天，广安那边又通过姑太太传过话来，说不给五十块大洋的赔偿，还得和东、西桑生崔家人没完。这下崔家人日子过得更不安了，出门都提心吊胆的。果然，西桑生的崔碌碡出门打短工的路上被广安几个人给毒打了一通，还被抢了几个铜钱。

我爷爷几个晚上没睡好，咬咬牙，觉得不出人命看来镇不住广安那边的寒气，干脆一不做二不休，大不了同归于尽。他琢磨好了，晚上带了把刀子，偷偷从家里溜出来，就往广安村的方向走。他走了四五里，快到广安村口的时候，身上就出了一身汗来。他喘了口气，找了个树坑藏了起来。他想先去姑奶奶家问好大奎的住处再计划接下来的事情。

可他又向前摸了几米后,就听见广安村里传来一阵阵枪声,随即火光四起,村里四处都起了火,还伴随着阵阵的人的哭喊声。广义弄不清是怎么回事,急忙向前紧走几步。快到街口时,他看到广安村已是火光熊熊。街上有十几匹马,马上的人蒙面拿着油松火把。广安街上的老百姓有的在街上跪着、趴着,喊着饶命,有的从着火的房子里逃出来,浑身是火,四处乱撞,并惨叫着。广义顺着黑墙根向前移动了十几米,就见两三个人从胡同里将大奎还有他的老婆、孩子拖了出来。大奎裤子都没穿,光着个腚给马上拎着匣子枪的人磕头:爷,你放过我们全家吧,钱你全拿走,全拿走。

蒙面的马匪瞅着脚下的大奎,嘿嘿笑了笑:你们广安街上的人横呢!你不是在那里剁脚乱颤吗?你不是能把老崔家一家端了吗?

爷,我吹牛逼,吹牛逼。我和老崔家的人还沾亲呢。孩子他妈,把路婶子叫来。路老婶,救我,救我。大奎吓得魂都没了。他说的路老婶就是我们老崔家的姑太太。广安村的老百姓在惊恐中度过了难熬的一夜。而那晚,广安村只有我们崔家老姑太太在儿孙们的众星捧月下舒舒服服地睡了一宿好觉。第二天她又受到广安村人的顶礼膜拜,因为大家都知道,老崔家人,不光官面上有人,惹急了,马匪都会掏了你的窝子。

那晚,马匪将广安大奎家平了。

第二天,县里警署派人来东桑生,找我爷爷谈话。他们还想把崔广义带走。四爷领着一大家子人和他们理论。警察也没有充足的证据说明就是我爷爷勾结马匪祸害了大奎一家,只好就地问了问崔广义这几天都干什么去了,昨晚和谁在一起。广庆和崔秀珍给作了证,警察也没有别的辙。

但是我爷爷勾结马匪将大奎的脚筋、腿筋挑了、抢了广安四五家地主的事儿越传越玄乎,以至于我爷爷后来也不反驳了。就连四爷背地里问他,广义也只是摇头。四爷最后一拍大腿:是你勾连的更好,看以后谁敢和咱吹牛逼!四爷这话是故意当着村里人的面说的,这样村里人就更相信了。

崔相亭想得远,让广义出去躲一躲,到时候警察再找来也有个推脱,再说大小伙子闲着也不是个事儿。正好崔汝戌有个亲戚在沧县枣酒坊当二掌柜,崔相亭就让汝戌带着广义去沧县南辛庄酒坊干短工。

广义到了酒坊后就知道干活儿吃饭,吃完就睡,睡醒就干,干完就吃,不像个正常人。酒坊里掌柜带伙计都以为这个人脑子有毛病。崔汝戌也不好解释,知道广义心里有个疙瘩,还需要很长的时间才能解开。

进了腊月,直系整编,崔相应果然做了津海道镇守使,部队调防,耿大阔带五十七团负责任丘、河间、大城、青县的防务。老卞和朱老道心里惦记着广义,让万龙和小普带他们到东桑生来探望。到了村里,他们才知道广义出门干活儿去了。老卞听说广义人没事,也就放了心,临走时放下一百块钱。

小普偷着对崔秀珍说,七姑,那个苏家莲太不是人了。四叔把她从窑子里弄出来,没想到她现在跟了邢清远那个王八操的。四叔被五爷关大牢,也跟邢清远有关。

秀珍说,以后别五爷五爷的了,他崔相应家和我家没关系了,和你还是一家子。苏家莲这个贱女人,你四叔能娶她吗?她倒贴也甭想!

时间过得真快,转眼又到春节了。酒坊的人陆续回了家,广义不愿意回家见熟人,让汝戌将工钱捎回家去,自己找到酒坊掌柜揽下看酒坊的事儿。掌柜见这个崔广义还挺靠谱,雇谁不是雇呀,就同意了。大年三十夜,空旷的酒坊里只剩下广义一个人抱着肩膀坐在煤炉子前。红红的炉火映在广义粗糙的脸庞上。他用铁筷子拨弄着炭火,在红红的火光中回想队伍上许许多多的人和那一件件难以忘怀的事儿。想起这些,泪水就在大眼眶里打转。广义心中骂道,我怎么了,都他妈过去多长时间了?说我逛窑子,说我押宝要钱,说我勾结土匪,我还他妈的就这样了,管别人怎么看!外面北风呼啸,大片大片的雪花漫天遍野地飘着。又是一年过去了,又是一年来了。

正月过后,转眼进了农历三月。崔汝戌捎话给广义,说家里安排拔坟。广义想起朱老道交代的话,跟掌柜请假回了家。晚上,广义和崔相亭爷儿俩商量拔坟的事儿。广义说傍黑去西边看了,那个杜梨树真长起来了,朱老道看阴阳宅还是有道道的,就拔那里。

崔相亭说,你四爷让全归拢道一起去,怎么说一家人也该进一家坟,在地下串个门、说个话省事。崔李氏插言道，死了谁知道谁吗样儿啊？再说了，活着都不说话了，不是一家子了，死了在阴曹地府说个屁呀！

三天后，崔相亭将老爹娘的骸骨从老坟赵家地迁到了西坑子。坟立好后，广义站在坟前，用手抚摸着那棵发青的杜梨树，像看到稚嫩的自己正在风雨中走向成熟。

崔相应清明来烧纸，老崔家人前呼后拥着。崔相应看到人群里没有崔相亭和二嫂，也明白是怎么回事。他本来想到四叔那里问个安就回天津的，但又怕和二哥撞上了尴尬，就把点心匣子和一百块钱给了老妹子，让她捎过去。黑色汽车在东桑生村南街上了东街，然后直奔牛村的公路。

崔相亭其实就在村西吃水井那里蹲着。他想和五兄弟唠唠，问问广义到底在兵营里干了多大的恶事，以至于让他这个五叔弄进了大牢，问问这个官当大了，是不是兄弟情分就不念了。当年你老五跑到天津站当小兵，家里老人谁管？不是二哥吗？你老妹子怎么出的门子？不是你二嫂给说的媒、当的送喜婆子吗？崔相亭想起这个家族，上辈亲哥们儿五个，这辈十二个，下辈就广义、广和、广庆、广府、广兴、广申六个，而且越传门越远，越走族门亲情愈发疏远，以后这崔家子孙还不知道是个什么样呢！崔相亭长长地叹了口气。

清明过后，广义要回酒坊。这天一大早，朱老道突然出现在他家门口。广义先是被惊住了，而后抱着朱各亮跳起老高：牛鼻子，你怎么来了？朱各亮说，我来看看你呗，你不想我们我们可想你呀！朱老道两腿溜着来，一是探望下崔广义，队伍上的人都惦记着广义，瞧见没事就放心了；二者是来东桑生为宋铁臣做媒。广义和妈心情一样，打心眼儿里不乐意秀珍嫁给这个南蛮子。嫁出去的闺女泼出去的水，早晚是人家的人，真要去了南方，你说怎么见面呢。朱老道那个嘴抹了油似的，噼里啪啦就白话开了。广义去瞧秀珍，秀珍早有心理准备，那欢喜劲儿从外面透到心里。崔相亭清楚闺女中意这个南方小军官，一合计，女大不由娘，定下来吧！朱老道早就准备好了嫁娶帖。他将崔秀珍和宋铁臣的生辰八字用小楷写在上面，不一会儿，又将属相忌讳、轿子到门时辰都罗列妥当了。

四月初六，人们刚换了单衣服，宋铁臣骑着一匹枣红马，带着两个护兵，朱老道在县城雇了几个轿夫，就来了。本来娘家得有人送过门，崔相亭找四叔一商量，姑爷是外地的，在兵营里办喜事，还是越省事越好，让广义和广庆跟着过去就行了。广义开始是想陪着七丫过去的，后来一想，团里的那些老兵会怎么看我？算了，让广庆去吧！

轿子进村的时候，崔家人都出来送秀珍。秀珍和家人难舍难分，叔伯姐妹们更是泪水涟涟，出了门子，以后姐妹们再见就难了。崔李氏和秀珍母女俩哭了好半天，七丫才上了婚轿。崔李氏站在街口，一直目送婚轿到婚轿没了踪影，百感交集，心里真是万般不舍。

1952年我老太太去世，临死前和我爷爷奶奶说，当年真是出错了主意，让闺女嫁给了外地人，到死都不知道闺女是死是活，也见不到一眼。我大姑那时已经十三四岁。她说，你老太太真是到死都没闭眼。幸亏我大姑记得我这个姑奶奶崔秀珍、姑爷宋铁臣的名字，还有他们的孩子叫宋北生，让我能用小说的形式记载下来。我觉得只要崔家后辈人在，就一定有责任找到这个姑奶奶崔秀珍，让老太太九泉瞑目。

宋铁臣和崔秀珍大婚当天，青县县长、当地的绅士都过来祝贺。耿大阔亲自主持婚礼，崔相应不能到场，也让下属捎来一百元礼金。崔相应本来是想给侄女一对玉镯子的，金夫人不让，说二哥二嫂都不给咱个信儿，咱也没这个侄女，你就以崔旅长的名义表示表示算了。崔相应其实心里也对二哥崔相亭有了隔膜，听二夫人这么一说，也就顺其自然了。

酒宴过后，好多下级军官、老兵就开始闹洞房。朱老道说，你们闹什么闹，没随两个份子就不错啦，和广义认识的、一个大汤锅吃过饭的就都是大舅哥，小心秀珍挠你们呀！小兵蛋子们不听老朱扯淡，上蹿下跳，喊着让嫂子点烟。秀珍挨个儿点完后，几个闹新房的小子美得屁颠屁颠地走了。

人群散了后，宋铁臣正想坐下来休息会儿，有个通信兵说，外面有位先生找您。宋铁臣以为来的又是贺喜的宾客，站起来准备迎接。来人低着头到了他对面，摘了礼帽，欠了下身子：宋副官大喜，我来得不迟吧？

宋铁臣仔细一瞧，原来是中共天津特委书记傅茂公。他连忙请傅书记坐下，让通信兵在外面站岗。傅茂公说，我来向你传达天津特委的决定，请你尽快脱离直军，南下广州，到孙中山先生筹建的中央陆军军官学校任军事教员。到那里后，会有姓周的同志与你联络。同时，你还要主动加入国民党。我们特委决定不暴露你共产党员的身份。国共合作只是暂时的，相信未来还会有更多的考验在等着两党。你是我党投在国民党中的一枚隐形棋子。

宋铁臣一听，眉头紧锁。傅茂公看到他的表情，明白他心里矛盾，换了一种口气：怎么样，铁臣同志？

宋铁臣迎着上级党领导期许的目光，站起身来：好，服从党组织的决定！

这是任务也是使命，不是一年两年就能完成的。完成它，得靠对党的忠诚和自身的革命意志，会让你牺牲很多东西，甚至牺牲生命。铁臣同志，拜托了。傅茂公双手握住宋铁臣的双手，用力晃动了几下。

宋铁臣向外喊：通信兵，代我送送陈老板。

宋铁臣拖着疲惫的身子进了新房，见秀珍蒙着绣花盖头坐在床榻上。宋铁臣走过去，轻声喊道，七丫。

他刚喊完，七丫扑哧一下就乐了：德行！什么日子了还叫七丫？

崔秀珍夫人。

呸！

宋铁臣开心得不得了，一伸手就把七丫的盖头给掀了，过来就搂七丫的身子。七丫抡起胳膊锤了宋铁臣胸口十几下小碎拳。

宋铁臣假装求饶：夫人饶命呀！说完，他就扭住七丫的双手把人拥在怀里。

秀珍挣扎了几下就乖乖地偎在铁臣怀里了。

宋铁臣其实一直盘算着傅书记交给的任务。真要去广州，爱人怎么办？自己昨天还亲口答应人家老人不回老家，不把人家闺女带走，可现在……

宋铁臣内心非常矛盾。

秀珍见宋铁臣没了动静，扭身一看宋铁臣满脸心腹事，问，你想吗啦？

哦，哦，没有想什么。

别胡扯，我还看不出你来？说，你心里想什么了？是不是家里有媳妇，把我给糊弄了？

宋铁臣一听，笑得岔了气，说，你怎么想的？我要是糊弄你，你还不得把我给杀了呀！

哼，你敢糊弄我，我就把你当陈世美用狗头铡铡了。

宋铁臣拥着秀珍的腰说，我宋铁臣怎么也是个直系军官，得用虎头铡吧？

呸！你一个少校副官，还值得用虎头铡？我那个六亲不认的五叔倒是够用虎头铡的了。

你别把崔旅长说得那么坏，我觉得广义那事儿崔旅长也是情非得已的。

不提他！秀珍有些不高兴。

不提，不提。秀珍，你嫁给我心甘情愿吗？

不心甘情愿，和你入洞房呀？

我是说，我们这些当兵的，钱没多少，这命也是有今天看不到明天，总得担惊受怕，东奔西跑，过日子不安宁。你嫁给我是不是特委屈？

说心里话，这年头儿我家里虽然穷，但也能凑合这过。我就觉得你们当兵的不易。我家算上我姑家，当兵的有七八个，哪家不是穷苦人，人家地主老财家谁去？去当兵不就是为了混口饭、弄点儿钱，然后回家娶媳妇养活孩子，睡着土炕、守着老婆孩子活个安逸？都说南方人精，我觉得你实诚，对我真，不糊弄我。以后我就想给你生好多孩子，咱盖个大瓦房，你过两年就不当这臭大兵了，咱做点儿生意。我家人多，都给咱做工。你说家家都和和美美的，多热闹。七丫眼睛里绽放出无限的光芒。

宋铁臣瞬间就被七丫感动了。他觉得七丫太可爱了，想法真纯真。他真不想再说些什么把七丫的幸福幻想截断。他低着头，深情地去看怀里的新娘。七丫仰头正好羞涩地望过来，两颗心顿时凝结在一起。床外的灯芯跳动了几下就被风吹灭了，绣着龙凤呈祥图案的粉红帷帐缓缓地垂了下来。

津海道镇守使署衙门内，崔相应正忙得不可开交。这个官做大了，让人高兴的和发愁的事情自然也就多了起来。眼下让崔相应发愁的是，十七旅的饷银已经三个月没有足额下发了，官兵上下怨声载道，负面情绪较大。去年为了让曹大帅顺利竞选总统，崔相应贡献了五千大洋。这五千大洋自然不是出在自己身上，全是军饷。现在政府财政困难，到处都是张手要钱的，军饷自然没处落实。崔相应给北京打过好几次电话，说这镇守使给我了，可财政窟窿怎么办？那边负责财务的长官每次都说，都困难，坚持，再坚持坚持。

崔相应坚持不了。正在他无可奈何之际，保定那边来了喜讯——夫人生了个儿子，七斤六两。这下子，崔相应所有的不快又一扫而光了。

副官、参谋一听旅座喜得贵子，纷纷过来祝贺。贴身王副官立马在副官处设了个账桌，崔相应想拦都拦不住。镇守使署的人的礼金，不到一会儿就收了八百块。

崔相应脑子里灵光一闪，对参谋说，你要把账记清，将来我得给人家还回去。弟兄们盛情难却，我也就实实在在地接受弟兄们的心意。但老话说了，礼尚往来嘛！

崔相应一说这话，参谋自然心领神会。于是，崔镇守使老来添嗣的消息不胫而走，天津、保定两地的富豪乡绅、各级政府要人以及外国领事馆纷纷前来道贺，津海道镇守使署衙门前一时车水马龙，道贺的人你来我走、络绎不绝。保定崔府上下也忙碌起来。不到五天时间，两边的礼金就收了几十万，贵重礼品更是堆满了屋子。

崔相应随后召开全体团以上军官会议，等团长们全部到齐后，让军需处把各团亏欠的饷银数目报上来，将这几十万礼金全部分配到各单位。耿大阔私下对崔相应说，旅座，你这个和夫人商量了没有？

崔相应说，没什么好商量的，现在最重要的是稳定军心。

耿大阔一皱眉：这样也不是办法。这三个月解决了，以后呢？

以后的事情以后再说，大总统会有办法的。

崔相应派小普回到东桑生村，把添丁的消息告诉了四爷。四老太爷一听，激动坏了，跪在地上给老天磕了三个响头：哎呀，我大哥到死也没看到孙子,快咽气的时候就惦记相应当兵怕留不下血脉。这回好了,这回好了,大哥在天有灵,可以安心了,安心了。说着,四老太爷就吧嗒吧嗒地掉眼泪,弄得一大家人也跟着唏嘘不已。

崔相亭说,四叔,你看咱这家谱得给人家夫人入上呀。咱以前嫌弃人家金小姐是个续弦,留过洋,不像过日子的人,这次咱别让人寡落着。这个二姨太虽然是个妾身,对咱这从不外道,现在又给相应生了个传宗接代的,咱得让老五给人家个名分。这话谁说?四叔,你得说。

好,好,我说。广庆,你跑趟西桑桑,把崔家其他门的叫来,大家商量续入家谱的事儿。这个家谱,各门各堂的都乱了。老五这个也真是光宗耀祖,给崔家家谱添了历史。

大伙儿又让四爷按照家谱给孩子起名字。四爷依照家谱,翻了又翻《康熙字典》,给金夫人的孩子起了个名字:崔广通,字义臻。然后,四爷找来红纸,让王屯村的老秀才崔兆丰把名帖写好,又找了块油纸包好,准备打发人送到保定去。谁去呢?崔相亭说,我去老五那里吧。四爷估摸崔相亭到保定还有别的事儿,就把东西给了崔相亭。

崔相亭确实有一肚子话要和崔相应唠叨唠叨,这多半年在心口里汪汪着,真是不得劲。这次崔相应添了人口,趁着他心里欢喜,哥儿俩推心置腹地聊聊。本来他想等崔相应主动找他这个二哥说说广义的事儿,结果清明节家里拔坟老五都没登门,他的如意算盘落了空。七丫结婚后,崔李氏就说,咱没办法,别管以前的那些事情了。人家老五穿了蟒袍了,成了六千岁了,能认咱这一家子咱就烧高香了,算了。闺女又嫁了他的手下,怎么的也得让人照应着。低个头,给自己兄弟,又不是给别人,咱也不计较广义那事儿了,能把姑爷调身边来就成。崔相亭开始一百个不认头,在炕上翻了一宿,天明一想,我这不自己找罪受吗?人家老五当了皇上,我还得给人家磕头呢!我给他低个头说个软和话又算得了什么?

临去保定的前一天,崔李氏又将一挂麒麟送子银锁给了崔相亭,说,这是当年生广义的时候孩子姥姥给的,想留下等广义成亲时给儿媳妇。现在为了让金夫人高兴,得,豁出去吧!

崔相亭揣着家谱名帖和这家那家给的礼品就上了路。崔相亭没有直接奔西走，而是动了个心眼儿，直接去了县府衙门找县太爷。他去年迁坟的时候见过大城县老爷，就想这次能不能到县老爷那里遇个方便。果然，崔相亭到了县衙门，见到了郭县长。郭县长一听说他要去保定崔相应那里，心里这个腻歪——本来不想花钱的，让崔相亭这一麻烦，自己还得花钱，村里穷鬼真是不懂礼数。郭县长想赶紧把崔相亭打发走，正好想起邢清远回大城省亲，中午也是吃他这个县长来了，就对崔相亭说，二哥，您在这里等会儿，一会儿正好有去保定的洋汽车，你正好顺道跟着。

崔相亭一听能坐洋汽车，心里也美得不得了：正好，正好。

中午，郭县长在茂盛酒家请邢清远和邢清远的三姨太吃饭。吃完饭，邢清远开车把郭县长送到县府门前。郭县长说，邢先生，您看车里能搭个人吗？

邢清远对郭县长的安排挺满意，心里痛快，张口就说，能，有去保定的呀？

有。

跟着吧！邢清远大大咧咧地说。

好，好！郭县长红头涨脸地对在县衙门口石狮子前蹲着的崔相亭喊，二哥，快点，让邢先生拉着你。

好嘞，好嘞！崔相亭拍拍屁股上的尘土就走过来。

邢清远这个腻歪——哪里来的穷鬼？他再仔细一瞅，发现时崔相亭。

邢清远顿时就变了脸色：哎哟，是你呀？

崔相亭也看出来了：这不是邢庄子邢表弟吗？

哦，哦！邢清远很尴尬，想开车走人，但郭县长手拉着车门子，再走也不合适，只好硬着头皮问，表哥，您这是干吗去呀？

我是去保定府。不是老五家添了个大小子吗，我过去看看。崔相亭说完，就抬屁股上了车，一上车才发现车后座还有一位女士。崔相亭顿时有些不好意思，想开车门出来，扒拉了半天也没找到开关。

车上的三姨太看着崔相亭手忙脚乱的样子，想笑，用手帕掩了掩嘴，说，不碍事。

崔相亭脸上冒出汗来，点了点头：唉，唉，添乱了，添乱了。

邢清远让司机开车。车子鸣了几声喇叭,向西而行。

崔相亭坐人家的车,有些局促,没话找亲热话说:邢表弟,你那个日本侄女现在好呗?

邢清远脑子正寻思别的事情,一下子没反应过来:侄女?哪个侄女?

崔相亭以为邢清远没有听清:你侄女呀,在我家养伤的那个。

哦,哦!好,好着呢!在家待着呢!

那就好,那就好。那闺女可有功夫,就是不爱说,也特懂礼数。

哦,哦。邢清远答应得心不在焉。

当崔相亭有一句没一句地和邢清远说话的时候,旁边的三姨太脸转过来打量着崔相亭。崔相亭也发现这三姨太在瞅自己,忙冲她笑了笑。他扭头又说,表弟呀,你也知道了,我那个不争气的小子在他五叔那儿不好好混,还招惹是非。听说你在老五那里没少给搭话,我说瞅功夫见到你,要感谢感谢你呢,没想到在这儿碰上了。

崔相亭一说这话,邢清远更不得劲了。他回头瞥了眼后座上的三姨太,对崔相亭说,表哥,别说了,别说了,不是外人,不是外人。

三姨太愣了一下,没等崔相亭再说,就插了一句:你是广义的什么人?

崔相亭没想到车上的这个太太认识广义,忙说,我是他爹。太太,您认识我那小子呀?

邢清远擦了下脸上的汗,对三姨太说,忘了和你说,这是广义的父亲。

三姨太听说搭车的这个人就是广义的父亲,如坐针毡,脸色变得很难看。

崔相亭没注意到这个,他哪能总瞅人家太太呢!他紧往车门边贴身子,兀自说,还是别提了,孩子不给当爹的露脸,尽现世了。

三姨太张了张嘴,嗯了一声,欲言又止。崔相亭觉得这个太太像是要和他说点什么,但当着邢清远的面不好意思说。他自己也搞不懂,便又朝三姨太笑了笑。

邢清远瞪了三姨太两眼,咳嗽了两声:广义现在在家做什么营生了?

在沧县酒坊里干活儿呢,受累受穷呗。崔相亭自嘲着。

还是早点安排成家立业的好,总是愣了呱唧的,就爱瞎闹。没我说和着，他五叔这个旅长也兜不住。

崔相亭听邢清远这话挺刺耳，心想，你才瞎闹呢，也不知是谁当年到我家来让我养着侄女。崔相亭说，这不，在豆庄给找了个，商量得差不多了，闺女挺好的。广义这人好吃懒做的，人家也不嫌他。进了腊月，我就给他们把喜事办了。

那就好，那就好。邢清远又瞥了眼三姨太。

三姨太把头扭过去，瞅着窗外。崔相亭明显感觉出这三姨太和广义之间有着什么联系。他用余光看到那个年轻的三姨太掏出手帕擦了两下眼角。

车子颠簸了三四个钟头后到了保定。中途崔相亭撒了好几次尿。他已经明显感觉出邢清远对他的厌恶，但也打定了主意，就是要腻歪死这个王八羔子。这么一想，崔相亭反而在车上坐得愈发安逸了。

到了保定，邢清远想把崔相亭放在大街上就走人。崔相亭装傻，说，表弟呀，你得送我去，我认不得北呀。我五弟和你是实打实的亲戚，你和我一同过去探望探望也说得过去吧？邢清远心里骂了崔相亭一万次，但遇到这个庄稼老憨，他也没辙。

邢清远带着崔相亭进了南校场外的崔家大院。管家禀报了金夫人。金夫人一听老家来人了，忙让小普出来迎接。小普一看是崔相亭，忙喊，二爷，你来啦！

小普再一瞅一旁的邢清远和三姨太，脸一扭不去理会：二爷，走，去后宅。邢清远和三姨太一脸无奈，只好耐着性子在后面跟着。到了后宅，金夫人已经出了屋，见到崔相亭，就给他请安。崔相亭吃了一惊，又不敢用手搀扶，忙说，弟妹，什么年代了，不兴老礼了，再说你还得注意身子，莫受了风。

金夫人让奶妈把孩子抱过来给崔相亭瞅，崔相亭看孩子长得眉清目秀，粉嘟嘟的，瞅着那么招人稀罕，搓了搓手：真贵像，贵像，俺老崔家后继有人才呢！

说完，崔相亭忙从怀里拿出名帖递给二夫人，说，弟妹，你瞧瞧，咱四叔兴奋得一宿没睡，那么老厚的《康熙字典》都翻秃噜了。崔广通，字义臻。

二夫人瞅了瞅,没说什么:名字祖宗们说了算,我还是喊我的小宝。

小普在一旁说,小宝好听,我也好喊,小宝小叔。一屋人一听,萝卜不大,长在背(辈)上,都笑开了。奶妈说,人太多,别吓着宝少爷,我抱屋里去。说罢,她从夫人手里接过孩子,抱回内室。

崔相应从褡裢里拿出这家那家给的东西,一一说给夫人听。最后,他拿出长命锁,对二夫人说,弟妹,咱家里没什么好物件。这你是二嫂生广义时孩子姥姥给的。你二嫂说你这个孩子金贵,生在福地里。这个银锁有灵性,给孩子戴着,能镇邪养生。

金夫人接过来仔细端详了会儿:哎哟,二嫂真是有心!行,行,二哥,我收下。看到金夫人欢欢喜喜的样子,崔相亭才算放了心。

金夫人让管家安排饭,喊小普让老卞带着桑桑村的几个人过来陪崔相亭吃饭。小普一溜烟就去旁边手枪营喊万龙他们。

趁这机会,邢清远也掏出了一沓钞票给金夫人。金夫人就挽留邢清远俩人一同在府上吃饭。崔相亭有话憋不住,想就着趁二夫人高兴快点说,过会儿人多了就没机会了。

崔相亭东拉西扯的,话就说到了俩孩子身上。二夫人话茬儿接得也快:二哥,秀珍结婚,你和二嫂也没写个信发个电报通知我们。你说铁臣也在十七旅,我们当五叔五婶的,能装看不见吗?

唉,广义没少给你们添事,我和你二嫂哪有脸见你们呢?

二哥,再怎么说咱都是一家人。广义做的那些事儿犯了军法。这不,邢先生也不是外人,邢先生也为广义说了不少话。相应在直系是个少将旅长。你知道,直系曹、吴两大帅手下少将多得很,每个人的手下犯了军法都姑息的话,那他们怎么能够指挥好一个师、一个旅?

嗯呢,嗯呢。崔相亭红着脸低下了头。

你说这个广义,放着大好前途不要,偏要去倒卖枪支鸦片,还跟土匪勾搭上了。这一出事,下边的小军官才和相应实话实说,我们才知道他在保定亲王胡同还包了个娼妓。二哥说,咱家出过这样的人吗?你五兄弟都顶戴花翎、蟒袍玉带了,也没敢背着我这么干。

崔相亭身子愈发发矬,脸上火烧火燎,坐在椅子上搓着手:是呢,是呢,活该关他大牢，活该关他大牢。

二夫人和崔相亭没有注意，旁边坐着的邢清远三姨太脸色由黄转白。感受到二夫人咄咄逼人的气势后，三姨太猛然站起来：夫人，崔大叔，你们误会广义了。他不是你们说的那样的。倒卖枪支鸦片都是孙连长的主意，勾结土匪更是无稽之谈。广义是个好人！

二夫人和崔相亭面面相觑，心想这个人怎么这么说。三姨太瞅了眼邢清远：你们说的那个土匪是我哥哥，是他带人杀了狼牙山土匪郭大瘤子，劫走了鸦片，枪杀了高阳县警察。这些，邢掌柜应该都和崔旅长说了。苏家莲看了一下邢清远。邢清远站起身来，指着苏家莲：你……

苏家莲没有理他，语气坚定地对二夫人和崔相亭说，你们说的那个被包养的娼妓就是我。我叫苏家莲，高阳庞口人，被土匪卖到北京八大胡同，是广义赎我出来的。邢清远向崔旅长进了谗言，害了广义，然后又哄骗了我。我对不起广义。现在，我和你们说明白：广义对崔旅长从无二心，做那些事都是受他人利用的，希望夫人能够给他一个机会。俗话说，亲不亲，故乡人；美不美，乡中水。更何况广义和崔旅长一脉相连。苏家莲今天给你们磕头，算是我报答广义的恩情。说罢，苏家莲双膝着地，给崔相亭和二夫人连磕了几个头。

邢清远骂道，你这个臭婊子！骂完，他就想过去用脚踢苏家莲。他刚迈了两步，就被人给拽住，差点儿摔了个趔趄。他回头一看，小普、老卞、朱老道、李万龙几个人对他怒目而视。邢清远惊道，你们，你们……他终究没再说出句完整的话来，便捂着礼帽狼狈而逃了。

广义正在酒坊里翻弄酒糟，就听酒坊外面人声嘈杂。广义停了手里的活儿，问旁边的工友，外面怎么了？话音未落，从外面跑进个伙计。那伙计跑到广义跟前，说，广义，快跑，快跑，有黑狗子来抓你。

黑狗子抓我？

来了三四个呢，指名道姓要找你。

广义心里这个纳闷：我又没犯法，警察抓我干吗？

他放下铁锹，走出酒坊。果然，院子里有三匹马，三匹马旁分别站着三个警察。广义走过去,问,谁找我?

崔广义,我操你媳妇!

一个警察不由分说,冲过来就抱住崔广义,两个人当时就在酒坊院里摞开了跤。酒坊里的人都看傻了。俩人在地上翻过来滚过去,不大会儿全成了土猴。崔汝戌从角门跑出来,一看有人和广义干上了,抄起墙角的铁锹就冲过来:操你妈,我和你们拼了!才跑几步,他就被另外两个警察给摁住了。地上那俩人撕扯够了,累得呼呼直喘。杨三集躺在酒糟上,对随从喊,给我念!

贴身马弁从口袋里掏出一张纸来,站在院子中央,对着躺在地上喘粗气的两个人大声宣读起来:兹委任崔广义为天津警察厅武装巡捕一队二级警长。厅长杨以德,民国十三年七月十日。

杨三集斜了一眼广义,侄儿少,要钱有钱,要枪有枪,肥缺。

广义坐了起来,沉了一会儿,对杨三集说,我不去。

杨三集以为自己听错了:什么,你不去?

我——不——去!崔广义大声喊。

二十三

烽烟再起

1924年(民国十三年)9月3日,直系江苏军阀齐燮元与皖系浙江军阀卢永祥开战,江浙战争爆发。翌日,张作霖召开奉军旅长以上军官紧急会议,决定以粤、浙、奉三角同盟为由,向直系军阀宣战,出兵讨伐直系。9月13日,京奉(北京至沈阳)线普客列车全部停运。9月15日,奉军开始向山海关和热河两个方面运动。直军以吴佩孚为讨逆军总司令,以前敌三个军、后援十个军共二十万兵力迎战奉军。第二次直奉战争爆发。

一大清早,广义端着碗红芋粥蹲在磨盘上吃得正香,酒坊掌柜端着碗过来,给广义的碗里又倒了半碗粥。广义嗯嗯地点着头。掌柜对广义说,广义,听说了不?咱们又和关外胡子干起来了。

广义一听很诧异,嘴里含着块红芋说,打起来了?

嗯,打起来了。这次胡子想南北夹击呢!

哦,打,好。

掌柜以为广义得问他点儿什么,这样他也好再从广义嘴里打听些别的事儿。广义这么反应,弄得他挺没劲。他就端着碗走了。汝戍凑到广义身边说,操,吃饱撑的,一会儿好成拜把子,一会儿他娘的就成了死仇,倒霉的还不是那当兵的?广义,咱不当兵对了,你说是不是?

广义没理他,扒拉干净粗碗里的粥糊糊,抹了把嘴,起来就往屋里走。

汝戌碗里还剩下半碗粥,嘴里寡淡,没了滋味。

广义低着头,抡起铁锹装酒糟。到了傍晌午,他放下家什,走进掌柜的屋里:掌柜的,我歇两天,回家看看。

掌柜以为广义有什么新鲜话题,瞪圆眼珠问,广义,你要去打仗呀?

打仗?我回家看看我妹子去。

哦,去吧,去吧。你妹夫跟着谁?

跟着直系呗。

哦,哦,你妹夫跟着直系。他……掌柜还想和广义唠唠直系里的事儿,广义一扭身儿就出去了。掌柜跟到门口喊,哎,哎,要打仗咱一块儿去,老子当年也练过……

广义心里惦念着妹子秀珍。前几天汝戌从家里捎话来,说宋铁臣要去孙传芳的部队观摩学习,妹子住回娘家来了。他有些不放心这个妹夫。在正定的事儿他记得清楚呢,他搞不懂这个妹夫到底属于哪边。其实他是干什么的都不打紧,但自己妹子怎么办?现在直奉交战,宋铁臣真要是脚上抹油,把妹子扔到村里,成何体统?

到了村里,广义果然看到秀珍在家里和妈干着家务活儿。崔李氏看到儿子气色比以前好了,心里欢畅。一家人聚在一起好不开心。崔相亭对广义说,你来了正好,我正想和你说说庞口那苏家姑娘的事情。这不,当着你妈、你妹子,你说说你心里有什么主意。

广义从杨三集口中得知苏家莲为了他,委身邢清远,后来又看清了邢清远的嘴脸,在五婶面前将所有的事情揽过去推给了苏家仓。当初他离开保定府的时候特别记恨苏家莲,恨她无情无义,恨她肮脏下贱。现在被崔相亭这么一问,他还真没想好。娶过来,爹妈、妹子愿意吗?那苏家莲当过窑姐儿,娶过来后自己怎么在村里待?就此一刀两断,自己也实在有些不忍,那样的话,自己就太没有良心了。

他还没开口,崔李氏就直接抢过话头来说,什么主意?咱广义能娶那种人吗?她要是进了这家门,咱以后还怎么在人前抬头?以后孩子生下来让人戳脊梁骨?

崔相亭说,不娶人家,当初你租房养着,和人家过了大半年日子?现在咱又嫌人家不干净，让人家丫头怎么办？那个孩子挺可怜的，爹妈生死不知，孤苦伶仃，为了广义给邢清远那个混账做妾，在他五婶那里为广义正白。你说咱老崔家哪能那么对不住人家？

广义扭过头去，瞅了一眼妹子，说，爹，妈，我娶人家。

秀珍一听，着急了，忙说，你想娶人家，没准儿人家还不乐意呢。咱爹不是说，想叫家莲姐到咱家来，她死活不愿意吗？她还说我哥的情她还了，账也还了，结了。

广义一听，心里非常不是个滋味。煤油灯下，他心里念着家莲，也觉得自己委屈，不禁潸然泪下。

一家人正长吁短叹，这一句那一句地说不出个所以然来。忽然，门外传来咣当咣当的砸门声。崔相亭出了屋子，在院子里喊，谁呀？

我，爹，铁臣。

一家人听说铁臣来了，很是惊讶，七丫按捺着自己的兴奋劲儿，小跑着出去开门。她把门打开，见面前正是全副武装的宋铁臣，还有牵着两匹马的卫兵。

宋铁臣进院就问，广义在家吗？

他话刚说出口，秀珍就用手捅了他肋骨一下。宋铁臣忙改口说，那个，哥在吗？

广义说，我在，进屋说。

宋铁臣进了屋，屁股刚沾炕就说，广……哥，有件事情要跟你说——卞大哥死了。

脸上被烟火熏得漆黑的老卞，腰里插着两只匣子枪，嘴里叼着卷好的大烟叶，在阵地上趟了两个来回，用脚踹了几个打瞌睡的新兵，嘴里骂骂咧咧的：要想死就早言语，别一会儿让奉军用刺刀穿成蛤蟆串。有空别躺着，擦擦你那鸡巴枪，汉阳造比你鸡巴都值钱，没了鸡巴你可以活命，汉阳造要不好使了，你他奶的连命都没了，别说你那鸡巴！

几个老兵和老卞边擦枪边闲扯。李万龙伏在一个制高点上向下张望着。刚刚面对奉军的第一次冲锋，他打死了二十名奉军士兵，包括一名校级指挥官。

万龙接过老卞递过来的烟卷，嘬了几口，被熏得咳嗽了几下，也学着老兵那语气说，卞正目，我觉得这回的胡子兵和前年的不一样呀，够狠，火力也猛。操他哥，那边十三旅平常多牛逼，一下就让他们的大炮给轰哗啦了。

老卞蹲下身子，拧着眉头说，是，这次他们准备得很足，倒是我们准备得有些仓促了。没事，咱们居高临下，用石头砸也能砸死那些王八蛋操的。

万龙附和道，嗯，砸死王八操的。

俩人话刚说完，就听半空传来炮弹呼啸的声音。老卞跳起来大喊，隐蔽，敌人的重炮来啦！蹲下来抱着脑袋，操你妈，王麻子，你们别趴，别……他话还没说完，炮弹就落了下来。随后，石头、土块四溅，士兵的残肢被炸到半空，伴随着惨叫和哀号声。

炮弹攻击持续了二十分钟。二十分钟后，阵地上能动弹的人没有几个。李万龙双耳被震得出血。他往阵地上看，找不到老卞的影子。山坡下有十几个士兵，衣服被爆炸冲击波剥光了，赤条条地躺在那里一动不动，都让大口径重炮的炮弹震死了。他看到老卞的一条腿露在碎石土块下面，就喊过来几个士兵，爬过去用手拼命刨，一会儿就把老卞的脑袋刨出来了。老卞出了口气，啐了一口嘴里的脏东西，骂了一句街：我操，万龙，还有多少弟兄？

没死多少个。

王麻子呢？老卞看到蠡县王麻子倒在十几米外的山坡上没了气，骂道，都说了让你别趴着，都给我蹲着，蹲着震不坏五脏六腑。骂完，老卞又对士兵们说，都他妈的听好了，敌人马上就要上来了，等离近了就给我可劲招呼。

嗯呢。万龙扭身回到掩体上，把水连珠的保险打开。

1924 年 9 月 17 日，奉军第三军向山海关以东直军第一道防线上的小河口、石门口、无名口、黄土岭、姚家山等地发起进攻。直军第十三混成旅、第十七混成旅五十七团手枪营占据有利地势，多次击退奉军进攻。战斗异常惨烈。

战斗间隙，朱各亮用筲给重机枪加了水，自己也喝了一大口。他喘着粗气对老卞说，这回张汉卿的队伍比上回更经打了，还真不怕死，一个劲儿地顶，差十米就上来了。

老卞也焦急。手枪营现处在石门口、荒山口的中间突出部，有些孤军深入的感觉，为的是吸引奉军主力，缓解十三旅两个团的进攻压力。现任混成十三旅旅长冯玉荣不是直系老将，下属张、杨两个团长从心底不服他；而张、杨两个人当初也曾争夺旅长一职，积怨较深。基于这种情况，直军第一军总司令彭寿莘从十七旅抽调出手枪营作为十三旅的总预备队。但战斗刚一开始，张、杨两个团就都要求冯玉荣派兵支援。冯玉荣叫苦不迭，把老卞叫过来商议，问老卞支援哪个团好。老卞清楚冯玉荣苦衷，指着沙盘说，手枪营愿意在两个团的结合部楔入，以缓解两个团的阻力，当然，期望旅座顶住压力，不要让张、杨两个团后撤一步，否则手枪营就有全营覆灭之危。冯玉荣拍着胸脯说，你放心，老卞，老冯这点儿魄力还是有的。

老朱说，奉军想进攻就进攻，想撤就撤，咱们这么等着奉军来打不是法子。不如以攻为守，打对方个措手不及。

老卞说，这个法子不错。通知张、杨两个团，下次奉军进攻时间即是我部反攻时间，望张杨两个团协同一致，将奉军击溃于防线十里之外。

一个时辰后，奉军排炮过后，步兵向直军三个主要阵地进行攻击。

待奉军进入火力射程范围，老卞喊道，打！手枪营的十挺重机枪喷出密集的弹幕，子弹如镰刀割麦一般，将奉军士兵一茬茬扫倒。奉军士兵的尸体铺满了山坡，奉军一时被打得转身回撤。老卞见时机已到，命令号长吹响冲锋号。直军士兵纷纷跃出阵地，有的端着上好的刺刀步枪，有的手持鬼头大刀，呐喊着向山下的奉军冲杀，连送饭的伙夫都拿着扁担冲出了战壕。

奉军的战线顿时被摧毁了，士兵向后溃退。直军两辆装甲车冲在最前，机枪、机关炮不停地对着奉军士兵扫射。奉军士兵要不就被打死，没被打死的也被履带碾压成了肉泥。老卞在车里端着机关枪不停地扫射，嘴里喊道，杀，杀，杀……

朱各亮跑得脸色发蓝。他感觉前方的奉军停住了脚步，开始返身射击。凭直觉，朱各亮感到情况有些不妙。他从一个排长身上接过望远镜观察，发现张、杨两个团冲击方向枪声渐渐地小了，手枪营正前方尘烟密布，两侧高地上有奉军人影攒动。朱老道放下望远镜喊，弟兄们，停止！号兵，号兵，吹集结号……但许多士兵仍旧喊叫着向前冲。

装甲车向前疾驶，老卞在战车里杀得兴起。这时，就听轰隆一声，老卞感觉双脚被震得疼痛难忍，一咧嘴，哎哟地叫了一声，接着，装甲车里面就冒起了火苗——装甲车撵着地雷了。老卞赶紧打开装甲车的仓盖向上蹿，想拉下面弟兄们上来。他低头一瞧，见开装甲车的两个直军士兵脸上都是血，东倒西歪的，早被炸死了，火焰已经烧着了半拉身子。

他跳出装甲车。四周地雷爆炸声接连不断，手枪营的士兵在地雷阵里被炸死了二十多个。老卞看着这一切，目瞪口呆。

他瘸着腿往后撤。两侧高地上的奉军火力形成交叉火力网，对手枪营射击，手枪营又有许多士兵中了弹。李万龙从枪林弹雨中把老卞拖了出来。老卞说，我操，真他娘的窝囊！王八操的张、杨两个团怎么没跟上？

管他呢，咱先保命吧！

十三旅张、杨两个团在手枪营反冲锋后，也随即展开反冲锋，但稍微遇到奉军后援部队的抵抗就马上回撤了，于是手枪营将自己送入了奉军的老虎嘴里。反冲锋没有取得多少成效，反而使手枪营减员严重。

老卞撤回阵地，跪在掩体里抄起步话机就骂，我操你妈老张，你还是三镇的老人吗？你要是在我跟前，我就一刀劈了你！

张团长一个劲儿地诉苦：卞哥，卞爷！士兵半年没发饷，伙食不见油水，机枪搂着都费劲，弹药也不充足，没办法。

老卞骂完了，把电话一放，又要通了杨团长的电话。那边才应了一声，老卞就骂上了：杨周昌，你这个没鸡巴毛的太监，我是老卞，我操你们二团的全体祖宗！

杨团长那边也不服气：你骂吧，老子怎么打？奉军攻势这么厉害，我两个连都打光了，伤兵都送不回去。这鸡巴仗怎么打怎么不得劲，朝阳那边那个老冯一个劲儿地退，都退到热河啦！老子不能拼光血本。你们十七旅是保定府的御林军，是亲娘养的，十三旅是后娘养的。

去你大爷的！老卞把电话挂了。他正在想下一步怎么办，就听头上传来嗡嗡的声响。有人喊，飞机，飞机，奉军的飞机！老卞一仰头，见两架奉军轰炸机从北面呼啸而来，羊拉屎似的向下投弹。老卞跑出掩体对士兵们喊，都趴下，趴下！万龙，别在高处，隐蔽！他话还没说完，炸弹就在他身后爆炸了，他像只风筝一样飞了出去。那一刻，老卞感觉身子轻飘飘的，真他娘的舒服……之后的事儿，老卞就不知道了。

在敌人飞机重炮的立体攻势下，手枪营阵地于第二日被奉军占领。冯玉荣暴跳如雷，用央求的口气对张、杨两个团长说，张、杨二位团长，希望二位以大局为重，各派一个连夺回姚家山阵地。张、杨两个团长在电话里又诉了一大堆苦，都不想派兵。冯玉荣欲哭无泪，心想，这些直系老油条这次可把我害苦了。

朱各亮和李万龙将手枪营的弟兄们撤到第二道防线后，才发现老卞没有跟上来。有个士兵说，看到老卞滚落到山沟下面去了。

李万龙急得满头大汗，说什么也要返回去找老卞。朱各亮挑选了十几个老兵，带着轻火器和集束手雷跟着李万龙，同时安排其他人占领两侧，做好掩护。十几个人趁着奉军在阵地上立足未稳之机，一个冲锋就把姚家山阵地给夺了回来。老朱把奉军的重机枪调过枪口就是一通疯狂扫射，打得奉军士兵四散奔逃。李万龙终于在小河沟旁找到了后背负伤的老卞，背起老卞就往南撤。

朱各亮招呼弟兄们将还没有来得及销毁的几百颗地雷安上导火索。十几个人才跳出阵地，奉军士兵就又冲了上来。朱各亮一拉导火索，姚家山阵地上发出一声巨响，地动山摇，奉军士兵被炸成了齑粉。一股浓烟从阵地直冲云霄，几十里外都看得清楚。朱各亮、李万龙等十几个人顺利地返回第二道防线。

手枪营士兵全部撤到杨周昌的二团九门口阵地。杨周昌看着昏迷不醒的老卞，对朱各亮说，赶紧送到后方医院呀，在我这里干什么？

李万龙瞪着眼气鼓鼓地说，卞正目说，他要在这里盯着你守九门口，死也死在这儿。

杨周昌背着手走了几步，说，这儿，这儿，行，行！这叫什么事儿？我自己都顾不过来了。

朱各亮上前一步，说，杨团长，我们手枪营还剩下的这百十个弟兄都不是吃干饭的，卞正目说，这个九门口丢了，整个山海关就会丢，所以他要留在这里，人在阵地在。

人在阵地在！手枪营的弟兄们异口同声地说。杨周昌仿佛也被士兵们的激情感染了，摁了摁腰间的手枪说，好，弟兄们，都跟老卞一个脾气，人在九门口就在！

负责对九门口进行主攻的正是新上任的奉军第三混成旅旅长薛连芳。现在的薛连芳深得张学良信任，战前擢升旅长一职，率领所部强攻九门口，正春风得意。九门口为入关的战略要地，谷口两边山势险峻，人不能攀登，非口莫入。直军十三旅在口内数公里埋了大量地雷，架设了电网，设置了各种障碍物。薛连芳部猛攻数日，伤亡惨重。杨周昌团在手枪营的协调配合下，打得顽强。奉军攻击数日，不见丝毫进展。

薛连芳在指挥所里和手下的两个团长正愁眉不展之时，外面的通信兵说，日本顾问川木先生求见。薛连芳一听，咬了咬嘴唇，觉得真是冤家路窄。

他刚想说不见，川木就一身戎装走进了指挥所。川木摸了一下黝黑的人丹胡，对着薛连芳一阵冷笑：薛旅座，真是他乡遇故知呀！

薛连芳脸红了一下，随即逢场作戏，伸过手去：川木兄，我们又在直奉战场上相见了，真是缘分，缘分呀！

两个人握手的一刹，四目对视，视线中都泛出一股阴森之气。

川木这次不仅带来一个大队的日本士官学校学兵，而且还为薛连芳带来了一位本地向导——世代居住在九门口的山民。那山民对九门口的地理情况相当熟悉，告诉川木有末通过九门口西面的一条羊肠小道可以绕过九门口，直抵直军背后。川木将这份礼物献给薛连芳的时候，薛连芳真搞不懂川木肚子里卖的是什么药。他立即向司令部汇报，请求从山海关方面偷偷地抽调三个团过来。在这个向导的带领下，薛连芳明修栈道，暗度陈仓，两天后突然出现在九门口直军背后。

疲惫不堪的朱各亮躺在二防的掩体后面睡了个香。他梦到自己不知怎么就稀里糊涂地在阵地上跑了起来。他跑呀跑，跑了好长的时间，跑了好远的路，跑过了大海，跑上了一个小岛。岛上花团锦簇，鸟飞蝶舞。他好奇怪。这时，有人喊他，喊他的法名。他扭过头来一看，是师父。原来师父没有作古，而且面露光彩，好似邱真人重生。师父抖了下拂尘，对他说，不要在俗世挣扎了，随为师走吧！他莫名其妙地跟在了师父的后面。又走了好长时间后，前面云霭之处现出一座庙宇。他好奇怪：为什么师父不领他到道观，却来到了佛家领地？师父进了大殿，他也跟了过去。忽然，师父不见了踪影。他看到蒲团上一个人背着他跪着，瞧着像广义，就用手一摸：广义，你怎么在这儿？这个人一回头，却是旅座崔相应。朱各亮吓了一跳，梦就醒了。朱各亮揉了揉眼睛，咂摸着刚才的梦，琢磨不出个门道来。他纳闷四周怎么这么安静，安静得让人有点儿不安。他抬头瞅了瞅南山的山头，见太阳快要落下去了，余晖为山顶镶上了一层黄澄澄的边儿，煞是好看。朱各亮心想，怎么冒出许多头呀？是，人头，越来越多。朱各亮以为自己眼花了，就揉了下眼睛。这次他看清了，确实是人头。这是哪部分的？来援兵了？看着不像呀。朱老道还没回过味来，无数颗手榴弹就从南山上被投了下来。朱各亮喊道，奉军在我们身后！

他话刚说完，偷袭成功的奉军就向九门口的直军冲了过来。同时，在北侧攻击的薛连芳一声令下，北侧的奉军也喊着口号向九门口的直军发起了进攻。直军腹背受敌，顿时大乱，各部相互失去联络，各自为战，士兵纷纷溃退。杨周昌见大势不好，烧了机要文件，带着勤务兵落荒而逃。

朱老道和李万龙带着十几个弟兄，搀扶着老卞向南撤。好不容易撇甩掉了奉军的追击，大家靠在土坡上喘了几口气。朱老道扶老卞起来喝了口水：卞正目，你看看地形，咱该往哪儿走？

老卞说，再走几里有道河，过去就是西北军十一团的地盘。

几个人正指手画脚，前面山坡上突然涌上不少人来。万龙抄起枪就喊，不好，有情况！大伙儿便各自寻找掩体做好了战斗准备。老卞从掩体后慢慢观察，见前面的队伍呈扇形包围过来，但看军服又不像是奉军。他又瞅了会儿，对弟兄们说，先别动手，我看不是奉军，倒像是小日本。朱老道也眯着眼仔细瞅了瞅，说，是，是，小日本。

小日本想干吗？万龙还是保持着射击的姿势。

老卞嘱咐大伙儿道，别开枪，咱们没必要和小日本打起来。裤衩子，你给我和对方打个旗语。

那个叫裤衩子的直军小士兵从掩体后站起来，立正，向对方打手势。

日本士兵没有停下来的意思，继续向前，迂回合拢。老卞看到中间那个日本军曹拔出腰间的佩刀向左右发出战斗命令，脑子一闪：裤衩子，趴下！

他话才出口，前面的日本士兵就开了火。裤衩子的脑袋被三八步枪掀开了半拉，死尸仰面栽倒。

打！老卞怒不可遏。

万龙扣动扳机，那个日本军曹捂着胸口跪倒在地上。双方立即交火。

小日本的火力迅猛，两挺歪把子机枪压得十几个人抬不起头来。没过一会儿，老卞身边就又倒下好几个。

朱老道喊，卞头，咱得撤，不撤就全被包饺子了！万龙，你带人打掩护，我扶着老卞走。老卞在朱各亮的搀扶下才走了几步，就被一颗子弹就钉在了后背上。他身子猛然一震，一个趔趄扑在地上。老朱二话不说，背起他就蹽。身边的两个士兵边还击边撤，转眼间就被密集的子弹打死了。

万龙打完两个弹夹，见对方已经冲到了近前，喊了一声：投手榴弹，撤！他投了两颗手榴弹，趁着烟尘跑出十几米，发现后面的几个人都没有撤下来。

万龙扔了步枪，用驳壳枪还击追来的日军。他的枪头子准，接连又干倒几个。后面的日本兵一时胆怯，不敢过于暴露，追击速度放缓。这就给万龙争取了时间。他健步如飞，追上了朱各亮。朱各亮背着老卞费了老劲，实在坚持不住了，说，万龙，你换换我。李万龙把手枪放好，背起了老卞。

老卞用手抽打着万龙的肩膀：万龙，你放下我，放下我！万龙跑了几十米，也跑不动了，无奈地将老卞放了下来。老卞支撑起身子，斜靠在一块巨石上，对万龙和朱老道说，你俩走，我不能回去。九门口丢了，我对不住旅座和大老彭。老三镇的人得有个交代。我胸口被打穿了，活不了了。你俩好好活着，看到侄儿少说一声，叫他不要记恨旅座，旅座也有难言之隐。你们把弟兄们带回家，大包包程兄弟们给照看着点儿。我不能和她过日子了，你们让她别干老鸨子了，坑姐害妹的不得善终，这个孽债我还了，让她好好的吧！

朱老道、李万龙抹着眼泪，捏着鼻子，说不出话来。后面子弹愈发密集，敌人近在咫尺。老卞打开了匣子枪的保险，对还在犹豫不决的两个人说，走，快点，不走老子现在就死在你们眼前。

李万龙号了一声，抹了把眼泪就跑了。朱老道跪下给老卞磕了个头：老卞，放心，这话我全转给广义，你等着弟兄们给你弄口十三花的寿材。他说完，也抹了把泪，起身走了。

老卞喘了口气，想，奶奶的，够本了，年年打仗，这年不死下年也得死。这时，日本兵追了过来，有的从老卞身边越了过去。老卞向天打了两枪，说，来呀，停下，过来送爷爷一程。来，过来呀！

十几个日本兵将老卞围在。一个日军准尉把老卞的手枪一把夺过去。老卞哈哈大笑：看你们那揍相！有个日本兵端起步枪想刺老卞。这时有人用日语喊，联队长到！日本兵们便纷纷立定。

川木有末大步走过来，看到伤痕累累的老卞。他背着手问老卞，你是直军哪部分的？

十七旅的，咋的？

川木轻蔑地笑了笑，说，你是崔相应的士兵？

没错，你卞大爷从天津小站就跟着崔旅座，一直到现在。

川木有末鄙夷地看着老卞。他的目的是抓获崔相应这样的官佐，眼前这个直军上士对他来说一文不值。他向两边摆了摆手，说，杀了他。老卞听出了这句日本话的意思，冲着川木猛扑过去，立马被一旁的日本兵用枪砸倒在地。川木退了一步，听到地上的老卞嘴里仍旧骂着脏话。他对崔相应的队伍恨之入骨。在一次直奉大战中，直军所为让他失去了武士的尊严。老卞被日本兵架起来后，川木八嘎一声，抄过身边士兵的三八大盖，对准老卞的前胸就刺了过去。噗的一声，刺刀扎进老卞的心脏，穿透老卞的后背。老卞眉头皱了一下，嘴里涌出血来。我的人和你没完！吐出这几个字后，老卞身体一斜，倒在路旁。在远处石砬子下隐藏着的朱各亮和李万龙看到这一幕，恨得咬碎了牙。

崔广义听宋铁臣说完，好长时间默不作声。他直起身子对爹妈说，爹，妈，我去趟榆关。

你去？

我去，我得送卞大哥一程，把他的骨灰带回来。做人得对得起人。

崔李氏皱着眉问，还去干吗？你已经不当这个兵了，也不拿那个饷了。

不，我是十七旅的人，崔相应是我五叔。他有难了，咱老崔家的人怎么能够像吃凉柿子一样？

崔相亭知道儿子打定了主意，拦也没什么意义，就说，去吧，囫囵身子去，囫囵身子回来！

你们什么时候开拔？广义问宋铁臣。宋铁臣说，吴大帅在四照堂也坐不住了，耿大阔的五十七团也已经和对方接上了火，张福来率领主力部队明天上午从唐官屯火车站开拔。

好，我们明天一起走。

宋铁臣在东桑生村住了一晚。第二天天刚麻麻亮，俩人就收拾好行李出发了。广义打开门，吓了一跳——只见崔汝戌背着汉阳造步枪，穿着旧直军军装，系着武装带，打着绑腿，戳在自家门口。

广义问，你这是？

广义，我想好了，要死一块儿死，要生一块儿生。我这老套筒枪天天擦，放着家里哪哪都觉得不牢靠。这回也算了了我的心病，给三营的弟兄们一个交代。

广义拍了拍汝戌的肩膀，说，好样的，姓崔的没一个孬种。

崔广义、崔汝戌两个人到了唐官屯车站，见车站里人满为患，到处是军车、军用物资和牲口车，大批大批全副武装的士兵正梯次上车。宋铁臣安排他们上了火车，俩人在人堆里挤了个空儿。火车一路发狠似的向北奔。

闷罐车里，直军士兵有的睡大觉，有的六神不宁。几个老兵拿出个粗瓷大碗，拎着两瓶大曲酒，开始掷骰子，一副今朝有酒今朝醉的德行。

广义就听旁边一个老兵发牢骚:他奶奶的,打什么打?写个字据,今年你曹大帅当总统,明年你张大帅当,不就得了?打了这么些年,老子还是大头兵,到处是伤疤,也没见出息。

另一个老兵说,给他们打个蛋!老子老家滹沱河开了口子,庄子都给淹了,我兄弟妹子到现在都找不到个影子,他曹锟给了老子一点儿补偿没有?打是老百姓倒霉,不打也是老百姓倒霉。老子才不去送死呢,爱怎么着就怎么着。

旁边一个士兵杵了他一拳头,示意他小声些。那老兵一点儿也不在乎,接着说,关外那边晚上比咱们这边冷不少,不发棉衣,让咱们穿小单裤,单褂都冻成杆儿了。

就是,就是,不给军阀们当炮灰了……士兵们七嘴八舌,怨声成片。

广义一声不吭。他想,第一次直奉战争直系士兵的那种斗志怎么看不到了呢?这怎么和奉张士兵打?他心中生出些隐忧来。

火车到达山海关车站时已经是夜间九点,士兵们纷纷跳下车集合整队。哨子声、军官的喊话声混杂在一起,车站里的人乱成一团。广义和汝戊脚才沾地,就被迎面而来的冷风吹得打了个寒噤,看来这里的气温果然比家里低了不少。两个人支棱着耳朵听远处军官的喊叫声。广义扽着汝戊的褂子。两个人凑到一个正打着马灯清点军需物资的上士身边。广义问,老哥,哪个部队去九门口那边呀?

九门口?老兵瞅了下他俩。

都他妈丢了,谁还去呀?老冯都自杀了!(第十三混成旅旅长冯玉荣在九门口失守后,自知难辞其咎,饮弹自杀)

自杀了?汝戊问。

嗯,奉军都到石门寨了。哎,你们是哪支队伍的?

我……我们,我们是十七旅手枪营的通信兵。这不,才从保定府来,去找自己的人。

你们手枪营的呀?牛逼!你们一个营顶十三旅两个团,可惜给老冯当了炮灰了。你们再等会儿,下列好像就是吴大帅的专列。吴大帅一来,胡子兵准完蛋操!

准完蛋操！老兵的一句话，把广义和汝戌的激情调动起来了。他们也随声附和了一句。这时，他们听到一声火车的长鸣——吴佩孚亲自率领第三师主力以及豫陕援军到达山海关。

吴大帅亲临山海关前线的消息瞬间在整个榆关前线传开。直系各部非常振奋，许多士兵欢喜异常，士气高涨。

广义和汝戌费尽周折，一个防区一个防区地找，总算于第二天凌晨找到了手枪营收容营区。情绪低落的手枪营的弟兄们一听说广义回来了，都围拢过来，这个抱那个拥，这个喊大刀螂，那个喊侄儿少。大家欢喜过了，情绪随即又低落下来。广义问朱老道，老卞的骨尸在哪里？

大家都低着脑袋，默不作声。

广义问，老卞的骨尸在哪儿？

好多人不敢和广义对视。万龙抹了下鼻子：我和牛鼻子本来想把卞正目弄回来，可是奉军大部队跟黄河开口子似的，靠不上去。

我操！广义捡起快石头摔在地上。石头迸出老远，贴着汝戌的脑门儿飞了过去。汝戌吓了一跳。

这两天都在这扯闲淡呀？

朱老道让广义说得脾气也上来了：广义，你就知道嚷嚷。你知道手枪营的弟兄们折了多少吗？现在子弹、武器都没人过来补给，能在这里守着就不错了。弟兄们头破血流的时候，你在干吗？你不是老婆孩子热炕头吗？你有什么资格说弟兄们？

广义让朱老道说得哑口无言，捂着耳朵坐在地上，放声痛哭。不一会儿，他直起身来说，弟兄们，我崔广义回来就是来给老卞报仇、给死去的弟兄们雪耻的。咱们把石门寨夺回来，不干了川木这个王八蛋决不罢休！

宋铁臣从远处跑过来，对大伙儿说，吴总司令命令我们就地整编，编为第三师直属前卫营。

手枪营的人一听就乱了：什么，这十七旅还没被打垮呢，就把我们全卖出去了。不干，坚决不干！崔旅长知道吗？广义也非常不解，问宋铁臣这是怎么回事。宋铁臣把广义拉到一旁，小声说，你不清楚，十七旅主力在石门寨南面与奉军作战，被敌人五个混成旅困住。现在总司令部和十七旅断了联系，手枪营归建不可能了，只能就地等候命令。

广义暗自为五叔崔相应捏了一把汗。他也从朱各亮、李万龙口中得知如今的奉军不是当年的奉军了，火力配备及兵员素质已经优于直军。十七旅和总司令部失去了联系，可见情况十分危急。他扭头瞅着乱吵吵的手枪营的士兵们。

他大声说，弟兄们，是原地休整还是回十七旅归建？

归建，归建！往奉军心口捅一刀，救出崔旅长、老耿他们。就是死，咱们也要和十七旅的弟兄们死在一块儿！大家异口同声。

宋铁臣向广义摇了摇头，意思是这样不可取。

广义挨个儿瞅了瞅手枪营的人：弟兄们，我崔广义来，一是为卞正目报仇，二是和十七旅的兄弟们同仇敌忾。崔旅长和十七旅的弟兄们在前面和奉军拼命，咱们在这里能吃得好、睡得好吗？有心的，跟着我，从奉军肚子里撕个口子，和主力会合！

好，好！手枪营的士兵们情绪高涨。宋铁臣一看拦也拦不住，只好向上峰做了报告。广义对铁臣说，铁臣，你别跟着去了。秀珍怀了孩子，需要你。

铁臣正了正军帽：广义，你们看不懂军事地图，我去你们会方便些。再者，有什么事儿我也可以直接向总司令部汇报。

一百多人领取了充足的弹药和给养，由宋铁臣率领，开始向清峪口出发。

我们家人的性格就是这样，倔强而天真，满脑袋理想主义，总是觉得一夫之勇能够排除万难，最后必将取得胜利，从我爷爷到我父亲，再到我，以及才出大学校门的我的儿子，皆是如此。崔广义虽然做好了赴汤蹈火、血洒沙场的准备，但接下来将会发生什么事情是未知难料的，生和死已经不由自己掌握了。

直军手枪营的士兵一夜急行军，于夜间九时抵达石门寨与九门口之间的二道沟，伺机寻找战机。远处炮声隆隆，射击声像炒料豆般响个不停，曳光弹时不时划破夜空。

宋铁臣展开军用地图，朱各亮蒙上雨衣，几个人猫腰撅腚，研究从哪方面出击，从哪里打个口子。正讨论着，忽然，东北方向排炮声密集。几个人站起来看东北方，发现是奉军炮兵向直军阵地进行炮火覆盖。

广义说，铁臣你看，咱们把他们的炮兵阵地给端了，怎么样？

手枪营人衔草马衔环，直插石门寨侧背的奉军炮兵阵地，半路与奉军搜索连遭遇，双方随即展开激烈交火。全营士兵都清楚，此次深入奉军腹地，有被全灭之危，所以个个敢冲敢打。冲散奉军小股部队后，他们迅速对炮兵阵地发起冲锋。自动火力武器花机关枪再一次显示出其强大的优势。奉军炮兵压根儿没想到会从身后冒出一股雄兵来，一打即溃。崔汝戌冲上敌人机枪阵地，跪在地上，对准逃跑的奉军士兵就扫射。子弹穿在身上，奉军士兵顿时就成了肉葫芦。宋铁臣命令道，炮口掉转，对准奉军阵地，连续开炮！顿时，奉军阵地陷入一片火海。几个基数的炮弹打击过后，广义命令将几十门大炮全部炸毁。

撤出四五里后，广义等在石门寨后山的小高峰上建立起狙击阵地，准备痛击石门寨方向的追兵，为十七旅突围争取更多时间。万龙劝他说，广义，这不行，咱们弟兄刚才减了不少。我看，咱撤吧？

十七旅不突围出来，谁也别后退一步！广义咬着牙说。

朱老道想，侄儿少这倔劲儿怎么还是没变？他嘴角一歪，说，侄儿少，这么硬干肯定不行。《三十六计》里讲，不敌其力，而消其势，八卦中说这是兑下乾上之象。现在的奉军和小日本，咱直接干干不过，但咱可以给他来个以假乱真。

广义一听，问，牛鼻子，怎么个以假乱真？

牛鼻子凑到他耳边：这般如此，如此这般……

我爷爷真就服朱各亮神神道道那一套。他觉得朱老道的好多战术都不比明朝刘伯温、三国孔明的兵法差。他听完后，一拍大腿：好，就这么干！

1924 年 10 月 12 日，直系第二十三师第十七混成旅和陕军第二师先后对向石门寨外围阵地附近的奉军发动猛烈攻势。战斗极其惨烈，双方士兵大多被重炮震死或被炸成碎泥。石门寨战场成了巨大的绞肉机。战斗持续两天后，直军仍然不能夺回石门寨阵地。崔相应接到总司令部电报。电报说驻守沙河寨的奉军有得到增援的迹象，崔相应部务必在10月19日之前夺取石门寨。崔相应拿着电报，心急如焚，对参谋喊，给我弄挺轻机枪，老子亲自到后面督战！参谋僵在原地，不知所措。

战斗进行了数日后，进入白热化状态。直军数次占领石门寨，又数次被奉军抢了回去。双方反复拉锯，都出现了大量人员伤亡，士兵都是踩着自己人的尸体向前冲的。此时，奉军大批后续部队赶到，对直军十七旅形成合围态势。

得知现在的处境后，崔相应大惊失色，四处打电话请求支援，期望援军尽快与十七旅会合。援军司令部只是一个劲儿地搪塞，说援军就快到了，但具体是哪支部队，他们也说不清楚。

妈的！崔相应骂了一句脏话，放下电话。他躺在行军床上眯了会儿，手里捏着口袋里那张儿子的照片。每到心烦劳累的时候，崔相应就会拿出照片来看看。看到照片上的儿子，他的心就会得到莫大的慰藉。

晚上，远处炮声大作，崔相应从木板床上翻身起来。他正想出指挥所观察，通信兵跑进司令部，对崔相应报告，旅座，敌人的炮兵阵地遭到不明袭击，现在奉军炮火正向六五高地奉军阵地进行无目标轰炸。崔相应大喜过望，走出指挥所，拿出望远镜向远处观望，听到了敌人炮兵阵地方向炮筒破膛的声音。他说，好，肯定是咱们的援兵赶到了。命令耿大阔所部全力出击，主力向西北方向撤退。

兴奋之余，崔相应对参谋说，马上发报，就说我第十七混成旅开始突围，期望讨逆军总部速传命令，为我增援两个旅策应我两翼，以成就我重新夺回九门口要隘。

总部指挥专列上，讨逆军参谋长张方严得此消息，一拍大腿：壮哉，壮哉，崔旅大勇也！可随后他又发了愁。这个张方严原是吴佩孚的参谋处长，原参谋长李倬章调任河南省省长后，参谋长一职由参谋处长张方严接任。张方严在能力上与李倬章无法比拟,唯唯诺诺,只能在吴佩孚身边当个陪衬。张方严犹豫再三,想调陕军部预备队,又觉得陕军第二师张治公部战斗力不强,于是想调战斗力强的第十四师第一旅前去支援。第一旅旅长一听电话那头是张方严,一百个不服气,便推脱说,张参谋长,我们旅早有出击任务,你直接跟我们头儿说吧!军情紧急,张方严急得满头大汗,一时又找不到吴佩孚,于是只能发电报给援军总司令张福来,请张福来速调军队前来支援。张福来已知十七旅的战果,答应抽调预备队配合十七旅作战。放下电话,张方严又觉得远水解不了近渴。他突然想起第三军冯玉祥部尚未发动攻势,于是又给冯玉祥发去一个电报:此间形势危急,不有意外胜利,恐难挽回颓势,大局转危为安赖斯一举,望焕章兄迅速出兵夹击奉军,以奏大功。这本来是普通的电文,张方严也只是加强了语气,可这在微妙而关键的时刻,这电文引出了大问题。

原来,第三路军总司令冯玉祥收到了东北王张作霖给的奉天官银号一百多万小洋,双方早就达成协议,互不进攻,共同倒吴。由此,冯玉祥的部队虽然开出北京,但屡屡以粮饷准备不足、前方需要修路等借口而迟迟不肯进军,到达战场后也并不与奉军交战。奉军因而没有了后顾之忧,此时正待机而动。接到电文后,冯玉祥和胡景翼一分析,觉得直军失败的可能性非常大。此时不倒戈,更待何时?

冯玉祥遂命令部队前队变后队,后队变成攻击部队,直取北京城,同时令驻守大名的孙岳立即带兵占领北京南苑。

驻守洛阳的陕军向大名集结,包括崔寿岐在内的所有陕系士兵都认为是去支援山海关前线的。在军列上,大家都不做他想。军列到达保定后,长官宣读了从上级一级级传达下来的命令——所有士兵立即下车,对保定府进行战术警戒,占领保定府直隶总督衙门以及原直系军队各驻扎部队营房,收缴一切直系武装,对于敢于反抗者坚决予以消灭。

崔寿岐万分疑惑。他跑步到了团长面前,问,怎么向自己人开火?那团长说,自己人?我们冯、胡两位将军已经在北京发动政变,现在中央政府由我们说了算。你现在已经是陕军而不是直系曹、吴的人了。如果你违抗命令,我现在就枪决了你。

崔寿岐惊出一头冷汗,僵在那里。团长说,来人,解除崔寿岐的武装。几个学兵走过来,几下把崔寿岐的武器给下了。你先在旁边思想思想,想想是跟我们走还是滚你的蛋!陕军团长说完,转身大步离开了。

此时,我爷爷和他那些手枪营的弟兄还被蒙在鼓里。

川木有末听着远处的枪炮声,站在一个高岗上用望远镜观察,随后狞笑了一下。他心想,中国人打自己人还真是不计成本,愚蠢!他觉得中国真是个迂腐不化的国家。日本军队早晚有一天会和中国一战,进而彻底征服中国,可惜他们还在自己和自己杀得血流成河,愚蠢!川木在心里说。

他抬手命令手下部队趁着夜色继续向北跑步前行。

部队才拐进个峪口,川木猛然发现前面路上有火把出现。日军侦察兵正准备射击,前面就有人用日语喊,自己人,自己人。侦察小队冲过去,见前面立着两个奉军士兵,一个拿着个火把,一个身着奉军尉官服。这两个人向日本兵哈着腰,嬉皮笑脸的,一副奴才相。那个少尉操着半生不熟的日语喊,我是奉军薛旅座的宋参谋,特向贵军告知,前方我军正和直军交战,请贵军走另一侧山路。

川木走到前面,对这个奉军尉官说,我们是来练操的,不参与贵国军队的战斗,只是借道而已。

奉军尉官非常礼貌地敬了个礼:长官阁下,前面我军埋好了地雷,还是烦请阁下绕道而行。

川木非常瞧不起中国士兵。他忍耐了一下。现在他要是真带着大队士兵参与直奉战事,确实会引起非议,再者,他还有更重要的事情要做。他挥手,让两名士兵到前面去侦察。两名日本兵向前跑了几十米,看到前面地上确实插着些标识雷区的旗子,有的地雷还露出了引线。

得到士兵的报告后,川木忍了忍,向那两个奉军士兵点了点头,然后对日本兵喊,向左开路。

大队开始向另一侧山谷挺进。川木扭身的时候,那两个奉军士兵相视笑了笑。

日军大队走了十几分钟,两侧地形越来越险要,抬头只能看到了一线星光。川木觉得这个地方有些不对劲,挥手让军曹拿军用地图来。他才将地图铺开,前面的侦察兵就踩上了地雷。轰隆,轰隆!连续的爆炸将整个山谷震荡起来。与此同时,山谷两侧,手榴弹和子弹铺天盖地地朝谷底覆盖下来。

八嘎!川木有末发觉上了当,才想起那个尉官的样子无比诡异。

手枪营这次占尽了天时地利,居高临下,守株待兔,打了个痛快。广义将两挺花机关枪的枪管都打红了。这时,朱老道跑过来:侄儿少,撤,奉军那头过来了,再给他们点个卯。

好,让万龙他们从谷底上来会合。

上来了。朱老道瞄了一眼远处冲过来的黑云一样的奉军。

川木有末的胳膊被子弹划了道口子。他命令士兵组成敢死队端上五六挺轻机枪一字排开向前冲。他想尽快冲出埋伏圈。

火力优势果然奏效,前面的枪声越来越稀,来自两侧的攻击也摆脱掉了。川木觉得机不可失,命令士兵全速进攻。

才走了几步,前面的日本兵就又进了地雷阵,被炸得哭爹喊娘。川木急得大汗淋漓,命令卫兵建立防守阵地,掩护工兵排雷。

此时,烟雾弥漫,黎明前的这段时间,夜色正浓,川木一时无法判断对方多少兵力。突然,山口处的火力突然猛烈起来。马克沁机枪射出道道火蛇,子弹打在石头上,迸出颗颗火星。喊杀声不绝于耳。

川木弄不清是什么状况,不知道对方的火力怎么突然强大了起来,担心再被对方占领了制高点,便命令机枪手向两侧高地进攻,抢先占领高地,同时命令迫击炮封锁山口,压制对方的重机枪。

双方一时打成胶着状态。已经撤到远处山岭上的直军手枪营的士兵们笑得前仰后合。崔汝戌狠狠地说,打,狗咬狗,一嘴毛,飞机大炮都上才过瘾!

广义抬眼望了望天，命令大家把奉军军服脱掉。他问朱老道该往哪个方向走。朱老道说，翻过这两道山就是了。

天光大亮后，手枪营终于到达了老卞牺牲的二道沟。当初朱老道和万龙用一堆乱石压在老卞尸首上，防止尸体被野兽扒拉掉。大家齐动手，搬开石头。广义看着老卞的尸体，默默地说，卞大哥，兄弟给你报仇了。朱老道用事先准备好的几个麻袋把尸首裹好放到简易担架上。随后，大伙儿又在奉军必经之地埋了几十颗地雷。

广义他们翻过一座山头时，二道沟上传来轰轰的地雷爆炸声。

薛连芳做梦也没有想到自己会这么倒霉。如今的奉军，从士气到武器装备都今非昔比，实力大大超过直军。这就如同他薛连芳，第一次直奉大战时还是个小团长，不到两年就官至少将，孰能等闲视之？自攻下九门口后，薛连芳有些飘飘然。本来他认为再坚守石门寨三四天，援兵肯定就会赶到，全歼十七旅于石门寨指日可待。但在得知吴佩孚亲临山海关后，他又有点儿担心，因为他明白吴佩孚的厉害。他深知九门口的重要性，知道直军势必要与他一决雌雄。他多次向郭松龄请示，说凭一旅之力恐难支撑，希望增派援兵。郭松龄也知道九门口的重要性，本想调动预备部队对其进行支援，可山海关战斗也正处在最艰苦的时刻，所以命令薛连芳拼死坚守，等他拿下山海关后再进行增援。薛连芳叫苦不迭。他清楚郭松龄小肚鸡肠、心狠手辣，但军令如山，他只得硬着头皮与直军决战。得知石门寨炮兵阵地被直军小股部队奇袭摧毁后，薛连芳气得直剁脚。他命手下不惜一切追击，直接吃掉十七旅。命令才下达完，他又喊，士兵，集合，我亲自率军出击！

二十四

背 水 一 战

奉军第三混成旅旅长薛连芳和他的卫队营追击了几里地后,不见了手枪营的踪影。他命令通信兵向主力团传令,说直军援兵就在眼前,命主力团火速向自己靠拢。他的命令才下达完,前面就传来了枪炮声。哨兵跑来向他报告,旅座,咱们一个营正在山谷里和直军先头部队交火。薛连芳心中大喜,命令士兵占领两侧高地,立刻投入战斗,务必将直军埋葬在山谷之内。

卫队营冲了两次,都被对方给打了回来,卫队营营长的肚子还被打穿了。薛连芳听到被打回来的士兵如此报告,心中这个纳闷:这股直军不对怎么这么强悍?他命令士兵在山口构筑工事,催促主力团火速向自己靠拢,争取与之决战。

天光开始发亮,薛连芳见自己的部队没有前进一点儿,不禁起了疑心。他亲临前方观察,越听对方武器发出的声音就越觉得不对——这不是直军武器的声音。他恍然大悟,大声命令道,全部停止攻击,妈的,打瞎了!

对面的枪炮声停止后,硝烟逐渐散去。川木有末看到自己的士兵死的死、伤的伤,横七竖八地倒在四处,肺都要气炸了。他一步步走出山谷,看到前面阵地上那些发着呆、不知所措的奉军士兵,心口一阵阵痉挛。他忍住心头的怒火,嘴角抽搐了一下,突然不知为什么哈哈大笑了起来。

直奉石门寨战场。

奉军第三联军副军长郭松龄在指挥所里知道了直军十七旅发起强攻并突围的消息。他清楚,第十七混成旅是吴佩孚第三师的老部队,崔相应打仗颇讲谋略。现在,这个儒将竟然一反常态,在被团团包围后,竟然毁了奉军的炮兵阵地,冲出了第一层包围圈。这让他很意外。

连日来没有睡一个囫囵觉,他活动了一下身子骨。现在张学良对他非常信任,把指挥权全权交给他,他怎么能够有一丝一毫的马虎?

他刚想在椅子上合上眼静静脑子,就听耳边传来冲锋军号的声响。他一个激灵就坐起来,向战场方向张望。直军开始发起新一轮进攻,这次的规模要超过前几次。郭松龄心里异常紧张。他担心阵地上的奉军士兵无法抵挡住如此强大的攻势。

正在这时,电话不合时宜地响了起来。郭松龄以为是从前锋阵地上打来的电话,接过来一听,是一个中年男人的声音:郭将军,我是川木有末。现在我告诉你个好消息。你的对手崔相应的一家都已经被我的人员控制,你可以让你的军队歇一歇了。对方说完就把电话挂了。郭松龄拿着电话,咂摸着滋味,然后骂道,中国人打仗日本人掺和什么?我们迟早有一天要把你们赶出东北去!

耿大阔冲锋后,崔相应让炮团对九门口的奉军阵地进行掩护性射击。他现在有百分之百的把握带着十七旅杀出去。正在这时,参谋跑过来:旅座,电话。

崔相应依旧用望远镜观察着正在进攻的直军士兵,说,不是曹、吴大帅的,暂时不接。

是保定的。

保定?

嗯,西北军把咱家给端了。

什么?崔相应手里的望远镜啪啦一声掉在地上。与此同时,耿大阔带着士兵们冲上了对面的奉军一线阵地。

半个小时后,耿大阔浑身是泥地向崔相应报告了攻陷敌方阵地的情况。他看到崔相应脸色异常难看,就问,旅座,您怎么了?

崔相应向前走了几步,眼前一黑,倒在地上。

大家赶忙把崔相应抬到行军床上,连掐带喊,找军医来!不大会儿,崔相应醒了过来,睁开眼睛对耿大阔说,停止出击,撤回原阵地,准备与敌决战。

撤回二郎庙阵地?耿大阔等人以为听错了。

参谋凑到耿大阔耳边嘀咕了几句。耿大阔听完后,啊地叫了一声。

崔相应咬着牙对众人说,给讨逆军吴总司令发电:京师危急,榆关危急,我十七旅全体官兵决心坚守二郎庙,与奉军亡命死战,意在牵制奉军两路主力,期望总司令不辜负我将士之期望。

我爷爷他们等了两个时辰,快中午了也没见十七旅主力突围出来。他们清楚,战局已经不可能因为他们的侥幸小胜而出现大逆转。果然,宋铁臣从电台里得到的确切消息让大家匪夷所思:十七旅主力在即将冲出包围时突然后撤,就地坚守。此时,手枪营所有的人都将目光投在了广义眉头紧锁的脸上。

宋铁臣说,我建议手枪营返回后方待命,根据局势再做打算。好多人点头同意宋铁臣的意见。

广义沉了半刻,把手一挥:不行,五叔没有出来,谁也不能回去!

宋铁臣想张嘴,朱老道给了他个眼色,意思是让他不要再说了。

手枪营连长过来对广义说,侄儿少,咱们这点儿人也顶不了什么用。崔旅长看来已经做好成仁的准备了,这么做自有他的道理。我看还是听宋参谋的,回去听候命令。

我说不回就不回!想回去的我不拦,反正见不到主力回来,我不会撤退!

朱老道走过来打了个圆场:这样,让宋参谋带几个人把老卞的尸首弄回去,咱们几个找个好地方等待时机。一有机会,咱们就捅胡子兵几刀子。

宋铁臣没再说什么。他清楚,他这个大舅哥现在是要一条道走到黑了。

保定府陕军临时兵营。

崔寿岐被人晾在一旁，想了很多。北京政变了，新的革命时代即将替代曹、吴的旧军阀思想，这不也正是军人做出改变之际吗？崔寿岐在用辩证的思想慢慢说服自己。

一个小学兵过来，凑到崔寿岐跟前：哎，崔协理，刚才我听说他们要抄你们那个崔旅长的家。

什么，抄家？崔相应的？

可不。我刚才看到二十团一连连长带人去了，说是什么上峰的意思。

两国交战还不斩来使，这两军打仗怎能祸害家人？崔寿岐着了急。再怎么说，崔相应也是自己一个村子的，自己当兵也算是沾了人家的光。西北军这么干，不成土匪了？

崔寿岐见左右没人，就让那个小学兵领着向崔相应的府邸跑。等到了崔府门口，崔寿岐就看到崔家的房子被陕军点了，火光冲天，浓烟滚滚，倒是没看到有人员死伤。崔寿岐从前门转到后门，见后门敞开着，几个陕军士兵出来进去地搬着东西，柜子、床铺之类的家具在后面空地上摆了好大一堆。崔寿岐过去问一旁的士兵，崔家人呢？都带到哪里去了？

我哪里清楚？管那个呢，这下我们团可以发笔小财了。那个士兵偷笑着。

崔寿岐无奈地注视着这一切，感觉有点儿像做梦。就在这时，崔寿岐听到旁边有人喊他的小名：乱哥，乱哥！

崔寿岐向后面一看，见看热闹的人中有个人在向他摆手。他仔细一看，是崔凤祥。他赶忙过去，随着小普拐进了一条胡同。

崔寿岐问，小普，二姨太呢？

小普眼泪瞬间就掉了下来：今儿天还没亮，就进了一伙人。他们把警卫全干掉了。我当时正好去茅房拉肚子，否则也死逑了。他们把五奶奶、小叔还有丫鬟都带走了。我正想去大营里喊人，结果就发现到处都是西北军了。听说西北军政变了。

那你也不知道他们被带到哪里去了？

不知道呢。乱哥，你说现在怎么办？我死的心都有。我怎么向五爷交代呀？

崔寿岐咬了咬嘴唇：小普，你别哭了，跟我回军列那儿。我去打听消息，先打探一下五奶奶在哪儿。

嗯。

崔寿岐打听到了夫人和孩子的下落——二姨太和孩子、丫鬟都被关押在军用专列上。同时，他还告诉了小普另一个不好的消息——苏家莲也被西北军抓了。

小普问寿岐，苏家莲怎么也被关起来了呢？

我哪里知道？但是西北军那个秘书偷着告诉我，好像是直系出了汉奸，勾着西北军干的这个事儿。他们拿夫人要挟旅座，让他停止抵抗，缴械投降。

真阴，东北军真阴损，西北军都是土匪！你居然还这么信冯玉祥那个见利忘义的军阀头子！小普白了崔寿岐一眼。

崔寿岐现在没法儿和小普理论。到了这个田地，他也不知道该怎么办了。

小普说，乱哥，你能把我弄到那个军列上去吗？

崔寿岐低头想了想，知道不答应小普小普也会想其他的办法，就说，行，晚上军列就会向榆关方向出发。我一会儿给你领套军装，你套上，跟我混上军列。但你别轻举妄动，到了榆关再说。

小普点了点头，说，行。然后，他又想了想，说，你说苏家莲在车上？

对。

那说明出卖五奶奶的应该是邢清远那个老奸贼。我先去告诉老卞傍家儿一声去。小普说完就走。

崔寿岐问，你找她干吗？

小普边跑边回头说，我去搬救兵。

小普跑到程大鸨的妓院时已经累得上气不接下气了。程大鸨正在屋里换衣服，看到小普一下跑进来，赶紧套上衣服，骂道，想吃奶也不带这么着急的！

小普说，留着给你老卞吧，现在救命要紧。

咋啦？

现在西北军政变了，老五奶奶和苏家莲都被西北军给抓起来当了人票了。你想法把信带给狼牙山当家的苏家仓，让他赶紧带人来救。

真的呀？那我赶紧想法去。程大鸨边系扣子边向外跑。

小普喊，我先混上军列。军列晚上就发，往榆关方向去的。你让苏家仓想法子！

好！程大鸨上楼去找伙计。

看到小普慌张的样子，大鸨又想起点儿什么，对小普喊，小普，让老卞当心点儿！

小普头也没回：知道了！

程大鸨自言自语地说，谁政变也别打仗了。你们当皇上，我们家老卞送死去，我们女人也熬得慌呀！说完，她用手做了个扇自己脸的手势：我这个臭嘴！

苏家莲是被邢清远强拉上车的。上车后，她看到崔相应的夫人抱着孩子在车上正襟危坐，旁边是几个西北军大汉。苏家莲很吃惊：夫人，您这是？

不许说话！旁边的西北军士兵凶狠狠地喊。

你们吓着孩子了！丫鬟顶了他们一句。

西北军士兵用眼睛瞪了瞪她，没说什么。

金夫人问苏家莲，家莲姑娘，怎么你也？

问完后，金夫人马上叹了口气——她也明白是怎么回事了。

邢清远穿着西装，对金夫人皮笑肉不笑地说，嫂夫人，您受委屈了。到了榆关就好了，就可以和崔旅长团聚了。

金夫人轻蔑地对邢清远说，邢老板口口声声说是崔旅长的表弟、好朋友、好幕僚，现在刚有些风吹草动，就把崔旅长的家人就给出卖了，果然好仁义！

邢清远脸皮被人掀开了，索性就什么都不在乎了：现在冯玉祥将军已经入主紫禁城，赶走了宣统皇帝，天下将一统。嫂夫人到了榆关后，好好劝劝崔旅长，叫他认清局势，不要与曹、吴为伍。我邢清远这个表弟自然会在张大帅、冯将军面前尽我所能为崔旅长开脱。

金夫人把孩子交到丫鬟手里：邢清远，谢谢。你们崔旅长别的没有，忠义之心还是存在骨头里的。将来是你为崔旅长美言还是崔旅长为你美言，还不好下结论。

邢清远一听，也想，现在形势还真不好说，大局未稳，孰能看透这个棋局的结果？他咳嗽了几声来掩饰自己的尴尬，对两旁的西北军卫兵说，对夫人要客气，不要失礼。说完，他就走出了车厢。

火车星夜向北，在北京南苑放下部分士兵后，开始向榆关方向进发。

苏家莲默不作声。夫人说，家莲，你怎么还跟着邢清远？

我没地方去，邢清远害了我全家。他知道我哥哥也在找他，所以就把我当作人质。这次我还发现他和日本人联系密切。我猜出他一定要做什么事情，没想到是对夫人您下手。我真恨我没有胆量杀了邢清远这个汉奸。

夫人抚摸着苏家莲的头：你这个苦命的丫头。也怪我和相应受了邢清远的蛊惑，把广义送进了大牢，否则你们俩现在成家立业，现在……唉，什么话也别说了。

夫人，您别说了，不怪你们，只怪我命苦。广义不出事，我也不会嫁给他。我早就想好了，到他有出息的那天我就离开他，找个寺庙出家，或者找个清静的地方独享一生。

两个女人各有自己的不幸，说到痛处，不禁泪水涟涟。才满一周的孩子小宝用黑黑的眼睛注视着妈妈。他或许永远也无法理解这不幸和令人痛楚的混沌世界。

薛连芳与川木有末礼节性地握了握手。还能说什么呢？有苦往肚子里咽吧！薛连芳才整理好部队，郭松龄的电报命令就到了：火速命令主力向二郎庙方向进发，堵住直军十七混成旅的南退方向。他看完电报，捏了一把汗——刚才这场战斗这要是让郭松龄知道了，又得被揪住小辫子。他坐在汽车楼子里闷闷不乐，脑子里胡乱思想着。这时，前面传来一阵地雷的爆炸声，接着，落下雨点一般的手榴弹。卫队士兵被炸散了。随后出现的自动火力齐射让那些被炸得晕头转向的奉军士兵全部见了阎王。薛连芳从汽车楼子里滚下来的时候，耳朵被震得什么都听不到了。他扶着块石头想站直身子。看到前面过来几个士兵，他扬了扬手。他想喊，却喊不出什么来；或者是喊了，但他自己没听到自己喊了些什么。他觉得前面那几个模糊的人影不像自己的人。他用手去枪套里掏枪，手也不听使唤了。他看出来了，前面的是直军士兵，又觉得有个直军士兵面熟，好像在哪里见过。在哪里呢？他想得脑袋疼。他的身子晃荡了一下——那名直军士兵已来到眼前，用手攥着他的脖领子就往上拽。他被拖拉着到了旷地上。对方一撒手，他扑通一下仰面朝天倒在地上。他想挣扎着起来，嘴里发出哎呀哎呀的叫声。他刚扬起脸，前面一只大脚就重重地踢在他的脸颊上，把他踢了个仰面朝天。他右脸火辣辣的，从嘴里吐出几颗槽牙和一口血唾沫，脸肿得像嘴里含着块窝头。

他认出对方是谁了——死死纠缠着他的崔广义。

手枪营的几个士兵对着薛连芳一通乱踢乱踹，踢得薛连芳鼻青脸肿、狼狈不堪。广义让几个老兵押着薛连芳回撤。

薛连芳鼻子里向外淌着血，脑袋不受支配地摇晃着：我要见你们崔旅长。你别打了，打死我，你会后悔。

后悔个屁！万龙拿步枪托杵了薛连芳后背一下。

薛连芳疼得嗷地叫了一声，然后说，行，行，我还不告诉你们了。

朱老道上了心，过去说，你有屁快放！

薛连芳赖笑了一下：不揍了？见到崔相应我就说。

朱老道扬了扬巴掌说，我抽死你！

你想说什么？崔广义一把薅住他的脖领子。

薛连芳擦了下嘴角，对广义说，日本人勾结陕西老冯夺了保定府，估计他们现在在崔旅长家喝茶呢。

广义怒不可遏，拳头重重地打在薛连芳的脸上：说，谁让他们这么干的？

薛连芳头一抬：你大爷的，川木有末，还有你们直系的邢清远。

他才说完，几发迫击炮弹就落在了周围。李万龙喊，广义，奉军围上来了！

占据有利地形，给我打！广义对着弟兄们喊了一嗓子。

1924年10月26日，吴佩孚率其第三师、第二十六师主力约一万两千人自山海关回救北京。吴佩孚命令回援京师部队开往杨村一线布防，对陕西冯军采取守势，企图等齐燮元、孙传芳的军队沿津浦铁路北上，等李济臣、萧耀南的军队由京汉铁路南来，在这两路援军的支援下挽狂澜于既倒，从冯玉祥的控制下夺回北京。但到10月28日，由平泉、冷口入关的奉军张宗昌部，一鼓作气攻占滦州，截断了榆关直军的退路和榆关至天津的交通线。直军纷纷溃退。吴佩孚仰望苍天，捶胸顿足，电令榆关前线各部夺路撤退。

此时，陷入奉军重围的第十七混成旅在崔相应的指挥下，正在九门口南与奉军展开殊死决战。

耿大阔的嗓子都咋呼哑了，拎着鬼头大刀在阵地上来回巡视，一会儿到重机枪那里比画比画，一会儿跑到盖沟下面对预备队士兵们嗷嗷叫唤一通。护兵递给他军用水壶，他咕咚咕咚灌了个饱。一擦嘴上的水，他脑子一闪，又想起些什么，拿起电话就给崔相应打电话：旅座，手榴弹都打光了，能不能给送上点儿来？好，好，我自己想办法。

杨三集，杨三集！耿大阔喊。

杨三集头上裹着纱布，纱布上血渍洇了一大块。耿大阔才不管杨三集伤势如何，劈头就问，操你媳妇的，弹药节省着点儿，不行就让弟兄们下去摸点儿。

杨三集喘着粗气：怎么摸？又不是娘儿们的奶子！

不行就白刃战！刚才旅座命令你从西南冲出去，去找手枪营会合！耿大阔问。

杨三集摸了摸头上的纱布，问，你们呢？

主力在这里血战到底！

旅座不走，我走有蛋用！杨三集脾气丧得很。

无名高地上，广义指挥着士兵把伤员往一个破庙里抬。奉军炮弹不要钱似的往阵地上投，直军士兵的尸体堆满了侧殿。手枪营一连连长躲在盖沟里向后方通电，被炮弹炸出来的土埋里面了。大家用手把他挖出来，拍打了半天，人也没有苏醒过来。广义边打边给弟兄们打气：弟兄们，这里守住了，就能缓解十七旅主力背后的压力；咱这高地丢了，主力就更没机会突出来了！

打了一个整天，天色渐暗，广义心里有了主意。他让火头军抓紧时间做饭给大家填饱肚子，然后就着大咸菜疙瘩嚼干馒头。朱老道凑过来对广义说，侄儿少，我觉着咱们不该这么硬耗。奉军增援部队只会越来越多，咱这百十号人耗不过他们。

这个广义也清楚，可是能有什么办法呢？现在伤兵送不下去，弹药无法维系，还能有什么辙？

火头军从簸箩里拿出一块咸菜，说，那个狗俘虏还想吃馒头，给他块咸菜就不错了。薛连芳饿得前胸贴后背了，眼巴巴地瞅着士兵们大口大口吃东西，一个劲儿地咽唾沫。这群直军士兵还真犟，竟然把自己的整个旅给死死钉在高地前，不能逾越一步。可他也清楚，这也无非是做困兽之斗。奉军现在已经将这些人重重包围，打下来只是时间问题。

广义晚上带领五十名敢死队员利用夜色的掩护对前面的奉军发动夜袭，希望以攻为首，夺取奉军一线阵地，最好再弄些补给。但奉军潜伏哨发现了他们。随即，奉军重武器对他们进行了交叉射击，敢死队队员伤亡过半。广义的夜袭没有成功，只得无功而返。

在二郎庙孤军作战的十七混成旅上下同样士气低落。

有的伤兵痛苦哀号，有的新兵沮丧，有的老兵开始厌战。崔相应隐隐有一种大势已去的感觉。妻儿下落不明，他焦躁不安。他给保定府的旧部发报，对方要不就是推诿搪塞，要不就是嘴上说得好却没有实际行动。崔相应问自己，这就是树倒猢狲散吗？

翌日，天光放亮，累得昏昏沉沉的直军士兵还没有进入状态，山下奉军的喊杀声就传了过来，奉军士兵就如潮水般向高地涌过来。广义高喊道，弟兄们，打！然后，他端起花机关就向下扫射。一拨一拨的敌人被子弹打了下去，一拨一拨的敌人又冲了上来。崔汝戌跑过来说，广义，重机枪子弹没有了。广义听了，身子一晃悠——重机枪失去了作用，就根本顶不住奉军的攻势了。他问，手榴弹呢？也没多少了。崔汝戌说。

操蛋！

广义对士兵们喊，弟兄们，节省弹药，瞄准了打！

奉军士兵也发现无名高地的枪声渐弱，精神头就上来了，端着枪向上冲。就在这时，奉军侧翼突然枪声大作，杀出一股人马，领头的正是十七混成旅的杨三集。杨三集头上裹着血纱布，在人群中特显眼。他一手一柄匣子枪，左右开弓，一个急冲锋就把奉军给压下去了。广义大喊道，弟兄们，援兵到了，冲啊！士兵们冲出工事，端着刺刀冲向敌群，和奉军展开了白刃战。

薛连芳被五花大绑着从破庙里往外瞧，被直奉双方的气势惊呆了。双方的搏杀太惨烈，简直就是自杀式的格斗，阵地前方到处是双方士兵横躺竖卧的尸体。没死的士兵的惨叫声更是让人不忍去听。奉军终于被撵了下去，直军趁机打扫战场、收集弹药。一个斜靠在大树上的士兵，肠子流到了体外。广义低头瞅了他一眼，认出是大城的，叫狗子，是哪个村的不记得了。广义问，狗子，能挺住不？狗子鼻涕、眼泪流了一脸：侄儿少，快点，给我一枪，疼死我了，疼死我了，快点。这话让广义唰的一下就流了泪：兄弟，你有什么话要交代的？

没话，家里没人了，爹娘都饿死了，我也找他们去了。埋我的时候深着点儿，别让狼狗扒拉了。嗯！广义擦了一下眼泪，举起了手里的驳壳枪。啪！一颗子弹从旁边打过来，送狗子上了路。广义扭头一看，是杨三集。

杨三集躺在离他二十米远的地方,下身都是血,手里还攥着手枪。广义过去喊,三哥,你?

广义,看看我那物件还有不?

广义一看,杨三集的下身已经被手榴弹炸成了肉葫芦。他怕杨三集难受,就说,三哥,好好的。

杨三集用手撑地,头往下瞧了瞧:好个蛋!侄儿少,让你骂我,这下家伙真没了。也行,到那边少糟践点儿娘儿们。哥死得不冤。

三哥,没事,没那家伙,也能过日子!广义眼里婆娑闪光。

过不了了,哥到头儿了。现在我传达旅座的命令:命令手枪营全部撤出战斗,自由解散。

解散?

解散,让弟兄们活着回家,你带着弟兄们回家。直奉大战结束了。吴大帅也在半路上让西北军和东北军围了,三师都给缴了械。旅座让我配合你突围。十七旅那边已经全部放下武器,放弃抵抗了。

广义一听,愣住了。手枪营的人都兀自待在地上。

杨三集喘了口气,大声对广义和其他士兵说,我传达旅座口谕:手枪营全体官兵由广义带领突围,到达安全区域后自行解散。砰!说完,杨三集就对准自己的太阳穴开了一枪,自杀成仁。

广义蹲在杨三集的尸体旁抽泣不止。杨三集这个曾经让他恨得咬牙切齿又意气相投的朋友命丧面前,广义回想曾经的一切,悲恸不已。

广义把手枪插在腰间,对周围的兄弟们说,咱们不能丢下自己的兄弟。把尸体全部掩埋,做好标记。伤员能打的就坚持,不能战斗的,弟兄们背也要背出去。我在前面开路。朱各亮,万龙,你们带两个排断后。把薛连芳带上来!

薛连芳被押了上来。一瞧直军士兵个个怒目圆睁,就像要吃了、捶了自己一样,他有些胆寒。

姓薛的,你明白点儿。在我们战死之前,我们先送你回老家。

薛连芳心想,不能在这些快死的人面前犯傻,他们要真把老子剁成了肉酱,老子连个囫囵尸体都留不下。他眼珠转了转,对广义说,爷们儿,直、奉本是一家，曹、张二位老帅既是姻亲又有袍泽之情，我等军士桑梓都在齐鲁燕赵，我和相应兄也在保定军校里同学，也曾共赴护法疆场。如果你们信我，我薛连芳带着大家投诚张副总司令，崔旅长亦有相应职务……

薛连芳还想往下白话，被李万龙过来抽了个大嘴巴：职务个屁！

万龙还想抽，被朱各亮给拉住了。朱各亮说，你别瞎打了，留点儿力气，一会儿瞄准用。

朱各亮故意低头向两边瞅了瞅：薛旅座，我们投了诚，真能照样当兵、照样拿饷？

薛连芳一听来了个识时务的，眼睛也亮了：嗯呢，当然，当然。

朱各亮说，能保证不秋后算账？

薛连芳一抬胸脯：能，我薛某人项上人头担保。

朱各亮面露喜色：成，我和弟兄们说说。他起身对正在观察敌情的广义说，侄儿少，来，和你说点儿事儿。

薛连芳见朱各亮和崔广义走到一旁比比画画，后来又见两个人吵了个面红耳赤，还撸胳膊卷袖子的，有要干架的意思，有几个老兵过去劝解。过了会儿，薛连芳见崔广义气呼呼地点了点头，朱各亮又比画了半天。最后，两个人算是交流完毕了。广义面色很无奈，远远地瞅了薛连芳一眼，挥手让士兵给薛连芳松绑。薛连芳有些得意，觉得自己的临场劝降取得了重大成功。

广义和弟兄们将阵亡的士兵掩埋好后，伫立成队，脱帽致敬，随后缓步下山。号兵在薛连芳的指导下，吹号和山下的奉军联络。过了一会儿，山下奉军的号角嘀嘀嗒嗒响亮地做了回应。薛连芳兴奋地说，好，现在我们与第三军会合。广义点了点头，命令大家排成一路纵队，向山下行进。手枪营的人快到敌方阵地前沿时，奉军士兵开始喊话：停止前进，放下武器！

广义瞅了眼薛连芳。薛连芳喊，我是第三混成旅旅长薛连芳，现在我带着直军手枪营前来投诚。

我不管你是旅长还是师长，我命令这些人都他娘的放下武器。奉军一个连级军官从阵地上探出头来。

薛连芳对广义说，崔营长，让弟兄们交出武器吧？

广义说，什么？交出武器？他想了想，脚下加快了步子：弟兄们，交出武器，快点交出武器，否则薛旅长那里不好办。

薛连芳说，是呢，是呢，放下武器，接受改编。

手枪营的士兵开始掏枪，可脚下的步子没有停。薛连芳喊，大家快点，快点。

广义说，是呢，奉军的弟兄们，我们放下武器，一定放下武器。

奉军的那个连长觉得有点儿不对劲：俘虏放下武器都是原地放的，我操……他刚想到一半，广义就一枪打在了他的脖颈上。他眼睛翻白，扑通一声倒在了阵地上。紧接着，手枪营的士兵们蛟龙出海一般，边冲锋边投掷手榴弹。奉军士兵猝不及防，被炸了个晕头转向。随后，手枪营的士兵快速进入敌方阵地，以一当十，与奉军士兵展开角逐。广义明白，此时不宜恋战。打了对方一个措手不及后，他马上带领手枪营向奉军防守薄弱的西方突围，接连冲破了敌人两道封锁线，跳出了奉军的包围圈。到达安全地带后，广义一查点人数，发现重伤员几乎都没有突围出来，眼前还剩下七十几号弟兄。他不禁暗自叹息。

他对眼前的弟兄说，弟兄们，十七旅的老少爷们儿，咱们终于出来了。现在我传达旅座口谕：手枪营就地解散。大家找当地老百姓换上便装，想法回家。谁活着回去了，清明、十五、大年三十的时候在十字路口给死去的弟兄烧点儿纸钱。都好好活着！说完，广义热泪横流。他想到了卞海生，想到了杨三集，想到了狗子，想到了太多太多的好兄弟。他们再也不能说话、不能骂街、不能喝酒、不能耍钱了。他们永远地从这个世界上消失了，他再也看不到他们了。

手枪营的人都抹着眼里的泪水。李万龙问，广义，咱们怎么回家？

你回吧，我不回。

汝戌问，不回家你干吗去？

我去救五叔。他活着，我就把他带回东桑桑；他死了，我就把他带回老家的祖坟。

汝戌望着广义，步枪往后一背：我也去。东桑桑的，姓崔的，没有孬种！

李万龙说，我不姓崔，但我是东桑桑的。一个村的，死也埋在一块土疙瘩上。算我一个!

手枪营里的兵,还有几个是大城的,一个比一个豪横:大城的,没有怂货! 以前我们都得过崔旅长的好处,吃喝、拿饷都比别人高一马头。我们不能让别人看不起。算上我们!

这样,手枪营的士兵,哪个都不走,喊着号子要去九门口解救主力部队。广义被大家的情绪感染了:好,我崔广义谢谢大家!

他转身对薛连芳说,你告诉我,怎么才能将崔旅座救出来!

薛连芳也被这小伙子的气势感染了,觉得这个直隶汉子仗义,够血性。他也忘了自己的俘虏身份,想了一下,说,有张副总司令的手令应该就不成问题了。

好,你带我去找那个张副总司令。

薛连芳觉得这个年轻人脑子出了问题,只晓得逞匹夫之勇。但当看到崔广义顶在他太阳穴上的马牌撸子时,他又一下子明白过来了。

崔相应接到吴佩孚的电报后,明白局势已经到了最坏的地步,吴佩孚已经彻底失去了翻盘的机会。他让杨三集带一个营去解救手枪营,也让自己的侄子能够安全地逃走。自己老了,死活一个价,广义则不同。他不想让自己的子侄有更多的牺牲。他非常清楚夫人和孩子现在凶多吉少了,不能再牵连更多的人了。当初他把广义撵出保定,本心也是不愿意让崔姓人暴死他乡,身首异处。他那时想,哪怕在家里受穷,也比在战场中做炮灰、蝼蚁强。

他合上眼睛,想起自己的孩子小宝那可爱的样子,心中一阵热浪翻滚。他心想,奉军真是卑鄙至极。他心中一阵悸动,对参谋说,命令炮兵团,对奉军纵深实施火力覆盖;炮弹打光后,全体炮兵做步兵出击。命令耿大阔团对奉军东南方向实施佯攻,五十六团主力部队对敌正南方向出击,消灭敌有生力量后,向关内迅速撤退。

第十七混成旅趁奉军疲惫之际突然反击,取得成效。奉军难以招架,死伤三百余人,被迫后撤。第十七混成旅达到战略目的后,果断撤出二郎庙地区。奉军察觉出直军的意图后,急派骑兵增援。第十七混成旅再次被奉军重兵包围,几次尝试强攻,均未成功。

几架飞机从北面天空飞来,在十七旅阵地上空盘旋了两圈。耿大阔端起轻机枪就扫射。飞机知趣地飞走了,走前哗啦啦洒下花花绿绿的传单。

有士兵抢来一份,递给耿大阔。耿大阔瞅了瞅,拿着去找崔相应。崔相应将旅指挥部设在龙王庙。耿大阔进门的时候,崔相应正在给龙王金身磕头,嘴里还叨念着什么。

耿大阔等崔相应做完功课,把传单递给他。崔相应瞅了一眼传单上的内容:冯玉祥在北京发动政变,已经将宣统帝溥仪驱逐出紫禁城,将自己的军队改遍为国民军,自任国民军总司令。曹锟宣布退位。段祺瑞入主北京,并邀请孙中山北上主持大计,望直军其余各部缴械投降,接受收编。

崔相应闭上眼睛,对耿大阔说,命令全旅将士坚持战斗直至最后。临阵脱逃者,杀;投降奉军、西北军者,杀。

说完,崔相应不禁打了个寒战——他看到龙王爷塑像正用那逼真的双眼凛凛地直视着他。

二十五

虎 穴 龙 潭

我爷爷不属于那种艺高人胆大的人物。他属于“舍得一身剐,敢把皇帝拉下马”那种犟种。这种性格的人,确实能在天时地利人和的情况下、在关键时刻能做成事,当然,也可能把一件事搞得更加复杂。

通晓天文地理的朱各亮坐在薛连芳的后面,心里直打鼓:这事儿太玄了!俩光脚丫子、啥都不是的直隶大头兵直接到奉军司令部里去,对人家司令说,大爷,认识我是谁呗?认识?认识你就把我五叔和十七混成旅的士兵放了得了!这不是开玩笑吗?

朱各亮想,这次侄儿少玩得有点儿大。这就是听大鼓书听多了,纯胡闹。

薛连芳坐在车里,心里七上八下:自己这是怎么了?怎么和直系成一体的了?带他们去找少帅求情?那个少爷羔子见着女人带笑脸,看到属下脸能绷出冰水来,到时候再把自己军法从事了。他用手摸了摸额头上的伤。这一活动身子,他才感觉到崔广义那支手枪还在后腰那里顶着呢。

最美的是李万龙。他摸着汽车的方向盘,心里美得不得了。上车之前,他还有些提心吊胆,毕竟这是玩儿命的差事。等他一屁股坐到驾驶的位置上,兴奋感就代替了一切。在保定他就偷偷地摸过一回崔相应的蛤蟆车。就为了摸一摸、开一开,他给司机买了两盒共和烟。他想,等他有朝一日衣锦还乡，他在村里戳墙根的时候就能比别人多一份牛哄哄的谈资。

车子一直向北，直奔镇威军第一军司令部驻地而去。

汽车开了一天一宿，中间在补给营地加了汽油，并稍做休息。补给营以为少将旅长带着卫兵去司令部有紧急情况呢，还往车上扔了几听日本罐头。

车子从驻地东面开进去，而张副总司令的吉普车此时正向绥中方向疾驰。

岗位上的哨兵拦住了车，进行检查。薛连芳将证件递过去。哨兵瞅了瞅车上的几个人，觉得有些别扭。

哨兵问，薛旅座，您这是？

有要事需要和张副总司令当面汇报。

真不巧，副总司令去绥中了。

崔广义在后面一听少帅没有在司令部，心里就着急，说，怎么去绥中了？

哨兵是个老兵，心想，这个愣子一点儿规矩都不懂呢。

薛连芳扭头示意崔广义不要插嘴，然后对哨兵说，我们去司令部等他吧。

车子直接开到了司令部门前。

薛连芳下了车。崔广义和朱各亮刚想和他一起进司令部，哪知道薛连芳喊了一声：少校，您能带我这两个参谋去休息一下吗？

正在院里带队巡逻的奉军少校见过薛连芳，是开会的时候认识的，说，好，你们跟我来。

广义瞪了薛连芳一眼，想发作。朱各亮用手肘捅了他一下，意思是现在不能轻举妄动。

薛连芳几步就迈进了司令部。广义和朱各亮只好跟着那个少校，入侧门拐了几拐，就进了旁边跨院的警卫营。

事情坏就坏在李万龙身上。李万龙把车开到个不引人注意的地方，等着广义他们回来。他左顾右盼，正巧看到旁边院子里有几个系着大白围裙的火头军进出，闻到院里有一股炖肉的香味，就想，原来这是个饭堂呀？

李万龙肚子里好久没进油水了，鼻子上闻到香，肚子里就叽里咕噜地叫唤起来。李万龙开始忍了会儿，后来一想，去他娘的，吃饱了再说，便从车上跳了下来。

李万龙顺着香味走，进了里院。院子里的大灶上架着几口大黑锅，灶膛里劈柴烧得噼里啪啦直响，火苗子像狼舌头一样向外蹿着。锅里，猪肉炖粉条正咕嘟咕嘟泛着油花，真是馋人。

李万龙抄起旁边的大勺，从锅里舀了一勺子，又撅了两根干树枝当筷子使，也不嫌烫，张大嘴就往嘴里扒拉，几下子就扒拉进去半勺。他正吃得热火朝天，远处过来一个伙夫，年纪四十左右。那伙夫看到李万龙吃饭的样子，乐得不得了。

他说，嘿嘿，小爷们儿，慢点儿吃，我再给你拿张饼去。这伙夫人还挺不错。

李万龙端着勺子抬起着眼：嗯，嗯。

伙夫扭身从屋里拿出半块发面饼，递过来。李万龙也不客气，接过去，一口就把饼咬成了月牙。

伙夫望着万龙说，别急，别急，没人抢，还有两锅呢。

李万龙吃了个满头大汗，半张饼几下就吃进了肚子。然后，他一仰脖，把勺子里的汤也一滴不剩地喝了下去。他打了个饱嗝儿，说，爷们儿，再来点儿，这一个多月里就没舒舒服服地吃过一口饭。

我给你找个碗，你接着吃。伙夫说着给万龙找了个碗，用抹布抹了一下，又给万龙盛了一冒尖整碗。

李万龙肚子里有了底，有些不好意思，向那个伙夫笑了一下，就又吃了起来。伙夫问，外面的车是你开来的？

嗯呢。

你们是哪个旅的？

十七混成旅的。李万龙光顾着吃，把这是什么地方、自己是来干什么的都忘了。

伙夫想，第七混成旅不是在热河那边吗，就问，你到这儿来，够远的呗？

不远,五个钟头就开过来了。

热河没这么近呀!伙夫还有些纳闷。

我们哪在热河?我们不是在石门寨吗?

石门寨?你是第七混成旅的吗?

我是第十七混成旅的,崔相应旅长的队伍。李万龙顺嘴一说完,脑子也突然明白过来了。他瞅了瞅自己身上的奉军上士军服,再抬头,见伙夫的脸色已经大变。

伙夫说,你……你是……直系的?说罢,他就向后退。

李万龙手里的碗啪的一声掉在地上,一碗红烧肉全洒了。他脚上前,掏出匣子枪就顶在了伙夫的太阳穴上:你敢叫?敢叫就打死你!

伙夫没上过战场,吓得脸都白了:爷……爷们儿,你别……别……别开枪!

李万龙正想着该怎么脱身,从外面进来十几名奉军士兵。那些士兵正你一句我一句地说着话,一抬头看到这一幕,都愣住了。

都别动!动我就打死他!

那些士兵这才明白过来,有枪的纷纷掏出手枪,没枪的就跑出院子喊,都过来,有人谋反!顿时,司令部炸开了锅。

李万龙急得够呛,只怪自己贪嘴,恨不得抽自己几个嘴巴。他挟持着伙夫走了几步,前后左右的奉军士兵将他围在了中间。他想,这下怎么办?他脑子刚一溜号,后面一个奉军士兵抄起铁锹对准他的后脑就是一下。万龙感觉后脑勺儿猛地一疼,随即眼前一黑,失去了知觉。

镇威军第一军司令部警卫营里倒是祥和一片。

广义和朱各亮两个人喝了几口白开水,心里就盘算开了:这样不是办法,时间久了肯定露馅,要是被抓就麻烦了。广义有些焦躁。朱各亮和刚才那个少校副官没话找话,越说越投缘,越说越交心。牛鼻子看出广义着急,就说,崔副官,你要肚子疼就去上个茅厕,趁这空儿我给这位老弟算上一卦。

广义明白朱各亮的意思,问奉军士兵茅厕在哪儿。士兵都被朱各亮的话头吸引住了，其中一个顺手一指，说，出门右拐，穿过月亮门就是。

朱各亮煞有介事，从裤子口袋里掏出三枚康熙通宝来：来，兄弟，你闭上眼，把这铜钱在帽子里摇一摇，把心里想的事儿在脑子想好了，然后你就撒手。

好嘞，好嘞，哥哥！副官把帽子一摘，把铜钱接过去，闭上眼睛，嘴里小声叨念着什么，然后，叫声开，把铜钱往桌上一撒。哗啦啦一阵响，几枚老钱分别转了几个圈后，就都躺在了桌面上。

广义出了屋子，找到厕所，在里面打了个圈就出来了。他想，先得找到薛连芳这个狡猾的家伙，他要是出卖了我们，我们的命都得搁这儿了。他正着急，就听到院外面人声鼎沸，院子里的士兵也端枪向外面跑。他想，坏了，别是万龙那边出什么事了。他跟在那些士兵后面跑过去，才出院子，就看到几十个人把李万龙捆了个结结实实。

有人喊，我看到了，跟这小子一起来的还有几个人呢，在警卫营呢！

那赶紧的，全给我抓来！一个奉军尉官一扬手，几十个士兵向自己这边跑过来。广义想，大事不好，得赶紧去喊老朱。

屋里，老朱正和七八个奉军士兵扯着呢：弟弟，你说哥哥说得有错吗？你这仕途不济呀！这卦面上标得明：你少年有成，十八九应该就是个头目了；这几年你没遇到贵人相扶，所以你在这个位子上上不去、下不来。

那副官当着手下的面被朱各亮说得脸红脖子粗的：还别说，老哥你说得真对，我他娘的当了八年少校副官了，就是上不去。老哥，你看怎么给我破破。

这个不是外在可以左右的，这个……老朱一抬头，看到广义在门口向他招手，面露急色，心想坏了。他直起身子：弟兄们，下次，下次啊。我们头儿喊我呢。

老朱到了门口。广义说，赶紧走。

俩人才走了几步，前面的路就被人给封住了：别动，直军探子，真是吃了熊心豹子胆，敢到镇威军第一军司令部来转悠！

屋里那些奉军士兵一看这情况，纷纷抄起了家伙。刚才让老朱算卦的副官摇摇晃晃地走过来，叉着腰对老朱说，我说你什么好呢？我时运不济？是我他娘的时运不济还是你时运不济？你这是给我来送运气了！来人，给我捆起来，先关起来，等副总司令回来定夺。

广义和朱各亮、李万龙被扔进一间小屋里，外面上了双岗。李万龙也清醒过来了，摸了摸脑后的血痂，对广义和朱各亮说，这里的猪肉炖粉条还行。

老朱踹了他一脚：你是饿死鬼托生？到哪儿都忘不了吃！这下好了，我们一起吃枪子儿吧！

万龙挺不好意思。他的脸红得没法儿形容，幸亏屋子里光线较暗，广义和朱各亮都没看到。

广义默不作声，盘算着下一步怎么办。到了这里，他不指望有谁能来帮忙了。张学良如果在司令部，可能还有一丝希望，可现在，这一丝希望也破灭了。

外面的士兵开始换岗，广义听到一个士兵说，老王头，你干吗？

邢副官让我给这几个人送点儿饽饽、咸菜。

好。邢副官今天怎么变成菩萨心肠了？

搞不懂，搞不懂。

门开了，伙夫端着几个高粱饼子和几个咸菜疙瘩进来了。李万龙不理他。崔广义见到这伙夫，心想，怎么这么眼熟呢？

广义脑子一时转不过来。伙夫蹲下了身子，说，你们几个快吃，一会儿邢副官还得审讯你们呢，小心他用皮鞭把你们的屎尿抽出来！

随后，他凑到广义跟前：你是不是直隶大城的？

广义听对方这么说，愣了一下，定睛仔细瞅了瞅，终于想起来了——原来就是上次和千代惠美在船上认识的那个汉子。广义小声说，你是王大哥？

对。

你怎么在这儿？

别提了。你这是？

广义一想，现在不是闲扯的时候，就说，王大哥，我托您件事儿呗？

车老板大老王说，你快点说。

这时，外面喊，老王头，你和他们叨叨吗呀？快点出来！

我这不是怕他们死了找我吗？我和他们几个说说，没我什么事。大老王搪塞着。

广义在地上画了个什么图形，压低声音：王大哥，你照这个样子在这个镇子的墙上都画上，就会有人联系你。你告诉他们，大城崔广义被困在这里，陕军和小日本把崔相应旅长的夫人和孩子抓了，请务必保护崔相应旅长的家人，务必，务必！

大老王也不清楚是什么事情，又仔细瞧了瞧广义在地上画的图案，说，你放心，老弟。你们有几个人？

王大哥，我们死不了。张副总司令不来，我们肯定死不了。

好的，那我走了。

大老王走后，朱各亮和李万龙还是弄不清情况，问广义，这是谁？

广义说，是保定的，在路上认识的，真是太巧了。希望这个王大哥能按照我说的去做。

朱各亮和万龙将信将疑，也弄不清楚崔广义那个图案是怎么回事，觉得神秘兮兮的。不过广义说张学良不回来他们肯定死不了，这还真是——哪个探子或者奸细不得过过大堂呀！一想到这里，老朱突然觉得浑身疼。他扭头再看万龙，发现这个少心没肺的人终究没多大思想负担，这才一转身的工夫，就已经鼾声大作了。

原来的车老板、现在的镇威军第一军司令部伙夫大老王从牢房里出来，回睡觉的屋里打了个圈，盘算怎么落实广义交代的事儿。他出门从灶膛里找了个木炭，在地上磕了磕烟灰，见没人注意，就溜出了院子，来到街面儿上。见远处三三两两的奉军士兵都没有注意他，他拿起木炭在一面青砖墙上画了一个说龙不是龙、似蛇非蛇的图形。画完他就赶紧向前走。见四下没什么异常，他就又走出几十米去，又到了一户高门楼人家的墙后，又画了图案。就这样，不大会儿，他就在镇上画了十几处。

这时候,夜渐渐深了。大老王估摸着差不多了,把剩下的木炭扔到砖墙缝里。他拍拍手上的灰,解开裤子撒了泡尿。尿撒完,他提着腰带打了个战。就在这时,他觉得旁边闪过一道黑影,吓得张嘴想喊。但他嘴才张开,就觉得右脖颈被什么东西戳了一下。他眼一翻白,顿时就昏了过去。

大老王醒来的时候,发现自己双膝跪在大理石地面上,眼前是块花梨大屏风,身旁有两个眼里透着寒光的蒙面黑衣人。

大老王原打算从保定府出来闯关东混口饭,在东北扎下根后,再把保定的家人接过来。没想到事情跟他想的完全不一样。投靠的亲戚坏了良心,把他的盘缠全骗过去后就举家出走了。还好大老王是个走南闯北的人,到哪儿都舍得受累。他在外面四处晃荡了一阵,见街上有一伙奉军士兵在招伙夫。他想,当个伙夫也不打仗也不用冒险,就报了名。

大老王没见过这么大的阵势,战战兢兢地给两边的人作揖,说,好汉,我就是一个在司令部颠勺的,当兵才半年多,啥都不知道,也没干过杀人抢劫的坏事,你们高抬贵手,高抬贵手。

两旁的人不理他,倒是屏风后面有声音传过来:是谁让你画那个的?

谁?哦,哦。大老王顿时明白过来了,说,是广义,直隶的崔广义。

什么?直隶的崔广义?屏风后面那个声音显得很惊诧。

是。他让我们司令部的人给逮住了,被关在临时牢房里呢。他让我画这个图案,还说陕军和小日本勾着把崔相应的老婆和孩子给抓了,让你们保护他们。

屏风后面的人来回走动了几步:崔广义现在安全吗?

安全,安全。估计一时半会儿枪毙不了。大老王用手摸了一把冷汗,接着说,您看我能不能回去?回去晚了别人要起疑的。

今天的事情,包括你画的那个东西,全部忘掉,否则你的小命不保!屏风后面那人的话里充满杀气。

放心,放心!大老王嘴上这么答道,心里想,我的娘,要是知道这么危险,我才不答应姓崔的那小子呢!他又一咂摸,怎么屏风后面那个人说话像个娘儿们呢?而且还觉得有些耳熟,就是想不起在哪儿听到过。他还在那儿瞎寻思呢,脖子上就又被戳了一下,然后就又昏过去了。

大老王再次醒来的时候,发现自己在司令部伙房门口。一个哨兵踢了他好几脚:老王头,你怎么在这里睡着了?我们还以为你死这儿了呢。

大老王晃了晃脑袋,对哨兵说,梦游了,梦游了。说罢,他起身就进了屋子。他躺在大通铺上,来回翻身,睡不着。天刚蒙蒙亮,他就从厨房里揣了几个馒头去见广义他们几个。

走到牢房门口,大老王没见到哨兵,挺纳闷,再往牢房里一看,发现里面没有人了。大老王很焦急。这时,他看到一个哨兵拿着碗筷去打饭,就问,哎,小路,那几个奸细呢?

干吗呀?

没事,我就是随便问问。

让佘副官带走了。大帅来了,已经过了堂,估计早崩了。

啊,崩了?大老王大惊失色。

崔广义一宿没眨眼,心里急得不得了。这次跑到敌方司令部来的决定做得太草率,欠考虑。就算手里有薛连芳这棵独头蒜,他到了这里也不会站在自己这边为仇敌说情呀。还有就是王大哥到底能不能听自己的话,即便听自己话,那个千代惠美告诉他的标记是否管用?联系上千代的人后,他们能不能解救出五婶和孩子?广义当时还不知道苏家莲也在西北军手里,如果知道,他心里的焦虑还会多上一重。

外面传来几声公鸡的叫声,天逐渐亮了起来。门开了,哨兵背着枪对三个人喊,出来,出来!

李万龙睡眼惺忪地坐起来。朱老道则是满眼血丝——他一晚都没有睡好。

干吗?万龙问那个哨兵。

干吗?崩了你们!昨晚就应该崩了你们,省得老子看你们一宿!

哦。万龙揣着手跟在广义和朱老道的后面。

才走出院子,万龙就伸了个大懒腰:在哪儿毙呀?

我操!哨兵搞不懂这小子是真不怕死还是假不怕死,抬腿想给万龙一脚。

这时，上面有人喊，带他们几个去大厅。

镇威军总司令张大帅是连夜赶到前敌指挥部的。现在直奉之战接近尾声，胜利近在眼前，他此行的目的就是抓住战机，肃清负隅顽抗之敌，收编直军部队，然后集结三军挺进关内，控制北京。

小六子呢？大帅跨进指挥部就问邢副官。邢副官忙上前：大帅，副总司令去绥中督促部队了。

前线在秦皇岛，在山海关，在滦州，他跑绥中去干什么？邢副官，我还不知小六子那点儿花花肠子？你该提醒提醒他。

是，大帅！副总司令确实是因为军务去的绥中。邢副官嘴上这么说，心里却想，我是什么角色，敢管你儿子？

这时，警卫营营长过来低声问邢副官，那几个探子怎么处理？

大帅端着茶盅正好听到，问，什么事儿？

邢副官说，昨天抓了几个直军探子。

探子呀？直接毙了。

警卫营营长说，是！他接到命令就往下走。

邢副官插了一句：大帅，这几个探子来历不明，有人说是和薛连芳旅长一起来的。还有就是，我们从一个探子身上搜出了这个。

大帅扭头一看，邢副官手里拿着一柄德国手枪。他接过来一看，手枪上写着“卿”字：耶？这不是小六子的手枪吗？民国九年那个德国军事教官赠给他的。还有一把写着“汉”。

大帅脑子真清楚。是，是德国埃德迈尔上校赠送给副总司令的。

那怎么在探子手里？

邢副官上前：大帅，我想起这么个事儿。他向前几步，凑到大帅耳边小声说了几句。

大帅听完，眼眉一展：我也听小六子念叨过几句。那几个直军小兵够他娘的仗义。来人，妈了个巴子的，把薛旅长给我带上来，那几个直军探子也一起带上来。

薛连芳有些战战兢兢，脑子里盘算着怎么给自己圆这个场。被卫兵推进大厅后，他吸了口气，见张大帅大马金刀地在太师椅上坐着，立马身子一挺，敬了个礼：报告，第三混成旅旅长薛连芳向大帅敬礼！

大帅瞥了薛连芳一眼：伯君，你少整些虚头巴脑的形式。你不在石门寨待着，跑到司令部这儿来，还捎来几个直军探子，这唱的是哪出？

薛连芳一听大帅没有发脾气，心里就笃定了一些：报告总司令，我第三旅在副总司令的亲自指挥下拿下了石门寨，现在主力已经越过长城，直逼滦州城北，只要您一声号令，便可直入唐山、天津。这里的那三个直军士兵是向我旅投诚的，说有事儿，需要面见副总司令。

好，好。大帅撩了撩厚眼皮，心里明白薛连芳在满嘴跑火车，但懒得戳穿。他抬了抬手，然后崔广义、朱老道、李万龙就被卫兵押了进来。薛连芳和广义对视了一下。

大帅扬手说，给那三个人松绑。卫兵将三个人的绳索解开。广义活动了一下酸麻的胳膊，朱老道脸上依旧带着顽劣的神情，万龙看不出个事儿来，眼睛到处乱看。

你们三个是直军哪个部队的？

崔广义见眼前这个着大帅服装的人眼光锐利，气度非凡，让人不寒而栗，知道个大人物，再看薛连芳等人毕恭毕敬的样子，心里就猜出了个一二。

崔广义向前迈了一小步，旁边的卫兵用手一挡。张大帅一抬头，示意不要阻拦广义。广义的胆子便又长了些。

我们是直军第十七混成旅手枪营的，我叫崔广义，那位叫朱各亮，他叫李万龙。我们让薛旅长带我们来找张副总司令，有事相求。

广义说完，瞥了眼薛连芳。薛连芳脸上一红，觉得广义够仁义，没说把自己当俘虏又被绑架的事儿说出来。

现在直奉交战正急，新仇旧恨。就你们几个直军士兵，不怕张副总司令拿你们的脑袋祭旗？张大帅脸上顿显杀气。

大帅面露威严，把万龙吓得心怦怦直跳。广义在心里鼓了鼓劲，想，反正都到这一步了，有什么算什么，死也别尿在别人眼前。

广义再一瞅，旁边的朱老道依旧嘻嘻哈哈的。

张大帅见广义旁边那个干巴小子有些没心没肺，问，你不怕死吗？

朱老道甩了甩胳膊：总司令，刚才您说少帅会杀我们，可现在少帅不是没在这儿吗？

那我要是毙了你们呢？

少帅不杀我们，您也不会。直奉两军谁不知道您张大帅是个讲兄弟情义、知恩图报的人呢？

你少给我戴高帽，我杀你这样的人也不下千万。

是，是，我们三个都是烂命一条，可我们从日本人手下救过张副总司令，这是恩，杀我们不是您的处世之道。少帅曾经说过，有难处就来找他，今天我们来了，却被关进了大牢。再者，直奉交战，就是兄弟阋于墙，外御其侮，没有民族仇恨，今天曹大帅在北京，明天您张大帅主政京城。我们当兵的就是听指挥，跟曹家听曹家的，跟您就听您的。您说是不是？朱老道这席话说得头头是道，其实开始时心里也没底。但他看到张大帅身旁的八仙桌上放着从广义身上搜去的手枪，就觉得这个命能保住。他本还想再多说几句，但又一想，还是别太来劲了。

哟，妈了个巴子的，你小子真能白话，比我们参谋长都能说。还别说，说得我挺爱听。

这小子还会相面、看风水呢！邢副官说完，自己也觉得冒失。

张大帅今天心情特别好，喊道，来人，给这几个直军士兵安排饭。那个崔广义，你是大城人吧？

崔广义心刚放下，听张大帅发问，忙说，是的，我大城东桑桑的。

唉，都说老乡遇老乡，两眼泪汪汪，我就是大城的。可妈了个巴子的，小六子去认祖，老家人还不认，要不是你救了小六子，没准儿他就撂在老家了呢。小日本……张大帅欲言又止。他停了一下，接着说，广义，你有啥要求？你小子要真是个爷们儿就说。

广义心态平复了，胆子也大了，觉得这个张大帅还真是个念老乡情分的人。

大帅，我五叔十七旅旅长崔相应本来想放下武器，以示和平诚意，可我五婶以及一周多的孩子被陕军抓了,现在正在赶往山海关前线的路上。这样要挟直军将领,让有心投诚的人也放不下面子,十七旅只有孤军与奉军决战到底。我们就是找副总司令说说,请求您和副总司令能够体谅人之私情,网开一面,放了崔旅长妻儿。这样的话,十七旅自然会停止抵抗。

张大帅眼眉一挑:还有这事儿?伯君,他说的都是真的?

薛连芳弓着身子回道,是的,大帅,我带他们三个过来也是这个意思。陕军做得实在不仁义。

妈了个巴子的,谁他娘的想出来这种断子绝孙的主意?这要是传出去,还不毁了我张某人的口碑?邢副官,以镇威军总司令名义致电胡、冯、孙三位将军,务必彻查此事,望对崔旅长家眷特殊优待,不得有虐待之行为。

是!

另致电,郭军长对直军十七旅围而不攻,委派得意联络人员对崔旅长进行劝服。

薛连芳听完电文,低头对张大帅说,大帅,伯君愿意前往游说相应兄。

张大帅抬头道,伯君,就交给你了,别再办砸了。头发都白了,稳当点儿。

是!薛连芳脸上一红,太阳穴冒出一颗滚圆的汗珠。

张大帅站起身子,说,给我这几位小老乡做点儿好吃的,等他们吃饱喝足了,就护送他们回前线。邢副官立正道,是,大帅!

崔广义真是没想到会是这样的结果,不光命保住了,而且这个张大帅考虑得非常周到,一下就把所有的事情一股脑儿都解决了。他心里对眼前这个张大帅无不敬佩。

邢副官领着几个人下去,在侧房里安排好热菜烧酒,薛连芳在一旁陪同。李万龙用眼睛一个劲儿地瞪薛连芳,恨不得从他身上咬下一块肉来。

薛连芳对三人无不客气,对广义一口一个贤侄。广义明白,现在应该抓紧时间回去,把消息带给十七旅的弟兄们。几个人风卷残云般吃完,打着饱嗝儿就上了车。李万龙爬上后车厢,看到苫布下面有什么东西在动弹,过去就给了一脚。

下面传来哎哟一声，原来是伙房的大老王在下面藏着。他蜷缩着身子，抬眼对万龙小声喊，别踢，别踢，我跟你们走吧，不走不定哪天脑袋没了都不知道是谁弄的。

几个人开车向南疾驰。他们这边刚走，镇威军张副总司令也从绥中赶回来了。张少帅下车后就直奔司令部。人还没进屋，大帅就怒气冲冲地迎了出来，劈头盖脸地冲着自己的儿子臭骂了一通。

什么时候了还有空喝花酒？马上发布命令，令全军于今日午时越过长城，对直军发起全面追击。

大帅刚说完命令，副总司令还没来得及说什么，外面就响起了几声清脆的枪响。张副总司令借机问周围，怎么回事？

不大会儿，一名警卫士兵跑过来：报告大帅、副总司令，镇子外发现可疑人员。可疑人员和咱们警卫哨交了火，然后就溜了。

妈了个巴子的，可真热闹，是冲谁来的？张大帅自言自语。

千代惠美让特工将大老王送走后，思来想去，最后决定冒险一试。她回到密室，以关东军军部的名义向川木大队发去了一封密电，电文内容如下：

> 兹命令川木警备大队对陕军之部队进行干预，对其控制的直军十七旅崔旅家眷进行扣留，并力争不发生军事摩擦，务必保证人员安全。
>
> 关东军司令部

当电报员将破译的电报拿到川木有末面前时，川木首先很惊讶，然后又充满疑惑。他觉得自己和邢清远以及陕军的交易做得非常隐秘，几乎没人知道内情，可是关东军司令部是怎么知道的？看来，自己的一言一行都在军部的控制之内。想到这里，他冷汗直流。可是他又想，军部既然已经知道他所做的事了，为什么还要求对崔相应家眷进行扣留、保证安全？对此他也非常疑惑。但他不敢问。对于司令部下达的指令,他只能不折不扣地执行,唯恐再惹出事端。

老王头一五一十地将自己晚上遇到事情告诉了广义。广义听了,眉头紧锁。他相信千代惠美知道这个消息后一定不会袖手旁观,但同时又想,坏了,张大帅这里已经给各部队发了电报,千代那里要是硬来,弄巧成拙就不好了。所以他更加着急,用手拍了拍车楼子:你快点开,快点开!

薛连芳握着方向盘,点了点头:油门踩到底啦,再快车就散啦!

汽车行驶到了一个路口。前方有两条路,一条向西,一条奔东南。车子嘎吱一下停住了。薛连芳从车上跳下来,对广义喊,广义,这两条路,一条是去陕军防区的,一条是去十七旅防地的。我估计陕军会从前面的山阳峪口过来。我们分成两路走,你去拦陕军救人质,我去十七旅和相应兄联络。你看如何?

广义觉得薛连芳说得有道理,可是没有车,骑马到山阳峪口得大半天。几个人正无计可施,就听侧面山坡上马匹嘶鸣,十几匹战马一跃而出,一字排开,马上的人都蒙面罩头。广义几个人全部在车侧、车后隐蔽。

广义他们观察了一会儿,发现对方没有攻击的意图。中间那匹红马在坡上转了个圈。老王头看出点儿什么:广义,广义,就是他们,他们……

广义听明白了。

他把手枪插在腰间,高举双手走过去:我,崔广义,不要开枪。

他距离那些人还剩三十米的样子,看出中间那个黑衣蒙面人是那么熟悉、亲切。千代惠美解下了黑巾。

广义,陕军离着这里还有三十里,你们和我去救人。说完,她又对旁边的人低声说了几句日语。几人跳下马来,将几匹战马拉了过来。

广义喊万龙、老朱:咱们上马。王大哥,你和薛旅长走另一边。

薛连芳对广义刮目相看,没想到一个直军小兵竟有这么深不可测的背景。他想,自己以前干的都是些什么事儿呀,阿谀奉承,吃喝嫖赌,官呀钱呀,还他妈的像个男人吗?还没一个直军小兵有豪气。

千代望了眼旁边战马上的广义,觉得这个直隶人沧桑了许多。她不清楚广义所遭受的苦难，只是觉得这个男人成熟了，也深沉了。她转过脸来，想起广义那火热的目光，想起往日的星星点点，脸上有些发烧，可这感觉瞬间又被什么冲散了。

接近中午，千代和广义到达了山阳峪口。一个日本特工从半山腰向千代打手语。千代说，他们来了，五辆车，二十匹军马，两挺机关枪。

广义观察了一下地形，对千代说，在峪口布雷，先干掉机枪兵，然后分头攻击。告诉你的人，不要伤及女人。

千代点了点头，用日语对特工下达作战命令。

陕军压根儿没有想到会在这儿遭遇埋伏。陕军士兵大摇大摆地进入地雷阵后，听到了一声哨子响，接着是惊天动地的爆炸声。许多士兵被炸成了齑粉，许多被炸得腿折手断，剩下的则四处乱跑。有几个士兵找到了掩护，端枪准备反抗，可硝烟中就见十几条人影如鬼魅一般杀了过来。他们还没扣动扳机，嗓子就被倭刀割断了。

陕军一个指挥官躲在车后组织还击，被左边的万龙用步枪打倒了。陕军本身纪律性就不强，现在又搞不清对方又多少人马，很多士兵跳下车来扭头就逃。有几个不怕死的，抄起大刀跟冲上来的千代他们展开了白刃战。

广义提枪冲在前面，一枪撂倒一个。手枪子弹打光了，他捡起地上的步枪。才打了一枪，步枪就卡壳了。一个西北士兵拎着大刀迎面就冲他劈了下来。他侧身躲过去，抡起步枪就砸。对方挺凶悍，闪身一躲，大刀又劈了过来。广义往后一撤，却被石块绊倒了。对方见状，双手抡起大刀，往下就剁。嗒嗒嗒，一梭子子弹打过来，这家伙的脑袋都被掀开了。广义望过去，见汽车楼子上站着个士兵。那士兵端着花机关枪，正对陕军士兵狠狠地扫射。

四叔，是我！小普边换弹匣边喊广义。

凤祥！广义真没想到会在这里遇到侄子小普。他一想，小普在这里，那五婶和孩子也应该在这里。

战斗持续了十几分钟就结束了。朱老道把陕军军官从车轱辘下拽了出来。那小子胸口汩汩地冒着血。朱老道问，崔旅长的家眷呢？

陕军军官咬牙切齿道，操，和倭寇一起打起中国人来了！

别扯淡，你们干没屁眼子的事儿，还他妈的不如日本人呢！朱老道说罢，撕开对方的衣服，用块棉布捂住对方的伤口，然后让他自己用手摁住。

小普过来，说，老朱哥，五奶奶和孩子从另一条路走了，乱哥跟在那边呢。对了，四叔，家莲姐也被邢清远压着呢。

家莲也在？广义非常吃惊。

自己心中惦念的人都被西北军抓去做了人质，看来形势危急。千代听广义说出家莲这个名字，马上想起那个曾和自己在东桑生村住过一晚的俊秀姑娘。

广义，很遗憾，没有找到你的家人。千代过来对广义几个人说。

千代，谢谢你。估计陕军暂时不会对五婶他们怎么样，我们几个现在要抓紧时间去石门寨方向和五叔会合。你们不便参与我们中国的战事，请回吧！

千代点了点头。她和她的特务小队现在在直奉交战区还不能公开化，以避免引发外交冲突。为了营救广义和他的家人，她没有请示上峰就暗中集结起了黑龙会的人马，如果让中国一方抓住把柄，那么日本军方和内阁就会陷入外交争议之中。她只能做到如此了。

蒙面的日本特工过来就将陕军军官往车上拖。朱老道用手拦了一下：你们干吗？

他话还没说完，日本特工就将倭刀捅进了那军官的心窝，随后将尸体抛进正在燃烧的汽车里。他们对待其他十几个没死的陕军士兵也是如此，不留一个活口。

李万龙摸了摸头，心想，将来要是和日本打仗，可不能心慈手软。

千代跳上战马，回头凝视了广义一眼。她和广义相互点了下头，双方的目光中都充满感激和祝福之情。而后，千代策马而去。

二十六

同 仇 敌 忾

崔寿岐和小普两个人在火车上咣当了两宿后，火车终于停在了一个不知名的地方。他俩跳下车，发现火车已经停在了一个两山之间的旷野之地。车上的陕军士兵开始下车集合。崔寿岐对小普说，你混进那边的队伍，我去打探下夫人和孩子在哪里。

说罢，寿岐就混进了下车士兵的队伍里。他一节节车厢地找，找到夫人和孩子所在的车厢后，扒着车窗向里面张望。他看到夫人正在洗脸，孩子被丫鬟抱在怀里，睡得正甜。

崔寿岐看到这一幕很是欣喜，但他没有注意到，在他的身后，两个西北军士兵将枪口对准了他。

崔相应誓不投降、孤军作战的策略，迫使奉军和西北军将他的家人和孩子安安全全地带到了榆关前线。

朔风微凉，天色苍茫。

直奉两军相距五十米列阵，西北军的马队从两军正东方汇入。西北军刘团长带着金夫人和孩子小宝来到阵地前。崔相应一见妻儿，哽咽失声，两旁的士兵、官佐皆动容。高坐在马上的西北军刘团长低下头，觉得这个事情干得确实不仗义。金夫人抱着孩子也是热泪横流。崔相应从阵地上向前走了几步,被耿大阔还有几个卫兵劝住了。

崔相应咽了口泪水,整了整军服,对前面的奉军和西北军喊,直奉之战关系国家,关乎男儿血性,我等视生死如草芥,当荣誉为尚品,即使亡命,皆非因你我私仇。西北军、东北军和直系是亲家兄弟,战则当奋勇无惧,死则光明磊落,可这与妇女孩童何干?现在我崔相应本该识时务放下战刀,但我妻儿受贵军掳掠,我岂能让天下笑吾辈为小家而失大节?

西北军刘团长被崔相应这么一说,更是无地自容。他回头瞅了一眼崔寿岐:你过去和崔旅长说说。崔寿岐向前几步:十七旅的弟兄们,我是崔寿岐,小乱。我也曾经是咱十七旅的一分子。现在孙岳将军已对刘团长下了命令,只要十七旅将士现在放下武器,他们就立刻放了夫人和孩子,也保证旅长和弟兄们的安全。

崔寿岐是被刘团长挟持来的。刘团长清楚,崔寿岐和崔相应有同乡之情,又曾是十七旅的人,让他去劝说崔相应比较适合。

刘团长喊,相应兄,现在唯有你部兀自抵抗。只要仁兄解下将刀来到我们跟前,我保证您和嫂夫人平安自由。

崔相应清楚,事已至此,不能做无谓的牺牲,三千人的性命不能因为他而全部葬送异乡。他面色凝重,回头对十七旅的士兵说,弟兄们,我军遭败,非是兄弟们不拼性命,乃是天意所为,我等草民也难违天意。为了弟兄们的今后,现在我命令十七旅官兵全部放下武器,按编制序列整队,接受奉军收编。

崔相应话才说完,身旁就响起了一声枪响——崔相应手下的赵团长,和崔相应都是天津小站当兵出来的,都是老三镇的人,官至少将,对曹氏兄弟忠心不二,不忍自己受俘失节,吞枪自杀。

崔相应蹲下身子,抱着赵团长的尸体大哭。三军无不落泪。

至此,第十七混成旅从直系军队序列里彻底消失。崔相应脱下将军帽,双手托着袁世凯赐的佐刀,走到西北军刘团长面前,敬礼。刘团长对后面的人喊,现在立马释放崔夫人!

他话刚说完,就听奉军队列里有人喊,不可,先将崔相应及其家人押送后方,等候张副总司令裁夺。

薛连芳从队伍里走出来，手里高举镇威军总司令的手令。

刘团长说，夫人和孩子是我们国民军带来的，崔旅长也已经放下武器表示和平，奉军岂能出尔反尔？

薛连芳摇着脑袋说，刘团长，你有所不知，现在只有奉军能保证相应兄的安全。

刘团长怒不可遏。他刚才已经给崔相应打好包票了，薛连芳现在这样说，不是打他的脸吗？他跳下马来，对薛连芳叱责道，夫人和孩子我是带来的，我们国民军有权处置。

薛连芳说，我也是为了崔旅长好，现在由不得你我。

刘团长拔出手枪：我看哪个动崔旅长家人一根头发！

陕西国民军大约两个连的士兵齐刷刷地将枪口对准了奉军。

奉军人多势众，见此情形，呼啦一下将国民军和直军围在了中间。薛连芳气得大叫，你们西北军真是混账，张副总司令这么做也是为了崔旅座的人身安全！

刘团长吼道，西北军就是这个犟脾气！哪个不按照规矩来，我们就和崔旅长并肩作战，宁可肝脑涂地也不丢气节！

薛连芳喊，这时候谁都不怕死！他还想咆哮，突然，一个人拿着一把军刺冲了过来，瞬间就到了他的眼前。薛连芳还没来得及撤身，那个人就用右臂锁住了他的脖子，用军刺对准了他的心脏。那人喊道，哪个敢动，我就先宰了他！

耿大阔也豁出去了，对崔相应和刘团长喊，你们带夫人走！

情势愈发复杂。刘团长正欲指挥士兵强制带走夫人和孩子，突然，从国民军队伍里蹿出两三个人穿着国民军军装的人，其中一个将手里的南部十四年式手枪对准了夫人怀里的孩子。川木有末像个幽灵似的出现在众人面前。他发出一声狞笑：谁动一步，我就开枪。川木将枪口对准孩子的胸口。孩子呀呀张着小嘴，以为那枪是什么稀罕物，伸出一双小手就要去摸。旁边的人都见了，心都悬到了嗓子眼儿。

川木说完话，远处高地的铁道线上就传来了军号声。大约有一个大队的日本士兵从装甲列车上下来。他们排成纵队，挺着三八步枪，从奉军和西北军的队列间穿插进来,将两支队伍南北分开。

刘团长说,小日本想在中国人面前放肆,反了你们了!

川木有末摸了摸人丹胡:直奉的事儿我们大日本不参与,但夫人和孩子我们要带走的。现在我们大日本旅顺口守备队与滦州守备队正在秋操演练,请诸位配合。

耿大阔喊道,弟兄们,和小日本拼了!

已经放下武器的直军士兵早已按捺不住心头的怒火,有几十人向日本兵冲了过来。但刚冲了几十米,远在百米外的停在铁路上的五六辆铁甲车上的重机枪就响了。嗒嗒嗒,恶毒的子弹把士兵扫倒了。一批人倒下,另一批人又冲了上来。机枪肆无忌惮地扫射着,士兵们前赴后继,倒成一片。

耿大阔扔掉薛连芳,向川木有末身后奔过去。一颗子弹打中了他的腿。他踉跄了一下,继续向前。紧接着,又一颗子弹将他的另一条腿打折了。耿大阔扑通一声扑倒在地上。他用手撑地,想挺起身子,一串子弹又扫在了他的胸膛上,血从他的胸口喷洒出来。耿大阔嘴里吐出一口鲜血,眼睛睁了又睁,最后一头栽在地上,再也没有起来。

刘团长大骂道,小日本,我操你祖宗!给我打!

西北军大约两个连的士兵纷纷向日本军队射击。在川木有末的胁迫下,在日本兵的挟持下,金夫人和孩子、丫鬟上了装甲列车。薛连芳喘了会儿粗气,对奉军士兵喊,给我还击,还击!

参谋过来问,旅座,还击哪边?

还有哪边?日本人!一个也别放过!妈了个巴子的,今天老子就做回堂堂正正的中国人!

川木催促装甲列车马上开动。子弹打在厚厚的装甲上,像雨点敲击着破脸盆,叮叮当当响成一片。

日本士兵丢下十几具尸体后全部上了装甲列车,依托厚重的装甲对中国军队还击。刘团长是个猛将,带着队伍冲在最前。冲到离军列还有十米的地方时,他被日本的子弹打中了。他跪在地上,胸口汩汩地冒着血。寿岐带人把他抢了回来。他抬头看到崔相应,大声说,相应兄,兄弟对不住,先走一步!说罢,他脑袋一歪,壮烈殉国。

有个手枪营的士兵端着步枪喊了声：旅座，日本鬼子要跑！崔相应喊，炸了铁道！直军和国民军的几个士兵刚抱起手榴弹和地雷就被敌人扫倒了，没死的也被火力压制得抬不起头来。

敌人装甲列车上的射击孔有斜切面，子弹很难射入，所以就算直军、奉军、西北军火力强大也无济于事。

薛连芳在掩体后面对奉军一个疤瘌眼儿的连长喊，疤瘌，拿上炸药，别迎着装甲机枪，上东南方向，把那边炸了！疤瘌眼儿连长就抱着两捆炸药包从阵地上跑出来，顺着装甲车行进的方向跑。

川木有末在装甲车上用望远镜紧张地观察着。他发现有人要炸铁路，就命令列车司机加快速度。列车呜呜地开始逐步加速。疤瘌眼儿连长和装甲车跑了个平行，把导火索一拔，奔跑着高举炸药包，想投到前方十几米的铁轨上。他双手才举过头顶，一颗三八枪子弹就打中了炸药包。轰隆一声巨响，疤瘌眼儿连长被炸成了肉酱。装甲车晃了晃，仍旧向前飞驰。

崔寿岐拎着五六颗手榴弹就追装甲车。此时，装甲车速度已经加了上去，把人们抛在了身后，眼看就要钻进山坳了。突然，山坳里发出一连串爆炸声，一节节铁轨飞上了天。三军无不惊喜，随即冲杀过去，就见山坳两侧的高地上，两挺捷克轻机枪对准军列喷射出火舌。几十名手枪营士兵炸了铁道，切断了日本军列的去路。

现在，川木有末及那一个大队的日本士兵被中国军队困住，既不能前进也不能后退。川木在装甲车上向旅顺日本关东军司令部发无线电明语呼叫，请求司令部支援。

关东军司令对川木破口大骂，说他武断行事，影响中日关系。川木冷汗直流，说，我也是执行军部之令才遭此困境。关东军司令没听明白，以为川木在狡辩，更是恼怒，一个劲儿地骂川木八嘎。川木也不敢再说什么，只好在电话里一口一个嗨。关东军司令放下电话，怒气平息了一些，对川木大队不免又担忧起来。他寻思了好久，然后拿起电话：转接新京总司令电话，请求张大帅撤回与日交火的奉军、西北军，同时期望温和处理中日关系。

张大帅的副官给关东司令部回复称，已经电告张总司令。然而，三个时辰过后,复电依旧是张总司令未见回复电文。关东军司令气急败坏,骂了一句八嘎,把电话直接摔在了地上。

直军、奉军以及西北国民军两千余人将日本军列围在了这片开阔之地,接连多次发起进攻,皆因日本军队强大的火力而不能奏效,且伤亡重大。

铁道两侧的开阔地上铺满了中国士兵的尸体。崔相应不忍直视,命令士兵抢回尸体,却造成了更多的伤亡。

薛连芳手下的奉军士兵在铁路的另一侧对日本军队发动攻击。有几个军官打起了退堂鼓,甚至密报了联军长官郭松龄,总觉得这次郭松龄会趁机治薛连芳个大罪。可是郭松龄听到这个消息后说,薛旅之事我已呈报张总司令,目前还没得到回复,且薛将军有大帅的手谕,大家皆要自负其责,精诚团结。

消息传回来,那些有异议的人都没词儿了。奉军中的一些年轻军官是旅顺惨案受害者的后人,对日本军队仇恨已久,恨不得找个机会出出气。现在既然上头都默许,那就打!

西北军群龙无首。刘团长麾下的子弟兵很多都是直隶、山东的老乡,脾气都顶天,怕死的没几个,自然都想为刘团长报仇。他们攻击了几次,付出了惨痛的代价,见有仇不得报,还损兵折将的,个个心中不甘。

川木已经失去了主意,像头受煎熬的山熊在车厢里坐立不安。他旁边坐着忐忑不安的邢清远。邢清远被吓得六神无主。他期望日本关东军派救兵来,可离这里最近的守备部队也在二百公里之外,鞭长莫及。

川木有未擦了下脸上的汗水,对邢清远说,你去前面喊话,让那群乌合之众快些解散!

邢清远清楚,自己现在要是不干点儿什么,川木是不会放过他的。要不是帮川木抓了金夫人和孩子,他早就死在川木的刀下了。

邢清远到了列车高音喇叭那里,喊道,直系、奉系、西北军的士兵们,我是邢清远,是崔相应的表弟。大家不要再为他卖命了。现在直系已经失败,西北军和奉军主宰中国,弟兄们为了他一家人死,值得吗?川木先生是将金夫人带到关东军司令部接受调查……他还想往下说，车顶上的铁皮喇叭就被子弹给打飞了。

趴在土岗上的李万龙将又一颗子弹推上膛时骂道，狗汉奸！

看到大批士兵——东北的、西北的、直系的，活生生地倒下去，再也醒不过来，崔相应几次想放弃。那都是热血男儿呀！他们都死在离家乡千百里之外的地方，暴尸荒山野岭，死后都无法被埋进祖坟。以后周年忌日的，谁给他们烧个纸钱？谁又能记住他们姓甚名谁？

但是，夫人，孩子，哪个不是崔相应的命根子？他难道就这样眼睁睁地让日本人蹂躏、侮辱？崔相应心痛难当。他已经做好了牺牲的准备，他不想再连累他人。他强打起精神，头上夜风猎猎。

崔相应忽然感到万分惆怅。几十年金戈铁马，随着直系的垮台，自己已是败军之将。军人气节虽存，可现在妻儿却被挟持，他感觉全部的精神被掏空了，有种大势已去的悲怆之感。他迈步于高岗之上，仰头见天上星光万点，不禁感慨人在苍穹下是如此卑微寥落。

崔相应放开喉咙：直军、奉军、西北军的弟兄们，我崔相应妻儿受日本人掳掠本是我私人之事，可三军弟兄们却与我同仇敌忾，共歼倭贼，我在这里感谢弟兄们！来年今日，我崔某人如果还活着，自当为今天死去的兄弟亡魂诵经超度。兄弟们本可卸甲归田，孝敬双亲，善待妻儿姊妹，夸官显耀，现在却为我妻儿受难如此，我心中不忍呀！今日崔某落魄楚囚，但尚存中华精神之气节，愿用朽身与日寇同归于尽，恳求诸位兄弟成全。大家各为其主，明早都各自天涯吧。我崔相应双膝叩谢！说罢，崔相应跪在高岗之上，对着山坡下的将士们磕了一个重重的响头。

五叔，五爷，旅座……广义、小普、朱各亮和手枪营的好多弟兄都叫喊着，持着松油火把上了高岗。广义抹着泪水想搀扶起崔相应。崔相应一把拽住广义的衣角：不，广义，我欠弟兄们的，让我心里好受些。

五叔……广义不明白崔相应是什么意思。

弟兄们为咱老崔家人亡命，咱老崔家有钱拿钱还，没钱拿命。现在五叔的命一文不值，只有跪拜天地，叩谢老少弟兄们。崔相应老泪纵横，呻吟不已。

广义一抹眼泪，血气上涌。他双膝扑通一声跪在石砬子上，跪到五叔崔相应身边：我，东桑桑崔广义，直隶大城人，今天誓死与日本鬼子血战到底，誓死救出五婶和小弟，救出我媳妇家莲，不拿日本鬼子的血祭奠三军死去的弟兄们誓不为人。车里的苏家莲听到广义称自己为媳妇，心中一热，捂着脸哭了起来。

崔凤祥来到广义身后，说，四爷，姓崔的都是不怕死的，我跟着你给老少爷们儿磕头。小普说完，也跪了下来。

崔寿岐在山坡下瞅了个清楚，喊道，东桑桑十六世崔寿岐跟着了。喊完，他也跪下了身子。

随后，人群里就喊开了。

大城苏庄崔家人在这儿，都是山西洪洞府来的，打小日本，算我一个！

西北军三团的大崔四岳崔家在这儿呢，植字辈的，给奉军和西北军的弟兄们磕头啦！

奉军第三旅崔享福，沈阳崔家堡的，从直隶来逃难落户的，崔家承字辈，救出五婶子和老疙瘩兄弟，老子也跪了！

奉军二十九团，长春城边的，崔大愣子，朝鲜族，家谱早丢了，单传，在这儿和崔家人一起磕头了，老崔家人死不绝！

我是西北军五连的崔长柱，河南信阳的，也是山西洪洞出来的。小脚趾分瓣，老崔家都是一家人，我死也要救出崔夫人！

……

后来，不知谁喊了一句：中华民族，炎黄子孙，一脉相承。我们誓死不退，为了夫人和孩子，誓杀倭寇，佑我中华！口号马上在三军中传遍，口号声一浪高过一浪，直冲霄汉。天上的流星都被震落下来，发出耀眼的光芒，瞬间从穹天划过。

列车里的金夫人抱着孩子听到外面的口号声，喜极而泣。她用脸贴了贴孩子的脸，心想，我死不足惜，只求老天保佑孩子。

这时，山谷中又传来了歌声：

怒发冲冠，凭栏处、潇潇雨歇。抬望眼，仰天长啸，壮怀激烈。三十功名尘与土，八千里路云和月。莫等闲、白了少年头，空悲切……

歌声鼓荡在每个人中国士兵的心头。一开始是十几个士兵在唱，然后是几十个、几百个……最后，所有人齐声高歌。声音一浪高过一浪，回荡于山谷，传于千里之外，震天动地，天上的星星都被惊得滑落下来：

……靖康耻，犹未雪。臣子恨，何时灭。驾长车，踏破贺兰山缺。壮志饥餐胡虏肉，笑谈渴饮匈奴血。待从头、收拾旧山河，朝天阙！朝天阙，朝天阙……

正所谓众志成城，词的最后一句被三军将士呼喊成口号，士兵一个个热血沸腾。小普站起身子，喊了一句：杀倭寇，报血仇，冲啊！

士兵们从掩体后、工事里、战壕里一跃而起，高擎大刀、拿着手枪或端着上着刺刀的步枪向前呐喊冲锋。日本士兵向天空发射了几颗照明弹，把旷谷照得明亮如昼，然后将军列车的顶打开，用迫击炮向中国士兵轰炸，用十几挺重机枪喷射出毒蛇般的子弹。一批批中国兵倒了下去，后面的踩着脚下的尸体冲过去，炮弹在人群中爆炸。火焰中的中国士兵，没有一个退缩，前赴后继，慷慨赴义。

崔相应望着这一切。这么多年轻、鲜活的性命惨遭残杀，他实在不忍心。他喊，把山炮弄上来，抵近直瞄攻击。

薛连芳早就想这么做了：来人，炮兵上！十几门山炮齐刷刷地被推到高地上，准备单发齐射。

不行，这样也会伤了夫人和孩子的！广义跑过去对薛连芳喊。

那怎么办？我们死的人太多了。

死人多了也不行!

薛连芳咬了咬牙,看到炮兵们一个个都是不情愿的样子。妈了个巴子的!他骂了一句,蹲在了地上。

川木担心的就是中国军队的大炮,所以才拿金夫人和孩子做人质。他看到刚才绞肉般的一幕,想,中国人为了所谓的正义这么做,真是愚蠢透顶。他不禁暗自窃喜。

中国军队突然停止攻击后,他发现山头上有大量士兵在移动,十几门步兵炮对准了装甲列车。他的冷汗湿了一身。

他对邢清远摆了摆手。邢清远明白了他的意思,转身穿过车厢,到了关押苏家莲的车厢内,一把拽住苏家莲的胳膊,说,该你上场了,说,让崔广义把山炮炸了。

呸!苏家莲啐了邢清远一口。

车厢门打开了,苏家莲被日本兵从车上押了下来。邢清远高喊,崔广义,看看这是谁!你的相好在这里,你一开炮,就先炸了她!

广义在山头上看到车厢里出来个女人,看出是苏家莲。

他走下山坡,在离军列约两百米的地方喊,邢清远,你这个民族败类、畜生,你还是中国人吗?把人放开!

放开?除非你们全撤兵!邢清远躲在苏家莲身后,担心被射手一枪打死。

苏家莲挣扎了一下,对广义喊,广义,别管我,开枪打呀,打死邢清远,给我爹娘报仇!

广义之前对苏家莲有好多猜忌与埋怨,今天看到她的人后则心如刀绞:家莲,不要害怕,我一定救你出来。邢清远,你放开她,我饶不了你!

川木出现在车厢门口,对广义说,把山炮全部炸掉,否则我杀了她。

广义喊,日本鬼子,你敢!

八嘎!川木举起军刀,对准了苏家莲的头颅。

广义瞅了一眼山上那十几门黑油油的山炮,又瞅了一眼苏家莲,几乎咬碎了牙:川木,老子一定砍了你的头!

山炮被士兵们推下了山涧,发出阵阵沉闷的声响。

川木哈哈怪笑:吆西。来,撕掉这个女人的衣服。两个日本士兵开始撕苏家莲的衣服。苏家莲挣扎着。

广义大叫一声,抡起驳壳枪就向前冲。敌人的重机枪随即开火,一颗子弹正打中广义的肩膀,广义一下就栽倒在了地上。苏家莲边挣扎边喊,广义!

这时,只见一侧旋风般冲出几十匹战马。在照明弹的光亮下,为首之人双手抡着大镜面匣子枪,身后跟着一群杀人越货的马贼。苏家仓大喊,家莲,哥哥来了! 小日本,我操你祖宗!

苏家仓身子伏在马鞍上,直奔日本装甲车。后面的土匪也是个个不要命,催马端枪跟着冲了上去。日本机枪的子弹打成一道扇子面,苏家仓的战马被打倒了,后面的土匪也纷纷栽倒在地。

苏家莲看着哥哥和广义,大喊,哥,回去,回去! 广义,广义,回去,回去呀!

广义爬起来,眼瞅着苏家莲被日本兵压倒在车厢上,急火攻心,脑子一片空白,端平了驳壳枪,一发又一发地射击。他嘴里突然喷出一口血。他眼瞅着苏家莲挣扎着将左手伸向了日本兵腰上的手榴弹,然后将手榴弹攥在手里狠狠地向车厢里一磕。轰! 手榴弹爆炸了,车厢内的日本兵全被炸死了。苏家莲的白色旗袍飞上了半空,像是黑夜中一朵洁白的云。

李万龙、小普、朱各亮、薛连芳、崔相应静静地伫立在山坡上。天暗了下来,他们迎来了黎明前最黑暗的时刻。

小普包扎着广义的伤口,瞅了瞅远方半山腰的龙王庙,自言自语地说,龙王爷也不开开眼,施点儿法力帮帮咱们。

朱各亮眼睛一亮:无量天尊,龙王爷帮咱们来了。说完,他就跑开了。广义和小普对视了一眼,以为朱各亮又发什么神经了。

东方渐渐出现了鱼肚白,白雾罩罩充盈了整个山谷。川木在车厢里暗自思量,只要再坚持一天,唐山守备队就到了,关东军司令部也已经向北京新组的内阁发电报表示了强烈抗议。他打了一个哈欠，想，这些愚蠢的中国人还有什么手段？让大正十一式（轻机枪）送他们去见玉皇大帝吧。他下意识地从观察孔向外观察，见外面团雾弥漫。他好像朦朦胧胧地看到了什么东西。他怀疑是自己的眼睛出了问题，或是因疲劳而出现了幻觉。他闭上眼睛再睁开，顿时被映入眼帘的一幕惊呆了。

龙！旁边有士兵喊了一声。是的，是龙，是高大的、器宇轩昂的龙。在云雾中，龙披着龙袍，戴着王冠，脚踩祥云，扑面而来。

这时，川木又听到南侧的士兵喊，啊，啊，释迦牟尼，释迦牟尼！他急忙过去一看，见一尊宏大的释迦牟尼造像出现在云雾间。

八嘎！射击，射击！川木喊。

士兵们逐渐醒过味来，用机枪对着龙王和佛祖塑像射击。子弹打在铸铁塑像上，到处乱飞，铮铮乱响。后面的十几个中国士兵光着膀子推着平板木轮车，隐蔽在塑像后面，缓缓向前移动。

龙王爷、释迦牟尼、观世音菩萨、送财童子……一个个庙里的造像，泥的、铜的、铸铁的，都被中国兵当成了装甲盾牌。日军不论怎样射击，都难以对造像后面的中国兵构成威胁。中国士兵进入距离装甲列车几十米的区域后，他们的手榴弹开始发挥威力，雨点般被投向日军机枪。车厢一个个被炸开，日本兵被炸得鬼哭狼嚎。所有中国兵都光着上身，手里或拿着大刀、手枪，或抱着机枪，或端着步枪向日军勇猛地发起进攻。

小普抱着花机关，对准车厢就是一通扫射。七八个日本兵从车厢里滚了出来。他刚想跳上车，车厢里一个军曹拿着军刀就砍了过来。小普子弹打光了，想从腰里拔手枪。后面一个人冲过来，从他旁边越了过去，将步枪刺刀直直地捅进了对方的胸口。崔汝戌拉着小普一闪，往车厢里扔了颗手榴弹。

崔寿岐抡着大刀和两个日本兵厮杀，一刀就劈开了一个日本兵的头颅，脑浆迸了旁边那个日本兵一脸。旁边那个日本兵用手一抹脸，大刀又一下将他的脑袋削飞了。

广义和苏家仓两个人如两只下山猛虎，都是双手抡枪，一节节车厢寻找金夫人。邢清远瞅了个乱子，往脸上抹了点儿血，躺在地上装死，后来见人们从他身边冲过去，爬起身来就往山坡上跑。苏家仓一扭头就看到了他，捡起地上的一杆步枪，向前追了几步，用力把枪一投。只听噗的一声，刺刀插进了邢清远的后心，从他的前胸穿了出来。邢清远看着胸前滴血的刺刀，张了张嘴，倒在山坡上，腿蹬了又蹬，最后就不动了。苏家仓跛着腿走过去，用脚踢了踢邢清远的尸体，对着尸体又补了几枪。他才一扭头，就见前面一个奉军士兵端着大枪对准了他的胸口。

你……

砰！他话还没说出来，对方的枪就响了。子弹穿过他的脖颈，血从他的脖子里喷了出来。

苏家仓扔掉手枪，双手捂着脖子，嘴里都是血：你……

穿着奉军军装的车老板大老王咬着牙，喘着粗气说，终于给那哥儿仨报仇了！

苏家仓斜倒在地上，眼睛直勾勾地望着蓝蓝的天空，两条腿刨了几下，气绝而亡。

川木一枪把金夫人旁边的丫鬟打死了，夺过孩子，跳出车厢就跑。金夫人扯住了他的大腿。川木用脚踢了金夫人头，金夫人的手兀自不松。川木对着她的身体连开了数枪，才拔出脚来。

崔相应远远地看到这一情景，悲恸万分，喊了声金子。薛连芳对准川木就开枪。侧面一个日本军曹趁他不备，跳出来一刀刺进了他的左肋。薛连芳疼得跪在地上，将枪口转向这个军曹，把子弹全部打在了对方身上。

后面的广义和朱各亮也分别干掉了面前的日本兵，紧跟在崔相应身后。川木边跑边射击，打了几枪后，手枪子弹就打光了。他又往前跑了几步，发现前面是绝壁悬崖。他回过头，看到崔相应已经追到了身后。川木双手把孩子举过头顶，喊，哪个过来，哪个过来？一起死了，死了！

崔相应张开手臂，示意广义他们不要刺激他。他自己慢慢地向前移动着步子：你把孩子放下来，我放过你。

孩子哇哇地哭着，在川木的手里扭动。川木已将这个孩子看作自己最后的救命稻草了。

此时,朱各亮悄悄地移动到了川木身后。崔相应站直身子,吸引住川木的注意力,对川木说,川木,放下孩子。孩子没有错,我们的恩怨何必要牵扯到下一辈?我们两个来做个了结吧!说完,崔相应就脱了军装,光着膀子,双腿成弓:来,就像我们在陆军学校时那样。来!

见崔相应这样,川木的脑海里也浮现出当年自己在保定军校与崔相应,薛连芳三个人在邢清远的酒馆里喝酒划拳的难忘时光。那时候,崔相应的夫人金子还是军校旁的金家三小姐。三个人下了操课就去门口等金子出来。三人当年共享同窗之谊,今日相见却已是仇敌。

川木摇了摇头:中日永远不能成为朋友,永远不能!大日本迟早要占领中国,建立大东亚共荣。你我在阴曹地府里也是对手!

崔相应说,放下孩子,孩子无辜。

川木高举着孩子,嘴里喊,你们不要过来,不要……

这时,只听哗啦一声,一块石头从在川木背后等待机会的朱老道脚下掉下了山涧。川木猛一回头,朱各亮同时向前纵身一跃。川木大叫一声八嘎,将孩子往前一推。

小宝!崔相应喊了一声,飞起身子将川木扑倒在地。朱各亮双手抱住了孩子,可是他的身子已经悬空——他和孩子一起坠落山涧。

小宝!老朱!朱各亮!牛鼻子!……人们的呼喊声响彻山间。

关于此次战斗,除了1924年11月1日天津《大公报》上的一则消息,历史上没有留下任何文字记录:昨夕九时起至今早六时,山海关西北方向炮声极密,当地居民十分震恐。传闻日本帝国士兵加入直奉战事,受创甚巨……

据说,后来在天津的日本帝国总领事馆还出面辟谣,说日方驻屯部队无意插手中国战事,上述消息纯属以讹传讹。

据村里的好多老人讲,五太爷没有留下子嗣。第二次直奉大战结束后,他先是在天津隐居,后又在山西五台山出家,没有人清楚他的最终下落。

我爷爷带着手枪营的人在秦皇岛港口乘坐日本轮船回到天津汉沽港，有人说他们坐的是日本驻天津领事馆为直军专门准备的船只。我分析过，日本方面不可能对消灭了一支日本大队的直军士兵这么友好。我想到了千代惠美。她这个重要角色一定会关注直奉之战，也会关注直军中的崔广义。

1924年11月1日，山东督军突然宣布中立，并出兵占领沧州、马厂，炸毁津浦铁路韩庄附近铁道；同日，山西督军阎锡山亦出兵石家庄，切断京汉铁路之交通。吴佩孚期盼的津浦、京汉两路军均不能沿铁路北上，讨伐冯玉祥、夺回北京的计划落空。11月2日，国民军冯玉祥部、胡景翼部向杨村、北仓的直军发动进攻，奉军向芦台、北塘的直军发动进攻。11月2日中午，直军放弃杨村阵地溃逃。11月2日傍晚，奉军占领芦台。鉴于大局已定，11月3日晚，吴佩孚从天津乘“恒利”舰南逃。11月4日，奉军占领塘沽。11月5日，奉军占领天津，滞留京津地区的直军余部均被奉军收编。至此，第二次直奉战争彻底结束。

我爷爷和小普、崔汝戌、李万龙几个人是从汉沽港口一路要饭走回东桑生的。我爷爷一进家门，老太太就搂着他哭了许久，说，我的儿呀，再也不出去了，再也不出去了，妈就剩下一个宝了！

我爷爷听了觉得有些蹊跷，推开妈的身子一问才知道，妹子秀珍和先期赶回的宋铁臣去了南方。到了南方某地后，崔秀珍写了一封信回来，说宋铁臣已加入北伐军，自己也随部队到处迁移，居无定所，不知何年才能有见面之时。我爷爷曾经托人打听过妹妹的下落，20世纪三四十年代的时候还能收到妹妹寄来的信函，中华人民共和国成立后妹妹就杳无音信了。有人说她跟着国民党败退到台湾去了，生死不明。

我爷爷劝了崔李氏好半天。崔李氏擦了擦眼泪对我爷爷说，你三姑来了。她两个儿都在西北军，家里没人照应，她就搬到村里住来了，买了邻家的房。你快去看看。

我爷爷放下包袱,和母亲一前一后来到后街的三姑家。崔广义推门就喊三姑。里屋门帘被撩开后,一个秀丽的人影闪了出来。广义眼前一花,抬头一瞅,顿时愣住了——一位秀丽的女子出现在自己的眼前。

广义下意识地喊了声:家莲。

面前那个貌似家莲的女子扑哧一下笑了,广义顿时闹了个大红脸。崔李氏忙说,广义,这是你大表嫂。

大表嫂。广义红着脸叫了声。

表弟快进来。表嫂掀开门帘让他进屋。

广义进了屋子。坐在炕头上的三姑拉着他的手说了好多语重心长的话,可广义都没有听进去。他脑海里浮现出的,是直奉战场上那铁马冰河般波澜壮阔的世界。

二十七

尾　　声

有人说朱各亮没有死，说若干年后有三营的老人看到朱老道带着个十来岁的孩子走街串巷给人算卦、看风水。那个孩子的模样特招人稀罕，但三营的那个老人没问他的姓名。

崔寿岐没有跟我爷爷回东桑生。他说，直系、奉系、西北军、皖系都不是为穷苦老百姓而战的，他要去投奔一支真正为穷人打仗的队伍，只有在新的革命军队里，当兵的才有希望，民族和国家才有希望。传说他后来战死在西安保卫战中，也有人说他后来随某将军一家被国民党军统特务杀害了。

李万龙回来后成了家，成家后就再也没有端过猎枪了。有人找他学打猫的本事，他说他的手一摸枪杆就抖，就算看到活物在眼前也打不了。至于他到底是真的有了毛病还是在说假话，那就只有他自己知道了。他活到八十多岁，去世时四世同堂，子孙成群。

崔汝戌寿命更长，他出殡那年我都十七岁了。我和他的孙子相当要好。我记得，给他出殡的时候他们一大家子因为给姑太太送信的事儿一言不合就动了铁锨。他这个孙子被堂伯用棍子打伤了脑子，在天津的医院治疗了一段时间后还是留下了后遗症，回来后看到我们只会笑和哭。

普伯后来以养羊杀羊为生。在我们家穷得吃不上饭的年头儿，他时不时用小瓷碟端来羊脸、羊下水给我们兄弟几个吃。看到我们用脏了吧唧的小手抓羊下水时那贪婪的吃相,他就非常开心。他爱给我们讲《说岳全传》,还给我们唱歌子。当他告诉我们他唱的是《满江红》时,我们不清楚什么是《满江红》,只觉得这个歌普伯唱得不咋好听。学校的李老师说那歌词根本不是岳飞的词,全是普伯胡编乱造的。普伯是20世纪80年代死的,对当时的情况我已经没什么印象了。我只记得他成天笑眯眯的,皱纹堆垒在他那张沧桑的老脸上。我们很怀念他。

我爷爷1953年去世,应该是在五十三岁头上。我因为要写这本书,就问我父亲爷爷去世前有没有什么征兆。我父亲摇摇头说没有,说去世前几天我爷爷还领着我当时十七岁的大姑和十二岁的父亲去文安黄甫给人打短(工),拾麦子,却不知什么原因突然说回家有事儿,然后便带着大姑和父亲匆匆回到了村子。那天非常诡异。我爷爷傍晚担着扁担到元宝坑里挑水。到了坑边,他放下扁担,注视着水中自己的样子,痴痴地呆立了十几分钟。路过的人和他打招呼,他都漠然不理。坑边洗衣服的谁家媳妇听到他嘴里念叨了些什么,然后便见他一头倒在了坑边,嘴里吐了几口黑血。被人背回家后,他就咽气了。

我们崔家这门在北洋军阀混战年代死了四五个,其中有我爷爷的两个堂叔和一个叔伯兄弟。据说,还是我爷爷给其中一个未婚的堂叔打的幡、摔的瓦盆。

我父亲小的时候,每到清明或是大年三十,我爷爷就带着他或是我爷爷自己去我家老坟那里给祖先们烧点儿纸钱。我父亲还记得当时那里有两个碑楼子,挺古色古香,挺气派,现在那里只剩下了几个没落的坟头,以及三棵长得老态龙钟的杜梨树。现如今,崔家的老坟已经被夷为平地,五太爷修建的那两座琉璃瓦碑亭在"文革"时被红卫兵拆毁,里面的两座石碑被西桑生村的人拿去搭了石桥,现在那石桥也不知到何处去了。我家的老坟在我们村西不远处,分别葬着我的高祖父和高祖母(均名讳不祥),以及我的曾祖父崔相亭和曾祖母崔李氏。一棵将近百年的杜梨树,干如松柏遒劲,枝如云龙探爪,冠如华盖。更惊奇的是,两名风水先生分别看了我家祖坟后,都称这祖坟地里有先人没有入坟,可我父亲和我叔叔怎么也想不出祖上谁死后没有葬在祖坟里，非要说的话，也就是下落不明的我姑奶奶崔秀珍了。这一切让人备感玄妙而难以解释。

“文革”的时候，我父亲在乡里当武装干事。公社考察后备干部，准备提他做公社副书记。后来，村里有人检举我爷爷崔广义曾在旧军队里当连长，我父亲这个国家干部就没有当成。最后，我父亲就回村当了大队干部。

1945 年春，我国的抗日战争已经到了反攻阶段，日本侵略军完全处于劣势，分散在大城境内的日军全部向县城收缩。驻守广安的日军中队到达东桑生村路段时，被放哨的区小队民兵发现。当时，我村的李炳铁任区小队队长。李炳铁这人打仗很有一套，就想半路敲日本小鬼子一杠子。几十名区小队民兵带着老套筒、独一撅和大抬杆在公路两边的枣树地里埋伏好。待日本鬼子到达伏击区域后，李炳铁喊一声打，两边的民兵便一通乱枪乱炮，当时还真就放倒了几个。但日军中队训练有素，迅速调整队形，就地展开还击，没几分钟就把民兵打散了。这个日军中队本来已经没有与中国军队交战的心思了，没想到半路上让“土八路”给打了，恼羞成怒，一下就把民兵和区小队给撵进了村子。进村后，小日本见人就杀，见房子就烧，把村北所有的枣树都给点了，有的老枣树现在身上都还有烧焦的痕迹。我爷爷见情形不好，就带着我奶奶和我大姑跟着民兵钻了地道。我曾祖母死活不进地窨子，说六十的人了也活到头儿了，小日本还能拿她怎么样？不大会儿，几个日本兵气势汹汹地进了屋，踹缸砸锅，翻箱倒柜，找不到抗日的民兵，就找有什么值钱的东西。当时，家里穷得锅都揭不开，日本兵一无所获，就冲着炕上盘腿坐的老太太叽里呱啦乱嚷。老太太在炕头盘腿稳坐，闭着眼，任由他们折腾。一个日本兵怒不可遏，端起上着刺刀的三八大盖就想扎死老太太。这时，旁边一个日本兵喊了一声，老太太听不出来这俩人叽里咕噜说了些什么。原来，旁边那个日本兵看到下边的趟柜上摆放着一张千代惠美的照片。这张照片是 1940 年从关外寄过来的，是千代惠美穿着白色和服的半身照。我爷爷特意做了个枣木镜框，将照片放在镜框里，然后将镜框摆放在了躺柜上。那两个日本兵看到这张照片后很是惊讶，一个摇头，露出很疑惑的表情，另一个则一个劲儿地点头。两个人说了会儿话，那个摇头的就拿着照片跑出去了。不大会儿，他领着一个跨腰刀的日本军官进了屋。

日本军官操着不熟练的中国话问老太太，这个，你的？你的认识？

老太太心里想，难道这小日本认识千代？她回了一句：这是我干闺女。

干，闺女？日本军官左右看了看，有些不明白。一个日本兵在他耳边嘀咕了几句。

呦西，呦西。日本军官点了点头，转身对那两个日本兵大声训斥了几句，最后对曾祖母弯腰鞠躬后就转身退了出去。那个想用刺刀扎老太太的日本兵在军官走后也忙给老太太鞠躬，叽里呱啦地说了点儿什么后就趁机把照片掖进怀里跑了。

我爷爷带着我奶奶和我大姑从地道里钻出来后，被眼前的景象惊呆了——村里其他的房屋都被点着了，唯独我家的三间房子平安无事。

那一刻，我曾祖母和我爷爷都在感念千代惠美。他们虽然不清楚千代惠美的真实身份，但对这个异国人充满感激之情。

在那张照片背面，千代惠美分别用日文和中文写了同一句话——东桑桑，直隶，九州，我们是一家人。